MW00464936

Feridun Zaimoglu wendet den Blick zurück auf das Land, aus dem er mit seinen Eltern kam. Ein Land, in dem ein strenger Glaube den Alltag durchdringt, die Familien dem Vater unterstehen, den Frauen ein bescheidener Platz zugewiesen ist – und in dem all das ins Wanken gerät.

Er läßt die heranwachsende Leyla ihren Alltag erzählen. Leylas Vater hat keinen Erfolg und schlägt sich mit immer windigeren Geschäften durch. Die Brüder gehen ihrer Wege, die Schwestern warten auf den Mann, der für sie ausgesucht wird, und hoffen auf die große Liebe. Leyla erobert sich kleine Freiheiten, die sie wieder verliert, als sie zur Frau wird. Und sie kommt einem dunklen Familiengeheimnis auf die Spur.

Erst der Umzug der Familie nach Istanbul eröffnet neue Möglichkeiten: Leyla lernt einen Mann kennen und verliebt sich, doch die beiden haben keine Zukunft in der Türkei.

Mit epischer Kraft und einer sinnenfrohen, farbenprächtigen und archaischen Sprache erzählt Feridun Zaimoglu vom Erwachsenwerden eines Mädchens, dem Zerfall einer Familie und von einer fremden Welt, aus der sich viele als Gastarbeiter nach Deutschland aufmachten.

»... sein Staunen über Sinnlichkeit und Gewalt der Wörter, der leichte Akzent, die sanfte Stimme, der kurze Atem geben ›Leyla‹, dem viel gelobten neuen Roman über die Kindheit seiner Mutter in einer anatolischen Kleinstadt, eine Dringlichkeit, der man sich schwer entziehen kann.«   *Tages-Anzeiger*

Feridun Zaimoglu, 1964 im anatolischen Bolu geboren, lebt seit über 30 Jahren in Deutschland. Er studierte Kunst und Humanmedizin in Kiel, wo er seither als Schriftsteller, Drehbuchautor und Journalist arbeitet. Er war Kolumnist für das Zeit-Magazin und schreibt für die Welt, die Frankfurter Rundschau, Die Zeit und die FAZ. Er erhielt den Hebbel-Preis, den Preis der Jury beim Bachmann-Wettbewerb in Klagenfurt, den Adalbert-von-Chamisso-Preis und den Hugo-Ball-Preis, den Grimmelshausen-Preis und war Stipendiat der Villa Massimo in Rom.

Zuletzt veröffentlichte er die Erzählungen ›Zwölf Gramm Glück‹ und das Buch ›Rom intensiv‹, im Fischer Taschenbuch Verlag erschien der Roman ›German Amok‹.

Unsere Adresse im Internet: www.fischerverlage.de

Feridun Zaimoglu

Leyla

Roman

Fischer Taschenbuch Verlag

3. Auflage: Juni 2008

Veröffentlicht im Fischer Taschenbuch Verlag,
einem Unternehmen der S. Fischer Verlag GmbH,
Frankfurt am Main, Januar 2008

Lizenzausgabe mit freundlicher Genehmigung
des Verlages Kiepenheuer & Witsch, Köln
© 2006 by Verlag Kiepenheuer & Witsch, Köln
Druck und Bindung: Druckerei C. H. Beck, Nördlingen
Printed in Germany
ISBN 978-3-596-17621-2

Für Remzi Çeçen

– Prolog –

Dies ist eine Geschichte aus der alten Zeit. Es ist aber keine alte Geschichte.

In Gottes Namen –

Ein Wolfsrudel macht auf offenem Gelände Jagd auf einen Menschen. Auch andere Tiere sind geschickt, doch Wölfe sind Meister im Stöbern und Greifen. Ein Wolf greift das Opfer an, er fällt vom einfachen Lauf in einen leichten Galopp, und dann treibt es ihn vorwärts, der Kopf als Rammsporn gereckt, der Wind kann das gesträubte Nackenfell kaum niederhalten. Er kennt die Richtung, in die er hetzt. Er fühlt in seinen Lefzen, daß er begehrt, und daß das Opfer erstarrt und auf ihn wartet. Der Rest des Rudels fällt scheinbar zurück. Wartet ab, tritt aus seinem Versteck heraus, stürmt voran.

Die Unwissenden glauben, die Wölfe seien die Meister der Feigheit. Dabei sind sie Meister der Wollust, denn sie kennen den Geschmack des warmen Fleisches.

Wenn der vorangeschickte Wolf seine erste brutale Kraft einbüßt, in eben diesem Moment der Erschlaffung, kommt die Nachhut, die frische Reserve. Die Wölfe scheucht man nicht mit Feuer, sie achten nur immer darauf, daß sie nicht verbrennen.

Ihre Augen spähen weit hinaus in die Nacht.

Sie sind nicht schlau, sie sind nicht dumm: Sie sind Tiere, das reicht.

Die Wölfe umkreisen die Beute, den Menschen. Sie sind unerbittlich.

Ihr Angriff, ihr Verlangen, ihre schnappenden Zähne: Wie kann man die Jäger böse nennen?

Wie kann man nur seine Unschuld opfern, daß man sich in der Not den Wölfen hingibt?

Der Fraß heiligt diese Tiere.

Besser ist es, erst Pfirsich und dann Melone zu essen, denn Melone ist süßer. Sagt meine Mutter. Sie schneidet die Honigmelone in Viertelscheiben, sie führt das Messer von einem Ende zum anderen, dem Rund der Melonenscheibe folgend, um dann das Fruchtfleisch zu stückeln. Ein Stück, aufgespießt mit den krummen Zinken der einzigen Eisengabel, die wir haben, ein Stück reicht sie mir und hält die Hand unter mein Kinn. Ich beiße hinein, quetsche das Stückchen, bis der Saft an meinem Kinn herunterschliert.

Wo ist dein Kettchen?

Dort, wo mein Tand ist, sage ich.

Und was hast du für Tand angesammelt?

Kindertand. Runde kleine Steine.

Steinchen?

Ja, Steinchen, sage ich, Hölzchen mit Splittern drin.

Das sind Kerben, sagt sie. Djengis hat dir also in dein Hölzchen geritzt. Was geritzt?

Meinen Namen.

Dein Bruder ist klug. Er kann lesen und schreiben. Bald wirst du es auch können ... jetzt geh' raus und spiel vor dem Haus. Aber nicht weglaufen. Sonst schnappt man dich, und du wirst als Zigeunerbraut verkauft!

Das Gesicht mit verklebten Wimpern, die Haare zum dicken Zopf geflochten. Fünf Finger, eine Hand. Zehn Finger, zwei Hände: Ich habe das Putztuch, das meine Mutter über den Rundspiegel gehängt hat, gelüpft und sehe mich. Meine Augen starren zurück, die trübe Silberfläche ist gesprungen, doch mein Gesicht paßt in die größere Spiegelhälfte. Bin ich froh? Ist mein Mund dort, wo Gott ihn hingesetzt hat? Das Gesicht ist die Palastjurte der Seele. Sagt meine Mutter. Sie streicht mir Olivenöl auf die trockenen Lippen und verhängt nach dem Gesetz und dem Befehl ihres Mannes den Spiegel.

Eine Fingerspitze, ein langer Strich, ein kurzer Strich. Mein Daumen bohrt Löcher in den nassen Boden, auf den ich mich nicht setzen darf. Auf meinen Fersen hat meine Kehrseite genug Platz. Ein alter Mann – er steht halb abgewandt am Rande meines Spielplatzes – bricht trockene dünne Äste übers Knie. Die Stecken klaubt er zusammen und geht weg. Fünf Fingerspitzen, ein beharkter Garten, die Finger meiner zweiten Hand, ein schöner Zaun. Und jetzt will ich meinen Tand benutzen, die schönen spitzen Splitterkiesel, einen Kiesel, zwei Steine, ich verstopfe die Tunnel, die Gräben da kann nichts und kein Tier heraufkriechen, ein Glück.

Komm rein, sofort!

Will nicht, will nicht: aber ich stehe auf und renne hinein, in die Arme Yasmins, die meine Hände mit einem nassen Stofflappen sauberreibt.

Du bist was?

Wie stumme Wand.

Wirst du deinen Mund aufmachen, auch wenn er dir eine Frage stellt?

Nein, sage ich, nie.

Und deine Augen, sie machen was?

Nichts, sage ich, nie. Ich schaue ihn nicht an, ich blicke ihm nicht in die Augen. Nie.

Meine Mutter ruft nach meiner zweiten Schwester, nach meinen beiden Brüdern. Ruhe muß einkehren, hier auf der Stelle, wir wissen es alle, und jeder macht, was er muß, jeder hustet und schluckt, um später nur noch eine schwache Stimme zu haben. Ich sehe ihn kommen. Sagt meine Mutter.

Auf den angewinkelten Armen Yasmins liegt die gebügelte, gestärkte und gefaltete Pyjamahose.

Seine Pantoffeln halte ich mit meiner rechten Hand zusammen, die Spitzen sind gerade ausgerichtet. Das älteste und das jüngste Kind, wir warten an der Tür hinter der Schwelle. Meine Mutter steht reglos am Fenster, sie wird seine Wünsche erfüllen.

Er füllt den Türrahmen, ich beuge mich flink, drehe die Pantoffeln herum, stelle sie vor seine Füße auf den Boden, so daß er gleich hineinschlüpfen kann. Es ist die Stunde seiner Verrücktheit, seine Faust saust auf meinen Kopf, er setzt mir mit Hieben zu. Yasmin schleudert er ins Hausinnere, ein Tritt genügt, um sie zum Wirbeln zu bringen. Die Pyjamahose liegt wie die Hülle eines halben Menschenkörpers auf dem Boden. Der Sühnestock saust auf uns herab, er macht ein Geräusch wie heftiger Wind. Er zeichnet mit dem Stock rote Finger auf unsere Haut. Es ist ihm egal, wo er zuschlägt, Hauptsache, er trifft. Nicht vorbei, noch nicht vorbei. Hinter meinem Rükken halten meine Schwestern und Brüder den Atem an. Einen Halbkreis haben sie gebildet, auf dem Boden des Wohnzimmers sitzen sie, und meine Mutter, die sich nicht von der Stelle gerührt hat, streicht mir übers Haar, drückt mich in die Lücke des Halbmondes. Warten, noch nicht vorbei. Endlich hat er sich umgezogen. Zu Hause wartet er auf die Gäste, die nicht kommen, im Galarock. Sagt meine Mutter. Oben feiner Mann, unten Schlafanzughose.

Willst du Tee, Hausherr?

Du mußt mir dankbar sein, sagt Halid, aber du bist eine undankbare armenische Nutte. Du hast kein Viertel Anstand, nicht in der vergifteten Milch deiner Brüste, nicht dort, wo diese fünf Tiere herausgekommen sind. Nicht in deinen Augen, nicht in deinen Händen … Er wirft mit einem harten Gegenstand aus seiner Jackentasche nach ihr. Ihre Angst ist echt, sie darf sich nicht wegducken. Der Gegenstand prallt an ihrem Arm ab. Kein Schmerzensschrei. Jetzt setzt sie sich in den dunkelsten Winkel des Zimmers und blickt auf den Boden.

Unter meinen Füßen euer aller Anstand, schreit er. Was weißt du schon, Weib? Wer bist du schon? … Du bist mir als Soldatenflittchen zugelaufen, und ich hatte Erbarmen mit dir. Mein Erbarmen mit euch Hunderasse ist verschwendet …

Nun endlich, wie jeden Tag, wenn er von der Arbeit nach Hause kommt, setzt er seinen Filzkalpak auf. Eine Landsknechtskappe. Wir sind seine Kinderschüler, wir müssen unsere Blicke auf den dünnen Teppich heften und hoffen, daß sein Sühnestock nicht unsere Rücken sprengt. Tolga stopft Fransenfäden in ein Mottenloch, unter der Handkuppel versteckt arbeiten seine Finger. Ich sehe ihm dabei zu, bis er unter dem Schlag zusammenzuckt. Eine Pantoffelspitze trifft mich am Kreuz. Halids Stimme schneidet wie ein Messer durch die Luft.

Was mir in den Sprung läuft, fress' ich. Ich fresse euch alle ohne Mühe, ihr Hunderasse. Ab heute ist Schluß mit den kleinen Freiheiten, ich bleibe zu Hause. Kaum drehe ich euch den Rücken zu, fallt ihr schon ab von meinem Hausgesetz. Ihr glaubt, ich bin eine Wolke Mücken, nach der ihr schnappen könnt? Ihr könnt mich nicht hintergehen …

Was ist passiert? sagt meine Mutter. Wir halten alle den Atem an. Er könnte sich jetzt auf sie stürzen, und wir müßten ihm dann in den Arm fallen. Nicht vorbei, noch nicht vorbei.

Wer will sich um Papierhaufen kümmern, sagt er, sollen sie mal sehen, wie sie ohne mich auskommen. Ich habe die Akten verbrannt, ich habe sie in den Ofen gesteckt. Und da ruft doch mein Dienstherr den großen Inspekteur aus der Großstadt herbei. Der will mir Benehmen beibringen! Sitzt er an meinem Schreibtisch und tut so, als würde er in meiner Personalakte blättern. Ich bin gegangen, so einfach ist das …

Wir dürfen aufstehen, uns in Ordnung bringen: Es ist vielleicht für heute genug, vielleicht vorbei. Er schreit aus dem Schlafzimmer nach Emine, meiner Mutter. Und sie steht auf und folgt dem Ruf, obwohl sie weiß, was sie erwartet, sie schließt die Tür hinter sich, damit wir nur hören, aber nicht sehen können. Ich setze mich mit dem Gesicht zur Wand und mit dem Rücken zur Schlafzimmertür auf den Steinboden. Die Kälte steigt in meinem Körper hinauf. Das ist die Strafe dafür, daß die Schläge nicht mich treffen. Halids Vater hat den Zweig eines Kornellkirschbaumes zum Stock schnitzen und an einem Ende mit einem Silberknauf versehen lassen. Er hat ihn seinem Sohn in die Hand gedrückt und gesagt: Jage den Feind, der sich an dich herangepirscht hat. Der Befehl des Großvaters gehört zum Hausgesetz. In den drei Kammern zum Leben und zum Schlafen, in unserem Haus, geht ein Jäger mit dem Straf-knüppel herum.

Wach auf, sagt Yasmin, es ist nicht die Zeit zum Träumen.

Spielst du mit mir?

Nein, bist du verrückt? Du hast deinen Kindertand, damit kannst du spielen.

Wann kommt meine Mutter da wieder heraus?

Sei still, sagt sie, sonst bringst du Unglück über uns. Mach dich unsichtbar, los!

Bis zur Abenddämmerung bleibe ich auf meinem Spielplatz vor dem Haus, ritze Striche und Kreise in die Erde, schließe die Augen und bin unsichtbar. Wenn man es schafft, drei Ki-chererbsen aufzutürmen, bricht man dem Teufel das Herz. Sagt meine Mutter. Ich breche dem Teufel ein Stück aus sei-nem Herzen: mein Turm aus zwei Kichererbsen wackelt und fällt in sich zusammen. Selda drückt mir eine Hackfleischpa-stete in die Hand, und ich muß in eine Strickjacke schlüpfen, weil mir der Wind eine Gänsehaut auf meine Arme zaubert. Später werde ich wieder ins Haus gerufen, Yasmin reibt mir das Gesicht mit dem eingeseiften Reinigungstuch ab, kämmt mir die Haare, und als ich sie fragen will, ob wieder das Gute eingezogen ist in unsere Kammern, legt sie mir den Finger auf die Lippen. Mein Schlafkleid zwickt mich überall, ich darf mich leise kratzen. Ich krieche unter die Steppdecke, ziehe sie über meinen Kopf und male in die Dunkelheit, die mir gehört, Farbenhände, Farbenfinger. Ein Luftzug und ein Lichtschein zerstören mein Bettmärchen, es ist meine Mutter, die unter meine Decke schlüpft.

Was hast du bei mir zu suchen? Geh doch zu deinem Mann.

Gott soll mich von ihm erlösen, sagt sie.

– 2 –

Im Eingang des Schulhofs steht mein Lehrer, er schaut mir nach. Meine Vorderseite kann ich endlich vor ihm verbergen, und ich knöpfe meinen weißen Kittelkragen auf, halte beide Enden zusammen, damit er nicht abfällt. Bald wird Blut aus meiner Nase schießen, ich weiß es. Der Bonbonmann hat sich in seine Ladenhöhle zurückgezogen, die von einer Stoffserviette umwickelten Karamelstangen liegen wie Holzscheite im Schaufenster. Am liebsten würde ich stehenbleiben und sie lange ansehen. Dann kommt immer Herr Bonbonmann heraus, gibt mir einen Splitter Süßigkeit. Das Versprechen, das ich meinem Lehrer gab, muß ich einlösen. Sonst bekomme ich einen dritten Verweis und werde eine ganze Woche lang als schlechtes Mädchen angesprochen. Ich gehe weiter und immer weiter, halte den Mund so lange geöffnet, wie ich kann: der Bissen Staubkuchen knirscht zwischen meinen Zähnen. Der Himmel läßt Brot regnen in kleinen harten Teigkrümeln, und wer danach schnappt, kann glücklich werden oder sich daran verschlucken.

Als ich heraufschaue, um einen großen Brocken zu entdecken, nach dem ich greifen kann, sehe ich einen Fellbalg am Fenster im obersten Stock des Hauses, in dem der Schuldirektor wohnt. Er beult sich, es ist Leben in ihm, und plötzlich wird er abgeworfen und fliegt durch die Luft, ein Tierknäuel, ein Wolleball, ein Fell, das jetzt auf den Pflastersteinen vor dem Haus liegt. Fulya steht nackt am offenen Fenster, sie klatscht in die Hände.

Schaut her, schreit sie, zwischen meinen Schenkeln ist ein leckeres Rippchen. Kommt, schnappt es euch!

15

Ein Mann, den ich kenne, weil er den Mann meiner Mutter freitags zum Gebet abholt, wendet sofort den Blick ab und bittet den Herrn der Strafen, seine Kraft an unzüchtigen Kleinweibern zu zeigen. Zwei verschleierte Frauen beißen das Gesichtstuch fest, damit es nicht verrutscht, sie suchen nach kleinen Steinen im Staub und werfen nach der nackten Fulya. Sie zielen nicht richtig, sie treffen nicht richtig.

Auch ihr Rabenvögel könnt was haben, schreit sie von oben, saftig ist mein Rippchen, es schmeckt allen, mein Rippchen, werft mit Münzen, ihr blöden Vögel, nicht mit Steinen.

Sie verteilt Handküsse und preist sich, und dann trommelt sie auf dem Schätzchen, das ein Mädchen nicht vorzeigen darf. Ihre Mutter ist vom Einkauf zurückgeeilt, sie stößt einen Verzweiflungsruf aus und läßt in ihrer Wut die volle Tasche fallen.

Du Lästerteufelin! ruft sie, du meine Schande und mein Unglück! Zieh' dich sofort an, geh' da vom Fenster weg. Na warte, Mädchen, du kannst dich auf was gefaßt machen. Scher' dich ins Schamzimmer, sage ich, hörst du nicht, was für ein schwarzer Tag, mein Gott!

Komm' Leyla, schreit Fulya und dreht sich schnell um ihre Achse, lass' auch dein Rippchen sehen. Ihr Menschen und Männer! Ihr Mäuse und Rabenvögel! Klatscht meinem saftigen Rippchen zu!

Die Schleierfrauen laufen wütend weg, sie sind der kleinen Teufelin nicht gewachsen. Ihre Mutter verschwindet im Haus, und da Fulya weiß, daß sie eine Tracht Prügel bekommen wird, genießt sie die letzte Minute ihrer Verrücktheit.

Süße, rufe ich ihr zu, mach' jetzt lieber das Fenster zu.

Rippchen! Rippchen! Saftiges Rippchen!

Deine Mutter ist böse auf dich.

Sie soll doch mein Rippchen essen, schreit sie, und dann wird sie am Arm gepackt und in die Wohnung gezerrt.

Das vierjährige Teufelchen schreit auch unter den Schlägen seine lustigen Kinderverse heraus, ihre Mutter schließt schnell das Fenster, und ich gehe weiter. Fulya wird einige Tage Ruhe geben, sich dann aber wieder nackt am Fenster zeigen. Wegen ihr steht Senem Hanim in dem Ruf, besonders schamlos zu sein. Sie sollte nachts ihre Schlafzimmertür schließen, sagt meine Mutter, das Kind lauscht und merkt sich jedes Wort. Senem Hanim hat beteuert, daß sie wirklich nicht weiß, woher ihr Kind diese unaussprechlichen Worte aufgeschnappt hat. Keiner glaubt ihr, und sie läßt ihre Wut an Fulya aus.

Die Glasscheiben des Männercafés sind beschlagen, ich sehe nur Köpfe und Körper, aber kein bekanntes Gesicht. Ich klopfe so lange gegen die Tür, bis der Besitzer heraustritt.

Was willst du? sagt er.

Ist Halid Bey in deinem Haus?

Du willst deinen Vater sprechen? Komm' doch einfach rein.

Nein, nein, sage ich, ich warte lieber hier draußen. Kannst du ihm bitte Bescheid geben? Mein Lehrer wird böse, wenn ich zu lange ausbleibe.

Er verschwindet im Kaffeehaus, wenig später erscheint der Mann meiner Mutter – er blickt mich an, als hätte man sein Gesicht mit der schwarzen Erde vom Totenacker eingerieben. Er nimmt den Filzkalpak ab, kratzt sich am Kopf und setzt ihn wieder auf.

Was hast du Dummkopf hier zu suchen?

Hier, sage ich und zeige ihm das neue Schulheft, der Herr Lehrer möchte endlich das Geld dafür haben. Deshalb hat er mich zu dir geschickt.

Habe ich euch Drecksbrut nicht gelehrt, daß es für alles eine Frist gibt? Eine Frist für Demut. Eine Frist für Gehorsam. Und eine Frist, daß man den Hausherrn aufsuchen kann. Du willst Münzen eintreiben? Hier, ich gebe sie dir.

Sein geschwärztes Gesicht ist plötzlich ganz nah an meinem, der Atem, der seinem aufgerissenen Tiermaul entströmt, streift meine Stirn, sein Handrücken prallt auf meine Nase, und vielleicht möchte er das Leben aus mir pressen, oder er will, daß ich den Springtanz der Kinder aufführe, und er kann mich nicht darum bitten. Nach zwei Zuchtschlägen ist er verschwunden, mein Kittelkragen klebt mir am Hals, rot und naß. Rot und naß kehre ich um, ein Lämmchen stolpert im Klee, singt Yasmin, singt mich manchmal nachts in den Schlaf, und wenn ich mich neugierig aufrichte, drückt sie mich singend ins Bett, rot und naß gehe ich den Weg zurück zum Schultor, dort wartet mein Lehrer und mustert mich, die schnell zurückgekehrte Schülerin, und da er nicht spricht, sage ich: Ich bin unterwegs hingefallen und habe auch das Geld für das Heft verloren.

Das ist nicht mehr wichtig, sagt er, wir tun so, als hätte ich das Geld von dir bekommen. Können wir uns darauf einigen?

Ja, sage ich, das ist schön.

Ich bringe dich zu der Sekretärin, sie macht dich sauber, und ich glaube, sie schenkt dir auch einen neuen Kragen. Na, freust du dich?

Ja.

Er nimmt mich bei der Hand, nach zwei Schritten bleibe ich stehen und reiße mich los. Ganz bestimmt werden sie mich ausfragen, meine Zunge muß gelähmt bleiben, immer dann, wenn man von mir Antworten verlangt, die ich nicht geben darf. Meine Schultasche ist noch im Klassenzimmer, ich kann nicht, ich kann nicht, und ich laufe weg, mein Lehrer ruft mir hinterher, ich kann nicht, ich springe über die großen Steine, über die man leicht stolpern kann, mit Kram und Tand kann man dich locken, sagt meine Mutter, und einen Tandkasper nennt sie mich, du bist ein Kramkasper, weil du den Himmelszauber auf den Straßen aufsammelst und heimbringst, halte still, sei nicht so aufgeregt, ich kann nicht, ich kann nicht.

Ein Bergbach fließt durch den Garten hinter unserem Haus, eine Kratzspur Gottes, in dem sich Wasser gesammelt hat, jedes Haus hat sein Rinnsal. Wenn Djengis mich ärgern will, erzählt er das kurze Märchen: Gott habe in schlechter Laune hingespuckt, und wir Menschen würden Gottes Spucke trinken, und unser Durst würde den Herrn immer an die Stunde seiner Mißgunst erinnern, aber Er vergesse sowieso nichts und niemanden. Ich kann nicht, ich kann ihm nicht glauben.

Aus Stroh und Lehm sind die Wände unseres Hauses. Wir bewohnen die ebene Erde, über uns und unser Leben hat eine andere Familie einen Boden geschichtet, damit sie uns mit einer Decke beschenken und versiegeln kann. Manchmal beobachten sie mich von oben, doch heute rührt sich keine Gardine. In gebückten Kindersprüngen bewege ich mich um das Haus herum, lege mich auf den Bauch, meine Lippen berühren das treibende Wasser, und der erste Schluck ist wie Karamel im Mund. Ist wie ein Mund voll Zuckerwürfel, ein Mund voll Süßteig, ist wie Puderkaramelzucker im Mund. Ich tauche meinen Schulkragen in den Bach vor meinen Augen, in dünnen Schlieren geht mein getrocknetes Nasenblut ab, rosa bleiche Schlangenlinien, die verschwimmen, verfärben und verschwinden. Mein Kopf im Bach: meine Blindheit im Wasser ist eine Dunkelheit.

*

Djengis flämmt mit seinem Feuerzeug die Härchen auf seinem Oberarm ab. Die schwarz verpfropften Haarenden reibt er ab, das Gekrispel färbt seine Fingerkuppen. Die amerikanischen Filmhelden sind unbehaart, und die schönen Gazellen der Nachbarschaft begehren leicht beflaumte junge Männer. Tolga findet es nicht lohnend, seinen Körper nach den Ideen der Modegecken zu formen: Er sitzt neben seinem Bruder, schaut ihm verwirrt zu. Über seine neuen Schuhe, die es im Basar billig in Einheitsgröße gibt, kann er sich so recht nicht freuen. Er hat die Fersennähte aufgetrennt, das Leder drückt aber den Spann, und aus alter Gewohnheit rollt er die Zehen ein. Nächstes Jahr ist Gott großzügiger. Sagt die Mutter. Jetzt kommt sie ins Zimmer, die Zofe, die Magd, die Bettlerin. Da uns der Prügler keine Schandohren aufgesetzt hat und wir nicht fürchten müssen, daß das Böse auf unsere Köpfe prasselt, sind wir ruhig: Er ist weg, er geht seinen Geschäften nach. Nach einem langen Blick aus dem Fenster setzt sich meine Mutter auf den Erddiwan, tunkt einen harten Brotkanten ins Wasser und saugt und nagt so lange, bis sie einen Bissen abbeißen kann. Es ist ihr Frühstück an diesem Morgen.

Yasmin und Selda werden in Nadelkünsten unterrichtet, sie besuchen das Institut für weibliche Handfertigkeiten. Der Mann meiner Mutter wollte sie erst nicht in die Unzucht entlassen. Senem Hanim suchte ihn auf und sagte: Deine Töchter sind gute Handnäherinnen, laß sie für mich arbeiten. Die Mitgift meiner Tochter Fulya ist nicht komplett. Sie helfen mir aus der Not, und die Piaster, die sie verdienen, geben sie bei dir, dem Herrn des Hauses, ab. Ich bin der Wärter einer Heimstatt für Fliegen, rief er daraufhin aus und ging, fortgescheucht vom Verstand einer Frau, die weiß, wie man mit Analphabeten umgeht.

Yasmin spannt den Stoff in die Sticktrommel ein. Die Kett- und Schußfäden bilden ein Gewebegitter und verlaufen rechtwinklig zueinander. Sie legt das Leinen mit dem Muster nach oben über den inneren Ring, setzt den äußeren Ring darüber und drückt ihn herunter. Dann zieht sie die Schraube an, der Stoff spannt sich. Sie teilt die locker gezwirnte Kelimwolle in Einzelfäden, sie nimmt aus einer kleinen flachen Cremedose, dem Behälter für die Einfädler, einen zurechtgeschnittenen Papierstreifen heraus. Sie faltet ihn über dem Fadenende zusammen, das sie durchs Nadelöhr schiebt, sticht mit der Linken durch und empfängt die Nadel unten mit der Rechten. Einstechen, ausstechen. Sie hat es mir erklärt: mit dem gefiederten Zopfstich bildet sie Blätter, mit dem geknüpften Langettenstich faßt sie Kanten ein, die Musterflächen füllt sie per übergreifendem Plattstich aus.

Seldas Spezialität sind kleine Kissen aus weißem Batist, die sie mit Duftkräutern und Watte befüllt. Die Schnurenden taucht sie in geschmolzenes Kerzenwachs, um sie vor dem Ausfransen zu bewahren. Jetzt arbeitet sie an einem rosa Anhäkeltaschentuch mit gebogtem Lochrand und ausgeschnittener Ecke. Zählmuster und Häkelschriften auf zusammengeklebten Papierbögen liegen zu ihren Füßen. Ich sauge an dem Zuckerwürfel in meiner Backentasche.

Wir haben einen Abgabetermin in wenigen Wochen, sagt Yasmin, ohne den Kopf zu heben – es sieht aus, als würde sie das Leinen besprechen.

Das Schutzdeckchen, flüstert Selda.

Und wie gehen wir vor?

Die Decke besteht aus fünfundzwanzig Rosetten, sagt Selda, die erste Rosette häkeln wir nach der Häkelschrift, ab der zweiten Rosette schlingen wir an den vorangehenden Rosetten an …

Das schaffen wir nie, sagt Yasmin und sticht ein, dann will Senem Hanim auch noch Zackengardinen mit Blütenornamentranken und Kissenplatten, auf die wir Blumengebinde häkeln sollen.

Eine Platte habe ich schon fertig, ich habe sie auf das Kissen angenäht.

Hoffentlich auf die markierte Vorderseite.

Ja, natürlich … sie will Bettucheinsätze aus Spitzenborte.

Dafür brauchen wir kochfestes Baumwollgarn, sagt Yasmin, es ist teuer, das Geld können wir nicht vorschießen.

Djengis steckt das Feuerzeug in die ausgebeulte Hosentasche, blickt sich im Zimmer um. Ein Muskel an seiner Schläfe, immer angespannt, zuckt kurz.

Ihre Tochter, sagt er, wie heißt sie noch einmal?

Fulya, sagt meine Mutter, und dann wiederholt sie: Fulya, Fulya.

Also Fulya, die Männer erzählen eigenartige Geschichten über sie. Stimmt es, daß sie nackt durch die Straßen tanzt?

Nein, sagt Selda, du hättest sie sonst längst gesehen. Das Mädchen zieht sich aus und zeigt sich am Fenster. Das stimmt.

Fulya ist süß, sage ich. Djengis schaut mich böse an, und ich senke den Blick.

21

Ich weiß ja nicht, sagt er, sie ist vielleicht zu klein, um Böses zu denken. Aber man muß sie schon davon abhalten.

Wovon? sagt Yasmin.

Das gehört sich einfach nicht. Ein kleines Mädchen, ein großes Mädchen – was man sieht, ist immer das gleiche.

Du wirst unanständig in Gegenwart unserer Mutter, sagt Tolga.

Sie lächelt, unsere Mutter, sie kaut an dem Brotkanten, unsere Mutter, sie läßt die Augenblicke verstreichen, bis sie zum nächsten Tag ihres Lebens übergehen kann. An ihrer bleichen straffen Wange klebt ein Krümel, er wird abfallen, und dann ist wieder ein Augenblick vergangen.

Senem Hanim zähmt die Wilde, sagt Yasmin, sie kann zwar nicht die Nadel führen, aber ihre Tochter und ihren Haushalt führt sie gewissenhaft.

In andere Haushalte haben meine Gedanken nicht einzudringen … diese Hanim muß schon gütig sein, wenn sie euch eure Handarbeit abnimmt.

Yasmin legt die Nadel auf die Sticktrommel, schließt die Augen und atmet tief durch. Eine dicke Ader zeichnet sich an ihrem Hals ab, die Rufe des Zuckerkringelhändlers verhallen draußen in unserer Gasse, Tolga kneift die Bügelfalte seiner Hose. Es ist noch so früh am Tag, daß man dem Wind, der die Stimmen vom Friedhof herweht, lauschen könnte.

Tausend mal tausend Spitzenmaschen … das dauert Stunden, die ich von meiner Lebenszeit abziehen muß, sagt Yasmin. Deine Schwester und ich, wir versticken unsere Jugend, und was bekommen wir dafür? Einen Dienstmagdlohn! Wir umhäkeln Batisttaschentücher, wir häkeln Rüschenränder an Kopfkissenbezüge, wir sticken Platzdeckchen und Tischläufer. Senem Hanim bestellt, wir machen. Senem Hanim bezahlt wenig, wir machen. Und dann müssen wir uns auch noch von einem jungen Herrn anhören, daß wir uns am Boden winden sollten. Wieso? Weil die Dame gütig ist … Ich glaube schon, daß du ihre Güte schätzt. Was soll das heißen? sagt Djengis.

22

Wenn du ihr begegnest, hast du die Augen nicht dort, wo ein Mann sie anstandshalber haben sollte. Sie springen dir aus den Augenhöhlen, sie machen sich selbständig.

Gebt Ruhe, sagt meine Mutter. Das harte Brot hat sie gegessen und ist davon nicht satt geworden, sie schluckt ihre Spukke herunter. Und sie hält Wache am Fenster: es könnte sein, daß der Prügler im Jähzorn seine Formulare zerreißt und nach Hause eilt. Hier kann er richten.

Gott, der Leben einhaucht und Leben schenkt, wird schon für die Nahrung sorgen, sagt sie.

Was meint sie nur damit? Muß ich nur nach draußen gehen, mich hinstellen und meinen Mund wie ein Raubtier beim Gähnen aufreißen, um nach den Brocken Gottes zu schnappen? Yasmin streitet sich mit Djengis, Tolga ruft zu Anstand und Sitte auf, Selda schreibt vor Zorn mit der Häkelnadel Schleifen in die Luft. Ich starre auf die Häkelschrift eines Deckchenmodells. Hinter meinem Lieblingszeichen steht: 1. vierfaches Stäbchen, dabei zunächst nur 3 mal 2 Schlingen abmaschen, 2. nicht ganz zu Ende abgemaschte dreifache Stäbchen in die folgenden beiden Einstichstellen, 3. Schlingen zusammen abmaschen, restliche Schlingen je 2 und 2 abmaschen. Es macht nichts, daß ich den Sinn der Worte nicht verstehe, ein Wort klingt wie der Kosename einer Schildkröte, ein anderes Wort wie der Anfang eines Liebesgebets, das ein Erzengel an seinen Smaragdgott richtet. Zwei Wörter summen im Kopf, man darf sie nicht aussprechen, und das Geheimnis ist der Hausgeist meines Schädels. Wenn ich einen Satz leise aufsage und mittendrin abbreche, stelle ich mir die Watteaugen einer Puppe vor. Einstichstelle, das Wort ruft ein schlechtes Bild hervor, ich muß an Räude-Fell denken.

Ein Zusammenzählzeichen als Krone auf drei Zeltpflöcken, an die jeweils drei Bretter genagelt sind: das ist mein Lieblingsschriftbild. Ich sehe es mir lange an, ich werde es in den feuchten Boden vor unserem Haus ritzen. Meinen Glücksvorrat habe ich nicht aufgebraucht.

… sie ist eine reife Frau, sagt Djengis, sie könnte meine Mutter sein.

Die Liebe einer Mutter zu ihrem Sohn ist eine andere als die Liebe, die der Dame vorschwebt. Tu nicht so empört!

Ein falsches Wort, und die Klatschweiber reden übel nach. Wegen dir, Schwester, kann ich mich bald nicht mehr in der Öffentlichkeit blicken lassen!

Dich bringen höchstens deine Taten in Not, sagt Yasmin – sie geht wieder in ihrer Handarbeit auf und ist nur mit halbem Herzen bei dem Streit.

Du willst mir also verbieten, Senem Hanim zu grüßen?

Grüße sie von mir aus morgens, mittags, abends, grüße sie zu allen Gebetszeiten. Es wird sie freuen. Jedesmal wenn du sie anschmachtest, strahlt sie über das ganze Gesicht.

Los, sagt Djengis, hier macht man sich über uns lustig. Der Vater wartet schon.

Er stürmt aus dem Haus, Tolga trottet unwillig hinter ihm her, Mutter ermahnt sie, die Flüche der Händler im Bahnhof zu überhören. Meine Brüder werden stundenlang in der Schlange vor der Güterwaage stehen, und vielleicht müssen sie auf den Säcken schlafen, weil es unvernünftig ist, die Stelle in der Schlange aufzugeben. Der Mann meiner Mutter erlaubt es ihnen nicht, oft können sie am nächsten Morgen nicht zur Schule gehen. Er denkt sich Ausreden aus, er dichtet ihnen unheilbare Krankheiten wie Malaria, Typhus und Krebs an. Die Lehrer nennen Djengis und Tolga wahre Wunder der Natur. Sie bekommen kein Taschengeld, die Kommissionsgebühr wandert in Halids Tasche, er hat Einnahmen und Ausgaben, er ernährt die Familie.

Fünfzehn Rosetten müßten auch reichen, sagt Yasmin, was setzt sie uns auch Fristen? Oder will sie Fulya mit fünf Jahren verheiraten? Ich würde es ihr zutrauen, sagt Selda und lacht sich los von ihrer Arbeit.

*

24

Das Pferd bockt auf den letzten Metern. Unter der Peitsche stemmt es sich ins Kumt, die Zugketten spannen an den Scherbäumen. Bei jedem Schritt klingeln die Sprungglocken an den Ballen der Vorderbeine. Die bunte Schweifbandage leuchtet hell im frühen Nachmittagslicht. Endlich kommt das Pferd zum Halten, kaut an der Trense. Der Mann steigt vom hohen Sitz ab und hängt ihm einen Hafersack um. Dann löst er die Schnüre, schlägt die Plane über der Ladung zurück, und es ist, als würden kleine Sonnen aufscheinen: der Karren ist gefüllt mit hundert oder mehr Orangen, Fruchtgeschenke des Himmels, das Glück wird sich wenden. Ein zweiter, ein dritter, ein vierter und fünfter Pferdekarren halten vor dem Haus. Halid hat junge Streuner aufgelesen, an deren Spitze er schreitet wie ein Freischärlerkommandant. Ein Mann steigt auf den Bock, reicht die leeren Bastkörbe herunter zu den Trägern, die sich dicke Lappen auf die Schultern legen und die Körbe umschnallen. Sie stellen sich nebeneinander mit den Rücken zur Längsseite des Kastens, der Mann oben bringt die Orangen zum Purzeln und Prasseln.

Sag der Hundebrut, sie soll den Weg zum Zimmer frei machen, sagt Halid.

Ehe ich aufspringen kann, geht die Haustür auf, meine Mutter und meine Schwestern kommen heraus, sie schleppen Kessel und große Kochtöpfe, die sie mit Orangen füllen und zur leergeräumten Fruchtkammer tragen, und auf Geheiß des Hausherrn hin schnappe ich einen vollen Orangentopf und flitze ins Haus, flitze heraus, schnappe nach dem Stiel einer Pfanne, presse sie fest an meinen Bauch, umklammere den kleinen Orangenhaufen mit den Ellenbogen, und auch wenn der Kommandant uns zur Eile antreibt, habe ich kein Recht, unterwegs auch nur eine Frucht zu verlieren. Er aber hat eine Zigarette gedreht und zündet sie sich an, steht da und schaut streng, ein Fehler, und er würde mir, er würde meinen Schwestern, er würde unserer Mutter Schlingen um den Hals legen, vor diesen fremden Männern, und er scheute sich nicht, an dem Seil der Schlinge zu ziehen, bis wir uns nicht mehr regten und liegen blieben: unsere Vorderseiten wären staubbefleckte, mit Kieselsteinsand gespickte Wundmale. Aber ich darf nicht daran denken, ich renne meiner Mutter hinterher, und immer dann, wenn er mich nicht sehen kann, beuge ich den Kopf und schnuppere an den Orangen, bis sich vor Freude Wasser in meinen Augen sammelt. Der Schmerz in meinem Rücken macht mir nichts aus, das Glück bricht den Schmerz. Einmal beiße ich in die Orangenschale, so tief und fest ich kann, ich schmecke das Bittere, ich schmecke das Süße, und ein bißchen Saft kann ich herunterschlucken, Glück vom Himmel in meinem Bauch. Dann renne ich hinaus, Zögern und Tändeln stellt er unter Strafe. Aus der Tiefe seiner Jackentasche holt er einen mehrfach geknickten Zettel hervor, faltet ihn auseinander, wirft einen flüchtigen Blick darauf. Er schiebt den Daumen unter die Klemme des Füllfederhalters und läßt die Federklemme mehrmals klicken. Die Lastenträger stehen bereit, sie schauen ihn an.

Gut, sagt er, gut. Bis jetzt läuft alles nach meinem Plan. Die Körbe sind gefüllt, also schwärmen wir aus. Weib, in ein paar Stunden bin ich zurück, bis dahin habt ihr die Orangen ins Zimmer getragen. Wenn auch nur eine einzige Orange fehlt, werde ich es jeden von euch büßen lassen.

Er geht los, fällt in einen Laufschritt ein, die Lastenträger folgen ihm, unter der Last gekrümmte Menschen. Meine Mutter schaut ihnen nach, der Kessel, den sie an einem Henkel festhält, hängt an ihrer Seite herab.

*

Halid klopft zum zehnten Mal an eine Tür. Hasan Bey schiebt die Tüllgardinen auseinander, öffnet das Fenster und mustert erst die beiden Lastenträger, dann den Mann mit dem Kalpak auf dem Kopf und dem Füllfederhalter in der Hand.

Was wünscht der große Tschetschenenfürst von mir, ruft er, willst du mit mir das Geschäft deines Lebens machen?

Der Friede Gottes sei mit dir, sagt Halid.

Vor allem sei er mit deinen Lastenträgern. Du läßt sie für einen Teller Bohnensuppe schuften. Ich kann ihren Schweiß sogar von hier oben riechen.

Bei deiner Nase ist es auch kein Wunder. Aber deswegen bin ich nicht hier …

Ich bin nicht bedürftig, also kann ich keine Armensteuer annehmen. Du hast kein gutes Herz, also beschenkst du nicht deine Nachbarn. Was bleibt dann übrig?

Ich verhelfe den in Not Geratenen zu einer Stunde Ofenwärme, sagt Halid, jede meiner guten Taten ist ins Kerbholz Gottes eingetragen!

Du bist ganz bestimmt ein guter Moslem, sagt Hasan Bey. Und du willst mir sicher nicht deine Seele, aber deine Orangen verkaufen. Halid bedeutet einem Träger, sich klein zu machen, er greift eine Orange aus dem Korb und hält sie hoch.

Siehst du! Sie paßt nicht in meine Männerhand!

Ja, sagt Hasan Bey, woran das wohl liegt?

Die Orange ist größer als eine Männerfaust, sagt Halid, anderthalb mal so groß. Da geht man vor Ehrfurcht in die Knie.

Wirf sie mir hoch, ich will prüfen, ob sie schmeckt.

Halid schleudert die Orange nach oben, als würde er eine Kugel stoßen, sie fliegt über den Kopf Hasan Beys ins Zimmer. Er verläßt fluchend seinen Fensterplatz, die Gardinen bauschen hinaus und wiegen sich im Wind. Eine Weile ist es still, Halid holt seine Verkaufsliste mit den Namen der möglichen Einkäufer hervor, sagt einige Namen auf. Die beiden jungen Männer stehen stramm wie Wachsoldaten und wagen es in Gegenwart Halids nicht, einer Frau hinterherzuschauen. Sie grinsen einfältig, sie werden später einander ermutigen, der scheuen Gazelle nachzustellen. Der ältere der beiden hat geschworen, das Tablett aus Alpaka, das er gegen zwei Schachteln filterlose Zigaretten eingetauscht hat, der ersten Schönen, die Feuer legt in seinem Herzen, zu schenken. Daran darf er nicht denken, die Last drückt ihn nieder, und Halid bringt ihn und den anderen mit seinen Selbstgesprächen durcheinander.

Ich habe von der Orange gekostet, sagt Hasan Bey, sie ist jedenfalls nicht bitter.

Halid und die Träger zucken zusammen, sie waren ganz in ihre Gedanken versunken, sie hatten sich einen Löwensprung Liebe, beide Hosentaschen voller Geldscheine und drei volle Jahre Haussegen gewünscht.

Dann komm' runter und nimm mir so viele Kilos ab, wie du haben willst.

Meine Frau ist außer Haus. In diesen Dingen bin ich unerfahren. Ich weiß nicht, ob es ihr recht ist, wenn ich mich um die Hausarbeit kümmere.

Du kaufst für dich, die Kinder und für sie Orangen, sagt Halid, was soll daran falsch sein?

Und, was kostet das Kilo?

Vier Kurusch, billiger als auf dem Markt.

Ich kann mich nicht entscheiden, sagt Hasan Bey. Er starrt auf die Orangen, leckt sich über die Lippen, saugt die Wangen ein, als wolle er einen jähen Zahnschmerz unterdrücken.

Langsam bekomme ich vom Hochschauen Muskelkrämpfe im Nacken, sagt Halid, wir sind keine Schaustellertruppe, die zu deinem Vergnügen abgestellt ist. Ein Mann, ein Wort.

Stell' mir zwei Orangen vor die Tür, sagt Hasan Bey, ich fasse es als Geschenk von dir auf, und es bringt dir bestimmt für deine künftigen Verhandlungen Glück.

Ich habe hier herumgestanden, und du sagst mir jetzt: Nein, aus dem Geschäft wird nichts! Dein verdammter Geiz entstellt schon deine Gesichtszüge, du bist toter als Aas.

Hach, sagt Hasan Bey, ein Bergfürst magst du sein, ein Geschäftsmann bist du ganz sicher nicht. Beschatte nicht länger meine Hausschwelle, zieh' weiter und nimm deine Lustknaben mit.

Er flieht ins Innere, aber ehe er die Fenster schließen kann, gehen sie zu Bruch. Halid und die beiden jungen Männer sind außer sich vor Wut. Ihr Ehrengesetz sieht vor, daß man die Raupe in der Puppe töten soll, und jede Ehrverletzung muß

28

sofort geahndet werden. Halid nennt Hasan Bey die Frucht eines Leibes, der sich in falsche Betten gelegt hat, um einen schlechten Lebensatem zu empfangen. Sein Mund rauht die Wörter auf. Als er die Tür mit seinen Kriegerreiterstiefeln eintreten will, halten ihn die Träger zurück.

Hör auf, Effendi. Er hetzt die Gendarmen auf uns. Und sie werden keine Gnade mit uns haben, wenn du den Hausfrieden dieses Gottlosen brichst.

Komm' runter, du Dämonenscheiße, schreit Halid, ich ramme dir die Feder meines Füllers zwischen deine Augen! Noch besser – ich werde dich auf die Weise foltern, wie es meine Ahnen mit Memmen und Verrätern getan haben. Erst rasiere ich deinen Schädel mit einer stumpfen Klinge kahl. Dann weihe ich Gott eine Kuh, schächte sie und stülpe das blutwarme Euter über deinen Kopf. Ich setze mich auf einen Stuhl, ich warte, ich betrachte dich und warte weiter. Deine Haare wachsen nach, aber wegen der engen Hautkappe bohren sich die Stoppeln in deinen Schädel hinein. Du wirst den Verstand verlieren, und ich werde laut lachen! Hörst du mich, du Dämonendreck! Dir bleibt nur noch wenig Zeit, lauf' los und besorge dir schon mal dein Totentuch. Ich spucke auf deine Hausschwelle, du bist gezeichnet …

Plötzlich kracht ein Schuß, und nach der ersten lähmenden Sekunde laufen die Jungen davon, die Körbe auf ihren Rükken wiegen sich wie die Höcker von trabenden Kamelen. Halid versucht, mit ihnen Schritt zu halten, fällt zurück, schlägt eine andere Richtung ein.

Wenn ich dich in der Nähe meines Hauses herumstreunen sehe, ruft Hasan Bey ihm hinterher, dann jage ich dir ein ganzes Magazin in deinen hohlen Kopf! Du bist schneller bei deinen Kaukasierahnen, als dir lieb ist … Hast du mich verstanden, Tschetschene?!

*

Es fällt ein heftiger Regen in der Nacht. Ich stelle mir vor, daß die Steine, erhitzt und zum Glühen gebracht von den heißen Luftausstößen der Geister unter der Erde, bei jedem Aufprall eines Regentropfens zischen und dampfen. Das ist der Lärm der Hölle, in der die Seelen gedrängt stehen, in der Platzmangel herrscht, weil es den Menschen besser gefällt, im Diesseits die Lippen zum Pfeifen zu spitzen, als zu beten. Sagt meine Mutter.

Sie hat ihn daran gehindert, seine Wut an uns auszulassen, sie ist dazwischengegangen und hat die Schläge abgefangen.

Die Menschen im Viertel wollen von den Orangen nichts wissen, sie sagen: Wir haben sie nicht bestellt, wie kannst du von uns Geld verlangen. Du kannst nichts eintreiben, was dir nicht zusteht. Der Mann meiner Mutter schlendert durch die Gassen wie ein Gelehrter. Seine Rechnung geht nicht auf, die Zahlen und die Preise kommen in seinem Kopf durcheinander.

Er hat mir ein Geschenk gemacht, unfreiwillig. Die Früchtekammer ist ein Märchengeschenk, in unseren Höhlen zum Leben und zum Schreien riecht es wie in einem großen Garten, die Gottesbrocken wachsen nicht an den Bäumen, sie stapeln sich im verbotenen Raum.

Meine Mutter schläft. Meine Schwestern und Brüder schlafen. Er liegt auf dem Rücken, rührt sich nicht, er stößt laut Luft durch den offenen Mund aus. Über dem Kopfende der Ehematratze hängt an einem krummen Nagel das Heilige Buch, worin er in seltenen Stunden der Muße blättert: die Kraft überträgt sich auf seine Zunge, auf seine Arme und Beine. Die Verse gehen ein in einen Traum, der ihn in den Nächten des Frühjahrs und in den Nächten des Winters heimsucht. Der Kaukasus, für eine kleine Ewigkeit verloren, eine Öde jenseits der bolschewistischen Schranke, erscheint ihm, dem Vertriebenen, als ein weites Land, das von den Leichen der Totgeschlagenen bedeckt ist. Er versetzt ihn in Unruhe, dieser Traum, er läßt seine Wimpern zittern, dieser Traum.

Geh' nicht, flüstert Tolga, wag' es nicht. Bitte!

Doch, es ist stärker als ich, meine Seite der Bettdecke habe ich zurückgeschlagen und krieche auf allen vieren aus der Diwanhöhle, und vor der Tür der Früchtekammer richte ich mich auf den Knien auf und spähe durch das Schlüsselloch. Die kleinen Sonnen durchleuchten die Finsternis. Das Verbot des Hausherrn gilt nicht, wenn er schläft, wenn ihn der Kaukasustraum auffrißt, sein Verbot geht mich nichts an. Die Tür knarrt nicht in den Angeln, sie geht leicht auf, ich will die Hand nach einer einzigen Frucht ausstrecken, die bis zur Zimmerdecke aufgetürmten Orangen lösen sich aus dem großen Haufen und poltern auf mich und an mir vorbei auf den Flur. Ich liege in einem Garten, die Gottesbrocken sind herabgeregnet, ich kann sie berühren.

Du Hundsgeburt, schreit er, du Bolschewistensamen! Der Bund seiner Pyjamahose schneidet in sein Bauchfleisch, in seiner Rechten der Sündenknüppel, der auf mich herabsaust, und weil ich zur Seite rolle, trifft er eine Orange, die sofort aufplatzt, seine nackten Fersen finden mich, auch wenn ich mich zusammenrolle, er findet mich, er hat mich gefunden …

Danach. Wir alle tragen die Orangen wieder heraus aus dem Haus, in Pfannen, in Töpfen, in Kesseln, die wir draußen leeren, er steht wieder nur da und rollt sich Zigaretten, und manchmal gibt er mir einen Fußtritt, oder verflucht meine Mutter, die durchgebohrte Hündin soll in der Hölle nach ihrer Unschuld suchen, schreit er, und wir tragen schwer an den Gottesbrocken und verteilen sie auf meinem Spielplatz, der nasse Boden schnalzt und schmatzt, wir verteilen sie hinten im Garten.

Am nächsten Tag schauen wir hinaus, unsere Augenlust können wir nicht stillen, er hat hinter sich abgeschlossen und die Fenster zugenagelt, sein Ausgehverbot gilt für zwei Tage. Die Früchte verderben und locken Fliegen an. Die Nachbarn bleiben vor dem Haus stehen, sie rühren sich nicht, sie sind ergriffen. Es gefällt dem Mann meiner Mutter, daß er seinen

Reichtum ausstellt, auch wenn er nur mit Münzen in der Hosentasche klimpern kann.

Regenwasser und Fruchtsaft: die Erde empfängt den Segen still. Mein Wunschgebet wird nicht erhört.

3

Mein Smaragdgott hat mir einen Traum geschenkt, ich bat darum in der Schwitzhöhle meines Bettes, und er gab ihn mir: Er verscheucht die Fliegen auf meinem Gesicht. Sein Atem prallt auf meine Stirn und teilt sich in kleinere Luftzüge, in denen die Fliegen fortsirren, fort von meinen Lippen. Und ich kann meinen Mund öffnen und atmen, dann verschwindet dieses Bild, es wechselt die Farbe von Gelb zu Braun zu Rot, und ich sehe den Mann meiner Mutter, der sich an der Haltestange seiner Lokomotive abstützt und absteigt. Der Zug ist auf der Strecke stehengeblieben. Ein Steinbockweibchen kreuzt das Gleis, leckt das Salz der Steine, spitzt die Ohren, als er fluchend näher kommt. Hau ab, ruft der Mann, sonst landest du in meinem Topf und auf meinem Teller, ich reiße dein Fleisch mit meinen Händen entzwei. Er kommt dem Tier so nahe, daß er hören kann, was ich hören kann, wie es mit der rauhen Zunge über die Steine fährt. Näher kommt er ihm nicht, es dreht sich um, bleckt die Zähne und spricht menschenähnlich, mit einer Stimme, die aus seinem Kopf herausdröhnt, spricht es: Wär' ich die Geiß, für die du mich hältst, könnt' ich nicht reden! Der Mann meiner Mutter fällt vor Schreck zu Boden, die Menschgeiß schnuppert an ihm wie an einem Leblosen und lacht und heult den Himmel der Nacht an.

Der Traumlärm weckt mich. Die Decken sind zurückgeschlagen, die dünnen Bodenbetten sehen aus wie weiße Insektenkörper. Ich gehe auf Mäusepfoten, klackend über den Stein, ich drücke die Klinke der nächsten Kammer herunter, schlüpfe durch den Türspalt. Ihre Kniekehlen sind naß vor Schweiß. Sie bedeckt ihr Gesicht mit dem Schamtuch, einen Zipfel hält sie zwischen den Zähnen, ihre Augen sind eingesunken im geschwollenen Fleisch. Sie taucht einen Seifebrocken in den Waschzuber, ihre Hand flattert im Wasser wie ein Vogelflügel, bis sich kleine Schaumflocken bilden. Dann legt sie die rot bespritzte Stelle ihres Hauskittels auf die linke Handwurzel, holt den Seifeklumpen vom Boden des Zubers hervor, reibt über die Stelle, bis der Blutschmutz ausgerieben ist.

Willst du dich dort krumm stehen? sagt sie, komm rein oder geh raus.

Ich schließe die Tür hinter mir und sehe ihr dabei zu, wie sie ihr Gewicht vom rechten auf das linke und wieder zurück auf das rechte Knie verlagert. In der schönen Hitze will ich bleiben.

Mach das noch mal, sage ich.

Was soll ich machen? sagt sie.

Du sollst unter dem Wasser mit den Flügeln schlagen, sage ich.

Ich habe keine Zeit für Spiele, sagt sie, und dann, nach ein paar Wimpernschlägen, wird das Wasser unruhig, ich trete an den Waschzuber heran, um besser sehen zu können. Sie hat die Daumen verhakt zum Kopf einer Taube, und die abstehenden Finger sind die Federn zweier Flügel im rosarot gefärbten Wasser, die Taube fliegt hin und her, meine Mutter gurrt dazu, dann wird sie still und starrt auf einen Fleck am Boden, auf etwas, das nur sie sehen kann.

Was hat er mit dir gemacht?

Seine Hand fährt aus, wenn er Ungehorsam wittert, sagt sie, was soll er schon getan haben?!

Wo sind sie alle hin? sage ich.

Er hat Yasmin mitgenommen auf seine Geschäftsreise, in zwei Tagen wird er wiederkommen. Die anderen sind draußen.

Selda ruft nach mir, und ich trete heraus aus der heißen Kammer, helfe ihr, die Bodenbetten einzurollen und an der Wand aufeinanderzutürmen.

Wir bestücken die Orangenschalen mit Nelken und legen sie auf die Ofenplatte. Sofort riecht es wie in einer Wunderkammer. Von mir aus können die Orangen im Garten verderben. Ich beuge mich über die Ofenplatte und ziehe die Luft ein, doch als Selda mich ermahnt, den Teufel nicht durch gefährliche Spiele hervorzulocken, wende ich mich ab. Ich schlüpfe aus dem Nachtkittel und hinein in das Kleid aus Wäschestoff, setze mich auf ein eingerolltes Bodenbett und warte, bis ich an die Reihe komme. Erst Djengis, dann Tolga, dann Selda und schließlich ich. Meine Mutter sagt, ich soll mich jetzt bereithalten. Sie holt einen Kessel warmes Wasser aus dem Ofen, sie zieht mir das Kleid über den Kopf, drückt mir den Waschlappen aus alten Nylonstrümpfen in die Hand. Gestern erst hat sie die Fußteile abgeschnitten, die Beinteile übereinandergelegt und sie zusammengenäht. Als sie mir die grüne Seife geben will, schließe ich die Augen, sie stinkt.

Chinasultanseife, sage ich, ich mag sie nicht.

Chininsulfatseife, sagt Selda im Türrahmen, mach jetzt zu, Mädchen!

Der Schaum stinkt, sage ich, bitte nicht.

Wo kommen wir hin, wenn wir dem Kleinsten der Familie seinen Willen lassen, sagt Selda, sie schöpft mit der Messingschale heißes Wasser aus dem Kessel und neigt sie leicht über der Schaumquaste. Ich seife mich blitzschnell ein, ich reinige mich, meine Mädchenschönheit muß ich besonders säubern, weil meine Mutter darauf achtet, daß wir nicht übel riechen. Selda reibt mich trocken und hält mir die Hemdhose hin, sie ist aus amerikanischem Stoff, sagt meine Mutter, das steife Nesseltuch scheuert mich hinten und vorne wund. Ich mag sie nicht anziehen, doch ich muß.

Die reiche Nachbarin hat einen Holzzuber, den sie vor dem Baden mit einem Tuch auslegt, sagt Selda. Und weißt du wieso, Mutter? Damit sich keine Splitter in das Fleisch der edlen Dame bohren! In ihrem Badewasser ziehen Duftkräuter. Die Dauben des Zubers, heißt es, sind mit Silbernägeln beschlagen.

Wer hat dir diese Märchen erzählt? sagt meine Mutter.

Sie hält Empfangssitzungen ab – sie trübt das Wasser mit Milch, damit der Gast ihres Herzens keinen Blick auf ihre Blößen werfen kann … Und außerdem: Die Menschen im Viertel erzählen sich die Geschichten.

Ach ja? sagt Djengis von hinter der Tür, und du glaubst ihnen das alles?

Du belauschst uns! ruft Selda, das ist ein Gespräch unter Frauen. Geh raus und sammle Orangen.

Ich weiß auch etwas, sagt Djengis, es heißt, sie würde Duftsäckchen unter den Achseln tragen.

Du bist ihr also so nahegekommen, sagt Selda.

Djengis geht ohne ein Wort in den Garten, ich höre ihn mit Tolga sprechen, er wird ihn über die Gemeinheiten aufklären, die die Frauen des Hauses ihm antun.

Glaubt nicht an diese Märchen, sagt meine Mutter, wahrscheinlich streut die Frau selber die Gerüchte. Aber ich glaube nicht einmal daran. Sie ist sehr nett zu uns.

Nett, weil sie uns ihre Nähmaschine leiht? sagt Selda.

Freundlich, weil wir ihre Nähmaschine benutzen dürfen. Freundlich, weil sie uns grüßt, wie es unter Menschen üblich ist. Ihr Mann bringt viel Geld nach Hause. Sie hätte es nicht nötig, mit uns auch nur ein Wort zu wechseln.

Das stimmt, sagt Selda, ich kümmere mich am besten um das Frühstück.

Da wir nicht fürchten müssen, daß der Mann meiner Mutter, der Blutverspritzer, uns jeden Augenblick anfallen kann, essen wir im Frieden. Jede Brotscheibe ist vier Finger dick. Wenn sie größer ausfällt, nimmt meine Mutter Maß, kappt das übermäßige Stück mit dem Messer. Mehr als eine Scheibe und eine kleine Kante stehen mir nicht zu, meist schenken mir Yasmin oder meine Mutter ihre Kanten. Eine Fingerkuppe Käse – ich lecke an ihm wie die Geiß in meinem Traum. Wenn du eine Närrin bist, so laß dir eine Kappe machen, sagt Djengis, und ich höre damit auf und beiße eine Spitze ab, die in meiner Bakkentasche schmilzt. Das ist konzentrierter Käse, sagt meine Mutter. Es bekommt euch nicht, wenn ihr zuviel davon eßt. Wenn dicke Menschen schwitzen, riechen sie nach Fett, das habe ich von ihr gelernt, und ich werde es nicht vergessen.

Mein Lieblingsbruder Tolga schaut sich im Zimmer um. Ein Dschinn, der in der Pfütze badet, so sehr ist er verliebt, so sehr hält er an dieser Liebe zu einem Mädchen fest, er glaubt, daß wir nicht viel wissen. Yasmin hat ihn zur Rede gestellt, Djengis hat ihn geneckt. Ihr Wort bannt meine Krankheit, sie löscht alles aus meinen Augen, das sind seine Worte, und mehr will er uns nicht verraten. Ein Mädchen, das vor anderer Männer Augen nie den Schurz lüftet, eine Unberührte, ein Mädchen, das nicht in einer Kopfstulpe mit Gesichtsgitter steckt, eine Freisinnige: mein Bruder hat zwei Frauen in einem Mädchen gefunden.

Träumt sie von einem Hofmacher? sagt Djengis zu Tolga gewandt, was meinst du?

Bestimmt.

Jedes Mädchen träumt davon, sagt Selda.

Zum Ofenheizen benutzt man am besten Aprikosenschalen, sagt Djengis, vielleicht bist du, Tolga, die Aprikosenschale ihres Herzens. Hoffst du das nicht?

Ja, sagt Tolga, ich möchte aber darüber nicht sprechen.

In der geteilten Leidenschaft gibt es keinen Betrug, sagt Djengis, er lacht laut auf, klopft Tolga heftig auf den Rücken. Vor Scham löse ich den Knoten meiner Hemdhose, ziehe die Leibschnur fester zu, damit das Taillenband verhindert, daß mir die Unterhose in die Kniekehlen rutscht. Ehe Selda dazu kommt, mich aus dem Zimmer zu schicken, weil über die Liebe geredet wird, stehen meine Brüder auf, greifen nach ihren Jacken und machen sich auf den Weg zum Bahnhof. Im Licht kurz vor dem Morgengrauen, da es nicht mehr möglich ist, daß die Tiere und die Tierhaften den Menschen im Dunkeln auflauern, beginnt ihre Arbeit. Sie werden die Säcke der Händler, die sie in Kommission genommen haben, beim

Aufladen auf die Eisenbahnwagen bewachen. Tolga hält an der Türschwelle inne, schaut der Mutter ins Gesicht, mustert die Hautmakel, die Hautrisse, die Krankheitsfarben. Er räuspert sich, er will etwas sagen, aber meine Mutter schüttelt nur den Kopf.

Keine Zeit für Wut, sagt sie, ihr müßt jetzt die Banditen davon abhalten, daß sie euch arm machen. Gott mit euch.

*

Ein Gesetz in unserem Hause lautet: Es zeugt von Hochmut, wenn eine Frau gepreßte Kleider trägt. Weiße Wäsche ist eine Ehre für Frauen. Meine Mutter überläßt weder Yasmin noch Selda das Bügeln, denn leicht kann man das Eisen zum Bersten bringen. Sie hat das Bügeleisen auf der Ofenplatte erwärmt. Jetzt schiebt sie den Haken zur Seite, zieht am Holzgriff und klappt die Deckplatte hoch. Auf den Bodenrost legt sie mit der Feuerzange die Kohlen, und als die Glut eingefüllt ist, klappt sie die Deckplatte herunter und hakt sie fest. Ich starre durch die Seitenöffnung des Bügeleisens auf die glühenden Kohlen, und sie sagt: feine Mädchenplätte. Mit der angefeuchteten Fingerspitze tippt sie die Bügelsohle an, dann stellt sie das Eisen auf den dreibeinigen Untersetzer. Ich stelle mich auf einen Blick von ihr aufrecht hin und fasse das Herrenhemd an den unteren Enden, sie hält es an den Achselenden. Wir recken das Hemd, schlagen es in der Luft aus. Sie streckt das Stück auf dem Tisch aus, legt ein befeuchtetes Leinentuch darauf, besprengt es durch Spritzen mit den Fingern mit Wasser. Dann preßt sie das Eisen auf das Herrenhemd, fährt in geraden Bahnen hin und her.

Du mußt aufpassen, daß du die frische Wäsche nicht durch Aschenflug verrußt, sagt sie, das gibt Sengflecken, und es ist dir verdorben. Ja, sage ich, ich werde darauf achten.

Worauf noch?

Die Wäscheklammern, sage ich, sie müssen sauber sein, sonst drücken sie Flecken auf die Wäsche … Und vor dem

Aufhängen muß ich immer die Leine mit einem Wischtuch abgehen. Weil ich sonst eine böse Überraschung erlebe.

Nämlich?

Die Schmutzstreifen, sage ich.

Meine kleine Wäschebüglerin, sagt meine Mutter, obwohl ich nicht bügeln darf – ich bin zu klein. Die dampfenden Bettlaken, schneerein und steif und gefaltet, liegen im Wäschekorb. Eine Weile schaue ich zu, bis mir langweilig wird, ich übe, auf einem Bein zu stehen wie der Storch, ich spitze den Mund zu einem Schnabel, und ich strecke die Arme aus, um zu fliegen, unter mir ein Land mit kleinen Puppenkörpern von Menschen und Tieren. Vom Kohlendunst bekomme ich Kopfschmerzen, und ich höre wieder damit auf, als Phantasievogel im Himmel auf- und abzusteigen.

Womit könnte ich die Falten in Yasmins Rock pressen? sagt sie.

Mit der Spitze der Bügelsohle, sage ich.

Mein schönes Plättstubenmädchen, sagt sie, und sie schaut kurz auf, wischt mit dem losen Zipfel ihres Schamtuchs über Stirn und Mund, sie bittet mich, seinen Hut zu holen, es wird Zeit für das letzte Bügelstück. Die Melone hängt an einem gebogenen Zimmermannsnagel im Bad; hier hängt er sie auf, an einem Haken hängt jetzt der Klammerbeutel, seinen Filzkalpak hat er mit auf die Reise genommen. Selda kauert am Boden und zieht einen gerissenen Hosensaum über die Kante des Schemels, dann reckt sie ihn hin und her, bis er nach Augenschein wieder gerade ist. Ich eile wieder zu meiner Mutter, sie steht am Tisch, starrt geradeaus und irgendwohin, auf etwas, das nur sie sehen kann, der Flügel eines Engels hat ihr Haar gestreift, ich glaube fest daran. Als sie mich sieht, schickt sie den Engel hoch hinauf, und weil sie lächelt, weiß ich, daß der Engel ihr vom anderen Land erzählt hat, ein Land, in dem die schönen Seelen Bleiplättchen am Hals tragen und auf der Brust, dort, wo sich der Herzschlag auf das Amulett überträgt. Sagt meine Mutter.

Das Krempeneisen liegt im kleinen Kohleofen zu ihren Füßen. – Sie faßt es am Holzstiel und preßt die Eisensohle auf die Hutkrempe. Immer wieder. Spätestens jetzt ist der Engel fort, Menschenschweiß vertreibt ihn.

*

Mehmet, mein toter Bruder. Drei Atemzüge Traum und vier Atemzüge Schlaf hat er gelebt, er war keine zwei Jahre alt und konnte noch nicht gehen, auf seinen Beinchen wollte er stehen und fiel doch hintenüber hin. Meine Mutter hat ihn auf eine Decke im Garten gesetzt, er spielte und kroch dann auf allen vieren von der Decke weg. Er hatte nicht so viel Kraft in seinen Armen. Er fiel auf sein Gesicht, ein Holzsplitter bohrte sich in seine Nase, eine Ader ist geplatzt, sie konnten die Blutung nicht stillen, er fiel ins Koma und starb, nach drei Atemzügen Traum und vier Atemzügen Schlaf. Ein schönes Kind mit blauen Augen, das erste Kind der Familie. Sagt meine Mutter. Ein Mattenflechter wäre aus ihm nicht geworden, er ließ sich nur kurz tragen, sie mußte ihm schöne Weisen ins Ohr singen, leise singen, bis er besänftigt war und die Augen schloß. Erst dann verzogen sich die Schleier und gaben einen blassen rotschönen Himmel frei, in seinem Kindertraum. Doch der Todesengel schlüpft sogar durchs Nadelöhr, er hat nicht lange leben dürfen, das war vor dem Beginn der Ewigkeit vorher bestimmt. Sagt meine Mutter. Vielleicht spricht sie, wenn niemand im Raum ist, wenn er sie in Ruhe läßt, mit der Seele Mehmets, dem der Mann meiner Mutter eine Spatzenschleuder geschnitzt hatte. Seinen Erstgeborenen wollte er zum Jäger ausbilden. Er starb weg. Der Schreck, der in meine Mutter fuhr, der Schreck, als wische eine Mardertatze über ihren Rücken, der Schreck, als er vor ihren Augen starb, hat ihre Augen für immer dunkel umrandet. Dieses untilgbare Haßmal, schreit er, die Unzucht hat dich gezeichnet, jeder Mann im Viertel erkennt dich als Berührte und mich als Hurenwirt!

Ich klopfe mir kleine Spinnen vom Rock. Trockene Blätter

unter meinen Füßen, sie zerreißen, wenn ich den Absatz verdrehe. Es riecht hier im Garten immer noch nach Orangen. Ich setze mich auf das kleine Spieltuch, schaue herum, damit mir nicht entgeht, wenn Mehmets Seele mit Flügelschlägen mir Luft zufächelt. Der amerikanische Stoff zwickt mich an allen Stellen meiner Vorder- und Hinterseite, ich ziehe die Unterhose aus und werfe sie weg, sie landet vor meinen Füßen, also stehe ich auf und werfe sie in hohem Bogen fort. Es wird niemand kommen und mit mir spielen wollen, ich gehe ins Haus, ich renne in die Arme meiner Mutter.

Hast du wieder das getan, was dir verboten ist? sagt sie.

Es liegt draußen.

Ich habe gesehen, was du getan hast, sagt sie, willst du dich nicht an die Verbote halten? Wenn dein Vater hier gewesen wäre, hätte er Spieße in deine unaussprechliche Stelle eingestochen.

Gott hat uns belohnt und ihn weggeschickt, sage ich.

Sprich nicht so über deinen Zeuger, sagt sie wütend, wieso hast du dich schamlos ausgezogen? Schaust du dir etwa bei Fulya etwas ab?

Nein.

Also?

Meine Unterhose zwickt, sage ich, sie ist ein Ungezieferbeutel, ich will sie nicht mehr tragen.

Das ist also dein letztes Wort?

Die Ungeziefer beißen mich, sage ich.

Sie greift zum Reisigbesen, legt das Besenende auf das heiße Schwarzblech, auf dem die Kichererbsen rösten, ruft mich zu sich. Ich muß mich umdrehen und die Hemdhose schürzen, sie versetzt mir ein paar Schläge, es tut weh, als würde sie mir die Haut meiner Hinterseite abziehen. Züchtige das Mädchen mit dem Besen, hat ihr die reiche Nachbarin eingegeben, und sie wird keine Spielchen mehr machen. Ich habe sie belauscht, als sie über Brotbacken und Kindererziehen gesprochen haben.

Du hast die Strafe verdient, sagt meine Mutter, dein Gesicht wird verwarzen, wenn du die Alten nicht ehrst und das Gesetz nicht beachtest.

Ist Unterhosen tragen Gesetz?

Sei still, sagt sie, und da sie nicht an sich halten kann, lacht sie auf, sie stopft den Schamtuchzipfel in den Mund, sie spuckt ihn aber vor Lachen aus, ein Karussellpferdchen nennt sie mich, Selda kommt, vom seltenen Lachen meiner Mutter angelockt, herbei. Als sie Selda meine Worte wiedergibt, muß auch sie prusten, ich schaue sie an und verstehe nicht, daß sie meine geschwollene Hinterseite lustig finden. Gott hat den Reisigbesen in Sein Buch der Bußübungen aufgenommen, auch den Sündenknüppel des Mannes meiner Mutter hat er verzeichnet. Die Menschen sind schlecht, die Mädchen sind schlechter, man muß sie bei lebendigem Leibe einmauern, schreit er, wenn er in Wut gerät. Auch dann würden sie kraft ihrer Schlechtigkeit den Mörtel zwischen den Backsteinen zerbröseln lassen und am Ende doch ins Freie gelangen.

Du darfst nie wieder drinnen oder draußen dich ausziehen, sagt Selda.

Es war niemand da draußen, sage ich, ich habe aufgepaßt.

Die Teufel verstecken sich, du siehst sie nicht, sie sehen dich, sagt meine Mutter, sie haben es auf Mädchen und Frauen abgesehen.

Und sie schnappen dich, sagt Selda, das geht schneller als bei einer Zigeunerin, die ein Kind entführt.

Sind viele Zigeuner hier bei uns? frage ich.

Nein, sagt meine Mutter, aber es hat Fälle gegeben, daß Kinder verschwunden sind, eben waren sie da, dann sind sie für immer verschwunden.

Mehmet haben die Zigeuner geklaut, sage ich.

Meiner Mutter vergeht das Lachen, und sie dreht sich weg, geht wieder zurück zu ihrer Wäsche.

Hol deine Unterhose vom Garten, sagt Selda, ich zeige dir gleich, wie man Randblenden auf Nachthemden aufnäht.

*

Die Einheimischen besitzen im Garten hinter ihren Häusern große Obstbaumhaine. Wir sind später zugezogen, wir haben nichts und haben auch früher nichts gehabt. Sie beschenken uns mit Birnen und Aprikosen und Pflaumen und Maulbeeren und Granatäpfeln. Mit Petersilie und Zwiebeln und Auberginen und Heilkräutern. Auch ihnen fehlt das Geld für Brot und Fleisch, aber wir können uns an Obst satt essen. Meine Mutter hat im Mai den Nachbarn bei der Lese der Weinblätter geholfen. Die Frauen kamen zusammmen, pflückten die Blätter vom Stiel und legten sie im großen Hof der reichen Nachbarin auf dem Boden aus. Sie stopften in saubere Nylonstrumpf- hosen Schwefelpulver hinein, verknoteten die offenen Enden der Strümpfe, preßten und drückten das Pulver im Fußteil, das sich über die Weinbeerblätter verteilte. Das ist die wirk- samste Schädlingsbekämpfung. Man erntet die Blätter, wenn sie fast Handtellergröße erreichen, man legt sie Stiel auf Stiel übereinander, und die dicken Blätterplacken einen neben den anderen auf eine Platte. Dann gießt man kochendes Salzwas- ser darüber, die Weinbeerblätter werden eine Nacht und ei- nen ganzen Tag in dieser Salzlake belassen. Die Blätterplacken kommen in einen mit Salzwasser gefüllten Plastikbottich, die Bottiche werden kühl gelagert. Im Winter füllen Selda und meine Mutter die Weinblätter mit Reis oder mit geschrotetem Weizen.

Meine Mutter ist Tagelöhnerin, Yasmin und Selda sind Tagelöhnerinnen: Sie helfen den Nachbarn und werden mit Weinblättern ausbezahlt.

Oder sie helfen beim Knacken der Aprikosenkerne. Die rei- che Nachbarin behält die Kerne, und meine Mutter darf die Schalen zum Ofenheizen mitnehmen.

Sie zieht im Sommer Okraschoten und Auberginen an Fä- den auf und hängt sie im Schatten auf. Euer Winterproviant, sagt sie, denn der Schweiß vertreibt die Engel, das mußt du verstehen, von Obst und Gemüse wird man nicht dick, man riecht nicht streng nach Fett, und die Engel umschwirren dich, du bist ihre Geliebte, und das Brot darfst du aber essen, das Brot ist die Armeleutepraline. Letzte Woche hat sie mit anderen Frauen Brot gebacken, sie hat mich um vier Uhr morgens geweckt, und ich durfte sie begleiten. Mit einer Rolle ohne Griff hat sie den Teig dünn ausgewalzt, sie hat ein Loch in der Mitte ausgestochen, die flache Hand in eine Wasserschüssel gehalten und mit der feuchten Hand den Teigklumpen an den Rand der Backgrube im Erdboden geklatscht. In der Grube brennen die Holzscheite, die Glut erhitzt den Teig. Ich habe den Brotgeruch tief eingesogen. Das Brot hält zwei Wochen, danach fängt es an zu schimmeln.

*

Die Schandsekte der Aufrührer, sagt Halid, kann mich nicht in allen Wettbewerben schlagen, das wird ein böses Ende mit ihnen nehmen.

Er schlingt seine Seidenwendekrawatte mit gewelltem Rand um seinen Hals, trinkt das Wasser aus dem Hahn des Spülsteins. Als er sich aufrichtet, rutscht die Krawatte zurück vor die Brust, und er stopft sie in die Weste, schaut an sich herunter, zieht den Elastikbund seiner Pyjamahose höher. Seine Familie, die Kinder, die Mädchen, die Frau, sitzt wie befohlen zu seinen Füßen. Er hat sich davon überzeugt: es hat sich in seiner Abwesenheit keine fremde Sitte eingeschlichen, sie sind, für zwei Tage seiner Obhut entzogen, nicht aus dem Tritt gekommen. Er befühlt die frisch gepreßte Krempe seines Huts, betrachtet gedankenverloren Yasmin, die am äußersten Ende des Halbbogens sitzt und ihren Blick auf den Steinboden heftet.

Frau, sagt er, bist du nicht neugierig auf die Geschäfte, die ich gemacht habe?

Du wirst mir davon erzählen, Herr. Wenn du es für richtig hältst.

Nein, sagt Halid, was soll ich meine Zeit vertun? Das alles geht doch nicht in deinen kleinen Frauenkopf hinein … Und ihr, habt ihr die Säcke verladen?

Ja, Vater, sagt Djengis.

Man wird es mir sowieso zutragen, wenn ihr einen Güterzug verschlafen habt.

Ja, Vater.

Dort draußen, sagt Halid und geht wieder auf und ab, sind die Menschen wild, und sie versuchen Fremde übers Ohr zu hauen. Sie haben es also aus alter Gewohnheit auch bei mir versucht. Hatten sie Erfolg damit? ... Du, Tolga, antworte mir!

Nein, Vater. Sie haben sich bei dir verschätzt.

Genau, sagt Halid, ich hätte es nicht besser sagen können. Von meinen Geschäften versteht ihr die Rille eines Dattelkerns, also werde ich sie zum Abschluß bringen, und ihr werdet es schon daran sehen, daß ich das Geld nach Hause bringe ... Bei den Wilden geht es härter zu als bei uns, sie sind mir sehr fremd. Aber Geschäft ist Geschäft ... Deine Tochter Yasmin, Frau, hat keine Schuld auf sich geladen, ich bin nicht unzufrieden. Sie ist dienstbar.

Yasmin hält den Kopf gesenkt. Anstatt sich über das seltene Lob aus dem Munde des Vaters zu freuen, bleibt sie still, dankt ihm nicht, wie es in diesem Hause sonst üblich ist.

Draußen wartet der weise Idiot vom Schatten, sagt Halid, es wird Zeit für die Armenspeisung. Deckt den Tisch, ich hole ihn herein.

Die Frauen eilen zu den Töpfen, Djengis und Tolga nehmen hinter der Hausschwelle Aufstellung an, um den Verwirrten gebührend zu empfangen. Er lebt und schläft im Schatten des verfallenen Kerkers, auch ihm trägt der Wind die Stimmen vom Friedhof zu, und auch wenn er seinen Kopf in Heilschwaden taucht, wie es die Menschen berichten, die ihn von der Ferne mißtrauisch betrachten, gilt er als von Gott Begabter: Er singt, daß die jungen Mädchen erröten, da sie die Herzhitze fast nicht ertragen können. Hinter dem Rücken des weisen Idioten flüstern die Bauern einander zu, daß man ihn am besten mit spitzen Steinen in die Flucht schlagen sollte: Er hat eine jenseitige Kraft, und wenn er singt, muß man um seine Frau fürchten. Halid ficht die Feindschaft der Bauern nicht an. Ein Tschetschenenkrieger, sagt er, ein Tscherkessenfürst, sagt er, egal Tschetschene oder Tscherkesse, sagt er, sie ehren die Ahnen, die früh Vergreisten und die Sänger.

Er bringt ihn herein, der Verrückte hat sich bei ihm untergehakt, er ist fast blind, seine Sehkraft schwankt je nach Tageszeit. Die Söhne des Hauses beugen, kaum daß er eintritt, den Rücken und spritzen ihm aus einer Plastikflasche Lavendelwasser in die Hände. Djengis sagt, er sei geringer als ein Schlammspritzer am Hosensaum des verehrten Sängers. Tolga will ihm die Langlaute abnehmen, doch auf sein Knurren hin zuckt er zurück. Ich segne diese Wärmestube, sagt der Verrückte, ich segne die Kinder, ich segne die Frau, deine Frau Halid, die mir bestimmt Pasteten gemacht hat. Halid schnalzt mit der Zunge, weder mag er es, wenn ein fremder Mann, ob Weiser oder Idiot, über seine Frau spricht, noch hat eben diese seine Frau Pasteten gebacken. Nimm am Tisch Platz, sagt er, setz dich hin, sollen wir dir deinen Mantel abnehmen?

Nur über meine Leiche, sagt der Sänger, deinem jüngsten Sohn solltest du Benehmen beibringen. Er hat versucht, mir meine Laute zu entwenden.

Ich wollte Ihnen nur behilflich sein, sagt Tolga.

Bin ich gelähmt? Sehe ich so aus, als würde ich am Gewicht meiner Laute schwer tragen? Der Höllenvogt, der niedere Teufel, soll mich in seine Arme schließen, wenn ich um meinen Vorteil streite.

Es hat keinen Sinn, sich mit ihm anzulegen, mindestens die Hälfte dessen, was er von sich gibt, ergibt keinen Sinn. Unter dem Bodentisch versucht er seine Beine ineinander zu verschlingen, und da es ihm nicht gelingt, steht er umständlich auf und nimmt im Schneidersitz wieder Platz. Von der rechten Seite gibt ihm meine Mutter den Teller Karotten und grüne Linsen in Olivenöl in die Hand. Er schnuppert an dem Essen, er hat eine Nase, die für zwei Menschen reichen würde, er steckt seine Nase in das Essen, es scheint ihm nichts auszumachen. Und dann sagt er: Wo bleiben meine Nudeln? Meine Mutter eilt daraufhin in die Küche, Halid starrt den fremden Mann an, der in kurzer Zeit zweimal gegen das Hausgesetz verstoßen hat. Erst jetzt trennt sich der Verrückte von seiner Langlaute, er legt sie außerhalb der Reichweite Tolgas auf den Boden.

Es ist meine Moslempflicht, mich im Schatten aufzuhalten, sagt er, die Dorfmädchen kommen um vor Langeweile, oder sie sehnen sich danach, die Nadel für einen anderen Herrn zu führen, und früher oder später nehmen sie die Angebote von durchreisenden Männern an. Und die Bauern? Sie streichen Ammoniaksalz zwischen die Hinterbacken des Esels, der losflitzt, um den Schmerz abzuschütteln. Was für ein kranker Spaß! Willst du nicht, daß die Raben schreien, darfst du keine Moscheekuppelspitze sein. Also bin ich eines Tages in den Schatten gegangen. Und eines Tages wird man mich mit den Füßen voran aus dem Schatten tragen.

Halid lauscht den Worten des Verrückten, doch er kann ihm beim besten Willen nicht folgen. Da der Gast das Essen noch nicht angerührt hat, muß auch er sich beherrschen. Er greift zum Holzlöffel, bedeutet dem Mann, zwischen den Wörtern eine Pause einzulegen und die Linsen und die Karotten zu kosten. Der Verrückte folgt der Einladung, nimmt einen Löffel, kaut mit seinen Backenzähnen und wischt sich anschließend seinen Mund mit dem Handrücken ab.

Gut ja, Gott belohne. Die Priester sind zu Werberednern des Teufels verkommen. Was denkst du darüber, Halid Bey?

Es gibt solche und solche, sagt Halid, die Guten sind wohl in der Überzahl.

Ich lasse mir meine schlechte Meinung über sie nicht ausreden, fährt der Verrückte fort. Eines Tages war ich bei einem Hodscha zu Gast. Ich fragte ihn: Gottesmann, wem sollen meine Fürbitten gelten? Sprechen wir lieber über die interessanteren Dinge des Lebens, hat er mir geantwortet. Ich habe ihm seinen Willen gelassen. Da erzählt er mir einen Witz. Um das Gebet zu beschließen, muß der Gläubige den Gruß zur Rechten und zur Linken entrichten. Zur Rechten steht der Erzengel Gabriel, zur Linken der Todesengel Asrael. So weit, so gut. Der Hodscha verrät mir, daß er immer, wenn er nach links grüßt, dem Todesengel zuraunt, er solle sich schleunigst verziehen, er habe vor, noch lang zu leben.

Tolga kann das Lachen nicht unterdrücken, der böse Blick des Sängers läßt ihn jäh verstummen. Der Verrückte ermahnt ihn, er solle sich eine Auffassung von Gut und Böse bilden, doch weiter kommt er nicht, meine Mutter setzt ihm die Schüssel Nudeln vor. Wieder steckt er seine Nase in das Essen, wieder zieht er den Geruch tief in seine große Nase hinein. Endlich fängt er an, Löffel um Löffel zu essen, Halid macht es ihm nach, wir folgen dem Mann unserer Mutter.

Ich war für einige Tage in einer fremden Stadt, setzt Halid an, ich kann nur froh sein, daß ich dort nicht leben muß.

Haben dich die Fremden ausgeraubt? sagt der Mann.

Sie waren kurz davor, aber ich habe mich vorgesehen.

Deine Geschäfte führen dich also in andere Städte, stellt der Verrückte fest. Er hat seinen Mund voll Nudeln, man kann ihn nur mühsam verstehen.

Ich will mich umsehen, sagt Halid, das ist das Vorrecht eines jeden Geschäftsmanns.

Du warst doch bei der Eisenbahn, ich habe dich manchmal aus meinem Schatten heraus gegrüßt.

Als Eisenbahner wäre ich nicht so weit gekommen, die Bürokratie hat mich fast den Verstand gekostet.

Ach, so ist es, sagt der Verrückte, ich dachte, sie hätten dich vor die Tür gesetzt, weil du wichtige Akten verbrannt hast.

Alter Mann, sagt Halid, du weißt nicht, was du redest.

Es herrscht eine Stille wie vor einer Schlägerei, Halid hat den Löffel neben den Teller gelegt und die Faust geballt, der Verrückte kaut ungerührt an den Nudeln und schluckt sie herunter.

Ich gebe nur das allgemeine Gerücht wieder, sagt er, eigentlich wollte ich etwas anderes erzählen. Ich wünsche dir natürlich viel Erfolg bei deinen Geschäften. Willst du von mir das Verhör des Teufels durch den Propheten hören?

Halid nimmt das Friedensangebot an und entspannt sich wieder, er führt den Löffel zum Mund und läßt den Blick über seine Kinder und die Frau wandern. Dann bittet er den Mann, fortzufahren.

Der Prophet war mit seinen Getreuen unterwegs, sagt der Verrückte, und vielleicht dachte er im stillen darüber nach, mit welcher Währung er des Teufels Listen vergelten sollte. Da erscheint ihnen in der Wüste der siebenmal Verfluchte, in allen Schriften und heiligen Büchern stellt sich der Teufel den Gesandten meist in der Wüste in den Weg. Die Krieger des Propheten wollen ihn vernichten, aber der Prophet hält sie zurück und sagt ihnen, der Teufel sei von Gott geschickt worden und müsse ihm jetzt Rede und Antwort stehen, er müsse, da Gott seine Zunge gelöst habe, während des Verhörs bei der Wahrheit bleiben. Er fragt ihn: Wer ist dein Tischgenosse, der Teufel antwortet: Der Wucherhändler!; er fragt ihn: Wer ist dein Gast?, der Teufel: Der Dieb!; der Prophet fragt: Wer ist die Pupille deines Auges?, der Teufel: Die Männer, die ständig bei der Ehre ihrer Frauen schwören; der Prophet fragt: Was bricht dir das Kreuz?, der Teufel: Das Schnauben der Pferde, die in den Heiligen Krieg ziehen … Das geht eine Weile so weiter, Frage Antwort, Frage Antwort, der Teufel schwitzt, obwohl ihn sein Schuppenpanzer vor Kälte oder Hitze schützt. Es quält ihn, daß er seine Geheimnisse preisgeben muß. Dann kommt die Frage: Wo suchen deine Söhne den Schatten in der größten Mittagshitze und wenn der giftigheiße Südwind weht? Der Teufel antwortet: Unter den Fingernägeln der Menschen … Das Verhör geht weiter, und ich habe den Ausgang der Geschichte vergessen. Wahrscheinlich werden der Prophet und seine Krieger den siebenmal Verfluchten in die Flucht geschlagen haben. Aber besonders die letzte Frage des Gesandten und die letzte Antwort des Teufels, die ich euch wiedergegeben habe, lassen mich nicht in Ruhe.

Weil du auch im Schatten lebst? sagt Halid.

Ja, sagt der Verrückte, und du weißt, daß ich mit diesen zehn Fingern spielend Essen und Trinken erbettele.

Worin genau besteht das Problem? läßt sich Djengis vernehmen, was genau quält dich?

Wenn also, wie der Teufel auf des Gesandten Frage hin verrät, daß seine Söhne unter den Menschennägeln Zuflucht vor Sonne und Wind suchen, muß ich mich vorsehen. Und das tue ich, bei Gott. Ich habe heimlich eure Nägel gemustert, seid mir nicht böse. Da und dort ist Schmutz, natürlich fällt es nur jemandem auf, der so gewissenhaft hinsieht wie ich.

Halid verspannt sich wieder, in seinem Haus ist ein drittes Mal gegen ihn und seine Familie eine Beleidigung ausgesprochen worden.

Ihm ist der Appetit vergangen, also schiebt er den halbvollen Teller von sich fort, wendet sein Gesicht zum halbblinden Sänger, der mit seinem Handrücken über seine Nase fährt, immer und immer wieder. Meine Mutter hat sich fast sitzend eingerollt, sie zerbeißt den Schamtuchzipfel, wir dürfen uns nicht regen.

Wenn du mir etwas mitzuteilen hast, sagt Halid, dann rede nicht in krummen Ziegenpfaden herum. Also, du willst mir weismachen, daß in meinem Haus Teufel Quartier bezogen haben.

Nicht in deinem Haus, sagt der Mann, aber unter deinen Fingernägeln, und unter den Nägeln deiner Söhne. Bei deiner Frau und deinen Töchtern gibt es nichts zu beanstanden.

Nun gut, sagt Halid, du warst bei mir zu Gast, ich fürchte, das letzte Mal, und jetzt wirst du dich mit deiner verdammten Langlaute in den Schatten verziehen. Frau, pack ihm das Essen ein, wir wollen keinen hungrigen Gast entlassen.

Er rauscht ins Schlafzimmer, der Verrückte steht umständlich auf und läßt sich dabei nicht helfen. Die halblaut ausgestoßenen Flüche Halids treffen ihn nicht, und wenn doch, so läßt er es sich nicht anmerken. Meine Mutter hat einen vollen Teller Nudeln in Zeitung eingeschlagen, sie übergibt ihn mir, und ich reiche ihn weiter an den Mann. In meinem Schatten ist nur für einen Selbstvergessenen Platz, flüstert er uns zu, ich würde euch sonst gerne einladen. Ich will ihn am Ellenbogen stützen, er wehrt verärgert ab. An der Hausschwelle knie ich mich hin, halte seinen rechten Schuh hoch, in den er mit leicht angewinkeltem Bein hineinschlüpft. Er stöhnt auf und murmelt etwas von einem Juckreiz, mit den Handrücken fährt er diesmal über die Nase, und ich schaue auf: in seinem Nasenloch steckt eine Nudel. Bevor er eingreifen kann, bohre ich den Schuhlöffel in seine Nase, ziehe damit die Nudel heraus, und dann trifft schon ein leichter Schlag meinen Arm, ich helfe ihm in den linken Schuh, starre auf die Nudel am Schuhlöffel. Er geht durch die offene Tür, spricht vor sich hin, redet von Vätern, die wie Viehpfleger ihre Kinder großziehen, noch einmal sehe ich ihn sich an der Nase kratzen. Die Langlaute wippt im Gleichtakt seiner Schritte. Jetzt ist es still, ich schließe die Tür hinter ihm.

Das war das letzte Mal, daß ich einen Minderwertigen mit Löchern in den Socken eingeladen habe! sagt Halid, die Armen kümmern mich einfach nicht mehr.

*

Ein kleiner Haken an einer Schnecke aus Silberdraht, sie schaukelt in meiner Atemluft, ich hole tief Luft und puste die Schnecke an, sie pendelt, sie schaukelt, sie wiegt sich am Haken.

Dein Vater hat das Filigran mitgebracht, sagt meine Mutter, freu dich, wir haben nichts bekommen.

Ein Geschenk von Yasmin, ich werde mich bei ihr bedanken.

Meine Mutter sieht mir hart in die Augen, schüttelt den Kopf. Es ist ihr nicht recht, daß ich ihren schönen Lügen nicht

51

glaube. Die Schnecke halte ich ans Licht, weißer Feuerschweiß glimmt auf, da und dort, oder schmilzt der Draht in der Hitze und wird wieder fest? Er läßt sich verbiegen und gerade machen.

Ich habe einen Ohrring, aber kein Loch im Ohrläppchen, sage ich.

Wir lassen dir die Ohren von Fatma Hanim durchstechen, sagt sie, ich bin ihr oft zur Hand gegangen. Also ist sie mir eine Gefälligkeit schuldig. Sie wird sich nicht verweigern.

Ich will es sofort, bitte!

Du kannst noch einige Tage warten, sagt meine Mutter und nestelt an ihrem Mittelfinger, um den sie aus Unkraut einen Ring geflochten hat. Sie nimmt ihn ab, spuckt durch den Krautkranz dreimal hindurch, streift ihn wieder über den Finger. Eine Krankheit will sie besiegen, ihr Glaube ist stärker als die Krankheit.

Du wirst schon nicht vor Ungeduld platzen, wenn wir damit etwas warten. Bitte Mutter, flehe ich sie an, vertage nichts auf morgen, so lautet doch das Hausgesetz deines Mannes, bitte machen wir es jetzt.

Als sie mein Betteln nicht mehr erträgt, gibt sie nach und läßt Fatma Hanim, die Frau des Krämers, rufen, der beim Gehen ein Bein nachzieht. Wenig später ist sie auch schon da, ihre Fleischwülste wackeln, wenn sie sich bewegt. Da sie kaum still sitzen kann, wackelt sie fast immer.

Die Männer haben ihre Beschneidung, wir Frauen haben das Ohrstechen, sagt sie zur Begrüßung und klatscht in die Hände, ich klatsche mit, Selda ermahnt mich, ich solle mich nicht wie ein Kind benehmen, und darüber muß Fatma Hanim so sehr lachen, daß sie fast erstickt.

Freude und Schmerz, sagt sie und schaut mich an, liegen eng beieinander, also gut, also gut, meine Prinzessin möchte Ohrringe tragen, darin liegt keine Schande, sieh her, ich trage auch welche. Aber sei so gut und schreie nicht maßlos, wenn wir deine Ohrläppchen beschneiden.

Sag nicht solche Sachen vor dem Kind, sagt meine Mutter, sie versteht es falsch.

Komm her, mein Mädchen, sagt Fatma Hanim und legt mich übers Knie. Sie führt durch die Öse einer Steppnadel einen Faden, der mit Honigwachs bestrichen ist. Ich fädelte immer einen viel zu langen Faden in die Nadel, erzählt sie, und weißt du, was meine Mutter dazu zu sagen wußte? Langes Fädchen, faules Mädchen. Sie lacht und schüttelt mich auf ihrem Knie, die Silberschnecke habe ich in meiner Handhöhle umschlossen, bald wird sie an meinem Ohr baumeln. Fatma Hanim nimmt mein Ohrläppchen zwischen Daumen und Zeigefinger und knetet es sanft.

Ich drücke das Blut zurück in den Kopf, erklärt sie, ich sehe schon, das gefällt dir, vielleicht wirst du ja gleich einschlafen, mein Zuckerkringel, mein Herzchen.

Doch plötzlich, ohne Vorwarnung, stößt sie mir die Nadel ins Ohrläppchen, der Schmerz ist unerträglich, ich weiß nicht mehr, was mit mir geschieht, ich werde durchgeschüttelt, und als ich die Augen öffne, spüre ich die Wangenklapse, die mir Selda versetzt. Es ist vollbracht, flüstert mir Fatma Hanim ins Ohr, es ist vorbei, alles gut, wach auf, mein Zuckerstückchen. Aber es ist nicht alles vorbei, ich weine vor Schmerzen, daß ich keine Luft bekomme, ich laufe im Gesicht blau an und muß aufschluchzen, und auch wenn sie alle im Zimmer klatschen und Lieder singen, der Schmerz vergeht nicht, der Schmerz bleibt.

Schau her, sagt Fatma Hanim und zeigt mir die Steppnadel, sie steckt nicht mehr in deinem Ohr, das haben wir schon mal geschafft. Schiel ruhig zur Seite, ja, genau da siehst du doch an beiden Enden des Fadens je einen Knoten. So rutscht der Faden nicht aus dem Loch. Und in der Fadenmitte ist auch ein Knoten, der ist ein bißchen dicker als die beiden anderen. Der füllt das Loch aus, das ich dir gestochen habe, so kann das Loch nicht wieder zuwachsen. Weißt du, wieso ich dir das alles erzähle?

Nein, sage ich, ich will, daß der Schmerz weggeht.

Ja, sagt sie, das wollen wir doch alle. Die Geschichte über die drei Knoten am Faden in deinem Ohr, diese Geschichte kannst du deinen Freundinnen weitererzählen, sie finden sie bestimmt sehr spannend. Ich habe keine Freundinnen, sage ich, nur Fulya.

Ist es das böse Mädchen, das sich am Fenster nackt auszieht? fragt sie lächelnd meine Mutter.

Sie meint es nicht böse, sagt Selda, bestimmt nicht böser als die Jungs, die Katzen an ihren Schwänzen packen und verbrennen.

Du kannst deiner Freundin den Faden zeigen und von den Knoten erzählen.

Bin ich jetzt beschnitten? frage ich.

Meine Mutter schaut Fatma Hanim böse an und erklärt, daß ich einfach nur alt genug bin, Schmuck zu tragen, die verehrte Ohrstecherin sei eine lustige Frau und mache gerne Scherze, und wer ihr alles glaube, gehe ihr auf den Leim.

Fatma Hanim stellt mich auf die Beine, streicht mir über den Kopf und trinkt Mokka aus dem Schnabelkännchen, das Yasmin ihr auf einem Tablett reicht. Sie erzählt, daß ihr Mann, der keiner Menschenseele etwas zuleide getan hat, ausgerechnet ihr, seiner rechtmäßigen Frau, ewige Feindschaft geschworen habe. Wo gibt es einen vollständig ausgestatteten Menschen? sagt sie, mein Mann hat ein gesundes Bein, das andere macht, was es will. Er kann mit seinen gesunden Armen den Staub des Tages abklopfen. Und ich? Schlankheit steht den jungen Mädchen. Er soll doch froh sein, daß er mich hat. Und so spricht sie vor sich hin, nimmt einen Schluck, schimpft auf die teuer aussehenden Frauen der Neuzeit, die keine Schamschurze unter den Röcken tragen.

Ich presse die Hände aneinander und verstecke sie zwischen den Schenkeln. Selda zwinkert Fatma Hanim zu. Sie stellt ihre Tasse ab, klopft auf das Knie, ich stehe unwillig auf, traue mich aber nicht, einen Schritt in ihre Richtung zu machen. Yasmin nimmt mich auf ihren Schoß. Diesmal soll ich mich beherrschen und nicht in Ohnmacht fallen, doch als die Nadel durch mein linkes Ohrläppchen sticht, kippe ich zur Seite weg.

Ich schlage die Augen auf, Fatma Hanim wirft mir von der Haustür eine Kußhand zu, klimpert mit den langen Wimpern.

Zwei Schmetterlinge haben sich auf meinen Augen niedergelassen, sagt sie, das kannst du auch deiner bösen Freundin erzählen.

*

Sie zwirbelt Seidenband zwischen die Zinken einer Filetnadel, dreht am Holzgriff, tupft Leim, dreht und windet ein Stück Band um die Stoffknospe, und es entsteht vor meinen Augen eine Rose mit Blättern. Die Puppe steckt in einem Kleidchen aus Baumwollbatist, von der Taille bis zum Saum zieren fünf Bahnen aus Spitzenborte den Glockenrock. Yasmin hat rosa Röschen aufgenäht. Der große Büstenkopf ist drehbar, zwei Farbpunkte sind in die Nasenlöcher getupft. Wenn ich auf die harten Babybacken klopfe, tönt es hohl.

Ich schenke es dir, sagt Yasmin, jetzt ist es fertig.

Du hast mir doch die Silberschnecke geschenkt.

Der Schmerz hat dir die Freude vergällt, sagt sie, das hier ist ein Geschenk, und du mußt keine Angst haben, daß man dir deswegen weh tut.

Sie küßt mich auf die Augen, auf die Schmetterlinge, ich drehe den Puppenkopf so weit, daß mein Püppchen Yasmin ansehen kann, wenn es mit ihr spricht.

Wie sieht die fremde Stadt aus, in der du warst?

Wer spricht jetzt, du oder deine Puppe?

Wir beide mit einer Stimme, sage ich.

Sie ist größer als unsere Stadt. Es sind viele Menschen auf den Straßen, ehrbare Frauen und Banditen, man kann sie nicht auseinanderhalten.

Wieso nicht? frage ich.

Sie sehen anders aus als wir. Sie haben andere Gesichter. Die Männer streifen den Dreck unter ihren Schuhen an der Bordsteinkante ab. Das hat mir weniger gefallen. Aber die Gentlemen …

Was sind Gentlemen?

Höfliche junge Männer, sagt sie, Männer, die einer Frau in den Mantel helfen und die ihr den Vortritt lassen. Männer, die Gedichte auswendig können und bei passender Gelegenheit aufsagen. Sie stoßen nicht bei Tisch laut auf, sie erregen nicht das Mißfallen von Frauen.

Hast du so einen Mann kennengelernt? Das fragt die Puppe.

Dann sag deiner Puppe, sie soll nicht allzu neugierig sein … Ich habe einen Mann und eine Frau belauscht, sie saßen an einem Tisch draußen vor einem Kaffeehaus. Ich mußte auf den Vater warten.

Sie rückt den Puppenrock gerade, berührt die Röschen, geht mit dem Zeigefinger die Bortenstreifen ab. Dann krault sie meine Puppe am Kopf, als ob sie Haare hätte.

Wir müssen ihr eine weiße Haube aufsetzen, sagt sie, und du mußt dir für sie einen Namen einfallen lassen.

Hatidsche?

Nein, der Name ist zu altmodisch.

Yasmin?

Komm, sagt sie, wenn du Yasmin rufst, sind die Puppe und ich völlig verwirrt. Wir wissen dann nicht, wen du von uns beiden gerade meinst.

Fulya?

Der Name ist schon an deine kleine Freundin vergeben.

Ich weiß es, rufe ich aus, Püppchenpupp!

Püppchenpupp? … Von mir aus. Und jetzt mußt du schlafen. Damit die Schmerzen vergehen. Gute Nacht.

Gute Nacht, sage ich, und Püppchenpupp sagt auch gute Nacht. Das Licht erlischt, Yasmin setzt sich ans Fenster und schaut still hinaus. Sie schweigt, damit ich einschlafen kann.

4

Zu Füßen der Zypresse liegt der Mann, neben Schutt und alter Asche, zwischen leeren Olivenölkanistern, sein Kopf ruht auf der Kante eines zerbrochenen Spiegelrahmens, Zypressenzapfen sind auf ihn gefallen, der leichte Regen hat sein Gesicht gewaschen, es glänzt. Seine Schuhe hat er auch im Fall anbehalten, oder er ist in den Müllgraben hinabgestiegen, und weil das Leben ihn nichts mehr anging, rutschte er auf dem Hosenboden herunter und hat sich dabei an Stein und Spiegelscherbe geschnitten. An seinem Hals klafft ein Riß, ein zweiter roter Mund. Sein eigentlicher Mund hat dünne Lippen, die Goldzähne blinken in der Sonne wie Murmeln.

Ich schaue auf ihn herab, Männer und Kinder und Frauen schauen auf ihn herab. Die reiche Nachbarin im blickdurchlässigen Schamtuch unterhält sich mit Senem Hanim: Der Mann dort unten hat sich Gewalt angetan, weil die Roten seinen Sohn für treue Dienste am Vaterland, an einem Vaterland, das sie bekämpft haben, mit Kugeln belohnten. Sie sind schuld am Tod des Sohnes und des Vaters. Man brachte ihm gestern abend die Nachricht vom Heldentod des Frontsoldaten, er muß eine Nacht darüber geschlafen haben. Oder aber er traf die Entscheidung gleich, kaum daß eine Stunde verstrichen war, und er ging, ohne einen Abschiedsgruß, von zu Hause weg. Auf jeden Fall muß er noch seinen Festtagsanzug angezogen haben. Senem Hanim zeigt auf den Mann im Müllgraben, und ich schaue in die Richtung, die Männer und Kinder und Frauen sehen die Krawatte, die quer auf seiner Brust liegt.

Er hat es nicht ausgehalten. Wenn man ihm seinen Sohn

entreißt, entreißt man ihm die Seele, und was soll der Körper herumgehen, eine leere Hülle hat keinen Hunger, keinen Durst, ein solcher Körper ist für den Todesengel Asrael eine leichte Beute.

Die reiche Nachbarin wischt ihren Mund mit dem parfümgetränkten Ziertuch, steckt es wieder in den Ärmel, der Armeleutegeruch setzt ihr zu.

Sie widerspricht: Selbstmord ist Sünde, er hätte es nicht tun dürfen, ein Familienvater kann nicht einfach so Schluß machen. Was geschieht jetzt mit seiner Frau? Mit den anderen Kindern? Gott hat den Ältesten zu sich genommen, die restlichen fünf Kinder leben noch, sie müssen nun ohne den Vater auskommen. Barbarisch. Die Zivilisation verbietet den Selbstmord. In der Religion gilt der Selbstmord als Todsünde. Nach dem Gesetz muß ein Mann trotz der Verluste weiterleben. Die jungen Männer nicken beifällig, die Alten dagegen lassen sich ungern von einer Frau in der Öffentlichkeit belehren. Sie gehen auf Abstand zu der reichen Nachbarin, sie aber sagt: Auf eure Gunstbezeugung bin ich nicht angewiesen, wenn sie ausbleibt, komme ich nicht zu Schaden. Die Menschen warten auf die Polizisten, sie werfen einander immer wieder verstohlene Blicke zu, ich starre auf den toten Mann, der in aller Ruhe daliegt, als würde er gleich aus einem ungesunden Schlaf erwachen. Plötzlich werde ich herumgerissen, ich stolpere und fange mich und falle in den Laufschritt, die große Hand drückt meine Hand zusammen. Als wir die Menschenmenge hinter uns lassen, dreht sich Tolga um und gibt mir eine Ohrfeige, und dann folgt noch ein Klaps auf die andere Wange.

Was hast du dir dabei gedacht, Mädchen? schreit er, unsere Mutter ist halb tot vor Sorge.

Ich habe draußen im Garten gespielt, da liefen die Menschen in eine Richtung, und ich bin auch in die Richtung gelaufen.

Wenn man es dem Vater zuträgt, kennt er keine Gnade. Was tust du uns da an?

Sterben soll er, sage ich.

Halt deinen Mund, ruft er und schubst mich, daß ich hinfalle. Er hilft mir aufzustehen, und es ist wieder gut, wir gehen nebeneinander her wie Bruder und Schwester, seine Wut ist verflogen.

Der Mann hat sich umgebracht, weil sein Sohnsoldat tot ist, sage ich.

Ich weiß, sagt Tolga.

Jetzt sind beide tot, jetzt haben sie sich beide im Jenseits, jetzt können sie sich umarmen und feiern.

Woher willst du das wissen?

Wenn der Mann meiner Mutter stirbt, kann er seine Ahnen wiedersehen, sage ich, die Ahnen freuen sich bestimmt.

Es sind auch deine Ahnen, Mädchen. Und berufe nicht den Tod des Vaters, sonst fängst du dir einen Schlag, daß du fliegst!

Durfte der Mann das tun oder nicht? frage ich.

Nein, er hätte versuchen müssen, damit zurechtzukommen … Wo hast du deine Puppe gelassen?

O Gott, sage ich und fange an zu weinen. Tolga ermahnt mich, mich nicht von der Stelle zu rühren, dann rennt er zurück zum Müllgraben. Ich fange mit geschlossenen Augen an laut zu zählen, bei der Zahl Achtundvierzig ist er wieder zurück und gibt mir Püppchenpupp. Ich drücke sie an die Brust, und als ich Tolga vor Dank küssen will, schaut er mich an, schüttelt lachend den Kopf, macht sich klein und läßt es zu.

Yasmin hat dir aber eine schöne Puppe genäht.

Ja, sage ich, der tote Mann … ist er das Grillfleisch Gottes?

Um Gottes willen, sagt Tolga, woher hast du das?

Der Hodscha nennt Todsünder Allahs Grillfleisch, sage ich, sie würden in alle Ewigkeit in der Hölle schmoren. Er hat es beim Freitagsgebet verkündet, und Fatma Hanim hat es meiner Mutter zugetragen.

Von großen Dieben nimmt man Pfennigbuße. Kleine Sünder müssen aber teuer büßen.

Was heißt das? sage ich.

Ist nicht wichtig, sagt Tolga, was verkündet der Hodscha denn noch so an großen Weisheiten?

Die Gläubigen kommen nicht gleich ins Jenseits, sage ich, es gibt erst eine Große Befragung. Und vor der Großen Befragung werden der Seele eines schlechten Menschen große Schmerzen zugefügt.

Das Gerede eines maulfrommen Analphabeten, sagt Tolga und spuckt aus, wir leiden hier in diesem Leben und sollen auch im anderen Leben bestraft werden … pah!

Ist der tote Mann sündig gewesen?

Verzweifelt war er, schreit Tolga, diese verdammten Amerikaner, das ganze Unglück haben wir ihnen zu verdanken!

Er verstummt, und weil er sich abwendet, schlucke ich tausend Fragen herunter, die ich ihm stellen wollte, eine Frage, was die Amerikaner sind, eine Frage, ob Gott eine Familie auch nach dem Tod zusammenführt, und auch die Frage, ob mein Smaragdgott mich dann mit schönen Träumen beschenkt. Wir gehen am Kaffeehaus vorbei, die Männer sitzen auf den Stühlen und starren mit leeren Augen vor sich hin. Der Kaffeehausbetreiber hält die Zeitung hoch, liest den Männern die Schlagzeilen laut vor: Wir sind stolz auf unsere Korealöwen! Euch ein schönes Schicksal und euren Feinden Verderben! Wetzt die Scharten eurer Bajonette!

Tolga bleibt stehen, ruft dem Mann zu, die toten Söhne des Vaterlandes würden aber viel davon haben, wenn das Vaterland sie mit dummen Märchen abspeist.

Euch Bolschewisten kriegen wir auch, ruft der Mann zurück, ihr fallt unseren Soldaten in den Rücken.

Geh und wasch dein Maul, schreit Tolga, mit den Bolschewisten habe ich nichts zu tun!

Ist man schon ein Bolschewist, wenn man seine Zweifel an den Amerikanern hat? mischt sich ein anderer Mann ein, du, Hakki Effendi, solltest es als belesener Mann besser wissen.

Ich frage mich, wer ist unser wirklicher Feind, sagt ein anderer Mann, die Roten oder die Amerikaner?

Ein klarer Fall von Zweifrontenkrieg, sagt Tolga, man muß unsere Jungs wieder heimholen.

Wieso? sagt Hakki Effendi, damit sie sich wie du um den Haushalt kümmern, Tschetschene?

Paß auf, daß ich dir nicht die Scheiben einschmeiße, du Rindskopf, ruft Tolga.

Er nimmt mich wieder bei der Hand, geht weiter und achtet nicht auf die Verwünschungen des Kaffeehausbetreibers.

Zu Hause muß ich zur Strafe dafür, daß ich mich unerlaubt vom Garten entfernt habe, Püppchenpupp einen halben Tag abgeben. Yasmin verspricht mir, gut auf sie aufzupassen, sie zu füttern und zu streicheln. Meine Mutter spricht nicht mit mir, eine große schwarze Wolke schwebt über unseren Köpfen, sagt sie, Mord und Gewalt alter Tage kehren zurück, dann verstummt sie und faltet die gebügelte Wäsche. Sie ist wie erstarrt, und sie erstarrt immer, wenn sie gefangen ist in den Bildern ihrer Kindheit, von der sie uns fast nichts erzählt. Yasmin spricht von der Wiederauferstehung der Toten oder von der Elendszeit der Lebenden, ich verstehe sie nicht. Wir leben noch, ich zähle die Familienmitglieder ab, atme erleichtert auf, weil wir vollzählig sind, oder reiße die Augen auf, um einen wandelnden Toten zu entdecken. Meine Geschwister flüstern einander zu, und sobald ich den Raum betrete, fangen sie an, über etwas anderes zu sprechen, in normaler Lautstärke. Ich schnappe Satzfetzen auf: Der Sohn des Krämers ist auch tot … Fatma Hanim beweint ihren Sohn … Die Ärmste, alle Lebensfreude ist dahin … Das haben wir den Amerikanern zu verdanken.

Als ich im Garten für Püppchenpupp ein kleines Höhlenbett aushebe, sehe ich Fatma Hanim, die von zwei Frauen gestützt nach Hause gebracht wird. Sie bricht zusammen, sie zerreißt schreiend ihre Bluse und schlägt sich auf die Brust, immer wieder, die Frauen können sie davon nicht abhalten, ihre Brust ist wie ein Wundmal rot angelaufen. Meine

Mutter stürzt in Begleitung meiner Schwestern aus dem Haus, sie spritzen ihr Lavendelwasser auf den Hals, auf die Brust, Yasmin und Selda halten sie fest und versuchen, ihr gut zuzureden.

Auf einen Brief von meinem Sohn habe ich gewartet, schreit sie weinend, und dann kam er in einem großen Umschlag … Gott nehme mein Leben und gebe ihm seins zurück … Was haben wir verbrochen, daß Du uns unser ein und alles wegnimmst?

Meine arme Fatma Hanim, klagt meine Mutter, Gott nimmt das Leben in der Sekunde, die er uns mit Leben beschenkt … Möge dein großer Sohn in Frieden ruhen.

Amin, stimmen alle Frauen ein, sie schütteln die Ohnmächtige wach, die sofort Anstalten macht, sich das Gesicht zu zerkratzen.

Schau, sage ich, die Ohrläppchen sind verheilt, fühl mal daran, ich bin wieder gesund.

Ach, mein Zuckerkringel, ruft Fatma Hanim aus, doch weiter kommt sie nicht, sie muß wieder weinen, und auch die Frauen können sich nicht mehr zurückhalten, sie weinen alle hemmungslos. Ich drücke Püppchenpupp an die Wange von Fatma Hanim und umarme sie beide. Selda eilt ins Haus und bringt eine Karaffe Wasser, sie gießt das Wasser über Fatma Hanims Kopf, meine Mutter betet leise für die Seele des Frontsoldaten.

Sein Vater will nicht mehr leben, sagt Fatma Hanim, er wollte es dem Mann im Müllgraben gleichtun. Was ist mein Leben wert, hat er ausgerufen, mein einziger Sohn ist tot, was soll ich mit meinem Leben?

Ihr müßt in dieser Stunde stark sein, sagt meine Mutter, ich verstehe euch nur zu gut. Aber versündigt euch nicht wider Gott. Du mußt deinem Mann beistehen, alleine wird er es nicht schaffen.

Fatma Hanim möchte eine Münze auf den Traum meiner Mutter setzen, sie verspricht ihr, daß sie sich am heiligen

Freitag zum Träumen hinlegen wird. Der Sohn wird ihr ganz bestimmt erscheinen, und sie wird ihn danach fragen, ob es ihm gutgeht, ob er die Große Befragung bestanden hat. Sie entnimmt auf Fatma Hanims Bitte hin aus ihrer Geldbörse ein Kurusch, sie läßt die Münze von ihr küssen und Allahs Einfaltigkeit laut beschwören. Fatma Hanim erhebt sich schwerfällig, beschattet ihre Augen, schaut in die Ferne.

Sei stark, sagt meine Mutter, du wirst bald Nachricht von deinem geliebten Sohn erhalten. Und jetzt geh zu deinem Mann und tröste ihn. Er kommt alleine nicht zurecht.

Ja, sagt Fatma Hanim, wann kann ich mit der Nachricht rechnen?

In fünf Tagen, nur ein bißchen Geduld.

Ja. Dann gehe ich wohl nach Hause ... Und du, mein Zukkerstück, hast wirklich eine schöne Puppe.

Danke, sage ich und küsse ihre Hand, führe sie an die Stirn, kommst du uns bald besuchen?

Sehr bald, sagt Fatma Hanim und schaut meiner Mutter in die Augen, Gott mit euch.

*

Halid führt das Wort im Kaffeehaus, er schreit alle an, die die Amerikaner schuldig sprechen: Der Iwan-Imperator muß bekämpft werden, wo immer er auch seinen Rattenkopf zeigt. Der Bolschewist versklavt die Stämme und die Sippen. Lieber würde er es mit den Heiden halten als mit den Gottlosen. Die jungen Männer gehen aufeinander los, sobald sie sich auf offener Straße treffen. Sie schreiben Parolen auf die Hausfassaden: DER BLUTKRIEG IST NICHT UNSER KRIEG! KOMMUNISTENBRUT VERRECKE! EHRE UNSEREN KO-REAKRIEGERN! Die Polizisten stürzen sich auf die wilden Maler, Pinsel und Farbtöpfe fliegen durch die Luft. Bei einem Handgemenge löst sich ein Schuß aus der Waffe eines Polizisten und tötet einen Schüler, der seinen Bruder im Krieg verloren hat. Djengis sagt, man muß die Spione im Hinterland ausräuchern, die Löcher zupfropfen, die Schädel der Verräter spalten. Die Kriegsheimkehrer in unserem Viertel gehen auf Holzkrücken und in eigenartiger Bekleidung herum, sie tragen ihre Uniformen, Halbmondorden hängen an ihrer Brust, die Saumnaht ihrer Soldatenmäntel ist aufgegangen, der schwere Stoff verwischt ihre Fußspuren im Staub. Die Kinder finden Spaß an einem neuen Spiel, sie binden nicht mehr leere Konservendosen an die Schwänze der Katzen. Sie folgen heimlich einem Soldatengespenst, dann blasen sie eine Papiertüte auf und lassen sie platzen. Der Soldat wirft sich fast immer auf den Boden, bedeckt seinen Kopf mit beiden Händen. Ich beteilige mich nicht an diesen Spielen, der Mann meiner Mutter würde mich zum Krüppel schlagen, und Djengis würde mir Püppchenpupp wegnehmen.

Ein Soldat klopft an unsere Tür, zeigt uns sein Bein vor und bittet um Brot und Wasser. Die Kugel hat den Knochen zerschmettert, und die Entzündung hat den Knochen zerfressen. Ein fremder Mann darf in Abwesenheit des Hausherrn nicht eintreten, doch Djengis übernimmt die Verantwortung und bittet ihn hinein. Wer Tapferkeit im Felde zeigt, findet bei uns Aufnahme, sagt er. Der Soldat stellt sich vor, er heißt Schefik und ist Halbwaise, er wohnt mit seinem alten Vater am anderen Ende der Stadt, er streift humpelnd durch die Straßen, um sich an dieses Leben wieder zu gewöhnen und Zivilistenfett anzusetzen. Als ich ihn frage, ob ich die Krücke anfassen darf, schüttelt er den Kopf, es bringt doch nur Unglück.

Meine Mutter läßt parfümierten Mastix in der Pfanne schmelzen, sie gibt Kerzenwachs und Olivenöl bei, dann gießt sie den Sud in einen mit eiskaltem Bachwasser gefüllten Kessel.

Wir müssen warten, bis er fest wird, sagt sie und richtet ihre Schamhaube. Meine Schwestern machen es ihr nach und versuchen, nicht zu oft auf die Wunde zu starren.

Du bist ein Held, sagt Djengis, es ist mir eine Ehre, daß wir dich bei uns willkommen heißen dürfen.

Der Soldat blickt auf seine Hände, dann auf die Schüssel mit Brot und Dörraprikosen.

Darf ich das alles mitnehmen, fragt er, mein Vater hat auch Hunger.

Das ist dein Gottesbrocken, sagt meine Mutter, iß und werde satt, ich werde dir für deinen Vater etwas mitgeben.

Der Soldat nimmt erst eine Aprikose aus der Schüssel, steckt sie in den Mund, dann steckt er die zweite und dritte und vierte Aprikose hinein, stopft sie in beide Backentaschen und beginnt hastig zu kauen.

Hier, das Wasser hilft beim Schlucken.

Nach dem dritten Glas Wasser lehnt er sich zurück. Fülle dem Geldbeutel des Hausherrn, sagt er und ißt die Schüssel Dörraprikosen und Brot leer. Wir starren ihn an, wir starren auf die Wunde.

Es gibt hier Menschen, setzt Djengis an, die jede brennende Kienfackel naßschneuzen. Sie bespucken unsere Soldaten. Außer fressen, saufen und beim Weibe liegen kennen sie nichts im Leben …

Wir haben Befehle befolgt, sagt der Soldat, und sind für nichts gestorben. Der eine verlor einen Arm, dem anderen haben die Feldscher beide Beine amputiert …

Erzähl uns, wie du verwundet wurdest, fällt ihm Djengis ins Wort.

Ich war in einer Erkundungstruppe, sagt der Soldat, wir wurden von den Hängen aus unter schweren Beschuß genommen. Keine Koordination, fremdes Gelände, kein Funkkontakt mit den Amerikanern. Ich sehe auf den Hängen schwere Explosionen, doch dann nichts mehr. Dann aber greifen die Mongolen von allen Seiten an, wir werfen uns auf den Boden und feuern in alle Richtungen. Gott hat uns verlassen. Ich habe es in dieser Lage gedacht, wir alle haben gedacht, daß der Teufel uns in diesen Hinterhalt gelockt hat. Wir brüllen bei jedem Schuß, den wir abfeuern, Seinen Namen. Die Feinde schreien auch, eine einzige Schreiwoge, so etwas hab ich noch nie erlebt: du liegst auf der Erde, feuerst auf die Feinde, und der Schrei aus tausend mal tausend Kehlen fegt über dich hinweg. Sie haben uns zu Tode geschrien, verdammt noch mal. Die Gewehrläufe der Roten spucken den Tod. Sie sind überall, sie blasen eine Lebensflamme nach der anderen aus. Wie habe ich nur in der Hölle überleben können?

Ein Wunder, sagt Djengis, hast du viele Bolschewisten erlegt?

Weiß nicht ... Man schießt, und einer fällt hin. Das gilt für beide Seiten. Vor und zurück, immer wieder. Mal kam Befehl, vorzurücken. Mal der Rückzugsbefehl. Wer durchschaut schon die Pläne der Offiziere. Irgendwann später gerieten wir wieder in den Mongolenkessel, die Amerikaner haben aber mit Luftangriffen den Kessel gesprengt, wir konnten uns zurückziehen.

Also doch, sagt Djengis, einige Leute hier zerreißen sich das Maul darüber, daß sie uns dem Feind ausliefern.

Was ich gesehen habe, hat mir nicht gefallen, sagt der Soldat und verrückt sein wundes Bein, am Anfang fuhren die Laster vollbeladen zur Front und kamen leer zurück. Dann aber sind sie leer hingefahren und vollbeladen zurückgekommen. Die Amerikaner haben sich stillheimlich zurückgezogen. Und wir? Wir waren die Opfertruppe ... Anfangs, ja anfangs haben wir uns wie Könige gefühlt, wir hatten Brot und Zigaretten. Die Amerikaner sagten: Weihnachten sind wir zurück, Christmas Day, sie haben uns erzählt, daß sie am Jahresende immer ihr christliches Fest feiern. Der Endsieg ist eine Frage von ein paar Tagen, rief der amerikanische Hauptmann. Richtige Märchenstunden haben sie mit uns abgehalten ...

Und die Wunde?

Vergiß die Wunde, sagt der Soldat ärgerlich ... wenn wir die Essensreste der Amerikaner den armen Einheimischen gegeben haben, wurden sie sauer, sie wollten uns fast schlagen. Ernährt nicht den Feind, hieß es. Das waren doch arme Schweine. Ich weiß, was wirkliche Armut ist, aber diese Menschen ...

66

Sie haben nasses Brot aus dem Müll geklaubt, getrocknet und gegessen. Der Koreaner ist kein schlechter Mensch, er ist nur hungrig.

Wie kannst du das nur behaupten? wirft Djengis erregt ein, Koreaner, Chinesen, Schlitzaugen – sie schießen auf uns, also sind sie schlecht.

Auf dich haben sie keinen Schuß abgefeuert, sagt der Soldat, sei froh! ... Ich sehe es noch vor mir, eines Tages finde ich an einem toten chinesischen Zivilisten die Armbanduhr eines gefallenen Kameraden. Danach gab es keine Zurückhaltung mehr. Ich habe es nicht mehr darauf angelegt, Gefangene zu machen ...

Meine Mutter legt die milchiggelbe Paste auf die Eiterwunde des Soldaten, schlägt den in Streifen gerissenen Rock mehrmals um das Bein und schnürt die Enden zu einem losen Knoten.

Der Heilbelag wird den Eiter aus der Wunde aufsaugen, sagt sie, du kommst am besten jeden Tag her, und ich lege dir den Verband an. Mit Gottes Hilfe bist du bald geheilt.

Der Soldat macht Anstalten, ihr die Hand zu küssen, doch sie wehrt ihn ab, streicht ihm über den Kopf und lächelt.

Willst du vielleicht noch eine Schüssel Aprikosen?

Nein, sagt er, ich bin satt, danke für deine Güte.

Kannst du uns wirklich nicht erzählen, wie du verwundet wurdest? fragt Djengis, ich bin einfach nur neugierig.

Minus zehn Grad Celsius, sagt der Soldat, es kommt der Befehl, den Hügel einzunehmen. Es ist der Hügel hundertsechsundfünfzig. Ich bin in einer Einheit in einer vorgelagerten Schanze. Sie schießen herunter; wir schießen hinauf. Und dann heißt es, so kann es nicht weitergehen, wir müssen den Hügel erobern. Mit aufgepflanztem Bajonett sind wir da hochgelaufen, rauf und wieder runter sind wir gestürmt. Bei einem Sturmangriff hat es mich erwischt. Das war's dann für mich.

Habt ihr den Hügel eingenommen?

Nein, sagt der Soldat, wir haben sie nur auf eine gute Idee gebracht. Die Mongolen sind heruntergestürmt, und wir mußten die Schanze aufgeben ... Neuntausend Kilometer von der Heimat entfernt, eine eiternde Wunde am Bein, halb erfroren, halb verhungert: Ich habe nur zu Gott gebetet, daß ich nicht wahnsinnig werde, daß er mich so bald wie möglich erlösen soll.

Wie schön, sage ich, daß er deine Gebete nicht erhört hat. Jetzt kannst du von unseren Aprikosen kosten.

Der Soldat lacht und greift sich im selben Augenblick an sein Bein. Vorsichtig nähere ich mich ihm, drücke Püppchen-pupp an seine Wange. Djengis will mich wegziehen, aber der Soldat will, daß ich neben ihm sitze.

Ich habe mit dem Feind nicht kollaboriert, sagt er, ich habe ihm Widerstand geleistet. Jemand befiehlt, und du gehorchst, du hast es nicht in der Hand, was mit dir geschieht ... Als wir mit dem Schiff in Istanbul ankamen, haben wir uns die Augen gerieben. Sie haben sich nicht mehr um uns gekümmert. Ich war eine Mordwaffe, die man benutzt und wegwirft, weil man sie nicht mehr braucht ... Aber es darf mich nicht aufregen, ich habe damit nichts mehr zu tun. Nur die Angst, die verdammte Angst.

Du bist ein Held, strahlt ihn Djengis an.

Ein Scheißdreck bin ich, schreit der Soldat, du feierst falsche Helden, wenn du auf Heldenmut scharf bist, melde dich einfach beim nächsten Krieg freiwillig, und dann will ich dich sehen, wenn du in Schlamm und Dreck hockst und vor Angst in die Hose scheißt.

Djengis will sich auf ihn stürzen, er besinnt sich eines Besseren und steht langsam auf.

Kein Wunder, daß sie dir eine Kugel verpaßt haben, sagt er, Verräter sind verwundbar.

Er schaut sich nach Tolga um, er aber bleibt sitzen. Die Haustür schlägt hinter ihm zu. Djengis brüllt durch das Fenster, an der Front die Deserteure, im Hinterland die Zersetzer, so würden wir selbstverständlich den Krieg gegen das Kommunistenpack verlieren. Fluchend entfernt er sich in Richtung des Kaffeehauses.

Verzeiht meine rauhen Worte, sagt der Soldat, es ist am besten, daß ich jetzt gehe. Ich werde mich wohl bei euch nicht mehr sehen lassen.

Meine Mutter streicht ihm wieder über den Kopf, drückt ihn, da er aufstehen will, auf den Boden, geht in die Küche und kommt mit der gefüllten Schüssel zurück. Kann ich es zulassen, daß du unter meinen Händen stirbst? sagt sie, achte nicht auf meinen Ältesten. Er ist ein Heißsporn. Er glaubt an Dinge, die größer sind als er, und wenn er nicht achtgibt, bringen diese Dinge ihn um. Du wirst morgen auch kommen, und übermorgen, und jeden Tag, bis wir deine Wunde trockengeheilt haben.

Du bist uns weiterhin willkommen, sagt Tolga, du bist ein Held, weil du die Wahrheit aüssprichst. Unsere Politiker sind Lügner …

Schluß mit der Politik, greift meine Mutter ein … ist dein Vater krank?

Nein, er geht am Stock, das macht das Alter.

Hier, ich habe eine große Schale mit Aprikosen, etwas Käse, Brot und sechs Zuckerwürfel eingepackt. Die Schale mußt du mitnehmen und wieder zurückbringen. Du bist doch hoffentlich ein ehrlicher Mensch, ich kann darauf hoffen, daß du uns die Schale nicht wegnimmst.

Nie würde ich das tun, sagt der Soldat und will seine Ehrlichkeit mit weiteren Worten bezeugen, da stockt er mittendrin und lächelt meine Mutter an.

Gott belohne deine Güte, sagt er, aus sieben Bächen sollt ihr siebzig Forellen fischen, und auf das Dach dieses Hauses soll sich ein Goldstaub legen, daß die Menschen wissen: Unter diesem Dach lebt eine Heilige. Laß mich deine Füße küssen.

Meine Mutter läuft rot an und verschwindet eilig in der Küche, sie wird sich erst wieder sehen lassen, wenn sie die

Scham überwunden hat. Von der Küche ruft sie dem Soldaten Segenswünsche zu, der ihr mit Dankesschwüren antwortet. Dann erhebt er sich, Tolga hilft ihm dabei, ich darf ihm die Krücke reichen.

5

Im Anfang sind Farbwolken.

Eine große Wolke verbrennt am Himmel, doch die Sonne ist untergegangen, dies ist ein Zeichen, das erste Zeichen.

Die Träne des Propheten rinnt herab zur Erde.

Ein Mann steht an einem offenen Grab, ein schwarzes Gesichtsgitter verhindert, daß man ihn erkennt. Ohne jemanden im besonderen anzusprechen redet er, er spricht, als wollte er den Toten zu den Lebenden rufen. Dann zeigt er, ohne jemanden im besonderen zu meinen, auf das herabfallende Wasser.

Die Träne des Propheten befeuchtet die Erde.

Der Mann reißt seine Maske herunter, und wenn man glaubte, sein Angesicht sei die böse Fratze eines Heiden, wird man enttäuscht. Er ist ein Unbekannter, er ist ein Derwisch unter Wölfen. Ja, jetzt redet er in einer Lautstärke, daß man ihn verstehen kann, er sagt:

Ich bin ein Derwisch unter Wölfen.

Dies ist ein Zeichen, das zweite Zeichen.

Der Derwisch wirft Kraut in das offene leere Grab, er bleibt regungslos stehen, eine Weile, eine kleine Ewigkeit.

Bei Anbruch der großen Ewigkeit verändern sich seine Gesichtszüge, und er wandelt sich zu einer jungen schönen Frau.

Plötzlich sieht man dieses wunderbare Geschöpf einen Wind herbeibeten.

Die Frau ist müde vom Stehen, sie ist des Sitzens überdrüssig. Männer scharen sich um sie, Krieger tanzen den Messertanz, sie heulen einander an, um den Windbann zu brechen.

Denn der Wind würde das Geschöpf, die junge Frau, um die

sie kämpfen, für die sie bluten, wieder zurückverwandeln in den Unbekannten.

Den Wind können sie nicht bekämpfen.

Doch die Frau können sie töten, keine Gewalt darf sie aus ihrer Mitte reißen. Sie umringen sie, zwischen zwei Wimpernschlägen hat sie sich aber verwandelt.

Dies ist das dritte Zeichen.

Die Tölpel schauen zum Himmel auf und schreien einen großen roten Mond an, der sich aber ihrer nicht erbarmt.

In einem anderen Bild spricht der Unbekannte zu den Kriegern, ein Mann kann einen Mann führen, sagt er, weil er um die männliche Verrücktheit weiß. Eine Frau hat eine Liebe, die das Fassungsvermögen der Hölle übersteigt. Er sagt, fürchtet um euer Heil, Gott nimmt eure Tapferkeit nicht an. Die Krieger steigen, einer nach dem anderen, hinab ins offene Grab, und man kann sehen, daß sie es nicht freiwillig tun.

Der Unbekannte vertreibt die Tölpel, darin liegt seine Macht.

Er wirft die Maske weit von sich fort, sie zerspringt in der Luft, die Splitter regnen als Dämonentränen auf die Erde.

Und wieder verwandelt der Unbekannte sich in die junge Frau, welch eine Schönheit, welch eine Anmut!

Sie geht in großen Schritten, beim Gehen streift ein Fußknöchel den anderen und erzeugt einen Knochenklang, der ihr Kommen den Menschen und den Tieren ankündigt.

Sie schlägt die Raubtiere in die Flucht.

Sie sieht von weitem, wie Asrael, der Todesengel, um ein Kind streicht, dessen Stunde gekommen ist. Gott, der Erhabene, gibt dem Engel ein, dem Kind die Seele nicht aus der Wirbelsäule zu ziehen.

Sie sieht von weitem, daß Zwerge auf den Kronen der Zypressen hocken, die Zwerge werfen ihr Zuckerwürfel zu, sie wollen das junge Mädchen locken, und da sie merken, daß es ihren eigenen Willen hat, ahmen sie Vogelstimmen nach.

Sie vertreiben nicht die Vögel, sie vertreiben nicht die Frau.

Sie genügen sich selbst.

Die Krieger, die Zwerge: alles Zeichen.

Die junge Frau begießt einen Baum, der bittere Früchte trägt, mit Honig. Sie kostet von den Früchten, die Bitterkeit macht ihr nichts aus, sie ißt die Früchte gern, sie ißt alle Früchte des Baumes.

In einem anderen Bild spricht das Mädchen mit dem Unbekannten, es hört sich an, als würden sie streiten.

Der Unbekannte sagt: Du bist erschaffen worden, indem ich so lange ausgespuckt habe, bis der Speichel die Erde befeuchtet hat. In den Schlick blies ich, und ein einziger Atemzug hat genügt, dein Keim war gelegt.

Dies sind die Worte des Versuchers, der mit dem Erhabenen wetteifern will. Die junge Frau sagt: Du bist das, was von mir übrigbleibt, wenn ich das Dunkle abstreife und wenn dies Dunkle zu Asche verbrennt.

Kaum hat sie diese Wahrheit ausgesprochen, löst sich der Unbekannte auf, eine böse Erscheinung ist verschwunden.

Wirst du mir beistehen? flüstert sie, wirst du mich erlösen?

Es kommt ihr ein Mann entgegen, und als er auf gleicher Höhe mit ihr ist, entzündet er eine Paraffinlampe, in deren Schein sie ihn mustert.

Kommt er vom guten Eingang des Lebens?

Hat man ihn über den bösen Eingang des Lebens hereingelassen?

Der Mann setzt die Lampe auf dem Boden ab, und da er sich bückt, fällt ein weiß bemalter Kieselstein aus der Tasche seines Überwurfs.

Er sagt: Das mußte ja so kommen. Ich habe den Stein verloren, jetzt gehört er dir, nimm ihn an.

Sie sagt: Ich habe dafür keine Verwendung.

Er sagt: Mit dem Kieselstein kannst du einen Raubvogel im Sturzflug abwehren.

Sie sagt: Wieso hast du ihn weiß bemalt?

Er sagt: Wenn alles sich in Weiß auflöst, herrscht Reinheit auf Erden.

Sie reden eine Weile, eine kleine Ewigkeit.

Bei Anbruch der großen Ewigkeit sieht man sie in einem anderen Bild.

Sie kehrt zurück zum offenen Grab, unterwegs lauern ihr die Zwerge auf, die von den Kronen der Zypressen herabgestiegen sind. Sie reißen sich die Haare vom Kopf und streuen die Haare vor die Schritte des Mädchens.

Sie gibt acht, nicht auf die Haarbüschel, die gelbweißen Haarbüschel, zu treten, doch das gelingt ihr nicht bei jedem Schritt. Dann knirscht es unter ihren nackten Füßen, als würde sie die Panzer kleiner Käfer zum Zerplatzen bringen.

Das ist ein Zeichen.

Schließlich steht sie am Grab, sie küßt den Boden und steigt hinab in das offene Grab, und während sie mit offenen Augen liegt, wandelt sie sich zu einem jungen Mann in Soldatenuniform.

Fünf Blutmale auf seiner Stirn.

Fünf Fingerkuppen, in Blut getaucht, haben ein fünfteiliges Mal auf seiner Stirn hinterlassen.

Diesen Traum schenkte mir Gott, sagt meine Mutter, und da ich wußte, daß ich ausgeträumt habe, setzte ich mich im Bett auf und dankte Ihm. Fatma Hanim hat ihr Glas Tee nicht angerührt, sie hält die Hand meiner Mutter, mit der anderen Hand zieht sie ihre gelbe Strickjacke herunter und nestelt an den Knöpfen.

Gute Zeichen? fragt sie.

Gute Zeichen, sagt meine Mutter, dein Sohn ist in keine leere Welt entlassen.

Willst du mir den Traum deuten?

Bezeuge erst die Einheit Gottes.

Ich bezeuge es, ruft Fatma Hanim aus und streckt den Zeigefinger in die Höhe. Sie und meine Mutter werfen sich auf den Boden, berühren ihn mit der Stirn, flüstern ein Bittgebet. Selda und Yasmin stimmen ein, ich bewege die Lippen, da ich das Gebet nicht kenne.

Die untergegangene Sonne, setzt meine Mutter an, ist das Zeichen für den Verlust. Du und dein Mann, ihr habt euren Erstgeborenen verloren. Doch im Anfang sind Farbwolken. Sie deuten auf eine frohe Botschaft hin. Gut und Böse, Hell und Dunkel, der Sinn des Lebens entblößt sich dem Verständigen in der Zahl Zwei, doch die Macht jenseits der Zwei hat für die Menschen nur einen Vorhang geschaffen, er öffnet sich vor den Augen allein der Propheten und Prophetinnen. Ein Derwisch unter Wölfen, wer kann das sein? Kein anderer als dein Sohn. Da er verständig ist, hört er nicht auf die Männer und wechselt im Traum das Geschlecht – er nimmt die Weisheit der Frau an. Er ist an der Quelle. Die Neider, das sind in meinem Traum die Krieger, stürzen sich auf ihn, wollen ihn, stürzen sich auf die Frau, wollen sie in das alte Leben zurückreißen. Aber sie haben keinen Erfolg damit. Die Zwerge, Schwester Fatma, stehen für die kleinen Versuchungen, die große Laster zur Folge haben: Herzensgeiz, Hochmut, versagte Nachbarschaftshilfe. Dein Sohn hat sich keiner dieser Sünden schuldig gemacht. Es geht ihm gut im anderen Leben, und ich bin mir sicher, daß er die Große Befragung bestehen wird.

Was haben die Blutmale zu bedeuten? sagt Fatma Hanim.

Die Blutsegnung, sagt meine Mutter, der Schlafende in meinem Schlaftraum ist gesegnet … Du kannst beruhigt sein, es ist schon lange her, daß ich eine derart klare Zeichenkunde erhielt.

Meinem Sohn geht es also wirklich gut? Kann ich das meinem Mann überbringen?

Gute Zeichen, sagt meine Mutter.

Gute Zeichen, wiederholen Yasmin und Selda.

Mein Gott, ich sehne mich nach ihm, sagt Fatma Hanim und weint still vor sich hin, meine Mutter umarmt sie, bis sie sich wieder beruhigt hat.

Ich stehe in deiner Schuld, sagt sie, was kann ich für dich tun?

Nichts, du weißt, ich darf nichts annehmen, sonst versündige ich mich.

Stell mich ein als einfache Magd, ich fege den Boden, bis ich es gutgemacht habe.

Du darfst nicht darauf bestehen, sagt meine Mutter, sonst nimmst du mir mit deinem Lohn die Traumgabe.

Fatma Hanim denkt über diese Worte nach, dann nickt sie, segnet das Haus, in dem wir leben und schlafen und träumen, und macht sich auf den Weg zu ihrem Mann, der, wie sie sagt, vor ihrem Haus auf ihre Rückkehr wartet. Sie will ihn nicht lange im ungewissen lassen.

Ich schaue meiner Mutter in die Augen, sie erhebt sich und geht in die Küche, ich folge ihr nach.

Hast du das alles wirklich geträumt? frage ich sie.

Der Traum ist mir zugeflogen, als ich mit Fatma Hanim sprach. Die Bilder sind also eine Eingebung.

Du hast nicht geträumt, sage ich.

Ich habe mit offenen Augen geträumt, sagt sie, die Bilder haben der Ärmsten Trost gespendet. Darin liegt die Hauptaufgabe des Träumers, mehr kann er sich nicht wünschen.

Kannst du auch Lebende zu Tode träumen?

Sie bohrt die Fingernägel in die Handballen und sagt, am Glück ist niemand gestorben, das ist nicht die richtige Antwort, aber ich will sie nicht verärgern.

Geh, und spiel mit Tand oder Püppchenpupp. Genausogut kannst du deinen Bruder Tolga trösten.

Was hat er denn?

Er kommt um vor Liebe, sagt sie und wendet sich dem Kochtopf zu.

*

Export-Import AMERIKA. Hakki Effendi mustert die Visitenkarte, er wendet sie, und da er nach einem flüchtigen Blick die leere Rückseite entdeckt, dreht er die Karte um, liest ein erneutes Mal, die Silben verschleifend, die Worte laut vor. Er will die Karte dem vor ihm Stehenden zurückgeben, doch Halid macht einen Ausweichschritt, setzt sich auf einen freien Hocker.

Ein Geschäftsmann verteilt seine Visitenkarten, damit man ihn in Erinnerung behält, sagt er, du kannst sie behalten.

Und was soll ich damit?

Deine Börse hat ein besonderes Fach für Visitenkarten. Da steckst du meine hinein. Du wartest so lange, bis dir wieder einfällt, daß du meine Karte hast. Also holst du sie wieder hervor, liest die Zeile, und schon weißt du wieder, auf welchem Gebiet ich meine Geschäfte mache.

So einfach ist es also?

So einfach ist es, sagt Halid, und jetzt bringst du mir einen gesüßten Mokka.

Die Männer an den Tischen haben endlich einen neuen Gesprächsstoff, sie lassen die Würfel rollen, bewegen die runden Steine von einem Zacken zum anderen, schieben ihre Hirtenmützen in den Nacken, schlürfen ihren Tee und blicken endlich auf. Der Mann, der Waren nach Amerika, AMERIKA, exportiert, sitzt vor ihnen, er ist gekleidet wie ein Kreispolitiker, dem sie alle den langsamen schmerzvollen Tod wünschen. Halid zieht den Schweißriemen seiner Mütze gedankenverloren mit dem Finger nach.

Der Bauer Kerem räuspert sich und sagt:

Es soll Klarheit zwischen dir und uns herrschen. Du bist ein Amerika-Exporteur?

Vom ewigen Schlaf bekommt man schwere dicke Lider, sagt Halid.

Der Mann, den sie Ingenieur nennen, weil er zwei Semester Physik an der Universität in der Hauptstadt studiert hat, meldet sich zu Wort:

Wenn zuviel Energie in das System kommt, springt der Überlastschutzschalter an.

Nach einigen Minuten der Stille setzt Halid seine Mütze

auf, schlürft an dem brühheißen Mokka, verzieht angewidert den Mund.

Ich exportiere tatsächlich Baumwolle nach Amerika, sagt er, drei Ladungen habe ich schon verschifft.

Es sollen Schiffe unterwegs untergehen, sagt Hakki Effendi, wir leben in sehr schwierigen Zeiten.

Wenn du danach gehst, sagt Halid, kannst du beim Umrühren der Giftbrühe, die du uns als Mocca servierst, tot umfallen.

Mein Kaffee schmeckt dir nicht?

Man muß eben nehmen, was man vorgesetzt bekommt, sagt Halid, ich nehme es dir nicht übel ... Ich sprach beim Bankdirektor vor, er hat mir seine Konditionen aufgesagt, nachdem ich über meine Geschäftsidee gesprochen hatte. Ich konnte ihm keinen blauen Dunst vormachen. Hätte er einen Gedankenfehler in meinen Ausführungen entdeckt, hätte er mich verlacht.

Deine Geschäftsidee ist also bombensicher, sagt der Ingenieur.

Der Bankdirektor ist auch nicht mehr der Jüngste, knurrt der Kaffeehausbetreiber. Er trocknet seine Hände an seiner weißen Kellnerschürze, schaut sich nach weiteren Bestellungen um.

Die Amerikaner haben uns die volle Feuerkraft versprochen, sagt ein junger Lohnarbeiter, darauf haben unsere Soldaten lange gewartet. Sie liegen jetzt in ihren Gräbern und warten immer noch.

Ich weiß, sagt Halid, daß ich der erste bin, der das Risiko eingegangen ist, Waren nach Amerika zu exportieren. Ich habe einen Schritt in eine neue Richtung gemacht. Deshalb seid ihr befremdet.

Ich war der erste Kaffeehausbetreiber in unserem Städtchen, sagt Hakki Effendi, aber ich mache kein Aufhebens darum.

Ich gehörte zu den ersten, sagt der Ingenieur, die in der Hauptstadt studiert haben.

Soweit ich weiß, bist du auch ohne Diplom zurückgekommen … Wünscht mir lieber Glück, Freunde. Es kann sein, daß ihr bald um eine Visitenkarte Schlange stehen müßt.

Unwahrscheinlich, sagt Hakki Effendi. Das Stromaggregat des Kühlschranks springt an, und er wirft einen Blick auf das Gerät, stellt sich hinter den Holztresen. Halid hält die Zeit für gekommen, das Kaffeehaus zu verlassen, er legt ein paar Kurusch auf den Tisch, stützt sich auf den Spazierstock und verläßt den Saal wie ein Tschetschenenfürst, der die Güte hatte, seine Leibeigenen mit einem Besuch zu beehren. Draußen wartet sein Erstgeborener auf ihn, die Arme an die Seiten gepreßt, die Leibschnur seiner Hose ist fest angezogen und über dem Schritt mehrfach verknotet. Hinter ihm sitzt das arbeitslose Gesindel auf den Treppenstufen zu Füßen der Statue eines siegreichen Generals.

Hast du die Katze ertränkt? sagt Halid.

Ja, Vater.

Hoffentlich hatte sie nicht Tollwut. Oder irgendeine andere Krankheit. Was hast du mit dem Kadaver gemacht?

Ich habe die tote Katze vergraben, sagt Djengis.

Das ist gut, sagt Halid, hoffentlich nicht im Garten vor unserem Haus.

Nein, Vater. Ich habe sie dort vergraben, wo tote Körper hingehören. Im Friedhof hat sie ihre letzte Ruhe gefunden.

Djengis erlaubt sich ein Lächeln, im nächsten Augenblick saust der Silberkopf des Spazierstocks auf seinen Kopf herab. Sofort reißt die Haut auf seiner Stirn auf, aus der Platzwunde rinnt und strömt Blut heraus und tropft auf das weiße Hemd.

Du Hundebrut, schreit ihn Halid an, wie kannst du es wagen?! Was hat ein Tierkadaver im Friedhof der Gläubigen zu suchen?! Habe ich dir nicht befohlen, das Dreckstier unauffällig zu entsorgen? Antworte mir!

Ja, das hast du Vater, sagt Djengis. Er legt die flache Hand auf die Stirn, zwischen seinen Fingern sickert das Blut.

Und wieso hast du dich nicht an meine Anweisung gehalten? … Weil du die Brut der Hurenhündin bist, die dich falsch erzieht. Du bist verweichlicht, es gibt sonst keine andere Erklärung für die Sünde, die du auf dich geladen hast … Hat dich jemand dabei gesehen?

Nein, Vater, sagt Djengis, kein Mensch kümmert sich um herrenlose Hunde oder Katzen … Gib mir die Erlaubnis, mich um die Wunde zu kümmern.

Willst du deswegen weinen wie die Hurenhündin? brüllt Halid.

Ich muß die Wunde auswaschen. Vielleicht muß ich auch zum Arzt gehen, ich glaube, die Wunde muß genäht werden.

Hau ab, sagt Halid, es wäre besser gewesen, wärst du in die Grube gesprungen, die du dem Dreckstier ausgehoben hast. Hau ab, geh aus meinen Augen.

Halid schaut seinem Erstgeborenen hinterher, dann ruft er ihn zurück und gibt ihm auf, sich um die Sprungfedermatratzen zu kümmern. Er soll sie mit seinem nutzlosen Bruder nach Hause schaffen, und wenn ihnen dabei ein Fehler unterläuft, werden sie dafür teuer büßen müssen. Als er ihn endlich entläßt, scheucht er die Augenzeugen im Kaffeehaus auf ihre Plätze. Doch sie rühren sich nicht vom Fleck. Er befühlt die frischen Kratzer an seinem Handgelenk. An der nächsten Wegkehre werde ich eine Preisungsformel aussprechen, denkt er, damit Er mir die kleinen und großen Bestien vom Leib hält.

*

Seine Fußknöchel leuchten im Dunkeln. Da er vor dem Essen geraucht hat, brennt die Rauchverzehrerkerze. Sein Gesicht ist eine Maske.

Meine Mutter breitet ein Tuch auf dem Boden aus, stellt den Dreifuß darauf und die Kupferplatte auf den Dreifuß. Yasmin und Selda bringen die dampfenden Schüsseln aus der Küche, Reis, weiße Bohnen und Maulbeerenkompott. Dann sitzen wir im Kreis um die Kupferplatte herum, wir müssen so tun, als seien wir das Holz, in das er, der Schädling, sich hineinfrißt.

Wir warten, daß er den Löffel in die weißen Bohnen taucht, den ersten Bissen des Abends zerkaut und herunterschluckt. Wir warten, daß er fünf Bissen kostet, und erst dann dürfen wir Kinder unsere Löffel führen, meine Mutter darf erst mit dem Essen anfangen, wenn unsere aller Löffel in die Schüssel getaucht sind.

Vorgestern gab es auch weiße Bohnen, sagt Halid, Frau, wieso bist du eigentlich so einfallslos?

Sie darf ihm nichts erwidern, es würde ihn dazu anstacheln, mit der Zuchtrute auf uns loszugehen.

Vorgestern weiße Bohnen, heute weiße Bohnen, und bestimmt übermorgen auch weiße Bohnen. So wird es ewig weitergehen ... Hat einer von euch Hundewelpen ihr dabei geholfen? Los, antwortet mir!

Nein, sagt meine Mutter, ich bin für das Essen alleine verantwortlich.

Der Mann meiner Mutter ruft uns der Reihe nach auf, und wir antworten ihm wahrheitsgemäß, daß wir uns um die Arbeit draußen oder um andere Arbeit im Haus gekümmert haben.

Er riecht an dem Essen, von dem er fünf Bissen probiert hat, er riecht an dem Reis, an den weißen Bohnen, am Maulbeerenkompott, er läßt sich sehr viel Zeit dabei. Plötzlich fährt er hoch, greift die Kupferplatte, geht durch den Flur und wirft sie auf den Hinterhof. Sobald er das Zimmer betritt, schreit er meine Mutter an:

Deine Scheiße setzt du mir als Essen vor! Meine Ausscheidung hätte besser geschmeckt!

Meine Mutter kann sich vor ihm nicht verstecken, sie kann nur ihren Kopf schützen, damit seine Schläge nicht großes Unheil anrichten. Ich blicke weg, Tolga fällt ihm in den Arm, bald blutet er aus der Nase und aus einer aufgeplatzten Lippe. Als es vorbei ist, holt der Mann meiner Mutter das heilige Buch aus der Stofftasche über dem Kopfende seines Bodenbettes, schlägt es auf und tut so, als hätte er die richtige Stelle beim ersten Aufschlagen gefunden.

Hier steht es, schreit er, ihr seid meine Untergebenen. Der Schlüssel zum Paradies ist in meinen Händen, ihr Hundebrut! Nicht ich habe die Regeln aufgestellt, sondern der Erhabene, dessen Namen ihr nicht in den Mund nehmen dürft, so schmutzig seid ihr … Der Prügel treibt die Gläubigen ins Paradies, hier steht es geschrieben, der Bolschewist ist ein Feind Gottes und lehrt daher lockere Sitten. Hier, an dieser Stelle, lese ich: Ihr Frauen tut den Feinden Gottes einen großen Gefallen, wenn ihr eure Vorderseiten von fremden Männern aufreißen laßt. Der Vater ist Herr des Weibes und der Kinder … Der Vater ist euer Fürst! Der Vater ist euer Bollwerk gegen die Bolschewisten! Der Vater wartet im anderen Leben an der Paradiespforte, und nur wenn er es zuläßt, werdet ihr hineingehen können. Das alles steht im Koran, ihr Dämonenbrut!

Er schlägt das heilige Buch zu, und nach einem Blick auf die Mädchen und Frauen des Hauses schlägt er es an einer anderen Stelle wieder auf, rezitiert schreiend Verse, ich lecke an meinem Löffel und verstecke ihn schnell unter meinem Bein.

Irgendwann wird es soweit sein, daß ihr euch fremden Männern, euren Ehemännern, werdet hingeben müssen. In der ersten Nacht, in den Augenblicken der Hingabe, müßt ihr euch meine Worte in Erinnerung rufen: Ihr seid dann nicht etwa in anderer Männer Besitz übergegangen. Ihr bleibt mein Besitz! Und eure Kinder sind mein Besitz!

Mein Prügel ist euer Sündenablaß, hört ihr? So sind die Zeiten, die Enkel lehren ihren Großmüttern Enten greifen. Der Stotterer will Redekunst lehren! Was glaubt ihr alle, wer ihr seid. Nicht mehr als mein verströmter Samen! …

Er predigt in irrer Zunge, der Mann meiner Mutter, er stößt vor und zurück, geht mit dem heiligen Buch in der Hand im Zimmer auf und ab, der Oberkörper ein Bergfürst, der Unterkörper in gestreifter Schlafanzughose, ihr seid dumm, sagt er, ihr schlagt der Gans glatt Hufeisen auf, und wie ein Sternpflücker, ein Baumausreißer, wie ein großes zauberkräftiges Feuergeschöpf sammelt er einen stinkenden Fluch im Mund

und spuckt ihn aus – und wir wischen die Flüche mit unseren Ärmeln aus dem Gesicht. Den Schleier dunklen Blutes wischen wir aus unserem Gesicht. Aber er hat keinen Blick für uns, die Falten seines Doppelkinns wie die schlackernden Kehllappen eines Truthahns, seine Augen ruhig, der Zorn trübt sie nicht, der Zorn steigt nicht aus quellendem Magen hinauf, er belegt nur seine Kehle, daß er kräftig schreien kann. Er füllt ein Glas mit Wasser, das Wasserglas klackt gegen den Zahnschmelz, er trinkt das Glas in zwei Zügen leer. Ich schiebe meine Nagelhaut zurück, gebe Summlaute von mir, bis mich Djengis in den Arm zwickt. Der Vater meiner Mutter steht vor der mit Papierfahnen tapezierten Wand, in die Rostfleckschlieren der Tapete kann man einen Dschinn, einen Wolf, und eine alte Heilhexe hineinsehen. Mir fällt die Geschichte ein, die der Soldat heute erzählt hat. Meine Mutter hat ihm wie jeden Tag die Mastixpaste auf die Wunde gelegt, und der Frontsoldat erzählte von einem Kameraden, der glaubte, der Zauber des Imams verwandle die Kugeln des Feindes in Wassertropfen. Nicht bei dem ersten, nicht bei dem zweiten oder dritten, beim vorletzten Gefecht wurde er schwer verwundet und starb im Lazarett. Der Soldat sagte: Ich dachte, die Roten werden die offene Feldschlacht meiden, denn sie schießen mit Spatzenschleudern, und die Kichererbsen, die uns treffen, werden uns nicht schaden …

Ich habe gelernt, in Gegenwart des Mannes meiner Mutter nicht die Augen zu schließen, ich starre auf den Fleck vor meinen Füßen. Wenn wir den Blick abwenden, schlägt er zu und brüllt: Ihr verbergt etwas vor mir! Wenn wir seinem Blick standhalten, schlägt er zu und brüllt: Wie könnt ihr es wagen, mich so widerständig anzuglotzen?

Kann meine Mutter einen Mund küssen, der Fluchschleim ausspeit und sich in das Schenkelstück vom Lamm hineinpreßt?

Das Blut von euch Teufeln salbt meine Hände, schreit er

jetzt, ich schwöre bei den Seelen meiner Toten, das ist die Wahrheit.

Der Soldat sagte: Ich war ein Plänkler, ich duckte mich unter dem Feuer von den Bergflanken, ich steckte fest im verdammten Schlamm. Die Roten haben uns mit Sperrfeuer empfangen. Die Amerikaner sind die Herren über die Strategien, und doch sind meine Kameraden eingegangen wie die Fliegen.

Ich denke an den Soldaten, der blind auf den Feind geschossen hat, der den Kampf zum Feind getragen hat, und dessen Blick über die Mädchen des Hauses strich, als er sagte:

Im Krieg ist es ähnlich wie in der Liebe. Du mußt deine Taschen leeren, wenn du vor einer Frau stehst. Du mußt ihr in die Augen sehen, damit sie deine wahre Absicht erkennt.

Wir sind alle rot angelaufen, die Scham trieb Yasmin und Selda aus dem Zimmer, und auch ich schaute in eine andere Richtung, fühlte mein Herz in meinem Hals. Djengis sprach später mit uns Mädchen, es sei ihm nicht entgangen, daß wir wie blöde Tauben gurrten vor dem Soldaten, seine Geschichten seien eine Tüte heißer Luft, wir sollten uns vorsehen. Er hält sich zugute, als Barrieremann im zivilen Leben zu kämpfen. Genauso wie es Soldaten gebe, würde es auch Barrierezivilisten geben. Wehe, ihr werdet mir Schminkmäuse, hat er uns gedroht, wenn es der Vater übersieht, bin ich zur Stelle und breche euch die Knochen.

Der Mann meiner Mutter zeigt auf Yasmin und sagt:

Du bist ab heute dafür verantwortlich, daß in meinem Haus mein Gesetz gültig ist. Hast du mich verstanden?

Ja, Vater.

Und du Frau, setz mir nie wieder weiße Bohnen vor. Sonst schmeiße ich dich aus dem Fenster.

Er dreht sich stehend eine Zigarette, raucht sie zu Ende, drückt sie in einer Schüssel aus. Dann verschwindet er im Schlafzimmer, wenig später kommt er heraus, er hat sich seine feine Herrenhose übergezogen.

Ich komme bald zurück, macht euch keine Hoffnungen.

Ich will niemanden sehen. Ihr löscht gleich die Lampen und schlüpft ins Bett!

Es ist schlecht, Träume aufzugeben, hat der Soldat gesagt, was hat man sonst im Leben? Einen zerschlissenen Leibrock am Körper, Füße, die einen tragen, solange man sich auf sie verlassen kann. Und Feinde, die nicht eher ruhen, bis sie einen erwischt haben. Es ist wie in der Liebe: Du mußt dich vergessen, wenn du vor einer Frau stehst.

*

Das Zimmer, in dem die Seele eines Toten herumgeht, muß man weihen.

Man stellt eine Wasserkaraffe, Holzpantoffeln und ein Handtuch bereit und verläßt den Raum. Die Seele braucht ihre Zeit. Wenn man nach einem halben Tag nachschaut, ist die Wasserkaraffe leer, das Handtuch feucht, und die Holzpantoffeln sind naß. Die Seele hat die kleine Waschung vorgenommen mit dem Wasser aus der Karaffe, sie hat sich abgetrocknet, sie ist in die Holzpantoffeln geschlüpft und ist in Deckenhöhe geschwebt, um schließlich Gott anzubeten. Es gibt eine Liebe oder einen Haß, die ihn an das hiesige Leben binden, und er kann sich diese Leidenschaften nur so lange auswaschen, bis er erlöst ist. Wenn man die Seele stört, lockt sie den Verhinderer ihrer Erlösung ins Verderben. Es sei denn, man ist zu einem Teufel entartet. Dann verscheucht man sie, und sie paßt den Tag ab, an dem sie sich rächt.

Ich darf mir die Fingernägel nicht nachts schneiden. Die Dämonen schnappen nach den Nägeln, schlucken sie herunter, bekommen einen Wanst, und weil sie auf allen vieren kriechen, hört man dann, wie ihre dicken Bäuche über den Boden schleifen.

An Dienstagen ist Hausputz verboten, es bringt Unglück, Glas und Porzellan geht zu Bruch, man verstaucht sich einen Knöchel, oder ein tollwütiger Hund schnappt nach den Fußknöcheln.

Man darf dem Gast, der wieder abreist, nicht hinterherputzen. Man darf die Kehrrute nicht hinter die Tür stellen. Ein Unterteufel aus der Höllengrotte setzt sich sofort auf die Schultern der Putzfrau und reitet sie ins Unglück.

Nachdem ich meine Notdurft verrichtet habe, darf ich dem Plumpsklo-Loch nicht den Rücken kehren. Sonst erscheint ein Dschinn, der mich so lange schlägt, bis mich der Schlag trifft. Das Loch, in das man sich entleert, ist wie ein furchterregender Herrscher, sagt der Mann meiner Mutter, der Herrscher gibt ja auch seinem Henker immer dann ein Zeichen, wenn ein Lakai ihm nicht die nötige Ehrfurcht aufbringt. Meine Mutter aber sagt, es sei wirklich klug, dem Latrinenloch nicht den Rücken zu kehren, denn oft kriechen katzengroße Ratten hoch.

Sie können sagen, was sie wollen, ich halte mich nicht daran.

Wenn meine Mutter weiß, daß ein Gast kommt, dreht sie den Spiegel um. Ein schlechter Mensch, der in den Spiegel des Hauses schaut, hinterläßt den Abdruck seiner Bosheit, und das Böse strahlt auf die Hausbewohner und verleitet sie zur Niedertracht.

Es gibt Menschen, die von Dschinnen beseelt sind oder als Schleuse vom Diesseits zum Jenseits für die bösen Geister dienen: Die Geister lieben das kostbare Menschenfleisch. Manchmal kommt es vor, daß ein Mensch von zehn oder zwölf Dschinnen bewohnt wird. Dann behauchen alle Dschinnen dieses Menschen den Spiegel des Gastgebers mit dem Atem ihrer Bosheit, stülpen ihre Köpfe aus der Nase des Besessenen, sinken danach wieder zurück auf den Körpergrund und lassen den armen Menschen zappeln und schlottern. Sobald der Gastgeber in den Spiegel schaut, umfängt ihn die Hölle. Meine Mutter schützt sich und uns vor der Seelenansteckung und dreht den Spiegel um. Während des Besuchs darf Djengis seinen Handspiegel nicht aufklappen, und er hält sich streng daran.

Wenn man im Abort das Wasser an der frisch gewaschenen Hand drei Mal abschüttelt, kommt man vom Glauben ab.

Sollen sie mir die Hausgesetze noch so heftig einschärfen, ich glaube nicht daran, ich glaube nicht.

Es ist heiß, und die Menschen werden von der Hitze verrückt, sie sind zwischen vielen Feuern gefangen.

Ich stütze mich auf dem schmalen abbröckelnden Fenstersims auf und sehe einen Mann, der ein von Hand beschriebenes Pappschild hochhält. Darauf steht:

Kommt meinem Sohn nicht nahe! Er ist besessen!

Er ist der Beschreier der Verrücktheit seines Sohnes. Wo Gott Einzug hält, entsteht ein Hohlraum. Ein Mensch mit einem Hohlraum ist Gottes Geliebter. Sein Sohn, ruft er von draußen, besitzt sich und seine Seele nicht mehr, Gott hat die Seele fortgeschickt und ist in die leere Körperhülle eingekehrt.

Die Hülle bricht bald, ruft er allen zu, die es hören wollen, die Hülle meines Sohnes wird bald brechen, der Zeitpunkt steht fest, und ich lade euch ein, folgt in Gottes Namen meiner Einladung, bringt die Kinder mit, daß sie auch nichts verpassen.

Was will der Mann? frage ich meine Mutter.

Sein Sohn ist ein Geistgatte, sagt sie und kommt meiner nächsten Frage zuvor, er hat eine besondere Gabe, weil der Geist eines Toten in ihn gefahren ist.

Tolga hat sich dazugestellt und starrt hinaus, starrt kopfschüttelnd auf den Mann, der das Pappschild dreht und wendet.

Solche Idioten brauchen eine tüchtige Alphabetisierungskampagne, sagt er, als allererstes muß man den verdammten Prediger einsperren. Rein in die Zelle, ein paar Schläge auf den Kopf, damit er endlich sein Schandmaul hält.

Frevle nicht, sagt meine Mutter, du kannst dich nicht mit dem Prediger messen. Will ich das? Er hat zum Beispiel diesen Kerl da draußen dazu verleitet, seinen Sohn zu vermarkten. Ich frage dich Mutter: Ist das rechtens?

Recht und Unrecht – was weiß ich?

Ich glaube eher, sagt Tolga, daß du der Einladung des Kerls folgen wirst. Vielleicht, sagt meine Mutter.

Die Frauen und Kinder werden hingehen. Die alten Männer werden auch nicht fehlen. Väter und Mütter, die ihren Sohn im Krieg verloren haben – auch sie lassen sich kein zweites Mal bitten.

Fatma Hanim wird kommen, sagt meine Mutter. Sei so vernünftig und laß wenigstens Leyla zu Hause, sagt Tolga.

Was meinst du?

Ich komme mit dir mit, sage ich.

Tolga stürmt aus dem Haus, er schreit den Mann an, er solle keinen Lärm schlagen, sonst hole er den Wachmann. Der Mann klemmt das Pappschild unter den Arm, entfernt sich langsam und schaut sich immer wieder nach Tolga um.

Dein Bruder glaubt, er kann das Gesetz besiegen, sagt meine Mutter, doch die Tradition ist stärker.

Das sagt Djengis auch.

Ach Djengis, sagt sie, er glaubt, er ist unbesiegbar, wenn er die Traditionen ehrt. Doch das Leben ist stärker.

Ich verstehe ihre Worte nicht. Sie ist noch benommen nach dem kurzen Tagesschlaf, den sie gehalten hat, der Soldat bat sie um einen Traum, er will wissen, wie es um seinen toten Kameraden bestellt ist. Er badet in Tropfen aus Gold, das flüssige Gold benetzt seinen Körper, und er springt in Goldpfützen herum. Ein gutes Bild, ein klares Zeichen. Meine Mutter wird es dem Soldaten erzählen, ihm, der unsere Herzen klopfen läßt, dem wir unseren lauten Herzschlag verdanken. Er ist mir im Traum erschienen, doch ich werde das Traumgeheimnis hüten. Mein Smaragdgott schenkt mir die Träume, kleine Juwelen für mein Herz.

*

Der Hals des Jungen im Nachbargarten steckt in der Schlinge, das Seil führt zu einem Pfahl, er kann in jede Richtung nur drei Schritte machen. Sein Vater und sein Bruder haben ihn erst im Haus untergebracht, und da er Unglück brachte und die Vasen, das Geschirr, die Tabakdosen in seiner Gegenwart zersprangen, banden sie ihn am Holzklotz fest. Eine Holzschale mit Essensresten und ein Holzlöffel, so groß wie eine Kelle, liegen vor ihm auf der Erde. Er muß das Essen in großen Portionen hineinschlingen – vielleicht hat ihm sein Vater den Gefallen getan und einen großen Löffel besorgt. Das weiße Hemd hat der Junge vorne in die Hose gestopft, hinten reicht es ihm bis fast zu den Kniekehlen. Die Haare sind naß gescheitelt. Seine Augen glimmen wie Lichtpunkte im Bachwasser. Der Oberlippenflaum sieht aus, als hätte er sich Dreck unter die Nase geschmiert und um die Mundwinkel. Er setzt sich jetzt hin, kein bißchen ängstlich wegen uns, die wir ihn betrachten aus sicherer Entfernung. Knurrt er seinen Wahnsinn heraus, bricht seine andere Seite hervor, vor der sie uns warnen, die Heilhexen? Kann der Gefangene in unserer Mitte aus der losen Schlinge um seinen Hals schlüpfen und uns anfallen, einen von uns?

Er geht niemandem an die Kehle, sagt sein Vater, ihr dürft nicht schlecht über ihn denken, er ist ein Geistgatte, ein von Gott Verwirrter, nicht wie der Idiot vom Schatten, den kein Gewissen plagt und der nicht weise ist, der nicht wirklich spielen kann auf seiner Langlaute, weil er sein Instrument verzupft hat. Hört mir zu, der Idiot will den Gottverrückten spielen, weil ihr seinen Magen und seine Taschen füllt. Ihr wißt, was ich meine, und ich weiß, was in euren Herzen brennt. Also kommen wir zusammen.

Es kann nicht lange her sein, daß alles begonnen hat. Eines Tages ist der Geist eines Toten in ihn gefahren, er änderte den Sinn des Jungen, er ließ ihn manchmal auf den Boden stürzen und zappeln und sich auf die Zunge beißen.

Die Zunge meines Jungen ist vernarbt, schwört der Vater, eine andere Sprache als die Prophetenkommunikation darf er nicht sprechen.

Seine Zungenspitze soll er sich abgebissen und sogar heruntergeschluckt haben, damit sie nicht zur gespaltenen Schlangenzunge auswächst. Niemand im Viertel kann sich an eine schlechte Tat des Jungen erinnern. Er hat nicht gestreunt und gebettelt. Er hat kein verbotenes Spiel getrieben. Er hat weder Heuschrecken noch Blutstropfen vom Himmel regnen lassen. Er hat keinen Mann angezischt, daß er sich Tage und Nächte erbrach. Der Junge war unauffällig oder unsichtbar, darüber streiten die Männer. Die Frauen schauen ihn lächelnd an und warten. Es wird kommen, wenn es soweit ist. Es wird kommen, wenn der Junge, wenn der Tote im Jungen, die Zeit für gekommen hält. Kein bißchen Ungeduld.

Wir sitzen ihm in drei Reihen gegenüber, im Garten hinter dem Haus seines Vaters. Die Mutter ist voriges Jahr an Schwindsucht gestorben. Vielleicht regt sich im Sohn die Mutter, oder ein Teil von ihr, der nicht loslassen kann, zum Nutzen der Lebenden, die sie befragen werden. Fatma Hanim und ihr Mann, meine Mutter, Yasmin und Selda und ich, wir sitzen in der zweiten Reihe auf Picknickdecken, wir wiegen uns wie Schilfrohre im Wind, weil die Menschen vor uns hin- und herrucken und uns immer wieder die Sicht versperren. Den Menschen in der Reihe hinter uns ergeht es nicht anders. Der Vater des Jungen hat uns alle gebeten, bloß nicht zu schweigen, die Stille der Menge verunsichert den Jungen, er verschließt sich dann jedem Wunsch und wird wütend. Am linken äußeren Ende unserer Reihe spricht der Wachmann mit dem Sesamkringelverkäufer, sie reden über den kalten Wind, der heute aufgekommen ist und Schauder über den Rücken und die Arme laufen läßt. Ab und zu werfen sie einen Blick auf den irren jungen Mann am Pfahl. Der Wachmann ist sich nicht sicher, ob der Himmel von dem Irren doch nicht die Hand abgezogen hat.

Zeitvergeudung kann er nicht leiden, kleine Schurken kann er nicht leiden, weil sie zu dumm sind, und weil sie in ihrer Gier nach geringer Beute jedes Opfer umbringen, das sie nervös macht. Der Kringelverkäufer sagt Ja und Nein, Jawohl und Ganz wie Sie meinen, Herr, und einmal sagt er: Sie sehen meinem Cousin verblüffend ähnlich, Herr Wachmann. Wir sind ganz bestimmt nicht verwandt, erwidert der Wachmann, paß auf, was du da behauptest. Daraufhin klopft sich der Kringelverkäufer auf den Mund und beugt seinen Oberkörper im Sitzen. Ich bin so gut wie eine ganze Treiberschar, ruft der Wachmann aus und lenkt unsere Aufmerksamkeit auf sich, ich treibe jeden Schurken aus seinem Loch. Der Junge schaut auch her, sein Vater eilt herbei und bittet flüsternd den Wachmann, die Beherrschung an Ort und Stelle nicht zu verlieren. Er winkt ab, funkelt die Gaffer böse an, nur den Jungen kann er nicht beeindrucken, so daß er den Blick schließlich abwenden muß. Eine lose Regenrinne schlägt im Wind gegen die Hauswand, ich halte mein Gesicht in die kalte Luft.

Frierst du? fragt meine Mutter und reibt mir den Rücken warm, der Junge am Pfahl will es nachmachen, seine Hand reicht aber nur bis zu den Schulterblättern, nach ein paar vergeblichen Versuchen gibt er auf.

Er hat das Geld nicht angenommen, sagt Fatma Hanim.

Wer? Der Vater oder der Junge? fragt meine Mutter.

An den Jungen hat er mich nicht herangelassen, der Vater. Ich wollte ihm einen Geldschein in die Hand drücken, da wurde er böse und schrie mich an, daß er nicht das Heil seines Sohnes aufs Spiel setzt.

Er macht es also nicht des Geldes wegen. Wofür dann?

Es soll noch gute Menschen auf dieser Welt geben, sagt Fatma Hanim, und zu ihrem Mann gewandt, hat er wenigstens das Obst angenommen?

Na ja, sagt er, er hat davon probiert, eine halbe Orange vielleicht, mehr nicht. Sein anderer Sohn akzeptiert zwar unsere Gaben, aber er traut sich nicht vor seinem Vater.

Wofür macht er es? wiederholt meine Mutter ihre Frage.

Er glaubt daran. Der Tote im Jungen steht mit den anderen Toten im Jenseits in Verbindung und kann mit den Toten der

Nachbarn sprechen. Das hat der Vater gesagt. In welcher Sprache spricht er noch einmal?

Prophetenkommunikation, sagt ihr Mann.

Richtig, sagt Fatma Hanim, die Sprache der Propheten und Prophetinnen. Ihr Mann schaut sie von der Seite an, entscheidet aber, ihr nicht zu widersprechen.

Hast du das Salz? fragt Yasmin Selda, die daraufhin einen Stoffbeutel vorzeigt und ihn öffnet, wir nehmen jeder eine Handvoll Salz und streuen es auf den Fleck Boden vor uns. Wo das Gute einkehrt, ist das Böse nicht weit, wir müssen es abwehren, das Böse, wir müssen uns in acht nehmen vor dem Bösen, es darf nicht über unser Haupt kommen, das Böse. Selda fürchtet sich am meisten davor, und weil ihr die Angst im Schlaf Schreie entlockt, stellt sie sich jeden Morgen nach dem Aufstehen vor meine Mutter, die sie bespricht und dreimal behaucht. Erst dann glaubt Selda, daß sie sicher ist vor Geistern in Mannsgestalt, die die Mädchen von hinten anfallen und ins Gebüsch ziehen. Der Salzhaufen vor ihr ist größer als unsere Haufen.

Der Junge ist aufgestanden und entfernt sich vom Pfahl, bis die Schlinge an seinem Hals reißt. Wir verstummen und folgen seinen Bewegungen, es plagt ihn die Unlust, oder die tote Mutterseele schläft in ihm. Er lächelt mich an. Lächelt er mich an? Ich verstecke mich vor meinem Vordermann, und als ich den Kopf hebe, brennen sich seine Augen in meine, er lächelt die ganze Zeit, und endlich blinzelt er, und ich atme erleichtert auf, weil ich jetzt weiß, daß er ein Mensch ist. Weil er blinzeln muß wie wir alle.

Er hat geblinzelt, sage ich zu meiner Mutter. Natürlich, sagt sie, die Sonne blendet den Armen. Fängt es jetzt an, fragt Fatma Hanim, müssen wir uns jetzt auf etwas gefaßt machen?

Er ist jedenfalls auf den Beinen, sagt ihr Mann, er hat uns bemerkt, und bestimmt weiß er, daß wir uns wegen ihm versammelt haben.

Der Vater des Jungen ruft nach Fatma Hanim, die nach der

ersten Schrecksekunde umständlich aufsteht und ihre einge-
schlafenen Beine massiert.

Sie geht unsere Reihe ab, achtet darauf, daß sie nicht auf
die Salzhäufchen tritt, glättet ihren Rock und macht unsichere
Schritte in Richtung des Mannes, der bei seinem Sohn steht
und auf seine Schultern drückt. Der Junge setzt sich widerwillig.

Du bist mit einem ganz bestimmten Wunsch hierherge-
kommen, ruft der Vater in einer Lautstärke, daß wir ihn verstehen können.

Ja, sagt Fatma Hanim heiser.

Du mußt dich uns weiter nähern. Keine Angst, mein Sohn
tut dir nichts.

Kann ich nicht bleiben, wo ich bin?

Wie du willst, sagt der Mann, also, erzähl bitte meinem
Sohn, was dich bedrückt. Ich habe meinen Sohn in Korea verloren, sagt Fatma Hanim, ich weiß aus sicherer Quelle, daß es
ihm gutgeht.

Sie will sich schon nach meiner Mutter umsehen, doch sie
hält mitten in der Drehung inne, glättet wieder ihren Rock.

Mein Sohn ist gefallen. Es ist ein schwerer Verlust für mich
und seinen Vater. Ich bitte deinen Jungen darum, ihm mitzuteilen, daß wir immer an ihn denken. Daß wir ihn lieben. Daß
wir bald bei ihm sind. Daß er einen Platz freihalten soll dort,
wo er hingegangen ist.

Das ist zuviel auf einmal, sagt der Vater und wendet sich
dem Jungen zu. Ist die Mutterseele in dir erwacht?

Der Junge schaut auf und lächelt mich an. Lächelt er mich
an?

Ich blicke in seine Augen, wie Glanzlichter an der Fensterscheibe glimmen sie, und sein Augenweiß ist so rein wie die
Haut auf den Fußknöcheln meiner Mutter.

Ist sie wach? fragt der Mann ein erneutes Mal, und der lächelnde Sohn nickt, das Lächeln verschwindet nicht aus seinem Gesicht.

Gut. Dann hat die Mutterseele auch deine Nachricht an deinen Sohn gehört und wird sie weiterleiten. Sei ohne Sorge.

Wie kann ich das wirklich wissen?

Er wird dir im Traum erscheinen, sagt der Mann.

Ich sehe ihn jede Nacht in meinem Traum, sagt Fatma Hanim, deswegen bin ich nicht hergekommen.

Er wird dir im Traum ein Zeichen geben, daß er verstanden hat.

Das geht hier alles zu schnell. Kann mein Sohn nicht aus deinem Sohn sprechen?

Ein Geistgatte spricht in der Sprache der Prophetenkommunikation, und sie ist nicht für die Ohren von uns Sterblichen bestimmt.

Es geht wirklich nicht anders? fragt Fatma Hanim.

In diesem Augenblick steht der Junge plötzlich auf und schubst sie, Fatma Hanim verliert den Halt und fällt hin. Im Nu ist ihr Mann bei ihr, hilft ihr aufzustehen. Dann will er sich auf den Jungen stürzen, doch der Vater geht dazwischen, und auch der Wachmann ist aufgesprungen und zerrt an ihm, bis er sich ohne Gegenwehr wieder an seinen Platz zurückführen läßt.

Mach mir keinen Ärger, sagt der Wachmann, ich drohe dir nicht gerne, aber mach mir hier keinen Ärger! Für einen Heldenvater schickt sich das nicht.

Er und seine Frau sitzen wieder bei uns, ich wechsle meinen Platz mit meiner Mutter, sie tröstet die Weinende. Auf meinem Salzhäufchen ist ein Schuhabdruck, es macht mir nichts aus, der Junge läßt mein Herz klopfen, der Junge hat einen schönen Blick.

Ihr habt es mit eigenen Augen gesehen, ruft der Mann, die Mutterseele war in ihm, sie hat alles gehört und verstanden. Es wurden zu viele Fragen auf einmal gestellt, und da ist es ihr in meinem Sohn zu eng geworden, und mein Junge hat die verehrte Frau Fatma zu Boden gestoßen. Das geschah wirklich nicht in böser Absicht. Die Regeln der Geister sind nicht unsere

Regeln. Ihr Verständnis ist nicht unser Verständnis. Eins kann ich den Heldeneltern versichern: Ihr Sohn wird die Nachricht bekommen … Fatma Hanim, haben wir dich verärgert?

Nein, nein, sagt sie, ich bin es zufrieden.

Dann bitte ich den nächsten an den Pfahl.

Meine Mutter erhebt sich, sie will den Geistgatten nach Mehmet, meinem toten Bruder, befragen.

6

Dein langes dunkelbraunes Haar. Weißkrönchen, mein Silberstern: Die Vogelnester in deinen Haarspitzen muß ich dir auskämmen, du schläfst unruhig, du wirfst dich hin und her und ziehst fast das Laken ab. Die Decke liegt am Morgen auf dem Boden. Weißkrönchen, zier dich nicht, es ist zu deinem Besten.

Sie taucht den Kamm in die Wasserschale, steckt die spitzen Zinken in die kleinen Wollknäuel und streicht aus, die losen Haare fallen auf das Bügeltuch auf ihrem Schoß.

Ein schöner Tag soll es für dich werden, mein Silberstern. Mit deinem langen Haar wirst du später junge Männer betören. Dein Mann wird die Türschwelle mit Honig bestreichen, und da du auf die Schwelle trittst, wirst du Wunderjahre wirken später, mit deinem Mann.

Eine Frau mit langem Haar vollbringt Machttaten. Vergiß das nicht. Vorhin hat sie Parfümseifen zwischen die frisch gebügelte Wäsche gesteckt, ihre Blusenbündchen riechen nach Jasmin.

Ich bin still, ich starre ins Leere, dann fällt mir etwas ein. Die Sprungfedern der neuen Matratze sind ausgeleiert. Sie tun mir im Rücken weh.

Nicht darüber nachdenken, sagt sie. Du bist eine Frühlingsgeborene, kurz nach der Geburt hast du gelächelt. Ich bin deine Mutter, also habe ich dich angelacht.

Mein Tautröpfchen.

Mein Kätzchen, dein Fell ist verfilzt.

Ich war mit dir schwanger, da nahmen sie Hasen aus meinem Blick. Denn sonst wärst du hasenschartig geboren worden.

Du meine Frucht, zum Pflücken schön.

Sie taucht den Kamm ein letztes Mal in die Wasserschale, und während sie mein langes dunkelbraunes Haar in langen Strichen auskämmt, während ein Vogelnest nach dem anderen verschwindet, sagt sie die Schutzsure aus dem heiligen Buch, den Thronvers, leise summend auf.

Sie kann einen Kranken in den Heilschlaf singen, meine Mutter.

Weißkrönchen, Tautröpfchen.

Lange Zeit muß ich vor ihr sitzen, mir ist mal heiß, mal kalt, es wird eine kleine Ewigkeit dauern, das weiß ich. Jasminduft ihrer Hände. Und dann beendet sie das Gebet und stimmt den Gesang der Hirtinnen an, ein altes Lied aus alter Zeit. Gerüche, Gerüchte und Gebete: das ist mein Haus. Der Nährvater liegt noch im Schlaf, auf der neuen Sprungfedermatratze. Sie steckt mein Haar zum Nackenzopf auf und erzählt von der Mutter ihrer Mutter: Einen schwarzen Handschuh mit sieben Fingerlingen hat sie gestrickt, und die überzähligen Fingerlinge schnitt sie an jenem Tage ab, an dem man sie wütend machte, und der Zorn muß sich auf einen Menschen, auf ein Tier, auf einen Gegenstand richten, sonst richtet er im eigenen Körper Schaden an; sie schnitt die beiden Fingerlinge ab, um die Kraft einer verleumderischen Frau zu mindern. Diese Abweisung des Unheils hat sie geschützt …

Das Klopfen an der Tür läßt sie jäh verstummen. Der Soldat kann es nicht sein, sie hat ihn gebeten, erst morgen nachmittag zu kommen. Die Frauen von der Nachbarschaft setzen keinen Fuß in unser Haus, wenn sie wissen, daß der Hausherr anwesend ist. Meine Mutter bleibt sitzen, bedeutet mir mit dem Finger auf den Lippen, still zu sein.

Hier ist die Gendarmerie. Öffnet sofort die Tür, sonst breche ich sie auf!

Meine Mutter schließt auf, und im nächsten Moment drängen sich ein Gendarm und mein Lehrer in die Wohnung.

Da ist das Mädchen ja, sagt der Lehrer, wir können es gleich mitnehmen.

Wollt ihr uns festnehmen? sagt meine Mutter.

Ihr hättet es verdient, sagt der Gendarm und mustert sie von Kopf bis Fuß, wieso werden Gesetze erlassen? Damit solche Halunken wie ihr sie mit Füßen treten könnt?

Wer ist hier ein Halunke? ruft der Mann meiner Mutter. Er hat sich über seinen Pyjamaanzug seinen alten Soldatenmantel aus der Zeit der Freischärlerkriege übergeworfen.

Du, Halid, bist mir schon seit langem ein Dorn im Auge, ruft der Gendarm zurück, das Mädchen muß zur Schule, die Schulferien sind längst zu Ende.

Davon weiß ich nichts, sagt er.

Du lügst, ich habe dich persönlich darauf angesprochen.

Nach dem Gesetz kann ich Fremde über meine Türschwelle stoßen, sagt er und schiebt meine Mutter beiseite, Frau, verschwinde, das ist ein Gespräch unter Männern!

Sie bleibt hier, mischt sich der Lehrer ein, sie ist die Mutter des Kindes.

Willst du über meine Frau gebieten? brüllt er und schaut sich nach einem Gegenstand um, den er auf den Lehrer werfen kann. Der Gendarm macht einen Schritt auf ihn zu und berührt sein Pistolenholster.

Tu das nicht! ermahnt er ihn, du wirst nur Schaden nehmen.

Einige Wimpernschläge lang erstarren sie alle, dann verschwindet der Nährvater im Schlafzimmer, er stößt Flüche aus, leise genug, daß es der Gendarm nicht verstehen kann. Meine Mutter hält mir den Schulkittel hin, in den ich widerwillig schlüpfe, ich knöpfe mir den weißen Kragen zu, und da ich an die Kittelknöpfe im Rücken nur schwer herankomme, drehe ich mich um und bleibe so lange stehen, bis meine Mutter fertig ist.

Siehst du, sagt sie, gut, daß wir dein Haar gekämmt haben. Jetzt wirst du in der Schule wie ein Silberstern glänzen.

Der Lehrer lacht über ihre Worte, der Gendarm starrt noch eine Weile auf die Schlafzimmertür.

Ich hoffe, du hörst mir jetzt zu, Halid, sagt er, du machst deine Geschäfte im Bahnhof, du spannst dafür auch deine beiden Söhne ein. Dagegen kann ich nichts tun. Wenn mir aber zu Ohren kommt, daß du dieses Mädchen daran hinderst, zur Schule zu gehen, werde ich mit Verstärkung im Bahnhof anrücken. Ich werde dich vor allen Leuten verhaften, und dann ist dein guter Name dahin. Du wirst deine Kunden los sein, schneller als du bis zehn zählen kannst. Niemand legt sich mit der Gendarmerie an!

Der Lehrer legt seine Hand auf meine Schulter, öffnet die Tür, und wir schlüpfen hinaus, ich, der Lehrer und der Gendarm, der bis zum Schultor neben mir hergeht und die ganze Zeit nervös an seinen Bartenden beißt und an seinem Holster nestelt.

Wir kommen auf die Minute genau zum Fahnenappell, im Schulhof stehen die Schüler in Dreierreihen, der Lehrer begleitet mich zur letzten Reihe, ich strecke die Arme aus und berühre mit den Fingerspitzen die Schultern von Sevgi, der Irren, die sich wie immer eine lustige Geschichte ausgedacht hat und kichert. Als der strenge Blick des Lehrers sie streift, beruhigt sie sich wieder. Manolya hißt die Fahne, die Lehrer, die Schüler, der Direktor, wir alle stehen stramm und singen die Landeshymne. Mein Klassenlehrer verzieht dabei verächtlich den Mund, diesmal ist er es, der einen strengen Blick aufsetzt, der Direktor starrt ihn so lange böse an, bis er Habachtstellung einnimmt. Kaum ist die Hymne verklungen, schreitet der Direktor zum Podest, er wünscht uns eine gute fleißige Woche, er fordert Disziplin und Gehorsam und verkündet den Leitsatz des Monats: Jedes Opfer, das ich dem Vaterland darbringe, erhebt mich!

Er läßt uns die Parole aufsagen, lauter! schreit er uns an, und wir brüllen die Parole heraus, und während unseres Gebrülls schaut er den Klassenlehrer an, der schließlich den Blick niederschlägt. Wir marschieren, die Arme gereckt, die Fingerspitzen gestreckt, die Stufen herauf in den Flur und dann in das Klassenzimmer. Ich warte ab, bis sich alle gesetzt haben, dann setze ich mich auf den freien Platz neben Manolya.

Darf ich? frage ich sie, und als keine Antwort kommt, sage ich, ich kann mich auch woanders hinsetzen.

Wir werden die Schulbank teilen, sagt sie, das ist wohl Schicksal. Du hast vergessen, dir Schleifen ins Haar zu binden.

Ich mußte mich beeilen, sage ich.

Der Lehrer wird mit dir schimpfen, sagt sie und dreht sich wütend nach Sevgi, der Irren, um, ich weiß genau, daß du es warst, du hast mit dem Radiergummi nach mir geschmissen. Ich werde ihn behalten, du verrücktes Kalb!

Her damit, ruft Sevgi, die Irre, sie will sich schon auf Manolya stürzen, doch als die Tür aufgeht, eilt sie wieder zurück an ihren Platz.

Eine fremde Frau steht an der Tafel, sie mustert uns, wir sind bei ihrem Eintritt aufgestanden und warten auf ihre Erlaubnis, uns hinzusetzen. Ein leichter Luftzug läßt die auf Bögen gedruckten Buchstaben des Alphabets an der Leiste über der Tafel flattern, die große Landkarte mit dem Längsknick in der Mitte ist unten mit Steinen beschwert, damit sie nicht aufrollt.

Ich bin eure neue Lehrerin, sagt die fremde Frau, und eins will ich euch gleich verraten: Ich führe ein strenges Regiment.

Sie zeigt ein großes Lineal vor und schlägt damit auf das Lehrerpult. Mir ist egal, was mein Vorgänger gelehrt hat. Mir ist egal, aus welchen Löchern ihr herausgekrochen seid. Mir ist egal, was eure Väter und Mütter glauben. Ich habe nur ein einziges Glaubensbekenntnis, und ich werde es euch notfalls mit diesem Lineal einprügeln: In der Schule wird gelernt. Habt ihr mich verstanden?

Jawohl, Frau Lehrerin, schreien wir.

Du da, sagt sie und zeigt auf mich, wo sind deine Haarschleifen?

Meine Mutter hat mir das Haar gekämmt, sage ich, und dann versagt mir die Stimme, ich falle vor Schreck um.

Steh auf und gehe in die Strafecke, sagt sie.

Ich stelle mich in den dunklen Winkel, drehe der Klasse und meiner neuen Lehrerin den Rücken zu und stelle mich auf ein Bein, das andere ziehe ich an, im nächsten Moment wischt mir ihr Zeigestock über den Kopf, sie zerzaust mir das Haar.

Bist du ein Miststück? fragt sie laut.

Nein, Frau Lehrerin.

Doch, du bist ein Miststück. Willst du es jetzt endlich zugeben?

Ich bin ein Miststück, sage ich.

Ich habe dich nicht verstanden, ruft sie und schlägt mir mit dem Lineal auf den Kopf.

Ich bin ein Miststück, schreie ich, ich entschuldige mich.

Gut, sagt sie, du stehst dort, bis ich dich auffordere, Platz zu nehmen … Euer bisheriger Klassenlehrer fühlt sich der Aufgabe nicht gewachsen, euch weiterhin zu unterrichten. Ich dagegen freue mich, ich werde euch wilden Bergziegen Manieren beibringen. Habt ihr mich verstanden?

Jawohl, Frau Lehrerin.

Du da, ruft sie, setz dich gefälligst wieder hin.

Ich löse mich von der Wand und setze mich neben Manolya, sie wagt es nicht, mich zu trösten, und da ich weiß, daß der Blick der Lehrerin auf mir ruht, achte ich darauf, daß mir nicht die Hülle bricht, denn sonst verwandle ich mich in einen irren Geistgatten, und man bindet mich fest an einen Pfahl, der von der fremden Frau bewacht wird.

Heute werden wir das Schulbuch nicht aufschlagen, sagt sie, ich will, daß einer von euch mir eine Geschichte erzählt … Du da, willst du mich entschädigen?

Ja, Frau Lehrerin, sage ich und stehe auf. Ich erzähle ihr von dem Jungen, in den die Mutterseele eingefahren ist und der aber so schön lächeln kann, von meinem toten Bruder und dem Idioten vom Schatten, und daß sich meine Mutter auf Bitten Fatma Hanims zum Traumschlaf hinlegt. Sie unterbricht mich kurz und sagt, ich solle Punkt und Komma setzen beim Sprechen, ein Komma ein halber Atemzug, ein Punkt ein ganzer Atemzug. Sie läßt mich weiter erzählen, von Nächten, in denen sich die Seelen vom Friedhof fortschleichen, vom Krieg im Land der Menschen, die Lupflider haben über den Augen. Als ich einen Punkt setze und nicht weiter spreche, sieht sie mich an und lächelt, sie küßt mich auf die Stirn, ich kann mein Glück nicht fassen.

Wer so schöne Geschichten erzählt, kann nicht ganz verdorben sein, sagt sie.

Später gehe ich durch eine schulterbreite Gasse, Manolya springt von einem Kopfstein zum übernächsten, und hinter uns sind andere Kinder, ich höre sie Schreie ausstoßen wie Tiere in der Nacht. Als ich mich zu ihnen umdrehe, machen sie mich nach.

Laß sie doch, sagt Manolya, bei dem ersten Stoß fallen sie um, diese Erdferkel.

Sie hakt sich bei mir unter, hinter mir das Gelächter.

Meiner Mutter Hände sehen aus wie rote verätzte Flossen. Sie kniet am Waschzuber und reibt den Kragenschmutz an seinem Herrenhemd ab. Wir leben in einer wohlriechenden Armut: Lavendel, Jasmin, Seifenschaum. Er ist der Kopf, und wir sind der Körper, ohne ihn sind wir nichts. Wir schwirren wie Schmeißfliegen über dem Abortloch. Er läßt uns am Leben, er rupft uns einen Flügel und besieht das Wunder, das er vollbracht hat. Verkrüppelte verdienen genügend Geld, die Verwandten können von den Gnadenmünzen leben. Am liebsten würde er uns zum Betteln in die große Stadt Istanbul schicken; er hat es satt, die Münder zu stopfen, er hat es satt, uns atmen zu lassen. Sein Wille geschieht, Demut und Gehorsam. Seifenschaum in unseren Augen. Die Sprungfedern bohren sich in unsere Rücken, daß wir nach dem Aufstehen nicht gerade stehen können. Er sagt zu meiner Mutter: Deine Mädchenmembran ist zerstoßen. Du bist eine Hurenjungfer. Du mußt mir die Füße küssen, daß ich dich mit deiner geplatzten Vorderseite überhaupt zur Frau nahm. Was wäre sonst aus dir geworden? Du bist ein Aas, andere Männer haben an dir gegessen, ich mußte mich mit dem Rest zufriedengeben. Das erste Mal, daß ich dich nahm, wäre ich am liebsten vor Ekel gestorben. Es floß kein Blut. Das Blut hat das Laken nicht durchtränkt. Du hast dein Jungfernhäutchen anderen Männern geschenkt …

Tagsüber gibt es Prügel, und nachts gehen wir ins Bett. Ich höre dann Geräusche, seltsame Laute wie von einem herumschleichenden Tier.

Ich bin das jüngste Kind. Man hat mich dazu erzogen, nichts zu sehen und nichts zu hören, den Kopf abzuwenden und nichts zu wissen.

Sie sagt: Heute abend gibt es Aprikosen. Geh spielen.

Ich muß die Wohnung der Frau Lehrerin putzen, sage ich, ich bin eigentlich nur gekommen, damit du dir keine Sorgen machst, wo ich denn bleibe.

Ich habe davon gehört.

Wovon? sage ich.

Dein Klassenlehrer, man hat ihn wegen Anstiftung zum Unfrieden suspendiert, die Entlassung stand schon länger fest.

Er war doch friedlich.

Ja, sagt sie. Sie haben ihn einen letzten Dienstgang machen lassen: Er hat dich abgeholt. Nach dem Fahnenappell übergab ihm der Direktor den Entlassungsbescheid.

Mein Lehrer ist frei von Sünde, sage ich.

Es ist höheren Orts entschieden worden. Sie haben ihn in den Südosten strafversetzt. Er war hier und hat sich verabschiedet. Er bittet dich, Ehrgeiz zu entwickeln.

Was heißt das?

Lernen, sagt sie, damit aus dir nicht so ein Frauengegenstand wird wie ich. Und jetzt mach dich auf den Weg.

Draußen warten Manolya und Sevgi, die Irre. Sie zieht den rechten Schuh aus, hebt den nackten Fuß und sagt: Wenn du an meinen Zehen riechst, bekommst du einen Zuckerwürfel von mir.

Du bist verrückt, sage ich, und sie gibt sich mit der Antwort zufrieden, schlüpft wieder in ihren Schuh, verteilt ihre Zuckerwürfelbeute unter uns dreien. Ich schlucke meine Spucke runter und knabbere an dem Zucker, er darf nicht gleich in meinem Mund zerfallen. Wir folgen der kleinen Straße, die an Senem Hanims Haus vorbeiführt, und als hätten wir es abgesprochen, schauen wir hinauf zum Fenster, in der Hoffnung, Fulya nackt tanzen zu sehen. Doch sie ist älter geworden und macht keine Kinderspäße mehr.

Die Frau Lehrerin hat ihr Haar zu einem Lockengebirge hochfrisiert, von ihrer engen Taille geht ein Korsettrock ab und reicht bis zu den Waden, die hautfarbene Nylonstrümpfe glänzen lassen. Es sieht aus, als hätte sie ihre Beine mit Lack bestrichen. Manolya ist von ihrem Anblick sehr angetan, sie bekommt den Mund nicht zu. Ich starre das Bücherregal an, die obersten zwei Regalbretter biegen sich unter den Bänden einer Enzyklopädie, auf Pappe aufgezogene Fotos lehnen an den Buchrücken. Tische, Stühle, eine Couch. Eine Küche, ein Bad, ein großes Wohnzimmer. Die Schlafzimmertür ist zugeschlossen. Eine schickliche Frau. Sie hat die ganze Wohnung für sich allein. Sie bietet uns Kirschwasser an, das wir in gierigen Zügen austrinken.

Gefällt es euch hier bei mir? sagt sie, und wir nicken.

Ein Paradies, sagt Manolya.

Man kann hier tun, was man will, und es ist keiner da, der einen davon abhalten könnte, sagt Sevgi, die Irre.

Haben Sie keine Angst nachts? frage ich sie, wenn die Geister kommen und Ihnen die Decke wegziehen wollen?

Nein, sagt sie und lacht, ich werde schon mit ihnen fertig, ich verscheuche sie einfach.

Sevgi, die Irre, besprengt den Steinboden mit Wasser, Manolya fegt mit einem Kehrbesen, der ihr bis zum Bauch reicht, und ich halte mit ihr Schritt, damit sie den Hausschmutz in die Kehrichtschaufel fegen kann. Die Frau Lehrerin schaut uns erst dabei zu, dann verliert sie das Interesse, setzt sich auf die Couch und blättert in einem Bilderbuch. Als sie bemerkt, daß ich sie beobachte, blickt sie mich an und bedeutet mir, neben ihr Platz zu nehmen. Die Kehrichtschaufel muß ich Manolya übergeben.

Wie viele Geschwister seid ihr? fragt sie mich.

Fünf, sage ich.

Willst du noch ein Glas Kirschwasser?

Nein, danke, Frau Lehrerin.

Du hast also zwei Brüder, sagt sie. Ich bin überrascht, das habe ich ihr nicht verraten, also weiß sie um meine Familienverhältnisse und stellt mich auf die Probe.

Djengis, dein ältester Bruder ... ich unterrichte ihn in Französisch, schon seit einiger Zeit. Ich habe euch ja nur übernommen, weil sich mein Vorgänger als unzuverlässig herausgestellt hat ... Aber egal. Djengis, also. Er macht mir Kummer, weißt du?

Ja, Frau Lehrerin.

Manolya und Sevgi, die Irre, spitzen die Ohren, aber nach einem strengen Blick der Lehrerin machen sie sich eifrig an die Arbeit, den Küchenboden zu putzen.

Er ist ein feiner junger Herr, sagt die Lehrerin, ich kann nichts gegen seine Erziehung vorbringen. Er verfügt auch über genügend Verstand. Daher verstehe ich nicht, wieso seine Leistungen derart abfallen. Kannst du mir folgen, Mädchen?

Er bekommt schlechte Noten in Französisch, sage ich.

Kluges Mädchen, sagt sie und klopft mir anerkennend auf das Knie, und ich zucke zusammen.

Was seid ihr doch für Barbarenkinder! sagt sie, ich tue dir doch nichts.

Ja, Frau Lehrerin.

Sie steht auf, erwischt Manolya beim Lauschen und gibt ihr eine Ohrfeige. Ich höre ein Schluchzen aus der Küche, dann einen gotteslästerlichen Fluch, den die Lehrerin ausstößt. Dann ist es still, fast still, der Besen fegt über den Boden, die Schaufel kratzt über den Boden. Sie kommt mit einem Glas Kirschsaft herein und drückt es mir in die Hand.

Du gehst hier nicht eher weg, bis du es ausgetrunken hast, sagt sie und mustert mich, während ich den rottrüben Saft mit den Fruchtfleischstücken trinke.

Es können nicht alle Menschen Wunderkinder sein, sagt sie, aber Djengis hat die Anlage dazu … Er braucht unbedingt Nachhilfeunterricht. Und ich bin bereit, ihn nachmittags unentgeltlich zu unterrichten. Hast du mich bis hierher verstanden, Mädchen?

Ja, Frau Lehrerin.

Stell das Glas auf dem Tisch ab … Ich habe ihm dieses Angebot gemacht, er weiß Bescheid. Doch ich fürchte, er wird das Angebot nicht annehmen. Du mußt mit deinem Vater und deiner Mutter sprechen, hörst du?

Ich bin die Kleinste, sage ich, ich darf meinen Eltern gegenüber keine Wünsche äußern.

Dann redest du eben mit Yasmin! Oder mit Selda. Morgen frage ich nach, und wenn du es vergessen hast, wirst du eine Stunde lang in der Strafecke stehen. Hast du mich verstanden?

Ja, Frau Lehrerin.

Seid ihr Mädchen fertig? ruft sie, und als sich daraufhin Manolya und Sevgi, die Irre, im Türrahmen aufstellen, Besen und Schaufel in der Hand und Unschuldsmienen im Gesicht, lacht sie drauflos, die Lehrerin, sie sieht nicht nur so aus, sie lacht auch wie ein Pferd.

*

Djengis steht vor ihrer Tür, er zieht die Luft zwischen den Zähnen ein, ein Tick, den er den amerikanischen Schauspielern abgeschaut hat. Er fährt sich durch den Haarschopf, frisiert seinen Katzbuckel auf dem Kopf hoch. Mit Spucke klebt er einen Kringel an die Stirn. Soll er klopfen oder auf die Klingel drücken? Der Vater hämmert auf Holz und Wände, also entscheidet er sich für die Klingel. Sie muß hinter der Tür gewartet haben, denn plötzlich steht sie vor ihm, in gespielter Nachlässigkeit streift sie das Lockenwicklernetz ab, sagt: Ach?!, sagt nur: Ach?!, mit einer Dienstmädchenstimme, die nicht zu ihr paßt. Aber er wird sie nicht darauf ansprechen, was hätte er damit gewonnen? Er folgt ihr in die Wohnung, heftet den Blick dabei auf den Boden, denn es könnte sein, daß sie sich blitzschnell umdreht und ihn bei einem unschicklichen Blick erwischt.

Nimm schon mal Platz, sagt sie, ich habe noch etwas zu erledigen. Djengis setzt sich an ihren Arbeitstisch, zieht an den Hosenfalten so lange herum, bis sie parallel zueinander verlaufen. Er tippt den Briefbeschwerer, eine Holzkugel, an, rollt die Kugel über die Tischplatte, verliert die Lust an dem Spiel. Sie läßt ihn warten. Nach einer Viertelstunde rückt sie einen Stuhl neben ihn, eine Handspanne zwischen ihrer und seiner Wange.

Wie ich sehe, hast du vergessen, das Französischlehrbuch mitzunehmen, sagt sie.

Ich habe gedacht, wir machen freie Konversation, Frau Lehrerin.

Sie tätschelt ihm den Oberschenkel, ihre Hand bleibt darauf ruhen. Djengis merkt, wie ihm das Blut in die Wangen schießt, er kann es nicht verhindern.

Kannst du das denn, fragt sie, die freie Konversation?

Comment-allez vous? stößt Djengis hervor.

Lassen wir mal die Fremdsprachen, sagt sie, bevor wir uns dem Französischen widmen, muß ich genau wissen, was du von mir erwartest.

Sie sind so gütig, mir dabei zu helfen, bessere Noten zu bekommen, Frau Lehrerin.

Und wieso hast du dich erst dagegen gesperrt? Ich mußte deine Schwester extra herbeizitieren.

Sie kann nichts dafür, sagt Djengis.

Ach komm jetzt, stell dich doch nicht dumm, sagt sie und streicht über den Katzbuckel, ihre Hand gleitet ihm in den Nacken.

Es geht das Gerücht, dein Bruder Tolga sei unsterblich in ein Mädchen verliebt, das vier Jahre älter ist als er … Findest du das seltsam?

Wo die Liebe hinfällt, sagt Djengis und ärgert sich im nächsten Moment über seine einfältige Bemerkung. Er muß unweigerlich auf ihre Hand starren, bestimmt ist sein Bein naßgeschwitzt, er schluckt, und als es nicht hilft, räuspert er sich in die hohle Hand. Ich benehme mich wie ein Dienstmädchen, denkt er, wie kann ich hier nur raus, was kann ich schon machen?

Tolga hängt neuzeitlichen Ideen an, sagt er, ich habe versucht, sie ihm auszureden, aber er bleibt stur. Trotzdem wird er die Ehre einer Frau nicht antasten.

Du redest wie ein Armenhodscha, mein Lieber. Du weißt nicht einmal, was Adam unter seinem Feigenblatt hat. Oder bist du doch nicht so ahnungslos?

Sie rückt mit dem Stuhl näher an ihn heran, und er kann ihr Parfüm riechen, oder riecht sie nach Seife? Als er sich traut, zur Seite zu blicken, fährt er fast hoch vor Schreck: Ihre Bluse hat sie abgestreift, der Büstenhalter mit Raketenspitzenkörben preßt ihre Brüste, daß sie fast hervorquellen, und ein Achselhalter ist in die Armbeuge gerutscht. Er macht einen halbherzigen Versuch, seine Wange von ihrer Wange zu lösen, sie verstärkt den Druck ihrer Hand auf seinem Oberschenkel. Schau mich ruhig an, sagt sie.

Ich kann nicht.

Wieso? … schau mich doch einmal an.

Er sieht sie an. Sie blickt ihm lächelnd in die Augen, sie streift die Büstenschließe über den farbigen Knopf zwischen den Körben, und wie von selbst fällt der Büstenhalter herab und gibt ihre Brüste frei. Eine Brust ist größer als die andere, denkt er, und als sie seinen Kopf sanft herunterdrückt und sein Mund die Rinne zwischen ihren Brüsten küßt, glaubt er, es sei ein anderer Mann, den er bei einem vor Gott und den Menschen und dem Schuldirektor verbotenen Kuß beobachtet, denn er hat sich von seinem Körper gelöst, er steht neben dem Arbeitstisch, und diese Frau und dieser Mann, die miteinander ringen, sind ein Bild, das ihn nicht weiter angeht. Ihre Hand im Schritt des Mannes. Die Lippen des Mannes auf der Brust der Frau. Ihre Hand am Rücken des Mannes. Die Lippen des Mannes saugen an der Brust. Der Mund der Frau auf der Stirn des Mannes. Der Mann drückt sich weg vom Körper der Frau.

Das Persönchen hat sich verausgabt, keucht sie, und dann sagt sie im strengen Ton, es müßte eine Fangprämie für dich geben, so bockig wie du bist!

Ja, Frau Lehrerin.

Du bist so ungalant, so witzlos.

Sie steht auf, ordnet ihre Haare, und als es ihr zu lange dauert, löst sie ihre Lockenkrone.

Du träumst doch von einer Frau wie mir, sagt sie, habe ich nicht recht?

Sie sind schön, sagt Djengis.

Meinst du das wirklich oder machst du mir Komplimente?

Djengis greift in seine Tasche, holt einen kleinen Handspiegel hervor, klappt ihn auf. In drei Schritten ist er bei ihr, hält den Spiegel vor ihr Gesicht.

Ich bitte Sie, schauen Sie sich an.

Sie will einwenden, daß er keine Spielchen mit ihr treiben soll, aber sie beißt sich auf die Zunge, denn sie bemerkt einen sonderbar romantischen Ton in seiner Stimme.

Bitte! … Sehen Sie? Ich sehe auch: eine schöne Frau, wie sie mir nur in meinen Träumen erscheint, da haben Sie recht. Sie sind sehr schön, Frau Lehrerin … Halten Sie bitte den Spiegel fest und sagen Sie mir, was Sie sehen.

Djengis stellt sich hinter sie, preßt sein Gesicht in ihre Haare, und als sie beharrlich schweigt, bittet er sie noch einmal, einfach nur in den Spiegel zu blicken, mit dem Spiegel ihn zu verfolgen und ihm zu verraten, was sie darin erblickt, was er mit ihrer Schönheit macht, finden Sie schöne Worte dafür, sagt er, enttäusche mich nicht, denn ich bin nicht bockig, und deine Haare riechen nach den Pflanzen in den Gärten der Nachbarn, sagt er, fang an, ich warte. Endlich beginnt sie, jede seiner Bewegungen mit dem Spiegel einzufangen, und sie findet endlich auch ihre Fassung wieder.

Du ... du küßt ... meinen Hals, sagt sie.

Ja, sagt er.

Deine Hände ... sie wandern meinen Rücken herunter ... nein, tu das nicht.

Weiter, sagt er.

Jetzt umschließen deine Hände ... meine ... meine ...

Deine Melonen, sagt er.

O Gott ... du ... du greifst mir unter den Rock.

Das habe ich längst getan, sagt er, was tue ich jetzt, Frau Lehrerin?

Nein, nicht.

Sag es mir, Frau Lehrerin.

Ich kann nicht.

Sag es mir. Und schau in den Spiegel.

Ich kann ... nicht.

Soll ich es sagen? fragt Djengis, gerne, aber nur unter einer Bedingung: Bitte mich darum im strengen Lehrerton.

Sag es ... bitte. Sofort!

Ich berühre deinen Frauensitz.

Ja, sagt sie.

Verbietest du es mir?

Nein ... Was tust du nur mit mir?

Das ist erst der Anfang, sagt Djengis, und als sie aufstöhnt, schlägt er ihr den Spiegel aus der Hand, treibt sie vor sich her, eng an ihren Rücken gepreßt, er drückt sie an die Schlafzimmertür, seine Hände drücken sie fest, und er bittet die Frau Lehrerin, die Tür aufzuschließen, und als sie an ihrem Bett stehen, will sie sich umdrehen, noch nicht, sagt er, warte noch, Frau Lehrerin, warte noch eine Weile, es wird bestimmt nicht eine Ewigkeit dauern, ich habe deine Kostbarkeit fest im Griff, Frau Lehrerin, ich bin kein alter Mann, der große Umstände macht, aber etwas Zeit müssen wir uns nehmen, den Witwenschleier hast du nicht angelegt, obwohl du deinen Mann ins Grab gebracht hast, rühr dich nicht, auch ich weiß viel über dich, Frau Lehrerin, schlag jetzt die Tagesdecke zurück, ich werde mich nicht von dir lösen, das verspreche ich dir.

Willst du es, flüstert er ihr ins Ohr.

Ja, sagt sie, du bist mein Leben.

7

Dem Nachbarsjungen ist ein Leibsatan beigestellt. Eine heilende Hand muß den Höllenbrand löschen. Nicht die Mutterseele hat sich in ihm eingenistet, sondern ein schmutziger Geist, das sagt sein Vater, das verkündet er auf den Straßen und im Männercafé, Tolga war Augenzeuge seines Wutanfalls im Kaffeehaus. Man muß den Schmutzigen zur Ausfahrt zwingen, hat der Vater vor allen Leuten geschrien, der Schmutzige gibt ihm in den Sinn, bei jedem Atemzug einen bösen Fluch auszustoßen.

Feuer brennt auch in meinem Bauch.

Als ich es nicht mehr aushalte, renne ich zum Abort, schließe mich ein, lege beide Hände auf den Bauch und warte, daß die Schmerzquelle versiegt. Dann streife ich meine Unterhose herunter und sehe Blut, ich bin verwundet, soviel Blut, um Gottes willen. Ihr müßt Dasdaunten bewachen, Dasdaunten ist euer Schatz, die Männer brechen eure Schatztruhe auf, sie plündern und werfen das leere Schatzkästchen weg. Sagt meine Mutter. Ich kann nicht zu ihr gehen, sie wird mir vorwerfen, ich hätte meine Schatztruhe aufbrechen lassen, sie würde mich an die Zigeuner weggeben. Ich rufe nach Yasmin, erst leise, dann immer lauter, bis sie von hinter der Aborttür zischt, ich solle endlich mit dem Schreien aufhören.

Was ist passiert? sagt sie.

Ich hatte Bauchschmerzen, sage ich, da habe ich nachgesehen … An meinem Dasdaunten ist Blut.

Komm da sofort raus! Hast du mit Jungs gespielt?

Nein, sage ich, sie haben mich nicht geschlagen, ich schwöre es.

Als ich aufschließe, versetzt sie mir zwei Ohrfeigen, mein Bauch brennt, meine Wangen brennen, und ich fange an zu weinen, ich schwöre ihr, daß ich mich nicht geschlagen habe, es ist über Nacht gekommen, sage ich, bitte, du mußt mir glauben, ich weiß nicht, was passiert ist.

Ein Dreck ist passiert, sagt sie und zieht heftig an meinen Haaren, dein Dreck hat uns noch gefehlt!

Sie verschwindet, kommt nach einigen Minuten wieder, reißt die Aborttür auf und zieht wieder an meinen Haaren. Sie hat einen Streifen Wäschestoff mehrfach zu einer dicken Soldatenwundenbinde gefaltet, sie wirft sie mir zu.

Nimm das. Deck deine Blutwunde damit zu. Schließ hinter mir ab, ich werde an der Tür stehen und dir sagen, was du machen sollst.

Sie weist mich an, Schritt für Schritt: Ich reiße die breite Binde an beiden Seiten auf, schlinge die Fetzen vorne und hinten um das rechte und das linke Bein herum und verknote sie, dann ziehe ich schnell meine Unterhose über.

Bist du fertig?

Ja, sage ich und trete mit glühenden Wangen aus dem Abort. Ich traue mich nicht aufzuschauen, ich weiß, ich habe einen Fehler gemacht, ich weiß, ich habe Schuld auf mich geladen.

Jetzt bist du in der Hölle, sagt Yasmin, wieso hattest du es so eilig?!

Ich habe mich mit niemandem geschlagen.

Ja, ich weiß. Dein … Blutschlitz platzt von alleine auf.

Was kann ich tun? frage ich sie, mir ist wieder nach Weinen zumute, aber ich fürchte mich vor ihr und ihren Ohrfeigen. Als keine Antwort kommt, sehe ich ihr ins Gesicht, sie beißt sich auf die Unterlippe.

Ab heute wirst du dich von den Männern fernhalten, ist das klar?!

Ich spiele doch nur mit meinen Freundinnen, sage ich, ich habe auch mit dem Kätzchen gespielt, bis es verschwunden ist.

Es wird nicht mehr gespielt, schreit sie und versetzt mir wieder eine Ohrfeige.

Du bist wie der Mann meiner Mutter, sage ich.

Nein, sagt sie, er hätte dich wegen deiner Frauensache zu Tode geprügelt. Gott sei Dank ist er nicht im Haus.

Ich kann nichts dafür, sage ich und wische mir die Tränen aus den Augen, du weißt, daß ich nichts dafür kann.

Du wirst nicht mehr spielen, jetzt bist du in der Frauenzeit, das Kleinmädchenleben ist vorbei … Hast du die Binde fest verknotet?

Ja.

Ich mache mich gemein mit Verrückten, schimpft sie, dann packt sie mich am Arm und zerrt mich in die Kammer zum Leben und zum Schlafen, sie lüpft die Decke einer Matratze, schubst mich und zieht die Decke über mich, über meinen Körper, über meine Blutwunde.

Du wirst dich hier verstecken, und du stehst erst dann auf, wenn ich es dir erlaube.

Was ist mit mir? frage ich sie.

Du hast nichts, was nicht vergeht. Es ist morgen oder übermorgen vorbei. Alle Frauen bluten, das ist ihr Fluch.

Ich habe niemandem etwas zuleide getan, sage ich, ich habe das nicht verdient.

Sei still! zischt sie und nimmt mir Püppchenpupp weg, ich flehe sie an, aber es hilft nichts, ich bleibe in meiner Bettdunkelheit zurück, sie riecht nach Lavendel, ich atme den Geruch ein und halte die Luft lange in den Lungen, ein Komma ein halber Atem, ein Punkt ein ganzer Atem, ich rieche und atme. Ich höre das Rascheln von Stoff, jemand ist in das Zimmer gekommen, und obwohl ich vor Neugier platze, bleibe ich ruhig, atme Lavendel, Punkt und Komma, ein und aus.

Du bist heute eine Frau geworden, flüstert meine Mutter, nah an meinem Ohr, Weißkrönchen, mein Silberstern, mein schönes Mädchen ist jetzt eine Frau, was freue ich mich für dich.

Yasmin sagt, das ist ein Fluch.

Sie streichelt meine Wange, dann greift sie mir an die Schulter und dreht mich um, sie drückt mir Püppchenpupp an die Brust und lächelt. Kein Fluch, sagt sie, Gott hat dir eine Schönheit geschenkt. Jetzt, wo du kein Mädchen mehr bist, kann ich es dir sagen: Sei uns Frauen willkommen, meine Schöne. Sei uns willkommen, du mein Herz, sei als Frau bei uns Frauen willkommen, jetzt bist du bei uns, jetzt bist du ein Teil von uns. Freu dich über diesen Tag.

Als ich Yasmins Stimme höre, ziehe ich die Decke über meinen heißen Kopf, ich kann nicht verhindern, daß ihre Worte in meine kleine dunkle Bettgrotte dringen.

Die heiligen Teile der Frau sind mikrobenverseucht, sagt sie, du willst sie nur mit Märchen einlullen, Mutter.

Laß sie ihren Tag feiern, sagt meine Mutter, die Schande kommt schon früh genug.

Es zieht in meinem Bauch, an so vielen Stellen, daß ich glaube, das Blut, das aus mir fließt, wird das Laken und die Decke tränken, ich schwitze, ich habe Herzklopfen, nicht wie bei dem Soldaten, nicht wie bei dem Jungen, mein Herz schlägt böse gegen die Brust. Meine Mutter steckt mir Gottes Gesundheitskapsel in den Mund, sie schmeckt widerlich. Meine Mundhöhle ist trocken, es dauert lange, bis sie sich auflöst. Tablettensplitter bleiben mir in der Kehle stecken. Das kann nicht sein, sagt Yasmin, nimm die Kapsel aus dem Mund, breche sie auf und laß das Pulver dir auf der Zunge zergehen. Ich folge ihrem Rat, es ist reinstes Gift und schmeckt so bitter, daß ich mich fast übergeben muß.

Die Kapsel enthält Chinin, sagt Yasmin, das wird dir in deinem Leben als Frau später von großem Nutzen sein.

Sie sitzt am Kopfende der Matratze, mal schweigt sie, mal spricht sie über Männer und Frauen, und ich zwinge mich, nicht einzuschlafen, ihre Worte ergeben für mich keinen Sinn. Ein Läppchen oder ein Läpplein, das ewig und sieben Tage unaufgedeckt bleibt, flüstert sie, Unzucht und Buße finden

Platz an einem Ort, in einem Schlitz, das bringt uns alle noch um – ist das die Strafe dafür, daß man nicht als Mann zur Welt kommt? … Ein Buschwindröschen habe ich auf eine Satintasche in Plattstich gestickt; ein Miederleibchen habe ich fertiggenäht für Senem Hanim. Ich habe aber noch viel zu sticken und zu nähen, die Zeit reicht nicht aus … Mein Gott, konntest du nicht damit warten, Mädchen? …

Sie beugt sich über mich, ich stelle mich schlafend, weil ich von ihrer Rede Kopfschmerzen bekomme. Endlich geht sie weg, endlich läßt sie mich in Ruhe atmen, ein Komma ein halber Atem, ein Punkt ein voller Atem.

*

Meine Brüste knospen auf. Meine Mutter wickelt mir ein zweilagiges Umschlagtuch darum, über dem Unterhemd, und schnürt mir die Brüste platt. Ich ziehe die weiße Bluse an und darüber die schwarze Schuluniform, die so steif ist wie eine Zeltplane. Ich drücke die Schultasche gegen die Brust, Yasmin und Selda mustern mich von Kopf bis Fuß und entlassen mich erst dann ins Freie. Mein Dasdaunten ist auch verbunden.

Sobald ich am Haus meiner besten Freundin Manolya ankomme, stelle ich mich unter den Erker, löse die hinteren Knöpfe des schwarzen Kittels und den Knoten des Brustschnürstoffs, stecke das Tuch in meine Tasche. Ich kann wieder richtig atmen. Manolya hat mir heimlich dabei zugesehen, sie zeigt mir kichernd ihr Schamtuch, wir lachen, bis wir uns verschlucken und husten. In knöchellangen schwarzen Schleiern laufen die Frauen auf den Straßen, die Männer scheinen keine Eile zu haben, sie schlendern und lassen ihre Kummerketten zwischen den Fingern klacken. Wir verlassen die Hauptstraße und biegen auf eine Gasse, plötzlich zieht mich Manolya in einen Hauseingang und flüstert mir zu, ich soll keinen Laut von mir geben. Eine verschleierte Frau geht seltsam langsam auf einen Mann zu, sie schaut sich nach allen Seiten um, der Mann, der ihr entgegenkommt, verlangsamt seinen Schritt, läßt seinen Blick über die Hausfronten und die Fenster streifen. Jetzt stehen sie sich fast gegenüber, die Frau schlägt ihren Schleier zurück, der Mann schaut sie an, ihr Gesicht, ihren Hals, ihren Körper. Dann gehen sie hastig aneinander vorbei.

Was war das?

So etwas wie eine heimliche Verlobung, sagt Manolya. Wir warten noch einige Minuten, treten aus dem Hauseingang und setzen unseren Weg fort.

Sie hat ihre Unkeuschheit aufgegeben, sage ich, das war nicht recht.

Du bist ein Mondkalb, sagt Manolya, der Mann und die Frau sind zwei Verliebte, ihre Liebe halten sie vor den anderen Menschen geheim. Vielleicht sind ihre Familien miteinander verfeindet, und wenn sie um die Liebe wüßten, würde es einen Weltkrieg in unserem Viertel geben.

Ich erinnere mich an unseren Lehrstoff und sage:

Er ist Romeo, und sie ist Julia …

Manolya haßt das Literaturfach, sie möchte, daß man ihr in der Schule das Werkzeug in die Hand gibt, mit dem sie im Leben die Schrauben anziehen kann. Sie spottet immer über meine Schwärmerei, und auch jetzt rümpft sie angewidert die Nase.

Ich habe dich zum Narren gehalten, sagt sie, vergiß Romeo und Julia. Der Mann hat keine Lust, die Katze im Sack zu kaufen. Was ist, wenn die Frau schielt, Warzen im Gesicht und eine Nase wie eine Aubergine hat? …

Solange sie sich bedeckt, kann der Mann ja nicht wissen, ob er nicht in der Nacht der ersten Empfängnis eine böse Überraschung erlebt.

Sie war nicht häßlich, sage ich.

Eine Schönheit war sie auch nicht. Hast du ihre Augen gesehen?

Ja, sage ich, ihre Augen stehen eng beieinander.

Eine dumme Bäuerin wird sie sein ... Aber ich glaube, es ist alles anders.

Du meinst, sie sind schon verheiratet?

Ach was, sagt Manolya, dann hätten sie die ganze Heimlichtuerei gar nicht nötig. Sie hat einen Mann ins Auge gefaßt und ihn auf der Straße abgepaßt. Ich glaube, sie hat sich einen Liebhaber ausgesucht.

Du spinnst doch, sage ich, wir müssen den Jungs die freie Sicht auf unsere Brüste und unsere Beine nehmen.

Sie war doch nicht nackt, wir sind auch nicht nackt, wenn wir unsere Schnürbeutel abnehmen ... Du mußt mich abschreiben lassen bei der Mathematikprüfung. Hast du gelernt?

Ja natürlich, sage ich, wenn uns die Frau Lehrerin erwischt, verweist sie uns von der Schule.

Ich habe einen Plan, sagt sie.

Eine Dreiviertelstunde später gehen Manolya und ich denselben Weg zurück, ich habe beschlossen, kein Wort mehr mit ihr zu reden, es war sehr dumm, auf ihren Plan einzugehen. Doch was hätte ich tun sollen? Sie hat darauf bestanden, und als ich mich trotzdem geweigert habe, hat sie mir vorgeworfen, ich würde meine beste Freundin im Stich lassen. Daraufhin haben wir uns versteckt, ich schob meinen Rock hoch, sie übertrug die Rechenwege vom Lehrbuch auf meinen linken Oberschenkel, und ich schrieb die wichtigsten Gleichungen auf meinen rechten Oberschenkel. Ich sah aus wie einer der bösen Kerle, die im Gefängnis ihr Gesicht und ihre Arme mit Tinte und heißer Nadel tätowieren. Die Frau Lehrerin hat mich besonders freundlich empfangen, und mir sogar zugelächelt, als sie die Prüfungsbögen in der Klasse verteilte. Wenig später stieß mich Manolya von der Seite an, das verabredete Zeichen, und ich schob den Rock hoch. Der Junge auf der Schulbank neben mir machte große Augen, stierte fast die ganze Zeit auf meine Beine. Ich habe es dann nicht mehr ausgehalten und den Rock zurückgeschoben, doch es war schon zu spät: Die Frau Lehrerin riß mir und Manolya die Bögen aus der Hand, wir müssen wegen »unerlaubter Benutzung von Hilfsmitteln« nachsitzen und die Prüfung nachholen. Du bist eine blöde Tugendrose, ruft Manolya hinter mir, hättest du doch ruhig den Jungen glotzen lassen.

Ach ja? sage ich und sehe sie zornig über die Achseln an, wieso hast du denn nicht deine Beine gezeigt?

Ich wollte von dir abschreiben, und nicht du von mir. Mir hätte es außerdem nichts ausgemacht. Die Jungs schauen uns ja nichts ab. Außerdem hat die Frau Lehrerin unser Täuschungsmanöver durchschaut, sage ich, von Anfang an. Wie soll ich es meinen Eltern beibringen?

Sag ihnen, es ist ein neues Pflichtfach am Nachmittag eingeführt worden. Dann kannst du nicht nur ungestraft die Prüfung nachschreiben, du hast dann auch diesen Nachmittag in der Woche immer frei.

Und was soll ich mit dem freien Nachmittag? herrsche ich sie an.

Was immer du willst. Ich jedenfalls werde es so halten. Dann können wir beide spielen und machen, worauf wir Lust haben.

Ich lüge nicht, sage ich, das ist falsch. Vor Gott und den Menschen ist es falsch.

Du verschwendest mit deinem Tugendkram meine Zeit, schreit sie und flitzt an mir vorbei, am liebsten würde ich ihr nachrennen und sie einfangen.

Aber ich habe meinen Stolz, es ist mir egal, wenn sie mich als Tugendrose beschimpft. Ich erlaube mir keine unanständigen Gedanken.

Zu Hause schenkt mir meine Mutter zwei Zuckerwürfel, und ich schließe mich im Abort ein, lecke am Zucker, sammle das Zuckerwasser in meinem Mund und schlucke langsam. Heimlich schnüre ich meine Brüste fest, Gott sei Dank ist es weder Yasmin noch meiner Mutter aufgefallen.

Yasmin sitzt an der geliehenen Nähmaschine der reichen Nachbarin, den Tisch hat sie am Fenster aufgestellt, damit sie schattenfrei arbeiten kann. Sie führt den Oberfaden von der Garnrolle durch den Fadengeber zum Nadelöhr, dreht am Handrad, bis eine Schlinge des Unterfadens nach oben gezogen wird. Dann zieht sie beide Fäden unter den Steppfuß. Sie dreht an der Fadenspannungsscheibe und steckt die Kante des Druckkattuns zwischen Presserfuß und Stichplatte, dann tippt sie an den Garnrollenhalter: ein Glücksbringertick.

Geh mir aus dem Licht, sagt sie, hast du überhaupt deine Hände danach gewaschen?

Ja, Schwester.

Hast du deine Fingernägel geputzt?

Ja, sage ich.

Sie dreht sich zur Seite und fordert mich auf, meine zehn Fingerkuppen auf den Tisch zu legen, nach einem kurzen Blick schickt sie mich fort, schimpft hinter mir her, wer Dreck nach Hause bringt, trägt den Munddreck der Familie hinaus, sagt sie, daß du mir ja nicht unsere kleinen Geheimnisse in der Schule ausplauderst, ich weiß ja, ich kann dir nicht trauen. Ich darf ihr nichts entgegnen, sonst würde sie mir wieder Ohrfeigen verpassen. Ich plaudere nichts aus und verpetze niemanden. Ich stelle mich an den Spülstein, bürste die Fingernägel, gehe mit der Bürste die Finger ab, im Uhrzeigersinn, damit ich keinen Geist rufe. Noch wissen sie nicht, daß ich Linkshänder bin, sie würden mir sonst so lange auf die linke Hand schlagen, bis sie erlahmen würde und nicht mehr zum Stifthalten und Schreiben taugte.

Ein Schrei läßt mich zusammenzucken, die Bürste fällt in den Spülstein. Meine Mutter steht am Nähtisch, Selda schreit Yasmin an, sie dürfe sich nicht bewegen, auf keinen Fall. Die Nadel hat sich durch den Nagel gebohrt und die Fingerkuppe durchstoßen. Yasmin dreht das Handrad langsam hin und her, aber die Nadel steckt tief drin, sie bekommt den Finger nicht los. Bleich vor Wut und Schmerzen brüllt sie mich an, ich solle die Frau Nachbarin zur Hilfe herbeiholen, und als ich wenig später mit ihr zurückkomme, schlägt die Nachbarin entsetzt die Hände über dem Kopf zusammen, sie schreit uns alle an, doch dann besinnt sie sich und betrachtet Yasmins Finger und die Nähnadel aus der Nähe.

Die Nadel steckt fest, sagt Selda unnötigerweise und wischt sich die Kummerträne aus dem Auge.

Das sehe ich auch, schreit die Nachbarin, wahrscheinlich ist die Nadel im Finger zerbrochen, und ich darf mir eine neue Nadel kaufen. Nein, das glaube ich nicht, sagt Yasmin, mit der Nähmaschine ist alles in Ordnung.

Die reiche Nachbarin teilt uns alle ein, meine Mutter und Selda sollen Yasmin festhalten, sie wird schnell am Handrad drehen, und ich, ich darf einfach still sein und für den Finger meiner Schwester beten. Erst beim vierten Versuch gelingt Yasmins Befreiung, ein Strahl Blut spritzt aus dem kleinen Loch, und der Finger schwillt sofort an. Meine Mutter bereitet die Heilsalbe, die auch beim Soldaten gewirkt hatte, und streicht sie dick auf die Wundstelle. Ich habe ein schlechtes Gewissen, weil Yasmin mir verrät, daß sie eine Druckkattunbluse für mich nähen wollte. Am Vorabend des Festtags herrscht Trauer in unserem Haus, sogar der Nährvater begnügt sich damit, uns alle, vor allem aber Yasmin, mit Aprikosen und schwarzen Sultaninen zu bewerfen. Was für eine tüchtige Näherin! sagt er immerzu, und wenn er sie trifft, lacht er auf und freut sich, bei jedem Treffer strafft er sich, kollert wie ein Truthahn, seine Pyjamahose rutscht hoch, und er muß immer wieder an den Hosensäumen ziehen. Als eine Handvoll Aprikosen auf Yasmins Kopf hagelt, blickt sie ihn voller Haß an.

Bring mich nicht dazu, den Mund aufzumachen, sagt sie, und wir erstarren alle in Erwartung der Tracht Prügel, Djengis und Tolga ziehen die Beine zum Sprung ein, sie müssen jeden Augenblick damit rechnen, den Vater von Yasmin wegzuzerren. Doch es geschieht nichts, er verläßt wortlos das Zimmer. Er geht im Hinterhof auf und ab, der Zorn überkommt ihn wieder, du hast diese kleinen Götzen geboren und willst sie mir als meine Kinder andrehen, schreit er, sie bringen mir Unglück.

Und tatsächlich sucht es uns heim, das Unglück.

*

Djengis nimmt die Schläge des Nährvaters in Kauf, er kommt immer später nach Hause, viele Stunden nach Schulschluß, und wenn er am frühen Abend erscheint, hat er Ringe unter den Augen. Er läßt sich nicht wie bisher zur Arbeit im neuen Laden abkommandieren, den der Mann meiner Mutter als Zeichen seines Wohlstands gemietet hat. Das Geld versäuft er. Yasmin, Selda und ich müssen mit den Lebensmittelkarten für Gries und Mehl Schlange stehen, oft einen halben Tag, und jetzt ist es an mir, faule Ausreden dafür zu erfinden, wieso ich die Schule schwänze. Es ist ja für eine gute Sache, die Frau Lehrerin nimmt es gnädig auf. Manchmal schickt mich der Nährvater als Handlanger von einem Ende des Viertels zum anderen. Die Händler nennen mich die taubsture Kurierin, ich lasse ihre neugierigen Fragen nach den Geschäften des Nährvaters unbeantwortet. In seinem Laden stapeln sich Säcke voller Baumwolle und Mandeln, er hat keine eigene Ware und erledigt nur die Formalitäten. Djengis hat seit mehr als einer Woche keinen Fuß in den Laden gesetzt, er hustet fürchterlich, sein Bauch bläht sich auf, er sieht aus wie eine schwangere Frau im sechsten Monat.

Und dann kann er nicht mehr, die Kraft verläßt ihn. Ich will ihm Trostküsse geben, er wehrt mit dem Arm ab. Ein Windstoß wispert nah an meinem Ohr, sagt er, es klingt wie das Gesirr von Mücken. Er hatte immer eine rege Phantasie, er sieht Dinge, die es nicht gibt oder die nicht für unsere Augen bestimmt sind. Als er sich im Bett vor Schmerzen windet, schickt mich meine Mutter los, den Arzt zu holen. Doktor Kerem kommt ungern, er weiß, daß er seinen Lohn von Gott bekommt, daß wir ihn nur mit einem Beutel Aprikosenkernen oder höchstens zehn Zuckerwürfeln entlohnen können.

Es ist nichts, sagt Djengis beim Anblick des Arztes, Sie können wieder nach Hause gehen.

Das habe ich zu entscheiden, herrscht ihn der Arzt an, und nach einer kurzen Untersuchung verkündet er feierlich, sein Patient leide an Bauchfellentzündung.

Wir stehen alle gedrängt im Schlafzimmer der Eltern und schauen ihn an, sogar der Nährvater hat sich von seinem Schemel vor seinem Laden erhoben und ist herbeigeeilt.

Da hilft uns nur die Injektionsspritze, sagt der Arzt, und dann geht alles schnell, meine Mutter fällt in Ohnmacht, ihr Mann schreit mich an, ich solle mich in den Garten scheren und dort spielen. Doch ich bin schon zu groß für Spiele. Ich setze mich einfach auf die harte rissige Erde, und um das Gefühl der alten Tage heraufzubeschwören, ritze ich mit einem Stecken Buchstaben und Sätze, ich ritze den Namen meiner besten Freundin Manolya in die Erde, und dann den Namen Fulya, die ich aus den Augen verloren habe. Ich habe gehört, daß sie sich nicht mehr nackt ans Fenster stellt und Theater spielt. Sie gilt aber trotzdem als degeneriert, und Djengis schüttelt immer den Kopf, wenn sich meine Schwestern über sie unterhalten.

Ich höre Rufe und schaue hoch, auf einem Balkon stehen zwei Männer in Unterhemden und necken die Basarschönheiten auf dem Balkon im Haus gegenüber.

Du mein Augenlicht, ruft der Schönere der beiden Männer der jüngeren Schwester zu, mit dir geht für mich die Sonne auf. Willst du mir nur dein Profil zeigen, oder machst du mir die Freude und schaust mich an?

Du übertreibst, sagt der andere Mann. Er ist einen Kopf kleiner als der Schöne, und er klammert sich an der Balkonbrüstung fest, als habe er Angst, der Schöne könne ihn in einem Anfall von Wahnsinn herunterstoßen.

Laß mich, sagt der Schöne, würden ihr meine Worte nicht gefallen, wäre sie längst im Haus verschwunden.

Und was ist, wenn der Vater der beiden mit einer Flinte uns

auflauert? sagt der Kleine, ich finde, wir sollten die Balz hier abbrechen.

Geh doch rein. Ich bleibe … Mein Augenlicht, was ist? Gefalle ich dir etwa nicht?

Das junge Mädchen läuft rot an und kichert, seine Schwester tuschelt ihr etwas ins Ohr, und jetzt prusten sie los.

Hast du keine Arbeit? ruft die ältere Schwester zurück, oder bist du der irre Verwandte vom Dachboden, den man zum Sonnen auf den Balkon gestellt hat?

Der Schöne lacht, die Basarschönheiten lachen mit, nur der Kleine bleibt ernst und beugt sich über die Brüstung, er rechnet wahrscheinlich jeden Moment mit dem Flintenvater, der die verkehrte Ordnung mit gezielten Schüssen wiederherstellt.

Ich bin Student, sagt der Schöne, und wenn ich fertigstudiert habe, werde ich drangehen, viel Geld zu verdienen.

Eines Liebhabers Börse ist mit Spinnweben geschlossen, läßt sich das junge Mädchen vernehmen.

In welchem Groschenheft hast du das gelesen, meldet sich der Kleine endlich, er wird aber grob vom schönen Mann in die Seite gestoßen. Jetzt ist der Kleine wirklich böse, er versucht, den Schönen in den Schwitzkasten zu nehmen, und als es ihm nicht gelingt, verläßt er fluchend den Balkon.

Wollen wir uns vielleicht treffen? ruft der Schöne, nachdem er sich gekämmt hat, vielleicht in der Pastetenbäckerei, morgen am frühen Abend? Die Basarschönheiten tuscheln aufgeregt miteinander, mein Blick geht von einem Balkon zum anderen und wieder zurück, ich möchte nichts verpassen.

Glaubst du, sagt das junge Mädchen, daß wir über das Stöckchen springen, das du uns hinhältst?

Gott bewahre mich vor der Eitelkeit, ruft der Schöne, ich kann mich schon glücklich schätzen, daß ihr überhaupt ein Wort mit mir wechselt. Ihr könnt mir ruhig ein Stöckchen hinhalten, ich mache soviel Sprünge, wie ihr wollt. Die Basarschönheiten lachen auf, der Schöne hat ihre Herzen erobert, da gibt es keinen Zweifel. Er könnte zu Füßen ihres Balkons stehen und ihnen ein Seil zuwerfen. Sie würden nach unten klettern und sich vom Schönen in die Hauptstadt entführen lassen. Der Kleine tritt wieder auf den Balkon, er versucht sein Glück bei der älteren Schwester, die sich seinen Komplimenten nicht verschließt.

Der Balkonflirt nimmt mich derart in Anspruch, daß ich zusammenzucke, als mir Djengis' Krankheit wieder in den Sinn kommt. Ich frage mich, weshalb ich den beiden Männern und den Balkonschönheiten egal bin, sie können mich unmöglich übersehen. Der Durst treibt mich verbotenerweise ins Haus. Die Schlafzimmertür ist verschlossen, ich höre Stimmen und Djengis' Schmerzensschrei. Auf dem Beistelltisch vor der Tür stehen Weckgläser mit selbstgemachter Limonade, fünf hohe Gläser, bis zum Rand voll mit Limonade. Meine Mutter hat sie gemacht, um sie dem Arzt nach getaner Arbeit anzubieten. Ein halbvolles Glas wird bestimmt nicht auffallen, denke ich, ich setze die Öffnung auf die Unterlippen und nehme einen tiefen Zug, spucke aber im selben Moment aus, was für ein ekelhafter Geschmack! Sofort geht die Tür auf, und als Yasmin das Glas in meiner Hand und die Pfütze auf dem Boden sieht, versetzt sie mir eine Ohrfeige. Dann schubst sie mich fort nach draußen, bei ihrem Anblick huschen die Basarschönheiten hinein, und auch der Schöne und der Kleine verschwinden vom Balkon. Yasmin tut so, als habe sie es nicht bemerkt. Kann man dich nicht eine Minute unbeaufsichtigt lassen, schreit sie mich an, man hat dir gesagt, du sollst im Garten spielen. Und was machst du? Du wartest ab, schleichst dich ins Haus und trinkst die Flüssigkeit aus, die der Arzt mit der Spritze Djengis' Bauch entnommen hat.

O Gott! sage ich und spucke aus, vor Ekel wird mir schwindlig, ich hoffe nur, daß der Schöne mich nicht dabei heimlich hinter der Gardine beobachtet. Yasmin steht reglos neben mir, und als ich vor Anstrengung niese und keuche wie ein Eselfüllen, bekommt sie einen Lachanfall.

Du machst dich über mich lustig, sage ich zornig und wische mir über den Mund, es hätte auch dich treffen können.

Nein, sagt sie, ich weiß ja, was in den Gläsern ist, und ich benutze meinen Verstand, öfter als du ... Waren das nicht die Basarschönheiten, die mit fremden Männern geflitschelt haben?

Was heißt das? sage ich.

Herzküsse aus der Ferne, von Balkon zu Balkon.

Ich weiß von nichts, ich habe nur gespielt. Eigentlich habe ich nur so getan, als würde ich spielen. Dafür bin ich zu alt.

Stimmt, sagt sie und schaut mich von der Seite komisch an, dafür belauschst du, wie Frauen und Männer flitscheln ... Bleib hier, bis ich dir sage, daß du reinkommen kannst. Er ist da drin. Mach keinen Ärger, sonst müssen wir alle dafür büßen.

Ich warte noch sehr lange im Garten, ich warte, daß die Basarschönheiten und die fremden Männer einander Herzküsse zuwerfen, ich warte, daß der Schöne endlich auf den Balkon tritt und sein Haar kämmt. Yasmin hat sie verscheucht, und hinter den Balkongardinen regt sich kein Schatten.

8

Tolga wirft mit einem Stein nach einem verrotteten Olivenölkanister, verfehlt ihn, versucht es ein zweites und ein drittes Mal, gibt aber auf.

Was hat sie gesagt?

Du kannst Lärm schlagen, wem aber werden die Menschen glauben? Dir, einem Jüngling, der den Mund aufklappt beim Anblick von Mädchen? Oder mir, einer Lehrerin, die einen tadellosen Ruf genießt? … Das waren so in etwa ihre Worte.

Sie droht dir also, stellt Tolga fest. Der lange Spaziergang von der Kleinstadt hinaus aufs Land hat ihn ermüdet, und er hat es satt, die Augen mit der flachen Hand gegen die grelle Sonne abzuschirmen.

Es war von Anfang an klar, daß es bei einer Tändelei bleibt, sagt Djengis, sie selbst hat mir gesagt, daß ich mir jede Schwärmerei aus dem Kopf schlagen sollte.

Hast du ihr Hoffnungen gemacht?

Sie hat mich verführt. Ich gab nach.

Ach, du Ärmster, sagt Tolga … aber gut. Sie will also behaupten, daß du ihr ein unzüchtiges Angebot gemacht hast.

Ja. So wütend habe ich sie noch nie erlebt.

Wird sie die Drohung wahrmachen?

Was glaubst du? sagt Djengis.

Ich fürchte schon, sagt Tolga und legt den Kopf in die Hände, und ich glaube, du wirst ihr so lange zu Willen sein müssen, bis sie dich wieder freigibt.

So einfach ist es nicht.

Doch, sagt Tolga, leider ist es so einfach.

Du kennst die Frauen nicht, du bist doch nur verliebt. Hast du schon mal?

Wir erörtern hier nicht mein Problem, ruft Tolga aus, meine Liebe geht dich nichts an!

Sei doch nicht gleich böse. Ich meine, diese … Beziehung zwischen ihr und mir hat einen Riß bekommen. Sie ist jetzt mißtrauisch, sie traut mir nicht mehr über den Weg.

Für eure Liebesspiele im Dunkeln muß sie dir auch nicht trauen, sagt Tolga … weißt du was? Ich glaube, du hast ein Auge auf ein anderes Mädchen geworfen. Das spürt sie.

Wie kommst du auf diesen Unsinn?

Na ja, sagt Tolga, ein Balkon an sich ist nicht so interessant, daß ein Mann ihn ständig anschmachtet. Eine der beiden Basarschönheiten hat es dir angetan.

Vielleicht, sagt Djengis, vielleicht auch nicht.

Weißt du noch? Wir haben uns in Bastkörben versteckt, als der Bauer den Stier auf die Kuh losgelassen hat … Sein irrer Blick kurz … davor erinnert mich an deinen Blick, wenn du sie anschmachtest.

Sehr witzig, sagt Djengis und wendet sich ab. Es wird Zeit, daß sie nach Hause gehen. Es wird Zeit, daß er der Frau, die seine Unschuld geraubt hat, erklärt, was ihm seine Unschuld wert war.

Geht es dir wirklich besser, fragt Tolga, der Arzt hat dir mehr als fünf Tage Bettruhe verordnet.

Ich bin wiederhergestellt, es geht mir gut.

Du bist nicht das, was du zu sein behauptest, sagt Tolga hinter Djengis. Dann aber schweigen sie beide, sie gehen und schweigen, sie sind jeder für sich versunken in Gedanken, alles kreist um Beginn und Ende einer Liebe, die sie sich nicht versagen wollen. Trotzdem.

*

Dünne Fladen aus getrocknetem Apfelmus: Wenn es nach Djengis ginge, würde er sich nur von diesen süßen Fladen ernähren. Doch er ist weg, und ich darf nichts verraten, sosehr die reiche Nachbarin auch nachfragen mag. Ihr Lockmittel wirkt nicht, und anstatt mir den ganzen Fladen zu geben, reißt sie ein Stück heraus und wirft es mir hin wie Futter vor den Schnabel eines Vogels. Sie wird andere Leimruten aushängen müssen, ich jedenfalls gehe ihr bestimmt nicht in die Falle. Vielleicht weiß sie es sogar und möchte aus meinem Mund die Bestätigung, daß mein eigener Bruder zu der Sorte von Heißspornen gehört, die reife Frauen belästigen. Ich kenne die ganze Geschichte. Er war ihr lange Zeit zu Diensten. Wahrscheinlich war er ihr hörig und befolgte ihre Anweisungen. Sie setzte ihn unter Druck, er gab nach. Sie hat mich benutzt. Ich weiß nicht, wie lange diese erzwungene Liebe gedauert hat, aber irgendwann konnte er nicht mehr, eines Tages soll er sie von sich weggestoßen haben, daß sie vom Stuhl gefallen ist. Und er ist geflohen, hat sein Herz Tolga ausgeschüttet, ausgerechnet meinem romantischen Bruder, den komische Sorgen plagen. Die Frau Lehrerin ging am nächsten Tag zum Direktor und sagte, Djengis, ein leistungsschwacher Schüler, habe ihr unter den Rock greifen wollen, sie könne diese Frechheit nicht dulden. Der Direktor zitiert sofort den Nährvater zu sich und eröffnet ihm, er solle seinen Sohn von der Schule nehmen, oder man würde die Sache öffentlich machen. Es folgten Tage der Prügel und Nächte voller Geräusche in unseren Kammern. Der böse Geist schlich sich wieder ein, er ging durch die Räume, spähte das Opfer aus und versank in ihm.

Djengis aber nahm alles hin, als würde ihn der Skandal nichts angehen.

Entgegen der Abmachung hat der Direktor die Geschichte weitererzählt, und Djengis galt plötzlich als der junge Tröster von Witwen und alleinstehenden Frauen, sie warfen ihm begehrliche Blicke zu, sie versuchten ihn in Gespräche zu verwikkeln, sie berührten wie zufällig seine Hand, seinen Arm, sein Gesicht. Ein Heiliger, dieser Djengis, sagten sie, sagte die reiche Nachbarin vor meiner Mutter, wie kann man ihn dafür strafen, daß er uns versteht? Man sieht ihm eine schöne Männlichkeit an, sagten sie, sagte Senem Hanim, er stellt nicht unseren Töchtern nach, sie sind ja alle verliebt in ihn. Und doch wirbt er um uns, vor Gott ist diese Liebe eine Großtat. Man müßte diesem verdammten Direktor Schandohren aufstellen, sagen sie, sagt Fatma Hanim, der Neid hat ihn fehlgeleitet, er glaubt, die Schule sei sein Harem, und die Frau Lehrerin sein Besitz ... diese Lehrerin hat sich an Djengis versündigt, der arme Junge.

Er ist weg, er lebt im Osten des Landes, einmal im Monat schickt er der Familie einen Brief, in dem er behauptet, es gehe ihm gut, er habe sich an die neue Schule gewöhnt und bekomme zufriedenstellende bis gute Noten, um die Versetzung brauche er sich keine Sorgen zu machen. An dieser Stelle grinst Tolga übers ganze Gesicht und bemerkt, hier krähe ein Hahn, der mindestens über zwei Hühner gebiete, und Yasmin und Selda bewerfen ihn mit Kissen oder Wollknäueln, meine Mutter ermahnt ihn, in Gegenwart von Frauen keinen Teufelsschmutz zu verstreuen, und ich muß immer kichern, obwohl ich nicht ganz verstehe, worum es geht. Tolga liest weiter und spart nicht mit Kommentaren, er schlüpft in Rollen, er versteht sich wie wir alle in der Kunst der Verstellung. Der Nährvater ist außer Haus, wir halten uns zurück, wenn der Herr des Hauses von seinen Geschäften zurückkehrt, er wird zornig, wenn wir lustig werden.

Es heißt, Djengis schreibe an die Basarschönheit viel öfter als an uns, sie mustert mich eindringlich von ihrem Balkon aus und schaut aber so lange auf den leeren Balkon gegenüber, bis ihre ältere Schwester sie hineinruft. Der Schöne läßt sich manchmal sehen, und einmal hat er mir zugerufen, ich sei ja ein wirklich süßes Mädchen. Vielleicht ist die Basarschönheit eifersüchtig auf mich, dabei bin ich viel zu klein, um Gedanken an die Liebe zu verschwenden. Nein, ich bin nicht mehr ein Kind, Püppchenpupp liegt als Ziergegenstand auf dem Beistelltisch im Flur, ich streichele ihr manchmal im Vorbeigehen den Kopf. Kinder tragen keine Brustschnürstoffe,

Kinder haben kein blutendes Dasdaunten. Die junge Basarschönheit wird den Schönen bald auf der Straße abpassen und
den Schleier zurückwerfen. Sie gefällt ihm, man sieht es ihm
an. Eigentlich müßte ich ihn hassen, weil er sich an Djengis'
Liebschaft vergreift. Wenn sein Haar auf die Stirn fällt, kann
man ihn nur lächelnd ansehen.

Vor den meisten Männern aber habe ich Angst. Es gibt einen Mann im Viertel, der im Ruf steht, besonders gewalttätig
zu sein. Er wichst seinen Bart mit Haarpomade, die Zwirbel
reichen ihm fast bis zum Nasenhöcker. Sein Jackett legt er lok-
ker auf die Schultern und läuft sommers wie winters damit
herum, um anzuzeigen, daß ihm das Wetter nichts anhaben
könne. Er zieht seine Schuhe nicht richtig an, sondern schlüpft
in sie hinein wie in Pantoffeln, so daß er das Leder an der Ferse
heruntertritt. Die Männer wechseln bei seinem Anblick sofort
die Straßenseite. In der Hand hat er eine Kummerkette, deren
Perlen er klackend zieht. Wenn jemand auf die Idee kommt,
ihn mit einem kurzen Blick zu streifen, geht er ganz dicht an
ihn heran und sagt: Schmachtest du nach mir? Hast du mich
soeben zu deiner Buhldirne erkoren? Ich lehne dein Angebot
ab. Jetzt aber mußt du büßen!

Die Buße besteht in einem gebrochenen Knochen, einer
blutigen Nase oder einem Büschel Haare. Man nennt ihn den
arbeitslosen Henker. Er hat seine Männer, sie haben sich auf
das Fachgebiet von Dutzendganoven verlegt: Sie erpressen hier
eine Münze, dort lassen sie eine große Papiertüte mit Früchten
mitgehen. Sie beanspruchen für sich, die Herren des Viertels
zu sein. Es gibt aber eine Meute von Männern aus Antep, sie
lassen sich nichts gefallen, sie erscheinen in Vierergruppen
wie aus dem Nichts, halten an der Hauptstraße Ausschau nach
den Männern des Henkers. Einmal hat der Kaffeehausbetreiber seinen Laden geschlossen und ein großes Schild an die
Fensterscheibe gehängt: »Wegen Bestandsaufnahme der Waren ist der Eintritt für meine Gäste in den nächsten zwei Tagen
unmöglich! Habt bitte Verständnis.«

Der Anführer der Antepschen Männermeute fühlte sich durch das Schild in seinen Rechten verletzt, und er trat die Tür ein und schlug Hakki Effendi so lange, bis er bereit war, gesüßten Tee zu servieren.

Nach weiteren Zwischenfällen hat der arbeitslose Henker verlauten lassen, wenn die Antep-Ausländer die Straßen nicht endlich frei machten für die wahren Herren des Viertels, würde man sie eben zertreten müssen wie Ungeziefer. Heute ist der Tag des Straßenduells. Als sich beide Horden auf der Straße versammeln, packt mich Tolga am Kragen und schleift mich ins Haus. Wir drängen uns am Fenster, Yasmin und Selda bedecken vor Angst mit der Hand den Mund, meine Mutter kauert in Höhe des Fenstersimses und betet zu Gott, er möge den aufkommenden Streit und das Blutbad verhindern.

Der Henker tritt vor seine Männer, mit dem Rücken zur feindlichen Meute, als gehe ihn ihr Geschrei nichts an, er hält eine Ansprache, ich kann nicht glauben, daß er die Ruhe behält. Dann hält er ein Messer hoch, es hat eine Klinge mit gezackter Gegenschneide und einen Griff aus Lederringen. Er dreht sich um, und die Männer der Antep-Meute schwingen ihre Eisenstangen und brüllen ihm unanständige Dinge zu, wider Willen erröte ich, nicht einmal der Nährvater hat solche Worte in den Mund genommen. Es geht alles sehr schnell, die Meuten gehen mit Messern und Eisenstangen aufeinander los, ein blutbesudelter Mann kriecht auf allen vieren weg und bleibt dann liegen. Jetzt stürzen Männer aus dem Haus gegenüber, der Schöne ist auch darunter, er trägt einen Eimer Wasser und schüttet es über den Schwerverletzten. Der Kleine fühlt seinen Puls und macht aufgeregte Zeichen, andere Männer eilen herbei, heben ihn hoch und rennen schreiend in Richtung des Krankenhauses. Ich sehe noch, wie der Kopf des Schwerverletzten zur Seite fällt, dann sind der Schöne und er aus meinem Blickfeld verschwunden. Das Hauen und Stechen vor unserem Haus will kein Ende nehmen, die Männer fallen übereinander her und schreien im Zorn und vor Angst, und dann geht ein Mann zu Boden und bleibt liegen, rührt sich nicht. Ich kann den arbeitslosen Henker in der großen Meute nicht ausmachen, vielleicht hat er einen schweren Schlag oder einen tiefen Stich abbekommen und ringt mit dem Tod. Als die Polizei eintrifft, lösen wir uns von unserem Fensterplatz und pressen uns an die Wand. Die Polizisten schießen in die Luft oder auf die Männer, ich kann es nicht mehr sehen, nach einer kleinen Ewigkeit klopft es an der Tür, es klopft so lange, bis Tolga aufsteht und die Tür dem Wachmann aufschließt, der auch bei der Befragung des irren Nachbarsjungen beteiligt war.

Wieso hast du mir nicht gleich aufgemacht, sagt er, du läßt mich hier stehen wie einen Hausierer!

Was wäre, wenn es einer von diesen wilden Kerlen da draußen gewesen wäre? sagt Tolga.

Gut, sagt der Wachmann, ihr habt vernünftig gehandelt. Ich brauche Augenzeugen.

Wir haben nichts gesehen.

Was? schreit ihn der Wachmann an, da tobt ein Krieg vor eurer Haustür, und ihr wollt nichts gesehen haben?

So ist es, sagt Tolga, hast du mich nicht erst letzte Woche ermahnt, nicht zu neugierig zu sein? Neugier kann zu deinem Verhängnis werden, kümmer' dich um deinen Kram ... das waren deine Worte, und ich habe mich an deinen Ratschlag gehalten.

Die Antwort gefällt dem Wachmann, er mustert von der Türschwelle aus meine Mutter, meine Schwestern und mich.

Gut, sagt er, jedenfalls haben wir acht Leichen abtransportiert, und ein Kerl, den man zum Krankenhaus tragen wollte, ist unterwegs gestorben. Macht insgesamt neun tote Ganoven. Ich werde sie nicht vermissen. Sie haben über die Gesetze des Staates gelacht, jetzt lache ich über sie.

Kann ich mitlachen? fragt Tolga, nach einem scheelen Blick des Wachmanns kratzt er sich verlegen am Kopf.

133

Willst du nicht reinkommen? sagt meine Mutter, du hast
hier aufgeräumt, ein Glas Tee sind wir dir mindestens schuldig.

Danke, sagt er, die Zeugenbefragung geht vor. Gott mit
euch. Schließt hinter mir ab, bleibt heute nacht lieber zu Hause. Man kann nie wissen.

*

Halid nimmt auf dem gepolsterten Rasierstuhl Platz und si-
chert sich nach beiden Seiten ab: Am zweiten Stuhl schneidet
der Barbiergehilfe einem Kind einen Frontigel auf den Vor-
derkopf; zur Rechten sitzt ein Kerl, den er nur flüchtig kennt,
seine Ohrmuscheln sind gerötet, ihm werden gerade die über-
langen Haare über dem Ohr mit dem elektrischen Barthobel
gestutzt. Der Hauptbarbier Murat Bey hat sich einen gefleck-
ten Frisierumhang umgebunden. Er nimmt das Rasiermesser
aus der heißen Sodalösung und schärft es am Streichriemen,
und als er glaubt, es sei des Guten genug, legt er es kurz vor
dem Kommodenspiegel ab und trägt mit dem Pinsel Seifenschaum auf Halids untere Gesichtshälfte auf. Dann setzt er
das Messer fest an und reißt die Stoppeln heftig herunter, als
hantierte er mit einem Kartoffelschäler. Der buschige Dema-
gogenbart ist in Mode gekommen, sagt er plötzlich, und Halid
schreckt von seinem Dämmerschlaf auf, in den er trotz der
ruppigen Rasurstriche geglitten ist.

Ja, sagt er, unsere Leute behaupten, man kann die Zeit nicht
aufhalten. Diese Wilden mit dem Gestrüpp auf der Oberlippe nennen sich Volksfreunde, sagt Murat Bey, ist das denn zu
fassen!

Russenknechte! stößt Halid aus und preßt dann aber schnell
die Lippen aufeinander, der Barbier schabt um seinen Mund
herum.

Ich will dir etwas verraten, Halid Bey, ich habe nicht soviel
Angst vor den Bolschewiken, mit denen werden wir schon fertig. Ich habe Angst, daß uns die fremden Sitten des Westens

aufweichen. Schau dir doch unsere Frauen an: wer das Schamtuch trägt, gilt als rückständiges Bauernmädchen.

Soviel ich weiß, hast du nur Söhne, meldet sich der Kerl auf
dem Stuhl am Fenster, und deine Söhne haben einen gewissen
Ruf.

Wie meinst du das? fragt der Barbier nach.

Sie haben … na ja, nichts dagegen, wenn sich die Frauen
etwas freizügiger kleiden.

Und woher willst du das wissen?

Sie glotzen, sagt der Kerl.

Meine Söhne glotzen nicht, sagt der Barbier, vielleicht sind
sie neugieriger als die meisten Menschen in unserem Viertel.
Das ist kein Verbrechen, das ist Fortschritt!

Die Volksfreunde sprechen auch im Namen des Fortschritts,
sagt Halid, du darfst dich nicht mit ihnen gemein machen.

Ich habe es nur so dahergesagt.

Also deine Söhne sind weder Volksfreunde noch sind sie
neugieriger als ich oder andere Männer, sagt der Kerl, komisch
ist doch, daß sie nicht Vögel, Pferdekarren oder Häuser betrachten. Ihr Interesse gilt Mädchen ohne Schamtuch.

Das schickt sich nicht, sagt Halid, in Gegenwart des Vaters
schlecht über die Söhne zu reden.

Ich halte mich an die Anstandsregeln, ruft der Kerl aus, be-
haupte ich etwa, daß ich mich hier mit der Bartflechte anstek-
ke? Das wäre unschicklich.

Du wirst in einer reinen Barbierstube bedient, meldet sich
der Gehilfe zu Wort. Er gibt dem Kind einen Klaps auf den
Hinterkopf, nimmt ihm den Brustlatz ab. Das Kind schaut
schüchtern in den Spiegel, holt ein Kurusch aus der Tasche und
steckt die Münze in den Schlitz der Spardose, deren Schlüssel im Schloß steckt. Der Barbier bürstet ihm Haare von den
Schultern, und als es den Barbierladen verläßt, ertönt die Türklingel in einem hellen Ton. Der Gehilfe schaut ihm hinterher,
er hat dem Kind in der Aufregung ein kleines Loch knapp über
dem Nacken hineingeschnitten, mehr ist für eine Münze nicht

zu haben, es wächst bestimmt in einer Woche zu. Der Gehilfe sieht sich um und begegnet dem brennenden Blick des Kerls, der von ihm eine Antwort zu erwarten scheint. Er lächelt ihn an, doch das scheint ihn nicht zu besänftigen, im Gegenteil.

Ich wollte dich nicht verärgern, sagt der Gehilfe.

Willst du mich herausfordern? sagt der Kerl und macht Anstalten, sich vom Stuhl zu erheben.

Mein Gehilfe hat nur meine Ehre verteidigt, sagt der Barbier, willst du behaupten, daß es in meinem Laden vor Bakterien wimmelt?

Ich sauge dir die Augäpfel aus den Höhlen, sagt Halid und richtet sich im Stuhl auf.

Der zweite Gehilfe geht auf Abstand, hält den Barthobel hoch und sagt: Der Hobel hier wird in der Bedienungsanleitung sogar als spanabhebendes Werkzeug bezeichnet.

Als er merkt, daß seine Worte auf Unverständnis stoßen, gesellt er sich mit zwei schnellen Schritten zu seinem Meister. Der Kerl mustert sie alle, sein Blick bleibt lange auf dem vor Wut knirschenden Halid haften, dann entspannt er sich und legt den Kopf auf die Nackenstütze.

Das ist meine Lieblingsbarbierstube, sagt er, ich sterbe für deine Ehre, Murat Effendi.

Der Meister schickt seine Gehilfen mit einem knappen Nikken wieder an die Arbeit und sagt, wenn ein Mann bei ihm den Wunsch nach Haarblondierung äußere, würde er ihn abweisen, es sei zwar noch kein einziges Mal vorgekommen, aber er rechne jeden Tag damit, die Zeit gebe die Modetrends vor, aber eine Wahrheit sei noch unverdorben, und diese eine Wahrheit heiße für alle Zeiten: Börse rechts, das Herz links … er würde also den Mann mit dem Wunsch nach Haarblondierung einfach am Hosenzwickel packen und rausschmeißen. Und der Staat solle endlich diese verdammten Demagogenbärte verbieten. Der Barbier stimmt ein Himmeldonnerwetter an, und die Kunden und Gehilfen lauschen ihm, ohne den Grund seiner Entrüstung so richtig zu verstehen. Er legt Halid ein feuchtes

Tuch auf das Gesicht, jedesmal wenn Halid mit offenem Mund einatmet, saugt er das Tuch ein.

Der erste Gehilfe hat sich vom Schreck noch nicht erholt, er muß aber beim Anblick von Halid Bey leise lachen. Auch dem Kerl hat man ein Tuch auf das Gesicht gelegt, doch er ist klug und hält den Mund geschlossen. Halid zieht das Tuch vom Gesicht, schaut in den Spiegel, steht auf und wechselt auf den Schemel für wartende Gäste. Er dreht sich eine Zigarette, nimmt zwei tiefe Züge, hält den Rauch so lange wie möglich in den Lungen, atmet aus. Das Rauchverbot in der Barbierstube geht ihn nichts an.

Hier im Viertel ist der Hund verfroren, sagt er, das gilt aber nicht für dich, Murat Bey. Bei dir ist es nie langweilig.

Ich tue, was ich kann, sagt der Barbier.

Ein Glas Tee und ich bin der glücklichste Mensch auf der Welt, sagt Halid. Der Barbier schickt seinen zweiten Gehilfen los, der erste Gehilfe übernimmt den Mann, der jede seiner Bewegungen im großen Spiegel verfolgt. Wenn ich ein Loch in meinem Haar entdecke, mache ich dich dafür verantwortlich, sagt er, das Kind hast du geschoren wie einen Maulesel.

Ich gebe mein Bestes, sagt der Gehilfe, ich bin hier angestellt, um dir zu dienen, Herr.

Das klingt schon besser, sagt der Mann, und nach einer Pause richtet er das Wort an Halid: Deine Bemerkung vorhin habe ich übrigens überhört. Es ist das Beste für uns beide.

Die Schweinedrossel ist eine Möglichkeit unter vielen, einen Menschen zu töten, sagt Halid nach einem tiefen Lungenzug, man fesselt einen Mann an Händen, Füßen und am Hals derart, daß er sich mit der Zeit nach hinten durchbiegt. Die Würgekordel drückt ins Fleisch, der Mann erdrosselt sich selber.

Eine tückische Schlinge, pflichtet ihm der Barbier bei.

Jawohl, sagt Halid und läßt den Mann nicht aus den Augen, es ist Friedenszeit, mein Freund. Laß gut sein.

Der Mann will ihm etwas erwidern, doch da kommt der Ge-

hilfe und serviert den Tee. Eine Weile ist es still in der Barbierstube, ein großes Insekt fliegt gegen die Fassadenscheibe, die
Gehilfen säubern die Naßrasierapparate, Halid und der Mann
schlürfen laut am Tee.

Stutz mir den Nacken gerade, sagt der Mann, ich will, daß
eine breite Männerhand zwischen Haarkante und Halsende
paßt ... Verstehst du?

Ja, sagt der Gehilfe und nimmt den Barthobel wieder zur
Hand.

Halid sieht einen jungen Mann zielstrebig auf den Barbierladen zukommen, in seiner Rechten hält er ein Messer, dessen
Klinge er an die Seite preßt. Er setzt das Teeglas auf dem Boden ab, auf den Unterteller legt er zwei Münzen, er richtet sich
auf, wünscht Herr und Haus Gottes Segen. Dann tritt er aus
dem Laden und stößt fast mit dem Jungen zusammen.

Ich bin Halid, sagt er, der Kerl, den du suchst, sitzt da drin.
Mit mir hast du nichts zu schaffen, ich bin nur ein Händler.

Der Junge läßt ihn durch, und dann, nach einer Sekunde des
Zögerns, betritt er die Barbierstube.

*

Der arbeitslose Henker hat bei dem Straßenduell den kürze-
ren gezogen, seine Meute hat mehr Tote zu beklagen als die
Antep-Ganoven. Das konnte er nicht auf sich sitzen lassen,
sonst wäre sein Ruf als der wahre Herr der Hauptstraße ruiniert gewesen. Also schickte er einen Neffen los, um die Bilanz
zu seinen Gunsten zu berichtigen. Der Neffe ging in den Bar-
biersalon, in dem sich ein Kerl aus der Antep-Bande zur täglichen Rasur eingefunden hatte. Er schnitt ihm in aller Ruhe
den Hals von einem Ohr zum anderen auf. Das nennt man bei
uns: einen zweiten lächelnden Mund verpassen.

Und jetzt herrscht Aufruhr. Man muß die Zügel anziehen,
sagen die einen. Der Staat läßt uns im Stich, sagen die anderen. Es herrschen die Gesetze der wilden Stämme in den Bergen. Es gibt plötzlich viele einander hassende Menschen. Die

Feindschaft zerfrißt sie, und ein Kerl macht den Anfang, sein Blut kocht heiß, er greift zum Messer oder zur Axt und geht auf seinen Feind los, auf den, den er zum Opfer seiner Rache erwählt hat. Die Jüngere der Basarschönheiten hat sich mit mir unterhalten, sie schimpfte über die Frechheit der Männer, die ihr zu nahe kommen, wenn sie für Besorgungen aus dem Haus geht. Doch Gott sei Dank habe ihre ältere Schwester eine schwere Hand, sie verpasse den Kerlen solche Ohrfeigen, daß ihnen bestimmt noch tagelang die Zähne schmerzten. Ich bin mir nicht sicher, ob sie die Wahrheit spricht oder nur Geschichten erfindet, um Werbung für sich zu machen. Auf den Schönen hat sie es abgesehen, und auch auf meinen armen Bruder Djengis, dessen Briefe immer mehr wie Traueranzeigen klingen. Tolga kann sich beim Lesen vor Lachen nicht halten, er sagt, Djengis leide an der bekannten Haremskrankheit, das reiche Angebot mache ihn melancholisch. Ich weiß nicht, ich weiß nicht.

Die Basarschönheiten haben sich mit mir angefreundet, wenn ich im Garten sitze, weil es im Haus zu voll ist, sprechen sie mich an, ich schaue hoch, und schon erzählen sie mir schauerhafte Geschichten, vor denen es mich gruselt. Auch heute scheinen sie nur auf mich gewartet zu haben, sie sitzen auf dem Balkon, sie haben ihre weißen Tüllsonnenschirme gespannt und begrüßen mich mit Hochrufen.

Du hast doch über diesen tragischen Vorfall in der Wohnung über uns gehört? fragt die jüngere Schwester, und als ich nicke, fährt die Ältere fort:

Dem Augenschein nach lebten der Mann und die Frau glücklich zusammen. Wie lange waren sie verheiratet?

Sechs volle Jahre, sagt die Junge.

Das ist eine lange Zeit, sagt die Ältere, sie wollten nach außen den Eindruck vermitteln, daß kein Unglück ihre Freude trüben konnte. Wir aber haben gehört, wie sie sich gestritten haben, fast jeden Tag haben sie sich gestritten, und unsere Mutter mußte manchmal mit der langen Teigrolle gegen die

Decke klopfen. Na gut, eines Tages kommt es zu einem großen Streit. Sag es nicht weiter, aber wir können hier unten jedes Wort hören, was sie da oben sagen. Also, der Streit fängt so an: die Frau wirft dem Mann vor, im Bett wie im Leben ein Versager zu sein …

Das ist jetzt unanständig, sage ich.

Sei mal still und hör gut zu, sagt die ältere Basarschönheit, sonst verpaßt du eine spannende Geschichte … Na gut, wir hören Geschrei, und dann ist es plötzlich still, die Frau sehen wir nie wieder. Uns und anderen Nachbarn gegenüber behauptet der Mann, seine Frau sei ein loses Weib gewesen und wahrscheinlich mit einem Zirkuszigeuner durchgebrannt. Die Polizei schaltet sich ein, er erzählt ihnen dieselbe Geschichte. Die Polizisten glauben seine Geschichte nicht und vernehmen uns und die Nachbarn.

Uns hat man nicht gefragt, sage ich.

Ihr habt ja auch mit dem Fall gar nichts zu tun, sagt die junge Basarschönheit. Der Mann hat jedenfalls seine Frau erschlagen und sie in unserem Garten begraben!

Wie kannst du nur! schreit die Ältere, du hast die Pointe vorweggenommen. Meine Güte! … Na gut, jetzt weißt du es, aber es geht noch weiter, der Mann hat in der Zwischenzeit seine verheiratete Tochter zu sich gerufen und ihr die Mordtat gestanden. Was soll die Tochter machen? Sie kann ja schlecht ihren Vater anzeigen. Vielleicht hat sie insgeheim ihre Mutter gehaßt und war froh über ihre Ermordung. Wer weiß das schon? Komisch ist nur, daß sie nichts unternahm, um dem Gesetz zum Triumph zu verhelfen. Na gut, die Polizei vernimmt uns und die Nachbarn, und wir alle sagen aus, bei der Frau habe es sich um eine streitsüchtige, aber sonst eher ordentliche Hausfrau gehandelt.

Die Polizisten holen den Mann und seine Tochter zur Vernehmung ab. Die Tochter verplappert sich ein wenig, der Vater fällt ihr ins Wort und zischt ihr auf kurdisch zu: Verlöte deinen Mund! Sag nichts über die Axt. Auf mich wartet sonst der

Galgen … Sein Pech war, daß der Kommissar als waschechter Kurde jedes Wort verstanden hat. Der Kommissar sagt also auf kurdisch: Du kannst davon ausgehen, daß der Henker die Galgenschlaufe knotet! …

Da hat er aber großes Pech gehabt, sage ich, und die Basarschönheiten lachen und werfen mir einen Zuckerkringel herunter, den ich sofort verschlinge. Die beiden Frauen sind eine sprechende Wandzeitung, man kann über eine lange Zeit kein Geheimnis vor ihnen verstecken, sie wissen alles über jeden, damit werben sie: Wir wissen alles über jeden. Die ältere Schwester bemerkt, daß jedes Sultanat vergehe, und dann steht sie auf, beugt sich über die Balkonbrüstung und fragt mich nach Djengis aus.

Bist du in ihn verliebt? frage ich und schlage mir auf den Mund. Sogar von hier unten kann ich sehen, wie die Schamesröte ihre Wangen färbt. Ich frage nicht in meinem Namen, sagt sie, die Junge flieht daraufhin sofort ins Haus.

Kann ich noch einen Kringel haben?

Nein, sagt sie, das nächste Mal vielleicht. Geh lieber spielen.

Ich bin über dieses Alter hinaus, sage ich und wende mich ab, ich bin beleidigt, weil sie mit Kringeln geizen. Ein Händler preist vor unserem Haus laut Salben in kleinen und großen Tuben, man solle die Salbe auf der Stirn verreiben, die Stirn sei das Schlupfloch der Teufel. Plötzlich geht unsere Haustür auf, der Nährvater stürzt fluchend heraus und vertreibt den Salbenhändler mit Backpfeifen aus dem Viertel. Er hat mich nicht bemerkt, ich stehe im Schatten, ich rühre mich nicht. Kurz bevor er hineingeht, dreht er sich um, schaut hoch zu der älteren Basarschönheit und macht eine obszöne Geste. Er verharrt kurz auf der Hausschwelle, dann schließt er die Tür hinter sich. Als ich aus dem Schatten trete und heimlich hinaufblicke, sehe ich die Basarschönheit lächelnd den Kopf schütteln, das Glück verzerrt ihre Gesichtszüge.

*

141

Weißt du, was eine Bettschönheit ist? fragt mich Manolya.

Nein.

Das ist eine Frau, der man die Anmut erst nach der Entkleidung ansieht.

Sie stützt sich schwer auf meinen Arm, sie ist vorhin hingefallen und hat sich ein Knie aufgeschürft. Es scheint ihr aber nicht so viel auszumachen. Der Dreckabdruck von vier Fingern auf ihrem weißen Tüllrock wird ihre Mutter sehr verärgern. Ich wäre an ihrer Stelle vor Kummer gestorben, Manolya hat nicht einmal den gröbsten Schmutz abgeklopft. Sie ist atemlos, sie ist so grundlos aufgeregt heute.

Was hast du nur? sage ich.

Du bist eine Tugendrose, sagt sie, ich weiß nicht, ob du wieder entsetzt schreien wirst, wenn ich es dir erzähle.

Selber Tugendrose! sage ich, nun komm jetzt.

Gestern ... gestern ist mir etwas passiert, zum ersten Mal ... nein, vielleicht nicht das erste Mal, aber ich habe es das erste Mal bemerkt.

Was denn?

Ein Junge hat sich nach mir umgedreht! ...

Ich warte eine Weile, sie geht stumm neben mir her, der Herr Hauptbarbier ruft uns vom Eingang seiner Stube etwas zu und treibt seine Gehilfen, die sich herausdrängen wollen, zurück in den Laden. Bei dem wunderbaren Ausgehwetter hat man keine Lust auf die Arbeit. Ich habe meine Hausarbeiten gemacht, Manolya hat von mir abgeschrieben, und währenddessen durfte ich Tee trinken und Süßgebäck essen, ihre Mutter ging im Wohnzimmer auf und ab, sagte mir, ich solle bitte Tolga bestellen, der Bart, den er hat stehen lassen, verschrecke die Vögel auf den Bäumen. Ich versprach es ihr und bekam zur Belohnung noch eine Tasse Tee. Danach bekamen wir die Erlaubnis, eine halbe Stunde frische Luft zu schnappen. Meine Mutter hat die Aufsicht über mich auf Tolga übertragen, solange ich mich von den Jungs fernhalte und für die Schule lerne, wird er mich vor dem Nährvater in

Schutz nehmen. Ja und? hake ich endlich nach, so sind die Jungen eben.

Ja, sagt sie, er ist stehengeblieben, ich bin stehengeblieben, und dann hat er gesagt: Deine Bomben sind eine Sensation!

Verstehe ich nicht, sage ich, nachdem ich darüber nachgedacht habe.

Überleg doch mal! Deine Bomben sind eine Sensation. Was kann er wohl damit gemeint haben?!

Manolya blinzelt mich an, und dann blinzelt sie ihre Brüste an, und als ich es begreife, werde ich sofort rot und will sie zur Umkehr nach Hause überreden.

Wußte ich es doch! sagt sie, du bist eine Tugendrose.

Selber Tugendrose, sage ich, der Junge hat deine Ehre verletzt.

Sehe ich verwundet aus?

Nein, nicht du, ich meine deine Frauenehre.

Wieso denn? sagt sie, das ist ein netter Junge. Nicht daß du mich falsch verstehst, er interessiert mich nicht. Außerdem hat ihn danach aller Mut verlassen, und er ist weggerannt, als wäre ein Geist hinter ihm hergewesen. Es ist also kein Unglück passiert, sage ich, Manolya versetzt mir einen leichten Stoß mit dem Ellbogen, und ich stoße sie lachend weg, das gehört zu unserem Spiel.

Wir fallen jetzt auf, sagt sie.

Dann sollten wir vielleicht wieder die Brustschnürstoffe tragen, sage ich, stell dir vor, wir treffen auf einen Jungen, der sich nicht so anständig verhält wie dein Junge.

Er ist nicht mein Junge! ruft sie aus, wehe, du verbreitest ein schlimmes Gerücht über mich …

Ich bleibe stehen und rühre mich nicht vom Fleck, Manolya dreht sich um, gibt mir einen Kuß auf die Wange und beteuert, sie habe es nur so dahergesagt, sie wisse, daß ich ihre Geheimnisse hüten würde wie meinen Augapfel, und als wir uns wieder vertragen, frage ich sie, woher sie wisse, was eine Bettschönheit sei, das höre sich an wie eine Basarschönheit.

Manolya sagt, die beste Nachrichtenquelle sei die gute Freundin ihrer Mutter, die beiden würden sich auf kurdisch unterhalten – nicht weil sie eine kleine Verschwörung planten, sondern damit es die anderen Frauen nicht mitbekommen, daß sie tratschten und klatschten.

Hast du von dem Mord an dem jungen Polizisten gehört? fragt sie.

Ich weiß nur, daß er tot ist. Die Basarschönheiten haben mir verraten, da sei wohl verbotene Liebe im Spiel gewesen. Kennst du die Geschichte mit dem Vater und der Tochter ...

Das ist von vorgestern, sagt sie, hör lieber mir zu: Der Polizist wohnt mit seiner Ehefrau und seinen beiden Kindern bei uns um die Ecke, stimmt nicht, sie wohnen bei der Nachbarin um die Ecke ... Er lernt eine Frau kennen, die in einem Haus an der Bergquelle lebt. Sie gehen ein Verhältnis ein.

Also doch verbotene Liebe, sage ich.

Mehr als verbotene Liebe, sagt Manolya, eine große Sensation ...

Wir müssen beide lachen, als wir beide in einem hysterischen Reflex auf ihre Brüste starren.

Soll ich jetzt die Geschichte zu Ende erzählen, oder nicht?, und als sie glaubt, sie habe mich genug betteln lassen, fährt sie fort:

Der Mann kommt seiner untreuen Ehefrau auf die Schliche – den Gerüchten zufolge hat sich die Ehefrau ihrem Mann eröffnet, aus Angst, der Vergeltung ihres Mannes zum Opfer zu fallen. Der Mann tut sich mit einem Freund zusammen und stellt dem Polizeibeamten eine Falle. Der Ehemann, der Freund und die Frau warten im Liebesnest, und kaum ist der Polizist eingetreten, stürzen sie sich alle auf ihn und machen kurzen Prozeß mit ihm ...

Auch die Ehefrau?

Ja, auch die Ehefrau. Sie schlachten ihn ab, sie foltern ihn richtig, er ist wohl nicht gleich tot gewesen, er muß lange gelitten haben ... Und jetzt, mein Tugendröschen, mußt du mir versprechen, nicht laut aufzuschreien, denn jetzt wird es wirklich schlimm.

Selber Tugendrose, sage ich, gut, weiter.

Sein … Dingsda war abgetrennt und steckte in seinem Mund!

Oh nein!

Oh doch! Man hat ihm die Wirbelsäule gebrochen und ihn dann umgebogen, so daß sein Kopf zwischen seinen … Hinterbacken klemmte. Die Wand am Kopfende war voller Blutspritzer.

Das reicht, schreie ich, zwei Schleierfrauen schauen sich nach uns um und spucken aus. Wir sind nicht verhüllt, wir sind auf offener Straße vorlaut, das gefällt ihnen nicht.

Ich habe die Nachbarin und meine Mutter an der Wohnzimmertür belauscht, sagt Manolya, und ich mußte mich beherrschen, um nicht zu speien. Eine schreckliche Sache!

Eine schreckliche Sache, wiederhole ich … und wie weiter?

Sie haben sich danach sofort gestellt. Man wird sie hängen.

Wir schweigen eine lange Zeit, am Ende der Hauptstraße machen wir kehrt, und während ich versuche, mit der rasend schnellen Manolya Schritt zu halten, werfe ich heimlich Blicke auf ihre Brüste: Sie sind größer als meine, sie sind wirklich eine Sensation, und ich weiß nicht, ob ich darüber glücklich oder traurig sein soll. Wenn es nach meiner Mutter und Yasmin geht, sind Frauen wie überreife aufquellende Feigen, die die Fruchtfliegen – die Männer – anziehen. Je mehr wir verbergen, desto besser für uns, sagen sie, und sie sagen auch, daß die Männer nur deshalb Kampfgesänge anstimmen und sich Axtkämpfe liefern, um unsere Blicke auf sich zu ziehen. Ich dürfe nicht zulassen, daß sie mich wie Teig in ihren Händen kneten: vieler Männer Spur lasse eine Frau gewöhnlich aussehen. Manolya aber sieht sehr schön aus, der Junge hat mit seinem unanständigen Zuruf keine Spur hinterlassen. Viel später brüllt uns der Mann meiner Mutter an:

Ich zähle die Mitglieder meiner Familie, und komme auf eine Penisunterzahl. Das ist eine Schande. Vier Frauen, drei Männer. In meinem Haus bin ich unterlegen! Die Stärke seiner Ahnen bricht aus seinem Mund heraus, ein Mund, der auch ein Wort ausspricht, das man nicht aussprechen darf, der spuckt und speit in alle Richtungen, er ist verflucht, dies knurrende Tier aus der Höllengrotte. Er geht über uns hinweg, mit Fäusten und seiner Zuchtrute, und dann verläßt er uns für einige Stunden, und als meine Mutter aus dem Bad herauskommt, in das sie floh, um ihr wundes Gesicht zu kühlen, sagt sie, ich solle hinausgehen in den Garten und die Lampen zählen. Ich tue ihr den Gefallen, obwohl ich kein kleines Mädchen mehr bin, ich stehe im Garten und zähle die Lampen, bis plötzlich eine Lampe verrutscht, und fast sieht es so aus, als würde der Stern auf mich fallen. Ich werde nicht mehr in Angst in den Armen meiner Mutter Schutz suchen, und sie wird mich nicht trösten müssen mit den Worten, daß Lampen nie erlöschen, sie würden nur Funken versprühen, und an dieser Stelle würde sie das Lied anstimmen, das Lied von dem jungen Mann, der seiner Schönen gesteht, daß durch der Liebe Funkenflug er in Flammen stehe.

Ich gehe nicht hinein.

Ein Himmel über mir.

Auf dem Balkon gegenüber tupft sich die ältere Basarschönheit die Augen mit einem weißen Ziertuch.

Es geht vorbei, bald steckt sie das Ziertuch wieder in ihren Ärmel, bald wird sie den alten Kummer vergessen und sich auf den neuen Kummer freuen.

9

Nach dem Regen kriechen die Endzeittiere aus Ritzen und Erdlöchern, münzgroße gelbe Flecken auf schwarzer Haut, sie recken ihre Echsenköpfe in die Sonne, sie baden im Licht. Nähe fürchten sie nicht, man kann auf sie zugehen, doch bevor man sie berühren kann, schießen sie blitzschnell weg. Salamanderzeit. Ein Zeichen.

Bald regnet es Gottesbrocken vom Himmel, Steine, die die Sünder erschlagen. Sagt meine Mutter.

Tolga schaut auf zum Himmel, als erwarte er statt der Katastrophe eine Antwort auf die brennende Frage, ob das Mädchen, ob sein Mädchen, ihn nur aushält oder tatsächlich liebt. Die Seele zieht fort zum fernen Feuer. Vielleicht sind wir alle nur etwas verwirrt, weil wir umgezogen sind und unsere Seelen in die neue Umgebung nachziehen müssen. Wir wohnen jetzt im zweiten Stock, es wohnt niemand über uns, und die Kälte der Erde kriecht nicht durch den Steinboden in unsere Körper. Auf dem Steinboden sind dünne fadenscheinige Teppichläufer ausgelegt, Geschenke des Hausbesitzers, einem Mann, der in die Hände klatscht, um die Salamander in die Flucht zu schlagen.

Wir schlafen auf Polsterbänken, wir legen die Matratzen auf die Holzgestelle und ziehen die weißen Steppdecken über den Kopf. Die Decken sind mit falschen Gold- und Silberfäden bestickt, und wenn das Mondlicht durch die Lamellen der Holzläden Lichtstrahlen auf die Decke wirft, schwitzen die Garnknoten Tautropfen aus. Es lohnt sich für mich, so lange wie möglich den Schlaf aufzuschieben. Und ich muß dann nur kurz zur Seite blicken: sie liegen alle wach, lauschen den

Geräuschen des neuen Hauses, atmen flach, damit sie nichts überhören. Ich habe mich noch nicht daran gewöhnt, daß unsere Decke zugleich das Dach des ganzen Hauses ist, eine dünne Haut zwischen mir und dem Himmel, so wenig Platz für meine Träume. Wie sehr hat sich Djengis geändert, er war doch nur für einige Monate weg! Der Direktor und die Frau Lehrerin ließen meinen Vater wissen, daß er die verdiente Strafe verbüßt habe und »gnädige Aufnahme« finden würde, natürlich nur dann, wenn er schriftlich und mündlich um Verzeihung bitte. Djengis hat sich gefügt, er darf wieder seine alte Schule besuchen, an manchen Nachmittagen bleibt er aus, verrät nicht einmal Tolga, was ihn umtreibt und wohin es ihn zieht. Er hält den Frauen des Hauses Vorträge: Nur der Rassentriumph zählt! Im Krieg der Rassen können die Durchschlagskräftigsten gewinnen! Milde ist Schwäche! Die Religion hält die Menschen zur Knechtschaft an! Die asiatischen Horden müssen diszipliniert werden! ... Tolga brüllt ihn an, er solle diesem Wahnsinn abschwören, Djengis redet dann darüber, daß er in der fremden Stadt Funktionäre des Volkes kennengelernt habe, er sei durch die wahre Lebensschule gegangen. Seiner Worte Klingelspiel tönt in meinen Ohren, und meist bitte ich mitten in seiner Rede um die Erlaubnis, auf die Toilette gehen zu dürfen. Natürlich bringt es Djengis gegen mich auf, und er beschimpft mich als die Kleinste der Familie mit dem kleinsten Gehirn. Er hat auf einen Kampf eine Wette abgeschlossen, von dem ich glaube, daß er nur in seinem Kopf stattfindet.

Der Nährvater hat das kleine Vermögen, das er über die Vermittlung fremder Waren verdiente, durchgebracht. Er gleicht dem Blatt, das am Zweig zittert, und wenn ein stärkerer Wind weht, reißt das Blatt ab. Nach der Salamanderplage beschließt er, Tolga endlich zu beschneiden. Im alten Haus sagte er: Wir lassen das. Ich habe kein Geld für den Penishalbierer! Tolga lief rot an, und meine Mutter schickte mich in den Garten, damit ich das unanständige Wort beim Spielen vergesse. Jetzt will der

Nährvater das Gesetz befolgen. Er spricht tagelang darüber, und plötzlich taucht er mit dem Beschneider auf. Sie haben vergessen, die Tür hinter uns Mädchen abzuschließen, ich sitze im Flur und spähe durch den Türspalt. Tolga sitzt mit gespreizten Beinen auf dem Schemel, der Nährvater hat sich hinter ihm postiert und schaut herunter, der Beschneider breitet auf dem Zeitungspapier seine Werkzeuge aus. Tolga hält still, weil der Schatten des Vaters auf ihn fällt. Ich kann die Augen so beschirmen, daß ich das Verbotene nicht sehe, weil ich es nicht sehen darf. Als der Beschneider in das Fleisch schneidet, zuckt Tolga zusammen und wirft den Kopf zurück, er soll doch schreien, er soll doch losschreien, damit ihn der Schmerz verläßt, aber er kann nicht, er kann nicht im Schatten des Vaters.

Ich merke viel zu spät, daß meine Hand längst abgeglitten ist, aber ich habe keine schmutzigen Gedanken, er ist mein geliebter Bruder. Das Blut quillt heraus, der Beschneider streut ein weißes Pulver darauf, wickelt es ein und ruft aus, es sei vollbracht und er heiße den jungen Mann willkommen in der Gemeinschaft der Moslemmänner. Auch mein Bruder ist kein Kind mehr.

Im weißen Leibhemd, das ihm bis zu den Knöcheln reicht, liegt er unter der Steppdecke, er versteckt sich. Der Nährvater hat die Schulleitung wissen lassen, sein Sohn leide wieder einmal an einer tödlichen Krankheit, Tolga ist es diesmal sehr recht.

Wie geht es dir? frage ich ihn, darf ich mich zu dir setzen?
Tu das.

Hast du Lust auf Aprikosen? Soll ich eine halbe Schüssel bringen?

Du weißt, daß wir keine Aprikosen im Haus haben, sagt er, wir werden uns noch zu Tode fasten.

Wir essen doch einmal am Tag, sage ich, wir kommen bestimmt nicht um …

Tut es weh?

Ist egal. Es ist vorbei, ich habe es hinter mir.

Soll ich dir das neueste Gerücht erzählen? Die Basarschönheiten sind deswegen ganz aufgeregt.

Du gehst zu ihnen hin?

Ja, sage ich, aber erst, nachdem ich meine Schulaufgaben gemacht habe. Manolya war diesmal auch dabei.

Ich kenne dieses Mädchen nicht. Hat es keinen schlechten Einfluß auf dich?

Manolya ist meine beste Freundin, sage ich.

Schön, sagt Tolga, wälzt sich vorsichtig im Bett, klopft das Kissen aus und bittet mich, ihm das Neueste zu berichten.

Diesmal ist es nicht Mord und Totschlag, sage ich, diesmal geht es um die beiden Basarschönheiten. Sie glauben nämlich, daß ihre Mutter sie ernsthaft verheiraten will. Sie hat die Nachbarinnen zum Nachmittagstee kommen lassen, und sie haben gemeinsam über mögliche Heiratskandidaten gesprochen.

Das wird ja auch langsam Zeit für die beiden, sagt Tolga, sie können nicht ewig auf dem Balkon sitzen, Sonnenblumenkerne knabbern und wie Vögel die Gerüchte herauszwitschern.

Dein Name soll auch gefallen sein.

Was? ruft er aus.

Auch Djengis steht auf der Liste, sage ich.

Das ist gar nicht so dumm von der Mutter, sagt Tolga, zwei Schwestern und zwei Brüder auf einen Schlag. Eine Hochzeitszeremonie. Da sparen beide Familien an den Kosten. Donnerwetter!

Die Basarschönheiten machen sich am Toilettentisch schön, sie sagen, was man nicht verhindern kann, muß man lieben lernen.

Sie müssen sich keine Sorgen machen. Ich denke nicht ans Heiraten …

Ich habe euch unfreiwillig belauscht, sagt Djengis hinter mir und lacht, weil ich vor Schreck fast vom Schemel falle, er nennt mich eine Kupplerin, und als ich widerspreche, streichelt er mich an der Wange, er hat gute Laune.

Wie geht es meinem Löwenbändiger? fragt er Tolga, und dann tut er so, als wolle er unter die Steppdecke greifen, Tolga macht eine jähe Bewegung, der Schmerz läßt ihn stöhnen. Jetzt schauen sie einander an, und obwohl sie kein Wort wechseln, nickt Tolga und fährt sich mit der Hand über das schweißnasse Gesicht. Ich erhebe mich vom Schemel. Djengis ruft mir hinterher, ich solle mir mit einem Zahnstocher die Zähne putzen, damit die Leute glaubten, es habe bei uns Fleisch zu Mittag gegeben.

*

Der Mann sagt: Wenn du mit mir zusammenarbeitest, wirst du deine Familie gut versorgen können. Für dich bleibt auch eine hübsche Summe übrig. Sei nicht dumm und mach mit.

Halid nimmt seinen Hut ab, drückt den Schweißriemen fest, der Leim schmilzt wegen der Hitze, und vielleicht wegen der wirren Gedanken in seinem Kopf.

Das Geld wächst doch nicht auf den Bäumen, sagt er, du tust so, als müßte ich nur die Hand ausstrecken, um es zu pflükken.

Überall blüht die richtige Pflanze, sagt der Mann, die großen Männer halten ihre schützende Hand über uns. Der Polizeipräsident ist unser Chef, überleg doch mal.

Was soll ich tun?

Das können wir nicht stehenden Fußes klären, sagt der Mann, komm mit. Soll er diesem besseren Bauern folgen, der ihm Komplimente macht, wie man sie eigentlich nur schönen Stadtfrauen gegenüber aussprechen sollte? Seit Tagen liegt er ihm mit dem Versprechen auf sehr viel Geld in den Ohren.

Du kannst nicht mit dem Berg ringen, beschwört er ihn, das Schicksal hat dich zu Boden geschlagen, Eisenbahner, flüstert er ihm zu, du hast damals die Akten verbrannt, und das zeugt von einem wachen Verstand, du hast richtig gehandelt, die Bürokraten sind Hurensöhne. Ich bin der Tatarenbasari, ich verkaufe Kissenbezüge und Ziertücher, ich verkaufe alles, was das Frauenherz hüpfen läßt, und eigentlich bin ich für Männerarbeit berufen, und das haben die großen Männer bemerkt und mich in ihre Reihen aufgenommen. Jetzt ist es Zeit für dich, sie sind auch auf dich aufmerksam geworden, so sind sie eben, sie fischen die Männer heraus aus der Menge der Hurensöhne.

Halid hat ihm zugehört, und das, was der Teufel mit den Lupflidern da von sich gab, machte erst einmal wenig Sinn. Der Tatar ließ sich aber so leicht nicht abschütteln, also trat er aus diesem Hauseingang und aus jenem Schatten, fast hätte Halid ihn zu Tode geprügelt, als er plötzlich von hinten an ihn herantrat und losschrie. Der Tatar steckte die verdienten Schläge ein, wischte sich das Blut weg und lud ihn zu einem Glas ungetrübten Anisschnaps ein. Halid konnte nicht ablehnen, er lehnt nie eine Einladung zu einem Glas Schnaps ab. Und dann, als sie im Kaffeehaus am Holztisch saßen und der verdammte Hakkiteufel die Gläser brachte, fing der Tatar schon wieder mit seinen Komplimenten an, und Halid zeigte ihm die Faust, drohte, er werde ihm die Gedärme ins Maul stopfen, wenn er diesen Hurendreck spreche. Der Tatar beugte den Kopf und ließ ihn erst einmal das Glas austrinken, dann bestellte er ein weiteres Glas, und jetzt war Halid in der Laune, den Tataren seine große prächtige herrliche Geschichte zu Ende erzählen zu lassen. Der Tatar sprach in Bildern, und sooft Halid ihn auch aufforderte, zum Kern zu kommen, der Tatar sagte nichts über den Kern und viel über die Hülle. Beim vierten Glas hörte Halid nur mit halbem Ohr zu, der Tatar nannte ihn einen antiken Charakter, was zum Teufel sollte das eigentlich sein, ein antiker Charakter? Das ist ein Mann, sagte der Tatar, ein Nicht-Hurensohn, ein Mann, der stürzt und dann aber wieder aufsteht, du verstehst mich schon, Halid Effendi, du hast Belehrung von einem kleinen kurzbeinigen Diener Gottes gar nicht nötig, trink du nur deine Löwenmilch, und wir sprechen ein anderes Mal über den Kern der Sache …

Halid folgt dem Tataren, er hat sich fest vorgenommen,

ihm den Schädel einzudrücken, wenn er ihn auch diesmal mit Komplimenten einzudecken versucht. Sie folgen einem Ziegenpfad, und dann stehen sie an einem Feld, die Kleinstadt liegt eine halbe Stunde Fußmarsch weit zurück.

Ich will endlich wissen, was es mit dem Geschäft auf sich hat, sagt Halid, und ich warne dich: keine Spielchen mehr, sonst stößt der Bauer morgen beim Pflügen auf deine Leiche.

Opium, sagt der Tatar plötzlich, und dann, als habe Halid es beim ersten Mal nicht verstanden, wieder: Opium.

Was ist damit? sagt Halid.

Eine Ware. Ankauf und Verkauf. So läuft es auch in diesem Geschäft. Halid Effendi, wenn du dabei bist, wirst du reich.

Ich hab kein Geld!

Das ist auch gar nicht nötig diesmal, sagt der Tatar, mit dem Geld kannst du dir vier Felder von der Größe dieses Feldes besorgen!

Ich spucke darauf, ich bin kein Bauer.

Du stammst einem Fürstengeschlecht ab, ich weiß, sagt der Tatar, ich meinte eher, du kannst die Felder kaufen und du kannst auch die Bauern einkaufen. Was du mit dem Geld machst, ist allein deine Sache.

Du schweifst schon wieder ab, sagt Halid und macht einen Schritt auf den Tataren zu.

Jetzt ist der Augenblick gekommen, ruft der Tatar aus, hör jetzt genau zu …

*

Er spuckt die abgebissenen Schnurrbartspitzen aus und bleibt still. Wir haben gelernt, seine Abendlaune nicht zu vergällen, bei der kleinsten Regung seinerseits in die Winkel der Zimmer zu fliehen, uns klein zu machen vor seiner Größe. Denn er verteilt seine Ungunst wie Brocken vom Brot. Wir strecken die Hälse in Erwartung seines Wutausbruchs. Er sitzt auf dem Bodenpolster, starrt auf einen fernen Fleck, spuckt die Bartspitzen aus und … schweigt.

Er denkt nach. Manchmal stößt er einen Hundelaut aus, wischt sich aber sofort über den Mund. Wenn er zu platzen droht, steht er auf, setzt sich neben meine Mutter, flüstert ihr etwas zu. Sie lauscht ihm, und dann sagt sie leise halbe, gegen Ende abbrechende Sätze, und dann flüstern sie wieder miteinander. Er ist wie ausgewechselt. Auch meine Mutter hat sich verändert: Sie krümmt sich, daß der Abstand zwischen ihrem Kopf und dem Boden kleiner geworden ist. Sie wirkt zerstreut, und auch sie brütet. Der Nährvater bleibt zu Hause, Djengis weicht ihm nicht von der Seite, vielleicht hat er Angst, daß er als Sohn in der letzten Stunde des Vaters versagen könnte. Tolga sagt, dem Herrn des Hauses gehe es gut, und wir müßten nicht einen Todesfall in der Familie fürchten. Er geht wieder zur Schule, schwärmt von dem geheimnisvollen Mädchen, mit dem er sich aus Prinzip nicht verabredet, denn seine reine Liebe würde dadurch zerstört werden. Djengis nennt ihn nur noch Huldgestalt, Tolgas Liebe gleiche dem Strahl aus dem Wasserspeier, nachts, wenn die Menschen zu Bett gehen, stelle man das Wasser ab, so verhalte es sich auch mit der Schwärmerei der Huldgestalt. Ich aber höre und sehe, bin taub und blind: ein komisches Gefühl. In den neuen Zimmern gehe ich herum mit einem erstarrten Gesicht; draußen, ihren Blicken entzogen, löse ich die Knoten des Brustschnürstoffes, stecke ihn in meine Schultasche und lasse es mir gefallen, daß Manolya zur Begrüßung meine roten Wangen kneift. Es ist die Zeit, daß wir Mädchen komisch werden, sagt sie, und Sevgi, die Irre, zeigt auf ein Mädchen mit einem dunklen Flaum auf der Oberlippe und bietet mir zehn Zuckerwürfel, wenn ich den Mut aufbringe, kurz an seinen Flaumhärchen zu ziehen. Sie ist verrückt wie eh und je, sie fordert sogar die Jungen zu Ringkämpfen heraus, aber keiner legt sich mit der Irren an. Die Frau Lehrerin schickt mich in die Strafecke, langsam glaube ich, daß sie mich haßt, daß ihr mein Anblick zuwider ist – sie findet immer einen Grund, mich vor der Klasse bloßzustellen. Ihre Zuneigung gilt den kräftigen Bauernjungen, die ihr Komplimente machen, um ihre Noten zu verbessern. Der Schöne ist weit weg … Am Abend des dritten Tages seiner Erstarrung steht der Nährvater plötzlich auf, geht ins Schlafzimmer, zieht sich die Hose über den Pyjama, kommt zurück und sagt: Ich muß gehen. Betet für mich. Der Teufel würgt an meinem Hals.

Meine Mutter schließt hinter ihm ab. Wir bestürmen sie mit Fragen, sie legt nur den Finger auf die Lippen, setzt sich ans Fenster, tunkt eine Brotkante ins Wasser und kaut gedankenverloren daran.

Im neuen Haus ist es nicht möglich, mich rauszuschicken, ich gelte jetzt schon als junges Mädchen, das die Familie vor den Blicken fremder Männer verstecken muß. Also füge ich mich der Ausgehsperre, lausche dem Streit von Djengis und Tolga, die über Politik sprechen wie Dorfvorsteher über die Hauptstadt. Djengis wirft Tolga vor, er sei von der volksfremden Seuche angesteckt worden, und erntet höhnisches Gelächter. Für meinen jüngeren Bruder zählt nur das, was er mit eigenen Augen sehen kann, alles andere sei Priestergeschwätz. Ich schlafe ein, und schrecke Stunden später hoch, es ist die Zeit der hellen Dunkelheit, die Sonne wird bald aufgehen, und ich sehe den Nährvater, wie er ein verschnürtes Paket hervorholt und es meiner Mutter übergibt. Sie sträubt sich, sie will es nicht anfassen, doch nach einem Schlag auf ihren Kopf nimmt sie das Paket entgegen. Ich schlafe wieder ein.

Zwei Tage später kommen fremde Männer ins Haus, Yasmin, Selda und ich werden von meiner Mutter ins Wohnzimmer gescheucht, Tolga steht im Türrahmen und will uns die Sicht versperren. Er ist dünn, und ich kann sehen. Die Männer haben Leibgurte umgeschnallt, die Gurte sehen aus wie Munitionsgürtel, sie reißen das Futter ihrer Mäntel auf, bringen dünne Pakete zum Vorschein, stapeln sie auf. Der Anführer treibt sie zur Eile an, ich höre ihn befehlen, man solle es hierhin, nein dorthin schaffen, und sogar der Nährvater gehorcht ihm. Ich schaue zur Seite, Tolga hat sich im Bett aufgerichtet, er gleicht einem Fuchs, der die Ohren spitzt. Er flüstert mir zu, ich solle ja keinen Mucks von mir geben.

Der Anführer der fremden Männer ruft, unter der Matratze würde man zuerst nachsehen, das sei kein gutes Versteck, es geht hin und her, und einmal meldet sich meine Mutter, sie beschwört ihren Mann und den Anführer, nicht Gott zu versuchen, ich höre einen dumpfen Schlag, wenig später stürmen die Männer die Treppen herunter und sind verschwunden. Ich versuche, wach zu bleiben, damit mir nichts entgeht, kein Geräusch, kein Geruch, kein Gebet, doch ich sinke in den Schlaf.

Am nächsten Tag kommt der Nährvater wieder im Abenddunkel nach Hause, er schreit sofort meine Mutter an:

Pack sie aus! Wir müssen sie zerhacken. Pack sie aus, zerkleinere sie und wirf sie in das Abortloch!

Er ruft nach uns, und wir verlassen unsere Schatten und Winkel, es geht um Leben oder Tod, schreit er, macht schnell, ihr Teufelsgören!, auf dem Boden des Schlafzimmers und des Flurs liegen die Pakete, und meine Mutter fängt an, das Ölpapier auseinanderzufalten, ich sehe tellergroße, eine halbe Handspanne dicke Opiumscheiben, und als wir zur Hilfe eilen und das Ölpapier aller Pakete zurückgeschlagen ist, sehe ich zwanzig Opiumscheiben, und auf jede Opiumscheibe ist eine Lage Weinbeerblätter aufgelegt. Was für ein scharfer schöner Geruch! Ich kann nicht anders, als kurz innezuhalten und diesen überirdischen Geruch tief einzuatmen, doch ein Tritt des Nährvaters bringt mich wieder zur Besinnung.

Was sitzt du da wie ein gebärendes Weib, los!

Wir holen Eimer, Tonkrüge, Töpfe und Pfannen herbei, brechen die Opiumscheiben und legen die kleinen Stücke hinein, wir kneten und zerhacken die schlammgrüne Paste, sie verwandelt sich unter unseren Händen in feuchten Lehm. Mein Gott, was für ein schöner Geruch. Ich habe die meiste Zeit des Tages Hunger, und ich denke, was so gut riecht, muß auch gut schmecken. Ich drücke einen Fingernagel in die Paste, stekke den Finger in den Mund. Der Opiumstoff unter meinem Fingernagel zerfällt sofort auf der Zunge, es geht mir durch und durch, so etwas habe ich noch nie geschmeckt. Was weiß ich aber schon von Geschmack? Ich kenne nur den Geschmack von Käse, den Geschmack von Aprikose, von Tee und Wasser, von Zucker und Süßgebäck, von Obst und Gemüse. Vielleicht ist es ein böser Geschmack, denn diese Paste ist nichts, was man essen kann, um satt zu werden.

Der Nährvater dreht sich eine Zigarette, beaufsichtigt unsere Arbeit, und wann immer es ihm einfällt, geht er mit einem Schlag oder einem Tritt dazwischen. Wir kneten das Opium, bis es weich wird, wir kneten es, bis es aussieht wie Dreck im Wasser. Meine Mutter rennt mit einem Krug oder einem Topf zum Abort, kehrt mit den leeren Gefäßen zurück. Wir kneten das Opium zu Schmutzlehm, ich widerstehe der Versuchung, Djengis wirft mir böse Blicke zu, wahrscheinlich hat er mich dabei beobachtet, wie ich an meinem Finger sog. Es dauert Stunden, die Scheiben zu zerhacken, dann fallen wir todmüde in die Betten, ich höre den Nährvater das Haus verlassen und wiederkommen, er geht im Schlafzimmer auf und ab, ich kann nicht einschlafen. Ich finde keinen Schlaf.

Ein großer Krach weckt mich, und ehe ich die abgeworfene Steppdecke über mich ziehen kann, stehen Polizisten im Zimmer. Ein Polizist löst den Druckknopfriemen, nimmt seine Waffe aus dem Halfter heraus, entsichert sie.

Raus aus den Betten, brüllt er, und keine hastigen Bewegungen. Ich schieß euch ab, ich schieß euch alle ab!

Wir drängen uns in der Mitte des Wohnzimmers zusammen, die Hände auf dem Kopf gefaltet, meine Mutter hat sich vor uns gestellt und murmelt ein Gebet, der Polizist dreht sich immer wieder zu uns um, zeigt seine Waffe und brüllt uns an, er würde uns Schakale einer nach dem anderen abschießen.

Ich sehe, daß der Wachmann, den wir kennen, dem Nährvater Fragen stellt, und einmal gibt er ihm eine Ohrfeige. Die Polizisten stellen das ganze Haus auf den Kopf, es ist aber keine übliche Durchsuchung, sie zerbrechen und zerstören alles, was ihnen in die Hände kommt, sie rächen sich, sie sind wütend auf den Nährvater. Schließlich verlieren sie die Lust und nehmen ihn mit, der Polizist fuchtelt noch mit der Pistole, wir sollen uns vorsehen, er werde vielleicht zurückkehren und uns Schakale abschießen. Dann verschwindet auch er. Ich traue mich nicht, die Hände zu lösen, wie Blei liegen sie auf meinem Kopf.

*

Es ist alles herausgekommen, die Menschen tuscheln hinter unserem Rücken, sie zeigen mit dem Finger auf uns. Die Basarschönheiten haben mich fortgeschickt, sie wollen mir keine Geschichte erzählen. Wieso auch? Ich bin das neueste Gerücht. Tolga und Djengis legen ihre Zurückhaltung ab, sprechen das Verbrechen in meiner Gegenwart durch, meine Mutter ermahnt sie diesmal nicht, es trifft uns alle, ihr Mann steckt im Gefängnis.

Die Bauern sind die wahren Besitzer der Opiumscheiben, der Polizeipräsident wußte darüber Bescheid. Also wird er sie um das Opium bringen, er schmiedet einen Plan, wie er an das Opium kommen könnte, ohne dafür etwas zu bezahlen. Meinen Vater, diesen dummen Handlanger, zwei weitere Idioten von der Straße und vier Polizisten seines Vertrauens nimmt er mit und führt bei den Bauern eine Scheinrazzia durch. Er läßt fünf Leute in Polizeiuniform schlüpfen, der Nährvater und die beiden Idioten von der Straße geben sich als Käufer aus und nehmen Verbindung mit den Bauern auf. Sie bieten für die Opiumscheiben eine Summe an, die weit über dem Marktwert liegt, sie machen einen Treffpunkt für die Übergabe aus. Die Scheinkäufer stellen sich wie verabredet ein, öffnen ihren Koffer, oben ist eine Schicht loser Geldscheine, darunter aber nur Zeitungsschnipsel, sie sagen: Ihr habt das Geld gesehen. Jetzt wollen wir auch was sehen.

Die Bauern sind nicht dumm, sie kennen sich gut aus in

ihrem Geschäft, das sie immer nachts abwickeln, zu einer Tageszeit, zu der die einfachen Menschen schlafen und sie sich vorsehen müssen vor den schlaflosen Kleinstädtern. Doch das Geld im Koffer blendet sie. Die Bauern sind im Besitz eines Lastwagens voller Opiumscheiben, ein Teil ist in einem Bauernhaus versteckt, zu dem sie die Scheinkäufer hinführen. Im Moment der Übergabe schlagen die eingeweihten Polizisten zu. Die Bauern werden in Handschellen abgeführt, die Opiumscheiben werden mit dem Lastwagen zu einem anderen Versteck gefahren und hier deponiert. Sie beratschlagen und kommen zu dem Schluß, daß es gefährlich sei, die ganze Ware an einem Ort zu verstecken. Das Opium wird verteilt, auf meinen Vater fallen gut zwei Dutzend Opiumscheiben. Der Hauptteil des Opiums befindet sich in einem Depot, von dem nur der Polizeipräsident und sein engster Vertrauensmann wissen. Der Mann, der im Namen der anderen Bauern die Verhandlungen geführt hat, ist aber noch am Leben, sie haben sich nicht getraut, ihn zu töten. Was tut dieser Bauer? Er geht zur Polizei, zeigt sich selbst an und klärt die Polizisten darüber auf, daß ihr Präsident höchstpersönlich in Drogengeschäfte verwickelt ist und über eine Scheinrazzia das Opium der Bauern gestohlen habe. Der Präsident wird von der Stelle weg verhaftet, und mit ihm wandern weitere fünfzehn kleine dumme Drogenträumer ins Gefängnis.

Die Menschen sind aus dem Häuschen. Was für ein Skandal! Der Chef einer Drogenbande stellt sich ausgerechnet als derjenige heraus, der über Recht und Ordnung und über die Einhaltung der Gesetze wachen soll. Dieses eine Mal, sagen die Menschen, sagt Tolga, hat sich Verbrechen nicht bezahlt gemacht. Er lächelt finster, als bekannt wird, daß die Kleinen, wie so oft und fast immer im Leben, verrecken und die Großen Triumphe feiern. Der Präsident ist zwar ein überführter Drogenhändler, aber immer noch ein Polizist. Er hat ja auch das Talent bewiesen, barfüßige Tagelöhner zu verdingen. Man versetzt ihn in den Südosten an die arabische Grenze. Hätte man ihn in der Stadt behalten, hätte man ihn unter dem öffentlichen Druck mindestens für zehn Jahre in eine Zelle einsperren müssen. Die Menschen sind wirklich empört, und sie verlangen in ihrer Wut nach der Hinrichtung des Polizeipräsidenten. Also wird er strafversetzt, der Nährvater wandert in dieselbe Stadt, aber ins Gefängnis. Er hat nicht den Anstand, sich an zwei verknoteten Schnürsenkeln oder an einem Hanfstrick aufzuhängen. Der Teufel hätte sich die Hände gerieben. Tolga spuckt aus, er sagt: Ganz oben ist man eben der Meinung, daß die da unten ruhig verrecken sollen. Yasmin schaut ihn komisch an, nimmt die Nadel zur Hand und sticht durch den Stoff, den sie im Auftrag von Senem Hanim bestickt. Er ist weg, wir bleiben hungrig.

*

Die jungen Männer des Viertels versuchen sich bei meinem Anblick in den Gebärden des Spotts: Sie lachen in die hohle Hand, sie schielen und hinken, drücken die Zeigefinger an die Scheitel, es sind die Bockshörner des Teufels oder die Ohren eines Esels, so genau weiß ich es nicht. Ich übersehe sie, oder ich strecke ihnen in einem Anfall von mädchenhafter Verzweiflung die Zunge heraus. Tolga hat versucht, ein Gerücht in Umlauf zu setzen, er nennt es die Gegenpropaganda. Der Nährvater habe nur Geschäfte mit abgepackten Grassoden gemacht, alles laufe auf ein großes Mißverständnis hinaus, die Zeit werde den Beweis seiner Unschuld erbringen. Sooft er diese Geschichte auch erzählt, die Männer glauben ihm kein Wort, und die Frauen kratzen mit der Stricknadel über die Tischplatte, als Zeichen ihres Hohns. Fatma Hanim hat ihre Besuche eingestellt, meine Mutter träumt kostenlos und behält ihre Träume für sich. Djengis ist der Steiß an die Stelle gerutscht, wo sonst der Kopf steht: Er badet nur noch kalt, da er glaubt, daß heißes Wasser zur Verweichlichung führe. Wir sollen ihn nachahmen, der Vater sei fort, und er, der Erstgeborene, müsse ihn in seiner Abwesenheit vertreten.

Du kannst höchstens dich selbst vertreten, sagt Tolga, geh mir nicht auf die Nerven.

Was sagst du da? herrscht ihn Djengis an, unser Vater hat uns nicht in diesem Geist erzogen!

Er ist da, wo er auch hingehört, und ich will mich nicht mit einer Vaterkopie abplagen.

Ein schöner Sohn bist du, schreit Djengis, du verwünschst den Vater, und damit verrätst du die Familie!

Spiel woanders den König, sagt Yasmin, dieses Elend haben wir ihm zu verdanken. Unsere Armut stinkt zum Himmel.

Djengis läßt den Blick über uns schweifen, und da er Unterlegenheit nicht aushält, stürmt er leise fluchend aus der Wohnung. Kupferfarben ist das Gesicht meiner Mutter, sie behaucht immer wieder ihre Handinnenflächen mit ihrem heißen Atem, und jetzt, wenn der Silbermond von Silbersternen umgeben ist, blickt sie erst in den Himmel und sieht dann mich an und sagt: Mein Weißkrönchen, was wird nur aus dir, die du verwirrt bist? Ich bitte am nächsten Tag die jüngere Basarschönheit um eine Antwort, doch sie hustet in ihr weißes Ziertuch eine fahlrote Spucke und sagt, sie habe Hagebuttensirup getrunken, aber ihre Gesichtsblässe straft sie Lügen.

Sie ist unsterblich verliebt, sagt die ältere Schwester, Wunden haben sich in ihren Lungen aufgetan, und jetzt spuckt sie das Blut der Liebe.

Nein, das ist nicht wahr!

Doch, sagt die ältere Basarschönheit, ich habe dich vor diesem Jungen gewarnt. Er ist unerreichbar, und die Fernliebe bringt dich um!

Wer ist es? rufe ich ihnen zu, liebt er sie denn nicht?

Er hat in meine Augen geschaut, und ich in seine, seufzt die junge Schwester, dieser erste Blick hat entschieden.

Ich saß doch neben dir, als dieser … Mensch unten vorbeiging, und ehe er wie beiläufig hochsah, sagt die Ältere, es war kein besonderer Blick, nicht der Blick eines, der die

Gewißheit seiner Seele sendet. Er hat dich mit Zweifeln zurückgelassen, und was blieb dir anderes übrig, als in Tagträume zu flüchten.

Wer ist es? frage ich, kenne ich ihn vielleicht?

Die Fernliebe bringt sie um, wiederholt die ältere Basarschönheit, sie ist ja so sprunghaft. Erst der Mann vom Balkon gegenüber, dann diese Zufallsbekanntschaft ... sie haben sich nicht einmal bekannt gemacht.

Na und? sagt die Jüngere, wir haben uns angeschaut, was soll da noch Geschwätz? Ich kenne seinen Namen nicht, was macht das schon aus?

Ist ja gut, sagt die Ältere ... hör mal, dein Vater ... es tut mir leid deswegen.

Ja, sage ich.

Ihr müßt die Riemen eng ziehen, sagt sie, dein Vater ist kein schlechter Mensch, er hat sich doch nur auf dieses ... teuflische Geschäft eingelassen, um euch besser zu versorgen.

Ich habe genug von ihren Weisheiten, ich kehre den beiden den Rücken zu und laufe weg. Ich bin Linkshänder, und sie sind Rechtshänder, vielleicht fehlt ihnen deshalb das Verständnis.

Kaum bin ich wieder zu Hause, schickt mich meine Mutter in die Kupferschmiedgasse, das Viertel der Zigeuner. An beiden Seiten des ungepflasterten Wegs sitzen die Kupferschmiede und Kupferstecher, doch jetzt, da ein fremdes Mädchen an ihnen vorbeizieht, unterbrechen sie ihre Arbeit und bedrängen mich mit unverschämten Blicken. Ihre Augen sind anders, ihre Neugier ist anders. Es kommt vor, daß ein halberwachsener Zigeunerjüngling mit dem Schnitzmesser über seine eigene Kehle geht – die Zigeuner kennen nur den Tod in der Liebe und den Tod im Leben, und wenn sie glauben, die Sonne stehe tief genug oder die Mondsichel erhelle das Stück Himmel über ihren Köpfen im richtigen Licht, sterben sie einfach. Sie sterben meist an einem starken Gefühl. Ihre Sehnsucht ist anders. Ihre Augenblicke sind anders. Es reißen keine Wunden in ihren Lungen auf, sie kommen aufgerissen und aufgewühlt zur Welt.

Ich gehe die Reihe der Kupferschmiedeläden ab, übersehe die Handzeichen der unverheirateten jungen Zigeuner, die mich zu einem dunklen Abenteuer locken wollen, zwei Schritte schließe ich die Augen, fünf Schritte öffne ich sie, und nach zwanzig Schritten hinter der Wegkehre stehe ich endlich vor dem großen Tor. Deinen Bruder Tolga hat man mit Tritten davongejagt, sagte meine Mutter, ein Mädchen, ein halbes Kind, werden sie bestimmt nicht schlagen. Klopfe so lange, bis man dir aufmacht!

Ich trommele mit der Faust auf das Tor, es geht auf, und ich sage die Sätze, die ich auswendig gelernt habe:

Ich hole das Geld ab. Ich bitte um das Geld, das meinem Vater und seiner Familie zusteht. Mein Vater war ihr Diener, ihr Soldat. Ich bitte um das Treuegeld.

Wer bist du? fragt der Mann im Türrahmen, erst jetzt wage ich es, den Blick zu heben, er hat ein wunderschönes Gesicht, das Böse hat seine Gesichtszüge nicht verzerrt, das Böse hat ihn verjüngt, es ist nicht so, wie die Frau Lehrerin uns weismachen will, sie lügt uns an. Die Verbrecher, wenn sie denn klug sind und sich nicht in Kleinigkeiten verstricken, strahlen wie Engel. Dieser Mann sieht wie ein Engel aus.

Sie haben das Gesicht eines Engels, rutscht es mir heraus, und im nächsten Moment will ich auch schon weglaufen, doch ich muß bleiben, der Verbrechervater hat die dummen Drogenträumer als Kohlenzangen und Schürhaken benutzt, ich weiß, der Verbrechervater hat den Nährvater benutzt und weggeworfen, ich weiß. Doch der Mann im Türrahmen ist ein Engel, der jetzt lächelt, und dadurch wird er noch schöner.

Ich gefalle dir also, sagt er, gut. Aber wer bist du, Mädchen?

Ich bin die jüngste Tochter von Halid. Halid, der ehemalige Eisenbahner.

Hat er dich geschickt? fragt er mit böser Stimme.

Nein, sage ich, sie wissen es vielleicht: ihr Soldat ist im Gefängnis.

Er ist nicht mein Soldat, sagt er streng, ein hergelaufener Eisenbahner ist nicht mein Soldat.

Sind Sie der Verbrechervater? sage ich.

Mädchen, du stiehlst mir meine Zeit. Was willst du?

Ich bitte um das Treuegeld, sage ich.

War denn nicht schon dein Bruder hier?

Ja, Herr.

Und?

Sie haben ihn an der Tür abgewiesen, sage ich, Sie haben ihn mit Fußtritten abgewiesen. Als er zurückkam, mußte er sich hinlegen, weil …

Weil sein Hintern geschmerzt hat, sagt der Engel und lacht auf, ich habe eben einen festen Fußtritt, und wer sich zu weit vorwagt, bekommt einen ab. So ist es eben.

Ja, sage ich dumm, so ist es eben … Aber jetzt bitte ich Sie um das Treuegeld. Wenn Sie bitte so gütig sind.

Wir haben von deinem Vater nichts bekommen, herrscht er mich an, was für ein Geld, verdammt noch mal! Mädchen, du machst mich zornig. Geh weg!

Ich bitte Sie um das Treuegeld! sage ich, er war Ihr Soldat, er büßt jetzt dafür, können Sie nicht für seine Familie sorgen?

Ich mache dir einen Vorschlag, sagt er, du kannst reinkommen, und wenn du mir Lust verschaffst, vergesse ich meinen Zorn und gebe dir dein Reuegeld.

Er bewegt sich im Türrahmen, der Engel, er schnappt nach mir, der Engel, doch ich kratze die Hand, die ausgestreckte Hand dieses bösen Mannes, ich kann ihm in letzter Not entwischen, ich renne um mein Leben und um meine Unschuld.

Der Idiot hat Mist gebaut, ruft er mir nach, sag deiner Mutter: von schwarzer Erde kann man sich auch ernähren. Pferdeäpfel sollen auch schmecken. Freßt doch die Scheiße eures Vaters, du kleine Nutte!

Ich berichte meiner Mutter, daß der böse Schutzengel mich

davongejagt hat, daß er in seiner Bosheit Flüche spuckt und unsere Familie verwünscht, daß der nächste von uns, der an seinem Tor steht, bestimmt nicht so leicht davonkommt. Starke hohe Mauern, sagt sie, dahinter wohnt der Verbrechervater, er versteckt sich nicht, jeder tut seine Arbeit, die Arbeit ist gut oder schlecht, man hat Hunger oder ist satt, Gott läßt die Menschen machen. Der Verbrechervater spreizt sich wie ein Pfau, dabei kann er nicht einmal ein Ei am Pfannenrand zerschlagen. Das Nierenfett, seine Lieblingsspeise, tropft ihm vom Schnurrbart, ich habe ihn einmal gesehen, er hat ausgerufen, im Schwanzfett des Lammes gebratene Nieren würde er jeden Tag essen wollen, und die Männer in seiner Nähe beeilten sich, ihm recht zu geben: Ja, die Niere! Natürlich, die Niere! Nicht die Leber, nicht der gebratene Magen, nicht die geröstete Lende. Aber die Niere! Der Verbrechervater saß da, vor ihm die Pfanne mit den gebratenen Nieren, und er steckte seine Schnauze hinein und richtete sich wieder auf. Und da sah ich es: das Fett perlte an seinen Bartborsten, und seine Augen gingen hierhin und dorthin, als forderte er alle dazu auf, sein Glück mit ihm zu teilen. Das Glück des Verbrechervaters sind Nieren, von denen man doch weiß, daß sie das Dreckswasser ausgießen in den Körper. Soll er doch seine Schnauze ins Abortloch stecken, da gehört er hin ...

Meine Mutter spricht und spricht, sie wäscht mir dabei die Haare mit Seife, sie taucht den Kamm in das Wasser der Messingschale und kämmt mir die Haare in langen Strichen, sie spricht über den Verbrechervater, sie flicht sie zu einem Zopf, den sie mir im Nacken feststeckt. Ihr Atem an meinem Hinterkopf, der Zorn in ihren Worten. Djengis und Tolga starren sie an, Yasmin und Selda starren sie an, der Dreckswassersäufer schaut auf seine Diener herab, sagt sie, dank ihnen hat er seine Dreckswasserdynastie gründen können, doch was passiert, wenn sie, die Diener, im falschen Loch stochern? Er wendet sich ab, kratzt eine juckende Stelle, er kratzt einmal, zweimal, und dann ist ihm das Jucken vergangen. Euer Vater hat getan, was er getan hat, er hört nicht hin, wenn ich ihn warne. Er ist dort, wo er ist. Der Dreckswassersäufer aber vergräbt seine Schnauze in Nieren, und so wird es weitergehen bis zum Ende unserer Tage ...

Es gibt keine Rettung, sagt Tolga.

Dieses eine Mal widerspricht ihm Djengis nicht, er starrt nur meine Mutter an. Selda steht auf, um der reichen Nachbarin die Nähmaschine zurückzubringen.

Ich muß hierbleiben, sagt meine Mutter, ich werde mich bei den Frauen der Nachbarschaft verdingen. Ich werde auf fremden Feldern ernten. Ich werde mich zum Träumen hinlegen und als Lohn Zucker und Mehl fordern. Meine Tochter, diesmal mußt du ihn besuchen, es geht nicht anders. Yasmin schaut von ihrer Handarbeit auf und nickt.

Er soll mal lange wegbleiben, sagt Tolga, wenigstens haben wir unseren Frieden. Es sind nicht wenige Halunken in der Zelle verrottet ... Halt deinen Mund, schreit Djengis, so spricht der Sohn nicht über den Vater!

Seid beide still, sagt meine Mutter, auch ihr müßt euch nach ehrlicher Arbeit umsehen. Hört ihr: ehrliche Arbeit! Der Wachmann kontrolliert uns, weil er glaubt, daß wir etwas von der Teufelspaste zurückbehalten haben.

Und, haben wir das denn? frage ich sie.

Gott bewahre, sagt sie und geht zur Küche, um Wasser und Brotkante zu holen.

166

10

Unsere Biologielehrerin hat den Jungs für die nächsten beiden Unterrichtsstunden freigegeben, sie will mit uns ›unsere Natur‹ durchgehen. Das ist eine beschämende Sache, wir kichern nervös und verdecken unsere Augen mit der Hand, als sie von dem Wespenstachel des Mannes spricht, der es auf unser Goldstück abgesehen habe. Im Klassenraum ist es schattig, sagt sie, runter mit den Händen, ich blende euch nicht – und wir bekommen den Mund nicht zu, und dann sagt sie, es seien da unter unseren Kitteln, wo nichts Zutritt habe, zwei pummelige Schwestern, die friedlich unter einem Dach lebten, und in der Giebelstube lebte eine nahe Verwandte, das Spitzfleisch, und wenn wir nicht sofort das dumme Kichern lassen, würde sie uns Bauernmädchen ein Ungenügend geben. Wir halten den Atem an, wir fallen fast in Ohnmacht. Was holt der Mann aus der Hose? fährt sie fort, wieso ist sein Hosenschlitz zugeknöpft?, weshalb erfordert es der Anstand, daß wir uns bedecken? Ein Schleier ist des Guten zuviel, das ist ein Tarnanzug, worin die Frauen schwitzen, und ihre Natur verändert sich unter dem vielen Stoff aber nicht. Ihr kennt die Warnanzeigen für Mädchen aus dem Dorf, die in die Stadt gehen. Ihr Kleinstädter seid genauso naiv. Dort in der Stadt warten bestimmte Männer nur darauf, ihr fingerlanges Tier aus der Hose zu holen, es ist mein Ernst, und für Kasperei in meinem Klassenraum habe ich keine Zeit! Achtet auf eure beiden pummeligen Schwestern! Die Bauernweiber erzählen euch vielleicht, das Spitzfleisch sei die Haube der Hurerei, aber das ist nicht wahr, das erfinden sie aus Angst, und meistens übernehmen sie diese Lüge von den Männern, die euch hassen, weil ihr etwas habt, das sie haben wollen. Deshalb lieben sie euch ...

Sie müßte eigentlich vor Scham tot umfallen, unsere Biologielehrerin, die Stimme müßte ihr brechen, der feinen Dame aus Istanbul, die uns gesagt hat, daß sie aus idealistischen Gründen um die Versetzung in eine halbalphabetisierte Gegend des Landes gebeten hat. Es geht das Gerücht, eine beschämende Sache, vielleicht eine Liebesaffäre, habe sie bewogen, Istanbul zu verlassen.

Manolya! ruft sie, bleib sitzen, du brauchst nicht aufzustehen ... Ich möchte dich nicht beschämen, ich spreche zwar dich an, aber diese Angelegenheit geht jede von euch jungen Frauen an. Habt ihr mich verstanden?

Ja, schreien wir im Chor, Manolya ist aus Gewohnheit trotzdem aufgestanden.

Dir ist doch bestimmt aufgefallen, daß dir ein Fläumchen auf der Oberlippe gesprossen ist, sagt die Lehrerin, möchtest du nichts dagegen unternehmen?

So will es doch die Natur, Frau Lehrerin.

Wenn es danach geht, müßte man die Fingernägel wachsen lassen, bis sie sich zu Krallen biegen. Und wieso schneidest du dir die Haarspitzen?

Das macht meine Mutter, sagt Manolya.

Männer lassen sich das Gesicht zuwachsen. Wie sieht es aus? Schrecklich, oder? Nichts gegen einen gepflegten Schnurrbart ... Wie gesagt, ich will euch nicht beschämen. Es ist nur etwas seltsam, wenn junge Mädchen mit Haaren an Armen und Beinen herumlaufen.

Vielleicht fallen sie von selber ab, sage ich.

Denke an mein Beispiel mit den Fingernägeln, sagt die Lehrerin, haben euch eure Mütter nicht darüber aufgeklärt? Ihr müßt euch die Haare entfernen, das ist doch nichts Schlimmes. Sprecht mit euren Müttern. Sie belehrt uns noch lange über die vielen Vorzüge unserer Natur, sie sei um einiges wetterfühliger als der Finger, den die Männer zwischen den

Beinen tragen, und weil sie die Worte immer wieder aufsagt, gewöhne ich mich daran: die dicken Zwillingsschwestern, das Spitzfleisch, diese komische Verwandte in der Stube des Giebels, unsere schöne Natur, die ein Teil unseres Charakters sei, und dann wieder nur ein Organ, aber das glaubten ausschließlich die Männer, die Fingerträger, die Haltlosen und Vorprescher. Trotzdem, meine Mutter kann ich nicht um Hilfe bitten, sie ist nicht mehr von dieser Welt. Nach Schulschluß gehen wir Mädchen Arm in Arm ein Stück Weges, und wir starren einander auf die Oberlippen, die Beine und die Oberarme, Nermin, die Klassenbeste, klagt zu Recht darüber, daß sie mit den dunklen Härchen überall aussehe wie ein Jüngling. Das Damenbärtchen habe sie im letzten Monat bemerkt und mit der Augenbrauenpinzette ihrer Mutter ein einziges Haar ausgerissen, was für ein Schmerz!

Sevgi, die Irre, lacht wieder auf wie ein Hyänenjunges, und dann sagt sie: Meine Mutter hat nächste Woche ihren Enthaarungstag. Kommt einfach mit, sie wird nichts dagegen haben. Wir schwänzen einfach die Schule.

Und was bringen wir als Entschuldigung vor? frage ich.

Wir sprechen mit unserer Biologielehrerin, ihr wird bestimmt etwas einfallen!

Nach langem Hin und Her einigen wir uns darauf, am kommenden Montag die Mutter Sevgis, der Irren, aufzusuchen. Wir würden den Fahnenappell zum Wochenanfang verpassen, das tat uns nicht leid.

Mir schlägt das Herz in den Schläfen, ich verlasse am Montag das Haus, als wolle ich zur Schule gehen, Djengis verschläft an diesem Morgen, er kann es sonst nicht lassen, den Ersatzvater zu spielen und den Mädchen der Familie nachzuspionieren. Schließlich stehe ich an Sevgis Tür, klopfe leise und schlüpfe schnell durch den Spalt. Ich bin verblüfft, alle Mädchen haben sich eingefunden, wir schauen uns an und sind vor Angst bleich und stumm.

Jetzt müßt ihr aufpassen, sagt Sevgis Mutter, das ist ein

richtiger Lehrgang. Ihr lernt für das Leben, und nicht, um eine Prüfung zu bestehen. Sie gibt zwei Wassergläser Zucker und ein Kaffeekännchen Wasser in eine Kupferkanne, kocht auf kleiner Flamme, rührt den Saft einer halben Zitrone in die Mischung. Als das Weiß des Zuckers ins Blaßgelbe übergeht, nimmt sie die Pfanne vom Feuer und gießt den Inhalt auf eine große nasse Steinplatte. Sie fängt auch dann gleich an, mit den langen Fingernägeln den Fladen von den Rändern her vom Stein abzuheben. Immer wieder läßt sie davon ab, bläst ihre Atemluft auf die Fingerspitzen. Sie schiebt die Paste in der Mitte des Steins zusammen, legt sie in die Handkuhle, bohrt kleine Mulden, spuckt hinein und knetet die Masse durch. Sie zieht den Fladen in die Länge, spuckt wieder hinein, walkt ihn durch, immer und immer wieder. Wir wagen es nicht, sie mit Fragen zu stören, wir schauen ihr zu bei ihren Handgriffen, am liebsten würden wir ihr huldigen wie einer Heilhexe. Der Fladen wechselt die Farbe und wird vom andauernden Walken weiß und weich. Sie reißt vom Fladen ein Stück ab, plättet es klatschend zwischen den Händen und legt den dünnen Belag auf eine behaarte Stelle ihres Beines. Sie zieht ihn mit einem jähen Ruck ab: die Stelle ist glatt wie eine Marmorfläche, wir machen große Augen.

Ihr müßt euch von unten nach oben hocharbeiten, sagt sie, und wenn ihr den Fladen aufgelegt habt, müßt ihr ihn richtig durchmassieren. So schafft ihr es, daß alle Härchen kleben bleiben und mit der Wurzel ausgerissen werden.

Manolya klebt mir ein großes Wachsstück auf die Wade und zieht sofort ab. Ich schreie vor Schmerzen auf und will mich auf sie stürzen. Sevgi, die Irre, geht lachend dazwischen, und die Mutter droht uns, sie würde uns alle rausschmeißen, wenn wir nicht sofort mit dem Unfug aufhörten. Es ist die reinste Folter, mir wird schwarz vor Augen, ich will am liebsten aufspringen und davonrennen, doch die Mädchen würden mich wochenlang deswegen aufziehen. Es ist das Schlimmste, als Feigling zu gelten. Also lege ich den Fladen auf meine

Beine und ziehe ihn ab, ich verkneife mir Schmerzensschreie, ich weiß, daß es den anderen Mädchen nicht anders geht. Nur Sevgi, der Irren, scheint die Enthaarungsfolter nichts auszumachen, sie schaut uns sogar dabei an und lächelt. So, sagt ihre Mutter, jetzt ist die zweitschwierigste Übung dran: eure Achselhöhlen.

Nur über meine Leiche, sagt Nermin und spricht aus, was wir alle denken. Unsere rot angelaufenen Beine sind schlimm anzusehen, sogar Manolya hat es inzwischen die Sprache verschlagen.

Eigentlich müßtet ihr euch schämen, sagt Sevgi, die Irre, eure Achselhaare sind so lang, daß ihr sie zwirbeln könnt. Das schickt sich nicht für anständige Mädchen.

Ausgerechnet du sprichst von Anstand, sagt Nermin, du hältst uns deine Füße hin und willst, daß wir daran riechen.

Was?! sagt die Mutter und wendet sich ihrer Tochter zu, stimmt das?

Es ist doch nur Spaß, sagt sie, bisher hat ja auch keine an meinen Füßen gerochen.

Eine Schande, sagt die Mutter, wir sprechen uns später … wenn ihr Mädchen eure Achselhaare wachsen laßt, werdet ihr eines Tages darin Läuse entdecken. Das Haar zieht Schmutz und Ungeziefer an.

Nach ihren Worten erlahmen die Proteste. Ich hebe beide Arme, Manolya bringt an meinen Achselhöhlen lächelnd die Wachsfladen an, knüllt ein Ziertuch zusammen und steckt es mir zwischen die Zähne. Ich beiße fest zu und gebe ihr das verabredete Zeichen. Sie hat nur darauf gewartet und reißt beide Fladen ab. Ich komme wieder zu mir, als man mir Riechsalz unter die Nase hält.

Du hast auf dem Boden gelegen wie eine Leiche, sagt Manolya, geht es dir jetzt besser?

Nein.

Bleib nur liegen, meine Tochter, sagt Sevgis Mutter, du bekommst als Belohnung eine Zuckerpastete.

Nermin spritzt sich Kölnisch Wasser ins Gesicht, die anderen Mädchen ziehen pfeifend Luft ein und liegen ausgestreckt auf dem Boden, ein Kissen unter dem Kopf, ein Kissen unter den Beinen.

Seid ihr auch alle ohnmächtig geworden? frage ich sie.

Nermin streckt den Finger und sagt, sie habe geglaubt, daß man sie aufspießt, aber die Zuckerpastete schmecke wirklich gut, ich solle doch davon probieren.

Nachdem wir die Zuckerpasteten aufgegessen und unsere Kleider in Ordnung gebracht haben, werden wir von Sevgis Mutter entlassen. Sie sagt, ihre Tür stehe uns immer offen, wir müßten ihr nur rechtzeitig Bescheid geben. Manolya hat sich um die Achselhaarentfernung gedrückt, es ist ihr egal, daß ihr die Jungen der Klasse vielleicht an den Achselhaaren ziehen.

Meine Mutter schaut mich zu Hause nur kurz an und sagt:

Du dummes Mädchen. Hast du dir die Haut deiner Achselhöhlen abziehen lassen, um einem Jungen zu gefallen?

Das ist nicht wahr, sage ich und stampfe mit dem Fuß auf, aber woher weißt du …?

Du zuckst bei jedem Schritt mit den Achseln, sagt sie, Gott segne dich mit mehr Verstand. Du wirst schon sehen, was du davon hast!

Nach der zweiten Enthaarungssitzung bildet sich eine Eiterbeule in der linken Achselhöhle. Ich muß den Arm abspreizen, bei jeder ruckartigen Bewegung zucke ich vor Schmerz zusammen, denn es fühlt sich dann an, als würde man mir die Spitze eines Tranchiermessers ins Fleisch bohren … Es ist die Zeit, daß wir alle ins Nichts starren, und wenn einer den anderen dabei ertappt, sagt er: Du starrst ins Nichts, was soll da werden? Der Friede ist eingekehrt, wir sitzen ohne Furcht, daß der Schatten des Nährvaters auf uns fallen könnte jeden Augenblick, wir essen in aller Ruhe und im Frieden, wir können jeden Bissen glücklich durchkauen und dann den Tisch abräumen, es ist keiner da, der uns am Zügel zieht, Djengis begnügt sich nur mit Ermahnungen, und Tolga trauert um ein Mädchen, das ihm im Moment seiner Liebesenthüllung den Rükken gekehrt hat, ich meine es nicht sprichwörtlich, sagt Tolga, das hat sie tatsächlich getan.

Wir starren ins Nichts. Der Nährvater hat eine Geisel. Yasmin fehlt uns.

*

Der Taublahme, der Idiot vom Schatten, ist tot, man hat Streifen vom Totentuch um ihn geschlagen, einmal und zehnmal und dreiunddreißig Male, und ihn in die Grube gesenkt, weit weg von der Kleinstadt, vielleicht sogar im Schatten des Kerkers. Es heißt, eine Menge Volk besuche seinen Schrein, eine Menge Volk umringe die erhöhte Grabplatte, in der Hoffnung, daß der Gottheitsheilige Fürsprache einlege bei Gott und den Heiligen im Himmel. So nennen sie ihn: der Heilige der einen Gottheit. Sooft mich auch meine Mutter darum bittet, ich habe mich aus dem Griff der Gespenster gelöst, ich verweigere den Besuch der heiligen Stätte. Vom strengen Geruch der Duftöle, die die Bäuerinnen auf der Grabplatte verspritzen, ist Selda schlecht geworden, nun will sie von dieser neuen Pilgerstätte nichts mehr wissen. Wann ist sie endlich wieder bei uns? frage ich sie, ich bin keine Seherin, sagt sie, ich muß aber auch an Yasmin denken, die Haltung ihrer Hände, da sie den Faden auf die Hand windet, ich sehe sie hier sitzen, die Handarbeit auf ihrem Schoß und den Blick auf den Stoff geheftet … Meine schöne stille Schwester Selda: Sie hat kein eigenes Leben, sie geht zur Schule oder nicht, sie atmet oder nicht, sie wird krank und dann wieder gesund, und in der Zeit dazwischen lebt sie, ohne aufzufallen, und vielleicht beschwert sie sich über einen Hautmakel, oder schreit im Anblick einer kleinen Spinne, die am Badezimmerfenster ihr Netz knüpft. So ist sie: nicht auffällig. Deshalb bin ich überrascht, daß sie mich bittet, sie zu begleiten, und bevor wir aus dem Haus gehen, mustern wir einander. Ich rupfe ihr einen abstehenden Faden von der Bluse,

173

sie fragt mich streng, ob ich doch nicht in einer besonderen Frauenstimmung bin. Nein, sage ich, ich habe diese Tage hinter mir, du brauchst dir keine Sorgen zu machen, daß man mir irgend etwas anriecht.

Verrate mir endlich, wohin wir gehen!

Wir gehen zum Zelttheater, sagt sie, ich werde dir jemanden zeigen.

Djengis bringt uns um, wenn er davon erfährt, sage ich und bleibe mitten auf der Straße stehen. Es ist uns verboten.

Verboten, verboten … schnappt Selda, ich hab es satt. Komm schon, wir werden nicht hineingehen.

Sie hakt sich bei mir unter, wir streiten uns ein bißchen, ich sehe immer wieder über die Schultern, in dieser Abendstunde sind nicht so viele Menschen unterwegs. Schon von weitem erkenne ich die Werbetafel des Zelttheaters, sie ist über dem Eingang angebracht, die Buchstaben auf der Tafel bestehen aus leuchtenden Glühbirnen, die das Wort Stadtkino bilden. Trotzdem nennen wir das Kino Zelttheater, vielleicht weil es wichtiger und vornehmer klingt. Nach Seldas Meinung können die Bauern das Wort Kino nicht richtig oder gar nicht aussprechen, und sie haben aus ihrer Verlegenheit eine Tugend gemacht. Wir überqueren die Straße und schauen auf die andere Seite. Hinter der Eingangstür sitzt eine Frau in der Kassenkabine und liest ein Buch, sie scheint überhaupt von dem Buch völlig ergriffen zu sein. Sonst kann ich es mir nicht erklären, daß unsere Blicke sie nicht aufstören, sie liest und blättert, dann liest sie weiter, und wir … wir starren sie an. Bald verliere ich die Lust.

Sie liest ein Buch, sage ich.

Das tut sie immer, sagt Selda, jedenfalls immer dann, wenn sie dort sitzt und auf die Theaterbesucher wartet.

Ich schaue der Frau noch eine Weile zu, es geschieht nichts Aufregendes, sie liest, und wir betrachten sie beim Lesen.

Ich langweile mich, sage ich.

Quengel nicht, sagt Selda, nur ein bißchen Geduld.

Ein Mann betritt das Zelttheater und löst für die Spätnachmittagsvorstellung eine Karte, geht am Kassenhaus vorbei, schiebt den schweren schwarzen Vorhang am Ende des dunklen Flurs beiseite und schlüpft hinein.

Ist der Mann dumm? sage ich, der Film läuft doch schon seit einer Dreiviertelstunde.

Bestimmt hat er den Film schon mehrmals gesehen, sagt Selda, und er kommt rechtzeitig zu seiner Lieblingsszene.

Was für eine Lieblingsszene?

Ich denke, es ist eine Kuß-Szene.

Was? rufe ich aus, es gibt Filme mit Kuß-Szenen?

Nicht so laut! zischt Selda, der Mann und die Frau küssen sich nicht richtig, das würde auch die Zensur gar nicht zulassen … Die Frau hält ihrem Geliebten die Wange hin, und er beugt sich vor und gibt ihr einen Luftkuß.

Er küßt die Luft?

Ja, und die Theaterbesucher wissen ganz genau, daß das eigentlich ein richtiger langer Mund-zu-Mund-Kuß ist. Der angedeutete Kuß verwirrt viel mehr die Sinne, verstehst du?

Nein, sage ich, entweder man küßt richtig, oder man hat sich gar nicht geküßt.

Ja, ja. Es geht gar nicht um den Kuß, sondern um ein Zeichen der Liebe. Der Mann schaut die Frau an und verzehrt sich. Die Frau schaut ihn an und verzehrt sich. Da fehlt etwas. Da küssen sie sich, oder tun so, als würden sie sich küssen. Der Kuß ist eine kleine Berührung, mehr nicht.

Sind wir deshalb hier? frage ich.

Nein … da, jetzt!

Die Frau steckt sich eine Zigarette an, sie zündet sie ein zweites Mal an, da sie nicht richtig brennt.

Mein Gott! sage ich, das gibt es doch nicht.

Habe ich dir zuviel versprochen? sagt Selda.

Ich kann es nicht glauben, eine Frau, die öffentlich Zigaretten raucht, sie hält die Zigarette wie ein Mann zwischen Zeige- und Mittelfinger, der Rauch zieht über ihren Kopf hinweg ab, und dann nimmt sie einen tiefen Zug, bläst den Rauch aus Mund und Nase heraus.

Hat sie keinen Mann?

Doch, sagt Selda, er verbietet es ihr nicht, er gibt ihr sogar Feuer, das habe ich einmal mit eigenen Augen gesehen.

Sie ist eine Schminkmaus, sage ich.

Ihr Gesicht glänzt, das Rouge ihrer Wangen glänzt, und auch die Augenlider glänzen. Ich verfolge die Bewegung ihrer Hände beim Rauchen, das Fingerspiel, der Rauch hüllt sie kurz ein und verfliegt, sie drückt die Zigarette schließlich aus … und starrt zurück. Ich presse mich sofort an die Hauswand, Selda ist erstarrt und wagt es nicht, zu fliehen, wir können uns ihrem Blick nicht entziehen. Die Frau winkt uns zu, und statt wegzurennen und uns dabei schlecht vorzukommen, weil wir eine fremde Frau heimlich beobachtet haben, überqueren wir wie zwei willenlose Lämmer die Straße, stellen uns vor der Kinokabine auf.

Na, ihr hübschen Mädchen, sagt sie, seid ihr auf eure Kosten gekommen?

Selda erholt sich als erste, räuspert sich und sagt, ohne den Blick von ihr abzuwenden:

Ich weiß nicht, was Sie meinen, hohe Dame.

Darüber muß die Frau lachen, sie wiederholt die beiden Worte, hohe Dame, ruft sie und lacht, hohe Dame … das hat mir noch nicht einmal ein Kavalier gesagt. Findet ihr mich interessant?

Ja, sage ich dumm, Sie rauchen wie ein Mann.

Ich bin aber eine Frau, sagt sie, ihr könnt mich Schwester Ipek nennen. Ihr findet es seltsam, daß ich rauche.

Wir kennen Sie nicht, sagt Selda, Frauen rauchen nicht. Und wer bestimmt denn, wer rauchen darf, und wer nicht? Ich weiß nicht, sagt Selda.

Ich auch nicht, sagt Schwester Ipek, ich verkoche meine Lungen mit Teer, ich rauche, ja. Das ist nichts Besonderes.

Sie riecht nach bitterer Mandelcreme, und die Creme läßt

ihr Gesicht glänzen, ich ziehe den Duft ein, obwohl sie auch einen leichten Tabakgeruch verströmt.

Ich kenne euch gut, sagt sie, euer Vater ist im … ist in einer anderen Stadt, und wie mir zu Ohren gekommen ist, werdet ihr ihn bald in die Arme schließen. Seid ihr traurig?

Nein, sage ich, wir haben weitergelebt, als er fort war, und wenn er wieder zurück ist, werden wir weiterleben.

*

Denn das wüste Herz drückt auf das Zwerchfell, und diese dünne Doppelfalte nimmt die Druckwelle auf und stößt den Darm, die Schlingen hinab, die weichen Röhren hinab stürzt das Wasser der Welle, und da man denkt, jetzt hat der Druck den Körper verlassen, steigt es hinauf zum Kopf, und von dort zum Herzen: dort brennt die Erregung ein Brandloch ein. Die Geliebten und die Verliebten leben nach dem ersten Liebesschock ihres Lebens mit diesem Herzfehler, man könnte einen Finger hindurchstoßen, so groß ist dies Loch, das ein Schönheitsmakel ist, den die Frau sich zufügt. Schwester Ipek hat uns eine erste Liebeslektion gegeben, sie hat, wie sie sagte, das Verborgene ins Licht gehoben. Selda und ich sind so sehr in Gedanken versunken, daß wir auf dem Nachhauseweg auf Grüße nicht reagieren. Ich hefte meinen Blick auf meine Schuhspitzen, im Rinnstein liegt ein Kamm ohne Zinken, ich sehe Papierschnipsel und den Abfall der Fußgänger, die ihre Taschen beim Vorbeigehen leeren. Jetzt endlich stößt Selda die Luft aus, die Erregungsröte verteilt sich über ihr Gesicht wie Tuschekleckse, und sie pfeift leise ein Lied, obwohl man uns Mädchen verboten hat, auf offener Straße zu pfeifen. Sie gibt mir die Melodie vor, und ich summe mit: Habe dich spät gefunden, habe dich schnell verloren; dein schwarzer Lidstrich, dein heller Sommerschatten, du mein schimpfendes Paradiesjungfernchen; das erste Himmelslicht enthüllt dich, im letzten Himmelslicht legst du das Tuch auf deine Haare und fliehst …

Der Lustschmerz, sage ich, was soll das sein?

Selda pfeift noch eine Weile, dann läßt sie das alte Lied ausklingen. Wir stehen vor unserem Haus, und eigentlich müßten wir die Treppen hochrennen, unsere Mutter wird sich langsam Sorgen machen.

Vor Lust sterben zu wollen, aber an Schmerzen zu scheitern, sagt Selda. Und wieso hat Schwester Ipek gelächelt, als sie vom Lustschmerz sprach? sage ich, das kann doch einem nicht gut bekommen, diese Liebe.

Sie ist verheiratet, sagt Selda, vielleicht hat sie ihr Glück nicht gefunden.

Ich halte sie für absonderlich, sage ich, nicht weil sie raucht oder Kinokarten verkauft ... sie redet komisch.

Wieso denn das?

Man stellt ihr eine Frage, sie erklärt die Welt und das Leben in komischen Worten, und am Ende weiß man weniger als vorher.

Sie hat uns beide durcheinandergebracht, sagt Selda ... aber du mußt auch zugeben, daß es sehr schön klingt, was sie uns erzählt ... Sie hat gesagt: Es ist das Beste für ein Mädchen, wenn es sich für einen Mann bewahrt, der es mit einem einzigen Blick verstört.

Djengis lehrt es uns auch, sage ich.

Ja, bei ihm klingt es nur nicht so schön.

Das stimmt, sage ich, wir müssen jetzt hoch. Überhaupt, wir brauchen eine Ausrede. Wo sind wir gewesen?

Ich hatte starke Kopfschmerzen, ich bin an die frische Luft gegangen und habe dich mitgenommen.

Hast du wirklich Kopfschmerzen? frage ich.

Ich fühle mich komisch, sagt Selda, mit meinem Kopf ist etwas nicht in Ordnung. Für Bosheit bin ich unempfänglich. Alles andere aber dringt in mich ein.

Ich verstehe sie nicht, meine hochempfindliche Schwester – sie weicht Menschen aus, die ihr auf der Straße entgegenkommen, manchmal kommt es vor, daß sie eine Schulfreundin

nicht erkennt, die vor ihrer Nase steht. Sie trinkt Lindenblü-
tentee mit Nelken und Ingwer, sie ist immer beherrscht, ihr
Mund ein Strich, ihre Augen von langen Wimpern beschattet,
sie ist eine vor ungeteilter Liebe Rasende, das hat sie mir einmal verraten, ihr schwinden schon fast die Sinne, wenn sie das
Wort Liebe aus fremdem Munde hört.

Ein Eselskarren steht in einiger Entfernung, der Kopf des
Esels steckt im Futtersack, und der Fuhrknecht, das Gesicht
von Schmutz bedeckt, macht mit dummen Zeichen auf sich
aufmerksam. Selda und ich erregen bei ihm Aufsehen, ich
hake mich bei der im Wunschtraum erstarrten Selda ein, ziehe
sie mit und hinein in das Haus.

*

Meine Mutter hat die Vorbereitungen getroffen, die Zwiebel-
schalen sind verkocht und mit schwarzbraunem Teegebräu
und einem Esslöffel Olivenöl verrührt. Jetzt gibt sie vor unseren Augen Hennapulver bei, der kurze Holzstiel in ihrer Hand
beschreibt, dicht an der Schalenwand führend, einen Kreis
nach dem anderen. Sie rührt immer schneller, die Cremepaste
gluckst und schwappt aber kein einziges Mal über den Scha-
lenrand, in der Mitte vertieft sie sich zu einem Strudel, und
als meine Mutter ihre Bewegung auslaufen läßt, verschließt
die Delle.

Rück näher, mein Silberstern, sagt meine Mutter, ich ziehe
die Enden des weißen Handtuchs auf meinen Schultern zusammen und gehorche. Sie legt die Henna in drei fingerspit-
zengroßen Portionen auf meinen Kopf, verstreicht sie, ihre
Hand ist eine Kelle, die immer wieder in die Paste taucht, bis
sich eine schöne Kälte auf meinem Kopf ausbreitet, es ist ein
schönes Gefühl. Dann teilt sie mein Haar in dünne Strähnen,
legt die Haarspitzen auf meinen Kopf, um den sie eine durchsichtige Vorratstüte spannt. Schließlich bindet sie ein dickes
Tuch darüber. Jetzt sehe ich aus wie Selda, die uns aus dem
Winkel des Zimmers zugesehen hat. Sie streicht über das Tuch

über ihrem Kopf, knabbert an einem Zuckerwürfel. Ich streife die Bluse über mein Unterhemd, knöpfe sie zu, lege die Beine zur Seite, verstreiche die Falten meines Rocks. Selda mustert mich kurz, und als sie sich von der Schicklichkeit meiner Sitzhaltung überzeugt hat, steht sie auf und ruft meine Brüder wieder hinein. Tolga poltert hinein wie ein Fohlen, er hat ein Handtuch auf seinem Kopf zu einem Turban gebunden und lacht uns Mädchen aus. Djengis schaut streng in die Runde, er murmelt, es sehe hier aus wie in einem Mädcheninternat. Yasmin hätte ihm sofort widersprochen, aber sie ist nicht da. Der Teeglasuntersetzer mit den Zuckerwürfeln wandert von Hand zu Hand, ich bin in der Laune, vor Glück aufzuspringen und das Lieblingsliebeslied Seldas laut vorzusingen.

Bald ist der Herr des Hauses wieder zurück, sagt Djengis und verdirbt mir die Laune, wir müssen uns langsam darauf einstellen.

Es hat sich in seiner Abwesenheit nichts verändert, sagt meine Mutter, wir haben knappe Vorräte wie früher, die Vorratshaltung geht vor wie früher, und er wird seine Mahlzeiten bekommen wie früher.

Er wird von mir wissen wollen, ob alles nach rechten Dingen zugegangen ist, sagt Djengis, ich will ihn nicht anlügen müssen.

Ich bin froh, wenn du bei der Wahrheit bleibst, sagt Tolga, hoffentlich zerbrichst du nicht daran.

Du willst mich beleidigen, sagt Djengis, so etwas wäre nicht möglich gewesen, wäre er hier.

Ja, natürlich, sagt Tolga, statt dessen hätten wir Prügel bezogen. Sehnst du dich danach?

Der Vater hat seine Gründe, wenn er seine Familie züchtigt.

Dann mußt du dich doch wie wahnsinnig freuen, sagt Tolga und nimmt den Turban ab, bald wirst du ihm einen Grund liefern, daß er dich nach Herzenslust verprügelt.

Du beleidigst mich schon wieder …

Nein. Du kannst es nicht abwarten, daß unser Vater heimkehrt. Und so, wie du redest, müssen wir hier alle befürchten, daß du uns anschwärzt. Also, eins verspreche ich dir: Du wirst nicht der einzige Spion der Familie sein.

Hört auf, mahnt meine Mutter. Sie steht auf und bringt die Schüssel mit der Resthenna ins Bad.

Du drohst mir? sagt Djengis.

Ganz genau, sagt Tolga, wir haben unseren Frieden gefunden, wir haben zusammengehalten, und er hat uns allen nicht gefehlt. Solltest du ihm irgend etwas zutragen oder Stimmung gegen uns machen, dann werde ich ein paar Geheimnisse über dich ausplaudern. Tut mir leid, Mädchen, daß ich es vor euch erwähne. Djengis, deine Frauengeschichten bringen dich noch um.

Mein eigener Bruder wird mich verpetzen! ruft Djengis.

Das stimmt nicht, sagt Tolga, ich will dir nur eins klar machen: Leg dich nicht mit uns an. Ehe du dich versiehst, kommst du in die Feuergrube.

Und ihr? sagt Djengis, ihr wollt doch nicht bei diesem ehrlosen Spiel mitmachen, oder?

Der Ehrlose steckt im Gefängnis, mein Sohn, sagt meine Mutter im Türrahmen, ich liebe dich, ich gebe mein Leben für dich hin. Doch ich lege jedem Verräter das Henkerseil um den Hals, auch wenn er mein Sohn ist. Hast du mich verstanden?

Djengis starrt sie lange an, der Zuckerwürfel fällt ihm aus der Hand, er hebt ihn auf und schaut wieder auf.

Ja, Mutter, sagt er, ich habe verstanden.

Wir sind eine Familie, sagt meine Mutter, wer die Familie verrät, soll sterben. Gottes Zorn treffe den Eindringling, den ruchlosen Gewalttäter. Gott töte den Eindringling! sagt Selda.

Gott töte den Eindringling, sagt Tolga.

Gott töte den Eindringling, stimme ich ein und erhebe mich genauso wie die anderen, wir scharen uns um Djengis, wir hocken uns zu seinen Füßen und umarmen ihn, unseren Bruder, unser Fleisch und Blut, erst versteift er sich, doch unter unserer aller Berührung löst sich sein Widerstand, meine Mutter küßt ihn auf die Augen, ich küsse seine Hände, Tolga und Selda umklammern ihn fest, bis er endlich lächelt, und dann lachen wir alle, denn wir haben die Herzkrankheit, es ist ein Loch in unserem Herzen, in das ein Geliebter oder Verliebter den Finger stecken kann, doch jetzt teilen wir einfach Djengis' Lustschmerz, vielleicht geht es ihm dann besser. Vielleicht geht es uns dann besser.

Ich schlafe mit den gebundenen nassen Haaren ein, ich muß es bis zum nächsten Tag aushalten. In meinem Traum geschieht mir etwas Schlechtes, unheimlich wie Katzenaugen in der Nacht ist dieser Traum, schon im Schlaf fange ich an, ihn zu vergessen, die Traumbilder zu löschen, nur an die Traumfarbe kann ich mich am nächsten Morgen erinnern, sie ist von einem Giftgrün wie Kachelfugenschimmel im Bad.

11

Der Frauentag im Dampfbad lockt alle Nachbarinnen an, und als wir uns in die Schlange stellen, winken mir die Basarschönheiten und Manolya zu. Fatma Hanim bittet die Frau hinter ihr, auf ihre Sachen achtzugeben, dann gesellt sie sich zu uns nach hinten. Es gehe ihr inzwischen viel besser, auch ihr Mann habe den Gedanken aufgegeben, dem Sohn sofort zu folgen, was bleibe ihnen beiden denn auch übrig? Meine Mutter sagt, die Zeit heile nicht die Wunden, man müsse schon selber die Wundversorgung vornehmen, und sie, Fatma Hanim, sehe schon viel besser aus. Sie reden über die Früchte der Jahreszeit, nur einmal stockt das Gespräch, Fatma Hanim fragt nach dem Wohlbefinden des Herrn des Hauses, und als sie keine Antwort bekommt, wendet sie sich mir zu und will wissen, ob es meine erste Hennafärbung sei. Ja, sage ich und strahle sie an, Fatma Hanim bittet meine Mutter, ihr das Hexenrezept zu verraten, denn bei ihr wasche sich das Henna bei der fünften oder sechsten Haarwäsche aus. Die im heißen Wasser durchgezogenen Teeblätter müsse man eine Stunde ins kalte Wasser legen, sagt meine Mutter, der Rest sei eine Folge von Handübungen. Die Schlange schiebt sich vorwärts, eine Frau ruft nach ihr, wir verabreden, gemeinsam einen Brunnen zu belegen, Fatma Hanim will uns Plätze freihalten. Eine halbe Stunde später drängen wir uns durch den Eingang, halten uns links, gehen durch einen schattigen Flur und erreichen schließlich den Ruheraum. Dort schließen wir uns in der Umkleidekabine ein. Meine Mutter breitet ein langes sauberes Tuch auf der Holzbank aus. Sie hat es uns verboten, unsere Kleider an die Haken zu hängen, denn man holt sich, ausgerechnet in einer

Reinigungsanstalt, sehr leicht Flöhe. Selda entkleidet sich, legt ihre Kleider auf dem Tuch ab, währenddessen stehen meine Mutter und ich still in der engen Kabine, ohne uns zu bewegen. Selda bedeckt ihre Blößen mit einem Badeschurz, wir tun es, eine nacheinander, ihr gleich. Meine Mutter löst Selda und mir das Tuch und die Plastiktüte, die Haare sind stocksteif getrocknet. Unter dem Marmorboden verlaufen Heißwasserrohre, wir schlüpfen in hohe Holzstelzen, um uns nicht die Füße zu verbrennen.

Als wir in den Trockendampfraum eintreten, nimmt mir der heiße Wasserdampf den Atem, er dringt durch Nase und Mund ein, hinter meiner Stirn setzt sich ein Kopfschmerz fest. Durch das Kuppelglas der Badehalle bricht sich das Licht in Streifen und taucht die Frauen und Kinder in Dämmerfarben. Sie drängen sich in den kleinen Nischen mit einem kleinen Brunnen rings um den großen beheizten Marmorsockel in der Mitte. Selda ruft mir etwas zu, doch das Getöse übertönt ihre Worte, ich rücke mit meinem Ohr dicht an sie heran.

Die Nackttänzerin Fulya ist auch hier, schreit sie, schau, dort auf dem Marmornabel!

Tatsächlich. Das wilde Mädchen wird von ihrer Mutter, Senem Hanim, und einer mir unbekannten Frau festgehalten, eine Badedienerin reibt sie mit dem Waschhandschuh aus Ziegenhaar ab. Fulya schreit wie am Spieß, sie dreht den Kopf hin und her und versucht, der Dienerin in die Hand zu beißen. Ich muß lächeln, sie hat nichts von ihrer Wildheit eingebüßt. Am liebsten würde ich zu ihr hingehen und mit ihr spielen. Doch auch sie ist kein Kind mehr, ihre Mädchenbäckchen und ihr Mädchenspeck am Bauch sind verschwunden. In einem halben Jahr wird sie es mit ihrer Mutter aufnehmen können, ihre strenge, leicht verwirrte Mutter, die sie mit Verboten belegt und doch lachen muß, wenn Fulya das Radio mit Tomaten füttern will. Ich löse den Blick von ihr und folge meiner Mutter, Fatma Hanim hat tatsächlich eine Brunnennische besetzt. Sie rutscht an den äußersten Rand der Steinbank und macht uns Platz.

Von hier aus haben wir einen guten Ausblick, sagt sie, wir werden uns bestimmt nicht langweilen.

Ich seife mich ein, meine Mutter hält die Schale unter den Wasserhahn, dann übergießt sie mich mit heißem Wasser. Selda massiert mir die Henna aus den Haaren, sie reißt mir fast die Haare aus. Die Farbe fließt wie Blut an meinem Körper herab. Ich helfe Selda beim Einseifen der Haare, und weil sie so zierlich ist, achte ich darauf, ihr dabei nicht weh zu tun. Sie trägt Rosensalbe auf die Haut auf, sie riecht bald wie ein ganzer Rosengarten. Fatma Hanim geht mit der Raspel über ihre Fußsohlen und glättet mit dem Bimsstein nach.

Ach nein, sagt sie, da ist ja auch die neckische Ipek Hanim … natürlich darf sie hier nicht fehlen.

Sie reinigt sich wie wir auch von Schmutz, sagt Selda unschuldig.

Das tut sie auf jeden Fall, sagt Fatma Hanim, nur schaut sie dabei wie eine hungrige Wölfin die Mädchen und die Frauen an. Ist das nicht komisch, meine Tochter?

Sie ist neugierig, sage ich.

Du hast es verstanden, sagt Fatma Hanim, nur ist die Dame nicht unbedingt dafür bekannt, daß sie ihren Naturdrang unterdrückt …

Sie schmiedet an dem Glück der unverheirateten Mädchen, sagt meine Mutter.

Sie ist eine Kupplerin? fragt Selda.

Die Dame ist in höherem Auftrag hier, sagt Fatma Hanim, sie ist zur Brautschau gekommen, da bin ich mir ganz sicher. Da steckt ein Mann dahinter.

Was, ein Mann? entfährt es mir, und vor Scham bedecke ich meinen Mund und sehe mich nach verkleideten Eindringlingen um. Fatma Hanim muß darüber lange lachen, und als sie sich wieder beruhigt hat, kneift sie mir in die Wange und lächelt meine Mutter an.

Du hast deine Töchter sehr gut erzogen, sagt sie, sie stellen wie schreckhafte Hasenjungen die Ohren auf, wenn von Männern die Rede ist.

Sie sind rein, sagt meine Mutter, sie sind rein vor Gott und den Menschen.

Ist sie jetzt eine Kupplerin, oder nicht? fragt Selda.

Darf ich es deinen Töchtern verraten?

Meine Mutter läßt sich Zeit mit ihrer Antwort, sie reicht den Rosensalbentiegel an mich weiter, und dann nickt sie Fatma Hanim zu.

Ich rede nicht schlecht über sie, sagt Fatma Hanim, bei meiner Frauenehre, ich gebe nur das wieder, was die meisten Menschen wissen: Ipek Hanim nimmt Geld von Männern an, die sie bitten, einen Blick auf eine junge Frau zu werfen. Sie überzeugt sich natürlich von den ernsten Absichten des Mannes, der sie um diesen Gefallen bittet. Ein Mann kommt zu ihr und sagt: Jenes Mädchen möchte ich heiraten, aber ich möchte nichts falsch machen, ich möchte sie nicht beschämen. Bitte überzeuge dich davon, daß sie keine versteckten Schönheitsmakel hat und auch nicht übermäßig launisch ist. Ich möchte kein Risiko eingehen ... Ipek Hanim läßt sich für ihre Kupplerindienste auszahlen, dann eilt sie am Frauentag zum Hamam und mustert das besagte Mädchen.

Manchmal können es auch mehrere Mädchen sein, sagt meine Mutter und übergießt sich mit Wasser, und in den seltensten Fällen erhört sie auch die Gebete eines Mädchens.

Das verstehe ich nicht, sage ich, sie sitzt doch sonst an der Kinokasse.

Richtig, sagt Fatma Hanim, daher trifft sie auch auf viele ledige Männer. Wenn sich also ein Mädchen in einen Mann verschaut hat, den sie unbedingt heiraten will, spricht es am besten mit Ipek Hanim, am besten hier im Dampfbad, wo es nicht auffällt. Ipek Hanim spricht dann den Mann an, und wenn es Gott gefügt hat, kommen Mann und Frau in der Ehe zusammen.

Sie hat viel Macht, sagt Selda, das wußte ich nicht.

Vergiß nicht, daß sie sehr umsichtig vorgehen muß, sagt Fatma Hanim, die Gesetze des Anstands muß sie befolgen. Denn wenn sie einen Fehler macht, kommt sie in den Ruf, schmutzige Geschäfte zu machen ...

Es ist tatsächlich Brauch, daß die Mütter heiratsfähiger Männer zum Hamam gehen, um sich die Mädchen anzuschauen und eine Kandidatin ins Auge zu fassen. Die Schönheit ist nicht wichtig. Kräftig muß das Mädchen sein, ein gebärfähiges Becken muß sie haben. Wird es müde, wenn es seiner Mutter beim Baden geholfen hat, oder schafft es das Mädchen, alle seine weiblichen Verwandten der Reihe nach zu waschen? Vor allem: Ist es gefügig? Hält es sich für etwas Besseres und läßt sich bedienen, oder dient es in aller Demut? Die Mütter sind strenge Richterinnen, sie gehen nach Hause und erzählen ihren Söhnen, welche jungen Frauen in Frage kommen und welche nicht. Manch ein Sohn handelt sich aber eine Ohrfeige ein, weil er mit seinen Fragen die Grenze des Anstands überschreitet. Die Mütter der Mädchen wissen Bescheid, sie schärfen ihren Töchtern ein, sich bloß keine Müdigkeit anmerken zu lassen und immer nur verschämt in die Runde zu blicken. Am besten, man sieht sich gar nicht um und verhält sich natürlich.

Was heißt das, sie unterdrückt nicht ihren Naturdrang? frage ich. Manchmal bringt sie sich selbst ins Spiel, sagt Fatma Hanim, und verstummt aber sofort wieder.

Wir haben genug geredet, sagt meine Mutter, jetzt geht es weiter.

Fatma Hanim bleibt in der Nische zurück, wir stellen uns am Ende der Schlange an und warten und schwitzen und sehen den Badedienerinnen zu, die, unbeeindruckt von den Schreien der Frauen unter ihren Händen, reiben und kneten. Ich kann Fulya nicht entdecken, ihre Mutter wird sie wohl wegen einer Schandtat fortgezerrt haben.

Eine Frau zieht an uns vorbei, spricht eine füllige Frau an, deren Fersen hennagefärbt sind. Ich höre, wie sie ihr sagt, daß sie ein großer Bastkorb voller Bosheit sei, ihr Mund, der schlechte Dinge über sie verbreite, solle sich mit Dung und toten Flöhen füllen. Die Hennagefärbte ist für einen Augenblick sprachlos, doch dann entledigt sie sich blitzschnell ihres Badeschurzes und schlägt auf die Frau ein, die sie beleidigt hat. Du schamloses Weib, brüllt sie und schlägt auf die Frau ein, ich werde deinen Mund stopfen! Plötzlich sind auch andere Frauen herbeigeeilt, und sie gehen mit Badeschüsseln aufeinander los. Fatma Hanim stellt sich schützend vor uns, vielleicht möchte sie auch nur den Streit aus nächster Nähe erleben und hat deshalb die Nische verlassen. Sie duckt sich unter einem durch die Luft peitschenden Badeschurz weg, weicht aber nicht von der Stelle. Meine Mutter umarmt Selda und mich von hinten, wir können nicht vor und nicht zurück. Die Hennagefärbte befindet sich in der Mitte des Tumults, ihre Hände klatschen auf nackte Haut, sie schreit, sie werde den Kopf des schamlosen Weibes als Spaltstock benutzen, um darauf Holz zu hacken. Die Frauen in den Brunnennischen sind aufgestanden, um besser sehen zu können. Dann aber stürmen die Badewärterinnen an, sie versuchen erst gar nicht, die Frauen mit guten Worten zu besänftigen, sie treiben schlagend und klatschend Keile in die Menge, und eine Frau, die auf dem Marmorsockel steht und ihr Badetuch wirbeln läßt, ziehen sie an den langen Haaren herunter. Die streitenden Frauen werden sehr schnell in den Ruheraum zurückgedrängt.

Fatma Hanim wendet sich an eine besonders dicke Badewärterin und fragt sie, warum in Allahs Namen die »bösen Weiber« aufeinander losgegangen seien. Sie seien bekannt, sagt sie, bekannt dafür, daß sie hier im Hamam irgendwelche Ehrenkämpfe ausfechten, das geschehe nicht zum ersten Male, und sie freue sich immer auf die Balgerei, wenigstens habe sie einen guten Grund, auf Frauen einzuschlagen, die sie sowieso nicht möge. Als sich die Aufregung endlich legt, bewegt sich die Schlange wieder vorwärts, und bald darf auch ich mich in das runde Marmorbecken legen, meine Mutter reibt meinen Rücken mit dem Waschhandschuh ab. Nachdem sich auch sie und Selda abgerieben haben, kehren wir zurück zur Nische, übergießen uns mit heißem Wasser, bestreichen unsere Arme, Beine und unseren Hals mit Rosensalbe. Schließlich kehren wir im Ruheraum ein und reiben Rosenessenz in unser Haar. Fatma Hanim lädt uns zu einem Glas kalter Limonade ein.

Die Frau mit den Hennafersen, sagt sie, war auch eine Kundin von Ipek Hanim. Sie ist an sie herangetreten und hat sie regelrecht angebettelt, ihrer Tochter bei der Suche nach einem guten Mann zu helfen. Das hat geklappt. Die Tochter habe ich aber heute nicht gesehen. Ob sich Mutter und Tochter wohl zerstritten haben?

Glaube ich nicht, sagt meine Mutter und nimmt einen Schluck von der Limonade, die beiden waren doch immer ein Herz und eine Seele.

Die Tochter hat einen Taugenichts geheiratet, sagt Fatma Hanim, die Heirat hat zwar geklappt, nur war es nicht der Richtige.

Und jetzt? fragt Selda.

Nun, sie streiten sich jeden Tag, das kann nicht gutgehen. Der Mann ist ein Taugenichts, und er schlägt seine Frau. Ein Mann, der seine Frau schlägt, ist ein Hund.

Wir sind sofort still, meine Mutter versucht erst gar nicht, ihre Trauer zu überspielen, sie schaut weg, Selda verschluckt sich an der Limonade. Es wird ein böses Ende mit ihm nehmen, fährt Fatma Hanim ungerührt fort, vielleicht ist seine junge Frau bei ihm ausgezogen und wohnt schon bei ihrer Mutter.

Dann hätte sie sie doch mitgebracht! sage ich.

Nicht unbedingt, sagt Fatma Hanim, was soll die Tochter ihre blauen Flecken vorzeigen. Das wird der Grund sein ... Wer weiß, vielleicht nehmen eure Ehen ihren Anfang auch hier im Hamam. Emine Hanim, was meinst du?

Meine Mutter trinkt ihr Glas leer, wischt sich über den Mund. Langsam kommen immer mehr Frauen, rot vor Anstrengung, in den Ruheraum, rufen die Limonadenverkäuferin zu sich, sie sitzen auf den Holzbänken und schließen glücklich die Augen.

Sie sollen an den richtigen Mann geraten, sagt meine Mutter, ob es im Hamam, im Basar oder an einem anderen Ort beschlossen wird, ist nicht wichtig. Man muß den Männern in die Augen sehen, dort wohnt ihr Geheimnis, sie können schauspielern, wie sie wollen, aber die Milde oder die Bosheit in ihren Augen können sie nicht verbergen …

Du hast drei Töchter, sagt Fatma Hanim, denkst du nicht daran, sie langsam auf ihre Hauptzeit als Ehefrau einzustimmen?

Meinst du, ich sollte mit Ipek Hanim reden? Wir kennen sie nicht einmal.

Selda kneift mir heimlich in die Seite, ich schaue sie böse an. Es würde mir nicht einfallen, zu verraten, daß wir sie beim Lesen und Rauchen beobachtet haben, und daß wir mit ihr gesprochen haben. Als hätten wir sie gerufen, betritt sie den Ruheraum, Selda stirbt fast vor Verlegenheit, doch Ipek Hanim schaut mit unergründlicher Miene kurz zu uns herüber und nimmt am anderen Ende des Raumes Platz.

Sie ist schon eine stattliche Frau, sagt meine Mutter, sie könnte sieben Männer ohne Mühe in die Ehe zwingen, sie würden ihr aus der Hand fressen.

So wie sie geht, weiß sie um ihre Wirkung, sagt Fatma Hanim, man hält sie für eine hauptstädtische Dame, aber über ihre Herkunft schweigt sie sich aus.

Sie hat keine Scheu, öffentlich zu rauchen.

Jetzt eifern die Frauen den Männern nach, sagt Fatma Hanim, wenn das mal gutgeht.

*

Halid ist der mickrige Wagemut in der Gefängniszelle zu Kopf gestiegen, er hat sich bewähren und behaupten müssen gegen einen Berg von einem Mann, den er durch einen Hieb auf den Nasensattel hatte gefügig machen können. Daraufhin ist ihm Ehre angetan worden, ja, sie wichen vor ihm zurück, die Zuchthäusler, weil sie ihm die Verhärtung ansahen: Halid schritt daher, ohne sich aufzuwerfen, sein Blick war Drohung genug, und auf diese Weise hielt er die anderen Verbrecher auf Armeslänge, es war, als seien die Kriminellen in der Groß-raumzelle sein Hofstaat. Man brachte ihm Tee, man rollte ihm die Zigaretten, man ließ ihn in Ruhe an seiner Kummerkette ziehen. Wenn ihn ein neuer Knastbruder um Rat fragte, sagte Halid als allererstes: Mußt du mir vor die Füße fallen? Und doch nahm er sich seiner an, es war wegen dieser Knastehre, die anders als im Leben hier draußen wirklich alles oder nichts bedeutete, er, Halid, nahm sich jedes Neulings an, das mußte er tun, er war ja der Aga der Zelle, dieser Titel wurde ihm fast einstimmig zugesprochen. Die wenigen Abweichler waren von ihrer Natur her Bolschewisten und Russenfreunde, sie hätten es zwar nie freiwillig zugegeben, aber Halid sah es ihnen an, er kannte sich aus. Mit den Russenfreunden wurde er fertig, der eine trug tiefe Schrammen davon, der andere verlor zwei Backenzähne, und der dritte schrie im Schlaf, jede Nacht, weil man ihm Furcht gelehrt hatte.

Er stockt an dieser Stelle, greift zum hohen Glas mit dem puren Anisschnaps, nimmt einen Schluck, setzt das Glas ab, greift zum Wasserglas, nimmt einen großen Schluck, er spült die beiden Schlucke Schnaps und Wasser im Mund zusammen und schluckt das Mundvoll herunter. Er sitzt auf dem Fuß-boden, vor ihm auf einem runden Holztisch zum Teigausrol-len sind eine Teeuntertasse mit Oliven, ein Untersetzer mit zerstampftem Knoblauch und ein Untersetzer mit gesalzenen roten Zwiebelscheiben. Sein Gesicht ist halb abgewandt, und wenn er von seinen ›schweren Tagen im Ausland‹ erzählt, glaubt man, er würde eine Geheimschrift auf der Wand able-sen. Er hat abgenommen, die Haut spannt auf den Jochbögen, und seine Finger sehen aus wie dicke Spinnenbeine.

Dieser Mann, dem wir die Furcht gelehrt haben, hat mit

bloßen Händen seine Frau und seine Kinder erwürgt, ein vierfacher Mörder, ein Lebenslänglicher, dem nichts mehr heilig ist, der auf die Heiligkeit keinen Fußnagel gibt. Die anderen Männer haben sich vor ihm vorgesehen, du kannst nämlich sehr leicht im Knast umkommen, die Wärter bringen nicht die tägliche Essensration, die Wärter kommen und füttern die Tiere hinter den Gittern, und nach spätestens einem Monat glaubst du wirklich daran, du glaubst, daß du nicht mehr wert bist als ein Tier. Dieser Mann ist ein Tier, das weiß er, das wissen wir. Also haben wir beschlossen, daß er Schaden nehmen soll, statt daß wir Schaden nehmen. Wir haben ihn wie eine Frau behandelt, wir haben ihn gebrochen, seine Ehre haben wir ihm genommen, und das war rechtens, die Wärter haben kein Wort darüber verloren; wer Recht wirkt, bleibt nämlich verschont, auch das ist anders als hier draußen. Ihr Hundebrut könnt es nicht verstehen. Wieso erzähle ich euch davon? Ich habe in den Monaten, da ich euch nicht beaufsichtigt habe, nicht nachgelassen, man hat mich nicht gebrochen. Den besagten Mann hat man gebrochen, mich aber nicht, jetzt bin ich zurück, das Haus wird wieder vom Herrn gehütet!

Nichts als Worte. Nichts als die Worte eines Verbrechers, der uns versammelt hat, um mit Heldengeschichten zu prahlen. Ich weiß es besser. Was tut er nach seiner Entlassung als allererstes? Er schreit vor dem Tor des Verbrechervaters, er werde ihn in Stücke und lange Riemen schlitzen, so lange, bis ihm die Kugeln um die Ohren pfeifen. Da rennt er weg und besäuft sich im Kaffeehaus, so lange, bis man ihn wegen der ungebührlichen Hochrufe auf abwesende Damen hinauswirft. Ein Aufruhr! Jetzt weiß man es, jetzt wissen es die Menschen im ganzen Viertel:

Er ist entlassen. Ein freier Mann. Ein elender Mann in Aufruhr. Der elende Mann ist nicht in der Zelle gestorben und vermodert, er hat diese Zeit überlebt, und jetzt müssen wir ihn ertragen.

Er zeigt mit großer Geste auf die wenigen Möbelstücke und

auf uns, sagt: Was soll das alles daran ändern, daß ich einmal
sterben muß? Er sagt das so leicht dahin, aber ich weiß, daß
ihm nachts, da er von seinen Ahnen, von seiner Tschetsche-
nensippe träumt, vor Angst die Zähne aufeinanderschlagen.
Er brüllt im Schlaf einen Schwur, bis er erwacht, und dann
weckt er meine Mutter und uns auf, er befiehlt, daß wir uns
vor ihm aufreihen sollen, was bleibt uns anderes übrig, als zu
gehorchen? Im Morgengrauen lauschen wir seinen Heldengeschichten, und wenn er sein Glas leer getrunken hat, ruft er
nach dem gebuckelten Weib, so nennt er jetzt meine Mutter,
das gebuckelte Weib, er ruft nach ihr, obwohl sie keine drei
Schritte von ihm auf dem Boden kauert. Sie füllt sein Glas,
kehrt zu ihrem Sitzplatz zurück und erstarrt zu einer toten
Frau, zu einem leblosen Frauenmöbelstück. Neben ihr sitzt
Yasmin, auch sie im Aufruhr, auch sie in einer elenden Unruhe, mit der sie mich und die anderen ansteckt. Den Tag will ich
erleben, daß sie aus vollem Herzen lacht, daß sie ihre Freude
nicht zurückstellt. Doch sie zuckt bei jeder Berührung zusammen und schiebt mich grob beiseite, als würde ich ihr im Wege
stehen.

Der Nährvater redet weiter, er spricht mit böser Stimme, es
hört sich an, als zöge man rostige Nägel aus dem Kantholz. Sogar der Teufel hat seine Hand von mir abgezogen, sagt er, dort
in der Zelle kann ein Mann seine Verbündeten nicht aussuchen, sogar der Teufel hat sich mir und den anderen als Bünd-
nisbruder verweigert. Du spielst die Karte aus, wenn sie sticht,
du mußt immer daran denken, einen Nutzen für dich herauszuschlagen. Dort in der Zelle. Dort in der Zelle nennt dich erst
einmal jeder einen Schicksalsfreund, im nächsten Augenblick
aber lockt er dich ins Verderben. So bin ich zum harten Kerl
verwandelt worden, in wenigen Jahreszeiten, ich habe mich
nicht entleibt, der Hüter ist zurück, ihr Hundebrut …

Er redet weiter, er führt seine Selbstgespräche, ich höre nicht
mehr hin. Bald wird er wieder zum Männercafé aufbrechen: er
trinkt, wird böse, legt sich mit anderen Kerlen an und bezieht

Prügel. Das sind meine glücklichsten Momente: gestern klopf-
te der Kellner bei uns an und sagte: Holt eure Leiche ab! Ich
ging mit dem Kellner mit, holte ihn heraus, den sich in Rage
Betrinkenden, ich stützte ihn beim Nachhauseweg und prägte
mir seine kleinen Wunden im Gesicht und an den Händen genau ein. Dabei zersprang mir das Herz fast vor Freude. Es war
schlecht, sein Gewicht tragen zu müssen, ich roch den Geruch
des Verbrechers, seine Achselhöhlen sind ja immer naß. Er hat
sich auf die modernen Zeiten eingestimmt, er trägt nicht mehr
das Filzkalpak, sondern einen Hut mit breiter Krempe, er trägt
diesen Hut immer, und nicht nur wie früher zu besonderen
Anlässen. Der Hut fiel ihm vom Kopf, und er bückte sich danach, glitt von meinen Schultern auf die Erde, ging auf allen
vieren und machte sich schmutzig. Ein glücklicher Moment
war das! Dort auf der feuchten Erde kroch er, verlor die Besinnung, legte sich schwer hin, und blieb auch liegen: Ich weckte
ihn nicht, sah auf ihn herab.

Das Blut pocht ihm in den Schläfen, und er führt das große
Wort. Seine Temperaturstürze hindern ihn daran, die Richtung zu halten. Am Ende aber, besoffen vom Schnaps der Kerle, schläft er ein und rollt sich zusammen wie ein Tier. Der
glückliche Moment ging vorbei, als Djengis ihm aufhalf, und
wir nahmen den Nährvater in unsere Mitte, stolperten nach
Hause.

Meine Mutter: im Banne vieler Vorahnungen, unbehü-
tet. Ein Windstoß und sie kippt zur Seite. Sie ist dazu erzogen worden, gegen kleine Münze Dienst zu tun. Man kann
sie, man kann mich und meine Schwestern und Brüder leicht
in den Staub stoßen. Ihr Mann setzt meine Mutter auf Stu-
benarrest, sie fügt sich dem Ausgangsverbot. Sie bleibt lange
Stunden des Tages zu Hause, richtet hier einen Schaden, glättet dort einen Schonbezug, und auch am Abend, da man ihr
die Müdigkeit ansieht und sie sich nur zitternd auf den Beinen
hält, wischt sie die Arbeitsflächen, oder häkelt an einem Sofa-
lehnenschoner.

Jetzt schaut der Heimgekehrte auf das Essen in der Schüssel, stochert mit der Gabel die Fleischstücke auf und schaut meine Mutter lange an. Stunden später sagt sie mir: Du darfst das rohe Fleisch deinem Mann nicht zeigen. Es schrumpft beim Kochen, und dein Mann wird glauben, du habest verschwendet.

Hat er das Fleisch vor dem Kochen gesehen? sage ich.

Ja, sagt sie, er hat das Fleisch gekauft. Er glaubt, wir sind Verschwender. Aber wir werfen nicht die Gottesgaben weg.

Wir sind alle Feiglinge, Mutter, sage ich, es braucht große Überwindung für mich, einem anderen Menschen in die Augen zu schauen. Woher habe ich das nur?

Vom Vater, sagt Selda. Für jede Sünde gibt es einen Schmerz, der befreit. Für jede Krankheit einen Tod, der erlöst. Ich halte es nicht mehr aus. Djengis schweigt, der Mann meiner Mutter ist zurück, mein Bruder ist jetzt ein Kind unter vielen.

Ich kneife mir selbst ins Fleisch, fährt Selda fort, ich bereite mich vor. Denn ich will, daß der Schmerz in mich hineinfährt. Die Stunden ohne Schmerzen sind eine Lüge.

Seid still, sagt meine Mutter.

So kann es nicht weitergehen, sagt Tolga, wir leben wie Feiglinge vor uns hin, da hat sie recht. Laßt uns weggehen von diesem Mann.

In spätestens zwei Stunden ist er wieder zurück, sagt Yasmin, und er wird uns wieder schlagen.

Wir müssen weggehen, wiederholt Tolga.

Wohin? sagt meine Mutter, wohin wollt ihr schon gehen? Habt ihr hier irgendwelche Verwandten von mir ein und aus gehen sehen? Ihr habt ja keine Ahnung ... Diese Soldaten haben uns weh getan ...

Sie vergräbt ihr Gesicht in ihren Händen und weint.

Welche Soldaten, was? sagt Yasmin.

Haltet den Mund! fährt sie auf, was wißt ihr schon!

Was für Soldaten, Mutter? sagt Tolga.

Ihr habt noch eine Mutter, und ihr habt einen Mann, den

ihr Vater nennen könnt … Die Soldaten stellten Fragen, auf die wir keine Antwort wußten. Sie stachen meiner Mutter ein Auge aus und stellten weiter ihre Fragen. Sie fesselten meinen Vater, sie fesselten meine Brüder und führten sie weg. Ich habe sie nie wiedergesehen. Sie gingen einfach weg, sie durften nicht zurückschauen. Sie stellten ihre Fragen, und ich wußte keine Antwort. Dann … haben sie das Unaussprechliche mit mir gemacht. Ihr Satansbrut, ist es das, was ihr wissen wolltet?! Seid ihr jetzt zufrieden?! Keine Antwort ist die falsche Antwort, und man wird bestraft. Zwei Tage habe ich meine einäugige Mutter gepflegt, und dann starb sie mir weg. Seid ihr jetzt zufrieden? Ist das die Antwort, auf die ihr gewartet habt? Zwei Schwestern sind geflohen, auch sie sind weggegangen, aber sie kehrten zurück. Sie waren Amerikanerinnen geworden. Sie wollten mich unbedingt mitnehmen. Ich willigte ein, ich wollte das verfluchte Land verlassen. Du, Yasmin, warst noch sehr klein, und euch gab es noch nicht. Ich wollte meine einzige Tochter schnappen und fliehen ins Land Amerika. Er hat mich geschnappt. Prügelte auf mich ein, prügelte auf meine Schwestern ein und jagte sie fort. Sie gingen, ich blieb. Ich habe nie wieder etwas von den beiden gehört. Meine Schwestern in Amerika. Wie schön sie waren, in was für schönen Kleidern sie steckten! Richtige Damen, meine Schwestern, richtige Amerikanerinnen. Habt ihr jetzt eure Antwort?!

Sie steht auf und setzt sich ans Fenster, sie schaut mit leerem Blick hinaus, wir sind still, wir stören sie nicht. Ihr Friede ist ungestört. Ich blicke in die Gesichter meiner Schwestern und Brüder, sie sind da und weit weg. Yasmins Brust hebt und senkt sich, Tolga ist bleich geworden. Ich schließe die Augen, erinnere mich an die Worte der Klassenbesten, Nermin. In meinem Garten, sagt sie, blühen Alpenveilchen, Löwenmaul, Eisenkraut und Wacholder, Lebensbaum, Lavendel und Hyazinthe, Kirschlorbeer, Geißblatt, Buchsbaum. In meinem Garten blühen weißer und blauer Jasmin. Nur der weiße Jasmin riecht schön, sagt sie, der blaue aber sieht schön aus, und es ist mir egal, ob er riecht oder nicht. Ich liebe den blauen Jasmin, das ist meine Lieblingsblume, ich lege die Blüten zum Trocknen zwischen die Buchseiten und klebe die trockenen Blüten überallhin, denn ich möchte von blauen Jasminblüten umgeben sein ...

In Nermins Garten will ich sein, ich möchte mit ihr im Jubelton von einem Geliebten schwärmen und am weißen Jasmin riechen, und vielleicht erlaubt sie auch Manolya, in ihren Garten einzutreten, und nach vielen Stunden werden wir auf der Gartenbank sitzen, während ein Zug von Menschen draußen vorrückt, am Garten vorbeizieht. Dort in der Menge wird auch der Nährvater sein, ein fremder Mensch, der mich mit einem Blick streift, aber nicht erkennt.

12

Was treibst du dich so spätnachts auf den Straßen herum?

Ich mache vor Schreck einen Satz in die Luft, stoße gegen die Hauswand, deren zugezogene Fenster wie trübe Augen herausstarren. Mein Herz klopft mir im Hals, und weil ich fürchte, in Ohnmacht zu fallen, lasse ich mich zu Boden sinken.

Hast du ein geheimes Treffen mit einem Jungen? sagt Manolya und kauert sich vor mir hin. Ich muß vor Angst bleich geworden sein, denn sie umklammert meine Hände, redet mir gut zu, und sie ist auch nicht beleidigt, als ich sie eine blöde Plage beschimpfe.

Du hast dich absichtlich angeschlichen, sage ich, wenn man mich erschreckt, werde ich zornig.

Gut, sagt sie, vielleicht wollte ich dir ein bißchen Angst einjagen … Du versteckst dich doch auch immer, und wenn ich an dir vorbeigehe, stürmst du schreiend aus deinem Versteck.

Das sind nur harmlose Klassenzimmerspiele, sage ich.

Was treibst du dich um diese Stunde herum? fragt sie erneut.

Ich habe einen Auftrag, sage ich.

Sie muß über meine Worte schallend lachen, daß es in der schulterbreiten Gasse nur so hallt, ich halte ihr den Mund zu, wenn man uns beide entdeckt, sind wir verloren: zwei junge Mädchen, unverschleiert, in später Nachtstunde unterwegs, es würde unserer beider Frauenanstand böse beflecken.

Und wieso treibst du dich herum? sage ich.

Ich habe mich von zu Hause fortgeschlichen, sagt Manolya, ohne Erlaubnis natürlich. Ich bin wie ein Dieb aus dem Fenster herausgestiegen. Was soll ich im Bett liegen und schlecht träumen? ... Jetzt bist du dran, was ist denn dein Auftrag?

Ich muß den Vater nach Hause bringen, sage ich und schaue weg, Manolya hat die Angewohnheit, jedem Menschen unverschämt in die Augen zu blicken, auch im Dunkeln, ein fester unverwandter Blick beschwört eigentlich nur Unheil.

Er ist wieder einmal besoffen, oder?

Müde, sage ich, nur müde. Er hat sich gegen die kalte Zellenwand gelehnt, und die Kälte ist ihm in die Knochen gekrochen. Die ... Strafzeit hat ihn zermürbt, und nachts kann er nicht aus eigener Anstrengung aufstehen. Wenn nicht einer von uns ihm dabei hilft, findet er den Weg nach Hause überhaupt nicht.

Spinn nicht herum, sagt sie, ich weiß doch, daß er sich jeden Abend betrinkt. Das ist keine Schande für dich ... Ich komme mit.

Nein, bloß nicht. Das würde ihm bestimmt nicht gefallen.

Ich komme mit, beharrt Manolya, dein Vater merkt in seinem Zustand doch gar nicht, daß ich mit anpacke.

Statt einer Antwort setze ich mich in Bewegung, ich weiß, daß sie stur ist, und wenn sie sich etwas in den Kopf setzt, kann sie niemand umstimmen. Eigentlich ist es mir sehr recht, wenn sie mitkommt, die Tiere und die Tierhaften lauern in diesen heillosen Stunden den Menschen auf. Tolga müßte es wissen, ich büße für seine Faulheit, zwei Zuckerwürfel gegen die Abholung des Vaters, ich habe der Abmachung zugestimmt. Als ich am Männercafé vorbeigehe, hält Manolya mich fest und deutet auf den Eingang.

Nein, sage ich, dort ist er nicht. Er geht jetzt ins Zelttheater, dort treffen sich die Männer.

Ein Amüsierlokal! ruft sie aus.

Ein was?

Das Zelttheater hat einen schlechten Ruf, sagt sie, vielleicht sollte ich dich doch nicht begleiten.

Mitgehangen, mitgefangen, sage ich, du willst kneifen. Hah, du hast Angst!

Vor Männern habe ich keine Angst, schreit sie mich an, das sind alles Angeber. Die sollen mir nur kommen.

Eine Weile stehen wir still und versuchen durch die vom Rauch verteerten Scheiben ins Innere des Cafés zu schauen, ich erkenne aber nur ruckende Schattenrisse. Ab und zu dringt der Aufschrei eines empörten Spielers hinaus, und dann die Gegenklagen anderer Spieler, die dem Mann furchtbare Flüche an den Kopf werfen. Es beklemmt mich, fremden Männern bei einer unanständigen Sache zu lauschen, und als ich meinen Weg fortsetze, rührt sich Manolya erst nicht vom Fleck, dann schließt sie aber auf, und wir gehen nebeneinander her, ich erschaudere, als der Wind in die Zypressen fährt, die Mahnfinger Gottes wispern in der Nacht, es hört sich auch ein bißchen an, als würden sie, vom Wind hin- und hergewogen, den Staub des Tages abschütteln. Manolya hakt sich bei mir unter, sie will mir Mut machen, sie ist das einzige angstfreie Mädchen, das ich kenne. Erst jetzt rieche ich den Bittermandelgeruch, und um den Duft besser riechen zu können, berühre ich mit der Nasenspitze ihre Wange, sie lacht auf und drückt mir blitzschnell einen trockenen Kuß auf die Lippen. Ich stoße sie weg, dabei fällt mir die dünne Haarklammer von der Schläfe.

Du bist ekelhaft, sage ich, was sollte das?

Und was bist du? sagt sie, eine dumme Jungfer!

Mädchen küssen sich nicht, sage ich, du mußt mich immer fertigmachen mit deinen Erwachsenenspielen!

Wir sind keine Mädchen mehr, sagt sie, und außerdem gehst du mir mit deiner Unschuld auf die Nerven!

Ach, ist es so? Dann such dir doch eine andere Freundin.

Wenn du das wirklich willst, mache ich es sogar, schreit sie und wartet meine Antwort ab. Sie ist bockig, und ich traue es ihr auch zu, daß sie sofort mit mir bricht, jetzt sofort und ohne Umkehr.

Meine Haarnadel ist abgefallen, sage ich, hilf mir lieber bei der Suche.

Sie grinst mich an und öffnet ihre rechte Faust, ich nehme die Haarnadel aus ihrer Handkuhle und treibe sie mir ins Haar, stecke die Schläfensträhne fest. Dann muß ich über ihr Zauberstück unweigerlich lachen. Ipek Hanim trägt auch Bittermandelcreme auf, sage ich.

Ich weiß, sagt sie, sie ist schon eine Frau zum Verlieben, oder? Sie sieht aus wie eine Filmberühmtheit, sage ich.

Das heißt Star.

Stern?

Ja, sagt sie, Sterne leuchten am Himmel, im Film leuchten die Frauen auf der Leinwand.

Wenn eine Frau von einem Mann im Film geküßt wird, ist es unecht, sage ich, das hat mir Selda erzählt.

Mein Kuß war echt, sagt Manolya und verstummt, ich weiß nicht, wieso sie plötzlich ernst geworden ist, sie hat ihre Launen. Die Glühbirnenbuchstaben über dem Eingang des Zelttheaters erhellen die Straße und ein Stück Himmel, ich muß mich beherrschen, vor Freude nicht in die Hände zu klatschen. Auch Manolya wird unruhig, stockt in ihrem Schritt und bleibt schließlich stehen.

Ich warte hier auf dich, sagt sie, ich komme nicht hinein.

Wieso denn nicht? sage ich.

Weißt du überhaupt, was sich da drin abspielt?

Nein, das ist mir auch egal. Ich hole den Vater ab, alles andere interessiert mich nicht.

Geh rein und hol ihn raus, sagt sie, und wenn du ihn herausgebracht hast, werde ich dir helfen.

Du bist ein komisches Mädchen, sage ich und überquere die Straße, ich gehe nicht darauf ein, daß sie mir nachruft, sie sei verdammt noch mal eine Frau, ob ich es denn endlich mir merken könne, eine Frau, eine Frau, eine Frau, ihre Rufe verhallen, und als ich in das Zelttheater eintrete, erstarre ich im unbeleuchteten Flur, weil die Musik aus dem Kinosaal mich erfaßt, die Klarinette spielt ein bekanntes Klagelied und wird von der Rundlaute begleitet, ich höre die heiseren Stimmen mehrerer Männer, die vergeblich mitzuhalten versuchen, doch die Stimmen brechen immer wieder ab und setzen erneut ein, eine Strophe, höchstens zwei Strophen, und dann zerhackt ein bitterer Klageruf die Melodie. Doch die Klarinette und die Rundlaute hören nicht auf zu spielen, und weil ich berührt bin und wissen will, wer die Männer sind, die so meisterhaft die Lockrufe verwundeter Nachtigallen auf ihren Instrumenten imitieren können, öffne ich die Tür, ich öffne sie einen Spaltbreit. Auf der Bühnenkante sitzen halbnackte Frauen, deren Gesichter grell bemalt sind, die Schminke glänzt im Licht der Glühbirnenleiste über der Bühne, es sind Bardamen, so nennt sie meine Mutter, Bardamen, die den Männern in der ersten Reihe schöne Augen machen. Hinter ihnen sitzen der Klarinettenspieler, ein fremder Mann, und der Mann von Ipek Hanim, Bajram Bey, er beugt sich über die Rundlaute auf seinem Schoß, Lichtglimmer strahlen auf am zweistreifig gemusterten Lautenkörper, und wenn er mit dem Schildpatt-Plättchen an den Saiten zupft, sieht es aus, als würde sich seine Hand zu einer Kralle verformen. Die Bardamen spornen das halbe Dutzend Männer an, wild zu werden, denn erst dann, erst wenn sie ihre Zurückhaltung ablegen, zücken sie ihre Geldbörsen und stecken den bemalten Frauen Geldscheine in den engen Paillettenrockbund. Es ist genauso, wie ich es mir vorgestellt habe, nachdem meine Mutter mich vor solchen Unzuchtstätten gewarnt hatte, mach einen Bogen um diese Höllen, sagte sie, und jetzt stehe ich hier und kann mich nicht vom Anblick der singenden, spielenden und Fleisch herzeigenden Frauen und Männer losreißen. Die Bardamen ekelt es, sich nicht hochgestellten Herren hinzugeben, ich sehe es ihren Gesichtern an, ihr Lachen ist nicht echt, sie tun nur so, als würden sie ein wüstes Schlafzimmerleben führen, und sie schlagen den Männern heftig auf die Hände, wenn die Finger dieser Hände in das Fleisch der Frauen drücken wollen. Bajram Bey ist in sein Spiel versunken, und er achtet nicht auf die Zurufe der Männer in der ersten Reihe, die ihre hohen Schnapsgläser hochhalten und ihm zuprosten. Eine Bardame erhebt sich, und ich sehe, daß sie Schellensporen an den Fesseln hat, sie tanzt auf der Bühne, sie läßt ihre dicken Hüften kreisen und stößt dabei spitze Schreie aus, sie tanzt nach der Musik in ihrem Kopf, ihre Tanzschritte passen nicht zu der Musik. Der Klarinettenspieler setzt aus und greift zu dem Glas, das ihm ein Mann reicht, er trinkt es im Stehen aus. Bajram Bey will davon nichts wissen, er schreit den Klarinettenspieler mit betrunkener Stimme an, er solle sich an seinen Platz begeben. Ein Laut am Ende des Flurs läßt mich aufhorchen, ich verstekke mich schnell hinter den gestapelten Stühlen, die man an der Rückwand der Kinokabine aufgestellt hat. Ich luge durch die Stuhlbeine und sehe Ipek Hanim von einer Abseite in den Flur eintreten, sie knöpft die Bluse über ihrer Brust zu, der Vater meiner Mutter folgt ihr dicht, das breite Lächeln hat sein Gesicht weich gemacht.

Schluß jetzt, sagt Ipek Hanim, wir gehen jetzt brav wieder hinein.

Du hast es versprochen, sagt der Nährvater, du hast mich tagelang hingehalten, ich will meine Belohnung.

Laß mich, sagt Ipek Hanim und kichert aber leise, am Treppenaufgang zur Wohnung über dem Kinosaal bleibt sie stehen, blickt sich um und bemerkt die angelehnte Tür.

Du hast die Tür nicht zugedrückt, sagt sie.

Na und?, das ist nicht wichtig, gib mir den versprochenen Lohn.

Was war das soeben? sagt sie, du bist doch auf deine Kosten gekommen.

Das war nichts anderes als das Versprechen auf mehr, sagt er, komm, laß uns nach oben gehen ... Du hast genausoviel Lust darauf wie ich.

Woher willst du das wissen? sagt sie, und als der verfluchte Mann meiner Mutter mit seiner Hand eine Brust dieser Frau umschließt, tut sie so, als müßte sie sich seiner erwehren, doch weil sie halbherzig ist, bleibt seine Hand dort, wo sie ist.

Du vermißt mich, sagt er, wenn du neben ihm liegst, denkst

du an mich, du denkst an meine Hände, und was diese Hände mit dir machen. Du denkst an mich, und was ich mit dir mache. Und dann mußt du in das Kissen beißen, damit du deinen Mann nicht weckst. Gib es zu!

Bilde dir bloß nichts ein, sagt die Frau kichernd, du bist es, der nicht einschlafen kann, weil du mich nicht aus deinem Kopf kriegst.

Das stimmt, sagt er und umschließt mit der anderen Hand ihre freie Brust, dann schmiegt er sich an sie und versucht sie zu küssen, sie versucht sich halbherzig von ihm loszureißen, aber er umklammert sie jetzt fest und drückt ihr einen Kuß auf den Mund, den sie sich gefallen läßt.

Wieso ist die Tür aufgegangen? murmelt sie und windet sich in seinen Armen, und als er ihren Unwillen nicht brechen kann, läßt er sie los, er keucht auf und wartet einfach, bis er sich wieder beruhigt, und dann sagt er, er werde hineingehen.

Du hast dich verabschiedet, sagt sie, da kannst du nicht auftauchen. Geh nach Hause.

Ich bleibe, sagt er, greift in die Hosentasche und bringt einen dünnen Goldreif zum Vorschein, den sie sich sofort schnappt und durch den sie ihre Hand zwängt.

Er steht dir, sagt er, er ist geradezu für deinen zierlichen Arm gemacht. Und jetzt gib mir wenigstens noch den letzten Kuß dieser Nacht.

Sie dreht ihm den Rücken zu, steigt auf die erste Treppenstufe, umklammert den Handlauf und betrachtet mißmutig den Goldreif.

Eine niedere Bettwärmerin würde dafür ihren Gurt lösen, sagt sie, bring mir das nächste Mal den Lohn, der mir zusteht.

Der Mann meiner Mutter hält sich am Pfostenknauf des Treppengeländers fest, macht schnell eine halbe Drehung, steht dicht am Rücken der Frau und betätschelt ihren Hintern. Eine Höhergestellte wie sie, sagt er, verdiene natürlich alles Gold der Welt, doch sie müsse ihm etwas Zeit lassen, sie werde schon sehen, wie er sie verwöhne, doch wenn sie ihm weiterhin die kalte Schulter zeige, müsse er sich nach einer anderen Nebendame umsehen, Kapricen stünden einer schönen Frau gut an, aber ein Spielchen zuviel, und er würde sich für sie nicht mehr interessieren. Währenddessen streichelt er ihr die Hinterseite, und als er ihren Nacken küßt und Anstalten macht, sie mit seinem Körper hochzuschubsen, schiebt sie ihn mit den Ellenbogen weg, steigt Stufe für Stufe die Treppen hoch, er schaut ihr stumm hinterher. Dann verharrt er reglos, als müsse er seinen nächsten Schritt im Kopf zurechtlegen. Er greift in die Jackeninnentasche, spuckt auf die Zinken des Kamms und streicht die Haarlocken auf der Stirn nach hinten. Er atmet tief ein und aus und tritt schließlich in den Kinosaal ein.

Ich rühre mich nicht von der Stelle. Diese Frau, denke ich, läßt sich von Fremden beschlafen, die ihr Münzen in den Schoß werfen, sie weist niemanden ab. Ipek Hanim gehört dem Dirnenstand an, ihr Gesicht wird von den Fächern der Lustteufel beschattet, die ihr Luft zufächeln und sie insgeheim befeuern. Eine Kupplerin. Eine Buhldirne. Als ich den Hochruf meines Nährvaters höre, springe ich vom Fleck, laufe los, laufe weg von der ehrlosen Kartenabreißerin in der Schaubude, von der Schankhure, die sich für geringen Preis hingibt, ich renne auf die Straße und laufe weiter, ich achte nicht auf Manolyas Fragen, die neben mir herläuft, und als mir die Brust zu zerplatzen droht, bleibe ich endlich stehen, Manolya läßt mich zu Atem kommen, sie fragt mich, was mir da drin zugestoßen sei, ich solle sie, meine beste Freundin, nicht einfach anschweigen.

Bist du eine Klatschbase? sage ich.

Ich bin Kurdin, sagt sie, bei uns Kurden gilt der Klatsch als ehrlos.

Ist mir egal, wer du bist, sage ich, ich frage dich, ob du ein Geheimnis für dich behalten kannst.

Gib mir deine Haarnadel!

Was willst du damit?

Gib sie mir, sagt sie, und als ich ihr die Haarnadel reiche, drückt sie ein spitzes Ende in den Zeigefinger ihrer rechten Hand, bis ein Blutstropfen herausquillt, sie schaut mir ernst in die Augen, reicht mir die Haarnadel und sagt, jetzt sei ich dran, ich solle es ihr gleichmachen.

Du spinnst! sage ich, ich will mich nicht selbst verletzen.

Dann mache ich das eben, sagt sie, schnappt nach meiner Hand, ich will mich von ihrem festen Griff befreien, doch sie schaut mir ernst in die Augen, als wolle sie mich mit ihrer Augenkraft einschläfern. Die Haarnadel fährt mir in den Finger, mir entfährt ein Schmerzensschrei, ich schäme mich, daß ich mich nicht beherrschen konnte. Manolya preßt ihre Fingerkuppe auf meine Fingerkuppe und läßt dann meine Hand los. Jetzt ist mein Blut dein Blut, und dein Blut ist mein Blut. Bluttransfusion, sage ich.

Ach ja, sagt sie, du bist die Biologiestreberin in unserer Klasse … Wir sind jetzt Blutsschwestern. Weißt du, was das heißt?

Ich dachte, das machen nur die Männer, sage ich.

Sie machen es, und sie halten sich nicht daran, sagt sie, wir dagegen halten Wort. Ich bin dir verbunden, und du bist mir verbunden. Wenn du mich also bittest, nichts auszuplaudern, dann halte ich mich daran. Sonst verklumpt dein Blut in meinen Adern, und ich falle tot um.

Du bist verrückt, sage ich und starre auf den herabrinnenden Blutstropfen auf meinem Zeigefinger, ich sauge daran, doch vom Geschmack des Blutes in meinem Mund wird mir übel.

Du spinnst, wiederhole ich, aber gut, ich vertraue dir mein Geheimnis an. Dort drin … habe ich mich versteckt, und ich habe gesehen, wie diese Frau … wie Ipek Hanim sich von einem fremden Mann küssen und streicheln ließ.

Nein, sagt sie, ist das wahr?

Ja, sage ich, der Fremde hat sie geküßt und umarmt, und anstatt ihn bei der Polizei anzuzeigen, hat sie ihn gelockt und sich von ihm sogar einen Goldreif schenken lassen.

Wer war dieser Fremde? fragt sie.

Ich weiß nicht, sage ich, es war sehr dunkel, ich konnte ihn nicht erkennen, außerdem stand er mit dem Rücken zu mir in der Dunkelheit.

Ein Skandal, flüstert Manolya, ich bin sprachlos.

Bist du nicht, sage ich, du sprichst ja mit mir … Sie macht uns allen etwas vor, von wegen Glückskupplerin.

Und dein Vater?

Ich war nicht mehr in der Laune, nach ihm zu suchen, sage ich, er kann mir gestohlen bleiben.

Was sollen wir unternehmen?

Wie meinst du das?

Wir können ihr das doch nicht durchgehen lassen, oder? sagt sie, vielleicht schicken wir einen anonymen Brief an die Polizei, in dem wir alles aufschreiben, was wir wissen …

Ich bin kein Denunziant! sage ich.

Ich auch nicht, sagt sie, diese Möglichkeit haben wir also ausgeschlossen. Sonst fällt mir nichts ein.

Begleite mich bis nach Hause, bitte ich sie, mir geht es nicht so gut. Manolya lächelt mich an, hakt sich bei mir unter, und wir gehen stumm und mit gebeugten Köpfen nebeneinander her, man könnte uns für Abenteurerinnen halten, die gottlos durch die Straßen schwärmen. Diese Ipek Hanim ist schlimmer als eine Schminkmaus, und der Mann meiner Mutter, ein Maulfrommer, der Keuschheitskriege ausficht, selber aber den Ehebruch nicht scheut. Den kreisrunden Haarausfall habe ich ihm zu verdanken, über meinem Nacken hat sich eine kahle Stelle gebildet. Und was war der Ratschlag meiner Mutter? Du hast soviel Haare, kämm doch einfach ein paar Haarsträhnen über die Stelle. Schließlich fand ich mich bei der Mutter von Yüksel, meiner Klassenfreundin, ein. Sie kochte vier Zehen Knoblauch und Salzbrocken in einem Messingtopf zum heißen Sud auf, legte die heiße Paste auf die kahle Stelle, es brannte fürchterlich. Einige Wochen nach der zweiten Sitzung wuchsen tatsächlich Pflaumenhärchen auf der kahlen Stelle, die Yüksels Mutter gegen den Strich ausgeschabt hat ...

Woran denkst du? fragt Manolya, und ich schrecke aus dem Dämmerschlaf meiner Gedanken auf, wir sind an unserem Haus angekommen, ich höre wieder das Wispern der Zypressen in einiger Entfernung, eine schlechte Nacht beschließt einen schlechten Tag.

Ich möchte mein Leben verlassen, sage ich, ich möchte nicht sterben, aber ich möchte nicht mehr mein Leben führen ... Ich habe einfach kein Glück.

Ich wohne zehn Häuser weiter, sagt sie, mein Vater ist ein mächtiger Aga, ein Grundbesitzer, und meine Mutter ist ein liebes Gespenst. Und trotzdem steige ich aus dem Fenster. Ich habe Glück gehabt mit meinen Eltern, und doch steige ich fast jede Nacht aus dem Fenster.

Wieso eigentlich? frage ich sie, du hast doch Glück.

Das versuche ich dir zu erklären, sagt sie, ich langweile mich.

Das ist kein richtiger Grund, sage ich und versuche, nicht dem Wispern der Zypressen zu lauschen.

Mein Vater ist ein richtiger Aga, sagt Manolya, der bestimmt über Recht und Unrecht und über das Leben der Bauern. Das Leben auf dem Lande ist soviel anders als hier. Manchmal vergehe ich fast vor Sehnsucht ... Du bist mir schon ein komisches unverdorbenes Kindsmädchen!

Du willst mich schon wieder ärgern, sage ich.

Mädchen, was ist nur mit dir los! Hast du Zahnschmerzen, oder andere Sorgen, von denen ich nichts weiß? Jetzt sind wir Blutsschwestern, und ich muß dich besser kennenlernen. Aber du bist so ängstlich.

Nein, bin ich nicht!

Es ist nicht gut, daß man dir die Gefühle vom Gesicht ablesen kann, sagt sie, es ist auch nicht gut, daß man aus Unwissenheit ehrlich ist.

Ich wußte es doch, sage ich, du willst mich ärgern.

Hör schon auf, sagt sie ... Der Fremde ... das war dein Vater.

Was? Was sagst du da? schreie ich sie an, du bist eine verwöhnte Göre! Du setzt dich über die Verbote hinweg, und die Leute schlucken ihren Ärger herunter. Wieso wohl? Weil sie sich nicht mit deinem Vater anlegen wollen. Wer will es schon mit einem Mann verderben, der einen großen Kurdenclan befehligt? Die Männer ducken sich, die Frauen tun so, als seiest du normal.

Du hast recht, sagt sie, ich bin nicht normal.

Ich bin fassungslos, sie gibt es zu, dabei wollte ich sie beleidigen. Sie ist kleinwüchsig, dunkelhäutig und mager, sie ist ein Mädchen, nach dem sich die Männer nicht umschauen, die Männer staunen nur hübschen Frauen nach, deren Röcke im Schritt fächern und im Lauf fliegen. Dunkelhäutige Frauen haben große Probleme, einen Mann zu finden. Nur ein junges Mädchen mit vornehmer Blässe und roten Wangen gilt als schön. Der blasse Teint ist in Mode, man fährt in den Ferien nicht ans Meer, aus Angst, die Haut könnte unter der Sonne dunkeln. Die vornehmen Frauen tragen sogar weiße Handschuhe, wenn sie aus dem Haus gehen. Die Männer schauen sich auch nicht nach dünnen Frauen um, sie gelten als nicht belastbar, man glaubt, daß sie die Geburt des ersten Kindes nicht überleben. Bei den stämmigen Frauen stehen die Männer Schlange, sie lieben nach Gewicht. Hier aber steht Manolya vor mir, alles andere als schön, alles andere als ängstlich, sie sieht mich an, als könne sie meine Gedanken lesen und als würde das alles ihr nichts ausmachen, denn ihr größter Feind ist die Langeweile, und sie steigt unerlaubt nachts aus dem Fenster, nicht weil sie die Schläge nicht mehr aushält oder ihr leerer Magen sie quält. Sie langweilt sich, sie will wie eine Katze herumstreifen und aufregende Sachen erleben.

Du bist aber auch nicht normal, sagt sie, deshalb mag ich dich.

An mir ist doch nichts Besonderes, sage ich, du hältst mich für eine dämliche Jungfer.

Nur für eine Jungfer, sagt sie grinsend, dumm bist du nicht. Ich lade dich zu uns auf das Land ein.

Du spinnst!

Den Euphrat einmal sehen und sterben! Du hast nicht gelebt, wenn du diesen Fluß nicht gesehen hast.

Tatsächlich hatte ich weder einen Fluß noch ein Meer gesehen, aber ich lebte noch.

Ich kann nicht schwimmen, sage ich.

Ja und, du kannst doch im Wasser stehen, oder?

Man wird es mir nicht erlauben.

Du holst dir erst die Erlaubnis deiner Mutter, sagt sie, um den Rest werde ich mich kümmern.

Ich starre sie an, ich will ihr widersprechen und tausend Gründe anführen, wieso ich mich nicht auf ihre schöne Phantasie einlassen kann. Doch ich wünsche mir nichts sehnlicher, als mein Leben zu vergessen, wenn auch nur für kurze Zeit.

Ich mache mir keine großen Hoffnungen, sage ich, lädst du nur mich ein?

Nein, sagt sie, die anderen Mädchen der Klasse müssen auch mitkommen. Gegen einen Klassenausflug der Mädchen wird der Schuldirektor nichts einzuwenden haben. Bist du dabei?

Gern, sage ich, ich muß jetzt hochgehen.

Sie drückt mir einen leichten Kuß auf die Lippen, ich schlage nach ihr, verfehle sie aber, weil sie schnell zurückweicht. Sie dreht sich wortlos um und fängt an, zu laufen, bald ist sie in der Dunkelheit verschwunden.

Halid besieht mit einem vorgetäuschten Kennerblick die gekreuzten Fahnenstangen, die in einem Sockel stecken, er schaut auf den Anstrich aus falschem Gold, die Schrammen in Sitzfleischhöhe: Wenn dieser dicke Schuldirektor seinen Stuhl verrückt – und das tut er in seiner Aufregung sehr oft –, stößt er den Stuhlrücken gegen den Fahnenpodest. An der Wand hängt, knapp unterhalb der Zimmerdecke, das Porträt des Staatsgründers, rotes Kreppapier ist auf den Rahmen geklebt. Eine Bürokratenstube, denkt Halid, dieser Hundesohn hat sich für seine Verhältnisse gut eingerichtet, die Heizung wärmt seinen Körper, und er schwitzt lieber, als daß er unnötig friere. Wie alt mag er sein? Älter als er, das ganz bestimmt, sein Haaransatz beginnt fast auf der Stirn, wie ein Affensippenältester thront der Mann auf dem Holzstuhl ihm gegenüber, und vielleicht ficht er in Gedanken einen Entscheidungskampf mit ihm aus.

Sie können mich nicht beeindrucken, sagt Halid, ich war selber Bürokrat, ich weiß genau, was Sie im Schilde führen.

Der Direktor ist für einen Augenblick verwirrt, mustert den Exiltschetschenen im glänzenden Anzug, die Krawatte ist fest um seinen Hals geknotet, und auch wenn der Mann immer wieder schlucken muß, weil der Knoten auf seinen Adamsapfel drückt, tut er so, als sei er im Zimmer des Direktors zu Hause und als habe er den Direktor herbeizitiert. Seine rechte Hand ruht auf dem Silberknauf des Spazierstocks, mit dem er der Sekretärin gedroht hat. Man solle ihn sofort einlassen, hat der Direktor ihn im Vorzimmer schreien gehört, er habe keine Lust auf diese Bürokratenspielchen.

Halid Bey, sagt der Direktor, ich will Ihnen überhaupt nicht imponieren …

Was wollen Sie mir nicht? sagt Halid drohend, lassen Sie diese neumodischen Worte, sprechen wir hier doch von Mann zu Mann.

Von Mann zu Mann, wiederholt der Direktor, ich will Ihnen verraten, weshalb Sie hier sind. Es geht um Ihre jüngste Tochter.

Wenn Sie von mir noch mehr Geld erpressen wollen für die Schulbücher, stehe ich am besten gleich auf, sagt Halid.

Nein, es geht um eine andere Sache.

Ich habe vier Frauen zu Hause, eine Frau und drei Töchter: sie kosten viel Geld. Und wofür diese Ausgaben? Damit sie

211

wegsterben oder fremde Männer heiraten und mir den Rükken kehren.

Halid Bey, setzt der Direktor erneut an, Ihre Tochter mauert sich ein. Sie muß auch etwas von dieser Welt sehen. Sie hat sehr gute Noten, und Sie müssen sie dafür belohnen.

Was geht mich das alles an? sagt Halid, sie hat gute Noten? Ich habe keinen Nutzen davon.

Halid klopft mit der Spitze des Spazierstocks auf den Boden, der Direktor fährt mit dem Finger die Schreibtischkante auf und ab, er schwört sich, daß er vor diesem Vogelschreck die Stimme nicht erheben wird, man hat ihm zugetragen, daß er es mit diesem Kriminellen im Guten versuchen soll, im Jähzorn lasse sich der Mann zur äußersten Grobheit verleiten. Sie sündigen wider Gott, sagt der Direktor, das muß Ihnen doch klar sein. Die Mandeln Ihrer Tochter sind entzündet, die frische Luft auf dem Lande wird ihr guttun. Sie stirbt vielleicht an dieser Mandelentzündung. Dann haben Sie nicht nur keinen Nutzen, sondern auch die Kosten für die Beerdigung.

Ein Loch ausgraben kann ich schon selber, sagt Halid lächelnd, und ich kann dieses Loch auch wieder zuschütten. Dafür brauche ich eine Schaufel, und vielleicht eine Spitzhacke, wenn die Erde zugefroren ist.

Wir sprechen von Ihrer Tochter, sagt der Direktor mit strenger Stimme.

Ich weiß, wer meine Tochter ist, sagt Halid, ich habe sie schließlich gezeugt. Einen Jungen wollte ich haben, der Schoß der Frau aber hat die Streu empfangen und nicht den Samen.

Werden Sie mir hier nicht indiskret! sagt der Direktor mit hochrotem Kopf.

Was soll ich nicht werden?

Lassen Sie uns doch wie zivilisierte Menschen reden, sagt der Direktor, meinetwegen von Mann zu Mann. Die Eltern einer Mitschülerin Ihrer Tochter haben sich freundlicherweise bereit erklärt, alle Mädchen der Klasse in ihr Landhaus einzuladen. Selbstverständlich gilt die Einladung ausdrücklich für die Schülerinnen, die jungen Männer sind davon ausgeschlossen. Ich würde es sonst auch nicht erlauben.

Wie heißt diese Mitschülerin?

Manolya.

Eine Kurdin, sagt Halid, sie hat eine andere Kultur als wir Tschetschenen. Das paßt nicht, das geht nicht zusammen.

Wieso denn das? sagt der Direktor.

Man hört ja viel über diese Leute, sagt Halid, sollen sie leben, wie sie wollen, sollen sie in ihren Berglöchern Käfer aufknacken und im heißen Kesselwasser kochen. Diese Kurden sind schwarz wie Neger, wir dagegen sind hellhäutig. Tag und Nacht. Das eine kann nur sein, wenn das andere verschwindet.

Sie reden blanken Unsinn, sagt der Direktor, ich lasse diesen Menschen nichts Schlechtes nachsagen.

Ich gehe jetzt, es war reine Zeitverschwendung, hierherzukommen.

Halid macht Anstalten, sich vom Stuhl zu erheben, er bewegt sich absichtlich langsam, er spielt den Schwerfälligen, um diesem Bürokraten klar zu machen, daß er sein eigener Herr ist und die guten Absichten der Menschen als schlecht verhüllte Ausbeutungsversuche erkennen kann. Der Bürokrat will ihm Respekt einflößen, und in weniger als einer Viertelstunde hat Halid ihm vorgemacht, daß er keine Wanze ist, die man leicht zerdrückt.

Hör mal zu, sagt der Direktor, du bist genauso, wie man dich mir beschrieben hat. Ich werde also mit dir nicht zimperlich umspringen. Ich bin der Direktor dieser Schule, ich bin ein Angestellter dieses Staates. Was ich bestimme, hat sofortige Gültigkeit. Ich habe also hiermit beschlossen, daß deine Tochter bei diesem Landausflug dabeisein muß. Der Ausflug ist Teil der Schulerziehung.

Du hast nicht über mein Eigentum zu bestimmen, Direktor, sagt Halid.

Wir reden von deiner Tochter, Kerl, und wenn Eigentum,

dann ist sie Eigentum des Staates. Wenn du diese meine Bestimmung mißachtest, wird es für dich unangenehme Folgen
nach sich ziehen.

Du jagst mir ja ganz große Angst ein, sagt Halid und lacht
höhnisch auf, was willst du tun? Dich hinter deinem Schreibtisch erheben und mir die Faust zeigen? Deine Faust breche
ich wie eine Walnuß! Und wenn ich schon dabei bin, lasse ich
auch deinen Kopf platzen wie eine Honigmelone.

Das trau ich dir zu, Krimineller, sagt der Direktor, mir ist zu
Ohren gekommen, daß du mit Geschichten aus deiner Haft-
zeit prahlst. Also wird es dir auch nichts ausmachen, wenn
man dich wieder wegsperrt ...

Halid stockt mitten in seinem Ausfallschritt zur Tür, atmet
durch und dreht sich wieder um. In den Augen dieses Hun-
desohns erkennt er die Lust der kleinen Menschen, das Gesetz
zu bemühen, wenn man es wagen sollte, ihre Macht in Frage
zu stellen.

Du drohst mir mit dem Gefängnis?

Ganz recht, sagt der Direktor, unsere Polizisten sind dir bekannt, und sie kennen dich auch sehr gut. Ich wußte ja nicht,
wie dieses Gespräch ausgeht, da habe ich vorsorglich mit dem
Herrn Oberkommissar gesprochen. Er hat mir auf die Hand
versprochen, dich am Wickel zu packen und in die Zelle zu
stecken, wenn du dich mir verweigerst.

Am Wickel packen? fragt Halid nach.

Das waren seine Worte. Ich warte auf den Augenblick, daß
ich ihm das Genick brechen kann. So hat er sich ausgedrückt,
ich gebe zu, er neigt zu dramatischen Formulierungen ...

Was tut er?

Nicht wichtig, sagt der Direktor, du schickst jedenfalls deine
Tochter aufs Land, sonst ... sonst wird sich der Herr Kommissar persönlich um dich kümmern.

Ihr seid eine Erpresserbande, schreit Halid und fuchtelt mit
dem Spazierstock, ihr nehmt mir das Kind weg!

Staatsrecht bricht Verwandtschaftsrecht, stellt der Direktor nüchtern fest, das sind die Gesetze, an die wir uns alle halten müssen. Und jetzt kannst du gehen. Du hast zu tun, ich habe zu tun.

Halid sieht auf den Silberknauf herunter und stellt sich vor, wie der Kopf des Bürokraten unter der Wucht eines einzigen Hiebes aufplatzt, wie das Blut sich auf die Papiere ergießt, in denen er vorgibt, zu lesen. Dabei stößt er den Stuhl gegen den Sockel, und es geht ein Schwung durch die Fahnen. Auch Halid hat einen Eid auf diese Fahne abgelegt, der Schwur bindet ihn auf Lebenszeit. Um der Fahne willen, denkt er, um des Schwurs willen werde ich weichen, aber es kommt die Stunde, daß du Hundesohn mir vor die Füße fällst, dann Gnade dir Gott.

Nimm dich in acht vor mir, sagt Halid zum Abschied, der Dienst unter dieser Fahne wird dir nicht zeit deines Lebens vergönnt sein. Am Tage deiner Pensionierung stehe ich vor deiner Tür.

Eins noch, sagt der Direktor, wenn du deine Wut an deiner Tochter ausläßt, wird man es mir berichten. Und ich werde es dem Herrn Kommissar weitergeben. Dann Gnade dir Gott. Laß mich jetzt in Frieden!

Und tatsächlich verläßt der Kerl sein Amtszimmer, er stürmt nicht Türen schlagend davon, wie er dachte, nein, er schließt die Tür leise hinter sich, er bedeckt den Direktor nicht mit lauten Verwünschungen, nein, Halid geht still weg, und genau das, muß der Direktor zugeben, macht ihm große Angst.

*

Der Nährvater schreit meine Mutter im Schlafzimmer an, Tolga spitzt die Ohren, im Falle, daß er wie fast immer losschlagen sollte, will der Sohn der Mutter zu Hilfe eilen. Dieser verdammte Eunuch von einem Direktor, brüllt er, sitzt er da auf seinem Nachttopf und erzählt mir was von Gott und Sünden. Landausflug, daß ich nicht lache! Ich sollte deiner Tochterhündin eigenhändig die Mandeln ausreißen. Dieser Eunuch kann mir gar nichts befehlen!

Doch noch am selben Tag statten Manolyas Eltern einen Besuch bei uns ab, sie sitzen auf dem Boden und erklären dem halb abgewandten Herrn des Hauses, daß sie die Ehre hochhielten, daß es bei ihnen keine Übergriffe geben wird. Manolyas Vater versichert, während des Aufenthalts der Mädchen in seinem Landhaus werde kein Mann anwesend sein, er selbst werde sich in dieser Zeit im nahe gelegenen Dorf aufhalten. Seine Frau werde auf die Mädchen aufpassen und sie wie ihren Augapfel hüten. Der Nährvater tut so, als hörte er sich ein Gnadengesuch an, er hat es nicht einmal für nötig befunden, eine Hose über das Pyjamaunterteil überzustreifen. Bislang hat er kein einziges Wort gesagt, meine Mutter ist es gewöhnt, in seiner Anwesenheit zu schweigen. Yasmin lauscht konzentriert, ihr Gesicht hellt sich auf, es ist, als gehe es um die Landverschickung von ihr. Wie heißen Sie noch mal? sagt der Nährvater, Abdurrahman, sagt Manolyas Vater. Das heißt, in unsere zivilisierte Sprache übersetzt, ›der Diener des Barmherzigen Gottes‹, fährt der Nährvater fort, auch ich bin gnädig zu Leuten, die mir nicht in die Quere kommen und meine Hausgesetze achten. Also, das Mädchen werde ich mitfahren lassen. Sie wird wieder zurückkehren. Wenn ich erfahre, daß man ihr Kurdensitten beigebracht hat, oder wenn sie sich plötzlich dirnenhaft verhält, werde ich Sie in Ihrem Kurdendorf aufsuchen.

Ihre Ehre ist meine Ehre, sagt Abdurrahman Bey und steht auf, vor Zorn hat er die Augen zu Schlitzen gekniffen, doch er versagt sich heftige Widerworte. Seine Frau folgt ihm zur Tür, Yasmin, meine Mutter und ich verabschieden sie.

Ich schicke eine Tschetschenin, ruft der Nährvater, und ich werde eine Kurdin zurückbekommen. Ich hoffe, daß es nicht eintrifft. Wenn es doch passiert, werde ich dich Hündin zum Teufel jagen.

Der führt dich am Gängelband, denke ich, und da ich weiß, daß er die Erlaubnis nicht mehr zurücknehmen kann, gehe ich durch die Zimmer der Wohnung, als sei ich eine Frau in einer Liebesaffäre. Ich werde fort sein, und es wird in dieser Zeit an nichts fehlen, höchstens, daß ich mich sehnte nach den Traumfarben, den Traumfabeln, meiner Mutter. Yasmin schnürt meine beiden Bündel, zwei Säcke mit frischer Wäsche, zwischen die sie trockene Lavendelzweigstücke gelegt hat. Es ist so lange her, daß sie mir erzählt hat, wie sie in der fremden Stadt auf höfliche Männer gestoßen ist. Damals hatte sie eine Schönheit ausgestrahlt, als gehe sie einer großen Liebe entgegen. Jetzt spart sie ihre Worte auf für später, für den Tag, an dem ein Kälteflüchtling sie zu seiner Frau erwählt. Was ist ein Kälteflüchtling? frage ich sie jetzt, und sofort durchziehen zwei Falten ihre Stirn, sie denkt nach und erinnert sich, ich habe einmal über Kälteflüchtlinge gesprochen, sagt sie, du erinnerst dich! Es fehlt nicht viel, und ich gebe mich auf, fährt sie fort, das ist das Gefühl, mit dem ich den Tag beginne und mit dem ich ihn beschließe, ich sehne mich also auch wie die dummen Mädchen nach einem Mann, der aus einer kalten Gegend kommt, den es in diese verfluchte Kleinstadt verschlägt, und der mich sieht und weiß: Sie will ich haben!

Yasmin lächelt bei ihren Worten, ich drehe mich von ihr ab, weil es ein hartes Lächeln ist, die Lippen verziehen sich im Gesicht, das Gesicht aber gleicht einer geschliffenen Steinfläche.

Es sind wieder einmal die Basarschönheiten, die mir ein großes Geheimnis anvertrauen, ich bin den Weg zu unserer alten Wohnung gegangen, auch wenn es mich viel Überwindung gekostet hat. Und da sitzen sie, in weißen Spitzenkleidern und unter weißen Sonnenschirmen, die sie im Winter wie im Sommer aufspannen. Sie naschen Konfekt, und wie sie mir sagen, sie parlieren, das Französische hat es ihnen angetan. Ich erzähle ihnen von meiner Landverschickung, sie freuen sich darüber so sehr, daß sie mir zwei Cremepralinen zuwerfen. Ich frage sie nach dem neuesten Klatsch der Frauen, sie haben nur darauf gewartet.

Ipek Hanim, sagt die Ältere, du kennst sie ja, sie führt das Zelttheater, und die Männer kommen in Scharen, sie kommen auch dann, wenn anspruchsvolle Filme laufen. Das ist verdächtig.

Wir Frauen verstehen eben mehr von der Liebe, sagt die Jüngere, die Männer machen Liebespolitik.

Laß mich mal ausreden, sagt die Ältere, vergessen wir doch einfach das Zelttheater … Ipek Hanim ist sehr ansehnlich, und über ihr Aussehen will sie ihr Ansehen mehren, verstehst du?

Nein, sage ich und hoffe insgeheim, daß sie mir eine Praline zuwerfen.

Doch, du weißt ganz genau, wovon ich rede. Sie ist mit diesem melancholischen Anisschnapstrinker verheiratet. Aber die Liebe ist erloschen. Denn sonst würde sie nicht das tun, was sie eben tut. Sie gilt in Männerkreisen als eine Freundin, die viel kostet …

Eine Frau mit Ausgaben, sagt die Jüngere.

Fall mir nicht ständig ins Wort, ermahnt die Ältere sie, also … sie sitzt in der Kinokabine, und die Männer können sie sehen und sich in sie verlieben. Die Strauchdiebe, die armen Kerle, kommen für Ipek Hanim natürlich nicht in Frage. Sie wählt einen Mann aus. Und dann leben sie eine verbotene Liebe auf Zeit aus. Sie dürfen aber nicht auffallen.

Wie verständigen sie sich, das ist die Frage.

Der Friedhof, sagt die Jüngere, ist die Kontaktstelle.

Du hast wieder einmal alles auf einmal verraten, ruft die Ältere aus, du hast meiner Geschichte die Spannung genommen.

Bitte erzähl weiter, sage ich, darf ich um eine Praline bitten?

Die ältere Basarschönheit legt einige Pralinen in ein Ziertuch, verknotet die Zipfel zu einem Knoten und läßt das pralle Tuch herunterfallen, genau in meine wie zum Bittgebet gefalteten Hände. Ich verschlinge zwei Pralinen hintereinander, dann knabbere ich an der dritten Praline. Gut, sagt die ältere Schwester, der in seinen Sinnen völlig vertrübte Mann hinterläßt an einer verabredeten Stelle einen Lustbrief: es kann ein Astloch sein, eine verfallene Grabstele, die locker in der Erde steckt, oder aber der Mann versteckt den Brief in einem Knoten einer Schleife und bindet sie als Bittfetzen um den Zweig eines Baumes am Heiligengrab. Es gibt da sehr viele Möglichkeiten. Wir wissen nicht, wo dieser geheime Briefkasten ist … Und jetzt kannst du weitererzählen, sonst platzt du vor Ungeduld.

Du unterstellst mir Laster und preist deine Tugenden, schimpft die Jüngere, der geheime Briefkasten … Ipek Hanim sieht dort nach, sie besucht den Friedhof unter dem Vorwand, das Grab ihres Vaters zu besuchen.

Das ist ja furchtbar, sage ich und verschlucke mich fast an den Nußsplittern der Praline.

Es ist noch nicht so lange her, daß man den Männern, die sich an anderer Menschen Gut vergriffen, ein Prägezeichen aufgebrannt hat auf die Stirn. Übergriffe werden heute leider nicht mehr so streng geahndet.

Die Jüngere schaut ihre große Schwester an, sie schüttelt den Kopf und bemerkt, sie rede ja wie ein Mann, und was das heißen soll, Menschengut, die Frau sei doch nicht das Gut des Mannes. Sie streiten sich heftig, ich versuche den Streit zu schlichten, doch sie übergehen meine Worte und achten nicht mehr auf mich. Die Ältere sagt nur, ich könne das Ziertuch behalten, dann wirft sie ihrer Schwester falsche Damenhaftigkeit vor. Ich bleibe eine Weile unter ihrem Balkon stehen, und da ich sie nicht belauschen will, reiße ich mich los und mache mich auf den Rückweg.

13

Wir sitzen auf der offenen Ladefläche eines Lastwagens mit dem Rücken zum Führerhaus, Nermin, die Klassenbeste, hält Händchen mit Sevgi, der Irren, die zweite Sevgi
unserer Klasse, die Normale, hat die Augen geschlossen und
läßt sich den Fahrtwind ins Gesicht wehen. Manolya hält sich
stehend an der eingehakten Ladeklappe fest und schaut herab
auf Fulya, die Kleinste und Jüngste unter uns Mädchen. Sie
legt wie üblich wenig Zurückhaltung an den Tag, noch nie hat
sie den Blick gesenkt, wenn man sie ansah, sie singt aus voller Kehle ein Schullied: Morgendunst auf den Berggipfeln, der
Silberfluß strömt ewig weiter. Sie singt diese Eingangsstro-
phen immer wieder, ich atme die frische Luft ein und schreie
aus Leibeskräften, ich schreie wie ein albernes Mädchen und
stecke die anderen an, die in meinen langgezogenen Freudenschrei einfallen, die Freude zerreißt mir fast die Brust. Weit
weg von der Wohnung, in deren Zimmern ich wie ein Schatten streiche, weit weg von dem Mann in Pyjamahose.

Der Lastwagen zieht auf der Schotterstraße durch eine Einöde, weit und breit kein Mensch, vielleicht einmal ein Schaf-
hirte, oder ein vor sich hin starrender Bauer in der Hocke. Ich
mache es den anderen Mädchen nach und stehe auf, wir kitzeln
einander und stoßen vor Übermut spitze Schreie aus. Manolya
führt mit mir einen Scheinkampf aus, Fulya setzt sich wieder
hin und stachelt sie schreiend an, mich niederzuzwingen. Manolya biegt meinen Arm um, und ich lasse mich in den Schoß
von Fulya fallen. Sie hat nur darauf gewartet und drückt mir
einen Kuß auf den Mundwinkel, im letzten Moment kann ich
mein Gesicht wegdrehen, sonst hätte sie mich auf die Lippen

geküßt. Sie lächelt mich an, ich richte mich wieder auf. Wir
sind alle übermütig wie über einen Wiesengrund stolpernde
Fohlen. Ab und zu klopft der Fahrer an das Rückfenster der
Fahrerkabine, daß wir endlich Ruhe geben. Doch wir halten es
nicht aus im Sitzen, wir stehen auf, fassen uns an den Händen
und tanzen im Kreis. Die verrückte Sevgi versucht Nermin
zu ihrer Linken dabei ein Bein zu stellen, dabei verliert sie
das Gleichgewicht und fällt böse auf die Knie. Aber sie ist ja
verrückt, sie achtet nicht weiter auf die blutende Schramme,
drückt den Daumen darauf, hält ihren Daumen hoch und sagt,
wer jetzt ihren Daumen lutschte, würde von ihr einen dicken
Freundschaftskuß bekommen.

Der Fahrtwind fährt uns allen in die Haare, und ich sehe,
wie die Haarlocken der Mädchen hin- und herwirbeln, wie der
Wind unsere Röcke erfaßt. Lachend drücken wir den gebausch-
ten Stoff herunter, wir schämen uns bei aller Ausgelassenheit
etwas voreinander. Doch bald sind wir einfach nur müde und
setzen uns auf die Ladefläche, der Fahrer schaut verwundert
kurz nach hinten und kommt fast von der Straße ab. In der
Abenddämmerung sind wir da; Manolya steht auf und sagt:
Das ist unser Dorf. Ich schaue in die Richtung, in die sie zeigt,
eine kahle Ebene, begrenzt von großen kalten Bergen, und in
der Ferne ein scharfer Strich von Horizont, das Tanzseil der
Engel. Das Dorf zu Füßen der Berge sieht aus wie eine An-
sammlung von Hütten der afrikanischen Eingeborenen, die
ich aus den Bildern in meinem Völkergeschichtsbuch kenne.
Je näher wir dem Dorf kommen, desto mehr wandelt sich der
Glaube zu einer Gewißheit: Hier leben die Afrikaner unseres
Landes. Erst denke ich beim Anblick der Hütten an Unter-
stände aus Schaffell, doch die Wände bestehen aus Lehm und
Heu, und statt eines Daches sind oben auf der Hütte feuchte
Erdklumpen und darauf Strohballen aufgelegt. Die Lehmhüt-
ten erheben sich wie kleine Warzen aus dem Boden. Manolya
folgt meinem Blick, sie sagt, in heißen Nächten würden die
Bauern auf diese Dächer steigen zum Schlafen. Es käme vor,

daß der eine oder andere wilde Schläfer herunterfalle und sich Arme und Beine breche.

Wo ist der Fluß? sage ich, wo ist der Euphrat?

Der Fahrer ist um den Lastwagen herumgegangen und öffnet die Ladeklappe, wir steigen herunter. Ich sehe es den anderen Mädchen an: auch sie sind verwirrt und enttäuscht, und sie glauben wie ich, daß Manolya uns alle in diese Einöde gelockt hat, um Spielfreundinnen zu haben. Plötzlich rennen Frauen herbei, sie haben sogar eine noch dunklere Haut und dunklere Haare als Manolya. Sie tragen keine Kleider, sie tragen Gewänder, die bis zu den Knöcheln reichen. Ihr hoher Kopfputz sieht aus, als habe man einen kleinen Kupferkessel mit bunten Stoffen umwickelt, mit Nickelmünzen bestückte Girlanden hängen herab in die Gesichter der Frauen, so daß sie immer wieder mit den Fingern über das Gesicht wischen und die Girlanden aus der Stirn streichen. Ich bekomme große Angst, ich habe noch nie in meinem Leben solche Menschen gesehen. Hochgewachsene dunkelhäutige Menschen. Allen diesen Frauen hängen seitlich dicke pechschwarze Zöpfe herunter. Ihre Augen sind schwarz umrandet. Manolya hat mir erzählt, daß die Frauen ihres Stammes Antimonpulver in die Augen streuen – sie müssen dann blinzeln, die schwarz gefärbte Tränenflüssigkeit tritt über die Lidränder: ein natürlicher Lidschatten. Ich rühre mich nicht von der Stelle, sogar die sonst ausgelassene Fulya ist wie erstarrt. Es ist schon dunkel, und diese dunklen Menschen jagen uns allen eine furchtbare Angst ein. Jetzt gleich werden sie sich auf dich stürzen, denke ich, und morgen wirst du auf dem Sklavenmarkt verkauft. Sie haben auf solche dummen Mädchen aus der Stadt gewartet, unsere Abenteuerlust wird uns zum Verhängnis. Manolya muß bei unserem Anblick auflachen, dann dreht sie sich zu den Frauen um und spricht mit ihnen in einer fremden Sprache, die wir Mädchen nicht verstehen. Ich nehme mir allen Mut zusammen und schaue jetzt in die Gesichter der Frauen und entdecke aber nur Freude, eine junge Frau nickt mir sogar zu. Die Tochter des Stammesfürsten ist gekommen, sie gibt sich mit ihnen ab, das kommt nicht alle Tage vor, sie schreien durcheinander. Der Nährvater hat von den maßlosen Eingeborenen in den Bergen gesprochen, das müssen sie sein. Vor Angst steigen wir wieder auf den Lastwagen und starren herunter.

Runter mit euch, ihr dummen Gänse, schreit Manolya uns zu, und da wir sie nicht verstimmen wollen, gehorchen wir und folgen ihr in eine Lehmhütte, wir müssen uns hinsetzen. Eine schöne junge Frau bringt große Schüsseln herein, wir reißen Streifen vom Fladenbrot und tunken sie in kalten Joghurt, wir essen Pilaw mit Hammelfleischstücken, das Essen ist frisch und schmeckt herrlich.

Hier werdet ihr schlafen, sagt Manolya, da draußen sind zwei Wachen aufgestellt. Sie passen auf, daß niemand sich hier einschleichen kann … Du, Leyla, machst dir aus Angst vor uns Wilden ins Höschen.

Das stimmt doch gar nicht, sage ich, es ist hier alles … so anders.

Du armes Mädchen, sagt sie, du glaubst, wir sind Menschenfresser. An deiner Stelle würde ich mich fragen, ob das tatsächlich Hammelfleisch war, das wir gegessen haben.

Es bricht sofort ein Tumult aus, wir kreischen und halten die Hand vor den Mund, als müßten wir uns jeden Augenblick übergeben. Manolya geht lachend davon. Wir tollen noch eine Weile herum, Sevgi, die Irre, übertreibt es wieder und macht unsinnige Vorschläge, wie unsere Flucht am besten gelingen könne: wir müssen nur das ganze Dorf massakrieren und brandschatzend den Weg nach Hause in die Stadt finden. Nur Fulya spinnt mit ihr den Plan weiter fort. Schließlich kauern wir uns alle auf dem Boden der Lehmhütte zusammen, schmiegen uns aneinander und schlafen ein.

Der Gesang des Türwächters weckt mich am nächsten Morgen, er singt sich die Fremdheit von der Seele, von der ich nicht weiß, ob sie ihn ausbrennt oder ein Erbe seiner Urahnen ist. Die anderen Mädchen scheinen zu schlafen, ich stehe umständlich auf, glätte mir Bluse und Rock, betrachte mich in einer Spiegelscherbe: Ich bin kein Kind mehr, ich kann auf mich aufpassen, ich kann mich vorsehen vor den Wilden. Mein Haar stecke ich mit Haarnadeln fest, und nach einem Blick auf die tief schlafenden Mädchen trete ich aus der Lehmhütte heraus. Der Wächter starrt mich grinsend an, dann läßt er seine Zunge im Mund hin- und herschnellen, es hört sich an wie ein heulender Lockruf. Bald darauf erscheint eine junge Wilde, sie faßt mich einfach an der Hand und führt mich zum Aborthäuschen, ein aus Brettern und Lehm gebauter, windschiefer Verschlag in der Bannmeile des Dorfes. Vor dem Abort stehen einige Männer, doch als sie mich und die Wilde sehen, kehren sie uns sofort den Rücken zu, machen sich auf den Weg zurück zum Dorf. Die Wilde schnalzt mit der Zunge, als wollte sie eine widerspenstige Gans scheuchen, und ich stemme mit leichtem Druck die knarrende Tür auf, stemme sie hoch und zurück, daß sie fast in den Angeln zerbirst, ich stelle mich auf die hölzernen Fußstapfen und blicke, da mich meine Mutter immer ermahnt, hinab in das Loch. Vor Schreck mache ich einen Satz nach vorne, und ich stoße mit dem Kopf gegen die Tür. Die Wilde läßt sich ihre Verwunderung über meine schnelle Morgentoilette nicht anmerken. Auf halbem Wege treffen wir die Mädchen, ich will sie vorwarnen, aber vielleicht würde ich damit unsere Gastgeber verstimmen. Manolya schickt die Wilde weg, Sevgi, die Irre, führt die Mädchen an, ich starre ihnen hinterher.

Auf sie wartet eine böse Überraschung, sage ich.

Erst das Menschenfleisch im Pilaw, sagt Manolya, und jetzt das Plumpsklo in der freien Natur. Die Damen sind eben an den Luxus der Stadt gewöhnt.

Wir leben doch nur in der Kleinstadt, sage ich, das hier … ist aber wirklich etwas völlig anderes.

Sie will zu einer höhnischen Antwort ansetzen, doch plötzlich hören wir Nermin im Abort losschreien, und dann stürmt

sie auch schon heraus, die Mädchen versuchen sie zurückzuhalten und bedrängen sie mit Fragen. Das ist nicht mehr lustig, schreit sie Manolya an, so ein übler Streich! Und das am
frühen Morgen.

Wieso Streich? sagt Manolya, die Natur zersetzt den Abfall,
das hast du vorhin mit eigenen Augen gesehen. Außerdem
habt ihr alle den Morgen verschlafen.

Was bleibt uns anderes übrig, als uns zu fügen, wir sind, wie
Manolya spöttelt, junge Damen in der Wildnis, wir können ihr
nichts entgegensetzen. Wir folgen Manolya in einigem Abstand zurück ins Dorf. Zwei alte Frauen stoßen einen zwischen
Holzkreuzen aufgehängten Ziegenbalg hin und her, sie schütteln die Milch durch, die sich allmählich in Butter verwandelt.
Die Wilde holt mit der bloßen ungeschützten Hand kleine
runde Vollkornbrote und einen großen Brotlaib aus dem Lehm-
ofen. Die Hitze scheint ihr nichts auszumachen, vielleicht
will sie auch vor uns Fremden ihren Schmerz nicht zeigen. Sie
reicht das dampfende dicke Brot Manolya, die es sich vor die
Brust hält und dünne Scheiben abschneidet. Ehe wir uns versehen, sind wir von kleinen Mädchen umringt, sie breiten eine
dicke Steppdecke auf dem Boden aus, stellen Schüsseln auf die
Decke und ziehen kichernd und schnatternd an uns, bis wir
uns mit zur Seite geknickten Beinen hinsetzen. Darüber muß
die Wilde lachen, sie ahmt mich nach, schüttelt den Kopf und
zeigt mir und den Mädchen, daß es hier auch Frauen gestattet
ist, im Schneidersitz zu sitzen.

Ich bestreiche die Scheibe mit frischer Butter und streue
Käsebrocken auf den dicken Butterbelag, ich beiße gierig hinein und schlucke den kaum zerkauten Bissen herunter. Der
nelkengewürzte Tee schmeckt herrlich – zum ersten Mal in
meinem Leben ist es mir gestattet, unter freiem Himmel zu
frühstücken, und da ich nicht an mich halten kann, schreie
ich vor Freude auf, die Wilde und Manolya zucken zusammen,
und als sie mich lachen hören, stoßen sie auch Schreie aus,
jetzt können sich auch die anderen Mädchen nicht zurückhal-

ten. Die Wilde spricht ein paar Sätze zu Manolya, die ihr eine knappe schroffe Antwort gibt, ich bin neugierig und möchte wissen, was sie gefragt hat.

Sie macht sich unnötige Sorgen um euch, sagt Manolya.

Wieso denn? sagt Sevgi, uns geht es von Stunde zu Stunde besser.

Sie glaubt, daß ihr krank seid … wegen eurer blassen Gesichtsfarbe.

Wir sind nicht blaß, sage ich, wir sind nur bleicher als ihr beiden. Ihr seht aus wie die Afrikaner im Schulbuch.

Manolya spuckt aus und ballt die Fäuste, unwillkürlich lasse ich die halbe Brotscheibe auf die Decke fallen, die Wilde läßt ihren Blick zwischen Manolya und mir hergehen und macht sich bereit für einen Sprung. Ich habe einen schrecklichen Fehler begangen, auch wenn ich nicht weiß, worin er genau besteht. Langsam rücke ich an Manolya heran, lege die Arme um sie, sie läßt es sich reglos gefallen.

Meine schöne Freundin, flüstere ich ihr ins Ohr, ich will dich nicht verletzen, verzeih mir.

Ich löse mich aus der Umarmung und blicke sie an, ihre undurchdringliche Miene weicht auf, sie stößt mich neckisch weg.

Schön wär's, wenn man uns in Schulbüchern abbilden würde, sagt sie, ich hätte wirklich nichts dagegen.

Die Menschen in diesem Dorf behandeln dich wie eine Prinzessin, sagt Fulya, sie beten dich an.

Das tun sie bestimmt nicht. Ich bin eben die Tochter des Stammesfürsten. Diese Menschen und dieses Dorf gehören meinem Vater. Sie sind sein Eigentum.

Wie kannst du so etwas behaupten? sagt Sevgi, die Normale, der Mensch ist doch das Eigentum Gottes.

Du und deine Schulweisheit, herrscht Manolya sie an, damit kommst du hier nicht weiter. Ich kann es dir erklären, du wirst es trotzdem nicht verstehen.

Dann befehle doch diesem Mädchen zu sterben, sagt Sevgi,

die Irre, das würde ich gerne sehen. Sonst glaube ich es dir nicht.

Du spinnst, sagen wir Mädchen wie aus einem Munde, und da sie es nicht dabei bewenden lassen kann, bewirft sie uns mit Käsebrocken, bis die Wilde sie am Handgelenk packt und zudrückt.

Manolya bedeutet ihr, loszulassen, unwillig gehorcht sie der Prinzessin des Stammes. Ihre Sitten sind uns fremd, denke ich, und bis wir uns mit ihnen vertraut gemacht haben, wird eine Ewigkeit vergehen, doch wir sind nur für kurze Zeit bei ihnen, also müssen wir einen Weg finden, sie nicht zu reizen oder zu beleidigen. Diese Bauern leben von der Gnade des Fürsten, sie berufen sich auf eherne Gesetze: Der Fürst hat einen unsichtbaren Kreis um das Dorf gezogen, und wer unbefugterweise hinaustritt aus dem Kreis, gilt als Gesetzesbrecher. Ihn trifft Gottes Bannfluch. Mein Nährvater ist der Hausvater, er hält mich, meine Schwestern und Brüder, und meine Mutter auch, wie seine Leibeigenen. Sechs Blinde, Taubstumme und Krüppel zittern unter seinem Sühnestock. Diese Bauern aber müssen ihn lieben, ihren König des Dorfes. Als hätte ich ihn mit meinen Gedanken beschworen, erscheint Manolyas Vater, wir stehen auf und achten dabei, daß sich unsere Röcke nicht unstatthaft auffalten. Er steckt in einem westlichen Anzug, ich hätte erwartet, daß er auf seinem eigenen Grund und Boden Traditionstracht trüge. Die Wilde möchte seine Hand küssen, doch er wehrt ab, sie geht in einem Abstand von drei Schritten, wartet auf ein bindendes Wort, auf einen Befehl, dem sie sofort Folge leisten würde. Er fragt uns, ob es uns gutgehe und ob wir uns von der langen Fahrt erholt haben. Wir sind eingeschüchtert und beugen verschämt die Köpfe, nur Sevgi, die Irre, blamiert uns mit ihrer Gegenfrage, ob er, der Fürst, soviel Macht besitze, Tod und Verderben zu verordnen. Abdurrahman Bey lacht daraufhin, bis ihm die Tränen in den Augen stehen, und als er sie mit einem Herrentuch getrocknet hat, sagt er, dieses Dorf sei nur eine Ruhestation auf der Wegstrekke, und wir würden also weiterziehen, nicht auf der Ladefläche eines Lastwagens, aber auf dem Rücken von Mauleseln.

Abdurrahman Bey reitet uns auf einem Pferd voran, wir folgen ihm auf den Maultieren, je zwei Mädchen auf einem Maulesel, Manolya hat mich zu ihrer »Reitfee« erwählt, ich bin froh, daß sie die Zügel hält. Ein letztes Mal schaue ich zurück, die Frauen und die Bauern stehen in Reihen reglos da, so reglos wie Soldaten auf der Wache, so reglos wie wir Schülerinnen beim Fahnenappell. Ich winke ihnen zu, es hat keinen Sinn, sagt Manolya, sie werden dir nicht zurückwinken, das gehört sich nicht, das gilt bei uns nicht als gutes Benehmen. Ich weiß, daß es dich, und auch die anderen Mädchen, erschreckt, aber wenn wir uns nicht an das Gesetz halten und uns benehmen, zersetzt uns die Zeit und der Wind. Der Mann meiner Mutter hat auch sein eigenes Hausgesetz, sage ich, deine Worte ähneln seinen Worten.

Ist er denn nicht dein leiblicher Vater? fragt Manolya.

Doch ja, sage ich und muß mich an der Mähne des Maulesels festhalten, er bockt, doch nach einem scharfen Zug am Zügel trottet er wieder ruhig weiter.

Du bist die Tochter eines Tschetschenenfürsten, sagt sie, deshalb verstehen wir uns so gut.

Er ist kein Fürst, sage ich, und also bin ich auch keine Fürstentochter. Er hat sich diese Geschichte mit den verlorengegangenen Ländereien im Kaukasus nur ausgedacht. Sein Vater war wahrscheinlich ein Pferdedieb, und man hat ihn an einem Baum aufgeknüpft.

Vergangene Zeiten, sagt Manolya, und dann noch einmal, vergangene Zeiten! Sie machen mir nur schlechte Laune … Da, schau nur!

Ein mit Pappeln gesäumter Märchenfluß zieht sich durch das Tal, er sieht aus, als habe ein Kind die Spitze einer Buntstiftmine unten auf dem Papier schräg angesetzt und sie in ungelenken Schleifen über das ganze Blatt gezogen.

Ich bringe dich zum Euphrat, sagt Manolya, dieses Rinnsal

hier vereinigt sich mit dem großen Fluß. Schau immer nur zur linken Seite. Ich versuche angestrengt durch die Pappelzweige den Flußlauf im Auge zu behalten. Plötzlich schreit Fulya auf dem Maulesel hinter dem Pferd von Abdurrahman Bey auf, Nermin versucht sie zu beruhigen, schaut in die Richtung, in die Fulya mit dem fuchtelnden Finger zeigt, und erstarrt. Eine gelbgefleckte, männerarmdicke Schlange windet sich zwischen den Pappelzweigen, gleitet am Stamm herunter und läßt sich dann ins Wasser fallen. Wieder schreit Fulya auf und ruft uns zu, sie habe beim Fall der Schlange Wassertropfen abbekommen. Wir reiten zwar auf dem Uferweg, und der Flußarm ist ein wenig breiter als ein großer Menschenschritt und tief – doch wir glauben Fulya nicht. Sie beteuert, die Schlange habe sie naßgespritzt, und sie könne uns die Wassertropfen deshalb nicht vorzeigen, weil sie mit der Hand über ihren nackten Arm gegangen sei: Abdurrahman Bey sagt, er glaube ihr, er werde ihr jetzt Geleitschutz geben und nicht von ihrer Seite weichen, bis wir im Landhaus angekommen sind. Tatsächlich beruhigt sich Fulya sofort, immer wieder blickt sie verstohlen zur Seite, auf den neben dem Maultier reitenden Vater von Manolya, und wahrscheinlich kommt sie sich vor wie eine schwer bewachte Kurtisane des Königs. Das ist ihre Traumvorstellung, sie hat es mir verraten. Sie zieht sich nicht mehr nackt aus und wirft ihre Kleider aus dem Fenster – sie tut es in ihrer Traumvorstellung.

Dann sehe ich so viel Wasser, Wasser wie noch nie in meinem Leben. Ich kenne das Bachrinnsal im Garten hinter unserem ersten Haus, und ich kenne das Wasser, das fließt, wenn ich den Hahn aufdrehe. Diese Schönheit aber habe ich noch nie geschaut: zwei rauschende Wassermassen vereinigen sich wie Mann und Frau, die immer füreinander bestimmt waren und – nach Jahren der Sehnsucht und des Verlangens – nun endlich aufeinanderstürzen. Was für eine Wiedersehensfreude! Der breite Fluß Euphrat ist die Frau, die den heranbrausenden ›Tochma‹ in sich aufnimmt – wie rasen sie nur, diese Wasser, was sind sie nur besessen. Wie armselig sind doch wir Menschen, denke ich, wir schreiben und lesen Geschichten über die große Liebe, doch die wahre Kraft enthüllt sich uns immer dann, wenn wir den Blick von den Menschen abwenden.

Was machst du für ein Bürgermädchengesicht? sagt Manolya.

Ein großes Wunder ist das, herrsche ich sie an und werde mir sofort meiner Dummheit bewußt – wie kann ich Dahergekommene die Fürstentochter belehren wollen? Diese Wasser strömen durch das Land ihres Vaters, der Fluß gehört zu ihrer Kindheit und zu ihrem Frauenleben, er ist ihr vertraut wie ihr Fingerabdruck im Kerzenwachs.

Diese Wasser sind verrückt, schreie ich gegen den brüllenden großen Fluß an, Manolya zeigt auf eine Stelle jenseits der Stromschnellen, das Wasser fließt ruhig dahin, und da wir jetzt am Ufer des Flußbetts reiten, höre ich das schöne Rauschen, eine Weile das schöne Rauschen, und hinter meinem Rücken nur noch als Nachhall die wilde Vereinigung. Manolya pustet mir in den Nacken, und für einen Augenblick bin ich ihr böse, weil sie mich nicht läßt, soll sie mich doch für ein ergriffenes Bürgermädchen halten. Wir reiten talaufwärts, der Weg führt vom Fluß weg, und ich verrenke mir fast den Hals, schaue zur Seite auf Euphrats Silberglanz, das Silber des kräuselnden Wassers.

Ich sitze das erste Mal auf einem Maultier, es schüttelt mich durch, mir ist elend zumute. Immer wieder rutsche ich von der Kuppe herunter und muß mich an der Mähne hochziehen, Manolya hilft mir nicht. Ich sehe, daß es den Mädchen auf den drei Maultieren nicht anders geht. Abdurrahman Bey unterhält sich mit Fulya über Giftschlangen und über Schlangen, die, statt ihre Zahnstacheln ins Fleisch zu schlagen, das Opfer umschnüren und ihm die Luft aus den Lungen pressen. Fulya ist alles andere als verängstigt, sie bittet ihn, die entscheidende Todesszene auszumalen, er kommt ihrer Bitte laut lachend nach. Sevgi, die Irre, bewirft die sich vor Schreck an Fulyas

Rücken pressende Nermin mit gerösteten Kichererbsen und stößt bei jedem Kopftreffer einen wahnsinnigen Schlachtruf aus. Eigentlich steckt sie im falschen Körper, sie benimmt sich fast immer wie ein Junge, und als ich Manolya meine Gedanken verrate, bleibt sie für eine Weile stumm, dann sagt sie, sie habe genug von Mädchen, die glaubten, eine Frau müsse sich beherrschen, ein Mädchen gelte doch nur dann als ehrenhaft, wenn es sich zeit seines Lebens tot stellte, sogar dann, wenn es einmal im Monat blute.

Du bist manchmal vulgär, sage ich, entschuldige, du bist meine beste Freundin, und ich muß es dir ins Gesicht sagen können.

Das hast du aber nicht, sagt sie, du hast dem Maulesel in die Mähne gesprochen.

Na, du weißt, wie ich es meine, sage ich ärgerlich, wieso bist du so vulgär?

Ach, Mädchen, sagt sie, soll ich mich sittsam verhalten? Ich würde verkümmern ... Hast du mir nicht verraten, daß du dein Leben verlassen möchtest? Wärst du glücklich, würdest du nicht auf solche Gedanken kommen?

Das Unglück rührt vom Elend des Nährvaters, sage ich, in seiner Nähe verdirbt jeder Mensch.

Dann geh da weg!

Was? schreie ich, das ist undenkbar.

Denkbar ist eine Heirat, sagt Manolya und schnalzt mit der Zunge, um das Maultier zum schnelleren Tritt anzupeitschen. Sie redet ungern über das Elend, es schnürt ihr die Kehle zu, ich kenne sie und schweige, das Schweigen lastet zwischen uns wie die Luft vor einem heftigen Regenfall, und dann aber sehe ich auf einer Hügelkuppe ein großes Landhaus, es sieht aus wie das bewehrte Nest von Menschen, die wissen, daß es eine große Lust ist, ein Juwel aus der Krone zu brechen oder in ein Haus einzudringen, in dem man Schätze vermutet. Wir reiten auf die Festung zu, und als wir endlich auf der Hügelkuppe stehen, steigen wir von den Maultieren ab und schauen auf das Tal herunter. Der Euphrat windet sich in Schlangenlinien durch das kahle Land, die Abhänge der Berge in der Ferne sind von einem verblichenen Grün, das mich sofort sehnen läßt, ich weiß nicht wonach. Nirgendwo eine Menschenbehausung, ein verlassenes Tal, ein verlassener Fluß und verlassene Berge.

Hier ist ja keine Menschenseele, sage ich fröstelnd, wie können wir hier eine Woche überleben?

Dich werden deine Ängste noch umbringen, Mädchen, sagt Manolya, hast du kein Vertrauen?

Doch, Gottvertrauen, sage ich.

Wie sagt doch mein Vater, der Fürst: Binde erst dein Pferd an, und vertrau dann auf Gott.

Ich reiße mich los vom Anblick des Flusses und der Berge, drehe mich um und beiße mir vor Schreck auf die Zunge: Manolya zielt mit einem Gewehr auf mich.

Wo ist dein Gott jetzt? sagt sie.

In der Gewehrmündung, stoße ich hervor.

Kluges Mädchen, sagt Manolya und schüttelt sich vor Lachen, sie kann nicht damit aufhören, obwohl Abdurrahman Bey sie in der fremden Sprache anfährt. Die Mädchen lösen sich aus ihrer Starre und wollen das Gewehr berühren.

Nein, sagt Manolya, ihr seid so dumm, ihr schießt mir noch aus Versehen den Kopf weg.

Sie redet begütigend auf ihren Vater ein, und da sie uns nichts verheimlichen will, wechselt sie in unsere Sprache, verspricht dem Fürsten, von solchen Angstspäßen abzusehen, sie werde auf uns aufpassen, daß wir ja auch keine Dummheiten machen. Wir kommen uns zwar vor wie Kleinkinder, mischen uns aber nicht ein, schließlich sind wir zu Gast bei einem fremden Stamm, und wir wollen die fremden Gastgeber nicht unnötig reizen. Der Vater sattelt auf und reitet weg, ich blicke Manolya fragend an – müssen wir hier stehen, bis der Fürst aus unserem Blickfeld verschwindet? Doch sie kehrt dem davonpreschenden Vater sofort den Rücken zu, geht mit großen Schritten zur Holzpforte des Hauses und tritt ein. Auch wir lassen die Maulesel stehen und folgen ihr, sie hängt das Gewehr an einen Nagel in der Wand. Die Mädchen machen große Augen, es sieht im Wohnzimmer aus wie in einer Waffenkammer, an allen Wänden hängen Pistolen und Gewehre. Auf Messingplatten und Beistelltischen stehen Silberkessel, Kristallkaraffen und mit Perlmutt besetzte Holzkästchen. Manolya führt uns durch die Räume, im Nebenzimmer, fast so groß wie die Waffenkammer, fällt mir der bodenlange Seidentaftvorhang ins Auge. Die Vorhangkordel führt durch seidenbespannte Holzkugeln und endet an schweren Quasten, der Stoff der Schabracke über dem Fenster glänzt im Rot frisch vergossenen Blutes. Der Diwan führt an allen vier Wänden herum, die Sitzflächen mit den versenkten Polsterknöpfen erinnern an dicke Bäuche, in die der Nabel hineindrückt. Sevgi, die Irre, läßt sich auf das Polster fallen, streckt ihre Arme und Beine, die Samt- und Damastkissen an der Diwanrückenlehne begraben sie fast unter sich. Manolya stiftet uns zu einer Kissenschlacht an, wir fallen übereinander her, balgen uns, stoßen einander zu Boden.

Plötzlich ruft Sevgi, die Normale: O Gott, ich muß mal, und schon läuft ihr das Wasser die Beine herunter, sie steht mitten im Zimmer und schluchzt in die Hände, mit denen sie ihr Gesicht bedeckt. Sie ist vielleicht die Schamvollste von uns Mädchen, wegen dieser Katastrophe steht sie kurz vor einem Zusammenbruch, ich kann es ihr nicht verdenken. An ihrer Stelle wäre ich schreiend davongelaufen und hätte mich stundenlang versteckt. Doch Manolya ist alles andere als böse, sie geht aus dem Zimmer und kehrt mit Wischtüchern zurück, sie trocknet den Boden und verrät uns allen, sie habe immer davon geträumt, mitten im Wohnzimmer und vor allen Leuten Wasser zu lassen. Wir müssen alle lachen, Sevgi, die Normale, schluchzt und lacht, und bald versiegen ihre Schamestränen, und dann fällt sie mir um den Hals, ich weiß nicht, wieso sie ausgerechnet mich fest umarmt, schließlich ist es Manolya, die den Bann gebrochen hat.

Es wird Nacht. Manolya bittet uns, die Vorhänge zuzuziehen und ihr beim Tischdecken zur Hand zu gehen. Ihre Mutter hat Essen für uns gekocht, doch sie läßt sich seltsamerweise nicht sehen. Manolya trägt die volle Schüssel bis zur Türschwelle, wir nehmen sie ihr ab und stellen sie auf den großen runden Bodentisch. Es gibt Pilaw und Hammelfleisch, ich habe noch nie an zwei aufeinanderfolgenden Tagen Fleisch gegessen, ich kämpfe gegen meinen Heißhunger an und versuche, die Fleischstücke nicht alle auf einmal gierig in den Mund zu stopfen. Nur Fulya und die irre Sevgi halten sich nicht zurück, sie schmatzen und stöhnen, und Manolya sagt, sie würden Laute ausstoßen wie frisch geküßte Frauen in Liebesfilmen. Dann steht sie auf und kommt mit einem Gitterbastteller mit Mandeln und einer Schale wildem Honig zurück. Ich zerkaue die Bienenwaben, bis sie in meinem Mund zu Klumpen werden, ich nehme sie mit spitzen Fingern aus dem Mund und lege sie unauffällig auf die Tischkante. Doch natürlich ist Manolya meine schamvolle Geste nicht entgangen, sie knackt an den Mandeln und höhnt mit vollem Mund. Du bist jetzt bei den Wilden, sagt sie, Damen kommen in der Wildnis um. Gewöhn' dir das gezierte Verhalten wenigstens hier ab.

Laß mich in Ruhe, sage ich, ich bin doch frei.

Ja, sagt sie, morgen verläßt uns meine Mutter, wir werden ab morgen unsere Freiheit haben.

Nermin sagt, sie habe ein komisches Gedicht gelesen, darin gehe es um Seidenraupenzucht, von Honig komme sie auf Bienen, und von Bienen auf Seidenraupen. Ob wir wüßten, wie Seide entsteht? Streber! ruft Sevgi, die Irre, doch wir überschreien sie einfach, wir möchten wirklich wissen, wie man Seide macht.

Man macht Seide nicht, sagt Nermin, es braucht erst einmal vieler Maulbeerbäume, man setzt den Seidenspinner auf die Zweige, sie essen die Blätter auf, und … na ja, sie scheiden das Verdaute aus. Sehr viel später sammelt man die Kokons der Seidenraupen, die man aber ins heiße Wasser tauchen muß, damit die Klebstoffe auf der Außenschicht der Kokons abgehen.

Ein schönes kurzes Referat, sagt die irre Sevgi, was soll ich nur mit diesem Wissen anfangen?

Sei still, sagt Manolya … stand das alles in dem Gedicht?

Nein, sagt Nermin, ich habe es nachgelesen. Die Dichterin …

Eine Frau, die dichtet? rufe ich dazwischen.

Ja. Sie hat ein schönes Gedicht geschrieben, sie vergleicht sich mit einer Seidenraupe, die vor Liebe ihren Kokon sprengt.

Komischer Vergleich, sagt Manolya und spricht aus, was wir alle denken, ich verstehe ihn nicht. Ich weiß nur, daß bei uns früher die Schafe sich am Stamm gerieben haben, die Bauern mußten nur noch das Wollvlies aufsammeln …

Ja und? frage ich.

Tiere sind Tiere, und Insekten sind Insekten, sagt Manolya, Menschenliebe aber ist etwas völlig anderes.

Wir denken über ihre Worte nach, und da es so spät ist und unsere Konzentration nachläßt, geben wir es sehr schnell auf, die Liebe der Schafe und der Bienen zu ergründen. Wir decken den Tisch ab, warten auf der Türschwelle, bis Manolya aus der Küche kommt und uns die Schüsseln abnimmt. Wir werden morgen Kaugummi pflücken, sagt sie, und auch wenn wir bitten und schreien, sie will uns nicht mehr verraten, wir sollen unsere Neugier zügeln und abwarten.

Es gibt drei richtige Betten, sie teilt uns in Zweiergruppen auf, je zwei Mädchen auf einem Maulesel, und jetzt in einem Bett. Die Mädchen drucksen verlegen herum, auch mir schießt die Röte ins Gesicht. Stellt euch nicht so an, ihr Bürgermädchen, sagt Manolya, wir sind Schwestern, und nur ein Mann kann etwas Schlechtes dabei denken, wenn zwei Schwestern in einem Bett liegen. Das leuchtet uns allen ein. Ich folge ihr in ihr eigenes Schlafzimmer und bleibe schlagartig stehen: Der große Baldachin über dem Landhausbett wirft einen Schlagschatten auf die Holzdielen, das ist das Bett einer Prinzessin, ich reiße die Augen auf.

Manolya schaut mich über die Schulter an und lächelt.

Hast du geglaubt, wir würden einen runden Holzscheit als Nackenrolle benutzen und uns mit Schaffellen bedecken?

Das da, sage ich, ist mehr als ein Bett. Es ist so großartig, es müßte eigentlich leben.

Das Bett lebt aber nicht, sagt sie, es wartet darauf, daß wir uns hineinlegen.

Als ich sie bitte, mir die Kleiderwechselkammer zu zeigen, verzieht sie den Mund, sie fordert mich auf, wenn ich denn so sittsam sei, hinter den dicken Vorhängen in mein Nachtkleidchen zu schlüpfen. Ich folge ihrem Rat, achte nicht auf ihre höhnischen Bemerkungen und trete schließlich heraus. Sie liegt schon im Bett, ihre schwarzen Augen glänzen im Dunkeln. Ich schlage die Decke auf meiner Seite zurück und lasse mich einfach fallen.

Keine Angst, du Seidenraupe, sagt sie, wir drehen einander den Rücken zu und schlafen ein.

Danke, sage ich, ich schließe die Augen und lausche meinem eigenen Atem. Heute ist ein Tag, an dem ich glücklich gewesen bin.

14

Die Diener halten sich in gebührendem Abstand auf, sie haben die Anweisung, uns fremden jungen Frauen nicht in die Augen zu sehen. Manchmal schlägt ein Diener mit dem langen dicken Stock in die Büsche, ich weiß nicht, ob er damit die Langeweile vertreiben oder Schlangen scheuchen will. Die irre Sevgi wollte sie zu einer Hetzjagd überreden, doch sie haben sie nur schweigend angesehen. Man wechselt keine Worte mit den Gästen, es sei denn, der Fürst oder die Fürstentochter heben das Schweigegebot auf. Manolya würdigt sie keines Blickes, sie hat uns nach dem Frühstück ins Freie getrieben, die Morgenstunde ist heilig, rief sie, steht auf, ihr wollt doch Kaugummi kauen! Sie hat uns wieder einmal an der Nase herumgeführt. Ich dachte, daß man die Kaugummistreifen, wie man sie beim Kleinwarenhändler kauft, in Pfropfengröße wie Äpfel und Birnen von den Ästen pflückte, um sie zu plätten und in Silberfolie einzuwickeln. Doch Manolya führt uns zu kniehohen Pistaziensträuchern, sie schneidet in die fleischige Frucht, das Harz quillt aus der Schnittritze hervor und tropft auf den flachen Stein, den sie unter die Frucht gelegt hat. Fulya will das Harz auf dem Stein berühren, Manolya hält sie davon ab. Nur etwas Geduld, sagt sie und schneidet in die Früchte am Strauch, legt die flachen Steine darunter, die wir ihr bringen. Wir spielen Fangen und andere alberne Kinderspiele, wir sind an der frischen Luft wie verwandelt. Sevgi, die Irre, übertreibt es wieder einmal mit der Albernheit und versucht uns unter den Rock zu greifen. Die Diener wenden sich sofort ab, sie lösen sich in Luft auf. Manolya redet auf sie ein, und als sie trotz der Warnungen weitermacht, versetzt ihr Manolya eine harte Ohrfeige, die irre Sevgi fällt sofort auf den Boden, bleibt ausgestreckt und reglos liegen. Sofort versammeln wir Mädchen uns um sie, schütteln und kneifen sie in die Wange, sie rührt sich nicht.

Sie ist leider tot, sagt Manolya nach einem prüfenden Blick, wir müssen sie wohl oder übel hier begraben.

O Gott, schreit Nermin, das haben wir nicht verdient. Du bist ja nicht tot, sage ich ... was machen wir jetzt? Hinter dem Haus ist die Jauchegrube, sagt Manolya, das Beste wird sein, wenn wir sie darin versenken.

Bei diesen Worten richtet sich die irre Sevgi auf und schreit Manolya an, sie sei die Gemeinheit in Person, so wie sie sich aufführe, wäre es auch kein Wunder, daß die Jungs um sie einen großen Bogen machten, wer wäre schon bereit, ein Flintenweib zu lieben; Manolya müsse sich eigentlich beim Friseur die Oberbacken abflammen lassen mit dem brennenden Streichholz, wie die Jungs, und die Schwärze ihrer Haut käme von der Schlechtigkeit, die ihr ins Gesicht schieße ... Sie zetert noch eine Weile, und dann aber hat sie sich ausgeschrien und fängt an, aus vollem Halse zu lachen. So ist sie, die irre Sevgi, sie verwirrt uns mit ihren Launen. Schließlich steht sie auf und küßt Manolya auf beide Wangen, Manolya stößt sie weg und sagt, sie würde naß küssen wie ein Feudel, auf den man zwei Lippen aufgemalt hat.

Es ist soweit, wir ziehen die getrockneten Harzfladen von den Steinen ab, reißen kleine Stücke und stecken sie in den Mund. Ich muß lange kauen, bis das Harz weich wird. Was für ein Geschmack! Wir schauen beim Kauen einander zu, wir sehen aus wie sechs schmatzende Kamelweibchen. Dann aber muß ich heftig aufstoßen, den anderen Mädchen ergeht es nicht anders. Manolya klärt uns darüber auf, daß die Bauern das Rohharz nach einem besonders schweren Essen kauen, um das Gas in ihren Bäuchen über den Mund loszuwerden. Uns allen ist es peinlich, wir verstreuen uns über den Garten vor dem Haus, um alleine und ohne Zeugen aufzustoßen, Manolyas Hohnlachen treibt uns wieder zusammen. Jetzt ziehen wir Frauen in das Paradies ein, ruft sie aus und rupft an den Endivien, deren Blätter sie sich ungewaschen in den Mund stopft. Und tatsächlich kommen auch gegen Mittag Bauern vom Dorf mit fertig zubereitetem Essen. Wir machen Picknick im Freien, essen Bällchen aus geschrotetem Weizen, tunken die Brotkanten in den sahnigen Joghurt, löffeln das Pilaw aus fein gemahlenen Weizenkörnern. Manolya beteiligt sich an unseren Mädchenspäßen, als Fulya aber mit Brotstücken um sich wirft, wird sie auf einen Schlag ernst.

Hör sofort damit auf, sagt sie streng, oder willst du, daß dich der Schlag trifft?

Nein, sagt Fulya, ich streue doch nur Vogelfutter aus.

Ist es wahr?

Ja. Sonst würde mich der Schlag treffen.

Manolya entspannt sich und versteift sich wieder, als Nermin ausruft, sie halte das alles für finstersten Aberglauben, und wer daran glaube, sei dumm und werde auch dumm bleiben.

So spricht nur ein Streber, sagt die irre Sevgi, ich wundere mich, auch sie hat sich verspannt, sie schaut drein, als wolle sie einem Falschgläubigen Benehmen beibringen.

Du hast bessere Noten als wir, fährt sie fort, dafür hast du Haare in der Farbe lang abgezogenen Kamillentees!

Es ist typisch für die irre Sevgi, daß sie sich nicht an die Logik hält, sie wartet außerdem immer auf eine Gelegenheit, unsere Klassenbeste anzugreifen. Wir gehen nicht auf sie ein, und bald sprechen wir darüber, daß wir uns nicht nach unserer Kindheit zurücksehnen und daß wir hoffentlich nur eine kurze Zeit abzuwarten haben, bis der Geliebte vor uns auf die Knie fällt und um unsere Hand anhält.

Für meine Mutter ist es wichtig, daß der Brautpreis stimmt, sagt Manolya, ich aber denke: seine Kußlippen müssen stimmen.

Wir prusten los, Manolya schaut uns verwundert an, sie

meint es ernst. Der Mann, den sie erst in ferner Zukunft zu heiraten gedenke, müsse auf Kußhöhe bleiben. Auf die Frage, was denn das nun wieder heiße, weiß sie keine rechte Antwort zu geben, nach einem Seitenblick auf Fulya, die Jüngste unter uns, sagt sie, jede von uns habe genug Phantasie, um es sich auszumalen. Wir schweigen und brüten. Ich denke an den Soldaten, der in eine andere Stadt umgezogen ist, ich denke an seinen warmen Blick, an seine großen Männerhände, an sein Gesicht kann ich mich seltsamerweise nicht erinnern. Und als müsse ich ihn aus meinem Kopf bannen, erzähle ich den Mädchen meine Geschichte vom Soldaten, ich weihe sie in mein Geheimnis ein.

Du hast dich also schon als kleines Mädchen verliebt, sagt Sevgi, die Normale.

Es ist nur eine schwärmerische Liebe, sagt Nermin, diese Art der Liebe kennen wir doch alle.

Ich nicht, sagt Fulya.

Wieso hast du dich eigentlich immer am Fenster ausgezogen? frage ich sie, wolltest du deine Mutter ärgern?

Sie war mir egal, sagt sie, ich weiß auch nicht wieso … ich habe auf die Köpfe da unten gespuckt, doch das hat nicht soviel Spaß gemacht wie das Ausziehen. Vielleicht war mir einfach zu heiß.

Sie muß über ihre eigenen Worte kichern, dann sagt sie, die Männer, sie seien die Gegenseite, vielleicht nicht die Feinde, aber ganz bestimmt die anderen, und sie könne sich gar nicht vorstellen, wegen eines Mannes in Liebe zu entbrennen, ihr Herz bleibe kalt beim Anblick von Jungs, die doch nur im Wege stehen, wenn man einfach geradeaus gehen will. Ich bin beeindruckt, die Zwölfjährige stellt sich dumm, weiß in Wirklichkeit genau, was sie will und was ihr gefällt. Manolya mustert sie mit neu entfachtem Interesse.

Am Abend sitzen wir im Kreis auf dem Boden und hängen unseren Gedanken nach, Manolya pafft vor unseren Augen eine selbstgedrehte Zigarette, unwillkürlich muß ich an Ipek

Hanim denken: Am Anfang habe ich sie bewundert, doch meine Gefühle schlugen schnell in Haß um: Wahrscheinlich liegen sie und der Nährvater beieinander, meine Mutter kocht zu Hause ahnungslos das Essen, und Ipek Hanims Mann, Bajram Bey, betrinkt sich im Saal des Zelttheaters. So führen Heiden ihr Leben und geben sich als ehrbare Moslems aus! Eine unbändige Wut läßt mich schneller atmen, ich will schon aufstehen und das Zimmer verlassen, als draußen zwei Schüsse fallen. Manolya verriegelt sofort die Vorder- und die Hintertür, eilt in die Waffenkammer ihres Vaters und kommt mit einem Gewehr zurück.

Dieser Hundesohn! schreit sie, dem werde ich es zeigen.

Wir Mädchen stehen dumm herum, uns fällt nichts anderes ein, als zu wimmern und zu schluchzen, Sevgi, die Normale, hat sich wieder vor Angst erleichtert.

Was ist denn los? schreie ich.

Reißt euch zusammen, verdammt noch mal, schreit Manolya zurück, es betrifft euch nicht, es betrifft mich. Ein Nichtsnutz aus dem Dorf möchte mich zu seiner Frau nehmen. Ich habe dem Hundesohn gesagt, daß ich studieren möchte. Er will es nicht verstehen. Jedesmal wenn ich hier zu Besuch bin, kommt er auf seinem Pferd angesprengt und bedroht mich. Er hat mir diesmal die Nachricht zukommen lassen, daß er mich eher töten werde, als mich in die Stadt ziehen zu lassen.

Mein Gott, ruft Nermin aus, er ist also gekommen, um dich zu töten. Danach wird er über uns herfallen.

Du blödes Bürgermädchen, sagt Manolya, der Kerl führt dort draußen nur den Werbungstanz des Männchens auf.

Sie hängt sich zwei Munitionsgürtel über Kreuz um, schaut uns der Reihe nach an.

Ihr schließt hinter mir ab und öffnet niemandem, bis ich wiederkomme. Keine Angst, ihr seid in Sicherheit. Ich rechne jetzt mit diesem Idioten ab … Wenn geküßt wird, bin ich es, die küßt!

Und schon hat sie die dicken Riegel zurückgeschoben und

ist in der Dunkelheit verschwunden. Wir schließen hinter ihr die Tür, schieben die beiden Riegel wieder vor und hängen den schweren Riegelhaken über den Knauf.

Wir müssen uns verstecken, sagt Fulya, am besten, wir schlüpfen alle zusammen unter die Tagesdecke.

In unserer Not folgen wir ihrem Vorschlag, doch bald schwitzen wir und bekommen keine Luft mehr, wir werfen die Decke wieder ab. Ich habe ein schlechtes Gewissen, ich komme mir vor wie eine Verräterin, die ihrer besten Freundin in der Gefahr nicht beisteht.

Plötzlich zerreißen wieder zwei Schüsse die Stille der Nacht, zwei schnelle Schüsse hintereinander, und dann wird in längeren Zeitabständen ein Schuß nach dem anderen abgefeuert. Ein letzter Schuß in der Ferne, dann nichts mehr, ich beiße mir in die Finger, Sevgi, die Normale, hat die Pfütze weggewischt und ihre Kleider gewechselt. Als an der Vordertür gerüttelt wird, zucken wir zusammen.

Ihr Bürgermädchen, ruft Manolya von draußen, macht mir auf.

Wir sind gespannt, zu erfahren, was passiert ist, sie läßt sich erst lange bitten und erzählt uns schließlich von ihrem großen Abenteuer in der Finsternis vor dem Haus.

Ich habe den Hundesohn wieder ins Dorf zurückgejagt. Wahrscheinlich hat er sogar eine Kugel abbekommen. Recht geschieht ihm!

Du hast auf ihn geschossen? fragt sie Fulya mit großen Augen.

Ich habe Warnschüsse abgegeben, sagt Manolya, doch als er anfing, Liebesbeteuerungen zu brüllen, habe ich auf seinen Arm angesetzt.

Nein, entfährt es uns allen.

Aber ja, fährt Manolya ungerührt fort, der Hundesohn schrie trotz der Kugeln, die um ihn pfiffen, er könne nicht ohne mich leben, und er würde schon dafür sorgen, daß ich nicht ohne ihn leben könne … Eiskalte Erpressung, sage ich.

Wie kann er es wagen, wo ich doch Gäste im Hause habe? Nun ist er mit halber Ehre davongekommen, und ich möchte mal sehen, wie er sich vor den Leibwächtern meines Vaters rechtfertigen wird. Er ist so gut wie tot.

Er liebt dich doch, sage ich, und weil du ihn nicht beachtest, ist er verzweifelt.

Du meinst, ich hätte ihn eigentlich trösten müssen?

Du weißt schon, sage ich.

Manolya geht nicht mehr darauf ein, sie erzählt, daß sie am Grenzstein des Dorfes kehrtgemacht habe, nicht etwa aus Angst vor den Freunden des verliebten Narren, die ihr hätten auflauern können. Es sei ihr kurz durch den Kopf gegangen, daß der Kerl fliehe, um sie in die Falle zu locken. Es habe in der Vergangenheit einige Fälle von Frauenverschleppung gegeben, die Liebe mache den Mann nämlich dumm, aber nicht blind. Der Kerl hatte keinen Plan, sagt sie, er ist auf sein Pferd gestiegen, mit dem Glauben, sein Wille werde schon Wunder wirken ... Jetzt muß er mit der Schande leben, davongelaufen zu sein.

Wird er nun leben, oder ist er so gut wie tot? fragt die irre Sevgi.

Kommt darauf an, sagt Manolya, kommt auf mich an ...

Verrate ihn nicht, sage ich, er hat uns Angst eingejagt, er hat uns aber nichts getan.

Das Gesetz, sagt Nermin.

Das Gesetz, das Gesetz, schimpft Manolya, unter meinen Füßen das Gesetz! Ihr plappert nach, was man euch beigebracht hat, ihr treibt mich noch zum Wahnsinn ... Ich kann diesen Bauernsohn nicht ausstehen. Das ist die Hauptsache.

Sie setzt uns Schalen mit Mandelkernen vor, wir kauen lustlos an den Mandeln, reiben uns müde die Augen. Ich sehe es auch den anderen Mädchen an, daß sie sich zurückziehen wollen, der liebestolle Mann auf dem Pferd hat in ihnen eine schöne Frauensehnsucht aufwallen lassen, jedes Mädchen möchte einfach nur das Licht löschen, die Decke über den

Kopf ziehen und ohne Zeugen seines Mienenspiels Bilder der Verrücktheit träumen. Möchte ich es auch? Ich kann nicht verschwenderisch sein, nicht in meinem Leben, nicht in meinem Traum, und ich frage mich, was mich zurückhält. Später im Bett, in der Dunkelheit des Zimmers, lausche ich Manolyas Atem, sie kann von einer Sekunde zur nächsten in den Schlaf fallen, die Fürstentochter plagen keine großen Sorgen. Was hat sie nur, daß sie mich ein Bürgermädchen nennt, wie gerne würde ich es sein. Vielleicht kennt sie diesen meinen geheimen Wunsch. Sie ist von Menschen umgeben, die sich in ihrer Gegenwart geringschätzen, die ihr zu Diensten sind, sie führt kein anstrengendes Leben. Manchmal singt meine Mutter ein fremdes Lied, ich habe drei Sorgen, singt sie, ich habe dich, Schöner, ausgesucht, daß du meine Sorgen mehrst, und ich komme von drei auf fünf, von fünf auf zehn, mehre meine Sorgen, sprenge meine Brust. Ich habe sie dieses Liedes wegen immer ausgelacht, wie kann man sich ein sorgenvolles Leben wünschen? fragte ich sie. Die Nähe des schönen Geliebten läßt dich verkehren, sagte sie, sein Leben wird dein Leben, und weil es meist unmöglich ist, daß du dich im fremden Menschen auflöst, bringt es dich auch bald um, ein würdiger Tod. Sehr selten passiert es aber, du bist in seiner Nähe, er ist in deiner Nähe, und du verschwindest, er verschwindet, die Nähe verschwindet, es ist nicht hell, es ist nicht dunkel, es ist ein kleines Zwischendrin … Ich habe sie ausgelacht, wegen des Liedes, und wegen dieses Wortes: Zwischendrin. Ist das die Rinne zwischen zwei Bodenmatratzen? Ist es das Zwielicht vor dem Morgendämmer? Ist es mehr, ist es weniger? Zwei sind eins sind nichts, sagte meine Mutter, und dann schwieg sie, Tage, Wochen sang sie nicht, bis ihr das Lied wieder einfiel. Drei Sorgen. Fünf Sorgen. Zehn Sorgen.

*

Manolya führt uns hangabwärts einen Schleichpfad herunter zum Fluß, und kaum daß wir ihn sehen, stürzen wir uns mit

den Kleidern am Körper ins Wasser. Wir stoßen uns an großen Steinen ab, schwimmen hinaus, und auf Manolyas Kom-
mando wieder zurück. Im hüfthohen Wasser läßt sich besser
stehen, wir halten uns an den Händen fest, schreien so laut
wir können, ein Schwindel hat uns erfaßt. Ich habe Angst, daß
mich die Strömung erfaßt, die kleinen Strudel in der Mitte
des Flusses saugen Blätter und Zweige auf der Oberfläche
herunter auf den Grund, ich werde allein vom Anblick der
Wirbel schwindelig. Manolya stellt sich auf einen Erdbuckel
am Ufer, springt kopfüber ins Wasser, taucht auf, taucht unter
und wieder auf. Sie schwimmt geschmeidig dahin, duchkrault
die Strudel, der Fluß kann ihr nichts anhaben, wir stehen in
Ufernähe und verfolgen ihre Bewegungen, wir ängstlichen
dummen Bürgermädchen. Sogar die irre Sevgi unterläßt im
Wasser die Späße und reißt die Augen auf, als Manolya vom
Fluß mitgerissen wird und um Hilfe schreit, wir springen und
schreien auch um Hilfe, kein Mädchen traut sich, zur Flußmit-
te vorzuschwimmen. Doch da macht Manolya eine Rückwärts-
wendung, spitzt den Mund und speit einen Wasserbogen, sie
schießt hoch und läßt sich nach hinten fallen. Sie wetteifert in
ihrem Wahnsinn mit der irren Sevgi, aber immer dann, wenn
ich glaube, sie werde sich von uns absetzen und uns aus einigem Abstand auslachen, kommt sie zu uns und gibt uns das
Gefühl, daß wir alle zusammengehören. Sie ist kontrolliert,
ihr Selbstbewußtsein beeindruckt mich, vielleicht macht der
Wohlstand die Menschen reifer.

Die Sonne soll uns trocknen, naß, wie wir sind, legen wir
uns auf die Gartenwiese hinter dem Landhaus. Hier wachsen
viele Aprikosenbäume, die reifen prallen Aprikosen vertrop-
fen ihren Saft, die Zweige berühren fast den Boden. Ich zähle
mehr Früchte an einem Baum als Blätter, nicht an allen Bäumen, vielleicht hatten Schädlinge die Blätter zerfressen. Wir
spielen Schlaraffenland, ich strecke mich unter einem Baum,
öffne den Mund, Manolya steigt auf den Aprikosenbaum,
schüttelt an den Ästen, und es hagelt Früchte herab, eine Apri-

kose schlägt auf meiner Stirn auf und zerplatzt, eine Aprikose landet auf meiner Nase, der Saft rinnt mir das Gesicht herunter, und ich lecke das Sirup der Paradiesfrüchte. Was für ein Überfluß! Laßt sie einfach liegen, schreit Manolya vom Baum herunter, doch wir denken nicht daran, wir schürzen die halb getrockneten Röcke und sammeln die Aprikosen ein, dann setzen wir uns hin, häufen die Früchte vor uns auf und sehen uns satt daran. Wir fünf Hungermäuler, wir fünf Durstmädchen.

Heute nacht werden wir auf dem Dach schlafen, sagt Manolya und spießt eine Aprikose mit einen dünnen Zweig auf, schleudert sie fort, es ist unerträglich heiß.

Bist du verrückt? sage ich, du hast diesen Mann böse gemacht, er wartet nur auf eine Gelegenheit. Er wird abwarten, bis wir eingeschlafen sind, und dann steigt er aufs Dach und erschießt uns, eine nach der anderen.

Wir sind sechs, er ist nur einer, sagt die irre Sevgi, keine Angst.

Ich fürchte mich vor ihm, sagt Nermin, wahrscheinlich treibt er sich tagsüber in der Nähe herum. Er hat uns beim Schwimmen bestimmt zugesehen.

Hat er nicht! Die Wächter haben aufgepaßt.

Ich habe keinen Wächter gesehen, sage ich.

Ein gutes Zeichen. Sie waren aber da, haben sich versteckt. Der Kerl konnte sich also nicht unbemerkt anschleichen.

Im Haus fühle ich mich einfach sicherer, sagt Fulya, wir verriegeln die Türen, er ist draußen, wir sind drin.

Ich werde euch mit Gewehren ausstatten, sagt Manolya, ich habe einen leichten Schlaf, und ich kann die Geräusche der Nacht auseinanderhalten. Ein falscher Laut dort draußen, und ich feuere ab.

Ich stelle mir vor, wie ich tief schlafe, und plötzlich geht ein Schuß los, sage ich, vor Schreck werde ich vom Dach fallen.

Wirst du nicht, sagt Manolya, hört jetzt auf zu jammern. Es ist beschlossene Sache. Außerdem sind da ja noch die Wächter.

Sie läßt sich nicht umstimmen, wir flehen sie an, aber sie verschließt mit den Fingern die Ohren, und als wir an ihr zupfen, steht sie einfach auf und entfernt sich, sie beschimpft uns so lange, bis wir es nicht mehr aushalten und sie jagen. Wir können sie nicht einfangen, sie ist so schnell wie eine Füchsin, die mit dem Huhn im Maul sich davonmacht. Unsere Angst ist nicht verflogen. Wir steigen nachts die Holztreppe zum Dach hoch, legen uns auf die ausgebreiteten Bodenmatratzen. Manolya hat die Diener angewiesen, Schalen mit Mandeln, Nüssen und Pistazien neben die Betten zu stellen. Der klare Nachthimmel sieht aus, als habe er eine Seele, der Himmel ist eine Jungfrau, unberührt ist das Land, unberührt der Himmel. Ich schaue hinauf und hinein in das herzbeglänzende Blau, es drückt sich nicht herab, es läßt nur die Worte im Munde zergehen.

Seid ihr unten? ruft Manolya.

Ja, Herrin, rufen die Wächter zurück, der Wächter an der Vordertür tritt aus dem Schattenversteck hervor und wirft einen kurzen Blick nach oben.

Hast du einen Wunsch?

Bleibt wachsam, sagt Manolya.

Unsere Augen bohren sich in die Dunkelheit, Herrin. Kein Anschleicher bleibt unbemerkt. Jeden Eindringling schießen wir tot.

Manolya läßt sich in das Bett zurückfallen, der Wächter verschwindet in der Dunkelheit.

Ist es ihr Beruf? frage ich flüsternd.

Leibwächter meines Vaters, sagt Manolya so laut, daß es auch die anderen Mädchen mitbekommen.

Dein Vater hat Feinde?

Ja. Es gibt viele Stämme meines Stammes, eine Sippe kämpft gegen die andere, es geht meist um Weidegründe oder Ackerland … er muß achtgeben, die Bluträcher haben es auf ihn abgesehen.

Das hört nie auf, sagt Nermin links neben mir, ein Mord hat hundert Morde zur Folge.

So ist es, Streberin, sagt die irre Sevgi, du kannst ja mal ein Referat darüber halten.

Dein Vater hat zwei seiner Leibwächter zu unserem Schutz abbestellt, sage ich, wenn es die Bluträcher wissen, werden sie ihn heute angreifen.

Mach dir deswegen keine Sorgen, sagt Manolya, er hat genügend Männer zur Auswahl.

Er war allein, als er uns hierherbegleitet hat …

Glaubst du? … Nein, du hast sie nur nicht gesehen, genauso wie heute beim Schwimmen.

Gehorsam bis zum letzten Blutstropfen, denke ich, dem alten Gesetz verpflichtet: Der Körper gehört dem Fürsten, die Seele dem Allmächtigen. Wer nicht dient, wird aufsässig. Wer aufbegehrt, tritt die Gesetze mit Füßen. Wer sich aus dem Kreis der Sippe bewegt, hat sein Heil verwirkt, die Freunde werden ihn verstoßen, die Fremden werden ihn verachten: Das ist das Gesetz. Diese stolzen Männer treten fest auf, der Boden unter ihren Füßen bebt nicht, und über ihren Häuptern ist ein Himmel, der zum Heldentum anstiftet. Sie glauben, daß es das Schlimmste sei, wenn sie ehrlos werden und es Steine vom Himmel regnet. Davor wollen sie sich und ihre Sippe bewahren.

Wenn du die Wahl hättest, sage ich, wen würdest du heiraten? Einen Mann deiner Sippe vom Dorf, oder einen Städter?

Was stellst du für Fragen um diese Zeit? sagt Manolya.

Komm, sag! … Oder hast du Angst, daß der Wächter unten mithört?

Unterstell' mir nie wieder Angst, herrscht mich Manolya an, nie wieder! …

Also gut, wer kommt in Frage? Ich sehe die feinen gut erzogenen Jungen in der Schule und denke: Sie wissen, wie man sich einer Frau gegenüber verhält. Aber sie sind Frau und Mann in einem, das gefällt mir nicht. Ich sehe die jungen Dorfmänner meiner Sippe und denke: Sie sind Kerle, sie wissen, wie man eine Frau schützt …

… Aber sie sind zu hart?

Hart können sie meinetwegen sein, sagt Manolya, ich glaube nur, daß ich mit so einem Mann nicht glücklich würde. Ich habe mich verändert.

Du siehst immer noch aus wie sie, fällt ihr die irre Sevgi ins Wort, und sie erkennen sich in dir. Natürlich nur bis zu einem bestimmten Punkt.

Was soll das heißen? sagt Manolya in drohendem Ton.

Du nennst uns Bürgermädchen, und wir schlucken es herunter. Wieso willst du nicht zugeben, daß du unter uns das einzige Bürgermädchen bist?

Ich werf' dich gleich vom Dach, schreit Manolya, du bist so dumm wie die Fußsohle eines Bauern …

Herrin, ruft der Wächter, da kommt jemand.

Sofort drücken wir Mädchen uns in die Matratzen, Manolya kriecht zum Dachrand und späht geradeaus und nach allen Seiten, ich wälze mich schwer atmend auf dem Bauch, bewege mich auf Ellenbogen langsam an Manolyas rechte Seite, bemerke den Wächter unten, der mit der Pistole auf einen herannahenden Schatten zielt.

Töten oder verwunden? flüstert er.

Manolya schweigt einige Sekunden, ich will ihr schon die Worte des Wächters wiederholen, vielleicht hat sie sie nicht gehört, da weist sie ihn aber an, erst einmal nichts zu unternehmen, sie komme herunter.

Du paßt auf die Mädchen auf, sagt sie und steigt schnell die Holztreppe herunter, der Wächter übergibt ihr seine Waffe und winkt den heranschnürenden zweiten Wächter zu sich, sie ducken sich im Dunkeln, Manolya preßt die Pistole eng an ihr Bein und geht langsam auf den Schatten zu.

Bleib stehen, Kerl, ruft sie, oder ich schieße dir ein Loch ins Herz!

Der Schatten erstarrt, und nach wenigen Wimpernschlägen sieht man ihn eine Waffe vor sich auf den Boden werfen.

Ich bin es, Tan, ruft er.

Du suchst den Tod, Hundesohn, sagt Manolya, wie kannst du es wagen?

Du fährst morgen in die Stadt, sagt der Mann, ich wollte vor deiner Abreise mit dir sprechen.

Mit einer Waffe näherst du dich einer Frau, du bedrohst sie, und du bedrohst ihre Gäste ... Da hinten sind zwei Wächter, die nur darauf warten, deine Leiche zurück zum Dorf zu schleifen.

Ich komme mit dem Segen deines Vaters, meines Herrn, sagt er.

Du lügst!

Nein, schöne Herrin, das ist wahr. Ich bin kein Feigling. Du hast mich gestern davongejagt, und ich habe es nicht anders verdient. Ich bin dann noch in derselben Nacht zu meinem Herrn gegangen und habe von meiner Verfehlung berichtet. Ich wollte die Strafe durch seine Hand erhalten.

Du lebst noch, sagt Manolya, also lügst du.

Nein, schöne Herrin, ruft der Mann, der Herr hat mich angehört. Dann fragte er nach dem Grunde meines Wahnsinns. Ich habe nichts zu verlieren, habe ich ihm gesagt, ich liebe sie, ich komme um ohne sie, sie ist mein Leben ...

Hundesohn, schreit Manolya.

Ja, sagt der Mann, lieber das als einsam.

Und was hat dir mein Vater befohlen?

Geh hin und rede mit ihr, hat er gesagt, ab jetzt bist du mein Kurier, hat er gesagt, wenn meine Tochter dich wie letzte Nacht davonjagt, wirst du dich mir stellen. Erst dann hast du dir die schwere Strafe verdient.

Lügner! schreit Manolya, du hast die Geschichte erfunden.

Ich bin nicht ehrlos, sagt der Mann, ich stehe hier vor dir, ich möchte die schöne Herrin darum bitten, mich anzuhören. Ich schwöre bei Gott, danach verschwinde ich, und du wirst mich nie wiedersehen. Dein Vater ist mein Richter diese Nacht.

Sie verharren schweigend, Manolya und der Mann, wir Mädchen spähen und lauschen, die Wächter halten sich im

Dunkeln bereit, wir sind Zeugen des Wahnsinns dieses Mannes.

Sprich, sagt Manolya.

Meine Liebe ist so groß, daß mich die Männer und Frauen im Dorf auslachen, sie zeigen auf mich und sagen: Der Hoffnungslose, der verliebte Narr, heilig ist er nicht, dumm ist er nicht, er liebt die Tochter des Fürsten mit seiner ganzen Kraft, und für alles andere, das Atmen und Hüten und Feldbestellen, bleibt nichts mehr übrig. Meine Ehre opfere ich dir, Manolya, meinen Stolz opfere ich dir, meine beiden Hände und meine beiden Füße opfere ich dir. Nichts will ich behalten, alles gehört dir, alles was ich bin und was mir gehört, ist deins. Ich opfere dir auch meine Zeit, meine schöne Herrin, ich kann so lange warten, wie du es mir erlaubst, und meine Hoffnung opfere ich dir, ich will sie nicht behalten. Sagst du mir: Rühr dich nicht von der Stelle, bis ich wiederkomme, werde ich mich daran halten und so lange atmen, hüten und das Feld bestellen, bis die Späher des Dorfes deine Rückkehr verkünden. Sagst du mir: Ich bin die Tochter des Fürsten, du bist ein Nichts, über das dein Herr, mein Vater, verfügt ... dann werde ich dieses Schicksal annehmen, dann weiß ich, daß du keinen Minderwertigen zu deinem Mann machst. Sagst du mir: Du hast Grund zu hoffen, dann werde ich in der kurzen oder langen Zeit, da ich dich nicht sehe, an Kraft und Stärke zunehmen, und wenn du mich wiedersiehst, wirst du dann wissen, daß ich bereit bin, dich zu schützen, auch wenn du Schutz nicht brauchst. Ich bin fertig, schöne Herrin, ich warte auf deine Entscheidung.

Manolya regt sich nicht und sagt kein Wort, ich sehe ihren Schattenkörper, ich sehe den mir zugewandten Schattenkörper des Mannes, sie stehen sich gegenüber.

Es braucht viel Mut oder Dummheit, wieder hier aufzutauchen, sagt Manolya ... ehrlos bist du nicht. Ich könnte dich erschießen, und ich wäre im Recht.

Ja, sagt der Mann.

Was ist, wenn ich einen anderen Mann liebe, sagt Manolya.

Dann bin ich verloren, sagt der Mann, es ändert aber nichts an dem, was diese Nacht für mich bringt.

Ich liebe keinen anderen Mann, sagt Manolya, dafür liebst du mich ... Willst du mich erpressen? Willst du Liebe erpressen?

Gott schütze mich davor, sagt er, ich bin heute erschienen, um mich dir zu zeigen. Ich habe keine dunklen Absichten.

Schau Tan, sagt Manolya, ich werde lange wegbleiben, ich kehre in die Stadt zurück. Man verändert sich dort, ich kann nicht sagen, wie sehr ich mich verändert haben werde, wenn du mich wiedersiehst ... Geh jetzt, und teile meinem Vater mit, daß ich dich für einen ehrenvollen Mann halte, der keine Strafe verdient. Wir sehen uns wieder.

Gott mit dir, schöne Herrin, sagt der Mann.

Ja, sagt Manolya, und komm nicht auf die Idee, die Waffe auf der Erde wieder an dich zu nehmen.

Der Mann beugt den Kopf, dreht sich um und verschwindet in der Dunkelheit, er ist zu Fuß gekommen, und es wird Stunden dauern, bis er das Dorf erreicht. Der Liebende zu Fuß, schießt es mir durch den Kopf, ich höre die Tritte der Holzleiter knarren, und im nächsten Moment schwingt sich Manolya über den Dachrand und rollt in ihr Bett. Ich wage es nicht, sie anzusprechen, ich höre sie ein- und ausatmen, und als ich es nicht mehr ertrage, in den Himmel zu starren, stoße ich sie leicht an.

Mein Gott, sage ich, das ist die reinste Abenteuerliebe.

Sie lacht auf, und dann lacht sie weiter, die anderen Mädchen fallen in ihr Gelächter ein, nur ich schaue verwirrt um mich und verstehe nicht, es ist mir ernst, ich habe so etwas noch nie aus nächster Nähe erlebt. Ihr seid wirklich albern, schimpfe ich, das war knapp, der Mann war doch kurz davor, Amok zu laufen. Er hatte sogar eine Waffe bei sich.

Nicht wegen euch oder mir, sagt Manolya, nachts muß

man in dieser Gegend vor den Tieren der Nacht auf der Hut sein.

Die Schlangen, ruft Fulya.

Darüber muß Manolya wieder lange lachen, sie hat zu ihrer guten Laune zurückgefunden, sie verteilt Mandeln und Pistazien an uns und wehrt die Fragen ab, die wir ihr stellen. Schließlich läßt sie sich doch erweichen, spuckt eine bittere Mandel aus, befiehlt den Wächtern an der Vordertür, ihre Plätze wieder einzunehmen und achtsam zu sein, man könne ja nie wissen.

Ich weiß nicht, ob ich ihn liebe, sagt sie, sein Mut hat mich schon beeindruckt. Er sieht auch nicht hässlich aus.

Das konntest du aber in der Dunkelheit gar nicht sehen, sagt die irre Sevgi.

Ich bin ihm ja nicht zum ersten Mal begegnet, Bürgermädchen, sagt Manolya nach einem scheelen Blick, er ist also kein schlechter Kerl.

Mach ihn zu deinem Geliebten, sagt die irre Sevgi und wälzt sich auf ihrer Matratze, als sie eine Handvoll Mandeln trifft, sie ist wirklich verrückt.

Ich weiß nicht, ob ich ihn schrecklich oder doch nicht so schrecklich finden soll, sagt Nermin, wann passiert es einem schon, daß ein Mann vor dir steht und sich dir anbietet.

Seine Liebeserklärung war schon toll, schwärmt Fulya.

Zerredet dem Mädchen nicht die Romantik, läßt sich Sevgi, die Normale, vernehmen, du bist bestimmt ganz durcheinander.

Blödsinn, sagt Manolya, ich habe die Sache zu einem Ende gebracht … Ich habe Tan nichts versprochen.

Bis vorhin hieß er noch Hundesohn, jetzt sprichst du von ihm, als sei er dir schon sehr vertraut.

Manolya starrt die irre Sevgi an, als wolle sie sie tatsächlich vom Dach herunterstoßen, die Irre knabbert ungerührt an einer Mandel, die sie geziert zwischen den Fingern hält.

Vielleicht, denke ich, tut sie nur wahnsinnig, und eigentlich ist sie eine versteckte Dame und wird bald den Männern den Kopf verdrehen.

Für heute habe ich genug, sagt Manolya, ich bin müde und möchte schlafen. Ihr könnt ja noch über diese … Abenteuerliebe beraten. Gute Nacht, ihr Eulen.

Wir wünschen ihr gute Nacht, lassen sie in Frieden einschlafen. Ich bleibe noch eine Weile wach. Sie hat uns reich beschenkt, jedes Mädchen hat zwei schwere Stofftaschen, gefüllt mit Aprikosen, Kauharzfladen und zwei Laibe Brot, die die Bäuerinnen gebacken haben. Morgen kehre ich zurück zu meinem Leben.

15

Mach' deinen Mund auf, Mädchen, sagt der Arzt, draußen warten viele Kranke, sperr' deinen Mund endlich auf!

Yasmin zischt mir zu, ich solle die Kapricen lassen, sie hat eine Vorliebe für französische Fremdwörter und benutzt sie immer dann, wenn wir ›Amtspersonen‹ oder ›gehobene Herren‹ aufsuchen. Meine Mutter hat auf Anordnung des Arztes meine Hand losgelassen, sie faßt die Lehne des Behandlungsstuhls, auch der strenge Blick des Arztes kann sie nicht davon abhalten. Ich starre mit geweiteten Augen auf die Spritze mit der langen Nadel, sein Daumen ruht auf dem Kolben, und er umfaßt mit zwei dicken Krallen den Fingerrand, neben der Zahlenfolge der Meß-Skala ist eine Leiste mit kurzen und langen Strichen: Ich zähle die Zahlen von zwei bis zehn ab, öffne den Mund, und als ich sehe, wie er die Flüssigkeit durch die Hohlnadel der Glasspritze auspreßt, schließe ich die Augen.

Er stochert in meinem Mund, ich fühle die Nadelspitze an der Wurzel meiner Zunge, er spritzt dreimal in die linke und dreimal in die rechte Mandel.

Halt still! sagt er, sonst steche ich dir aus Versehen in den Rachen. Dann bist du gelähmt, und man wird dich bis zu deinem Lebensende füttern müssen.

Der Herr Doktor meint es nur gut mit dir, sagt meine Mutter und beißt dann in den Zipfel ihres Schamtuchs.

Ich schiele hoch zu seinem Kehlkopfspiegel auf der Stirn, versuche, nicht zu schlucken, und kann es doch nicht verhindern.

Jetzt nehmen wir dir die bösen Beulen heraus, sagt der Arzt.

Ich starre auf das Werkzeug in seiner Hand, es sieht aus wie eine große Schere, die Schneideblätter laufen in runde Greiflöffel aus. Tun Sie mir bitte nichts, sage ich, ich habe Ihnen auch nichts getan. Er muß über meine Worte lachen, er bittet mich, den Mund aufzumachen und daran zu denken, daß er mich von meiner Qual befreien wolle. Yasmin wiederholt unnötigerweise, jedes Jahr gehe es so, die Mandeln ihrer kleinen Schwester würden anschwellen, sie würde Fieber bekommen, im Bett wimmern und zu keiner Arbeit nütze sein, außer Reis könne sie nichts essen. Ich wundere mich, daß sie von mir wie von einer Fremden spricht, wahrscheinlich möchte sie den Arzt, einen gar nicht so gutaussehenden Mann, beeindrucken. Sie hat ihm auch dabei geholfen, mir den Kittel vorzuhalten, der Arzt scheint sie aber zu übersehen, er geht nicht auf sie ein. Statt dessen führt er das Werkzeug in mich ein, ich drücke es unwillkürlich mit der Zunge weg, halte aber still, als er sich über mich beugt und mir böse in die Augen schaut. Ich sehe seine Hand hin- und hergehen, eine dicke Ader verläuft auf seinem blassen Handrücken.

Gottverdammt, schimpft er, es ist zwecklos. Ich bekomme die dicken Mandeln nicht in die Grifflöffel … ihr wißt nicht, wie sehr ihr mir auf die Nerven geht. Wieso laufen mir nur die schwierigen Patienten zu, Gott, was habe ich dir angetan?

Herr Doktor, sagt Yasmin mit lieblicher Stimme, was stimmt nicht bei meiner Schwester?

Hast du nicht gehört? Ihre Mandeln sind angeschwollen. Ich komme mir vor wie ein Klempner. Eigentlich müßte ich in ihren Mund hineinkriechen und die Zapfen absäbeln.

Nein, nicht! schreie ich, ich will aufstehen, aber der Arzt drückt mich in den Behandlungsstuhl und erklärt mir fluchend und brüllend, die Frauen machten ihm immer Scherereien, und ich solle meine Zunge endlich ruhigstellen, sonst müsse er sie mit der Spritze lähmen. Er wendet sich meiner Mutter zu und sagt, er habe keine andere Wahl, er müsse die Mandeln an ihrer ursprünglichen Stelle zerkleinern, in der Not zerhackt der

Arzt das kranke Organ, sagt er, einen Metzgerlehrling muß ich einstellen und die faulen Krankenschwestern entlassen, er lacht bitter auf und greift wieder zu der Schere, beugt sich über mich. Ich kann den Schweißfilm auf seiner Stirn sehen und das Muttermal in der tiefen Rinne seines Seitenscheitels, er schiebt und stochert, und dann hat er die Schere in Stellung gebracht, jetzt hab' ich dich, sagt er, ich habe eine Mandelhälfte gefaßt, erklärt er Yasmin, die neben ihm steht und in meine Mundhöhle starrt, und dann drückt er zu, sofort füllt sich mein Mund mit Blut, das über meine Unterlippe herausfließt. Er zieht und rupft, legt die Stücke in die Nierenschale in Yasmins Händen. Schon ist sein Kittel blutbesudelt.

Ich komme mir vor wie ein Beschneider, flucht er, den Mund schön offen halten, sonst schluckst du die Schere herunter, und sie bleibt dir in der Speiseröhre stecken … Ja, so ist es gut, gleich haben wir es geschafft … Ja, das ist das letzte Stück.

Er hält einen roten Organfetzen zwischen den Grifflöffeln der Schere hoch, strahlt wie ein kleiner Junge, der mit einem einzigen Steinwurf die Straßenlaterne löscht. Ich schieße hoch und renne zur Tür, eine Schwester stellt sich mir in den Weg, Yasmin zerrt an meinem Ärmel, der Arzt packt mich an der Schulter, das Blut rinnt mir den Hals herunter in den Kragen. Ich reiße mich los, ich kann auch der Schwester entwischen und fliehe auf den Flur, weg von den Händen, die mich in den Behandlungsstuhl drücken, weg von den Händen, die meinen Mund mit Blut füllen, bleib' stehen, ruft mir Yasmin nach, doch ich denke nicht daran, sie soll sich doch mit ihrem geliebten brutalen Arzt im Zimmer einschließen, ich weiß, daß es das Beste für mich ist, mich nicht wieder in seine Hände zu begeben. Kaum habe ich es bis zum Ende des Flurs geschafft und will die Klapptür aufstoßen, da verlassen mich alle Kräfte, und ich sacke zusammen. Der Arzt packt mich am Arm, zerrt mich hoch, alles verrückte Patienten, schreit er, womit habe ich das verdient, du kommst jetzt auf der Stelle mit, es ist vorbei, du hast es ausgestanden. Sie führen mich zurück ins Zimmer, und ich setze mich ohne Aufforderung in den Behandlungsstuhl, meine Mutter hält mir schweigend die Hand, während der Arzt die Wundstellen mit einem getränkten Wattepfropf am Ende eines langen Stiels abtupft.

Wir behalten sie diese Nacht hier, sagt er und geht nicht auf mein Wimmern ein, er wäscht sich die Hände an einem Waschbecken, er knickt seinen Körper in der Mitte ab, um keine Spritzer abzubekommen.

Kann ich sie nicht zu Hause pflegen? sagt meine Mutter.

Nein, auf keinen Fall, sagt der Arzt und trocknet seine weißen Hände an einem Lappen, der etwas größer als ein Ziertuch ist, sie bekommt ein Bett zugewiesen, man kümmert sich um deine Tochter, ihr müßt jetzt gehen, es warten draußen viele Patienten auf mich.

Muß sie wirklich hierbleiben? fragt meine Mutter nach.

Die Behandlung ist abgeschlossen, sagt der Arzt, raus hier.

Ich bleibe, sagt Yasmin, ich werde nicht im Wege stehen, im Gegenteil, vielleicht kann ich sogar die Krankenschwester entlasten.

Mach' das mit der Schwester ab, sagt der Arzt.

Sie geht uns voran, eine kleine Person mit stämmigen Beinen, sie trägt im Dienst hochhackige Schuhe, ich finde es seltsam. Ihre Fersen rutschen bei jedem Schritt heraus, die Schuhnaht über den Absätzen hat sich gelockert, eine kleine und dicke Krankenschwester, denke ich, vielleicht ist sie ja in den Doktor verliebt und spielt sich vor ihm als Autorität auf. Sie wollte mich vorhin schlagen, ich habe es gespürt, wäre ich allein gewesen, hätte sie es auch bestimmt getan.

Da, sagt sie, das ist dein Platz in dieser Nacht. Machst du mir Ärger, mache ich dir Ärger.

Yasmin schaut ihr nach, und statt sie, wie es manchmal ihre Art ist, anzugiften, stützt sie mich, im Zimmer hilft sie mir beim Entkleiden, ich schlüpfe in ein gestärktes Kittelhemd, meine Mutter wischt mir das Blut von Mund und Hals, dann kann ich mich hinlegen. Ich schließe die Augen, und als ich

258

sie aufmache, sehe ich Yasmin auf einem Stuhl sitzen, den
sie zum Bettrand gerückt hat, sie blättert in einer Frauenillustrierten, sie blättert von hinten nach vorne, eine komische
Angewohnheit.

Der Arzt und die Schwester, krächze ich, glaubst du, sie haben eine heimliche Affäre?

Mein Gott, hast du mich erschreckt, sagt sie und legt die Il-
lustrierte auf die Bettdecke … Nein, ich glaube nicht. Sie hätte
es gern, das sieht man diesem häßlichen Schminkteufel schon
an.

Und du? frage ich.

Du und deine Phantasiegeschichten, sagt sie auflachend, ein
Arzt interessiert sich nicht für eine wie mich. Was bin ich denn
schon in seinen Augen? Eine hergelaufene Bauerntochter. Er
sieht durch uns durch, er bemerkt uns nicht wirklich.

Kein Gentleman, sage ich.

Nein, sagt sie, kein Gentleman … Wie fühlst du dich?

Er hat mir den Hals herausgerissen, er hat mich zerstük-
kelt.

Jetzt bist du die Mandeln los, so mußt du denken.

Mir ist heiß.

Sie legt die Hand auf meine Stirn, dann prüft sie die Temperatur mit den Lippen, die sie mir auf die Stirn drückt.

Du hast leichtes Fieber, sagt sie, der Körper wehrt sich gegen den Verlust der Mandeln, das ist normal.

Bist du verliebt? sage ich und versuche zu schlucken, aber
es geht nicht, und ich huste einmal und unterdrücke wegen
der großen Schmerzen den Wunsch, alles aus mir herauszu-
keuchen.

Ich kann es nicht, sagt Yasmin leise, ich will es so gerne,
aber ich kann es nicht …

Der Arzt kommt in Begleitung der Schwester ins Zimmer, sie
trägt einen kleinen Kupferkessel vor sich her, aus dem ein Löffel herausragt.

Er weist Yasmin an, mir einen Löffel zu trinken zu geben, und als ich die Buttermilch schlucke, glaube ich, eine furchtbare Säure zerfresse meinen Rachen, ich trommele mit den Fersen auf der Matratze, doch die Schwester und der Arzt halten mich fest, diese Medizin heilt dich, schreit der Arzt, los, flöß' sie ihr ein! Yasmin taucht den Löffel in die Buttermilch und rührt den Grund zuoberst, und als sie den Löffel hervorholt, sehe ich in der Buttermilch Steilsalzbröckchen, bitte Leyla, sagt sie, du mußt die Milch trinken, bitte mach' den Mund auf, und da sie meine große strenge Schwester ist, gehorche ich ihr, die Säure ätzt mich wund, die Tränen treten mir aus den Augenwinkeln, ich will nicht, daß der Arzt wegen meiner Schwäche triumphiert, ich kann mich aber nicht zurückhalten. Du bist so schlecht, sage ich zu ihm zwischen zwei Schlucken, du bist so schlecht wie der Unrat, den die sieben Meere an Land spülen!

Ich heile sie, und sie beleidigen mich, sagt der Arzt, so ist eben das Volk der Bauern!

Er richtet sich auf, und ich erhasche seinen Blick zur Seite, der Schwesternkittel bauscht in Brusthöhe zwischen zwei Knöpfen auf, der Arzt schaut ein weiteres Mal hin, die Schwester tut so, als würde sie es nicht merken, ihr Lächeln verrät sie. Eine kleine Person mit stämmigen Beinen, denke ich, reizt diesen Mann, und wenn sie es klug anstellt, kann sie ihn, den sie Überragenden, den ihr Höhergestellten, vielleicht doch zu einer Krankenhausaffäre bewegen.

Kaum sind sie weg, bettele ich Yasmin an, mir nicht mehr die Salzlake einzuflößen, doch sie ist unerbittlich, ich bin wütend und möchte sie auch wütend machen, hast du gesehen, sage ich, dein lieber Doktor hat ihr in die Bluse geschielt. Sie habe es gesehen, die Vorlieben des Mannes gingen sie nichts an. Ich muß die Buttermilch bis zur Neige austrinken, und trotz des Brandes in meinem Hals nicke ich kurz ein, schrecke aus dem Schlaf hoch – ich war nur eine knappe halbe Stunde bewußtlos. Bis um vier Uhr morgens liege ich wach, Yasmin kämpft gegen den Schlaf an.

Wegen dir muß ich mir die Nacht um die Ohren schlagen, sagt sie und lehnt es ab, sich auf dem zweiten freien Bett im Zimmer auszustrecken. Sie habe keine Lust auf die bösen Worte der Schwester, die sie bestimmt dabei überraschen würde.

Yasmin, sage ich, du hast dich verändert.

Ich bin dieselbe geblieben, seit meiner Geburt bin ich das Dienstmädchen, das sich totarbeitet, für euch und für fremde Leute.

Du hast etwas zugenommen, sage ich, du ißt nicht zuviel.

Sie musterte mich eine Weile, dann schaut sie weg.

Ich will dich nicht beleidigen, sage ich, du bist immer noch eine schöne Frau. Wirklich.

Sei still! Ich weiß schon, wie ich aussehe.

Erinnerst du dich an die Ohrschnecke, die du mir aus der fremden Stadt gebracht hast?

Ja, sagt sie, sie ist kaputtgegangen.

Ich habe gelogen, sage ich, ich habe sie eingetauscht gegen Zuckerwürfel.

Was hast du?

Du kennst doch die irre Sevgi? ... Einmal hatte sie so viele Zuckerwürfel mitgebracht und damit angegeben, daß ich es nicht mehr aushielt. Sie wollte meine Ohrschnecke, ich habe sie ihr gegeben.

Das ist lange her, sagt sie, du bist mir vielleicht eine Lügnerin ... Wie ich sehe, hast du keine Schmerzen – du kannst sprechen, wenn du es willst. Die Schmerzen sind noch da, sage ich ... ich lüge nicht gerne, nur wenn es mich zerreißt. Ich werde dir einfach etwas schenken, damit ich die Lüge aus meinem Sündenbuch auslösche.

Yasmin steht plötzlich auf, geht in schnellen Schritten zum Fenster, öffnet es und atmet tief ein, ich drehe den Kopf auf dem Kissen und betrachte ihren Rücken, den Rücken meiner ältesten schönen Schwester, sie ist es wert, daß man ihr Geschenke macht, sie ist es wert, daß ein Mann sie mit Geschenken überhäuft. Wenn sie wollte, könnte sie uns alle verlassen.

Doch statt dessen seiht sie das leicht vergorene Joghurt durch ein engmaschiges Leinentuch, löffelt es in eine Schale, gießt Feigensirup darüber und serviert es morgens dem schlaftrunkenen Nährvater. Er dankt ihr nicht, und sie verläßt sein Schlafzimmer, um sich anderen Arbeiten des Tages zu widmen. Der kerzengerade Rücken meiner Schwester, ihr kurzes aufgekämmtes Haar: nicht umsonst blättert sie in Modemagazinen, von hinten nach vorne, starrt lange auf die schönen Frauen in teuren Kostümen. Wenn sie auf eine Frau mit einem transparenten Automobilschleier stößt, sieht sie sich an diesem Bild satt, Kessrin Hepörn, sagt sie dann, und Tolga, der ihr manchmal heimlich über die Schulter schaut, macht sich über ihre Aussprache lustig, und sie streiten sich. Es heißt: Kathryn Hepburn, ruft Tolga aus, merk' es dir doch endlich, wenn dir dieser Fetzen Schleier gefällt, besorge ich dir durchsichtigen Tüll, und du nähst dir gleich zehn Stück davon. Meine schöne Schwester verläßt an dieser Stelle immer den Raum, wieso gibt sie es nicht zu, daß der Vater meiner Mutter aufreizende Tücher an der Frau verboten hat? – wieso läßt sie nichts auf ihn kommen, auf den Unrat, den die sieben Meere anspülen? Ich lebe mit ihr unter einem Dach, doch ich kenne sie nicht. Du erkältest dich am offenen Fenster, sage ich, komm' doch her.

Sorgst du dich jetzt um mich? sagt sie.

Ich vermisse dich, sage ich.

Wie kannst du mich vermissen, ich bin doch bei dir? sagt sie und dreht sich um und beschenkt mich mit einem schönen Lächeln, es ist aber aus ihrem Gesicht gleich weggewischt.

Kessrin Hepörn, sage ich, ein Zauberwort, von dem ich hoffe, daß es sie wieder zum Lächeln bringt, die beiden Falten um die Mundwinkel glätten sich kurz, in ihren Augen zwei glühende Nadelspitzen, dann ist es vorbei, und sie nimmt wieder auf dem Stuhl Platz, schaut sich im Krankenzimmer um.

An der Deckenecke dort sind Spinnweben, sagt sie, die Reinigungsfrauen sind wohl faul.

In ein paar Stunden bin ich hier sowieso raus, krächze ich, da können die Spinnen überall ihre Netze weben.

Wenigstens sind die Betten sauber. Sie benutzen bei der Wäsche wahrscheinlich ein scharfes Desinfektionsmittel …

Um nicht daran denken zu müssen, was sie staucht und preßt, redet sie wie eine Haushälterin, sie sucht jeden Winkel des Zimmers mit den Augen ab, ein Schmutzfleck an der Wand, einige getrocknete Spritzer am Kachelboden, der gesplitterte weiße Lack der Kommode, ein Wischtuch, ein Kübel Seifenlauge, Besen und Feudel, sie erzählt mir, wie sie vorgehen würde, in einer Stunde röche es in diesem Zimmer wie auf der Frühlingswiese, und dann könnte sie damit anfangen, die Bettlaken zu flicken, von Zimmer zu Zimmer würde sie sich vorarbeiten.

Glaube mir, sagt sie, es ist eine leichte Arbeit, alles in Ordnung zu bringen.

Das Magazin liegt aufgeschlagen auf der Bettdecke, später, später vielleicht, wird der Mann, der ihrer würdig ist, einen Automobilschleier aus Paris mitbringen, ich schließe die Augen und träume von dem Gesicht, das sie macht, als er ihr sein Geschenk überreicht.

16

Die große Wolldecke hängt, von vier Zimmermannsnägeln über der Gardinenleiste angebracht, bis zum Steinboden herunter, die Fransen sehen aus wie Insektenbeine. Das Licht hat er ausgeschlossen und ausgesperrt, er sagt, es sei zu unserem Besten, wie könnten wir sonst zum Schlaf finden? Ein Plagenfleck im Herzen, er verschliert in der Nacht, ich fasse mich an die Brust und reibe sie, eine sinnlose Handübung, ich weiß, aber ich reibe und reibe, und wenn die Knöchel meiner Faust über den Stoff des Nachthemdes gehen, beiße ich die Zähne zusammen: Fingernägel auf der Strumpfhose, Kreidestift auf der Tafel, Wattebäuschchen in der Hand, es geht mir durch und durch. Keinen Menschenschritt weit liegt meine Mutter auf der Matratze, sie liegt auf der Seite mit offenem Mund, weil sie nicht durch die Nase atmen kann, die Scheidewand ist verbogen, ein Bruch aus ihren Kindheitstagen. Ihr Rücken unbedeckt, ihr Körper hebt und senkt sich, aber sie schläft nicht, und vielleicht zählt sie mit dem Daumen die Finger einer Hand ab, so wie sie es immer tut, wenn sie nicht weiß, was als nächstes kommt. Auch Selda, die auf dem Rücken Liegende, hat die Augen geöffnet, starrt zur Decke hinauf. Tolga aber weckt kein Laut und kein Ruf in der Nacht, er atmet schnarrend aus und durch die Nase saugend ein, er hat sich mit seinem großen Bruder heute heftig gestritten, und natürlich ging es um die Politik. Keiner von den beiden wollte zugeben oder weichen, sie wollen ab sofort einander aus dem Wege gehen, das haben sie beschlossen. Djengis sitzt, mit dem Rücken zur Wand, auf dem Flur, die Tür unserer Schlafkammer ist offen, haben sie vergessen, unsere Tür zu schließen?

Im Licht des Badezimmers sehe ich ihn, ein leichter Bartschatten im Gesicht, es sieht aus, als habe er Kohlenruß auf Kinn und Wangen gerieben. Wie bist du schön, mein Bruder, und du kämmst dir mit nassem Kamm die Haare nach hinten, und wie Smaragdsplitter die Lichtflimmer auf deinen Locken. Wo ist sie? Was macht ihr mit ihr?

Im Badetürrahmen steht der Nährvater schweigend, auch er reglos, er blickt hinein auf etwas, das er nicht sehen darf, das ihm verboten ist zu sehen. Er hat sich angezogen wie ein feiner Herr, oder er ist betrunken spät nach Hause gekommen, hat erst nach vielen vergeblichen Versuchen endlich den Schlüssel ins Schloß stecken können. Jetzt steht er da und blickt hinein, kein Wort kommt über seine Lippen, er hat die Welt um sich herum vergessen, und da ich es denke, dreht er sich zur Seite weg, verschwindet kurz in seinem Schlafzimmer und kommt mit einer alten Pyjamajacke wieder zurück, er betrachtet den am Boden Sitzenden, seinen schweigenden Sohn, der sonst in seiner Gegenwart strammsteht, jetzt kauert sein Sohn zu seinen Füßen, er tippt ihn mit der Pantoffelspitze an, und auch jetzt kommt ihm kein Wort über die Lippen. Eine stumme Handlungsanweisung. Djengis erhebt sich langsam, er zieht sich an der Wand hoch, ein fahler Schein auf seinen Haaren. Da sie nebeneinanderstehen, kann ich sehen, daß er den Nährvater um Kopfeslänge überragt, der Nährvater bleibt zurück, Djengis geht hinein, sein Körper leicht abgewandt, dann tritt Yasmin auf den Flur, gekrümmt und die zur Faust geballten Hände auf dem Schoß, sie geht in trippelnden Schritten in das Schlafzimmer des Nährvaters, und kaum ist sie drin, wird das Licht gelöscht und die Tür hinter ihr zugedrückt. Er schaut ihr nach, dann wieder hinein, ich sehe, wie seine Kiefermuskeln hervortreten, ich sehe, wie er seine Augen verengt, nicht eine Sekunde wendet er den Blick ab, ein großer Kopf auf kleinen Schultern. Dann tritt er einen Schritt zurück und läßt Djengis aus dem Badezimmer heraustreten, er hält ein Knäuel zwischen seinen Händen, er betrachtet es, und unnötigerweise legt der Nährvater den Finger auf die Lippen, Djengis hat die ganze Zeit kein einziges Wort gesprochen. Der Nährvater will eine Hand auf das Knäuel legen, doch Djengis macht einen Schritt zur Wohnungstür und bedeutet ihm mit dem Kinn, sie aufzuschließen. Ich höre ihn hastig die Treppen herunter- steigen, ein Laut dringt aus dem Schlafzimmer, der Kopf des Nährvaters ruckt zur Seite, mit einem Satz ist er an der Tür, die er einen Spaltbreit aufsperrt, sei still! ruft er hinein, mach mir keinen Ärger, Mädchen. Seine Stimme klingt ungewohnt heiser, und Mädchen hat er bislang keine seiner Töchter ge- nannt. Was versteckt er sie dort im Dunkeln? Wäre es für sie nicht ein leichtes, an ihm vorbeizuhuschen, ihn aus dem Weg zu schubsen und unter die Decke ihres Bettes zu schlüpfen, wäre es für sie nicht eine große Erleichterung? Ein Wunder- deuter im Haus der Geister, das ist er, so hat ihn Fatma Hanim geschimpft, und meine Mutter nickte langsam, sie, die sonst uns ermahnt, auch als junge Männer und junge Frauen das Gesetz zu achten. Der Mann meiner Mutter schließt jetzt leise die Tür, steht im Flur und wartet. Ich muß für kurze Zeit ein- geschlafen sein, vom Kratzen werde ich wach und sehe noch, wie Djengis mit leeren Händen in die Wohnung schlüpft.

Hast du es ... ist es weg? sagt der Nährvater.

Ja, flüstert Djengis, es ist weg und vorbei.

Wo? fragt er.

Irgendwo, sagt er, in einem Loch irgendwo.

Wo irgendwo, Kerl?! zischt er.

Es ist gutgegangen, keine Angst, sagt Djengis.

Ein drittes und letztes Mal: Wo?!

An den Bahngleisen, sagt Djengis, zwischen dem Kerker- schatten und den Bahngleisen.

Bist du verrückt geworden, Kerl?! sagt er und packt Djen- gis an den Mantelaufschlägen, was habe ich dir befohlen? Was habe ich dir befohlen?!

Nichts und niemand wird es entdecken ... Laß mich los.

Ich drück' dir gleich den Kopf ein, Hundesohn, sagt er.

Hundesohn … das fällt auf dich zurück, Vater.

Der Nährvater macht Anstalten, seine Drohung wahr zu machen, doch Djengis reißt sich mit einem Ruck los.

Ab heute sind du und ich quitt, sagt Djengis, nie wieder, hörst du mich, nie wieder wirst du mich packen und wegwerfen.

Sie stehen eng aneinander, wie kurz vor einer Umarmung, doch es sind nicht Liebende, die nicht voneinander lassen können, sie stehen sich gegenüber und starren, ein unmöglicher Vorfall, undenkbar, daß der erstgeborene Sohn seinem Vater droht, doch ich habe es gesehen und gehört, ein unmöglicher Vorfall.

Du hast deinen eigenen Kopf, sagt er, damals hast du die Katze auch nicht dort begraben, wo du es solltest. Geh' nicht zu weit, Hundesohn, ein falscher Schritt und du könntest fallen.

Was ist jetzt? fragt Djengis.

Ich komme mit, wir gehen zusammen hin … und dann machen wir es so, wie es sich gehört.

Wie es sich gehört … lacht Djengis auf, das aus deinem Munde.

Der Nährvater bleibt ihm eine Antwort schuldig, er nimmt seinen Mantel vom Haken, schlüpft hinein, er lauscht kurz den Geräuschen der Wohnung, und dann gehen sie hinaus in die Nacht, er schließt hinter sich ab, er dreht den Schlüssel zweimal im Schloß. Eine lange Ewigkeit später huscht ein Schatten durch den Flur, und der Schatten vergräbt den Kopf unter der Bettdecke, der Schatten ist ein still liegender Körper.

*

Das Pendel schlägt in diese Richtung und in jene Richtung, was soll man gegen ihn rechten, heute oder morgen, es bleibt am Ende die Wahrheit, und sie besteht darin, daß ein Mann sagen kann: Ich habe es getan, ich bin nicht ausgewichen. Halid riecht die Düfte des baldigen Morgendämmers, den Geruch einer Natur ohne die Dünste der Menschen, die in frühestens einer Stunde ausschwärmen werden, um die Erde zu verdrekken und den Himmel mit ihrem Atem zu verpesten. Es gefällt ihm, daß die Wirkung des Schnapses verflogen ist und er zu dieser Stunde gerade stehen kann. Vor ihm sein eigen Fleisch und Blut, ein Sohn, der ihn heute fast geschlagen hätte, es fehlte nicht viel. Doch er läßt ihn in der Not nicht im Stich, muß er es ihm nicht hoch anrechnen? Mit dem Spaten weiß er umzugehen, er rammt ihn in die geweihte harte Erde und bricht aus ihr einen kleinen Brocken heraus, er gibt sich voll und ganz der Arbeit hin, die sie beide, der Vater und der Sohn, machen müssen. Sie weichen nicht aus, sie tun, was getan werden muß. In der Zypresse bewegt sich ein Vogel, vielleicht eine Schwalbe, die sich hierherverirrt hat, oder eine kluge Krähe. Halid schaut hoch, kann im Dunkeln aber nichts entdecken. Die schiefen Grabstelen machen ihm Angst, und er zieht, auch wenn er nicht friert, die Mantelkragen zusammen.

Fertig, sagt Djengis, das Loch ist tief genug.

Wirklich? sagt Halid.

Wenn ich weitergrabe, stoße ich auf das Skelett eines Toten, sagt Djengis, willst du das?

Nein.

Was jetzt? fragt Djengis und schaut hinüber zum Knäuel.

Leg es hinein, sagt Halid, aber sei vorsichtig.

Es kann sich nicht mehr weh tun, flüstert Djengis gerade noch im vernehmlichen Ton.

Ja, trotzdem.

Djengis hebt das Knäuel hoch, wobei er darauf achtet, es die ganze Zeit vor sich herzustrecken, er legt das Knäuel gemäß der Anweisung des Vaters in das halb aufgeschüttete Grab. Dann erstarrt er.

Was ist? fragt Halid.

Die Pyjamajacke.

Ich brauche sie nicht mehr, sagt Halid.

Man kann sie zu uns zurückverfolgen, flüstert Djengis, sie bringt uns mit … ihm in Verbindung.

Dann streif' es ihm ab, sagt Halid.

Mach du es doch, sagt Djengis und wendet sich ab. Er sieht, wie sein Vater sich bückt und nach einigem Zerren die Pyjamajacke endlich befreien kann, er hält sie unbeholfen in der Hand, und dann knüllt er sie in seiner Faust und vergräbt sein Gesicht darin.

Wir müssen fertig werden, ermahnt Djengis ihn, dafür haben wir keine Zeit. Wir müssen für seine Seele beten, ruft Halid, und schon öffnet er die Hände, daß die Innenflächen nach oben weisen, er sagt die Verse auf, in denen es heißt, daß Gott so klar wie Wasser sei und daß er alles, was lebt und atmet, zu Seinen Schutzbefohlenen erklärt habe, Seine schützende Hand ziehe er nicht von jenen, die Ihm anvertraut seien. Halid wiederholt diese Verse, wischt mit den Handinnenflächen über das Gesicht und nickt seinem Sohn zu.

Du hast das Amin vergessen, Vater, sagt Djengis, wie kann Gott dein Gebet annehmen?

Machst du dich über mich lustig, Kerl?

Sag Amin, und danach schütte ich das Grab wieder zu.

Amin, sagt Halid nach kurzem Schweigen, Amin, Amin.

Vielleicht ist es besser, daß du es übernimmst, sagt Djengis, so ist die Sünde auf uns beide gerecht verteilt.

Du verhältst dich nicht gut zu deinem Vater, sagt Halid, paß auf!

Sonst was? zischt Djengis, sonst was?

Sonst tut sich ein Riß zwischen uns auf, sagt Halid, wir sind doch gut miteinander ausgekommen. Bisher.

Das da unten ist deine Schande … Wegen dir, Vater, wegen dir habe ich es Nase und Mund zugehalten, bis es still war … Dort unten … liegt mein Bruder.

Djengis rennt davon, und er macht sich nicht einmal die Mühe, ihn zurückzuhalten, denn er weiß, wovor sich sein erstgeborener Sohn fürchtet: Jetzt ist er das geworden, was er immer leidenschaftlich verfolgt hat. Jetzt ist er ein Schänder am eigenen Blute, jedenfalls glaubt er, er habe Schande auf sich geladen. Was könnte er ihm schon sagen? Wer nicht bei der Feldarbeit anpackt, hat keinen Anspruch auf die Ernte. Sein Sohn würde ihm entgegnen: Und wem gehört das Ackerland?, und er, der Vater, stünde da wie ein Bauer, der Scheibensech und Schar am Pflug nicht auseinanderhalten kann. Sein Sohn bringt Lehrerinnen um den Verstand, er hat die richtigen Ansichten, doch die Angst hat er nicht besiegt. Halid umgreift den Schaft des Spatens und schüttet seinen Letztgeborenen zu, und während er das Loch zugräbt, betet er still für die Seele seines toten Sohnes.

17

Der Pascha ist ein hochdekorierter Soldat, er hat im Frieden Orden bekommen, und im Koreakrieg stieg er weiter auf, das Lob war ihm trotz der Verluste, trotz des hohen Blutzolls, sicher. Wer sich mit ihm gut stellt, wer ein Freundschaftsverhältnis zum Pascha herstellt, kann nur davon profitieren. Ipek Hanim kennt sich aus, sie versteht es, eine Ware zu preisen. Manolya hat so lange auf mich eingeredet, bis ich mir eingestand: Es ist egal, daß sie die Dirne des Nährvaters ist, wenn es ihr nichts ausmacht, macht es mir auch nichts aus. Meine tausendfach betrogene Mutter weiß um die leichten Mädchen, die ihren Mann locken und für die sie manchmal kochen muß. Sie wünscht, daß ihre Töchter in Patrizierhaushalte einheiraten, ihr ist es nicht vergönnt gewesen, und alles andere darf sie nicht bekümmern. Er macht, was er will, dieser Kerl, der Mann im Galarock und in der Pyjamahose, er lebt sein Leben. Also habe ich nachgegeben und sitze der Dirne gegenüber, deren enger Rock über den Knien endet, eine Ungehörigkeit. Das Rouge auf ihren Oberlidern, ein Hauch von Rot, ihr glänzendes Gesicht, die Bittermandelcreme, der Duft betört Männer und Frauen.

Gefällt dir mein Rock? sagt sie.

Er ist so … französisch, sage ich und zucke zusammen, da sie über meine Worte lachen muß, ich schaue zur Seite und sehe, daß sich auch Manolya vor Lachen krümmt.

Der Rock ist höchstens amerikanisch, sagt Ipek Hanim gut gelaunt, und damit kann man richtige Kunststücke vollbringen.

Was denn für welche? frage ich nach, ich komme mir vor

wie eine Fünftklässlerin, die auf den Zeigestock der Lehrerin starrt.

Hast du je die Beine übereinandergeschlagen?

Nein, sage ich, noch nie.

Dann werde ich dir mal zeigen, wie das geht, sagt sie und stellt die kleine Tulpentasse und den Unterteller auf dem Beistelltisch ab. Dann schlägt sie das rechte Bein über das linke, dabei knistern ihre Nylonstrümpfe, und ich muß kurz die Augen schließen, damit das unangenehme Ohnmachtsgefühl vergeht.

Hast du es gesehen? sagt sie, und wenn ja, was ist dir aufgefallen?

Sie haben Ihre Beine damenhaft angewinkelt, sage ich.

Das tat ich, nachdem ich die Beine übereinandergeschlagen habe ... Außerdem, ich bin deine ältere Schwester, deshalb verzichten wir mal lieber auf die höfliche Anrede.

Sie kennt wirklich keine Scham, vielleicht kann sie ihre käufliche Liebe und die Zuneigung zu der Tochter des Käufers auseinanderhalten. Ich zeige genug Bein, um den Appetit anzuregen, sagt sie, aber habt ihr etwa mein Höschen gesehen?

Jetzt steht sogar Manolya der Mund offen, und da sich die Querfurche auf ihrer Stirn zeigt, weiß ich, daß sie fieberhaft überlegt, worauf die Lektion der Salondame hinausläuft.

Ihre Unterwäsche blieb verborgen, sagt sie, das ist das Kunststück?

Gut aufgepaßt, lobt sie Ipek Hanim, merkt es euch. Erstens: Nichts erregt die Männer so sehr wie die Beine einer Frau. Aber damit eine Frau nicht ins Gerede kommt, muß sie genau wissen, was sie herzeigen darf und was nicht. Ein schnell entflammter Mann ist auch schnell ausgeblasen. Zweitens: Laßt bitte das dumme Siezen.

Ich nicke stumm und lächele bei dem Gedanken, daß sie uns kostenlosen Nachhilfeunterricht im Dirnenverhalten gibt, Ipek Hanim versteht meine kleine Schadenfreude als Zustimmung und strahlt mich an.

So, sagt sie, jetzt zu deinem Fall. Der Sohn des Paschas hat sich in dich also verschaut. Eine gute Partie. Was überlegst du noch?

Ich bin mir nicht sicher, sage ich.

Sie liebt diesen Erol nicht, sagt Manolya, um ehrlich zu sein, ich kann es ihr nicht verdenken. Das ist kein Mann, das ist ein großgewachsenes Kind mit einem unansehnlichen Gesicht.

Zugegeben, er sieht nicht gut aus, aber er ist ein Gentleman.

Ich starre sie an, dieses Wort habe ich bisher nur aus Yasmins Mund gehört, das Wort gehört meiner schönen Schwester, und ich verziehe den Mund, Ipek Hanim legt meinen Gesichtsausdruck wieder falsch aus.

Ja, ich weiß, sagt sie, das ist noch lange kein hinreichender Grund. Nur: Er kommt aus einem reichen Elternhaus, und er scheint es wirklich ernst zu meinen.

Woher wissen Sie das? frage ich erstaunt nach.

Na ja, sagt sie, er hat bei mir vorgesprochen. Ihr wißt ja, ich habe einen gewissen Ruf als eine Frau, die die Menschen zusammenbringt, und da dachte dieser Erol wohl, er könne mich dafür gewinnen, mich für diese … Liebessache einzusetzen.

Das gehört sich eigentlich nicht, sage ich und blicke ihr in die Augen. Vielleicht hat sie ihn bei dieser Gelegenheit verführt, er hat Geld, er kann ihr teure Geschenke machen.

Wie gesagt, er ist ein Gentleman. Er kam mit einer Anstandsdame, seiner Tante, und davor hat er meinen Mann um Erlaubnis gebeten.

Er will dich wirklich haben, sagt Manolya und nimmt einen Schluck Tee aus dem Tulpenglas, jetzt müssen wir nur klären, was du willst.

Ich bin nicht in ihn verliebt, sage ich.

Hast du mit ihm schon gesprochen? fragt Ipek Hanim.

Nur ein einziges Mal.

Ich war dabei, sagt Manolya, um Gerüchten vorzubeugen,

273

sie ist sich im klaren darüber, daß Ipek Hanim eine von diesem Erol bezahlte Kupplerin ist, man muß auf der Hut sein.

Er hat also keinen großen Eindruck auf dich gemacht, stellt Ipek Hanim fest, ich kenne dieses Gefühl. Mir erging es mit meinem Mann anfangs nicht anders. Ich dachte: Was? Der soll der Mann meiner Träume sein?

Sie haben es gedacht und sich aber doch für ihn entschieden, sagt Manolya.

Er war beharrlich, zwei Jahre lang ist er mir hinterhergelaufen, und schließlich gab ich nach. Daran siehst du, daß man nicht gleich am Anfang seinen zukünftigen Mann lieben muß.

Ach, ich weiß nicht, sage ich.

Sein Vater ist ein ehemaliger Minister, er wohnt in der Hauptstadt in einem Palast. Erol ist sein einziges Kind. Die Frau, die ihn mit einem Enkelkind beschenkt, hat keine Sorgen mehr. Du würdest dich nach oben heiraten. Ich kenne Mädchen, die würden sich sofort auf Erol stürzen.

Sie ist erst einmal nicht da, sagt Manolya, sie fährt zu unserem ehemaligen Schuldirektor, Fulya hat sie eingeladen.

Mein Gott, Irfan Bey, seufzt Ipek Hanim, was für ein schöner Mann. Aber … er hat ja seine Prinzipien … Wieso fährst du mitten im Schuljahr weg?

Eine Lehrerin … sie haßt mich, also werde ich das Schuljahr in einer anderen Stadt abschließen. Der Schuldirektor nimmt mich bei sich auf, es sind ja nur zwei Monate.

Soviel Bedenkzeit sollst du haben, ruft Ipek Hanim aus, ich werde es diesem Erol ausrichten, daß du über sein Angebot nachdenken mußt. Das macht dich in seinen Augen wertvoller. Lösung gesucht, Lösung gefunden! Sie klatscht in die Hände, es ist das Zeichen, um uns von ihr zu verabschieden, ich halte es sowieso nicht mehr in ihrem wohlriechenden Salon aus. Bevor sie die Tür hinter uns schließt, blinzelt sie Manolya zu, und als wir die Straße nach Hause zurücklaufen, stelle ich sie zur Rede.

Bist du ihre Komplizin? sage ich, wieso hat sie dich ange-
blinzelt.

Das ist ihre Art, sagt Manolya, hast du es noch nicht gemerkt? Sie muß immer eine dritte Person haben, mit der sie
sich heimlich verbündet. Jedenfalls hat sie mich nicht ins Vertrauen gezogen, du weißt, ich halte sie für ein Miststück.

Ich sehe sie von der Seite an, ich bin mir nicht sicher, ob
ich ihr Glauben schenken soll, an Klugheit kann sie es mit der
Kupplerin aufnehmen.

Was meinst du? frage ich, soll ich oder soll ich nicht?

Ganz ehrlich?

Ganz ehrlich.

Er will dich kaufen, sagt sie, du willst zwar von zu Hause weg, aber dieser Erol will dich kaufen. Ipek Hanim kann
man kaufen, viele Mädchen in unserer sehr kleinen Kleinstadt
kann man kaufen. Mich kann man aber nicht kaufen. Und dich
auch nicht.

Auf dich wartet dein berittener Held, sage ich, und kaum
habe ich diese Worte ausgesprochen, müssen wir darüber
lachen, und als sie sich schüttelt, merke ich, wie ihre Brüste
hüpfen.

O Gott, sage ich, du trägst ja keinen Büstenhalter!

Die Männer tun es auch nicht.

Was bist du für ein Biest, sage ich und achte nicht auf die
Männer, die uns beim Vorbeigehen zuzischen, die Zeit, daß ich
mich bei unanständigen Zuflüsterungen verstecken wollte, ist
endgültig vorbei.

Hör mal, Manolya, du hast die größten Brüste von uns
Mädchen in der Klasse. Wenn du nicht auf sie achtgibst …

… springen sie mir davon, rollen mir einfach weg, und ich
muß ihnen hinterherjagen, sagt sie prustend.

Du lachst mich schon wieder aus, sage ich wütend und bleibe stehen.

Du kannst dich mit deinen Euterchen auch sehen lassen.

Hör auf, schreie ich sie an, immer mußt du mich ärgern.

Sie bleibt auch stehen, tut so, als müsse sie eine ungeheure Wut unterdrücken, mittlerweile kenne ich sie so gut, daß ich um ihren geschauspielerten unechten Zorn weiß, also blicke ich sie ungerührt an.

Mach dir keine Gedanken über meine Brüste. Und auch nicht über diesen Fraueneinkäufer. Laß ihn zappeln, und am letzten Tag der Frist überbringt ihm die feine Kupplerdame deine klare Antwort: Nein, keine Lust. Er wird sehr enttäuscht sein, sage ich.

Interessiert uns nicht weiter … Wußtest du, daß Ipek Hanim ein kleines Hygienepferd hat?

Was heißt das?

Ein Bidet … ein Waschwännchen, auf dem sie ihre intime Wäsche vornimmt. In ihrer Wohnung sah es aus wie in einem Patrizierhaushalt, sage ich, fast so wie bei euch im Landhaus.

Ich trage aber keinen Rock im amerikanischen Stil, sagt Manolya, vielleicht sollte ich meinen Stil ändern – eine Kurdin à la française, da sorge ich bestimmt für Furore.

*

Halid bückt sich beim Eintritt in den Laden des Mannes, der ihn von einem Boten hat herbeiholen lassen, der Bote suchte ihn im Kaffeehaus auf, und wäre Hakki Effendi nicht dazwischengegangen, hätte er diesem Flegel Manieren beigebracht. Wie um ihm zu zeigen, daß man ihn nicht hetzen dürfe, hat Halid absichtlich den kranken Mann gespielt, der sich nach jedem zweiten Schritt am Spazierstock abstützen muß. Was interessiert ihn ein eiliger Anruf, was muß ihn auch dieser ehemalige Minister um diese Tageszeit anrufen? Der Ladenbesitzer sitzt hinter seiner Registrierkasse und zeigt mit dem Finger auf das Telefon, und als Halid davorsteht, starrt er auf die Wahlscheibe und die Handkurbel, und dann nimmt er den schweren Hörer in die Hand.

Ja, bitte?

Spreche ich mit Halid Bey?

Hier steht er und spricht in die Muschel, sagt Halid.

Wie bitte? ... Hier ist Mustafa Türkmen, ich habe einst als Minister dem Staate gedient.

Ich bin ein ehemaliger Eisenbahner, auch ich war dem Dienst am Staat verpflichtet.

Da haben wir eine Gemeinsamkeit. Sie wissen, weshalb ich anrufe?

Nein, Herr Minister, sagt Halid und sieht sich nach einem Schemel um, Minister hin, Minister her, er möchte bei dem Ladenbesitzer nicht den Eindruck hinterlassen, als stehe er am Telefon stramm. Augenblicklich entspannt er sich, da ihm einfällt, daß der Mann am anderen Ende der Leitung ihn nicht sehen kann.

Ich kenne den Grund Ihres Anrufs nicht, sagt Halid.

Dann will ich gleich zur Sache kommen: Mein geliebter Sohn Erol hat mir eröffnet, daß er Ihre Tochter apart findet ...

Apart?

Ja. Er hat mir eröffnet, ihr apartes Wesen habe ihn für sie eingenommen. Sie wissen, von welcher Tochter ich rede?

Nein, sagt Halid, ich muß hier an diesem Apparat stehen, es gibt hier keinen Schemel. Das lange Stehen geht mir aufs Kreuz.

Ich verstehe, sagt der Minister, ich erwähnte ja, daß ich Sie nicht im unklaren lassen will über die ernsten Absichten meines Sohnes. Er möchte ihre Tochter ... ihre jüngste Tochter Leyla, heiraten.

Sie ist noch ein kleines Mädchen, sagt Halid.

Mit sechzehn ist man längst erwachsen, stellt Mustafa Bey belehrend fest, da entdeckt man den Ernst des Lebens.

Schön, sagt Halid, was wollen Sie eigentlich?

Also zum dritten Male: Ich verwende mich für das Glück meines Sohnes, und wie ich hoffe, auch für das Glück Ihrer Tochter. Lassen Sie es uns also hiermit beschließen.

Was wollen Sie beschließen? fragt Halid.

Die gemeinsame Zukunft unserer beider Kinder, schreit der Minister, Halid zuckt zusammen, er kommt sich vor wie ein Soldat bei der Nachtwache, er hat Kopfschmerzen, und der Hörer in seiner Hand fühlt sich an wie ein Oberschenkelknochen, in dessen Schaftende er hineinspricht und aus dessen anderem Ende die schneidende Stimme des Bürokraten sich in sein Ohr bohrt.

Hör' mal zu, Brautwerber, schreit Halid zurück, ich pfeife auf dich. Solange ich lebe, wirst du nichts beschließen. Minister hin, Minister her, du bist ein Schlammspritzer an meinem Hosensaum.

Halid legt den Knochen auf die Gabel, bewegt sich zum Ladentresen und blickt den Mann hinter der Registrierkasse an, der mit einem Tuch die Zahlentasten der Kasse abstaubt.

Was bin ich dir schuldig? fragt Halid.

Nichts, sagt der Mann, der Minister hat angerufen, also muß er für die Kosten aufkommen … Es fängt schon an.

Was denn?

Die Brautwerber stellen sich bei dir vor, sagt der Mann, du hast drei Töchter, du kannst dich glücklich schätzen. Die Morgengaben werden dich reich machen.

Ich verdiene mein Geld lieber selber, sagt Halid, dieser … Minister, der keiner mehr ist, glaubt, er ist der Herr über die Stadt und das Land. Ruft hier an und teilt mir mit: Ich habe etwas beschlossen, ich setze dich davon in Kenntnis … Früher, ja, da konnten sie es mit mir machen. Das haben sie jedenfalls geglaubt, bis ich ihre Akten verfeuert habe, war das ein Feuer …

Ich kenne die Geschichte, sagt der Mann, willst du noch etwas hier einkaufen?

Halid will ihn schon fragen, ob er ihn für einen Boten halte, den man dahin und dorthin fortschicken könne, doch er besinnt sich eines Besseren, man kann nie wissen, man kann nie wissen, mit wem man künftig Handel treibt, er wünscht dem Mann gute Geschäfte und viele Kunden, berührt die Krempe seines Zivilistenhuts und macht sich auf den Weg zurück zum Kaffeehaus – dort werden die verzagten Männer dieser Kleinstadt auf ihn warten, in der Vorfreude derer, die wissen, daß man ihnen eine schöne Geschichte erzählen wird. Sollen sie noch eine Weile schmoren, denkt er, erst schaue ich bei diesem Damenflittchen Ipek vorbei und drücke sie an den richtigen Stellen.

*

Rubinschellack, sagt der Schöne, das ist Feigenbaumharz, dunkles Rot, dunkler als wirkliches Rubin, dunkler als Stierblut, dunkles Blut in der Nacht, das erklärt die Farbe am besten. Schellack, das Harz der Schildläuse auf den Zweigen des Feigenbaums, ein Rot, das jedem, der sehen kann, den Atem benimmt, vielleicht ist es schon kein Rot mehr, eher dunkelviolett. Eine Farbe, auf das die Mystiker der früheren Tage gesetzt haben. Rot ist rauschendes Lebensblut. Blau ist Macht und Vollendungsfarbe. Wenn man sie mischt, das Rot und das Blau, entsteht die Blutmacht, eine Kraft, die über allen Dingen steht, für die es sich zu sterben lohnt … Ich sollte an dieser Stelle nicht mehr weiterreden.

Hör' nicht auf, denke ich, wieso willst du schon aufhören zu sprechen, hat dich jemand etwa unterbrochen? Aus dem entferntesten Winkel des Wohnzimmers blicke ich ihn kurz an und schlage die Augen wieder nieder. Fulya hat mich ertappt, aber ich schäme mich nicht. Seine Stimme klingt in meinen Ohren und in meinem Kopf nach, sie wird leiser und erstirbt, ich will, daß er wieder über die Farben spricht, über das seltsame Rot, für das er sterben würde, das ist ein komisches Ideal. Könnte ich in ihn hineinschauen, könnte ich seinen großen Rottraum entdecken? Leicht zur Seite abgewandt, die schwarz glänzenden Schuhe nebeneinander, der Schöne sitzt gerade im Sessel, er traut sich nicht, die Arme auf die Lehnen zu legen, vielleicht aus Angst, er könnte die Schondeckchen zerknittern? Yasmin hat sie gehäkelt, ich würde es ihm verraten, wenn er

mich danach fragte. Er hat den Kopf geneigt, der Schöne läßt
den Blick nicht schweifen, er wird wirklich nicht mehr weiterreden, wie schade. Senem Hanim räuspert sich laut, das lang
anhaltende Schweigen erträgt sie nicht, ich kenne sie mittlerweile gut.

Rot ist also deine Lieblingsfarbe, sagt sie, und da ich weiß,
daß du noch nie Blut vergossen hast, finde ich deine Präferenz
gut. Fulya kichert in ihre kleine Faust, ich muß mich zusam-
menreißen, um nicht in Lachen auszubrechen. Ihre Mutter
und meine Schwester Yasmin gehören zu den Frauen, die
französisch klingende Fremdwörter benutzen, um vornehm zu
wirken. Fulya und ich haben uns oft darüber lustig gemacht.

Ich habe nur Vergleiche angestellt, verehrte Dame, sagt der
Schöne, wenn ich Sie verstimmt habe, bitte ich Sie um Verzeihung.

Ach nein, mein Sohn, sagt Senem Hanim und entblößt lächelnd ihre großen Zähne, wir konservieren hier ja nur miteinander.

Fulya steht blitzschnell auf, rennt aus dem Zimmer, man
hört sie im Bad schallend lachen.

Dieses Kind entwickelt sich zu einem eigenartigen Mädchen, sagt Senem Hanim zu ihrem Mann, der die Kiefermuskeln anspannt und die Tapete anstarrt, als habe er dort etwas
sehr Wichtiges entdeckt. Wir schweigen, Fulya hat alle Hem-
mungen fahren lassen. Wieder räuspert sich Senem Hanim
und bemerkt, man solle ihre Tochter entschuldigen, sie stehe
zur Zeit unter Druck, ihr Mann sei ja bekanntlich der Schuldirektor, der über fünfzig Lehrer und dreitausend Schüler gebiete, und jeder wisse, wie gerecht er sich verhalte, sie müsse
jetzt eine beispielhafte Geschichte erzählen.

Leyla, sagt sie, haben wir bei uns kurz aufgenommen, wir
lieben sie, sie hat sich gut eingelebt. Aber einmal hat sie sich
mit meiner Tochter zusammengetan, ein Fehler, den sie bereut
hat. Sie gibt Fulya Nachhilfeunterricht im mathematischen
Fach, und vielleicht wollte Fulya eine Revanchierung, wie auch

immer, sie hat Leyla die Fragen für die Physikprüfung besorgt, mein Mann unterrichtet Leyla in Physik ... Also, wie hat es meine Tochter angestellt? Sie ist einfach unerlaubterweise in das Arbeitszimmer meines Mannes eingedrungen und hat den Fragebogen entwendet. So weit, so gut. Na ja, gut ist die Sache nicht ausgegangen, jedenfalls für die beiden Mädchen, denn mein Mann ist nicht umsonst Schuldirektor, er kann durch Wände sehen, er hat eine prophetische Gabe ...

Habe ich nicht, läßt sich Irfan Bey vernehmen, reden wir doch über ein anderes Thema.

... es ist fast schon beängstigend, fährt Senem Hanim ungerührt fort, er hat die beiden Mädchen durchschaut, ich weiß bis heute nicht, wie er das angestellt hat ...

Der Fragebogen lag nicht dort, wo ich ihn abgelegt hatte, stellt Irfan Bey fest, so einfach ist das.

... ein famosordinäres Gedächtnis, sagt Senem Hanim, ich kann es manchmal nicht fassen, daß er so klug ist. Mein Mann hat die beiden Spicker jedenfalls entlarvt, und ohne Strafe geht es ja nicht im Leben, also muß Leyla nicht nur nachsitzen, sie muß auch alle Physikprüfungen des Halbjahres wiederholen. Hart, aber was soll mein Mann schon machen?

Ich versinke in Scham, es ist furchtbar. Am liebsten würde ich aus dem Zimmer fliehen, Fulyas geistesgestörtes Gelächter geht mir auch auf die Nerven. Was wird der Schöne nur über mich denken? Ich kann nicht aufblicken, jetzt nicht, Senem Hanim, du Schwatzbase.

Leyla ist eine fleißige Schülerin, sagt Irfan Bey, sie wird diese Schwierigkeiten meistern.

Da bin ich mir sicher, sagt der Schöne, mit Ihrer Erlaubnis will ich mich verabschieden.

Ich bringe dich zum Bahnhof, sagt Irfan Bey und wischt die Einwände seines Neffen beiseite, nein, es mache ihm keine Umstände, und er wisse sehr wohl, daß er den Weg zum Bahnhof alleine finden könne, auch Erwachsene brauchten ab und zu mal Begleitung. Der Schöne umarmt seine Tante, lä-

chelt die zum Abschied wiedererschienene Fulya an und ...
nickt mir kurz zu, ohne aufzusehen, er verspricht ein flos-
kelhaftes Wiedersehen, das es vielleicht nicht geben wird. Ich
nehme allen Mut zusammen und starre ihn an, seine Wangen
haben die Farbe von großblütigen Buschrosen, und er duftet
nach einer herben Seife, ich darf jetzt nicht tief einatmen, jetzt
bloß nicht. Als sich die Tür hinter ihm und Irfan Bey schließt,
schimpft Senem Hanim auch schon los, eine Schande sei es, in
Gegenwart ihres Neffen zu kichern wie ein kleines Mädchen,
was habe sich Fulya nur dabei gedacht. Du hast ihm vor lauter
Aufregung nicht die Plätzchen serviert, die du für ihn geback-
ken hast, sagt Fulya. Senem Hanim ist untröstlich.

*

Du bist schon zweiunddreißig, sagt Irfan Bey, denkst du nicht
langsam daran, daß es an der Zeit ist, zu heiraten?

Ich denke daran, sagt Metin, ja doch.

Und, mein Sohn, wohin führen dich deine Gedanken?

Es muß die Richtige sein, sagt Metin und schlingt den
Strickschal um den Hals. Es sind wenige Menschen auf den
Straßen, an diesem zweiten Tag des Ramadanfestes schließen
sich die Menschen in ihren Wohnungen ein, in der Hoffnung,
es möge sich kein Verwandtenbesuch einstellen. Und wenn es
doch an der Tür klingelt, erstarren sie und halten den Atem
an.

Ein Großstadtmädchen ist nichts für dich, es würde seinen
Anspruch auf Luxus nicht so schnell aufgeben.

Ja, Onkel, sagt Metin. Er weiß, worauf sein Onkel anspielt:
ein Mann in bescheidenen Verhältnissen sollte sich lieber in
seinem Stand auf die Suche begeben.

Was hältst du von Leyla? bricht es aus Irfan Bey heraus, sie
ist sehr ansehnlich, sie müßte dir doch gefallen.

Ist sie nicht ... zu jung dafür?

Wofür? Für die Heirat oder für das Frausein? Weder noch.
Ich glaube, es drängt sie hinaus aus dem elterlichen Haus.

Sie hat einen strengen Vater, soweit ich weiß.

Das ist noch sehr vornehm ausgedrückt, sagt Irfan Bey, man hat sie streng gehütet. Das ist, wenn man eine Heirat mit ihr in Betracht zieht, sehr von Vorteil.

Sie ist das kleine Mädchen gewesen, das mir Aprikosen gebracht hat ... ich sah es immer vor dem Haus spielen.

Die Liebesheirat geht nicht gut aus, sagt Irfan Bey, er ist in Gedanken und hat die letzte Bemerkung seines Neffen nicht mitbekommen; wichtig ist, daß dieser junge Mann an seiner Seite endlich sein abenteuerfreudiges Temperament zu zügeln lernt. Metin steckt in einem billigen dunklen Anzug, an der oberen Ärmelnaht bauschen die Schulterstücke, und die Knöpfe hängen an losen Fäden. Sein Neffe braucht keine Auflockerung, und er darf seinen Kopf nicht hängen lassen wie ein aufmüpfiger Student. Was kann er ihm sagen, was kann er ihm zumuten? Jetzt fällt ihm wieder ein, wovon Metin gesprochen hat, von Aprikosen war die Rede – Aprikosen gibt es im Überfluß, es sind die Fruchtpfennige der Armen, man verliert keinen Schatz, wenn man sie hergibt. Metin ist also ein Aprikosenbeschenkter, das kluge verträumte Mädchen Leyla hat etwas hergegeben, vor langen Jahren, in dieser Kleinstadt, von der er endlich fortgekommen ist, und er weiß immer noch nicht, ob er sich darüber freuen soll. Für einen Moment fühlt er sich unbehaglich bei dem Gedanken, daß er als gestandener Mann von fünfzig Jahren seine Kupplerdienste anbietet.

Verstehe mich nicht falsch, sagt er.

Ich bin Ihnen dankbar, sagt Metin und küßt seinem Onkel ehrerbietig die Hand und führt die Hand an die Stirn, ich werde darüber nachdenken, Onkel, und wenn Gott es will, will es Gott.

18

Liebe Leyla,

kein schöner Tag heute alles irgendwie ein Nichts
und ich muß wieder einmal zu Hause bleiben das ist kein Leben denke ich und bin aber im nächsten Moment froh daß
es trotzdem gut ist. Ist bei dir auch alles gut mir laufen die
Jungs hinterher ich muß sie abschütteln Hakan den du kennst
er geht in dieselbe Klasse wie ich hat mir nach Schulschluß
aufgelauert er hat mir gesagt: Komm Fulya laß uns zusammen gehen und wenn jemand uns sieht soll er tratschen bis
ihm die Zunge verdorrt das ist doch egal. Das ist nicht egal
habe ich gesagt bilde dir nichts darauf ein daß du blaue Augen
hast sie strahlen jedes Mädchen an das um die Ecke kommt ich
will nicht mit dir gehen. Er hat gesagt: Hast du einen anderen
berührt dich jemand anders sag und ich breche ihm die Finger. Kannst du dir das vorstellen Leyla der Junge will für mich
kämpfen es ist schmeichelhaft aber ich will nicht geschmei-
chelt werden es ist noch zu früh für mich es ist noch zu früh
fürs Schmeicheln. Ich habe ihm nein gesagt ach ja mir fällt es
jetzt ein was hältst du von Metin ich glaube er interessiert sich
für dich er weiß auch was du wert bist daß du nicht herkömm-
lich bist und ich habe meinem Cousin gesagt: das stimmt!!!
Das stimmt Metin daß sie nicht ein Topf und Deckel ist die
du in jedem Geschäft kaufen kannst Leyla gibt es nur einmal
und sei vorsichtig. Ich habe dich schön verteidigt und er hat
schön zugestimmt nach deiner Abreise war ich ja ein bißchen
traurig mehr als ein bißchen traurig wieso bist du weggegangen? Ja ich weiß das war von Anfang an klar gewesen nur drei
Monate und dann wieder zurück in die alte Schule wie geht's

Manolya hat der verliebte Reiter sie abgeholt sie soll mir endlich schreiben gib ihr unsere Adresse ich bin neugierig. Metin
sagt: das kann passieren daß ich bald heirate ich muß darüber
nachdenken die Männer und Nachdenken was sind sie immer
so ernst dabei sind sie nicht ernst und lassen etwas im Kopf
hin- und hergehen und dann erklären sie was wir schon gleich
wußten nämlich daß sie vor einem kleinen Schritt und vor
einem großen Schritt also eigentlich immer verernsten sagt
man das, verernsten, ist auch egal. Was wird dein Vater dazu
sagen wenn du bereit bist für die Liebe mit Metin und wenn er
bereit ist für die Liebe mit dir dann muß man ja den Segen holen den Segen von deiner Mutter deinem Vater den Segen deiner Brüder alles dauert immer viel zu lange was soll das. Also
dein Vater der kann doch zustimmen wo ist da ein Problem
mein Cousin trinkt nicht er ist nicht dem Glücksspiel verfallen er hat Manieren du hast ihn ja gesehen dir passiert nichts
Schlimmes wenn du seine Frau wirst. Oder willst du nicht ich
glaube schon. Jetzt kam meine Mutter ins Zimmer sie hat geglaubt ich schreibe einen Liebesbrief und als ich sagte nein,
ich schreibe an Leyla wegen Heiratsvermittlung hat sie gesagt:
schreibe ihr ein Adieu von mir und ich habe einen Lachanfall
bekommen weswegen sie böse auf mich ist. Ich schreibe dir ein
Adieu von meiner Mutter sie hat zur Zeit Rückenschmerzen
mein Vater ist kerngesund und ich langweile mich ein bißchen
mehr als ein bißchen aber so ist das Leben. Ich weiß nicht wie
lange es dauert bis du meinen Brief bekommst wenn du ihn
bekommst und liest setz dich gleich hin und schreibe mir eine
Antwort sei nicht wie Metin der noch lange nachdenken muß
und am Ende des Tages auch nur einen halben Gedanken wei-
tergekommen ist.

Also was kann ich dir noch schreiben wir sind immer noch
so wie du uns in Erinnerung hast nur es hat zugenommen
also die Jungs laufen mir nach und ich muß ihnen die bittere
Wahrheit aufsagen: nein, es ist noch zu früh für mich in einem
Jahr vielleicht aber dann ganz bestimmt nicht mit dir du hast

eine Knollennase. Hakan war wegen dieser bitteren Wahrheit schon sehr niedergeschlagen aber er kann mich nicht um den Finger wickeln höchstens ich ihn um den Finger. Hast du alles was du brauchst hast du deinen Abschluß mein Vater hat dich durchfallen lassen es war natürlich blöd oder wir haben uns blöd angestellt so jetzt muß ich meiner Mutter beim Einkaufen helfen ich küsse dich auf beide Wangen und sag mir Bescheid wegen Metin ich glaube er wartet auf ein Signal bis bald Fulya.

Sie hat ein zweites Blatt beigelegt, ein Blatt mit Zeichnungen von kleinen großen Herzen und Fabeltieren, seltsamerweise sind nicht die Herzen, aber die Einhörner und Vögel mit langen eingerollten Zungen von Pfeilen durchbohrt.

Ich setze mich zum Schreiben hin, ich starre auf den Bogen Papier und muß mich zurückhalten, um nicht Kringel und Strichmuster zu zeichnen, ich träume vor mich hin, es ist soviel passiert. Die Familiengeheimnisse muß ich hüten, die kleine Fulya würde in ihrer Arglosigkeit alles ausplaudern. Sie möchte meine Brieffreundin werden, hat sie mir zum Abschied gesagt, sie vertraue mir, und ich solle ihr auch vertrauen. Aber so einfach ist es nicht. Manolya wirft mir vor, verschlossen zu sein, sie nach so vielen Jahren der Freundschaft auf Abstand zu halten. Nicht einmal mit ihr, meiner besten Freundin, habe ich mich über den Schönen ausgetauscht. Dieser Brand in mir. Möchte ich das wirklich, heiraten? In zwei Tagen schon bricht die Familie nach Istanbul auf, Djengis und Tolga sind vorgefahren und haben sich an der Universität eingeschrieben. Was war das für ein Theater, wie mußten sie betteln, um die Erlaubnis des Nährvaters zu bekommen! Er verdächtigte die beiden, sie würden sich um die Arbeit drücken und ihn um seine Altersvorsorge bringen. Doch diesmal sprach Djengis ein Machtwort, ausgerechnet er, der uns so lange Zeit auf den Vatergehorsam eingeschworen hat. Der Nährvater wollte aus alter Gewohnheit auf uns losgehen, doch Djengis stellte sich vor ihm auf und blickte ihn an, er sah ihm einfach in die

Augen, und er brach seinen Widerstand. Der Nährvater hat es an meiner Mutter ausgelassen, er wartete, bis Djengis aus dem Haus ging. Sie sind weg, meine Brüder, sie studieren und arbeiten und geben das Geld beim Vater ab, der ihnen ein kleines Taschengeld zuteilt. Meine Gedanken fliegen dahin, habe ich eine bessere Partie im Sinn? Der Rubinschellack-Schöne hat schöne lange Wimpern, er ist bereit, mir das Eheversprechen zu geben. Soll ich Fulya schreiben, daß ich bereit bin, daß er mich zu seiner Frau nehmen kann, wenn er denn will? Und er möchte es ja. Dieser Brand in mir.

Bist du wieder in einen Traum abgetaucht? sagt meine Mutter hinter meinem Rücken, ich fahre hoch und lege die Hände sofort auf das Briefpapier, obwohl ich noch keine Zeile geschrieben habe.

Mutter, ich will heiraten.

Als ich die Stille nicht mehr ertragen kann, drehe ich mich um, doch sie ist nicht mehr da, also stehe ich auf und finde sie dort, wo ich sie vermute, sie kratzt in der Küche den schwarzen Knoster vom Topfboden. Jetzt dreht sie mir den Rücken zu.

Du hast nicht einmal eine Mitgift, sagt sie, und nach einer Weile, wem hast du dein Herz vergeben?

Es ist der Schöne.

Wer ist der Schöne? fragt sie und dreht sich neugierig halb um.

Es ist der Neffe meines ehemaligen Schuldirektors … Fulyas Cousin, er heißt Metin.

Metin wie Metin, der Mutige? sagt sie.

Man merkt es ihm nicht auf den ersten Blick an, aber ich glaube, auf den zweiten Blick ist er schon mutig.

In diesen drei Monaten, die sie dich aufgenommen haben … es hat hoffentlich nichts stattgefunden, wofür du dich später geschämt hast.

Nein, Mutter, ich habe mich nicht in einer fremden Welt verfangen.

Sie besieht prüfend den Topfboden, legt den Topf in das Spülbecken und wäscht ihn mit kaltem Wasser ab. Ich bleibe in ihrer Nähe, so lange, bis ich wirklich sicher sein kann, daß sie alles ausgesprochen hat. Manchmal dauert es eine kleine Ewigkeit, manchmal bricht sie ihr Schweigen nach drei Wimpernschlägen. Sie trägt das knöchellange Sommerkleid, das ihr Djengis aus der Großstadt gebracht hat, sie trägt es heute das erste Mal.

Du bist die Jüngste in der Familie, sagt sie, und trotzdem ist es richtig. Du mußt heiraten, dieses Elend bringt dich um.

Ihre Stimme bricht, meine schöne schöne Mutter, ich umarme sie von hinten, es bittet sie keine Nachbarin mehr, sich zum Traum hinzulegen, ihr Mann hat es verboten, ihr Mann hat Fatma Hanim beschimpft und davongejagt. Gerate nicht an den Falschen, sagt sie, ist dieser Metin ein freundlicher Mann?

Er ist richtig schön, sage ich.

Sie lacht und löst sich aus meiner Umarmung, wringt ein Tuch aus zusammengenähten Strumpfhosenfüßlingen, wischt damit über die Wachstuchdecke des Küchentisches.

Du fällst auf seine Schönheit herein?

Nein, rufe ich aus, wäre er nur edel und häßlich, müßte ich mich ja jedesmal überwinden, wenn ich ihn ansehe ... außerdem hat er wirklich Manieren.

Habt ihr Blicke ausgetauscht? fragt sie.

Er traut sich nicht, sage ich.

Ein wichtiges Zeichen, stellt sie fest.

Mutter, das ist jetzt kein Traum ... gibst du mir deinen Segen?

Du lebst gut und kommst auch zurecht ohne meinen Segen.

Du hast mich immer Goldkörnchen genannt, sage ich.

Meine schöne schöne Mutter, es versagt ihr die Sprache, wie gerne würde sie es zulassen, daß es aus ihr herausbricht, und doch kann sie die Bilder nicht aus dem Kopf bannen, sie spricht in diesen Bildern: Rosen wollen ganz tief im Wasser stehen, sagte sie mir und Selda, als wir sie fragten, wie sie sich fühlte damals, nicht mehr Mädchen und noch nicht so lange Frau; rechnet euren künftigen Männern eure Schönheit nicht teuer an, sprach sie, sprach sie zu uns im nächsten Satz. Die Bilder meiner schönen schönen Mutter.

Mein Goldkörnchen, du kannst einen Liebenden nicht vom Hof jagen. Es ist soweit … du hast dem Schönen dein Herz vergeben, ich sehe es dir an.

Gibst du mir deinen Segen, Mutter? sage ich.

Gottgesegnet soll euer Bund sein, sagt sie.

Ich warte noch eine Weile, und dann gehe ich zurück zu Bleistift und Papier, lese Fulyas Brief noch einmal durch. Meine süße kleine Freundin Fulya, schreibe ich, ich möchte ein Teil eurer Familie werden. Bitte richte deiner verehrten Mutter und deinem verehrten Vater aus, daß ich mich ganz auf ihr Urteil verlasse. Wenn sie es für angemessen halten, daß ich mich verheirate, sollen sie bitte den rechten Mann für mich aussuchen. Metin Bey ist ein ernster, höflicher Mann. Ich habe keine Einwände. Was Hakan anbetrifft, der dir hinterherläuft, so denke ich, du solltest dich ganz nach deinem Herzen richten …

19

Istanbul, die große Stadt – die Warnungen und
Glückwünsche vor der Abreise, meine Bekannten hätten nicht
soviel Aufhebens gemacht, wenn ich ihnen meine Vorahnungen verraten hätte: Es ist nicht leicht, auch in einer Großstadt
hinauszukommen aus dem Sippenkreis, herauszubrechen aus
der Familie. Ich lebe hier und kenne doch nur ganze zehn
Straßen und halb so viele Gassen im Umkreis des Hauses,
des dreistöckigen Hauses im Beamtenviertel. Es steht wie ein
geducktes Kind zwischen den Holzvillen, wie ein stämmiger
ausgehöhlter Baum mit verharzter Borke, je nach Tageszeit
und Lichteinfall. Die ersten Tage, als ich die breite Straße zum
Haus entlangging, in kleinen Schritten, langsam und neugierig, hielten mich Polizisten auf, sprachen mich Nachbarn an,
musterten mich Ladenbesitzer: Woher ich komme, wohin ich
gehe, das waren ihre Fragen, und ich sagte: Dort steht Melek
Hanims Haus, drei Stockwerke hoch, sie hat mich und uns
aufgenommen, wir sind verwandt und eine befreundete Familie. Menschen mit deinem Ostakzent treiben sich hier nicht
herum, hieß es dann, Menschen mit deinem Akzent bleiben
im Osten, wieso bist du hier? Es entspann sich ein langes
Gespräch, und irgendwann, nach vielen Fragen, ließen sie
mich stehen und wandten sich ab. Keine schönen Begegnun-
gen. Einem Mädchen mit einem Lyzeumsabschluß trauen sie
mehr zu, ich spreche dieselbe Sprache wie sie, ich gehöre zum
selben Volksstamm, ich weiß nicht, was sie von mir wollen.
Ein junger Polizist kam nach der Befragung auf offener Straße wieder zurück, bot mir ein Rendezvous an, er hielt es für
selbstverständlich, daß ich sofort zustimmte. Ich rannte von

ihm weg, ich renne von jedem weg, der mich anhält, um mich in schamlose Gespräche zu verwickeln. Istanbul, die große Stadt, besteht aus kleinen Nestern, aus Kleinstädten, wenn wir heimkehren, werde ich die Träume meiner Freundinnen zerschlagen, einfach so.

Ich stehe vor dem Haus, und diesmal denke ich, nein, es gleicht nicht einem geduckten Baum, nein, es gleicht nicht einem ausgehöhlten Kind, es sieht aus wie ein schlanker Gebetsturm, und wenn man mich ließe, würde ich die steile Wendeltreppe emporsteigen und die Fenster oben aufreißen, mich ans Fenster stellen und mit unbewegtem Gesicht herabblicken: auf den unverschämten jungen Polizisten, auf die Bewohner der Villen, die mich anhalten und ausfragen. Doch wir dürfen uns nur im ›unteren Bereich‹ aufhalten, die Großtante achtet streng auf die Einhaltung dieser Hausregel.

Es ist nicht unser Haus, was erwarte ich? Der Vater meiner Mutter hat von Anfang an gelogen, die Großtante sei eine entfernte Verwandte, sie freue sich, ihn und seine Familie aufzunehmen, so lange, bis es ihm gelänge, eine eigene Wohnung zu finden. Drei Wochen sind vergangen, wir leben auf engstem Platz in der Großstadt.

Schläfst du mit offenen Augen?

Melek Hanim ruft aus dem offenen Fenster, dort würde ich gerne stehen, genau an dem Fenster, von dem ich so oft träume.

Nein, meine Dame, sage ich, ich bin nur kurz die Erledigungen des Tages im Kopf durchgegangen.

Komm lieber schnell herein, sagt sie, deine Schwester Yasmin möchte mit dir sprechen.

Ich streife die Schuhe auf der Fußmatte ab, zwei Herbstblätter lösen sich von meinem Absatz, ich hebe sie von dem Fußabstreifer auf, gehe zurück auf die Straße und werfe sie in den Rinnstein. Erst jetzt fällt mir auf, daß man den Bürgersteig weiß gestrichen hat, ein paar Farbtropfen sind im Schmutzwasser des Rinnsteins zerlaufen, die gewundenen

Schlieren ziehen sich auch über den Gitterrost des Senklochs.

Beeil dich, ruft Melek Hanim.

Die Tür öffnet sich, und ich sehe sie in der Tiefe des Erdgeschosses stehen, meine Schwester Yasmin, ihren bösen Blick kann ich nicht abwenden. Auch wenn ich mich dagegen sträube, ich muß hineingehen, ich muß ihre Worte ertragen, und als ich vor ihr stehe, bohrt sie ihren Fingernagel in das Fleisch meines Armes, es ist der einzige unversehrte Fingernagel, die anderen sind gesplittert. Die Großtante sitzt wie jeden Tag in ihrem Schaukelstuhl im Wohnzimmer, und deshalb unterdrücke ich einen Schmerzensschrei, der mir von der Kehle zurück in den Magen fährt, ihr Aufseher, will ich sie anschreien, was fällt euch ein, was führt ihr euch auf im fremden Haus! Sie bedeutet mir mit den Augen, ihr zu folgen, sie soll ihren Willen bekommen. In der Küche schließt sie die Tür hinter uns, Selda sieht mich an, meine Mutter lächelt und schaut weg.

Bist du tollwütig geworden? flüstert Yasmin gepreßt, schämst du dich nicht, daß du das Wort Ehemann in den Mund nimmst?

Plötzlich hält sie einen Brief hoch, ein Blatt Papier mit Zeichnungen von Herzen und zähnefletschenden Monstern, Fulyas Antwortschreiben auf meinen Brief, in dem ich sie bat, sich für mich zu verwenden.

Dieser Brief ist an mich adressiert, sage ich zornig, es steht dir nicht zu, fremde Post zu öffnen.

Kaum hat unsere Kleinste das Abschlußdiplom, fühlt sie sich schon als etwas Besseres, sie belehrt uns darüber, was wir zu tun haben.

Du hast meine Post gelesen, wiederhole ich, das schickt sich nicht. Du wolltest also deine bevorstehende Hochzeit vor uns allen geheimhalten, sagt Selda, ist das etwa schicklich?

Sie hat mich um meinen Segen gebeten, sagt meine Mutter, und ich gab ihr meinen Segen.

Und wir? ruft Yasmin aus, zählen wir nicht? Darf sie uns so einfach übergehen, Mutter?

Soll ich jede meiner Schwestern und jeden meiner Brüder um Erlaubnis fragen? sage ich, ich bin doch kein Bettler.

Nicht einmal einen Monat sind wir hier, sagt Yasmin, und die Stadt hat sie schon verdorben ... Bettler! Das sind wir alle tatsächlich. Wir müssen zusammenhalten, doch du brichst uns gleich weg.

Die Türklinke wird heruntergedrückt, und im nächsten Moment betritt Djengis die Küche, ein langer Mantel, die Haare dem Wind hingegeben, ein gestutzter Oberlippenbart, wie ihn die Studenten tragen, man sieht die Haut darunter, das Bärtchen junger, dem Elternhaus noch nicht entrissener Männer. Er bemerkt die gedrückte Stimmung, strafft sich, als wolle er einem Ansturm entgegenstehen, er steckt die Hände in die Manteltaschen, fragt, wer wieder etwas verbrochen habe.

Leyla will uns verlassen, sagt Yasmin.

Ich will nur heiraten, weiter nichts, sage ich.

Ein neues Kapitel in ihrem Leben, stellt Selda dramatisch fest.

Ich wende mich doch nicht von euch ab ...

Wer ist es? fragt Djengis leise.

Metin.

Metin?

Ja, Bruder.

Also Metin ... Keine schlechte Wahl.

Yasmin dreht ihren Kopf ruckartig zu Djengis, es kommt für sie völlig überraschend, wie hätte sie sich über die Beihilfe des Erstgeborenen gefreut.

Ein ehrenwerter Mann, fährt Djengis fort, das muß ich zugeben, ich kenne ihn flüchtig von der Universität. Was studiert er noch einmal?

Ich weiß nicht, sage ich.

Er studiert? fragt Selda nach.

Ja, sagt Djengis, er trägt einen gut erhaltenen alten Anzug.

Ich habe ihn einmal angesprochen, als er sich bückte, um sich den Schuh zuzubinden. Ein entfernter Cousin …

Näher dran als die Großtante, sagt Selda und kichert, und weil sie nicht lange auf einem Stuhl sitzen kann, steht sie auf. Wir sind es nicht gewöhnt, auf Stühlen zu sitzen, hier gilt es als eine unzivilisierte Sitte, auf dem Boden zu kauern, wir haben uns angepaßt. Selda trägt seit neuestem eine Strickjacke mit Karomuster, sehr zu Tolgas Vergnügen, er nennt sie das Sekretärinnenjäckchen. Melek Hanim hat die Jacke aus ihrer Garderobe ausgemustert.

Er ist jedenfalls in keiner vaterlandsverräterischen Studentenvereinigung, sagt Djengis, auf dem Universitätsgelände verhält er sich sehr … verantwortungsbewußt.

Was soll das heißen? fragt die lächelnde Selda, verantwortungsbewußt!

Er singt nicht vor sich hin, sagt Djengis, und er freundet sich nicht mit jedem Menschen an … Wer weiß bisher Bescheid?

Ihr alle, Fulya, ihre Familie …

Und der Vater?

Wir sind still und sehen einander verstohlen an, und schließlich ruhen alle Blicke auf der Mutter.

Wenn du ihm vertraust, sagt sie, wenn du glaubst, er ist der Richtige, dann verliere keine Zeit. Das wird deine Rettung sein. Ich werde … mit ihm sprechen.

Es gibt einen anderen Weg, Mutter, sagt Djengis.

*

Die Großtante sitzt auf ihrem Schaukelstuhl, sie hat die Lautstärke heruntergedreht, doch ihre Hand ruht auf dem Suchpegelregler des Radios, Halid starrt ihre krallengleichen Finger an, die blauen Adern auf dem Handrücken, die kupferkuruschgroßen Altersflecken und den dunkelroten Lack auf ihren Nägeln. Sie sollte sich was schämen, in diesem Alter trägt eine Frau keinen Nagellack auf, sie bedeckt das Haupt und schlägt das Heilige Buch auf. Doch ihr Kopf ist unbedeckt. Sie riecht nach Lavendel, dem Duft junger Mädchen – wem will diese alte Frau noch den Kopf verdrehen? Er hat sich freigemacht für das Gespräch, bestimmt wird sie ihn danach fragen, ob er endlich eine Wohnung und Arbeit gefunden hat, genau in dieser Reihenfolge. Wie findet man eine Wohnung? Wenn man für die Miete aufkommen kann, und dafür braucht man, braucht er Arbeit. Davon will dieses altersstarre Weib nichts wissen, ihr gehört dieses Haus, es liegt im besten Beamtenviertel, und anstatt sich damit zufriedenzugeben, statt ihr Glück zuzugeben, schimpft sie über die neue Zeit, die lauten Lastenträger, deren Schreie von draußen sie belästigten, über die schlappen korsettlosen Frauen von heute, die in ihren Humpelröcken dahergingen wie Königinnen … was interessiert ihn die Mode? Er schaut ihr dabei zu, wie sie ihre bunt gestreifte Wärmedekke über den Beinen glattstreicht, sie entdeckt in der Tiefe einer Falte einen Krümel, hält ihn vor die Augen und steckt ihn in den Mund. Wie lange soll ich hier still sitzen? denkt Halid, wie lange soll ich diesem Weib bei ekelhaften Beschäftigungen zusehen? Als bemerkte sie seine Ungeduld gerade eben, räuspert sie sich und schaut ihn mit diesem verhaßten Blick an, es ist der Blick des Bürokraten, der beim Eintritt des Untergebenen eine strenge Miene aufsetzt.

Halid Bey, hebt sie an, dieses Haus kann nicht zwei Familien beherbergen. Ich habe es bei dieser und jener Gelegenheit Ihnen mitgeteilt, ich rechne mit Ihrem baldigen Auszug, es kann doch nicht so schwer sein, eine Wohnung zu finden.

Es ist zu gütig, daß Sie uns aufgenommen haben, sagt Halid, und glauben Sie mir: ich eile von einem wichtigen Termin zum nächsten. In einigen Tagen werde ich dieses Geschäft, von dem ich Ihnen sehr oft berichtet habe, endlich gemacht haben.

Ihre Geschäfte sind Ihre Sache. Und das hier ist meine Wohnung … Aber gut. Ich will mit Ihnen über ein Wunder reden, das sich bald ereignen wird.

Was für ein Wunder? fragt Halid mißtrauisch, eine Verkündung aus dem Munde dieses Weibes hört sich nicht gut an.

Ihre jüngste Tochter hat vor, die Ringe mit einem feinen Herrn zu wechseln …

Ich habe diesem Irgendwas-Minister doch klipp und klar gesagt, daraus wird nichts. Hat er Sie damit belästigt?

Minister? Ich weiß nichts von einem Minister. Der Mann, um den es geht, ist sogar ein weitläufig Verwandter von Ihnen. Leyla verläßt also auch nicht den Sippenkreis.

Ein neuer Kandidat ist aufgetaucht? flüstert Halid.

Sein Name ist Metin. Das wurde mir jedenfalls mitgeteilt.

Das ist ein Rinderdarmausputzer, schreit Halid, dieses ehrlose Kindsweib! Das tut sie mir an! Sie blamiert mich vor dem Gastgeber!

Hören Sie auf, hier herumzuschreien! schreit sie zurück, still! In meinem Haus will ich keine Flüche hören, reißen Sie sich zusammen, Halid Bey. Wir sind hier nicht in einem Männerkaffeehaus …

Ein Rinderdarmausputzer! wiederholt Halid, er würde dieser bemalten Greisin am liebsten einen Schlag auf den Mund versetzen, er hält sich aber im Zaum und knurrt sie an, er erstickt fast an seinen Knurrlauten, und als er es nicht mehr aushält, steht er auf, holt das Stofftuch aus der Tasche und putzt sich laut die Nase.

Sie wissen nicht, wie das ist, sagt er leise, die Großtante lehnt sich verwundert in ihrem Schaukelstuhl zurück, sie hatte eigentlich mit einem Ausbruch gerechnet, ein fiebriger Mann steht vor ihr, ein benäßtes Tuch knüllt er in der Faust, ein in seiner Ohnmacht aus der Kleinstadt ausgebrochener Mann, kein Bauer mehr, und noch nicht Kleinbürger – ginge es nach ihr, würde sie ihn jetzt und sofort vor die Tür setzen, ihn und seine wohlerzogenen Kinder. Was gäbe sie darum, in einem anderen, jüngeren Körper zu stecken! Dieser Kerl hat einst vorgegeben, sie zu lieben, sie ließ sich erobern, sie hielt still in seinen Armen und sagte: Jetzt und sofort, diese

Worte hatten eine Bedeutung, die nur sie beide verstanden, sein Kuß: jetzt und sofort, seine Umarmung: jetzt und sofort. Danach – sie hat ihn vor die Tür gesetzt, und er tat nichts, um sie umzustimmen. Seine Frau, eine fremde Figur, hier in ihrem Haus, glaubt sie ihm wirklich, wenn er behauptet, sie sei eine Verwandte sechsten Grades, er kennt sich doch gar nicht in den Verwandtschaftsgraden aus. Was soll ich nicht wissen? denkt sie: daß du mir Lügengeschichten erzählst? Daß dieses Kind dich verlassen will, bei der ersten Gelegenheit, beim ersten Mann, der es anlächelt? Du tust so, als würde deine Tochter unter ihrem Stand heiraten, dabei bist du nur ein hochgekommener Lumpenträger, da draußen laufen die Kerle deines Schlages zu Dutzenden, zu Hunderten herum. Es ist nicht ein brennendes Verlangen, das sie zu diesem Mann treibt, aber sie wird ihn im Laufe der Jahre lieben lernen. Und sie wird über ihrem Vermögen heiraten.

Worüber denken Sie nach, über die alten Tage? sagt Halid und grinst anzüglich, sie aber schaut ihn unverwandt mit dem Blick einer Hausherrin an, bis er sich abwendet.

Habt ihr euch alle gegen mich verschworen? sagt er, und wollt ihr alle mir die Macht nehmen, zu bestimmen über die Hundesippe …

Keine Flüche! zischt sie, deine Tochter will und wird heiraten!

Du feine Dame sprichst mich schon an wie einen Knecht, sagt er, hast du meine Jüngste adoptiert?

Ich habe euch alle adoptiert, gegen meinen Willen.

Meine beiden ältesten Töchter und meine beiden Söhne sind noch unverheiratet. Jetzt kommt ausgerechnet die Jüngste und Dümmste daher und möchte einen Mann …

Geht die Liebe nach dem Alter, sagt sie, müßten deine Ältesten längst auf anderen Kissen schlafen, du hast recht …

Liebe … pah! Was Liebe? Wie Liebe? Weshalb Liebe? Damals hast du ganz andere Ansichten gehabt.

Damals ist vorbei, Halid Bey. Heute … habe ich dieses Haus,

in dem du und deine Familie untergekommen seid. Mein Leben hat eine moderne Wendung genommen.

Liebe ... modern ... dafür, daß Sie eine alte Frau sind, meine Dame, nehmen Sie aber sehr zeitgemäße Worte in den Mund, sagt Halid, er hätte die Ohren zuhalten sollen, von ihrem Geschwätz hat er Kopfschmerzen bekommen, er rauscht aus dem Frauenzimmer hinaus auf den Flur, und da er sie sieht, in Erwartung eines baldigen Glücks, da er den Freudenschimmer in ihren Augen entdeckt, will er sie an die Wand drücken und auf ihre Stelle unter dem Rockbund schlagen, seine Männerfaust, die seinem Tochterflittchen jede Lust austreibt. Er macht einen Schritt auf sie zu und erstarrt, als er die Tochter des alten Weibes auf der obersten Treppenstufe bemerkt, und in diese Stille hinein treibt die Stimme des Weibes, sie soll zu mir kommen, ruft sie, er verharrt reglos und läßt die Hündin an sich vorbeigehen, ein fester Zugriff, und er bräche ihr das Genick und schleuderte den seelenlosen Körper hinab auf den Boden. Später vielleicht, ein anderes Mal, in einem anderen Augenblick.

*

Eine Frau, die ihr Mieder lockert, hat verloren, sagt die Großtante, eine Dame ißt in kleinen Portionen, die sie mit der Gabelspitze sanft aufspießt – es muß aussehen, als fiele die Portion gleich herunter. Doch das tut sie nicht, die Portion. Sie landet im Mund der Dame, nicht aber auf der Unterlippe. Vorsicht mit der Unterlippe! Die leichtfertigen Damendarsteller von heute, sie stülpen die Lippe vor, eine katastrophale Neigung, das darf die Dame nicht, sie ist auch kein Bübchen in Rüschen ... Selda schaut an sich herunter, streicht über ihren seitlich gerafften Rock, ein korsettartiger Miedergürtel schnürt sie ein und sorgt für eine enge Taille. Manchmal bleibt ihr die Luft weg, sie atmet in kleinen nicht allzu tiefen Stößen, um keine Übelkeit aufkommen zu lassen. Der Stoff ihres Unterkleids ist auf Steifleinen gezogen, daß der Rock auch ja nicht die Linien ihres Körpers nachzeichnet. Ich bin ihre Schülerin, und wir achten auf unser Aussehen und bewegen uns doch in den Grenzen, die uns unsere älteste Schwester gesetzt hat. Yasmin sitzt in einiger Entfernung, sie blickt bei den Worten der Großtante beschämt zu Boden, weil auch sie den über einem Reifengestell getragenen Rock abgelegt hat. Wir lügen die Großtante an, sie würde bei der Vorstellung entsetzt sein, daß die drei Töchter ihres Verwandten, der kein Verwandter ist, noch nie in ihrem Leben eine Krinoline getragen haben. Ich habe in einem französischen Wörterbuch nach diesem Fremdwort nachschlagen müssen. Trichter ab Taille, sagte Yasmin mit großen Augen, wie alles Französische eignet sie sich auch die Modebegriffe an, um sie meist falsch zu benutzen.

Die Couture, setzt die Großtante an, in der Garderobe der Frau haben Kleidungsstücke Platz, die mit Würde getragen werden können. Wenn man das Korsett abschafft, bleibt der Oberkörper biegsam. Die Flachbusigen von heute halten sich noch an den Effekt der hoch sitzenden Gürtellinie, aber wo bitte sehr ist die Krinoline?!

Unwillkürlich müssen wir Mädchen einander mustern – unsere Oberkörper sind zwar biegsam, flach sind sie aber nicht.

Wo ist eure Mutter? fragt die Großtante.

Sie ist einkaufen gegangen, sagt Yasmin, sie beeilt sich, sie muß jeden Augenblick kommen.

Das ist gut, sagt die Großtante, die Treppenstiegen müssen noch gebürstet werden. Ich übernehme es, sagt Selda und will schon aufstehen, doch die Dame bedeutet ihr, sitzen zu bleiben. Wir schauen sie neugierig an, sonst treibt sie uns zur Eile, ruft nach ihrem Elf-Uhr-Morgenmokka, und wenn wir stehenbleiben, um den Liedern aus dem Radio zu lauschen, scheucht sie uns aus dem Wohnzimmer.

Ich bin noch nicht fertig, sagt sie, glaubt ihr, ich bin eine Greisin?

Um Gottes willen, nein! ruft Yasmin aus, Selda und ich schütteln den Kopf.

Ich merke alles, was in meinem Haus vorgeht, sagt die Großtante, ich weiß, daß eure beiden Brüder neben dem Studium
arbeiten und das Geld eurem Vater aushändigen. Es ist ihre
freie Entscheidung ... Ich weiß, daß es Leyla danach drängt,
zu heiraten, und ich finde es richtig.

Wir sind keine Schmarotzer! entfährt es plötzlich Yasmin,
und sie vergräbt ihr Gesicht in ihren Händen, es ist mir sehr
peinlich. Die Großtante läßt sie noch eine Weile leise weinen,
sie spricht ihr keinen Trost zu, ich starre auf die knarrenden
Kufen ihres Schaukelstuhls, und ich höre, wie Selda Daumen
und Zeigefinger aneinanderreibt, die Großtante dreht die
Lautstärke des Radios auf und dann wieder schnell ab.

Kinder, ich kann den Kummer fremder Menschen nicht ertragen, sagt sie, ich hoffe, euer Vater findet bald eine Wohnung, und dann bin ich glücklich, und ihr seid glücklich. Mir
entgeht nichts ... Halid schlägt eure Mutter oder er kneift sie
hart ins Fleisch, er denkt, ich sehe es nicht. Ich habe Augen am
Hinterkopf, das könnt ihr mir glauben.

Ja, sage ich.

Ja, was? hakt sie nach.

Wir fallen Ihnen zur Last, und ich werde heiraten, und der
Vater schlägt die Mutter, sage ich und stehe auf, es ist mir
nicht danach, sie um Erlaubnis zu fragen, doch dann bitte ich
sie, mich zu entlassen. Sie schaut mich kurz an, und wahrscheinlich glaubt sie, meine Blase drücke, wie das eben bei
Flachbrüstigen ohne Reifrock der Fall sei. Ich entferne mich,
und wenig fehlt, daß ich den Kopf lachend in den Nacken lege,
diese alte Frau! Bald kommen auch Yasmin und Selda nach,
wir versammeln uns in der Küche, und jede hängt ihren eigenen Gedanken nach, was gäbe ich darum, einfach die Tür
hinter mir zuzuschlagen und zu verschwinden. Sie spinnt!
sagt Selda.

Sie ist eine Papierwespe, sagt Yasmin, wegen dir, Leyla, haben wir den ganzen Ärger ... Ich bringe der Dame einen Ver-
söhnungsmokka.

Drei kleine Nachtischlöffel Kaffee schüttet sie in das Schnabelkännchen und zwei Tulpengläser Wasser hinterher, sie wartet am Gasherd, bis das Gebräu schäumt, dann gießt sie die
Tasse mit dem vergoldeten Trinkrand voll, bückt sich nach
einem Seitenblick auf den Flur und schlürft ein goldbraunes
Schaumflöckchen, Glück ist in ihr Gesicht eingeschrieben,
und als sie ihren Mundwinkel beleckt, seufzt sie wie ein Mädchen, das den Honignapf endlich entdeckt hat. Das Tablett
zwischen ihren Händen, sie geht schnurgerade, sie muß nicht
darauf achtgeben, daß sie auch keinen Tropfen verschüttet, sie
bewegt sich, als habe sie zeit ihres Lebens eine Zofentracht
getragen. Ich sehe mich in der Küche um und eile zum Brot-
kasten. Melek Hanim hat es uns eingeschärft: Das Brot darf
nicht abgeschlossen sein, daran haben sich die Dienstmägde
zu halten.

Selda läßt sich auf die Knie nieder, taucht die Holzbürste
in das Seifenwasser, umfaßt den breiten Griff und drückt die
Bürste, daß sich die Borsten nach außen biegen. Sie arbeitet an
der ersten Treppenstufe, und wenn sie alle Stiegen der Wendeltreppe gebürstet und nachgewischt hat, wird eine Stunde
vergangen sein. Eine zweite Bürste liegt bereit, ich tauche sie
in die Seifenlauge, lasse das Wasser abtropfen und knie mich
hinter der Schwelle der Haustür hin. Die Holzdielen müssen
glänzen, dem prüfenden Beamtenblick von Melek Hanim
entgeht keine ungescheuerte Stelle, und wenn sich die Tür
glänzenden Dielen und Stiegen öffnet, werden sie und ihr
Mann Hamid Bey uns ein Lächeln schenken. Morgens, bevor
sie aus dem Haus geht, bespricht die Tochter des Hauses mit
uns den Speiseplan, und abends, wenn sie heimgekehrt ist,
atmet sie den Limonenduft der Reinigungsseife tief ein. Sie
ist eine Istanbuler Dame. Ihre Haare sind kurz geschnitten,
in der Mitte gescheitelt und hinter die Ohren gekämmt. Ein
Rosenmund. Schwarze Augenbrauen, Schlupfoberlider, Man-
delaugen. Ihre Wimpernwurzel verschattet. Sie sieht wie eine
Kaukasierin aus, doch auf den kaukasischen Einschlag in ihrer

Sippe will sie nicht näher eingehen. Wir fallen ihr zur Last, und sie läßt es uns spüren, an manchen Tagen aber behandelt sie uns wie Familienmitglieder. Ich habe in ihren Augen an Wert zugenommen, das waren ihre Worte: Leyla, du wirst eine schöne Braut sein. Du hast an Wert zugenommen. Vielleicht freut sie sich, daß sie mich nicht mehr sehen muß. Sie ist eigenartig – Djengis glaubt, alle schönen Frauen seien kapriziös, er habe es nicht anders erlebt, ich solle mich nur an ›die Natur‹ der Basarschönheiten und von Ipek Hanim erinnern, das seien doch Paradebeispiele.

Als er Ipek Hanims Namen aussprach, wurde sein Blick weich wie bei einem Wachträumer, er blickte durch mich durch und schwieg für eine Weile, dann sah er auf und sagte, es sei schade, daß es in seinem Herzen keinen Platz für die ewige Liebe gebe, ich solle ihm verraten, weshalb die Frauen einen Mann wie ihn an sich binden wollten, auch wenn sie sich am Anfang in ihn verliebten, weil er sie nicht bedränge und nicht zur Heirat zwinge. Er versteht nichts, mein Bruder, er glaubt, die Frauen lebten nach einem Prinzip, einem lebenslang bindenden Glaubenssatz. Kann er einfach in das Leben einer Frau einbrechen und mit ihr eine Weile spielen und dann zur nächsten Gespielin wechseln? In seiner Gegenwart ist Melek Hanim irritiert, sie verliert, um mit Yasmin zu sprechen, die Contenance, und mein Bruder lacht nur darüber, lacht über Hamid Beys Verfügung der Besuchszeiten für Tolga und Djengis. Das Geflüster in den Hintergassen, die Gerüchte an den Basarständen, das Gerede der Beamten in den Nachbarvillen: auch hier, in der großen Stadt, achten die hohen Damen auf ihren guten Ruf. Wir treffen uns mit Djengis und Tolga in der Konditorei, und früher oder später kommt Djengis auf die Tochter des Hauses zu sprechen, er erkundigt sich danach, ob sie rot wird, wenn sie aufstoßen muß. Er ist wie ausgewechselt, und wir wundern uns über ihn. Tolga muß sich neuerdings jeden Tag rasieren, mein Lieblingsbruder ist ernster geworden, er schaut verstohlen zu Yasmin und probiert vielleicht nur einen Bissen von der Süßspeise auf dem angeschlagenen Teller. Ich werde die erste sein, die die Familie verläßt, so wahr mir Gott helfe.

20

Die Menschen unserer Tage sind unter Polizeiaufsicht gestellt, und sie tun doch das, was sie wollen, im Dunklen wie hellichten Tages. Die Wirte werben schon mit ›schneidiger Damenbedienung‹, was bitte sehr soll das heißen? War das früher, zu meinen Zeiten, möglich? Es gab Balletablissements, und ja, Männer und Frauen begegneten sich hier, und es gab trotzdem kein Falsch, man lernte einander kennen und freute sich an der leichten Unterhaltung. Eine Frau konnte sich umsehen nach dem Mann ihres Herzens, es war richtig und reuerein …

Die Großtante macht an dieser Stelle eine Pause, schaukelt vor und zurück und faßt den Mann ins Auge, der bislang noch kein einziges Wort gesprochen hat. Ist er ein milder Mann? Hört er ihr überhaupt zu? Oder möchte er, dem Brauchtum entsprechend, die Brautwerbung ganz dem Vater überlassen, einem Istanbuler Herrn alter Prägung? Ihre Krawattenknoten, stellt sie zufrieden fest, sind nicht prahlerisch ausgestellt, die Krawatte verdeckt die Knopfleiste, so gehört es sich. Der Vater und der Sohn haben eine gerade Sitzhaltung, sie lehnen sich nicht zurück und versinken in den Polstern des Sofas, so soll es sein. Es macht ja nichts, wenn der Sohn die Dinge allzu ernst sieht: Dieser milde Mann hat eine strenge Erziehung genossen, er ergreift nur mit der Erlaubnis seines Vaters das Wort.

Einsamkeit erträgt nur Gott, sagt Schafak Bey, der Vater, zwei Menschen kommen zusammen, die Herzen gehen auf, die Menschen verschränken sich ineinander … Übrigens ein schönes Wort, verehrte Dame, reuerein … was genau meinen Sie damit?

Sie weiß es selber nicht, sagt Halid, es klingt gut und ergibt keinen Sinn. Deshalb benutzt sie es.

Halten Sie sich bitte zurück, mahnt die Großtante, ich gebe

ja gerne zu, daß Ihnen die großstädtische Hochsprache nicht geläufig ist. Aber Sie werden schon noch dazulernen ... Reuerein, verehrter Herr, heißt soviel wie unschuldig.

Ich hätte auch selber darauf kommen können, sagt Schafak Bey und schlägt mit der flachen Hand gegen seine Stirn, eine plötzliche Geste, über die die Großtante erschrickt, Mißmutsfurchen graben sich um ihre Mundwinkel, und sie läßt bewußt eine Weile verstreichen, sie streicht über das gehäkelte Zierdeckchen auf dem Radio, schaukelt vor und zurück. Sind Sie noch in Brot und Sold? fragt sie.

Nein, sagt Schafak Bey, ich bin pensioniert. Ich habe aber lange Jahre bei der Staatlichen Eisenbahn gearbeitet ...

Was? ruft Halid aus, Sie sind Eisenbahner?

Gewesen, sagt Schafak Bey, wie schon erwähnt, ich war da angestellt, ja. Ich vermute, Sie auch.

Ich habe meine Arbeit gemacht, sagt Halid, doch dann kam ein Bürokrat aus der Hauptstadt, ein Verschnittener ...

Ich verbitte mir das, ruft die Großtante aus, Metin wirft ihr einen amüsierten Blick zu, und da sie ihn entsetzt anstarrt, senkt er sofort wieder den Blick.

Na gut, sagt Halid, dann war es eben kein Verschnittener.

Wissen Sie, sagt Schafak Bey, es gibt auch angenehme Bürokraten. Ich war Teil der Bürokratie.

Ich kann Ihnen nicht ins Herz sehen, stellt Halid fest, vor den hohen Beamten habe ich jedenfalls meine Achtung verloren ... Nichts für ungut, verehrte Dame, Ihre Tochter und Ihr Schwiegersohn sind natürlich Ausnahmen von der Regel.

Man sollte sich, spätestens im reifen Alter, von Vorurteilen lösen, sagt die Großtante, sonst vergeudet man seine Zeit und die Zeit seiner Mitmenschen.

Ein Münzenschnipser kommt mir nicht ins Haus, sagt Halid und schaut die Gäste herausfordernd an, der Vater entgegnet seinen Blick, der Sohn, um den es hier die ganze Zeit geht, scheint in tiefen Gedanken versunken zu sein, er hält Halids erster Prüfung nicht stand. Ein Rinderdarmausputzer, denkt er, von einer charakterlichen Eignung zur Ehe kann nicht die Rede sein. Sein Vater, der Bürokrat, ist ein Großsprecher, der ihm gegenübersitzt und Zauberkünste vorführt, sie und dieses bemalte alte Weib stehlen ihm die Zeit.

Ein Münzenschnipser, wiederholt Schafak Bey nachdenklich, wenn ich es mir recht überlege, würde auch ich mich nicht mit so einem Menschen abgeben ... Mein Sohn jedenfalls schnipst die Münzen nur dann, wenn er einen Straßenbettler glücklich machen will. Oder nicht, Metin?

Sie haben recht, Herr Vater.

Der Sohn siezt den Vater, denkt Halid, ist das jetzt eine großstädtische Sitte? Oder wollen diese beiden Kerle ihn bloßstellen?

Wir sind hier, setzt Schafak Bey an, um gemeinsam mit Ihnen eine gottgefällige Tat zu wirken ...

Ich habe keine Tochter zu vergeben, ruft Halid aus.

Hat Gott uns nicht eingegeben, unser Leben in Schönheit zu führen? setzt Schafak Bey nach, was meinen Sie?

Sie hören sich an wie ein Priester, sagt Halid, wieso glauben die Leute eigentlich, daß es was bei mir zu holen gibt?

Sie haben drei Töchter, Halid Bey.

Ich kann auch zählen.

All ihre Töchter sind im heiratsfähigen Alter. Wir aber bitten nur um die Hand Ihrer jüngsten Tochter, Leyla. Mein Sohn und Ihre Tochter werden sich gut verstehen, da bin ich mir sicher.

Noch einmal, ich habe keine Tochter zu vergeben, sagt Halid, Sie sehen mich reden, Sie verstehen aber kein Wort – sind Sie taub?

Metin hebt endlich den Kopf. Er hatte sich vorgenommen, in diesem fremden Haus zu schweigen, das Reden und Werben seinem Vater zu überlassen. Der Mann zeigt sich uneinsichtig, und er beleidigt sie, seitdem sie einen Fuß über die Schwelle gesetzt haben.

Werden Sie mir nicht unverschämt, Herr, sagt Metin, Sie

sind kein Schafzüchter, und ich bin kein Münzenknipser. Mein Vater spricht mit Ihnen nach den Regeln des Gesetzes und der Sitte. Wollen Sie gegen das Gesetz verstoßen? Wenn das Ihr Wille ist, erklären Sie sich, sagen Sie es uns ins Gesicht, und wir erheben uns. Ich will keinen Schwiegervater, der das Gesetz nicht achtet.

Für eine Weile ist es still, die Großtante umfaßt die geschwungenen Seitenlehnen ihres Schaukelstuhls, Schafak Bey hat den Kopf zur Seite gewandt, als wolle er aus dem Fenster hinausschauen auf die lärmenden Stadtvögel, als gehe ihn der ungehobelte Klotz nichts weiter an – dieser Kleinstädter läßt keinen guten Faden an ihnen, obwohl er an seinen Manieren feilen müßte, denn er hat keineswegs vor, nach einem kurzen Aufenthalt in Istanbul zurückzukehren zu Heim und Scholle, die alte Dame hat es ihm im Vertrauen verraten.

Ein Milchbartträger belehrt mich über das Gesetz, sagt Halid, und wären wir in meinem Haus, würde ich die beiden feinen Herren auffordern zu gehen. Also werde ich mich entfernen.

Sie bleiben hier, Halid Bey, sagt die Großtante mit schneidender Stimme, es sei denn, Sie wollen uns für immer verlassen.

Halid beißt in die fest geballte Faust, es sieht aus, als nagte er an den Knöcheln, und wenig fehlt, daß die Haut von dem Biß aufreißt, doch er öffnet die Faust, läßt die Hand auf seinen Schoß sinken. Der Siegelring mit dem Prägezeichen des Osmanischen Imperiums blinkt im Licht der Herbstsonne, Halid rückt den Goldring an seinem Finger gerade, und in diesem Augenblick fällt ihm ein, daß er seinen Mantel nicht abgelegt hat, das alte Weib hat ihn ins Wohnzimmer bestellt, die Frau schafft es, ihn immer wieder auf dem falschen Fuß zu erwischen.

Da war ein Mann, sagt Halid, der hat seine Worte immer mit der stehenden Redewendung ›Als ich in Paris war‹ eingeleitet. Man konnte ihn nach seiner Gesundheit fragen, und er antwortete: Als ich in Paris war, habe ich mich an manchen

Tagen nicht wohl gefühlt, und heute ist so ein Tag ... Man fragte ihn nach der Uhrzeit, und er sagte: In Paris ist es jetzt zwei Stunden früher als hier, also sechs Uhr. Dieser Mann war nicht wunderlich, er hat sich sonst ganz normal verhalten. Irgendwann hatten die Menschen genug von ihm, sie ließen ihn gar nicht ausreden, sie ließen ihn nicht zu Wort kommen. Eines Tages nimmt er sich das so zu Herzen, daß er in Ohnmacht fällt. Man spritzt ihm Wasser ins Gesicht, und als er zu Bewußtsein kommt, ist das erste, was er sagt ...

... Als ich in Paris war? sagt Schafak Bey.

Als ich in Paris war, bin ich auch in Ohnmacht gefallen, ich erinnere mich, schließt Halid und verschränkt die Arme über der Brust.

Eine feine Geschichte, Halid Bey, läßt sich die Großtante vernehmen, ich wüßte nur gerne, was Sie uns mit diesem lächerlichen Scheinpariser zu verstehen geben wollen.

Paris ist nicht Istanbul, sagt Halid, Sie sind waschechte Istanbuler, ich bin zugezogen. Wir wollen aber nicht so tun, als wüßten wir nicht, um was es hier geht: um den Handel um meine Jüngste. Zwei Brautwerber suchen mich auf, der Vater und der Sohn, und wollen etwas von mir. Das hier ist nichts weiter als ein großes Geschäft. Ich will Ihnen sagen, was ich gemacht habe: ich habe einem Minister und seinem Sohn den Laufpaß gegeben. Billig wird es also für Sie nicht.

Unterstehen Sie sich, ruft die Großtante entsetzt aus, wir sind hier nicht unter Kesselflickern!

Nein, lassen Sie nur, sagt Schafak Bey, der Herr liebt offene Worte, also will auch ich ganz offen zu Ihnen sein, Halid Bey: Sie sind ein ehemaliger Zuchthäusler, Sie verfügen über kein Vermögen, Sie haben kein Dach über dem Kopf und keine Arbeit. Macht es meinem Sohn etwas aus? Er würde trotz der benannten Nachteile Sie als Schwiegervater in die Arme schließen. Wenn ich ehrlich sein soll, auch ich halte nichts von Leuten, die sich erborgte Federn anstecken.

Halid läuft rot an, er sitzt wegen dieses alten Weibes tatsächlich in der Falle, sie haben ihm die Augen verbunden, sie haben einen Kreis um ihn gebildet und rufen ihm, dem Blinden in der Mitte, zu, er solle dahin und dorthin laufen. Woher weiß dieser Kerl um sein Vorleben? Bestimmt ist es ihm als ehemaligem Eisenbahner nicht schwergefallen, Erkundungen über ihn einzuziehen, er hat mit einem glühenden Schürhaken in seiner Vergangenheit gestochert. Er bemerkt die Freude im Gesicht der Hausherrin, sie dreht am Suchpegelregler, das Radio ist nicht eingeschaltet. Erpresser konnte ich nie leiden, sagt Halid.

Sie liegen wieder einmal falsch, sagt Schafak Bey, Sie sind ein Effendi, ich habe Hochachtung vor Ihnen. Ich wollte Sie nur darauf hinweisen, daß wir keine Renommisten sind.

Ein schönes Wort, stellt die Großtante anerkennend fest.

Danke, verehrte Dame. Sie, Halid Bey, fragen nach unseren Vermögensverhältnissen, oder, um mit Ihnen zu reden, nach dem Geld in der Schatulle. Ich will ganz ehrlich zu Ihnen sein: Wir leben sehr bescheiden, mein Sohn wird es aus eigener Kraft zu Wohlstand bringen müssen. Es wird ihm gelingen, er ist willensstark.

Schön, sagt die Großtante, jetzt wissen alle Beteiligten, woran sie sind. Es wird Zeit, daß unsere Tochter den Kaffee zubereitet.

*

Ist es entschieden? fragt Selda ungeduldig, sie steht auf der dritten Stufe und preßt sich an mich. Ich habe große Mühe, das Gleichgewicht zu halten, ich stehe vorgebeugt auf der zweiten Stufe und lausche an der Wohnungstür.

Sie führen eine Teppichhändlerunterhaltung, flüstere ich, und jetzt hör auf mich zu drücken, sonst fallen wir beide ins Wohnzimmer und blamieren uns.

Das Kleid steht dir gut, sagt Selda.

Melek Hanim hat mir ihr Festtagskleid geliehen, ein grünes Wollkleid mit langen Ärmeln und einem kleinen japanischen

Kimonokragen. Unterhalb der Hüften fällt der Stoff in Falten herunter. Sie hat mir die Haare gemacht, sie ließ mich hinein in den Damentrakt, die Möbel sind mit Schonbezügen bedeckt, helle reine Tücher auf Kommoden und Stühlen und eine bestickte Tagesdecke auf dem Bett. Von dem Weiß der Decken und der Wände geblendet stand ich wie auf einem Trittstein, und mein erster Gedanke war, daß Hamid Bey eine wunderschöne und etwas wunderliche Frau habe. Bestimmt würde er ihr Gewicht in Diamanten wiegen, jede Nacht, nachdem er ihr zugeschaut hat, wie sie die Decken und Tücher abstreift: Erst zieht sie die Möbel aus, dann schlüpft sie aus ihrem Kleid, jede Nacht. Ich schreckte auf, als Melek Hanim sagte, sie verleihe grundsätzlich keine Kleider, aber bei mir mache sie eine Ausnahme, einem schönen Mädchen könne sie keine Bitte abschlagen. Ich hatte sie eigentlich nicht um ein Kleid, um ihr Festtagskleid, gebeten, und doch schwieg ich, stand starr vor dem Spiegel des Toilettentischs, ein herzförmiger Spiegel mit zwei Seitenflügeln, und ich sah darin eine Zofe im gestärkten Hauskittel, ich sah mich, wie ich beschämt meine Fingernägel in den Handballen drückte, und dann trat sie an meine Seite und fragte: Gefällt dir, was du siehst? Ich konnte ihr nicht die Wahrheit sagen, deshalb blieb ich stumm. Eine Stunde später war ich verwandelt, und ich starrte auf mein Spiegelbild: das war kein Mädchen mehr, das war eine gepflegte Frau, Melek Hanims Zauberhände hatten mich verwandelt.

Hast du nicht gehört? sagt Selda und stößt mich mit ihren spitzen Ellenbogen an, die Großmutter hat nach dir gerufen. Du sollst ihnen Kaffee servieren.

O Gott, sage ich, das ist das Ende.

Komm, ich helfe dir dabei.

Während sie den Kaffee in der großen Schnabelkanne kocht, male ich mir die kommenden Katastrophen aus: Ich werde an den Teppichfransen hängenbleiben, das Gleichgewicht verlieren und das Tablett fallen lassen. Ich werde das Tablett so hoch halten, daß der Brautbeschauer wird aufstehen müssen, und dabei wird er mich aus Versehen unsittlich berühren, zum Entsetzen der Großtante, die den Vater und den Sohn unverzüglich des Hauses verweisen wird. Selda unterbricht mich lachend, sie beteuert mir, es werde alles gutgehen, ich sehe wirklich bezaubernd aus, ich solle mir keine Sorgen machen, einmal reingehen und rausgehen, ich würde schon alles richtig machen.

Selda klopft an die Tür des Wohnzimmers, und als die Großtante mit dröhnender Stimme hereinbittet, drückt sie langsam die Klinke runter, ich gebe mit der Schuhspitze der Tür einen leichten Stoß, sie geht nur einen Spaltbreit auf, und Selda kauert sich auf der ersten Treppenstufe, streckt den Arm aus und drückt auf die Rahmenleiste des Türblatts. Sie reißt die Augen auf, und als ich ihrem Blick folge, sehe ich Schafak Bey Selda und mich anlächeln, eine Katastrophe. Der Vater sieht mich an, als wolle er gleich aufspringen und mir wie einem Opferlamm die Kehle aufschneiden.

Komm rein, meine Tochter, sagt die Großtante, und ich stelle mich vor ihr hin, halte das Tablett auf meiner Hüfthöhe, so daß sie ohne große Anstrengung zur Mokkatasse greifen kann. Dann zaudere ich – wer ist jetzt an der Reihe, wem muß ich als nächstes den Kaffee servieren? Der Vater befreit mich aus der Not, er murmelt, er habe Sodbrennen und könne in dieser Runde höchst ehrenwerter Menschen nicht mithalten. Die Großtante bekundet ihr Mißfallen über diese zweideutigen Worte, ich höre nicht richtig hin, ich drehe mich zu den Brautwerbern um, mein Herz zerspringt fast, es schlägt mir am Hals und an den Schläfen. Ich halte den Blick gesenkt, und fast geben mir die Beine nach, als ich das schwarze Haar entdecke, das am Täßchenhenkel klebt. Ich unterdrücke den Drang, aus dem Zimmer zu fliehen, Schafak Bey faßt den Untersetzer mit Daumen und Zeigefinger, ich gehe dann einen Schritt zur Seite, und auch wenn es sich nicht gehört, auch auf die Gefahr hin, daß er mich als eine schamlose Frau in Erinnerung haben wird, sehe ich ihn an, den Mann, der mich zu seiner Frau machen will. Er kann nicht anders, als einen Blick auf mich zu erhaschen, vier fragende Augen. Die Großtante räuspert sich, und der Augenblick verstreicht, ich gehe hinaus aus dem Zimmer und höre des Vaters Schlürfen hinter mir, ein Schluck, zwei Schlucke. Ich habe Metin ins Gesicht gesehen, er hält mich bestimmt für ein leichtes Mädchen.

In der Küche nimmt Selda mir das Tablett ab und umarmt mich, sie hält mich schweigend fest, und ich weiß nicht, wieso ich meine Tränen nicht zurückhalten kann, wo ist meine Mutter? sage ich, und sie flüstert mir ins Ohr, sie habe absichtlich vom Haus fernbleiben wollen, um ihrem Mann durch ihren Anblick keinen Anlaß zu geben, sich gehen zu lassen. Wo steckt sie nur? frage ich nach, es ist doch viel zu kalt für einen Spaziergang.

Keine Angst, sagt Selda und läßt mich los, sie treibt sich nicht draußen herum, sie trifft sich mit zwei alten Bekannten. Hat sie dir nichts gesagt?

Nein, was denn?

Selda schließt die Küchentür, flüstert mir ins Ohr, sie ertrage ihre Not nicht mehr, vielleicht, aber nur vielleicht, wolle sie ihn heimlich verlassen, zwei Verwandte von ihr haben sich bei der Mutter gemeldet und wollen sie mitnehmen, unsere Mutter aber lasse uns bestimmt nicht im Stich, sie werde uns auch mitnehmen, wir wollen einfach abwarten, bis sie zurückkommt.

Die Großtante tut so, als sei sie meine Mutter, sage ich, wieso kann sie eigentlich in meinem Namen sprechen?

Sei froh, herrscht Selda mich an, was erwartest du eigentlich? Es wird bestimmt zu einem zweiten und dritten Treffen kommen, und dann ist unsere Mutter ganz sicher dabei.

Ich dachte, sie will uns verlassen.

Nein, sie will diesen Kerl verlassen, sagt Selda, das ist ein großer Unterschied.

Er läßt sie nicht gehen, sage ich, er bringt sie um.

Sei still! fährt sie mich an, kümmer' du dich darum, daß er dich ziehen läßt. Weißt du noch, was er uns früher eingeschärft hat? Es gibt für alles eine Frist, eine Frist für Demut, eine Frist für Gehorsam, und eine Frist dafür, daß man den Hausherrn aufsuchen darf.

Ja, sage ich und spiele an den Ärmeln des aus besonderem Anlaß verliehenen Festtagskleides. Es ist nicht gut, an die alte Zeit erinnert zu werden.

Jetzt ist die Frist zum Davonlaufen, sagt Selda, du machst den Anfang, du wirst die erste sein, und dann laufen wir ihm alle davon.

Djengis und Tolga sind schon weg, sage ich, sie lassen sich sehr selten sehen.

Aber sie kommen und händigen ihm ihr Geld aus. Sie sind ausgebrochen, haben aber Angst vor ihrem neuen Leben.

Ja, sage ich, ob es mir anders ergehen wird?

Wir schleichen auf Zehenspitzen zur Wohnzimmertür, Selda verkeilt sich zwischen den gedrechselten Geländersprossen, ich kerbe in den Zierkopf des Treppenpostens ein M, den Anfangsbuchstaben dieses Mannes, der mich zu seiner Frau nehmen soll.

Viel später läßt mich die Großtante vor den Schaukelstuhl hocken, sie betrachtet mich schweigend eine lange Weile und sagt, ich sei wirklich gut erzogen worden, ich käme wohl nach meiner Mutter, was für ein formidabler Auftritt, ruft sie aus, alles perfekt, alles formvollendet, und es mache nichts, daß ich diesem unverschämt gutaussehenden jungen Mann in die Augen geblickt habe, sie könne es mir nicht verdenken, und sie an meiner Stelle hätte auch nicht anders gehandelt. Mein Vater, ich solle sie richtig verstehen, sei ein übellauniger Mann, mit dem Hang, sich als Rüpel vor anderen Leuten aufzuspielen, und er habe seine Rolle eben gut gespielt, jedem seine Laune und Fasson.

Sei unbesorgt, Halid wird schon zur Vernunft kommen.

Dieser Metin … er sieht mir aus wie ein Herzensbrecher, und ich habe doch recht, oder: er hat dir das Herz gebrochen?

Ich weiß nicht, verehrte Dame.

Stellst du dir denn nicht vor, wie es sein wird, wenn er dich in seine Arme schließt?

Um Gottes willen!

… Wenn er auf deine Lippen einen Kuß aufdrückt?

Bitte, hören Sie auf! sage ich.

Wie wird es sein? fährt sie fort, wenn er deinen Brustansatz küßt? Hast du dir das nicht vorgestellt, nachts, wenn die Lichter gelöscht sind?

Nein! sage ich, wie können Sie mir diese Schamlosigkeit unterstellen?

Ich meine es ja nur gut mit dir, sagt sie, sonst hätte ich mich ja nicht für dich verwendet.

Dafür bin ich sehr dankbar …

Nicht wahr? Deine Mutter wollte ja nicht dabei sein. Ich verstehe sie nicht – es ist doch ein Grund zur Freude, wenn die Mutter die Liebe ihrer Tochter anbahnen kann …

Sie freut sich auch mit mir, verehrte Dame, sage ich, bei diesem ersten Male wollte sie es Ihnen überlassen, mit den Herren zu sprechen. Sie zollt Ihnen Hochachtung.

Ach, so ist es also, sagt sie im spottenden Ton, und für einen Moment glaube ich, daß diese alte Frau nichts lieber tut, als sich über andere Menschen hinwegzusetzen. Andererseits hat sie uns aufgenommen, und sie behandelt mich und meine Geschwister fast wie normale Großstädter.

Jetzt sag' schon, beharrt sie, denkst du an diesen schönen Mann?

Ich bin nicht schamlos, sage ich. Langsam schmerzen meine Beine im Schneidersitz, was will diese Frau nur von mir?

Natürlich nicht, mein Kind. Ich frage dich ja nur, um sicherzugehen, daß du nicht an einen Mann gerätst, den du … nicht anziehend findest.

Er sieht nicht abstoßend aus, sage ich errötend.

Nicht wahr? Metin hat dich mit seinen Blicken verschlungen. Mir entgeht nun einmal nichts … Hast du dir nicht vorgestellt, was er in der ersten Nacht machen wird, Mädchen?

Ich halte es nicht mehr aus, und ohne um ihre Erlaubnis zu fragen, fliehe ich vor dieser Frau, die mich in eine schamlose Sache verwickeln will, da bin ich mir sicher. Prüft sie mich? Was sind das nur für Fragen! Reicht es ihr nicht, daß wir sie wie Dienstmägde umschwirren, daß wir leise den Fuß aufsetzen, damit sie ja nicht abgelenkt werde von den Liebeshörspielen? Kaum bin ich aus dem Zimmer entflohen, dreht sie die Lautstärke des Radios auf und lauscht einer Geschichte von einem feinen Herrn, der einer feinen Dame nach dem ersten Blick verfällt. Diese Liebesgeschichten gehen immer gleich aus, die Frau hustet sich zu Tode, oder sie hält vor den ihr Sterbebett Umstehenden eine lange Rede, und ihr Selbstgespräch endet mit ihrem Tod – die das Sterbebett Umstehenden schämen sich, weil sie ihr die hochverdiente Liebe zu dem feinen Herrn nicht gestattet haben. Bring' mir ein Täßchen, ruft die Großtante hinterher, Mädchen, du brennst vor Verlangen, ich spüre es, mir entgeht nichts! …

21

Wir häkeln, nähen und stricken, wir legen die fertigen Handarbeiten in die Mitgifttruhe, manchmal hebe ich den Truhendeckel und atme den Duft der Seifen tief ein. Ich bin vergeben und verlobt, ich darf das Haus aber nicht verlassen. Beschwere dich nicht, sagt meine Mutter, dein Mann wird dich bald ausführen. Setz' dich hin und mehre deine Mitgift. Du bist nunmehr unser Eigentum auf Zeit. Und ich setze mich und nähe, häkele und stricke, manchmal entfährt mir ein Seufzer, dann weiß ich nicht, wieso ich so traurig bin. Der Vater spricht nicht mehr mit mir, ich darf auf sein Geheiß hin das Wohnzimmer nicht betreten. Er klingelt zweimal an der Haustür, das ist das verabredete Zeichen, ich husche dann hoch zum Damentrakt und verstecke mich. Er will mich nicht sehen. Melek Hanim hat versucht, ihn davon abzubringen, die Großtante hat ihm gesagt, sie könne es nicht dulden, daß ein fremder Mann sich bei ihr verhalte wie ein Hausherr. Doch alles vergeblich. Er hat meiner Mutter bei Verstößen gegen sein Hausgesetz Schläge und Püffe versetzt. Wie ich erfuhr, spielte er sogar mit dem Gedanken, mich zu töten. Er schrie, seine Ehre sei verletzt worden, die jüngste Hündin habe die Familienehre in den Schmutz gezogen. Also füge ich mich. Häkeln, nähen, stricken. Er kann uns nicht freigeben. Meine Mutter verschließt sich unseren Fragen, ob sie ihn verlasse, ob die Verwandten sie mitnehmen. Einmal Heimat, immer Heimat, sagt sie nur, meine schöne Mutter. Sie hat große Schmerzen am Rücken, doch sie putzt und kocht, sie näht, häkelt und strickt. Ihre bemehlten Hände, Hände, die Laken glätten und manchmal den Vogelflug am Morgenhimmel nachzeichnen, immer dann, wenn ich sie bitte, mein Lieblingsspiel aus der Kindheit vorzuführen. Ich sehe ihre flappenden Hände, die Schatten an der Zimmerwand, sie läßt die Handflügel auf- und absteigen, und dabei gibt sie Summlaute von sich, weil sie nicht pfeifen kann. Sie verlangt einen Gegengefallen, und ich schlage das Magazin auf, suche die Rubrik ›Die mondäne Frau‹ und lese ihr die Briefe vor, die die Stadtdamen an ›die sehr geehrte Frau Seelenverwandte‹ schreiben. Ich bin sehr angetan von Ihren Ratschlägen, heißt es da beispielsweise, aber ich fürchte, ich kann die Handcreme nach Ihrem Rezept nicht benutzen. Es liegt nicht an meinem bösen Willen.

Ich habe die Creme dann auch tatsächlich aufgetragen, doch sie zog nicht ein, und meine Hände sahen aus, als würde ich sie alle fünf Minuten in Spülwasser tauchen. Mein Mann, ein vornehmer Mensch von einigem Standesbewußtsein, bat mich denn auch, die Hände endlich zu trocknen. Ich wies ihn auf seinen Irrtum hin. Doch er wurde erst recht wütend und schrie mich an, lackierte Hände gehörten seines Wissens nicht zum Erscheinungsbild einer Dame. Sehr geehrte Frau Seelenverwandte, was soll ich tun? … Eine gute Frage, sagt meine Mutter und hält beim Saumfeststecken inne, wenn es nach ihr geht, würde sie die Creme benutzen. Aber ihr Mann ist wütend auf sie.

Eine Creme, die nicht einzieht, ist keine Creme, sagt Yasmin.

Ipek Hanim hat Bittermandelcreme aufgetragen, sage ich, und ihr Gesicht hat deshalb auch geglänzt wie eine polierte Melonenscheibe. Wir sprechen nicht von einer herkömmlichen Frau, wir sprechen von einer richtigen Dame!

Ich schaue Selda an, sie schaut böse zurück: Ihre Wut auf die Lustfrau des Vaters ist unermeßlich. Was hatte sie nicht Ipek Hanim angehimmelt, was hätte sie nicht alles dafür gegeben, neben ihr in der Glaskabine des Zelttheaters zu sitzen, neben der rauchenden schönen Frau, die sie sich damals zum Vorbild nahm? Doch dann wurde das Unaussprechliche wahr, und Selda betete jede Nacht vor dem Einschlafen, ein Blitz solle in der Glaskabine einschlagen und die Buhldirne in einen Haufen Asche verwandeln.

Lies den nächsten Brief, sagt meine Mutter und nimmt sich den zweiten Hosensaum vor.

Sehr geehrte Frau Seelenverwandte, ich habe Sie vor einiger Zeit um Rat gefragt, doch Sie hielten es für besser, in meiner Angelegenheit zu schweigen. Ich habe mich in Geduld geübt. Jetzt aber schreibe ich Sie wieder an und hoffe, daß Sie mir diesmal antworten wollen. Zur Sache: Ich liebe einen Mann, der sich mir in ehrlicher Absicht verschrieben hat …

Was soll das nun wieder heißen? fragt Selda, liebt er sie?

Warte doch ab, ermahnt sie Yasmin, lies weiter.

… der sich mir in ehrlicher Absicht verschrieben hat. Wir treffen uns heimlich, und Gott ist unser Zeuge, es kommt nicht zu unsittlichen Berührungen. Er will mich heiraten. Er sagt: Ich würde dich heiraten, nur ich bin zwanzig Jahre älter als du …

O Gott! entfährt es Selda.

… Und tatsächlich, Frau Seelenverwandte, ich bin dreiundzwanzig Jahre alt, und der Mann, dem ich mein Herz geschenkt habe, ist nur zwei Jahre jünger als mein Vater. Ich quäle mich sehr. Wenn Sie mir nicht antworten, so fürchte ich, bleibt mir nichts anderes übrig, als meinem Leben ein Ende zu setzen.

Sie soll sich bloß vorsehen, die Dumme, sagt Yasmin.

Was schreibt ihr also die Seelenverwandte zurück? sagt meine Mutter. Meine liebe Verzweifelte, Ihren ersten Brief habe ich nicht erhalten! Glauben Sie mir, ich würde es mir nie verzeihen, auf ein dringendes Anliegen wie das Ihrige nicht einzugehen. Zur Sache: Lassen Sie sich von Ihrem Herzen leiten! Dieser reife Herr liebt Sie, und Sie lieben ihn. Aus Ihrem Brief geht nicht hervor, ob er es nur dabei bewenden lassen will, Sie, liebe Verzweifelte, nur anzuschmachten. Ist es diesem Herrn wirklich ernst?

Ja genau! ruft Selda dazwischen, vielleicht spielt er nur mit ihr, und er braucht einen Vorwand, um nicht den letzten entscheidenden Schritt zu machen.

Laß sie weiterlesen, sagt Yasmin.

Der Antwortbrief ist an dieser Stelle zu Ende, sage ich.

Diese Seelenverwandte macht es sich zu einfach, bemerkt meine Mutter, das arme Mädchen ist doch jetzt völlig durcheinander. Man soll keinen Unfrieden stiften.

Was würdest du ihr empfehlen? fragt Selda.

Sein Alter gibt den Ausschlag, sagt meine Mutter, gehen wir das mal gemeinsam durch: sie ist dreiundzwanzig, er ist dreiundvierzig. Fünf Jahre später: sie ist achtundzwanzig, er ist achtundvierzig. Zehn Jahre später: sie ist dreiunddreißig, er ist dreiundfünfzig.

Fünfzehn Jahre später, sagt Selda, sie: achtunddreißig, er: achtundfünfzig. Spätestens dann wird es sehr schwierig, fährt meine Mutter fort.

Was denn? frage ich.

Sie wird das Gefühl haben, mit ihrem Großvater unter einem Dach zu leben, sagt Yasmin, eine solche Verbindung steht von Anfang an unter einem schlechten Stern.

Wir hüllen uns in Schweigen. Ich habe Metin nicht nach seinem Alter gefragt, ich habe das Wirtschaftsgymnasium abgeschlossen, und er ist Student. Kein großer Altersunterschied, denke ich, außerdem ist er ein junger Mann. Würde ich die Seelenverwandte anschreiben, und wenn ja, was würde ich wissen wollen? ... Ich kenne den Mann nicht, den ich heiraten will. Ist das ein Problem, sehr geehrte Frau Seelenverwandte? Oder werde ich ihn im ersten Ehejahr vollständig kennenlernen? Bitte schreiben Sie mir bald – ich bin zwar nicht verzweifelt, ich bin nur sehr neugierig ... In Gedanken verfasse ich den Brief Zeile für Zeile, wohl wissend, daß die Großtante mich aus dem Hause jagen würde, wenn sie davon erführe. Sie nennt die Frauenillustrierten anatomische Magazine oder unzüchtiges Bildwerk, auf billigen Papierstreifen würde das Kitzliche, das Verdorbene besprochen und abgebildet werden, die

Schundindustrie beschäftige dafür lichtscheue Elemente. Sie und ihre Moralreden! Unter dem Sitzpolster ihres Schaukelstuhls versteckt sie die Magazine, über die sie wettert und in denen sie heimlich blättert. Die Herren des Hauses haben ihre Geheimnisse, Melek Hanim und Hamid Bey sind, gemessen an unseren Verhältnissen, wohlhabend. Manchmal habe ich den Verdacht, daß ihrer beider Beamtengehälter gerade noch ausreichen, um die Fassade sorgenlosen Lebens aufrechtzuerhalten. Das Haus gehört der Großtante, sie, ihre Tochter und ihr Schwiegersohn leben darin wie in einer Armeleuteherberge. Überall stößt man auf die Spuren des Verbrauchs und der Abnutzung: die Lichtschalter vergilbt, die Schmuckfalten der gekräuselten Sofaschabracke zerschlissen. Das lose Furnier an den Kanten des Eßtisches. Die abgebrochene Teekannentülle. Alter Klebstoffkitt auf den Bruchkanten der Porzellanobstschale. Der Kerzenleuchter aus geschliffenem Kristallglas, das mich die Großtante angewiesen hat, jeden Tag mit Spiritus zu polieren, ist angeschlagen. Und der Porzellandrehgriff mit Schloßrosette an der Badezimmertür zerkratzt von den langen Nägeln von Melek Hanim. Meine Fingernägel brechen schnell, hat sie mir gesagt, deshalb mußt du kleine Arbeiten für mich erledigen. Also gehe ich mit einem sattelseifegetränkten Schwamm über die Armlehnen des Ledersofas. Ich träufele Öl auf den Abziehstein, ziehe eine Messerklingenseite über den Stein, dann die andere Seite zurück. Oder ich beule die Dellen aus der Kupferplatte aus, die als Zierstück auf dem Bodenteppich liegt und über die man immer wieder stolpert ...

Das Klingelläuten reißt mich aus meinen Gedanken, und da Yasmin nicht aufstehen will, eile ich zur Tür, die Großtante lauscht wieder einem Hörspiel, sie ruft mir zu, sie sei für niemanden zu sprechen.

Guten Tag, sagt Aysche Hanim, ich wollte auch gar nicht mit der hohen Dame sprechen, teile ihr das bitte bei Gelegenheit mit.

Ich starre die Frau des Fußballers an, und weil es ihr unheimlich ist, angestarrt zu werden, schaut sie weg.

Ist sonst noch jemand da? sagt sie.

Ja, sage ich, wir sind fast alle zu Hause.

Sie geht an mir vorbei, ich folge ihr und wundere mich über sie, nie wartet sie die Aufforderung ab, sie hält es für selbstverständlich, daß sich ihr die Türen öffnen, und auch, wenn sie jetzt selber die Gelegenheit hätte, der Großtante mitzuteilen, daß sie nicht mit ihr sprechen will, rauscht sie an der Wohnungstür vorbei. Das nächste Mal wird sie mich trotzdem fragen, ob ich ihrer Bitte entsprochen habe.

Als sie in die Küche eintritt, schauen meine Mutter und meine Schwestern auf, sie lassen es sich nicht anmerken, daß Aysche Hanim wie fast immer auch diesmal ungelegen kommt. Sie gilt als kein guter Umgang – wer mit ihr gesehen wird, muß Rechenschaft ablegen.

Ach schade, sagt sie, ich wollte eigentlich mit Tolga sprechen.

Er studiert, sagt Yasmin mit eisiger Stimme, wie geht es deinem Mann und deinen Kindern?

Sie leben noch, sagt sie und lächelt, sofort schneidet sich ihr Mund in ihr Gesicht, das von einer dicken Schicht Schminke bedeckt ist. Eine wirklich eigenartige Frau, eine schöne Frau, die es nicht nötig hat, soviel Farben aufzutragen. Wieso sucht sie die Nähe meines Bruders, was erhofft sie sich von den Gesprächen? In seiner Gegenwart blüht sie auf und lauscht der unsinnigen Philosophie, mit der er sie zu beeindrucken versucht. Nach Seldas Meinung ist Aysche Hanim, eine verheiratete Frau mit zwei Kindern, in Tolga verliebt, und Tolga schmeichelt ihr Interesse an seinen Theorien über Staat und Gesellschaft. Auch er hält sie für nicht ganz normal.

Leyla hat uns gerade Leserinnenbriefe vorgelesen, sagt Selda, es ist schon seltsam, was die Damen für Sorgen haben.

Aysche Hanim sieht aus, als wolle sie Seldas zweideutiger Bemerkung widersprechen, doch dann nimmt sie einfach nur auf einem Stuhl Platz, dessen hintere Stuhlbeine lose sind. Ich starre die Frau an, von der es heißt, sie würde Männerbesuche empfangen und ein Mann habe ihr sogar dreihundert Piaster als Entgelt für ihre Liebesdienste angeboten.

Man kann für tausend Piaster eine Dreizimmerwohnung kaufen, dreihundert Piaster sind sehr viel Geld.

Ich habe gehört, daß du bald heiraten wirst, sagt sie, hüte dich bloß vor einer Mißheirat.

Dafür sind wir ja schließlich da, läßt sich Yasmin vernehmen, daß wir sie vor einem falschen Schritt bewahren.

Ja, sagt Aysche Hanim und reibt sich die Augen mit den Fingerknöcheln wie ein kleines Kind, ich bin schon alles in allem glücklich. Mein Fußballermann macht mich glücklich.

Stimmt, sagt meine Mutter, du kannst nicht klagen. Er ist berühmt, man spricht ihn auf der Straße an.

Ein Libero, fährt Aysche Hanim fort, der letzte Mann hinter der Abwehr, der Spieler, der von hinten das Spiel aufbaut, der Spieler mit der großen Übersicht …

Sie wiederholt wahrscheinlich nur die Selbstreklame ihres Mannes, der nicht nur ein guter Fußballer, aber auch ein tüchtiger Werberedner ist. Endlich läßt sie das Reiben sein, und dann blickt sie zur Seite auf mich, und dann auf meine Mutter und Yasmin.

Kann ich dich, Yasmin, unter vier Augen sprechen?

Ohne ein Wort steht Yasmin auf und folgt Aysche Hanim bis vor die Haustür, Yasmin kehrt nach zehn Minuten zurück und sagt, ich solle mir meinen Mantel anziehen und vor die Haustür gehen, ein kurzer Spaziergang würde mir guttun.

Kaum sind wir einige Minuten nebeneinander gegangen, bleibt Aysche Hanim plötzlich stehen, packt mich an den Armen und bittet mich, ihr zu helfen, Yasmin, der sie ›ihre Angelegenheit‹ eröffnet habe vorhin, habe ihre Einwilligung schon ausgesprochen.

Du mußt ein bißchen Zeit mit mir verbringen, sagt sie, du mußt heute nacht bei mir schlafen.

Um Gottes willen, sage ich, das geht nicht, das verstößt gegen die guten Sitten!

Du mußt mir den Gefallen tun, bitte! ... Ich werde dir jetzt ein Geheimnis verraten, aber versprich mir, daß du es für dich behalten wirst.

Sie fleht mich an, als hänge ihr Leben davon ab, und ich bin abgestoßen von dieser Frau, die sich so unangemessen dramatisch verhält, draußen im Freien, in der Kleinstadt würden ihr die Schleierfrauen im Vorbeigehen zuzischen, ihre Trauer oder ihre Furcht in ihren vier Wänden auszuleben. Wie verrückt, denke ich, daß meine sittenstrenge Schwester Yasmin eine solche Freundin hält, sie passen eigentlich gar nicht zueinander. In ihrer Aufregung blinzelt sie, und bei jedem Wimpernschlag senken sich die orange bestrichenen Lider über die aufgerissenen Augen. Jetzt berührt sie mich kurz am Arm, und ich erwache aus meiner Traumstarre – mir fällt die Aufgabe zu, dieser Stadtdame zu helfen, ich kann ihr nicht ausweichen.

Beruhigen Sie sich doch, sage ich, was ist nur mit Ihnen? Was soll ich tun?

Mein Mann geht auf Reisen, sagt sie, er gehört zur Mannschaft, und die Mannschaft hat Auswärtsspiele ...

Ja gut, sage ich, das ist nicht schlimm.

Er kann uns nicht mitnehmen, mich, die Kinder ... und seinen Vater ... Mein Schwiegervater macht mir anzügliche Angebote. Er belästigt mich, und es fällt mir von Mal zu Mal schwerer, ihn abzuwehren. Vorhin hat er Andeutungen gemacht ..., er würde sich schon auf heute nacht freuen. Ich weiß nicht, was ich tun soll.

Das ist doch ein ehrbarer Mann, sage ich.

Mach nur weiter so, und du verträumst dein Leben, sagt sie und betupft mit der Zeigefingerkuppe ihre Wimpern. Ich sehe genau hin, vielleicht versucht sie ja, sich blinzelnd Tränen abzupressen, es würde zu ihrem dramatischen Wesen passen.

Weißt du, ich habe Yasmin Geld angeboten. Mein Mann ist

ja nicht gerade arm, und ich verdiene genug für zwei Haushalte. Doch deine Schwester hat abgelehnt.

Jetzt hat sie sich verraten, denke ich, sie ist doch eine Hausfrau, wie soll sie Geld verdienen, wenn nicht auf unanständige Art und Weise, und wahrscheinlich trifft sie sich mit fremden Männern, sie ist eine Wesensverwandte von Ipek Hanim in der Kleinstadt. Wie wenig sie Yasmin zu kennen scheint – selbstverständlich lehnt sie das dreckige Geld ab, lieber sticht sie sich die Nähnadel in die Hand, lieber scheuert sie die Bodendielen und träumt von dem Mann, der sie dem Elend entreißt. Wieso erzählst du es nicht deinem Mann? frage ich, er wird dich von der Not befreien.

Ich habe ihn einmal vorsichtig darauf angesprochen, sagt sie, und er hätte mich fast totgeschlagen. Er sagte, ich solle mir nichts einbilden, und wenn ihm zu Ohren käme, daß ich seinem Vater schöne Augen machte, würde er mich töten und meine Leiche auf der Straße verrotten lassen.

Jetzt kann sie ihre Tränen nicht mehr zurückhalten. Hat sie ein gutes Herz und ist nur leichtgläubig? Es gibt in ihrem Leben keinen Menschen, der sie beschützt, ihr die Richtung zeigt, in die sie gehen soll. Ein guter Ratschlag ersetzt tausend Hexenkniffe, sagt meine Mutter. Aysche Hanim ist oft allein, sie glaubt jedem Mann, der ihr Komplimente macht. Es ist nichts dran an den wilden Gerüchten über sie, sie hat nur einen Schulfreund aus den Kindertagen besucht, was soll denn da passiert sein – sagt Yasmin. Meine Freundin Aysche lebt nicht in Sünde, hat sie mich einmal angeherrscht, es erregt heute schon Anstoß, wenn eine Frau einen Mann auf der Straße grüßt, Aysche ist kein Salonliebchen wie das Zelttheaterflittchen … Ich weiß nicht, ob Aysche Hanim jetzt echte Tränen vergießt, ich reiche ihr trotzdem mein Ziertuch aus dem Ärmel. Aus Angst lasse ich die Kinder im Ehebett schlafen, fährt sie schniefend fort, ich klemme jede Nacht, in der mein Mann aus dem Hause ist, einen Stuhl hinter die Tür, und ich höre ihn lange Zeit auf der anderen Seite laut atmen und durch das Schlüsselloch gucken.

Er wird sich auf uns beide stürzen, sage ich.

Nein, das wird er nicht tun, sagt Yasmin hinter mir, und ich mache vor Schreck einen Satz zur Seite und knicke fast ein, als ich auf der Bordsteinkante aufsetze. Auch Aysche Hanim schaut sie an wie ein Gespenst, Yasmin wartet einfach ab, bis wir uns endlich beruhigt haben.

Du mußt ihr den Gefallen tun, sagt sie, ich kann nicht weg … dem Vater würde es auffallen. Über dich aber hat er ein Blickverbot verhängt.

Und was ist mit meiner Mutter?

Sie hat nachgegeben, sagt Yasmin, sie weiß nichts von diesem Problem mit dem Schwiegervater. Du paßt auf die Kinder auf und bekommst Geld dafür … Aysche, du wirst dich nie wieder nach Tolga erkundigen, nicht bei mir, und schon gar nicht bei meiner Mutter. Haben wir uns verstanden? Ja, sagt Aysche Hanim kleinlaut, ich verspreche es.

Yasmin streckt die Hand aus, Aysche Hanim will schon einschlagen, doch als Yasmin den Kopf schüttelt, zieht sie ihre Hand zurück, greift in die Rocktasche, legt die kleine Faust auf Yasmins Handinnenfläche, und dann verschwindet Yasmins Faust in ihrer langen Strickjackentasche. Ich will meine Schwester unversehrt wiederhaben, sagt sie drohend, sonst hole ich mir deine Seele.

Sie dreht sich um und kehrt zurück, sie läßt uns stehen: zwei Frauen, die fest daran glauben, daß sie diese Nacht überstehen werden, die aber nicht wissen, was die Nacht bringen wird.

*

Er zieht an seinem Rosenkranz und macht keinen teuflischen Eindruck, eine Perle klackt auf die andere, wie oft habe ich Männern dabei zugesehen, wie sie diesen stillen Gottesdienst verrichtet haben, sie legen die Perlengirlande um den Handknöchel oder umgreifen sie wie einen Handschmeichler, und wenn ihnen der Sinn danach steht, ziehen sie, die Männer, an den Perlen, eine nach der anderen, oder zwei bei jedem Daumengriff. Diesem Mann wachsen keine Hornsprossen aus der Stirn, er schaut nicht einmal auf, als ich in die Wohnung eintrete, die Kinder zupfen an ihm, sie lassen trotz der Verwarnung ihrer Mutter nicht von ihm ab. Sieht so ein sündenstolzer Mensch aus? Was habe ich eigentlich erwartet? Wenn ich Aysche Hanim glauben soll, entartet ihr Schwiegervater nachts, und auch dann wird sich nur sein Gesicht vor Lust verzerren. Tochter oder Sohn ruft Aysche Hanim ihre Kinder, ich traue mich nicht, sie nach ihren Namen zu fragen, sie umschwirren ihren Großvater, der sie weder wegstößt noch ermahnt. Er schaut kurz auf und bedankt sich bei mir, daß ich seiner Schwiegertochter in schwerer Stunde beistehe, dann bittet er mich, ihn zu entschuldigen, ein dringendes Geschäft treibe ihn nach draußen, ich solle es ihm bitte nicht als Unhöflichkeit auslegen. Er schließt die Tür leise hinter sich zu, er hat keine Einwände gehabt, als Aysche Hanim ihn drängte, die Kinder mitzunehmen.

Wie meint er das? frage ich, was meint er mit schwerer Stunde?

Du darfst ihm nicht trauen, sagt Aysche Hanim, wenn man ihn sieht, könnte man glauben, er sei der gütigste Mann der Welt. Aber seine Augen, aber die bösen Gedanken in seinem Kopf …

Er ist weggegangen, wie es der Anstand gebietet, sage ich.

Sei nicht vorschnell. Warte nur die Nacht ab.

Es ist schon dunkel, sie zieht die Vorhänge zu. Sie sollte sich eine Haushälterin leisten, denke ich, bei dem Geld, das ihr Fußballer-Mann verdient. Es sieht sehr unaufgeräumt aus in der Wohnung, vielleicht hat sie ja auch nur keine Lust, ihre Nägel bei der Hausarbeit abzubrechen. Sie macht uns Tee, und fast bin ich versucht, das verschlierte Tulpenglas gegen das Licht zu halten. Auf der Kommode entdecke ich einen Plattenspieler mit einem aufgeklappten durchsichtigen Deckel, ich bitte sie, eine Platte aufzulegen, irgendeine Platte, doch sie sagt, sie sei dafür nicht in der richtigen Stimmung, sie müsse mich auf das nächste Mal vertrösten. Wie kann sie nur sicher sein, daß ich wiederkommen werde? Ein zweites Mal wird es ganz bestimmt nicht geben.

Als ein Schlüssel in das Türschloß gesteckt wird, fahren wir hoch, im nächsten Moment stürmen die Kinder herein, und der Mann schaut uns nur kurz an, mit einem unverdächtigen Blick, und bevor er eintritt, fragt er uns, ob er uns Zeit geben soll, uns zurückzuziehen. Sie bleibt ihm eine Antwort schuldig, er zieht seine Schuhe aus und schlüpft in seine Hauspantoffeln. Als mir bewußt wird, daß ich ihn unentwegt anstarre, stehe ich langsam auf, helfe Aysche Hanim, den Samowar in die Küche zurückzutragen. Er ist ein Witwer, flüstert sie mir in der Küche zu, er kommt und geht, wann er will, es kümmert ihn nicht, daß ich eine Hausordnung habe, dieser von seiner Lust aufgeblähte Mann! Ich will schon einwenden, daß sie bitte nicht mehr Familiengeheimnisse ausplaudern soll, da wendet sie sich schon ihren Kindern zu. Sie bringe die Kleinen jetzt zu Bett, sagt sie, setz' dich so lange hierhin, sie können nicht einschlafen, wenn fremde Frauen im Raum sind. Wenig später bittet sie mich, sie ins Schlafzimmer zu begleiten. Der alte Mann sitzt auf dem Boden, zieht an seiner Kummerkette, weder blickt er auf, als wir das Wohnzimmer passieren, noch wünscht er uns eine gute Nacht. Die Stellwand an der Längsseite des Zimmers ist mit Pfauen bemalt, die ihr Rad aufgeschlagen haben – sie tritt dahinter und zieht sich um, dann bin ich an der Reihe. Kaum trete ich wieder hervor, löscht sie auch schon das Licht, ich muß aufpassen, daß ich nicht über die schlafenden Kinder stolpere. Mein Kopf versinkt in dem Kissen, ich bleibe unter der kurzen Decke still liegen, lausche ihren ungleichmäßigen Atemzügen und warte so lange, bis sie zu mir spricht, ich bin mir sicher, daß sie etwas auf dem Herzen hat.

Schläfst du schon? fragt sie mich.

Nein, sage ich und fahre plötzlich hoch, mein Gott, wir haben vergessen, einen Stuhl hinter die Tür zu klemmen.

Laß nur, du bist hier, und ich bin in Sicherheit.

Ich denke, du hast Angst, sage ich.

Jetzt nicht mehr, sagt sie, du bist hier, und ich fühle mich wunderbar.

Du bist nicht aufrichtig, sage ich, ich weiß, wer du bist und was du machst.

Wirklich, mein Mädchen? Ist es denn so schlimm, daß ich so bin, wie ich bin?

Ich kann nicht mit dir ... dieses Spiel spielen, flüstere ich und befühle mit den Fingern die Rinne zwischen den zusammengeschobenen Matratzen. Als ich ihre Oberschenkel aus Versehen berühre, ziehe ich die Hand schnell wieder zurück.

Du hast Angst, stellt sie fest ... in der ganzen Aufregung habe ich vergessen, mich abzuschminken. Morgen muß ich das Kopfkissen wechseln ... Worüber rede ich eigentlich? Du steckst mich an mit deinen eigenartigen Gefühlen.

Ich bin nicht eigenartig, sage ich ... weiß es meine Schwester?

Sie ahnt es, sagt sie, wir haben aber noch nie darüber gesprochen. Du bist hier, mein Mädchen, und ich fühle mich wunderbar.

Ich liege stocksteif unter der Bettdecke und wundere mich über ihre Worte, ich bin nicht ihr Mädchen, sie wiederholt sich, als wolle sie mich durch die Kraft ihrer Stimme in einen heillosen Schlaf gleiten lassen, einen Schlaf ohne Erinnerung am nächsten Morgen, einen Schlaf mit Fratzenträumen, die den Träumen meiner Mutter ähneln, die sie träumt im Auftrag anderer Frauen. Ich höre die Bettdecke rascheln, ich fühle ihren Atem an meiner rechten Wange, sie liegt jetzt auf der Seite, und ich rücke zur Bettkante und von ihr weg.

Ich will lieben, weil ich vermißt werden will, sagt sie, ich glaube nicht, daß mein Wunsch abartig ist.

Darum geht es doch nicht, stoße ich hastig hervor, ich spiele dein Spiel nicht.

Was wird dir dadurch verlorengehen, sagt sie, deine Un-

schuld? Ich bin kein Mann. Ich muß nicht deine Wünsche er-
raten. Willst du nicht lieben, weil du vermißt werden willst?

Das ist mir alles unangenehm, sage ich, deine Kinder schlafen.

Ja, sagt sie, sie schlafen fest, und nichts wird sie wecken …
Nicht das, was ich machen werde, wenn du es mir erlaubst.

Bleib' auf deiner Seite, sage ich, ich bin das, was ich bin, und
du bist das, was du bist.

Was bin ich denn? fragt sie.

Eine Reiberin, das bist du.

Willst du denn nicht einfach die Augen schließen?

Eine Haarsträhne wischt über mein Gesicht, ich wehre sie
mit aller Kraft ab, ich stoße sie zurück auf ihre Seite des Bettes,
sie rührt sich nicht, und als ich ihr androhe, die Wohnung auf
der Stelle zu verlassen, wenn sie nicht Ruhe gebe, bricht sie in
Tränen aus, sie schluchzt in die geknüllte Bettdecke. Ich will
sie nicht trösten, ihr Kummer berührt mich nicht.

*

Du bist noch deiner Keuschheit Herr? fragt mich meine große
Schwester am nächsten Tag, sie mustert mein Gesicht nach
Zeichen einer nächtlichen Ausschweifung, nach einem leicht-
fertigen Lächeln, nach der Schamesröte am Tag danach.

Ich habe nicht geschlafen, sage ich, und dann kann ich nicht
an mich halten und gehe mit den Fäusten auf sie los, nach
den ersten Hieben auf ihre Brust weicht sie zurück, ein halb
vernähter Stoff hängt von ihrer Hand herab, eine Magd ist sie
gewesen, eine Magd wird sie bleiben. Ich stand in ihrer Schuld,
sagt sie, die Schuld ist beglichen.

Ich wünschte, ich könnte sie vor allen Menschen bloßstellen:
Wie so viele meiner Wünsche bleibt auch dieser Wunsch un-
erfüllt. Der hochstehende Rüschenkragen umfaßt ihren Hals,
und wenn ich an ihrem Kragen risse und ihre Bluse von zweiter
Hand zerfetzte im Zank, würde sie sich nur ohne große Worte
abwenden und die Dienstmädchentreppe hinaufsteigen zum

Damentrakt, sie würde sich vielleicht vor den Kommodenspiegel stellen, die Cremenäpfchen und Parfümflakons und Melek Hanim anschauen, der Drang, sie wenigstens zu berühren, wäre übermächtig, sie aber beherrschte sich sogar im Zorn auf die Jüngste in der Familie, sie verlöre nicht die Beherrschung.

Die irre Sevgi ist tot, sagt sie plötzlich und läßt mich stehen.

Ich schlüpfe in den unförmigen Mantel, den mir Melek Hanim als Leihgabe überlassen hat, kaum bin ich im Freien, weht mich der Winternachmittagswind an, ich mache mich auf den langen Weg zu Senem Halim, Selda wollte ihr die fertigen Auftragshäkeldeckchen vorbeibringen. Istanbul in der kalten Jahreszeit ist eine Stadt der Männer, denke ich, sie drängen sich auf den Bürgersteigen, und wenn ihnen eine Frau entgegenkommt, stoßen sie einander an, fangen an, vor sich hinzureden, ohne den Blick von der Frau abzuwenden. Sie bleiben stehen und lassen so viel Platz, daß ich gerade noch hindurchschlüpfen kann, ohne sie zu berühren, dabei muß ich aber die Arme eng an meinen Körper pressen, und ich zwinge mich, keinen Fluch laut auszustoßen, denn sie starren mir nach, einer jungen Frau, von der sie nicht wissen, ob sie vielleicht zugänglich sei. Eine Straße mündet in die andere, eine hohle Gasse mündet in die nächste, die Glühbirnen großer Reklameschilder erhellen die Wege, da und dort Straßenlampen, deren Glasfassung man mit Steinen zerschmissen hat. Die Ladenbesitzer sitzen wie in der Kleinstadt auf Stühlen und Schemeln, und auch sie starren mich an, ein junges Mädchen, von dem sie genau wissen, daß es nicht ihren Laden betreten und einkaufen wird. Ich halte den Kopf gebeugt, achte darauf, die Auslagen vor den Läden nicht umzustoßen, meine Füße tragen mich weiter und weg, und dann werde ich plötzlich angefaßt und herumgerissen, ich habe die Hand zum Schlag erhoben, da erkenne ich Selda, der dicke Wollschal bedeckt ihr halbes Gesicht.

Wo willst du hin? fragt sie mich.

Bestimmt nicht zu einem heimlichen Liebhaber, sage ich, ich dachte, du bist bei Senem Hanim.

Da war ich auch, sagt sie, Fulya läßt dich herzlich grüßen, die anderen auch. Sie möchte gerne von dir erfahren, ob du sie schneidest. Sie hat seit langem nichts mehr von dir gehört.

Ja, sage ich, was ist mit der irren Sevgi?

Selda faßt mich an dem Mantelärmel und zieht mich mit, wir schlängeln uns durch Männermengen, sie treibt eine Schneise durch die Massen wollüstiger Kerle, die bei unserem Anblick die Bärte zwirbeln, und endlich steigt sie die Treppen herunter in den Süßwarenladen des Armeniers, der im Eingang steht und Selda wie eine gute alte Bekannte begrüßt. Wir setzen uns an einen freien Tisch, und ohne daß wir bestellt hätten, stellt der Armenier mit dem Geschirrtuch auf dem Arm zwei Portionen Pudding auf den Tisch. Es ist Mastixpudding mit feingezupften Hühnerbrustfasern, ich schlinge ihn löffelweise herunter, Selda tut es mir gleich, und als wir beide unseren Heißhunger gestillt haben, lehnen wir uns zurück, an den Wänden hängen Fotos von Ringern und Boxern, die rechte flache Hand ruht auf der Herzgegend ihrer Brust, sie schauen drein, als hätten sie wilde Tiere erlegt.

Was ist mit meiner Freundin passiert? frage ich.

Sie ist tot, sagt Selda, doch sie lebt in dem üblen Gerede der Männer und Frauen weiter.

Ein Kleinstadtdrama, stelle ich fest und wundere mich, daß ich mit fester Stimme reden kann, daß ich ihr noch keine Träne nachgeweint habe.

Sie hat letztes Jahr geheiratet, sagt Selda, es ging sehr schnell, ihre Eltern hatten nichts dagegen, sie einem Hauptmann zu geben.

Sie hat einen Soldaten geheiratet? rufe ich erstaunt aus, das sieht ihr aber gar nicht ähnlich.

Du hast sie doch gar nicht so gut gekannt, sagt Selda, sie war eine Freundin unter vielen … Sie und dieser Hauptmann sind nach der Hochzeit in ein Offizierswohnheim gezogen. Es passiert erst nichts, und dann passiert plötzlich alles auf einmal. Ihr Mann tritt wie jeden Morgen seinen Dienst in der Garnison an. Und Stunden später wird er zum Wohnheim beordert. Seine Frau und ein fremder Mann liegen zerschmettert und tot auf der kleinen Straße vor dem Haus …

Um Gottes willen! schreie ich und lenke die Aufmerksamkeit des Armeniers auf uns, Selda winkt ab.

Ein Doppelselbstmord, fährt Selda fort, die irre Sevgi und … ihr Liebhaber haben sich vom siebten Stock in die Tiefe fallen lassen.

Ihre heimliche Liebe ist aufgeflogen, sage ich.

So einfach ist es nicht, hör zu. Es kommt alles nach und nach heraus. Also, am Ende steht tatsächlich fest, daß die irre Sevgi eine Ehebrecherin gewesen ist. Sie hat sich mit diesem Mann schon seit langem getroffen, wahrscheinlich schon in der Zeit, als sie noch zur Schule ging. Manche glauben, sie habe sich im Abschlussjahr des Gymnasiums in ihn verliebt.

Davon habe ich aber nichts mitbekommen, sage ich.

Da siehst du mal, du hast sie eben doch nicht gut genug gekannt … Der Fall ist richtig kompliziert. Die Polizei hat bei dem toten Liebhaber Einschußwunden am rechten Fuß und eine Messerwunde an der Brust festgestellt.

Nein! sage ich, du meinst …

Es stellt sich heraus, daß die irre Sevgi auf ihren Liebhaber losgegangen ist. Ihre Fingerabdrücke finden sich an der Waffe und dem Messer in der Wohnung. Die Nachbarin hat wohl einen heftigen Streit mitbekommen. Wahrscheinlich wollte er sie verlassen, sie hat ihn immer wieder angeschrien, das könne er nicht mit ihr machen …

Sie hat sich in Rage geschrien, sage ich, das sieht ihr wiederum ähnlich.

Was dann wirklich passiert ist, liegt noch im dunkeln, sagt Selda, hat sie ihn heruntergestoßen und ist ihm gefolgt? War sie nach der Schießerei die erste, und er ließ sich erst hinterher fallen? …

Was ist mit dem Offizier? frage ich.

Er ist entlastet, sagt Selda, die Türkette in der Wohnung war vorgehängt, außerdem gibt es Zeugen, die ihn in der Garnison gesehen haben.

Meine arme Freundin Sevgi, sage ich, Friede ihrer Seele. Jetzt hat sie ihre Ruhe.

Sie war zeit ihres Lebens nicht ganz normal, sagt Selda, und sie hat einen nicht normalen Tod gewählt. Friede ihrer Seele.

Wir sitzen schweigend und schauen auf die leeren Puddingschalen, und als habe der Armenier unseren Wunsch erahnt, serviert er uns eine zweite Puddingportion, nicht traurig werden, sagt er und räumt die Schalen ab, ich blicke ihm nach, und dann schießen mir die Tränen in die Augen, ich kann sie nicht zurückhalten, und ich schäme mich nicht vor den Männern, die mich anstarren, sie sind ja so schamlos.

Wir müssen den Pudding essen, sagt Selda, sonst beleidigen wir ihn. Ich schniefe in das Tuch, das sie mir reicht, ich putze mir laut die Nase, es ist mir gleich, was die Männer an den Nebentischen denken. Mein Gott, sage ich, sie konnte es nie lassen, sie mußte immer verrückt spielen.

Iß den Pudding auf, sagt Selda, wir dürfen deinen künftigen Mann und deinen künftigen Schwiegervater nicht warten lassen.

22

Drei Monate sind nach der Nachricht vom verrückten Tod der irren Sevgi vergangen, drei Monate, in denen Schafak Bey zweimal in der Woche im Wohnzimmer saß und mit der Großtante parlierte, so drückt sie sich aus, die alte Frau auf dem Schaukelstuhl, das Parlieren mit dem feinen Herrn alter Schule und freien Geistes mache ihr Spaß. Sie beide haben sich angefreundet, und es kommt vor, daß sie, von der höflichen Konversation ermüdet, still einem Liebeshörspiel aus dem Radio lauschen. Manchmal rausche ich ohne anzuklopfen ins Wohnzimmer und erwarte sie Händchen haltend vorzufinden – aber sie sitzen nur und parlieren. Der Vater bleibt störrisch, weist uns in der Küche an, dem Istanbuler keinen Kaffee zuzubereiten, wir seien ja selbst zu Gast im fremden Hause. Schafak Bey scheut nicht die einstündige Anfahrt zu uns, man kann ihm ein kleines Gottesgeschenk nicht verwehren. Immer wieder streitet sich der Vater mit der Großtante, die nicht einen Fußbreit nachgibt. Würde sie einen Mann aus ihrem Stand heiraten, sagt sie, würde sie die Ehe mit einem Kesselflicker oder einem niederen Staatsdiener eingehen müssen. Der Vater läßt sich die Anspielung auf seinen früheren Beruf als Eisenbahner nicht gefallen, und da er sich schlecht gegen die Großtante behaupten kann, läßt er seine Wut an uns aus. Meine Mutter gleicht einem Gespenst, sie schweigt die meisten Stunden des Tages. Sie füllt meine Mitgifttruhe, sie näht und häkelt bis spät in die Nacht. Der Mann meiner Mutter hat ein Hausverbot für Metin verhängt, die Großtante hat, als es ihr zu Ohren kam, auf der Stelle den Bann gebrochen.

Heute bin ich allein mit ihm, er sitzt mir gegenüber auf dem Ledersofa, ich sitze im Schaukelstuhl, die Großtante hält sich für eine halbe Stunde im Damentrakt auf. Die Wohnzimmertür ist angelehnt. Wir sprechen einander mit ›mein Herr‹ und ›meine Dame‹ an, es ist schon eigenartig, alles ist in seiner Nähe eigenartig. Er macht den Eindruck, als wolle er lieber dem Gras beim Wachsen zusehen, als mit mir Händchen zu halten. Ich bin mir sicher, er hat seine ersten Kußübungen schon als kleiner Junge am Spiegel gemacht. Kaum war er zu einem jungen schönen Mann herangereift, haben die Mädchen ihm den Spiegel weggenommen und den Kußmund in sein Gesicht gehalten. Ich bin aufgeregt, es ist das erste Mal, daß ich mit dem Schönen unter vier Augen spreche. Die Stille dehnt sich, wenn ich nicht aufpasse, ist die halbe Stunde um, ohne daß wir Worte miteinander gewechselt haben.

Mein Herr, sage ich, fühlen Sie sich unwohl?

Nein wieso? sagt er, haben Sie das Gefühl, daß ich mich unwohl fühle? Welchen Grund sollte es denn haben, daß Sie unentwegt ihre Schuhspitzen anstarren? sage ich, eigentlich können wir anfangen, einander kennenzulernen. Morgen werden die Ringe ausgetauscht.

Ja, meine Dame, sagt er, ich hoffe, es kommt nicht zu unerwartet für Sie. Ich muß kichern, und er schaut endlich auf, seine Stirn ist für einen Moment zerfurcht, im nächsten Moment glättet sie sich.

Finden Sie das lustig, meine Dame?

Ja, mein Herr. Es ist soviel Zeit verstrichen, seitdem … Sie Ihre Absicht geäußert haben …

Ihr verehrter Vater hat Einwände gegen unsere Verbindung, sagt der Schöne, eine Haarlocke löst sich und fällt ihm ins Gesicht, er streicht sie zurück, fast bin ich versucht, ihm zu sagen, er solle sie nicht zurückstreichen, diese Locke, er solle diese Haarlocke für mich in sein schönes Gesicht fallen lassen.

Er ist gegen alles, worauf er keinen Einfluß hat, sage ich.

Ich wollte nicht respektlos klingen, erwidert er, ich nehme meine Worte zurück … wenn Sie wollen.

Will ich aber nicht, entfährt es mir … Sind Sie in mich verliebt?

Der Schöne läuft rot an, auch ich schäme mich ein bißchen über meine direkte Frage und erröte. Eine Zeitlang ringen wir beide um Fassung.

Ich glaube schon, flüstert der Schöne.

Liebe ist ein schönes Kinderspiel, sage ich, meinen Sie nicht?

Er bleibt eine Weile still, betrachtet die Familienbilder auf dem Kaminsims, von Silberrahmen eingefaßte Bilder von Kindern in Rüschenkleidern und Ausgehanzügen, der Schöne legt einen Arm um die Lehne des Ledersofas, prüft die Länge seiner Fingernägel.

Und … sind Sie sich sicher? fragt er, glauben Sie, daß Sie das Richtige tun?

Wenn der Mann die Frau mehr liebt als die Frau den Mann, wird es ein Mädchen, sage ich, wenn die Frau den Mann mehr liebt als der Mann die Frau, wird ein Junge geboren.

Das ist sehr interessant, sagt der Schöne.

Es geht noch weiter: Wenn die Frau den Mann abgöttisch liebt, dann hat sie einen Sohn, der genauso aussieht wie der Mann. Wenn aber der Mann die Frau abgöttisch liebt, dann hat er eine Tochter, die aussieht, als sei sie der Frau wie aus dem Gesicht geschnitten.

Ist das eine Art Lebensweisheit? fragt er.

Mehr Leben als Weisheit, sage ich, ich sehe mir die Kinder und die Elternteile an, und dann mache ich mir meine Gedanken … Übrigens, ja, ich weiß, ich tue das Richtige.

Der Schöne muß mich für ein verrücktes Mädchen halten, das aus dem Turmstübchen ausgerissen ist, ihm bleibt bei meinen Worten der Mund offenstehen. Sein Vater besteht auf der baldigen Eheschließung: So kann es nicht weitergehen, soll er im Zorn ausgerufen haben, dieser irre Kaukasier sperrt seine

Tochter ein, was ist das für eine Art, wenn sich Mann und Frau, die einander versprochen sind, nur unter großen Sicherheitsbestimmungen sehen können? Mein Sohn ist doch kein Schwerverbrecher. Die Großtante hat mir verraten, daß er am Ende seiner Geduld sei, er halte es auch nicht mehr für eine gute Idee, mit ihr Liebeshörspiele zu lauschen.

Haben Sie eine Vorstellung, wie die Brautrobe aussehen soll? sagt der Schöne.

Teerosenfarben, sage ich, Tupfentüll, Prinzeßtaille, Satinschühchen. Tulpenärmel, Atlasschleife am Rücken. Der Samt, auf den Schultern drapiert, wogt hinab zur Schleppe. Ach ja: Straß statt Diamanten. Oder lieber hundert aufgenähte Perlen.

Oh, sagt er.

Sie wollen doch bestimmt, daß ich an Ihrer Seite Ihnen alle Ehre mache.

Meine Dame, ich muß mich fragen, ob ich Ihnen gerecht werde, sagt er, und das wird wegen Ihrer Schönheit unmöglich sein.

Fast wäre ich hintenübergekippt, ich kann mich aber gerade noch fangen: Vielleicht ist der Schöne ein guter Schauspieler, vielleicht spielt er vor mir den schnell errötenden jungen Mann, der in Gegenwart von Frauen Laute der Selbstermutigung ausstößt. Jetzt aber unterdrückt er ein Gähnen – will er mir etwa zeigen, daß er bei aller Liebe gelangweilt ist? Habe ich ihn mit meinen Worten gelangweilt? Ist er an andere Arten der Konversation gewöhnt? Wieso macht er mir dann ein Kompliment? Und hält er mich für eine Gänsemagd, die als Prinzessin durchgehen will, sei es auch nur für einen Tag, für die wenigen Stunden des Hochzeitstages?

Die Tür geht langsam nach innen auf, meine Mutter betritt zögerlich das Zimmer, der Schöne steht sofort auf und beugt seinen Kopf, verehrte Dame, sagt er, ich grüße Sie, wenn meine Frist gekommen ist, möchte ich mich auch gleich verabschieden, doch meine Mutter lächelt nur und bedeutet ihm wieder Platz zu nehmen. Der Schöne wartet erst ab, bis sie sich auf dem Sofa hingesetzt hat, und läßt sich wie ein wildes Kind auf das andere Sofaende fallen. Er umfaßt seine Knie mit den Armen, verschränkt die Hände und wagt es nicht mehr, mich auch nur heimlich anzusehen.

Mein Sohn, sagt meine Mutter.

Meine Dame, sagt der Schöne.

Dann schweigen sie, und ich schaukele sachte hin und her, trotzdem hört man das Knarren der Holzkufen.

Also mein Sohn, setzt meine Mutter an, es ist schon alles beschlossen, was zu beschließen war. Du hast dich vielleicht gefragt, wieso du mich in all der Zeit so selten gesehen hast. Wäre deine Mutter noch am Leben, wäre es mir leichter gefallen, mich zu zeigen. Friede ihrer Seele. Ich kann mich schlecht mit deinem Herrn Vater unterhalten.

Das verstehe ich sehr gut, sagt der Schöne.

Leyla, meine Tochter, ist eine Armenbraut, so ist es nun mal von Gott bestimmt. Trotzdem wirst du sie gut behandeln.

Ja, verehrte Dame.

Sie wird deine Frau sein, und du ihr Mann. Es ist dir hoffentlich ernst damit.

Völlig ernst, sagt der Schöne.

Nur eine Sache noch, sagt meine Mutter und bittet ihn, sie anzusehen, wir sind keine Istanbuler, unsere Ahnen waren ein wilder Stamm. Also verzeihst du mir meine offenen Worte: Wenn du meinem Goldkörnchen ein Härchen krümmst, wenn du sie schlägst und ihr anderes Leid antust, werde ich dir jeden Schlag und jeden Hieb heimzahlen ...

Mutter! rufe ich aus.

Schaukel' du nur weiter und sei still, sagt sie ... mein Sohn, ich weiß, es trifft dich jetzt hart, später werde ich dir eine gute Schwiegermutter sein. Du mußt nur wissen, wie weit du gehen kannst. Du hast mich verstanden?

Ich habe Sie verstanden, sagt der Schöne mit einer festen Stimme, er ist komischerweise plötzlich sehr gut aufgelegt, und für einen Moment glaube ich, daß er mich und meine Mutter lächerlich findet, daß ihn unsere Herkunft, unser kleinstädtischer Zungenschlag und auch meine Armenbrautphantasien zum Lachen reizen.

Ich werde keine Schakale aus den Löchern trommeln, sagt er, und ich starre ihn an – was ist das für eine seltsame Entgegnung?! Den Mund meiner Mutter umspielt ein Lächeln, dann kann sie nicht mehr an sich halten und prustet los, und auch der Schöne fällt in ihr Lachen ein, sie sitzen auf dem Sofa und lachen, bis ihnen die Tränen kommen. Vor lauter Verlegenheit wippe ich mit dem Schaukelstuhl wieder hin und her, mir schießt ein verrückter Gedanke durch den Kopf, ich will den ganzen Haushalt elektrisch einrichten, denke ich, ich will elektrisch kühlen, ich will elektrisch plätten, ich will nicht an der Waschbütte stehen und Herrenhemden reiben, kein Waschzuber und keine Wäschereibe, mein Mann soll mir einen Tauchsieder, ein Waffeleisen, einen Brotofen kaufen, ich will elektrisch leben.

Mein Herr, sage ich, ich will von Ihnen elektrische Liebesgaben – damit wir uns richtig verstehen.

*

Vorneweg schreitet Schafak Bey, wie ein Zeremonienmeister, hinter ihm trippeln auf hohen dicken Absätzen Senem Hanim – Metins Tante väterlicherseits – und Billur, eine eigenartige Person. Als Cousine zweiten Grades nimmt sie sich das Recht heraus, mich von oben bis unten zu mustern und unerwartet Fragen zu meiner Herkunft, meinen Vorlieben und meinen Geschmacksvorzügen zu stellen. Ich bin mir nicht sicher, ob ich sie mag, wahrscheinlich kann sie mich nicht leiden. Die letzte Reihe der Straßengesellschaft bilden die würdevoll einhergehende Großtante, Melek Hanim und Yasmin. Sie zieht ein Gesicht, als müsse sie um Beherrschung ringen. Die Anstandsdamen haben mich in ihre Mitte genommen, sie unterhalten sich untereinander, sie sprechen mich aber nicht an. Alles geht plötzlich sehr schnell, denke ich, und dann bleibt die Zeit zwischendurch stehen, dabei wünsche ich mir doch nur, daß ich endlich vom fremden Hause fortkomme, daß ich mich nicht mehr unsichtbar machen muß, wenn der Mann meiner Mutter an der Tür klingelt. Vorhin waren wir im Stoffgeschäft, das ein guter Freund von Schafak Bey führt: Ich traute meinen Augen nicht, der Ladenbesitzer ist ein bekannter Schlagersänger, bei seinem Anblick fing Billur an, wie verrückt zu kreischen, auch ich hätte ihn am liebsten berührt, ich hielt mich aber zurück. Der Sänger erzählte, er habe das Geld, das er mit Singen verdiene, in dieses Geschäft gesteckt, wohl wissend, daß sich vielleicht bald seine Stimmbänder verzögen. Er wies seine Angestellten an, auf die Holzleiter zu steigen und die Stoffballen aus den Regalen herauszuziehen. Ich wünschte mir insgeheim ein Korsagenmodell mit Schlepprock, doch ich wurde gar nicht gefragt. Keine Rüschen und keine Puffärmel, bestimmte Schafak Bey, ein weißes Ballkleid, nein, es muß ein hochaufgeschlossenes Kleid sein, ich will nicht, daß man schlecht über uns denkt. Der Schlagersänger bestellte Tee für alle Anwesenden, und als Billur ihn fragte, ob sie ihn in aller gebotenen Sittsamkeit umarmen könne, ließ er sie gewähren. Die Großtante war entsetzt. Yasmin seufzte auf und floh für kurze Zeit aus dem Geschäft, als der Sänger ihr auch eine Umarmung anbot. Schließlich gab Schafak Bey das Hochzeitskleid in Auftrag und schickte uns alle hinaus, er werde mit dem verehrten Schlagersänger um den Preis feilschen. Wenig später kam er mit hochrotem Kopf heraus, auf die Frage der Großtante, was der nette Halsabschneider denn verlange, ging er nicht ein. Wir wollen uns den Nachmittag versüßen, sagte er nur und schritt voran, er forderte uns auf, ihm zu folgen.

Billur versucht, ihre Tante in ein Gespräch zu verwickeln, dabei starrt sie mich über die Schulter an, und da ich ihre Weiberfeindschaft leid bin, strecke ich die Zunge heraus. Sie lächelt nur grausam. Schafak Bey stellt sich in der Konditorei mit seinen Anstandsdamen vor den Glastresen, ich und mein Brautbeistand nehmen Platz. Als die Teller mit den Süßspeisen im Sirup auf die beiden zusammengeschobenen Tische gestellt werden, klatscht Billur in die Hände, greift sich Messer und Gabel und putzt ihre Portion weg. Für die künftige Braut gehört es sich nicht, in der Öffentlichkeit zu essen. Gierig schnappt Billur meinen Teller, sticht die Gabel in das Sirupgebäck.

Du hast mich nicht gefragt, sage ich.

Stimmt, sagt sie und ißt ungerührt weiter.

Du hättest mich fragen müssen, sage ich, und weil du mich nicht gefragt hast, muß ich jetzt annehmen, daß du ein durch und durch degeneriertes Stadtmädchen bist.

Die Frauen am Tisch halten die Luft an, Schafak Bey tupft mit der blutroten Stoffserviette den fein gestutzten Oberlippenbart ab. Billur schluckt den Bissen herunter, legt die Gabel neben den Teller und blickt mir hart in die Augen.

Ich weiß wenig über die Sitten bei den Wilden, sagt sie, und du scheinst dich nicht an das Stadtleben gewöhnt zu haben.

Ist es in Istanbul üblich, daß ein Mädchen sich wie ein Kind verhält?

Du willst dich mit mir streiten? sagt sie, du kleines Ding willst dich wirklich mit mir anlegen?

So groß bist du auch nicht geraten, sage ich, da helfen die hohen Absätze auch nicht viel.

Ohne Vorwarnung greift sie mir über den Tisch in die Haare, Senem Hanim kann ihr gerade noch in den Arm fallen, bevor Billur mir eine Handvoll Locken ausreißt, von einer halben Bäuerin lasse ich mir nicht Benimm lehren, schreit Billur, es ist ihr gleichgültig, daß die anderen Gäste sich nach uns umdrehen, sie ist außer Rand und Band.

Jetzt ist Schluß mit dem Unsinn, brüllt Schafak Bey, und tatsächlich erstarrt Billur, schlägt die Augen nieder.

Kein guter Anfang, läßt sich die bis dahin schweigsame Melek Hanim vernehmen, so darf es auf keinen Fall weitergehen.

Wir leben in komischen Zeiten, sagt die Großtante ... wieso ist eigentlich deine Mutter nicht mitgekommen?

Es schickt sich nicht, entfährt es mir.

Was denn?

Meine Mutter hat keine Ansprechperson bei der Familie des Bräutigams, sage ich, deshalb zieht sie es vor, zu Hause zu bleiben.

Mein Gott, wir fressen sie schon nicht auf! sagt Billur.

Bei Ihrem Appetit, meine Dame, bin ich mir da nicht so sicher ...

Ich schaue meine Schwester an, alle Blicke sind auf Yasmin gerichtet, und wir warten darauf, daß Billur diesmal versucht, ihr die Haare auszureißen. Doch Billur lächelt nur und bestellt eine weitere Portion Sirupgebäck. Der Konditor stellt den Teller vor ihr hin, bei jedem Bissen, den sie kaut und schluckt, atmet sie tief ein, ich wende mich angewidert ab.

Der Bräutigambeistand begleitet uns bis vor die Haustür, wir werden noch gute Freunde werden, sagt Billur beim Abschied. Sie wartet ab, bis ich meiner Familie entrissen bin, und wenn es soweit ist, wird sie mich ihren ganzen Haß spüren lassen.

23

Die Frauen aus Island haben eine seidige Haut, wegen der Kälte ziehen sich die Poren zusammen. Das ist nicht wie bei uns, da sind die Poren geöffnet. Die isländischen Männer verlieben sich in die Hände der Isländerinnen, nicht in die Augen oder das Haar. Island ist bekannt für die Händeliebe …

Metin starrt den Standesbeamten an, er hat uns gerade zu Mann und Frau erklärt, und gegen den Komment wünscht er uns nicht ein langes glückliches Eheleben, er spricht auch nicht den Segensspruch aus, die Dame Leyla und der Herr Metin mögen auf einem Kissen ergrauen – nein, er will dem Frischvermählten von der Wundernatur nordischer Frauen erzählen. Auch ist er vor Aufregung aufgestanden, er stellt sich hinter den Stuhl und lockert die breite Frackbinde. In den Norden sollte es uns ziehen, fährt er fort, wir würden unter all den hellgesichtigen Menschen auffallen, der Freund eines Freundes habe sich dort für einige wenige Tage herumgetrieben und schwärme jetzt vor allen Männern im Kaffeehaus, er, der Standesbeamte, habe beschlossen, nach Island umzuziehen. Mein Trauzeuge Irfan Bey räuspert sich und bedeutet ihm, die Zeremonie gemäß den Anweisungen im Handbuch auf seinem Arbeitstisch zu beschließen. Ja, natürlich, sagt der Standesbeamte, er habe dem jungen Paar nur etwas auf den Weg geben wollen, man dürfe ihn bitte schön nicht hetzen. Erst setze ich meine Unterschrift unter die Trauungsurkunde, dann reiche ich den Füllfederhalter an den Schönen weiter. Jetzt ist er mein Mann, ich werde dich nicht hergeben, denke ich, du wirst mich lieben, und du wirst mich vermissen. Daß ich in Melek Hanims Leihkleid einen schönen Tag meines Lebens beschließe, macht überhaupt nichts. Wir sitzen nebeneinander wie zwei zerstrittene Kinder, deine Trauzeugin, die Großtante, schaut heimlich auf unserer beider Füße, und würde ich dir in diesem Augenblick auf den Fuß treten, würde sie es dem Vater hinterbringen. Das macht alles nichts. Ich habe mir den schönsten Tag meines Lebens vielleicht etwas anders vorgestellt, doch die Verlegenheit friert dich ein, wieso bist du derart verlegen, mein schöner Mann, daß du mich, deine Frau, nicht ansiehst oder ihr ein Lächeln schenkst?

Mein ehemaliger Schuldirektor applaudiert uns, wir stehen auf, ich küsse die Hand der Großtante und führe die Hand an meine Stirn, sie wünscht mir ein Dutzend Kinder, sechs Mädchen und sechs Jungen. Irfan Bey läßt es nicht zu, daß ich seine Hand küsse, er küßt mich auf beide Wangen, eine Schülerin habe ich verloren, sagt er, aber dafür ist mir eine wunderbare Tochter zugewachsen. Wieder beklatscht er mich und Metin, er kommt Irfan Beys Aufforderung, der Bräutigam möge die Braut küssen, nicht nach. Er wolle es sich mit seinem Schwiegervater nicht verscherzen, er habe ihm sein Ehrenwort geben müssen, daß er Leyla nicht unschicklich berühre, erst nach der Hochzeit sei es ihm vom Hause der Braut aus erlaubt. Die Großtante schnalzt mißbilligend, vormoderne Männer paßten einfach nicht in die Großstadt. Ich bin ihn losgeworden, denke ich, er hat keinen Einfluß mehr auf mein Leben. Der Standesbeamte gratuliert, und dann verlassen wir auch schnell das Amtsgebäude, und als ich merke, daß wir den Weg zum fremden Haus einschlagen, stocke ich in meinem Schritt, schaue meinen Mann fragend an.

Ich bringe Sie zurück, sagt er, ich habe es Ihrem Vater versprochen.

Wir sind doch jetzt verheiratet, sage ich, Sie und ich sind Mann und Frau.

Nur vor dem Gesetz, sagt er.

Er bestimmt über unser Leben, sage ich.

Ihr Vater hat es so gefügt, sagt er, sonst hätte ich seine Einwilligung nicht bekommen.

Nur etwas Geduld, sagt die Großtante ... mein Sohn, du wirst Leyla doch nicht einfach bei uns abgeben?

Nein, läßt sich Irfan Bey vernehmen, Metin hätte sich auf die Bedingungen von Halid Bey nicht eingelassen, wenn es ihm nicht ernst wäre ...

Ich kann es nicht mehr hören, die sinnlosen Worte hallen in meinen Ohren nach, und ich frage mich, was aus mir werden soll, wenn die Hausgesetze des Vaters ewig gelten. Er hat meine Mutter daran gehindert, an der Trauung teilzunehmen, er hat meine Brüder und Schwestern davon abgehalten, mich zum Standesamt zu begleiten. Eine fremde Frau, von der ich weiß, daß ich nicht mit ihr verwandt bin, hat mir aus der Verlegenheit herausgeholfen. Vor dem Haus verbeugt sich Metin wie ein Soldat und drückt mir die Hand, ich schaue ihm nach, wie er seinen Onkel stützt, und dann zupft die Großtante an meinem Ärmel, und wir gehen hinein, und kaum bin ich über die Türschwelle getreten, kommt mir auch schon Selda entgegen, ein Unglück ist passiert.

Sie wollte baden und hat den Aluminiumkessel auf die Herdplatte gelegt, sagt sie atemlos, dann ist die Flamme ausgegangen, sie hat das Gas eingeatmet und ist in Ohnmacht gefallen ...

Wer? schreie ich sie an, wer ist es?

Yasmin, sagt sie und weicht zur Seite, als ich an ihr vorbeilaufe und die Wendeltreppe zum Damentrakt hochsteige, ich nehme zwei Stiegen auf einmal. Yasmin liegt in Melek Hanims Doppelbett unter einem dünnen Laken, meine Mutter tupft ihre Stirn mit einem nassen Handtuch ab. Viel Glück der Braut, flüstert Yasmin.

Danke, sage ich, was ist passiert?

Sie hat giftiges Gas eingeatmet, sagt meine Mutter, wir haben sie hochgetragen, jetzt geht es ihr besser.

Ich stehe gleich wieder auf, sagt Yasmin, ich bin ja nicht verwundet.

Meine Mutter und ich tauschen Blicke aus, und ich merke an ihrem Gesichtsausdruck, wie wichtig es für sie ist, daß ich ihren Worten glaube, so ist es gewesen, so wird man es der Gastfamilie gegenüber erklären, und die Großtante wird sie heute bestimmt von der Arbeit freistellen.

Viel Glück der Braut, sagt meine Mutter, und Selda wiederholt den Segenswunsch, Yasmin verspricht mir, sie werde einen kleinen Goldtaler in den Saum meines Brautkleides einnähen.

Du darfst heute nicht aufstehen, sage ich, sollen wir nicht lieber einen Arzt rufen?

Nein, ruft sie aus, nein, auf keinen Fall.

Er würde dich abhorchen, sage ich, wir wären beruhigt.

Geh' mir aus den Augen, sagt Yasmin, ich will meine Ruhe vor dir.

Meine Mutter bittet mich mit den Augen, aus dem Krankenzimmer hinauszugehen, ich steige die Treppe hinab und erkläre der im Flur lauernden Großtante, was vorgefallen ist, sie macht keinen besorgten Eindruck, sie schüttelt nur den Kopf, murmelt etwas von den Überraschungen des Lebens und trägt mir auf, bis zum abendlichen Eintreffen ihrer Tochter und ihres Schwiegersohnes die Sache in Ordnung zu bringen. Ich serviere ihren Entspannungskaffee, sie beklagt die Sturheit des Vaters, der schon seit Monaten hier Quartier bezogen habe, ohne auch nur einen Piaster Miete zu bezahlen. Ich höre ihr nur mit halbem Ohr zu. Wo sind nur Djengis und Tolga? frage ich mich, haben sie mir nicht versprochen, vor dem Standesamt zu warten und mich in ihre Arme zu schließen? Yasmin hat offen den Wunsch geäußert, heiraten zu wollen, doch der Vater gab ihr vor der fremden Familie eine heftige Ohrfeige, und wäre Hamid Bey nicht dazwischengegangen, hätte er sie wie in alten Tagen verprügelt. Ein Gentleman interessiert sich für meine Schwester, ein Mann nach ihrem Geschmack, denn er läßt ihr den Vortritt und hilft ihr in den Mantel. Ein richtiger Istanbuler, hat sie mir verraten, der sie in die Konditorei ausführt und gleich beim Eintreten eine doppelte Portion für die Dame bestellt, er würde ihr beim Essen glücklich zusehen und selber nur Wasser trinken. Ein Wassertrinker ist er, sagte Yasmin, vielleicht verstellt er sich in meiner Gegenwart, aber er hat einen frischen Atem, der nicht nach Alkohol riecht, und ja, er hat mich geküßt, ich habe es zugelassen. Der Gentleman küßt trocken, nagt ein bißchen an meinen Lippen, und ja, es gefällt mir sehr. Vor ein paar Tagen hat sich Yasmin mir eröffnet, sie glaubte, in mir wegen der bevorstehenden Trauung endgültig die junge schamrote Schwester verloren zu haben, und deshalb konnte sie frei reden, es schoß aus ihr heraus. Der Gentleman habe natürlich einen Vor- und Zunamen, die sie mir aber nicht verraten wolle, er bringe die Sterne zum Glänzen und die Glühbirnen zum Leuchten, einen Heiratsschwindler erkenne sie auf Anhieb, doch dieser feine Mann habe sich einfach nur in sie verliebt. Wie denn das? fragte ich sie, ich bin ihm aufgefallen beim täglichen Gang zum Markt oder zum Brotladen, und sie habe ihn schon wegstoßen wollen, als er sie das erste Mal angesprochen habe. Ich trug schwer an den Einkaufsbeuteln, es ging ein leichter Regen nieder, sagte Yasmin, und da stellt sich mir ein fremder Mann in den Weg und lüpft seinen Hut. Ich wollte ihn abwimmeln, doch er war beharrlich, bat mich, nicht zu erschrecken am nächsten Tag, weil er mich abzupassen gedenke, und wenn ich an ihm wortlos vorbeiginge, wüßte er, daß er mich nicht weiter behelligen sollte. Ich aber konnte die ganze Nacht nicht schlafen. Und am nächsten Tag bin ich erst weißes Garn besorgen gegangen, doch auf halbem Wege bin ich umgekehrt und zum Markt gelaufen. Da stand er mit dem Hut in der Hand, wagte nicht, mich anzusprechen, da sprach ich ihn an und verriet ihm, daß der Weg zu meinem Herzen über Sirupgebäck führe … er hat sich nicht normal verhalten. Wie hat er sich verhalten? hakte ich nach, und Yasmin lächelte in Erinnerung des Gentlemans und sprach weiter: Er hat seinen Hut weggeworfen, einfach so, wahrscheinlich wollte er eigentlich einen Freudenschrei ausstoßen, doch die Passanten wären auf uns aufmerksam geworden. Also warf er seinen Hut weg und ging barhäuptig neben mir her, und da habe ich gespürt, daß er große Gefühle für mich verspürt, und was sollte mich daran hindern, mich diesen Gefühlen auch hinzugeben. Sie habe sich Geschichten von ihm erzählen lassen, Geschichten von einer in Maßen stürmischen Zukunft, auf ihre Frage, wie Sturm und ein maßvolles Leben zusammengingen, habe er nicht wirklich geantwortet. Um seine Finanzen stehe es bestens, habe er gesagt, er würde sich wünschen, daß sie ihn besser kennenlernte …

Dein Körper ist mehr im Jenseits als im Diesseits, sagt die Großtante und holt mich aus meinen Gedankenbildern zurück in das richtige Leben, das Radio ist an, und sie hat ihren Kaffee zu Ende getrunken und hält mir die Mokkatasse hin.

Viel Glück einer künftigen Braut, Yasmin, denke ich und bringe die Mokkatasse in die Küche.

*

Zwei Wochen sind vergangen, ich führe mein Leben weiter, häkele, nähe und putze die Treppe, lausche den schönen Liebesgeschichten von Yasmin und widerspreche meiner Mutter, die sich darüber beklagt, daß mein Mann sich nicht blicken läßt in all der Zeit. Jetzt aber steht er in der Tür mit einem Buch unter dem Arm, und er fragt, ob es ihm gestattet sei, einzutreten. Yasmin und Selda starren ihn an, er legt das Buch auf die Kommode im Eingangsbereich, kniet sich hin und löst die Schnürsenkel.

Was ist das für ein Buch? frage ich ihn, ich könnte in seinen ungeschützten Nacken beißen, ich könnte meinen Mann berühren, ich könnte meinen Mann küssen, ihn dazu bringen, daß er vor Verlegenheit in Socken davonrennt.

Ich lerne Deutsch, sagt er ächzend … dieser verdammte Knoten. Verzeihen Sie bitte, meine Damen.

Solange Sie vor uns nicht laut aufstoßen, verzeihen wir Ihnen gerne, sagt Selda, sie stürmt mit Yasmin in die Küche, ich höre sie kichern. Ihre Schwestern sind sehr lustig, sagt Metin und schlüpft endlich aus den Schuhen.

Sie lernen also Deutsch, sage ich, das muß eine Fremdsprache sein, ähnlich wie Englisch.

Nein, sagt er und folgt mir ins Wohnzimmer, ich gehe fünfmal in der Woche zum deutschen Kulturinstitut, direkt nach der Arbeit.

Dann, nach einer kleinen Pause, fügt er hinzu: Ich liebe es.

Die Arbeit?

Die fremde Sprache.

Was arbeiten Sie eigentlich? frage ich.

Sie wissen es nicht?

Ich habe geglaubt, Sie sind mit Ihrem Studium beschäftigt, sage ich.

Ach, das Studium … ich habe es mir anders überlegt. Also, ich studiere immer noch, aber ich denke …

Was denken Sie denn? frage ich.

Sehen Sie … Sie und ich sind ja verheiratet. Wir warten auf die Hochzeit, aber eigentlich sind wir schon eine Familie. Und ich muß mir eine Arbeit aussuchen, damit ich meine Familie ernähren kann.

Er klingt sehr erwachsen, der Schöne, bestimmt hat er sich diese Worte im Geiste zurechtgelegt, der Schöne möchte bei seiner Frau einen guten Eindruck machen.

Wenn Sie Schokolade vertreiben, Schwager, sagt Selda, werden Sie sehr viel Geld verdienen. Ihre Neugier hat sie wieder auf den Flur treten lassen, und auch Yasmin schaut den knienden Mann unverwandt an. Jetzt, da er die Schnürsenkel gelöst und aus den Schuhen geschlüpft ist, könnte er aufstehen.

Und er steht auch in diesem Augenblick auf und sagt: Ich esse Schokolade gerne, ich fürchte, ich eigne mich nicht zum Pralinenhändler.

Er nimmt das Lehrbuch wieder an sich, meine Schwestern

geben vor, ihren Haus- und Häkelbeschäftigungen nachgehen zu müssen, mein Mann und ich gehen ins Wohnzimmer, viel mehr Platz zum Sprechen haben wir nicht in diesem Haus. Die Großtante macht einen ihrer seltenen Besuche bei ihrer Freundin, ich setze mich in den unbesetzten Schaukelstuhl, er nimmt auf dem Sofa Platz und mustert den Buchdeckel.

Was arbeiten Sie also? frage ich.

Dies und das, sagt er, irgendwann werde ich auf eigene Rechnung handeln, erst dann macht es sich bezahlt.

Dies und das, wiederhole ich … was genau?

Sie werden lachen.

Nein, sage ich, ich will es wirklich wissen.

Bisher hat jeder gelacht, wenn ich verraten habe, welche Handelsware ich vertreibe, sagt er, Sie werden lachen.

Sagen Sie es schon endlich!

Holzkrallen am Stiel zum Rückenkratzen, platzt es aus ihm heraus.

Ich halte mir sofort Nase und Mund zu, doch nach einigen Sekunden kann ich nicht an mich halten und pruste los, ich lache, bis mir die Tränen in den Augen stehen, und der Schöne wendet das Buch hin und her, wackelt mit den Zehen in den dunkelblauen Strümpfen. Ein lustiger Mann, denke ich, welch ein Glück.

Kann ich Ihnen etwas anbieten?

Nein, sagt er, ich kann auch nur ganz kurz bleiben … Geht es Ihnen in diesem Haus gut?

Es dauert nicht mehr lange, und ich lebe nicht mehr hier … Oder?

Ja, sagt er leise, und dann wieder, ja. Um ihm keine Gelegenheit zu geben, verlegen zu werden, stehe ich mit einem Ruck auf, biete ihm aus der kleinen Kristallschale Atemfrischpastillen an. Er zaudert, nimmt eine Pastille und legt sie auf die Unterlippe, er öffnet den Mund und schließt ihn, und ich kann sehen, daß ihm einige Zähne fehlen, vielleicht hat er sie sich im Streit ausschlagen lassen.

Ich habe über Ihre Worte nachgedacht, sagt mein Mann, Sie wünschen elektrische Liebesgaben, habe ich Sie richtig verstanden?

Ja, sage ich, ich möchte ein elektrisches Leben führen.

Sehen Sie, deshalb ist es auch so wichtig, daß ich Deutsch lerne. Wenn wir … wenn Sie und ich nicht herauskommen …

Was dann?

Dann wird es antielektrisch enden mit uns beiden.

Ein eigenartiger Mann! Rubinschellack, antielektrisch – er spricht wie ein verträumter Techniker. Ich muß in Gedanken den Kopf geschüttelt haben, denn er fragt mich, ob ich Zweifel habe an seinen Absichten, wie kann er mich nur so mißverstehen? Ich würde ihm jetzt gerne erklären, daß ich nicht das kleine Mädchen bin, das in einer Schüssel Aprikosen herträgt, daß so viele Jahre vergangen sind, vielleicht würde es ihm helfen, den Rücken nicht mehr zu straffen oder den Blick von mir abzuwenden. Dieses Lehrbuch in seiner Hand – wieso legt er es nicht neben sich auf das Sofa, natürlich ist er nervös, natürlich bin auch ich vorsichtig, da ich weiß, daß Yasmin und Selda im Flur lauern und lauschen. Für den Vater sind wir erst Mann und Frau, wenn uns der Geistliche nach dem Glaubensritus getraut hat. Aber der Schöne hat mich geschaut, und ich habe ihn geschaut, wir verbergen uns nicht im Dunkeln.

Sind Sie bereit? fragt er.

Wofür? frage ich zurück.

Wir gehen ins Kino … was haben Sie schon für Filme gesehen?

Soll ich zugeben, daß ich noch nie in einem Kinosaal gesessen habe, um einen Film von Anfang bis Ende zu sehen? Statt dessen wundere ich mich laut, wieso ich nichts davon weiß, wann und von wem es denn beschlossen sei, will ich wissen; von unserer beider Anstandsparteien, sagt er, deshalb habe er sich auch kurz vor der verabredeten Zeit eingefunden. Er beugt sich vor, schaut durch den Spalt der angelehnten und vom Durchzug leicht geöffneten Tür, dann aber steht er plötzlich auf, ist in zwei Schritten bei mir und umschließt mit der rechten Hand mein Ohr. Er bedeutet mir, keinen Laut von mir zu geben, ich bin still, ich sitze im Schaukelstuhl und zupfe an den Wollitzen meines Rocks, mein Mann streichelt mein Ohrläppchen. Ich bin still. Ich halte still, kein Ton kommt über meine Lippen.

Bald sitzt er wieder auf dem Ledersofa, das deutsche Lehrbuch in seinen Händen, und ich entschuldige mich, trete aus dem Wohnzimmer und kann noch die in die Küche huschenden Schwestern entdecken. Ich werde Yasmin bitten, mir ihren weißen, mit falschen Perlen bestickten Schal auszuleihen, und wie ich sie kenne, wird sie mich lange betteln lassen, bis ihr Herz erweicht und sie mir den Schal schenkt. Der Schöne führt mich heute zum ersten Mal aus, was sollen mich die Anstandsfrauen stören. Doch diesmal bleibt Yasmin unnachgiebig, sie habe es satt, alles zu verschenken, was ihr lieb und teuer sei, ich solle mich nach anderer Frauen Anziehsachen umsehen. Ich leihe mir Seldas dünnes Halstuch, kehre zu meinem Mann zurück und stoße fast mit dem Vater zusammen, der ihn aus bösen Augen anstarrt.

Hau ab, Hurenmädchen, sagt er leise.

Sie bleibt hier, sagt der Schöne, und Huren habe ich in diesem Haus keine gesehen.

Hau ab, zischt er, sonst schlage ich dich vor deinem Istanbuler.

Sie geht nirgendwohin, beharrt der Schöne, Ihre Tochter ist vor dem Gesetz meine Frau, Sie können nicht mehr über Sie bestimmen. Was Sie mir vorzuwerfen haben, ist auch für ihre Ohren bestimmt.

Ich dulde kein Unzuchtnest in diesem Haus, sagt Halid, das Gesetz, von dem du Münzenschnipser redest, ist ein Paragraph auf dem Papier, ich trete es mit meinen Füßen. Das Hurenmädchen ist dir unantastbar, und du, Istanbuler, bist ihr unantastbar, bis ihr beide von Gottes Priester getraut werdet.

Beleidigen Sie nicht meine Frau, sagt Metin.

Sonst was?

Sonst vergesse ich, daß Sie mein Schwiegervater sind.

Ich spucke auf deine Frau, das Hurenmädchen, sagt Halid, und kaum hat er diese Worte ausgesprochen, torkelt er wie betrunken rückwärts, und noch im Fallen zischt er eine Gotteslästerung hervor, der Hut fliegt ihm weg, und auch der Spazierstock, er stößt mit dem Kopf gegen die Seitenlehne des Schaukelstuhls, kein Polster und keine Bodenmatratze kann die Wucht seines Sturzes mildern, und als er schließlich hingestreckt liegt, sehe ich einen münzengroßen roten Fleck auf seiner Stirn.

Du verfluchter Hurenwirt, brüllt er, du hast die Hand gegen mich erhoben, du hast es gewagt!

Ich lasse mich von einem elenden Zuchthäusler nicht beleidigen, sagt der Schöne so leise, daß ich ihn gerade noch verstehen kann, ich habe Sie gewarnt!

Halid klammert sich an den Schaukelstuhl und kommt mit einem Ruck hoch, es ist der Augenblick seiner Verrücktheit, in seinen Augen hat ihn ein verkommener degenerierter Städter gedemütigt, und das kann er nicht zulassen. Er umgreift mit der Rechten den Spazierstock und hebt den Knauf immer wieder in die Luft, im Augenblick seiner Verrücktheit verzerrt sich sein Gesicht zu einer Haßmaske, er hat ein schönes Opfer gespäht.

Ihr habt hinter meinem Rücken diese Unzuchtverbindung beschlossen, stößt er hervor, ihr habt mich so lange bedrängt, bis ich nachgab. Aber ich bin nicht beschädigt. Dein Faustschlag, Hurenwirt, beschädigt mich nicht … Aber jetzt werde ich dir zeigen, wie man einem Feind wirklich Schaden zufügt …

Er macht einen Schritt auf Metin zu, der die Fäuste an seinen Körper preßt, auch er wird sich nicht zurückhalten, seine Ehre ist verletzt, und man hat die Ehre seiner Frau beschmutzt, ließe er die Maulschande des Vaters ungeahndet, würde er Schuld auf sich laden. Der Schöne hat mich in Schutz genommen, denke ich, und ich sollte eigentlich jetzt zwischen die Kampfmänner gehen und versuchen, den Zorn des Vaters auf mich zu lenken, doch eine Kraft hält mich zurück, ich stehe wie das Mädchen aus den alten Tagen völlig gelähmt auf meinem Fleck.

Vater, laß es gut sein!

Djengis stellt sich vor Halid und umarmt ihn, eine seltsam zärtliche Geste, und ich traue meinen Augen nicht, als er seinen Kopf auf des Vaters Schulter legt, er flüstert ihm etwas ins Ohr, dann strafft er sich, wendet sich Metin und mir zu und sagt, er sei als der erstgeborene Sohn seines Vaters Anwalt und Schatten, der Vater habe seine Hilfe nicht nötig, aber er sei es seinem Vater schuldig.

Und jetzt raus hier! sagt er, sonst vergesse ich mich.

Als wir vor die Haustür treten, sehe ich Senem Halim und Billur, Yasmin und Selda haben sich dazugestellt, sie alle wissen, was sich soeben im Wohnzimmer abgespielt hat, wir nicken einander stumm zu und setzen uns in Bewegung. Ich schaue über die Schulter, Djengis folgt uns in einiger Entfernung. Vielleicht ist er doch am Ende der Sohn seines Vaters, ich habe ihn meiner Mutter gegenüber sprechen gehört, daß er Metins Sippe nicht trauen könne, da sie in der Mehrheit aus Aussiedlern aus Bulgarien bestehe, diese Menschen seien bestimmt infiziert worden von den balkanesischen Irrlehren. Er hat dem Vater sein Wort geben müssen, daß er über mich wachen werde, da bin ich mir sicher. Die Frauen nehmen mich in ihre Mitte, Selda und Senem Hanim haken sich bei mir ein, als müßten sie einen Fluchtversuch befürchten, sie sprechen über die Anhebung des Brotpreises, die gestern offiziell bekanntgegeben worden sei, Brot und Käse und Oliven könnten sich bald nur noch die Vornehmen leisten. Eine Katastrophe, sagt Senem Hanim, eine malaise extrafatal, bei diesen Worten zwickt mich Selda heimlich in den Arm.

Auf dem Emailleschild des Lichtspielhauses steht in geschwungenen Schriftbuchstaben: Volkskino, und tatsächlich drängen sich die Menschen vor der Kasse, junge Männer und Frauen ohne Schleier, besonders die Frauen verhalten sich sehr ungezwungen. Sofort schließt Djengis zu mir auf, Metin kauft die Billets, die er dem Kartenabreißer vorzeigt. Im Saal ist es stockdunkel, und ein Mann im Anzug leuchtet mit einer kleinen Taschenlampe erst in unsere Gesichter, dann auf die Kartenabschnitte, und schließlich läßt er den Lichtkreis über die Sitze wandern und leuchtet die zweite Reihe an. Metin gibt dem Platzanweiser eine Münze, und wir steigen am Seitenflur die breiten Stufen herunter. Billur bleibt mit dem hohen Absatz stecken und klammert sich in letzter Not an Metin, der seinen Arm hinhält wie einem Hund das Stöckchen, er will sie auf Abstand halten, Billur klammert sich an ihn, bis wir unsere Sitze gefunden haben. Ohne viel Worte zu machen, verteilen sich die Anstandsdamen, ich sitze am äußersten Sitz der zweiten Reihe, es folgen zu meiner Linken die Frauen, Djengis hat neben Metin Platz genommen und sucht mich immer wieder mit den Augen. Die Bauchladenverkäufer bieten Schokolade und kalte Hackfleischfladen an, Metin fragt die Damen der Reihe nach, ob sie sich für den Film stärken wollen, bis auf Billur lehnen alle dankend ab. Ich werde nicht gefragt, er ist eingeschüchtert. Es gibt plötzlich einen großen Knall, bei dem wir alle von unseren Sitzen hochfahren, der Kinodirektor tritt vor die Leinwand und sagt, der Knall habe mit einem technischen Problem zu tun, das aber sofort von dem Vorführer behoben worden sei, er entschuldige sich aber in aller Form.

Die Wandlampen werden gelöscht, und in diesem Moment räuspern und husten die Menschen im Saal, bei den ersten Bildern auf der großen Leinwand ist es aber totenstill, eine dramatische Musik setzt brüllend laut ein. Ich beuge mich vor und sehe zur Seite, die Frauen zupfen ihre weißen Ziertücher aus den Ärmeln, Billur fängt sogar an, zu schluchzen, obwohl erst der Vorspann läuft. Ich schaue hoch zur Leinwand, ich muß den Kopf in den Nacken zurücklegen und darf meinen

Blick nicht wie verrückt von oben nach unten und von links nach rechts und wieder zurück schweifen lassen. Als die berühmte Sängerin das erste Mal auf der Leinwand erscheint, brandet ein Applaus im Saal auf, die Beifallsrufe wollen nicht enden, einige Männer schreien dazwischen und mahnen zur Besonnenheit. Ich bin verwirrt – ich versuche mich auf den Film zu konzentrieren, eigentlich habe ich nicht gewußt, daß die Sängerin auch Filmrollen annimmt. Sie spielt die verzogene Tochter eines Fabrikanten, es langweilt sie, daß sie nichts anderes zu tun hat, als sich mehrmals am Tage umzuziehen, und wenn sie mit ihrem Vater spricht, nestelt sie nervös an ihrer Perlenkette. Très français, ruft Senem Hanim aus, und tatsächlich ähnelt die Sängerin in ihren teuren Kleidern eher einer vornehmen Französin. Eines Tages steht sie am Panoramafenster und erblickt einen jungen Mann, der auf die Gärtner heftig einredet. Es ist Liebe auf den ersten Blick, die Zuschauer im Kinosaal schreien und pfeifen, der Platzanweiser ruft zur Besonnenheit auf.

Und jetzt endlich singt sie, sie geht durch die großen Räume der Villa, streicht über die Möbel und macht beim Singen ein bekümmertes Gesicht. Ich frage mich, wer welche Rolle spielt: Ist sie jetzt eine Sängerin, die die Tochter aus sehr reichem Hause spielt; oder schlüpft die Tochter in die Rolle einer Sängerin? Der junge Mann taucht am nächsten Tag um die gleiche Zeit im Villagarten auf, die Sängerin oder Schauspielerin öffnet das Fenster und spricht mit ihm. Ihr Filmvater betrachtet die Szene heimlich vom Dachzimmerbalkon aus, und ich kann es von seinem Gesicht ablesen, daß ihm die Unterhaltung seiner Tochter mißfällt.

Die Männer im Saal stoßen Buhrufe aus, und als er wenig später seiner Tochter den Umgang mit dem niederen Personal verbietet, kennt der Zorn des Publikums keine Grenzen. Wieder muß der Platzanweiser einschreiten, der Kinodirektor bittet um Ruhe, es seien schließlich auch verehrte Damen im Publikum, die man nicht verschrecken wolle. Die Tochter singt wieder ein trauriges Lied, Selda, Yasmin, Senem Hanim und Billur trocknen ihre Augen, sie tupfen ihre Ziertücher auf ihre nassen Wimpern.

Auch ich müßte eigentlich gerührt sein, doch die Sängerin gibt sich keine Mühe, echt zu wirken: ob sie mit dem Mann ihres Herzens, ihrem Filmvater oder mit dem Gärtner und anderen Bediensteten spricht, ihr Gesichtsausdruck bleibt das eines gehetzten Mädchens. Wie können sie weinen? denke ich, es ist doch nur ein Film. Ich verstehe auch nicht, wieso ein Vergnügungslokal mit ihrem Auftritt wirbt, sie sitzt am Schminkspiegel im Garderobenzimmer, ihre Freundinnen sprechen ihr Mut zu, und als sie dann auf der Bühne steht und in das große Mikrofon singt, fliegen Rosen auf die Bühne, sowohl im Film als auch im Kinosaal. Der Mann ihres Herzens befindet sich auch im Publikum, als das Lied verklingt, steht er auf und wirft ihr einen Handkuß zu. Fünf Minuten später ist der Film zu Ende, das Licht geht flackernd an, wir bleiben sitzen, bis sich die Frauen ihre nassen Ziertücher in die Ärmel stecken. Draußen fallen mir Djengis' rote Augen auf, was habe ich doch nur für einen romantisch veranlagten Bruder! Schon als Kind hat er auf weißen Blättern, die er aus seinem Schulheft herausriß, Liebesgedichte aufgeschrieben, diese Zeugnisse großer Leidenschaft zerknüllt und einfach aufgegessen. Sagt meine Mutter. Im wirklichen Leben ist er streng und wirkt sehr kontrolliert, im Lichtspielhaus dagegen kann er sich ungestraft gehen lassen.

Hat es Ihnen gefallen? fragt Metin, er steht zu dicht bei mir und zieht die mißbilligenden Blicke seiner Anstandsdamen auf sich.

Ich weiß nicht, sage ich, war das jetzt unerfüllte Liebe, oder gibt es eine Fortsetzung?

Mädchen, ruft Billur höhnisch, du hast ja wirklich gar nichts verstanden!

Wieso denn?

Sie und er kommen zusammen, sagt sie, der Regisseur will

es uns nur nicht auf die Nase binden. Bestimmt arbeitet er schon an dem Fortsetzungsfilm. Ich kann mir gut vorstellen, daß die arme Frau noch lange kämpfen muß, bis sie endlich seine Frau wird.

Ja, die arme Frau, läßt sich Senem Hanim vernehmen.

Sie hat alles, was sie braucht, sage ich, und ihr Filmvater hat auch fast nachgegeben.

Ach ja? sagt Billur, du hast nicht aufgepaßt ... du warst wohl mit den Gedanken woanders.

Dem Vater geht das Glück seiner Tochter über alles, sagt Metin, ich glaube auch, daß er sie nicht verstoßen wird.

Da bin ich aber anderer Meinung, sagt Djengis, er hat das Geld und die Macht, diesen Kerl, der sich an seine Tochter heranmacht, verschwinden zu lassen.

Meinen Sie wirklich? sagt Billur, Sie sind mir vielleicht ein Draufgänger!

Djengis nimmt sie in Augenschein, weil ihm ihre Worte peinlich sind, läßt er es sich nicht anmerken, Billur und Djengis tauschen vielsagende Blicke aus, ich muß schon das Schlimmste befürchten.

Ich habe den Film jedenfalls verstanden, Liebste, sage ich, aber Sie wissen ja immer alles besser.

Das ist ein Liebesfilm, sagt sie, und sie hat zwar durchweg nur traurige Lieder gesungen, aber der Regisseur hat uns Hoffnung gemacht. Wer etwas anderes behauptet ist ... borniert.

Der Vater ist die zentrale Gestalt, sagt Djengis, davon bin ich felsenfest überzeugt. Vielleicht läßt er sie aber doch gewähren, und sie muß auf das Erbe verzichten.

Los Kinder, ab nach Hause, ruft Senem Hanim, der Film hat mir alles in allem gefallen. Sie hat eine schöne Stimme, das ist die Hauptsache.

24

Die Hochzeitsbitter werden losgeschickt, sie gehen von Tür zu Tür, laden die Ledigen und Verheirateten ein, und manchmal müssen sie warten, bis der Herdenschutzhund im Garten vom Hausherrn angeleint wird. Auf den Piaster Lohn haben sie es ganz bestimmt nicht abgesehen. Hamid Bey hat Freunde und Untergebene im Ministerium darum gebeten, im Auftrag der Brautfamilie zur Hochzeit einzuladen, der Entgelt komme aber von Gott. Jetzt wissen es alle Menschen in diesem Viertel, und hatten sie mich zu Anfang angestarrt wie eine entrissene Wilde, lächeln sie mich an oder rufen mir von ihrer Seite der Straße aus Segenssprüche zu. Meine Liebe zu dem Schönen ist doch gesegnet. Die Großtante hat den Schaukelstuhl vor die Kommode im Wohnzimmer geschoben, das Wahlscheibentelefon lange angestarrt, um dann Tolga zu bitten, für sie die Nummern zu wählen. Er bekam erst kein Amt, drückte die Gabel in schneller Folge, und ich hatte den Verdacht, er mache es einem Filmhelden nach. Die höhere Technik erstaunte uns alle, schließlich konnte die Großtante die Nachrichtenzentrale unserer Kleinstadt erreichen, der Ladenbesitzer versprach die Familien zu benachrichtigen, deren Namen die Großtante in die Sprechmuschel schrie. Und sie sind gekommen, jene, die ich mir herbeigesehnt habe.

Jetzt steht Manolya in der Tür, zu einer richtig schönen dunkelhäutigen Frau ist sie gereift, und als wir einander in die Arme fallen, können wir nicht anders, als zu weinen und die Ewigkeit unserer Trennung zu bedauern. Sie reicht mir als Geschenk eine Karaffe mit Quellwasser, auf der Rosenblätter schwimmen. Und als Nermin mich wie ein Dschinn von der Seite anspringt, ist mein Glück fast vollkommen. Sie gibt mir getrocknete Pfefferschoten, die ich dem Bräutigam unters Kissen legen soll, er werde mir bis an sein Lebensende treu bleiben. Ich stelle sie der Hausherrin vor, und es stellt sich schnell heraus, daß Manolya auch sie mit Geschichten aus dem kargen harten Land im Osten für sich einnehmen kann. Ich gehe hin und her und laufe die Brautschuhe ein, damit sie nicht morgen bei der Hochzeit drücken. Nermin bittet mich, den rechten Schuh auszuziehen, und als sie ihn wendet und die Namen meiner Schwestern und einiger anderer junger Mädchen entdeckt, muß sie laut lachen. Auch sie schreibt ihren Namen auf die Sohle, Manolya weigert sich erst, gibt aber dann unserem Drang nach. Dein Name wird zuerst abgetreten und verwischt sein, sage ich in meinem Übermut, du wirst als nächstes heiraten. Ausgerechnet ich, sagt sie, das ist sehr wahrscheinlich. Wir wissen es alle, sie hat nur zum Spaß mitgemacht. Ihr wilder Reiter in der Nacht paßt sie jedesmal ab, wenn sie im Landhaus ihres Fürstenvaters einige wenige Tage verbringt, und manchmal, ja, das ist wieder vorgekommen, muß sie Warnschüsse abgeben. Wir alle sind ein bißchen vergangen, weil wir uns erinnern können an Tage und Monate und Jahre, und daß wir die schöne Zeit nicht anhalten und das böse Blut ausfließen lassen konnten, macht uns traurig. Und wir vergehen wieder ein bißchen, als wir über die irre Sevgi sprechen, das verrückte Mädchen und seine verrückte Liebe. Die Männer, sagt Nermin, reden über den Witwersoldaten, ihren Mann, wie über einen Helden, sie grüßen ihn auf der Straße ehrfürchtig, denn sie glauben, daß er Sevgi und ihren Geliebten nach Maßgabe des Gesetzes gestraft habe. Die Ehebrecherin müsse gesteinigt werden. Und die Frauen? Auch sie haben keine hohe Meinung über eine junge Frau, von der sie wissen, daß sie zu ihren Lebzeiten nichts und niemanden ernst genommen habe. Die Großtante lauscht still unserem Gespräch, und dann sagt sie: Die Männer sollen doch zerplatzen, das elende Geschlecht verderbe jede Unschuld, und dieser

Hauptmann solle einfach an einem Essensbissen ersticken und tot umfallen. Ihre heftigen Worte erschrecken, und Gott sei Dank verläßt die Großtante den Raum, die verehrte Dame ist zornig, und wie immer, wenn sie von großen Gefühlen übermannt wird, steigt sie die Treppen hoch zum Damentrakt.

Habe ich etwas Falsches gesagt? fragt Manolya.

Nein, sage ich und betrachte einfach die Rosenblätter, die auf dem Wasser in der Karaffe schwimmen, und erinnere mich an das Rinnsal Wasser hinter unserem ersten Haus, an meinen Mund im Bach, und wie das kalte Bachwasser meine Lippen betäubte – wie schade, daß ich ein bißchen vergangen bin.

Du hast dich nicht verändert, sagt Nermin, früher hast du auch vor dich hingeträumt, und ich dachte immer, du seiest stehenden Fußes eingeschlafen.

Du bist eine schöne Frau geworden, sage ich, und erst deine Fingernägel … Magentarot, sagt sie, die Farbe ist nach einer italienischen Stadt benannt.

Du mußt ja alles wissen, sagt Manolya … du hast deine Lippen mit dem Konturstift nachgezogen.

Ungeschminkt ist nur eine halbe Frau, sagt Nermin, ach ja, ich werde dich für die Hochzeit schminken.

Sie zeigt auf den Kosmetikkoffer zu ihren Füßen und zählt auf, was sie alles mitgenommen hat: Wimperntusche, Eyeliner, Lidschatten, Grundierungscreme, Puder, Rouge, Lippenstifte und Lippenkonturstifte. Der Frauenfleiß ist der Schlüssel zum Erfolg, sagt sie, und wir müssen über ihre Worte lachen. Manolya entdeckt auf dem Hochzeitsgabentisch die Geschenke für den Hausstand: selbstgeschnitzte Holzlöffel, Eßteller, Mehl und Zucker. Ich verrate ihnen, daß sich Melek Hanim schwergetan habe mit der ›barbarischen Sitte‹, die Geschenke aufzustapeln und auszustellen. Doch sie hat nachgegeben, weil die Großtante an den liberalen Geist in ihr appellierte, und sogar Hamid Bey, der die Beamtenstrenge hochhält, wollte ›unsere Gäste‹ nicht übelstimmen. Die Herrinnen des Hauses nehmen mir aber im Gegenzug das Versprechen ab, mich auch an die westlichen Sitten zu halten. An meinem Hochzeitstag müsse ich etwas Altes, etwas Neues, etwas Geborgtes, etwas Blaues tragen. Ich dachte erst, sie würden scherzen. Morgen werde ich also den Festtagsschleier meiner Mutter, eine Brosche von Senem Hanim und blaue Strumpfbänder zum neuen Brautkleid tragen. Es ist alles so verwirrend. Ständig werde ich ermahnt wie ein Kind, das man davor warnt, mit seinen Fettfingern die Möbel anzufassen. Der Vater hat vor der Übermacht kapituliert, ich habe ihn seit zwei Tagen nicht gesehen, und meine Mutter tröstet mich mit den Worten, er werde sich die Vermählung seiner jüngsten Tochter ganz sicher nicht entgehen lassen. Er müsse sich nur, wie es nun einmal die Art der Männer sei, Mut antrinken und den Verlustschmerz dämpfen. Meine Mutter hat Flammenstöße in ihrem Traum gesehen, kein Traum, den man ihr in Auftrag gab. Selten träumt sie von Fabelfrauen, die sich mit Fabelfrauen unterhalten, früher war es anders, früher träumte sie sogar von sprechenden Farben, und es verwirrte sie sehr. Sie rauscht ins Zimmer, ihre Haarspitzen sind versengt, wahrscheinlich hat wieder einmal die Petroleumlampe geknallt, das sind ihre Worte. Sie fragt nach der Farbe des Lidschattens, den Nermin aufgetragen hat, Nermin sagt, es sei das Grün der Unterseite von Olivenblättern. Yasmin und Selda kommen von ihren Einkäufen zurück und wollen nach der lauten Begrüßung von Manolya und Nermin wissen, was es an Neuigkeiten in der Kleinstadt gibt. Als ich mich umdrehe, sehe ich Tolga im Flur stehen und Nermin mit großen Augen anstarren, und auch Nermin schaut ihn an, sie sehen einander in die Augen, eine sehr lange Zeit, bis es Yasmin auffällt und sie den erstarrten Bruder hereinbittet. Tolga geht sofort auf Nermin zu, ergreift ihre Hand, die er nicht losläßt, Yasmin läßt sich lachend in das Sofakissen zurücksinken.

Sie sind Leylas junger Bruder, nicht wahr? fragt Nermin.

Ja, meine Dame, sagt Tolga und läßt endlich ihre Hand los, und Sie sind eine gute Schulfreundin von ihr.

Richtig, sagt Nermin, leisten Sie uns doch Gesellschaft.

Ich möchte wirklich nicht stören, sagt Tolga und wartet aber eine zweite Aufforderung nicht ab, er setzt sich auf den einzigen freien Stuhl, den er in ihre Nähe rückt.

Schön, daß Sie der Einladung gefolgt sind, sagt Tolga, morgen ist der schönste Tag in Leylas Leben.

Na, ich weiß nicht, mischt sich Manolya ein, wir wollen doch erst ein Jahr verstreichen lassen, dann sehen wir, ob sie wirklich das große Los gezogen hat.

Verdirb ihr nicht die Freude, sagt Nermin, ohne den Blick von Tolga abzuwenden, egal, wie es später kommt, für ein Mädchen ist es wenn nicht der schönste, so doch ein sehr schöner Tag in seinem Leben.

Du sprichst ja aus Erfahrung, sagt Manolya.

Oh, sagt Tolga, Sie sind verheiratet?

Ich war es, sagt Nermin, es kommt nichts Gutes dabei heraus, wenn man gegen seine Instinkte handelt.

Hört sie euch an, höhnt Manolya, sie spricht wie unsere ehemalige Klassenlehrerin.

Tolga ruckt plötzlich mit dem Kopf in ihre Richtung, und dann, als habe er sich eine Blöße gegeben, steigt ihm die Röte ins Gesicht.

Ich mochte sie nicht besonders gut leiden, sagt er.

Und Sie sind noch ledig? fragt Nermin.

Ja, sagt Tolga.

Ist das beschämend, was sich vor meinen Augen abspielt? Ich kann es nicht glauben, daß meine Freundin Nermin, die Klassenbeste, offen mit Tolga flirtet, meiner Mutter scheint es nichts auszumachen. Es scheint eigentlich niemandem außer mir etwas auszumachen, Yasmin und Selda freuen sich offensichtlich, ich bin versucht, sie zu bitten, den Mund zuzuklappen. Nermin hat sich nicht wirklich verändert, sie hat schon immer darauf bestanden, das Beste für sich herauszuschlagen. Ich würde sie am liebsten auffordern, sich die bunten Farben aus dem Gesicht zu waschen, jetzt sofort.

Ihr seid bestimmt von der Fahrt müde, sage ich, wollt ihr euch denn nicht etwas ausruhen?

Das können sie gar nicht, sagt Yasmin, der Damentrakt oben ist belegt.

Ach, ich fühle mich sehr frisch, sagt Nermin und zupft einen Fussel von ihrem Rock, ihre magentafarbenen Fingernägel sind eigentlich eine Unverschämtheit.

Heute abend ist Henna-Nacht, sage ich zu Tolga gewandt, da wirst du natürlich nicht dabeisein können.

Ich werde den Hochzeitsbitter spielen müssen, sagt Tolga mit fester Stimme, wie ich erfuhr, sind nicht alle Gäste benachrichtigt.

Er entschuldigt sich mit den Worten, es gebe noch viele kleine Arbeiten zu erledigen, aber er werde bestimmt bald wieder zurückkommen, und dann könne man ja sehen. Was sehen? will ich ihm hinterherrufen, bleib' doch am besten weg, betrink' dich in einer Männerbar, von der du doch so schwärmst, was willst du dich unter uns Frauen aufhalten? Ein seltsamer Mensch ist aus ihm geworden, die Politik geht ihn nichts mehr an, die Kultur, ruft er aus, was mir und uns allen fehlt, ist die Kultur. Er treibt sich mit Frauen und Männern herum, die man, ginge man nach dem Augenschein, leicht für verwahrloste Einsamkeitsstädter halten könnte. Es sind jedoch Studenten, die von ihren Traumideen sprechen, als brauchte es nur ein paar Handgriffe, und sie erfüllten sich und machten dem Elend ein Ende. Sie schlagen in Gegenwart von Respektspersonen die Beine übereinander, und sie sind sehr ungeduldig, wenn sich herausstellt, daß man nicht ihre Ideen und Träume teilt. Rückschrittlich – dieses Wort stoßen sie aus wie einen Fluch. Ich bin öfter Zielscheibe ihres Spotts gewesen, ich wußte nicht, wie ich mich verteidigen sollte, und Tolga mußte einschreiten und sie besänftigen. Djengis dagegen spricht wie in den alten Zeiten verächtlich über die Männer und Frauen, die in den ›libertären Clubs‹ ungezwungen zusammensitzen und einander subversive Poeme aufsagen. Sie würden alles zersetzen, was Jahrhunderte

Bestand hatte und weiter Bestand haben wird. Djengis nennt sich ein aktives Mitglied des Nationalen Moralkommandos. Mir schwirrt der Kopf, wenn er seine Empörungsrede hält, da ist mir mein großer kleiner Bruder Tolga lieber: Er gibt schon mal zu, daß ihn die Politik langweile.

Bist du noch bei uns? fragt Manolya, oder muß ich dich durchschütteln? Ich lächele sie an, und dann mache ich große Augen, als sie aus ihrer Damentasche ein Paar weiße lange Handschuhe hervorholt.

Sie sind für dich, sagt sie, du hast doch nicht geglaubt, daß ich dir nur einen Krug Wasser schenke?

Mein Goldstück wird eine schöne Braut, ruft meine Mutter aus.

Die Handschuhe sind wirklich schön, ich ziehe sie an, es ist, als habe man meine Hände mit Seide bandagiert.

Wenn wir schon dabei sind, sagt Nermin und überreicht mir einen dünnen Goldring mit einem himmelsblauen Stein, der Stein ist nicht echt, aber wenn du den Ring über den Handschuh streifst, sieht es sehr schön aus.

Sie springt plötzlich auf und riecht an mir, sie schnuppert wie ein kleines Kätzchen und sieht mich fragend an.

Ich habe ein bißchen Honig in die Wangen eingerieben, sage ich.

Damit ist jetzt Schluß, sagt sie, eine Frau schminkt sich nicht mit Lebensmitteln. Ich werde dir zeigen, wie du Röte auf deine Wangen, auf deine Lippen und betörendes Schwarz an deine Augen zaubern kannst.

*

Meine Mutter ist glücklich, sie kann sich in der Kunst der alten Zeit hervortun: sie zeichnet mich, ihre Jüngste, die sie morgen einem wildfremden Mann hergeben wird. Meine Haare sind bedeckt von dem Schleiertuch, eine Armenierin hat es ihr geschenkt, als ihre und ihres Mannes Sippe noch im Kaukasus lebten, sie war noch ein kleines Kind: ein Mädchen, das nicht wußte, daß die Feindschaft zwischen den Nachbarn längst ausgebrochen war. Die Kaukasier riechen schon das Blut, bevor es vergossen ist, und ihre Messer liegen griffbereit in den Besteckkästen, unter den Diwanen, in den versteckten Taschen ihrer Reitstiefel. Damals also hat die Frau, der meine Mutter an manchen Tagen Schlehensirup brachte, sie beiseite genommen und ihr vom Himmel erzählt, den die Speere der Krieger zerstochen hatten kurz nach der Stunde der Erschaffung, die Männer seien ausgezogen auf den Reittieren, weil das weite Land sie verrückt gemacht hat, weil der Drang nach Verwüstung übermächtig war, der Drang hätte sie ausgehöhlt, ausgebrannt, niedergeworfen – deshalb mußten sie für sich eine Bestimmung erfinden, und also ritten sie aus zum Raubzug. Die Speere in ihren Händen schwangen sie in die Höhe, immer wieder, und stachen Löcher in den Himmel, durch die die helle Seele Gottes hindurchleuchtete. Meine Mutter hat diese Legende der ersten Tage der Krieger nicht vergessen, doch sie weiß nicht mehr, wieso die Armenierin ihr das Stück Stoff geschenkt hat. Sie kann sich aber erinnern: erst die Geschichte, dann der Schleier.

Sie preßt eine Goldmünze auf meine Handinnenfläche und legt Hennafladen auf, bald sind auch alle Fingerglieder von der Hennapaste bedeckt. Als sie beide Hände mit Stoffetzen umwickelt hat, rufen die Frauen Lebenssegenswünsche aus. Sie trinken weiße Limonade und essen gesalzene Mandeln, und weil ich auf Anweisung meiner Mutter meine bandagierten Hände in den Schoß legen muß, füttert Manolya mich mit Pistazienkernen, die die Kurdinnen ihres Dorfes an die Freundinnen der Fürstentochter geschickt haben. Nichts hat sich verändert, sagt sie, es ist alles beim alten geblieben, vielleicht kommst du sie besuchen, natürlich nur, wenn dein Mann es zuläßt. Was könnte der schon dagegen haben? Sie wisse es nicht, antwortet Manolya, er habe ab morgen Ansprüche auf mich, und ich könne nicht so tun, als sei ich weiterhin meines Körpers und meines Schicksals Herrin. Du wirst die Frauenhaube aufsetzen, mischt sich Selda ein, sie wird das Zeichen deines neuen Standes sein. Für eine Weile sind wir still und sehen Melek Hanim dabei zu, wie sie in den Saum der Gardine Stifte aus Blei einnäht. Die Hennafeier geht sie nichts an, die fremden Menschen in ihrem Haus beunruhigen sie zutiefst, und auch ihr Mann, der hilfsbereite Hamid Bey, lackiert aus lauter Verzweiflung die Fensterläden aus astlochfreiem Holz. Es ist ihr Haus, in dem wir feiern, es sind die fremden Stimmen, die sie verwirren. Auf den Teppichen im Wohnzimmer sind alte Decken ausgebreitet, die Großtante möchte morgen keinen Hennafleck entdecken. Wir Wilden überrennen sie, denke ich, wir machen es ihnen wirklich nicht einfach, sie hatten ihre Ruhe, bis wir am Horizont ihrer Städte aufgetaucht sind. Die losgesprochenen, aber ungeschliffenen Leibeigenen, die Schafhirten, Abdecker und Ziegelpfadkehrer klappern mit leeren Kannen in den Straßen Istanbuls, und weil sie es nicht anders kennen, gehen sie auf der Straßenmitte statt auf dem Bürgersteig, denn sie haben Angst, daß die mehrstöckigen Betonblöcke auf sie stürzen und sie unter sich begraben könnten. Melek Hanim und die Großtante sind angewidert von dem unstädtischen Brauch, ein zur Hochzeit freigegebenes Mädchen mit roten Malen zu versehen, und sie sind zornig, daß eine Kleinstädterin wie Nermin mit Lippenstift und Pulver zum Wangenröten umzugehen weiß. Sie haben ihr von Anfang an das Gefühl gegeben, daß sie nicht dazugehört, mag sie sich noch so gekonnt eine Schminkmaske auflegen.

Hast du Angst? fragt sie mich.

Weswegen? frage ich, obwohl ich genau weiß, was sie meint.

Du mußt ihm vielleicht erst beibringen, daß er dir keine großen Schmerzen zufügt.

Der Mann führt beim Tanz, und auch in der Nacht, sagt Manolya höhnisch. Yasmin schaut sie böse an und zischt ihr leise zu, sie solle mich nicht verderben.

Wieso verderben? sagt Manolya, sie ist ahnungslos, das ja, deshalb müssen wir sie auf ihre erste blutige Nacht vorbereiten.

Sei still! sagt Selda, was ist, wenn uns die anderen Damen hören?

Sie haben es alle hinter sich, sagt Nermin, unserem Lämmchen Leyla steht die Entjungferung noch bevor.

Wie kannst du nur so unverschämt sein?! sagt Yasmin.

Ich und Manolya haben im Zug darüber gesprochen, fährt Nermin fort, wir haben nämlich geahnt, daß unsere Freundin gar nicht weiß, was ihr blüht.

Ist es sehr schmerzhaft? frage ich.

Laßt uns etwas abseits setzen, schlägt Nermin vor, und wir erheben uns vom Boden, und auch Selda und Yasmin ziehen mit, wahrscheinlich möchten sie mich nicht unbeaufsichtigt lassen. Meine Mutter lächelt mich an, sie unterhält sich mit der Großtante, und auch sie gibt vor, unbekümmert davon zu sein, was die jungen Mädchen untereinander besprechen.

Also, setzt Nermin an, er nähert sich dir mit einem Kuß …

Jedenfalls ist es die Idealvorstellung, unterbricht sie Manolya.

… Wenn er ohne Vorspiel zur Sache kommt, fängst du am besten an, laut zu schreien. Das schreckt sie ab.

Ich komme mir sehr dumm vor, als ich sie frage, was denn das Vorspiel sei, Manolya und Nermin tauschen Blicke aus und achten nicht weiter auf Yasmins erhobenen Warnfinger. Langsam geht sie mir wirklich auf die Nerven, fast möchte ich sie bitten, sich zu den Damen zu gesellen.

Dein Mann wird dich küssen und berühren, sagt Manolya, er wird dir schmeichelnde Worte ins Ohr flüstern, seine Hand wird dein Gesicht liebkosen, und auch deinen Körper. Wenn er ein galanter Liebhaber ist, läßt er dich allein, während du dich ausziehst. Er schließt sich im Badezimmer ein, und du schlüpfst aus deiner Brautrobe. Du mußt sie fein ordentlich auf einen Stuhl ablegen …

Fein ordentlich, stößt Nermin hervor, wenn ich das schon höre ...

So sind eben die Männer, sagt Manolya, sie achten in der Hochzeitsnacht darauf, ob du dich von Anfang an gehen läßt. Wenn ja, werden sie mißtrauisch ... Du kennst dich damit aus, Nermin, sag' ihr, daß es wahr ist.

Es ist leider wahr ... Du schlüpfst in Unterwäsche unter die Bettdecke, und wenn dein Mann das Zimmer betritt, darfst du ihn nicht anstarren. Das macht ihn vielleicht verlegen, oder er kommt auf falsche Gedanken.

Was für Gedanken? fragt Selda.

Er könnte denken, daß die Frau, die er geheiratet hat ... Erfahrungen gesammelt hat.

Ich bin aber rein, sage ich entrüstet.

Wir reden auch nicht von dir, sagt Manolya, wir reden von deinem Mann. Es muß für ihn jedenfalls alles so aussehen, als sei er der erste Willkommene.

Weiter, sagt Nermin ... liebe Yasmin, ich weiß, daß du mich haßt, aber kannst du uns nicht für kurze Zeit in Ruhe lassen?

Ihr verderbt mir meine Schwester, sagt Yasmin und steht auf, aber vielleicht kann man eine Verdorbene auch nicht verderben.

Sie fordert Selda auf, mit ihr das Zimmer zu verlassen, doch sie bleibt mit gesenktem Kopf sitzen.

Weiter, sagt Nermin, dein Mann liegt also auch unter der Decke, und seine Hand gleitet über dein Gesicht, über deinen Hals, und die Hand gleitet tiefer, dorthin, wo du es recht üppig hast.

Hör auf, herumzuspinnen, sage ich.

Du wirst sehen, daß er sich dort länger aufhalten wird. Dann streichelt er dich über den Bauch. Er wird inzwischen erhitzt sein, und du wirst es spüren ...

Na, jetzt schämt sie sich, sagt Manolya, dann fahre ich am besten fort. Er schmiegt sich an dich, hoffentlich liebevoll, und da spürst du das, was er zwischen den Beinen hat, dieses Ding wird groß geworden sein im Vorspiel, und auch du wirst Veränderungen an dir bemerken. Du hast es nicht in der Hand, es kommt ganz von alleine.

Du atmest schneller, sagt Nermin, du erhitzt dich, und du … wirst unten feucht.

O Gott! entfährt es Selda, die ihr Gesicht bedeckt, sie ist drauf und dran, in Ohnmacht zu fallen.

Immer mit der Ruhe, sagt Nermin, es ist alles halb so schlimm. Dich überkommt die Lust, und du spürst die Lust deines Mannes. Spätestens jetzt wird er dich ganz nackt ausziehen, du mußt es zulassen. Die Büstenhalterhaken verfangen sich leicht dabei, du windest und schlängelst dich, aber nicht zu heftig, damit er nicht mißtrauisch wird.

Ja, sage ich, es ist wie in der Schule.

Schließlich legt er sich auf dich, und der Schlüssel paßt ins Schloß, es zerreißt dich kurz.

O Gott! sagt Selda und kippt zur Seite, ich fange sie noch auf, bevor sie mit dem Kopf auf dem Boden aufschlägt. Meine Mutter eilt herbei, versetzt ihr ein paar sanfte Ohrfeigen, Melek Hanim hält ihr Riechsalz unter die Nase, Selda schlägt die Augen auf und starrt mich mitleidig an.

Du Ärmste, flüstert sie, meine arme arme Schwester.

Was ist mit dem Kind? fragt die Großtante, habt ihr sie erschreckt?

Nein, sagt Manolya, ich habe ein altes Liebesgedicht aufgesagt, da wurde sie plötzlich bewußtlos.

Ein sensibles Mädchen, lobt sie die Großtante, und ich dachte, jene Zeiten sind längst vergangen, als die Männer vor Sehnsucht starben und die Frauen in Ohnmacht fielen beim Anblick des Postboten, eines fremden Mannes, der die versiegelte Depesche an der Tür aushändigte.

Ich denke an den Schönen, der mit den Männern in seinem Haus, meiner künftigen Wohnung, zusammensitzt und feiert, und sich vielleicht am letzten Abend seines Junggesellenlebens betrinkt. Mein Schwiegervater hat mir zur Verlobung drei dünne Goldreifen geschenkt, doch der Vater nahm sie mir weg, verkaufte sie und behielt das Geld. Ich habe mir biegsamen goldfarbenen Draht um meine Handknöchel gewickelt und den Blusenärmel darübergezogen. Wird der Schöne morgen nacht deshalb mit mir schimpfen? Werden seine Hände mich schonen, oder wird er sich den Instinkten eines Kerls ergeben, der über seine rechtmäßige Beute bestimmt, wie ihm sein Wille eingibt. Aber der Schöne ist ein Gentleman. Schafak Bey wird die Hochzeit ausrichten, der Vater hat sich geweigert, der Sitte zu entsprechen. Nichts ist so, wie es sein soll. Ich kann es nicht ändern. Meine Mutter bietet sich immer dann an, wenn es gilt, zu putzen, zu richten und aufzuräumen, sie ist blaß vor Müdigkeit, sie lächelt mich aber an und spricht mir Mut zu. Nermin schaut kurz auf ihre Armbanduhr und verkündet, sie müsse kurz spazierengehen, allein, denn das helfe ihr, ihre Gedanken zu ordnen und für den morgigen Tag gewappnet zu sein. Manolya drückt meine Hand und blinzelt mir zu.

*

Wir sind ungefähr gleich alt, stellt Tolga fest ... Darf ich Sie überhaupt duzen?

Nermin antwortet ihm nicht, sie schaut sich im kleinen Garten um, und weil es dunkel ist, kann sie die Blumen nicht erkennen, ein marmorner Springbrunnen fällt ihr ins Auge, ein pausbäckiges Engelsgesicht spitzt die Lippen und speit einen dünnen Wasserstrahl aus. Sie macht ein paar Schritte in Richtung des Brunnens, dann bleibt sie stehen – sie muß sich nicht umdrehen, um zu wissen, daß Tolga ihr gefolgt ist.

Wieso hast du mich so ... angesehen?

Entschuldige bitte, sagt Tolga, ich wollte nicht aufdringlich sein.

Du hast meine Frage nicht beantwortet.

Ich ... ich war wie gebannt.

Ja?

Ja, sagt Tolga, ich habe es nicht mit Absicht getan, nein, ich meine, ich konnte nicht anders, als dich anzusehen.

Weshalb? fragt Nermin.

Du bist wirklich sehr schön, sagt Tolga.

Bin ich das wirklich? sagt Nermin, ich gebe schließlich viel Geld für Kosmetik aus.

Tolga verharrt reglos, ich bin ein vom Dunkel umhüllter Bänkelsänger, denkt er, was laufe ich dieser Frau nach, sie ist doch nur eine Freundin meiner Schwester, eine geschiedene Frau, die ihre Schönheit herausstellt. Was mache ich hier? stößt er hervor und verstummt sofort. Er blickt der Frau nach, wieder hat sie sich einige wenige Schritte fortbewegt, und als er ihr nachgeht, entdeckt er, daß der Garten in einer Kehre sich verjüngt und mit einer Treppe auf die tiefer gelegene Terrasse übergeht. Die kippelnden Trittstufen bestehen aus ausgedienten Bahnschwellen, er steigt hinab und achtet nur auf den Schatten vor ihm, ein Kiesweg, in den Trittplatten eingelassen sind, führt durch ein Spalier aus Mohn und Rittersporn zu einer Baumbank. Dort sitzt sie, die Beine übereinandergeschlagen, im fahlen Schein einer Gartenleuchte, da bückt sie sich kurz, streicht über ein Moospolster und benetzt mit dem Nachttau ihr Gesicht.

Setz' dich zu mir, sagt sie ... wo sind wir hier eigentlich?

Diese Villa gehört einer Bekannten von Metin, sagt Tolga, sie hat sie ihm für seinen letzten Junggesellenabend zur Verfügung gestellt.

Eine Bekannte also ... Wir könnten entdeckt werden.

Ja, sagt er, aber ich glaube nicht. Sie feiern darin.

Und wer ist diese Bekannte? fragt sie.

Ich kenne sie nicht besonders gut, sagt Tolga, eine Witwe, eine Freundin der Familie ... seiner Familie. Seine Mutter ist ja tot.

Na gut, sagt sie, ich kenne dich auch nicht gut.

Er hört auf, die Hände aneinanderzureiben, und blickt sie neugierig an, ihre Stimme hat einen leicht neckischen Ton, wenn er nicht aufpaßt, wird er ihr alles enthüllen, und vielleicht stünde sie dann einfach auf und liefe zurück zu Leyla, um ihr von der ungeheuerlichen Belästigung zu erzählen.

Wir beide stammen aus derselben Kleinstadt, sagt er leise, reicht das nicht aus?

Ich lebe noch in der Kleinstadt, sagt sie, doch du hast dich aufgemacht in die große Stadt. Du bist jetzt ein Istanbuler.

Das geht so schnell nicht, stellt er fest.

Hast du eine Zigarette? fragt sie.

Erst stutzt er, dann greift er in die Hemdtasche, holt die Packung filterloser Zigaretten hervor, er hält die Packung hin. Mit den roten Nägeln ihres Daumens und des Zeigefingers zupft sie eine Zigarette heraus, und als sie sich zur Flamme des Feuerzeugs beugt, kann er den Wasserfilm auf ihrem Gesicht sehen, die Wimperntusche an den Lidrändern ist zerlaufen, er würde ihr jetzt in diesem Moment gerne sagen, daß er sich in sie verliebt hat, ein erster Blick von ihr und er erstarrte im Hausflur, er vergaß sich und die anderen, und wieso hat sie sich trotz seiner Unverschämtheit nicht abgewandt? Jetzt nimmt sie einen tiefen Zug, bläst einen Rauchring nach dem anderen aus und verpustet sie mit kurzen Atemstößen. Auch er zündet sich eine Zigarette an, betrachtet sie bei diesem schönen Kinderspiel.

Dein älterer Bruder, sagt sie, wir waren damals als kleine Mädchen verliebt in ihn. Er beachtete uns nicht, und das schürte das Feuer in unseren Herzen. Er ist wohl derselbe Herzensbrecher geblieben, auch als Istanbuler.

Was soll er darauf antworten? Er muß sich gegen seine Freunde von der Universität verteidigen, er muß Djengis in Schutz nehmen, obwohl er weiß, daß er aus seiner Lumpengesinnung keinen Hehl macht. Damals hat er sich als Ersatzvater aufgespielt, heute hängt er moralrechten Ideen an. Und er selbst hat Djengis oft genug verflucht, hat ihn wegen seiner Ansichten zum Teufel gewünscht. Jetzt verkündet diese Frau auch noch, daß er die Herzen der Mädchen gebrochen habe.

Hast du deine Zunge verschluckt? fragt sie.

Djengis ist, was er ist, sagt Tolga ... du bist in ihn verliebt.

Nein, ich war es damals. Dich habe ich gar nicht wahrgenommen. Man erzählte sich, du seiest ein Anarchist, ein Umstürzler.

O ja, sagt Tolga lächelnd, ich bin es immer noch ... um ehrlich zu sein, immer weniger.

Du willst mir nur imponieren, sagt sie.

Wieso? Ich habe doch keinen Grund dazu.

Ach wirklich? sagt sie, dann sitze ich also völlig umsonst auf dieser Bank und unterhalte mich mit einem Gespenst.

Nermin, sagt Tolga und erschrickt, weil er zum ersten Mal ihren Namen laut ausspricht ... ich komme mir etwas blöd vor.

Hast du dich in mich verliebt? fragt sie ihn plötzlich.

Ja, sagt er leise.

Das ist mir aufgefallen, sagt sie, und ich glaube, nicht nur mir. Also, ich kann dir in einem Punkt keine Hoffnung machen. Ich werde nie wieder heiraten. Nie wieder, hörst du?

Ja, stößt er hervor.

Es ist ein Fehler, zu heiraten, fährt sie fort, das bleibt aber unter uns, ich wünsche Leyla natürlich alles Gute. Sie wird es schon irgendwie schaffen, denn sie ist anders als ich. Glaubst du nicht auch?

Ja, sagt Tolga.

Gib mir noch eine Zigarette ... Du bringst mich nicht dazu, deine Frau zu werden. Aber ...

Ja? fragt Tolga und starrt sie wieder an, mit der Glut ihrer Zigarette zeichnet sie eine Acht, dann nimmt sie nervös einen Zug und schaut ihn an.

Du machst es mir nicht einfach, sagt sie, was bleibt übrig, wenn ich nicht heiraten will? In der Kleinstadt spricht man hinter meinem Rücken, ich sei eine Gefahr für die ledigen Männer. Kannst du dich an Ipek Hanim erinnern?

Ich kenne sie, sagt Tolga, aber ich erinnere mich ungern an sie.

Ich weiß … Ich bin nicht so wie sie, und ich will nicht so enden wie sie.

Ist sie tot?

Das nicht, sagt Nermin, erst starb ihr Mann, dann mußte sie das Kino der Bank überlassen … Sie ist eine alte verbitterte Frau, läßt im Lebensmittelladen anschreiben, achtet nicht mehr auf ihr Aussehen. Man sagt, jeder Mann kann sie für eine Schachtel Zigaretten haben.

Um Gottes willen, ruft Tolga aus, ich denke nicht so über dich.

Wir sprechen auch über Ipek Hanim. Sie ist an den üblen Gerüchten zugrunde gegangen. Ist es schlimm, daß sie … frei gelebt hat?

Nermin, sagt Tolga und spricht ihren Namen zum zweiten Mal aus, ich möchte mir nicht den Kopf über diese Frau zerbrechen. Morgen heiratet meine jüngste Schwester, es wird ein harter Tag werden, und ich sollte da hineingehen und mit meinem künftigen Schwager anstoßen. Aber ich sitze hier, ich habe mir schöne Worte zurechtgelegt und sie wieder vergessen, und fast wäre ich vorhin auf den Stufen ausgerutscht, eigentlich mag ich keine Gärten und keine weißen Bänke, doch ich gebe nichts auf all das, meinetwegen bin ich ein Anarchist, meinetwegen können sich die Mädchen in meinen Bruder verlieben, das alles geht mich nichts an. Aber du, Nermin, aber du … bist …

Dir ist die Luft ausgegangen, sagt sie und lacht, gib mir dein Feuerzeug.

Tolga reicht ihr sein Feuerzeug, und sie mustert ihn jetzt im Schein der kleinen Flamme, ihre freie Hand streicht über sein Kinn, seine Wangen, seine Nase, sie bläst die Flamme aus.

Vielleicht ist es nicht der richtige Augenblick für den ersten Kuß, sagt sie, du solltest dich öfter rasieren.

Und dann küßt sie ihn, es trifft ihn ohne Vorbereitung, er hatte es sich anders vorgestellt, in seinem Wunschtraumbild nahm er ihren Kopf zwischen die Hände, küßte ihre geschlossenen Oberlider, er roch an ihr und biß sich fest an ihrem Hals. Aber jetzt ist er es, der die Augen verschließt, auf der Baumbank im Garten der Witwe, die für seinen Schwager vielleicht mehr empfindet als freundschaftliche Zuneigung ... in ihrem Garten also empfängt er ihren ersten Kuß, und er, der doch kein Schwärmer sein wollte und will, er, der die Romantik als bürgerliche Verunsicherung verhämt, immer dann, wenn er zu seinen freisinnigen Freunden im libertären Studentenclub dazustößt, er würde sich jetzt am liebsten sein Hemd zerreißen und der schönen Nermin mit der Hand auf der Herzgegend seiner Brust eine ungeheure Liebe gestehen. Sie hält ihn fest, er fühlt ihr Bein an seinem Oberschenkel, er fühlt ihre Lippen auf seinen Lippen, und er riecht ihren Frauenduft, es kostet ihn große Mühe, die Augen nicht aufzureißen, und als ihre Hand auf seinem Nacken aufliegt, zerreißt es ihn fast. Plötzlich läßt sie von ihm ab und schaut ihn an.

Du bist noch unberührt, sagt sie.

Tolga schüttelt den Kopf.

Du bist noch Jungfrau. Habe ich recht?

Na ja, sagt er und dann wieder, na ja.

Dich hat noch keine Frau berührt, sagt sie.

Ich bin kein Kind mehr, sagt Tolga, wirklich nicht.

Aber hast du je eine Frau ... du weißt schon.

Ich bin kein Kind mehr, wiederholt er verlegen, sie macht sich von ihm los, und diesmal ist es Tolga, der sich herandrängt, er beißt sanft in ihre Lippen, er küßt ihren Hals, und dann sagt er zwischen den Küssen, ja, ich bin noch unberührt, Nermin, du wirst die erste sein, ich will, daß du die erste bist, die mich berührt, und als sie seine Küsse heftig erwidert, denkt er, ich werde nicht hineingehen, ich werde nicht mit meinem künftigen Schwager anstoßen, das kann Djengis machen, dieser stockbiedere Herzensbrecher.

25

Ich bin seine Frau. Der Schöne ist mein Mann. Ich habe mit ihm den ersten Tanz getanzt, und endlich hielt er mich in seinen Armen, vor allen Augen hat er seinen Arm um mich geschlungen, und ich habe mir gewünscht, daß die warme Stelle an meinem Rücken nicht erkaltet. Ich bin stolz auf ihn, weil er mir nicht erlaubt hat, mit anderen Männern zu tanzen, doch alle Männer außer dem Schönen sind mir gleichgültig. Er war derart heftig in seiner Umarmung, daß mir fast der Brautstrauß aus der Hand gerutscht ist, vielleicht lag es daran, daß ich geschwitzt habe, und ich schwitze immer noch. Die Musikkapelle spielt zum Hochzeitsmahl auf, der Festordner, der den eintreffenden Gästen ihren Platz an der Tafel zugewiesen hat, steht reglos an der Eintrittstür. Die Ledigen und Verheirateten sitzen an getrennten Tischen, und manchmal schaut der Festordner streng zum Tisch der Ledigen, als fürchtete er einen Verstoß gegen die Etikette. Bei der Trauzeremonie hat Metin in seiner Aufregung vergessen, meinen Schleier zurückzuschlagen, ausgerechnet der Imam mußte ihn auffordern, dem Ritus zu entsprechen, doch auch dann starrte der Schöne mich nur an, und ich schlug den Schleier zurück und sah ihn an: meinen Mann vor Gott und vor dem Gesetz. Mein Schwiegervater hat anschließend eine dreistöckige Torte auf einem Servierwagen in den Saal gerollt, jede Schicht dekoriert mit rosa glasierten Feigen, die oberste Tortenschicht ist gekrönt von zwei weißen Tauben. Ich schnitt die Torte an, reichte meinem Mann mit der Gabel einen Bissen, und er empfing den Bissen, er reichte mir ein Kuchenstück, und ich empfing den Bissen. Er ist mein Mann, und ich bin seine Frau. Was für eine schöne Anstrengung! Auch wenn ich gestern die Schuhe einlief, trotzdem habe ich Blasen an den Füßen. Schafak Bey begleitete seinen Schlagersänger-Freund bis vor die Haustür, und beim Anblick des Nähmeisters bin ich fast ohnmächtig geworden, ich hätte mich am liebsten in den Armen meiner Mutter versteckt. Der letzte Stich wird am Hochzeitstag eine Stunde vor der Trauung gemacht, rief er aus, so ist es üblich, und so werde ich, mein Kind, es auch bei dir handhaben. Manolya, Yasmin und Selda umschwirrten ihn wie Motten, nur Nermin hielt sich zurück. Ich saß ihr vor dem Kommodenspiegel Modell, und sie schminkte mich, beim Überstreifen des Brautkleids bedeckte ich mein Gesicht, und als ich meinen Kopf hindurchgezwängt hatte, fing ich ihren Blick im Spiegel auf – ist sie so glücklich über meine Hochzeit? dachte ich, teilt sie mein Glück? Auch jetzt sitzt sie lachend am Tisch der Verheirateten, man hat bei ihr eine Ausnahme gemacht. Am Kopfende des Tisches steht der Vater, unsere Blicke kreuzen sich, er wendet sich böse schnaufend ab. Wäre er doch weggeblieben, wie er mir und uns angedroht hat! Aus seiner Verachtung für die anwesenden Istanbuler macht er keinen Hehl, zur Feier des Tages und wie aus Trotz ist er in der Uniform eines tschetschenischen Freischärlers erschienen. Meine schöne Mutter aber freut sich sichtlich über den großen Hochzeitsempfang. Schon vor der Zeit haben der Festordner und seine Helfer den Gästen kleine Tüllbündel überreicht, in jedem Bündel stecken fünf weiße Zuckermandeln. Meine Mutter hat ihren Tüllbeutel gleich in den Ausschnitt gestopft, es sieht aus, als wäre ihr zwischen ihren Brüsten eine kleine Brust gewachsen. Die Großtante thront über allen Gästen, Schafak Bey ließ ihren Schaukelstuhl hertragen. Alle sind glücklich, nur Billur schaut verstohlen zu Djengis, der sie anlächelt, auch wenn sie an der Tafel der Ledigen sitzen, legen sie großen Wert darauf, nicht miteinander zu sprechen. Diese Natter! Oder sollte ich eher auf meinen Bruder böse sein, der sich auch hier in der Großstadt sehr schnell einen Ruf als Frauenschwarm erworben hat?

Sie sind in Gedanken versunken, sagt Metin und drückt mir unter dem Tisch kurz die behandschuhte Hand. Ich hätte sie nicht überziehen dürfen, ich schwitze darin, aber Manolya hätte es mir als Mißachtung ihres Geschenks ausgelegt. Meine Freundinnen, sage ich, ich freue mich, daß sie hier bei mir sind.

Geht es sonst gut?

Ich glaube ja, sage ich, meine Schuhe drücken ein bißchen.

Bald haben wir es überstanden, sagt der Schöne, bald können Sie Ihre Schuhe abstreifen.

Ich erröte, und als ihm die Zweideutigkeit seiner Worte bewußt wird, errötet auch der Schöne. Er läßt meine Hand los und sitzt stocksteif auf seinem Stuhl. In den ersten Stunden meines neuen Lebens bin ich ein Aprikosenmädchen, das im Brautstaat steckt – was geht mich schon diese Feier an. Ich drehe den Kopf nach rechts und links, ich sehe die tobenden Kinder und die sorglosen Eltern, ich sehe auch fremde Menschen, die ich der Istanbuler Sippe zuschlage, und plötzlich klatscht der Festordner in die Hände, der junge Kapellengeiger zupft mit den Fingern an den Saiten seiner Zigeunervioline, als wolle er eine kommende heilige Handlung anspielen. Schafak Bey stellt einen in rotem Samt eingeschlagenen kleinen Kessel vor uns auf die Tafel. Und auf seinen Zuruf hin stehen die Gäste auf und bilden an unserer Tafel eine Schlange. Der erste Spender ist Tolga, er steckt die geballte Faust mit dem Geldstück in den Kessel und zieht die flache Hand wieder heraus, Gottes mächtige Kraft in eurem neuen Haus, sagt er und überläßt seinen Platz dem nächsten Spender. Mein Mann und ich lächeln jeden Geldgeber an, hoffentlich kommen viele Goldmünzen zusammen, denke ich, Schafak Bey hat die Hochzeit ausgerichtet, das Spendengeld gehört ihm. Als meine Mutter vor mir an der Tafel steht, stehe ich auf, küsse ihre Hand und führe ihre Hand an meine Stirn, Gottes mächtige Kraft in eurem neuen Haus, sagt sie, wie werde ich meinen Silberstern vermissen, ich kann nicht an mich halten und umarme sie; meine Mutter, mein ein und alles. Jetzt habe ich dich freigegeben, sagt sie, mein Sohn, der schöne Mann, wird dich hüten wie sein Augenlicht. Ich gebe dir, Mutter, den Gottesschwur, sagt Metin, und auch er küßt ihre Hand, dann stößt sie uns sanft zurück, steckt mir ihre Festgabe an, es ist eine Goldmünze unter einer roten Samtschleife. Ich zähle die Menschen, die ihre Faust im Kessel versenken und an uns vorbeiziehen, vierzehn, einundzwanzig, neunundzwanzig, und dann lächelt mich Manolya an, doppeltes Glück euch beiden, sagt sie, ich schenke meiner besten Freundin meinen Brautstrauß. Als alle Gäste wieder an ihren Plätzen sitzen, bedeckt der Festordner den Kessel mit einem blütenbestickten weißen Tuch und trägt ihn in das Nebenzimmer, vor dem er zwei junge Männer postiert.

Er mußte seine zwei Hände benutzen, flüstere ich Metin zu, ich glaube, die Kosten sind gedeckt.

Der Schöne drückt unter dem Tisch meine Hand, er hat seine Fassung wiedergefunden. Er ist zu höflich, um mich darauf anzusprechen, daß der Vater weder Glückwünsche ausgesprochen noch eine Spende beigesteuert hat, doch ich weiß, daß es ihn beschäftigt – wahrscheinlich wird er sich auf die lebenslange Feindschaft seines Schwiegervaters einstellen müssen. Unser Tisch ist der Länge nach mit einer Girlande aus Plastikrosen geschmückt, der Schöne nestelt gedankenverloren an einer Plastikblüte, und da er meinen Blick bemerkt, sagt er, mach dich darauf gefaßt, daß ich bald fortgehe, von diesem Land, von diesen Menschen, ich habe sie so unendlich satt.

Wo wirst du hinziehen? frage ich ihn.

Das weißt du doch, herrscht er mich an. Nach Berlin, in die Hauptstadt Deutschlands.

Damals im Erdkundeunterricht habe ich gelernt, daß nach dem Krieg Bonn die Hauptstadt Deutschlands ist, sage ich.

Dann hast du gut aufgepaßt, Mädchen, zischt er mir zu, ich bin nicht in der Laune, darüber zu streiten.

Der Schöne wendet sich wütend ab, und da der feierliche Akt der Kesselkollekte vorbei ist, dürfen wir uns rühren, mein Mann steht auf, und unter dem Vorwand, eine Zigarette im Freien zu rauchen, verläßt er den Festsaal. Warum ist er auf mich zornig? Billur verschlingt ihn mit ihren Blicken, auch ich stehe auf und richte meinen Kopfkranz, nach einigen wenigen Schritten bin ich an der Tafel der Ledigen, ich klopfe auf Billurs Schulter.

Hör mir zu, Mädchen, sage ich, er ist jetzt mein Mann, und wenn du nicht damit aufhörst, dich an ihn heranzuschmeißen, werde ich dir deine getönten Hexenhaare Strähne für Strähne ausrupfen.

Bist du geisteskrank? sagt sie, oder verschmäht dich dein frischvermählter Mann?

Übertreib' es nicht, Weib, sage ich, ich bin nicht das sanfte Lamm, für das du mich hältst. Dir tropft der Speichel, wenn du Metin nur ansiehst.

Ach Bäuerin, sagt sie, du wirst noch viele böse Überraschungen erleben.

Kann ich dir helfen? fragt Manolya, und ohne eine Antwort abzuwarten, stößt sie den Brautstrauß in Billurs Gesicht, dann hakt sie sich bei mir unter und dirigiert mich zum Ausgang, zum ersten Mal an diesem Abend lache ich befreit los, ein Miststück ist das, schimpft sie neben mir, man sollte sie eigentlich mit Tritten vom Hof jagen. Draußen stehen die Gäste in kleinen Gruppen zusammen und unterhalten sich über den klaren Abendhimmel, über die Menge der Münzen im Spendenkessel und darüber, welches schöne Mädchen als nächstes unter die Haube kommen wird. Mein Mann ist nirgends zu sehen, Nermin und Tolga habe ich einzeln aus dem Saal verschwinden sehen, doch ich entdecke sie nicht hier draußen vor der Tür.

Nermin ..., setze ich an, komme aber nicht weiter.

Ja, ich habe es auch gemerkt, sagt Manolya, hoffen wir nur, daß sie nicht mit deinem Bruder spielt.

Ist ihr das zuzutrauen? sage ich.

Sie versteht sich gut darauf, anderen Menschen vorzugaukeln, daß sie eine versteckte Seite hat.

Wie meinst du das?

Na ja, sagt sie, sie ist die Klassenbeste gewesen, wieso wohl? Es gab nichts, was sie hätte ablenken können … Sie ist eine kalte Frau.

Sie hat sich scheiden lassen, sage ich.

Von ihr aus hätte die Ehe weitergehen können, sagt Manolya, doch ihr Mann hielt es nicht mehr aus … Du weißt schon.

Nein, sage ich.

Ein kaltes Bett und ein glühender Mann – das geht auf lange Sicht nicht gut aus. Irgendwann hat er sich nicht mehr quälen lassen wollen.

Hat sie ihn betrogen?

Sie doch nicht! Ihr fehlt das nötige Verlangen für eine Ehebrecherin …

Ich fühle mich beobachtet, und als ich mich umdrehe, entdecke ich den Vater, er blickt mich böse an, dann greift er nach hinten in seinen Bauchschurz, zieht eine Waffe und feuert zwei Schüsse in die Luft, wir alle, die wir vor der Tür stehen, zucken zusammen, bei Hochzeiten muß geschossen werden, ruft er, er zielt auf mich und läßt die Waffe wieder hinter seinen Bauchschurz verschwinden.

Dein Mann ist halb Weib, halb Istanbuler, schreit er, du wirst also ab morgen die Pantoffelherrschaft antreten.

Ich starre diesen Mann an, den ich in das tiefste brennende Teerloch der Hölle wünsche, vom Filzkalpak bis zu den Spitzen seiner blankgewichsten Reitstiefel ist er ein einmeterdreiundsiebzig langer böser Kerl. Er greift blitzschnell meine Brautkrone und wirft sie in weitem Bogen fort.

Daran können die Straßenköter schnüffeln, sagt er, ich rieche seinen Schnapsatem und den Tabakgeruch, den er verströmt. Ich kann ihm den Tod wünschen, doch er wird noch lange leben, seine Lust, anderen die Freude zu vergällen, hält ihn am Leben.

Komm, wir gehen wieder hinein, sagt Manolya, und als ich mich schon abwenden will, sehe ich, wie dem Vater das Filzkalpak vom Kopf fliegt, der Schöne packt ihn im nächsten Moment am Kragen und schüttelt ihn durch.

Du bist mein Feind, sagt er, jetzt weiß ich: du bist mein Feind. Ein besoffener Zuchthäusler verdirbt mir heute nicht mein Fest, das lasse ich nicht zu. Metin greift ihm in den Rükken, holt die Waffe hervor, der Vater will sich losreißen, er strampelt in Metins Händen, doch er hält ihn fest.

Damit kannst du Singvögel abschießen, sagt mein Mann, oder Freudenschüsse abgeben. Du hast sie aber auf meine Frau gerichtet. Das nächste Mal bist du tot, alter Mann, das verspreche ich dir. Und jetzt aus meinen Augen.

Sie starren einander an, dann geht der Vater stolpernd davon, ich höre ihn aus der Dunkelheit rufen, zwei Köter würden diese Nacht in einem Menschenbett sich balgen, er spreche seinen Fluch aus, noch lange schimpft er draußen in der Nacht, Metin aber übergibt die Waffe seinem rausgeeilten Vater, nimmt meine Hand und führt mich in den Hochzeitssaal.

*

Der Schöne hat die Türpfosten mit Olivenöl und die Schwelle meines neuen Heims mit Honig bestrichen, er trägt mich auf Händen über die Schwelle und setzt mich erst im Schlafzimmer ab. Es wird nie aufhören, denke ich, ein Steinboden, zwei Zimmer, ein Bad. Heute nacht wird mein Schwiegervater im Haus der Großtante übernachten. Der Brautschleier ist nach dem Glauben meiner Ahnen ein Schutzschild gegen die Neider, und da ich jetzt alleine bin und keinerlei Blick einer anderen Frau auf mich ziehe, löse ich den Schleier, er schwebt zu Boden. Meine Aussteuertruhe steht an der Längsseite des Zimmers, wahrscheinlich haben meine beiden Brüder sie heimlich hierhergebracht. Ich öffne die Truhe, Lagen von Kissenbezügen, Kinderhemden, Handtüchern, doch obenauf liegt das Nachthemd für die erste Nacht, der Häkelbesatz am spitzen Ausschnitt ist mit weißen Glasperlen bestückt, und da ich das Hemd in Händen halte, kniend vor meiner Aussteuer, höre ich ihn im Türrahmen räuspern, eine schöne Schlafrobe, sagt er, hat sie deine Mutter genäht? Nein, sage ich, Yasmin hat sie mir genäht, sie kann nähen, häkeln, stricken, sie hat auch lange Zeit das Institut besucht. Das Institut für angehende Damen, sagt er, ich habe davon gehört, meine Schwester ... doch dann bricht er ab, und ohne ein weiteres Wort geht er ins Bad, ich höre ihn die Tür zuschließen, komisch, außer uns beiden ist doch sonst keiner da. Er schließt aber wieder auf, kommt zurück und findet mich genauso vor, wie er mich zurückgelassen hat, kniend vor der Truhe.

Möchtest du vielleicht zuerst ins Bad? sagt er.

Ja, sage ich, mir ist es sehr recht.

Er läßt mich an sich vorbeigehen, dabei zieht er die Luft tief ein, und als ich im Bad stehe, will auch ich den Schlüssel im Schloß umdrehen, ich erstarre mitten in meiner Bewegung. Ich beuge mich über die klauenfüßige Wanne, starre die Kalt- und Heißwasserhähne an, ich erlebe trotz Billurs Verderbensfluchs meine erste schöne Überraschung. Ich werde mich also in dieser Wohnung frei verhalten können, ich werde in der Wanne liegen, ich werde den Stöpsel in den Ausguß drücken und dabei zusehen, wie sich die Wanne mit Schaumbadewasser füllt. Ich drehe den Kaltwasserhahn auf, wasche mir Gesicht und Hände, reibe mir mit dem Frottierhandschuh den Schweiß von den Körperstellen, ohne das Brautkleid auszuziehen. Bin ich fertig? Ich habe große Angst und bin unendlich müde. Werde ich ihn enttäuschen und wird er mir weh tun? Ich kenne ihn doch kaum, den Schönen, ich schaue nur gern in sein Gesicht. Plötzlich fährt ein Schmerz in meine rechte Wade, und ich kann den Sturz gerade noch abmildern, indem ich mich am Wannenrand festhalte.

Was ist mit dir? ruft er vor der Tür, darf ich eintreten?

Ja, sage ich, hilf mir bitte, ich habe einen Wadenkrampf.

Er stürmt hinein, und kaum sieht er mich auf dem Boden liegen, packt er mein rechtes Bein, das Kleid rutscht herunter und gibt das blaue Strumpfband frei, der Schöne streckt meinen Fuß, dreht ihn sanft um die Achse, die Zuckungen in meiner Wade lassen langsam nach.

Mir ist das peinlich, sage ich, das wollte ich nicht.

Gar nicht schlimm, sagt er, es war ein langer Tag. Auch ich mußte mich kurz im Bad des Hochzeitssaales abstützen, mir ist schwarz vor den Augen geworden. Er streichelt jetzt meine Wade, und ich bin froh, daß ich gestern noch daran gedacht habe, mich zu enthaaren. Ich schaue hinauf, er schaut hinab, auf meine Beine, auf das blaue Strumpfband, jetzt lächelt er über das ganze Gesicht.

Etwas Blaues ... Wer hat dich auf die Idee gebracht?

Niemand, sage ich und winkele das rechte Bein an, streife das Kleid über die Knie, doch die Geste kommt mir gleich albern vor, es tat mir gut, als er meine Wade gestreichelt hat.

Entschuldige, sage ich.

Wofür?

Du darfst nicht böse werden.

Nein, sagt er, doch er spannt sich sofort an, und ich entdecke einen harten Zug um seinen Mund.

Ich ... ich habe Angst, flüstere ich, ich habe wirklich große Angst, und ich kann nichts dagegen machen.

Keine Angst, flüstert er auch, und dann steht er vom Wannenrand auf, tritt ganz dicht an mich heran, meine schöne Frau, flüstert er, du bist mir anvertraut, ich schände dich nicht, ich erschrecke bei seinen Worten, er umfaßt meinen Kopf mit beiden Händen und drückt einen sanften Kuß auf meine Lippen, der erste Kuß meines Lebens brennt ein kleines Loch in meinen Kopf, nicht in meine Brust und in mein Herz, wie ich mir vorgestellt habe, unsere Nasenflügel berühren sich, und er schmiegt sich fest an mich, küßt meine Lippen, ich brenne ein bißchen und will doch davonlaufen, er läßt es aber nicht zu, ich bin gefangen zwischen seinen Armen, ich glühe zwischen seinen Armen, die gestärkten Rüschen meines Brautkleids knistern bei seiner Umarmung, ich will dir nichts tun, was nicht auch du möchtest, sagt er, keine Angst, ich schände dich nicht. Sein Atem geht jetzt stoßweise, er riecht nach einer Herrenseife, die auch Djengis benutzt, er preßt sich ganz fest an mich, das Waschbecken drückt gegen meinen Rücken …

… nicht so heftig, sagt Nermin, du willst mir doch das Herz brechen, und nicht die Knochen.

Verzeih bitte, sagt Tolga, ich wollte dir nicht weh tun.

Es ist zu kalt hier draußen, sagt sie, ich bin halb erfroren.

Was kann er schon tun? Seine Freunde vom libertären Club, sie alle wohnen bei den Eltern, und ein Hotelzimmer kann er sich nicht leisten. Auch wenn er das Geld dazu hätte – an der Rezeption würde man nach ihren Papieren fragen und zwei verschiedene Nachnamen feststellen auf den Ausweisen, und dann riefe der Rezeptionist die Beamten vom Sittendezernat an: Die Blamage wäre perfekt. Was kann er tun? Er wohnt mit Djengis zusammen bei einer Anwaltsfamilie, der Mann und die Frau sind national gesinnte Moralisten, Damenbesuch ist strikt verboten. Er hat Nermin all diese kleinen Geheimnisse seines Studentenlebens verraten, und sie schmunzelte nur und ging mit dem Konturstift ihre Lippen nach, einen Klappspiegel in der linken Hand, oder in der rechten – wenn ihn nicht alles täuscht, ist sie Linkshänderin, vom Teufel geleitet, würde sein Vater sagen, sein Vater, der diesen Teufel allzu gut zu kennen scheint. Sein Herz schlägt wie wild in seiner Brust, und vor ihm steht diese Frau, die er Hunderte Male geküßt hat, aber jetzt friert sie und hat deshalb schlechte Laune. Was kann er schon tun?

Es tut mir leid, wiederholt er, was sollen wir tun?

Hier draußen geht es nicht, sagt sie, und du hast als Student begrenzte Mittel …

Ich wünschte, es wäre anders, sagt er.

Man könnte uns leicht entdecken ... Ich fürchte nicht um mein Ansehen, ich fürchte eher um deinen Ruf.

Mir wäre es egal, sagt Tolga, und da er sie nicht in schlechtere Laune versetzen möchte, verrät er ihr auch nicht, daß er immer davon geträumt hat, eine Frau im Freien zu lieben.

Deine Schwester hat es gut, hört er sie in der Dunkelheit des Gartens sagen, sie ist von der Baumbank aufgestanden und schaut auf die dunklen Fenster der Wohnung im Erdgeschoß, er glaubt schon, sie würde über eine Möglichkeit nachdenken, in das Haus der Witwe einzubrechen, da sagt sie: Ich nehme dich mit zu meiner alten Freundin, aber du darfst kein Wort darüber verlieren, und er schwört ihr bei seiner Seele, nichts wird ihn aufhalten, und niemand wird es erfahren, das schwöre ich, sagt er und folgt ihr, der im Dunkeln wie eine Wildkatze Dahinfließenden ...

... sie liegt im Bett und schnarcht, das Weibstier, vor ihr brauchst du dich nicht zu fürchten.

Laß mich, sagt sie, ich will schlafen.

Halid hat sich von hinten an sie gedrückt und hält sie fest, er fühlt ihren schnellen Herzschlag, mein Opfer entflieht mir nicht, denkt er, dein kleiner Körper, dein Flügelschlag, jetzt bist du mein Besitz, du atmest, wenn ich atme, du wirfst in deiner Lust deinen Kopf auf, wenn ich es zulasse, und es gefällt dir. Ließe ich dich los, würdest du die ganze Nacht von mir träumen, du wärest enttäuscht, wenn ich dich nicht berührte, du die Unberührbare, die in dieser Nacht aufhört, unberührbar zu sein. So viele Pistazienmakronen hast du heute gegessen, heimlich und schnell, jedesmal wenn ich dich mit meinem Blick festhielt, warfst du dir eine Handvoll Makronen in den Mund, jedesmal wenn ich dich lange lange ansah, spieltest du mit den großen Murmeln in dem Lackkästchen: die schöne feine Herrin hatte große Angst, die Hitze stieg ihr in den Kopf. Deine Körperhitze kann ich fühlen, ich lasse dich nicht los.

Bitte, flüstert sie, es kann jeden Augenblick jemand herein-
kommen. Nein, flüstert er in ihr Ohr, ich habe abgeschlossen,
um diese Zeit rüttelt kein Mensch an der Tür. Wer will schon
im Morgengrauen in den Keller steigen. Es ist nicht recht, sagt
sie und bäumt sich auf in seinen Armen, er hält sie mit einem
Arm umschlungen, mit der freien Hand zieht er den Seiten-
reißverschluß ihres Rocks auf, sie leistet jetzt nur einen kleinen Widerstand, und da er mit einem Ruck ihren Rock her-
unterzerrt, krümmt sie sich, vielleicht vor Schmerz, vielleicht
vor Lust, so ist sie ihm ergeben, es ist der Augenblick kurz vor
ihrer Ergebenheit.

Mein Mann ..., flüstert sie.

Er schläft tief und fest wie mein Weibstier, sagt Halid und
streift ihr die Strumpfhose und das Unterhöschen ab, jetzt bist
du nackt, mein Opfer, jetzt gibt es nur dich und mich.

Bitte nicht, sagt Melek Hanim, dann aber fügt sie sich, sie
gibt sich hin dem verbotenen Mann, den sie haßt und dessen
Haß sie anstachelt, das Feuer brennt in ihrem ganzen Körper ...

... Deine Schwester ist schon sehr seltsam, sagt Billur und
reicht Djengis nach einem tiefen Zug die Zigarette, er hat den
Arm auf die Stirn gelegt und liegt nackt in ihrem Bett, die
Nacktheit scheint ihm nichts auszumachen, er deckt sich nicht
zu, obwohl er doch bemerkt haben muß, wie sie ihn von Kopf
bis Fuß mustert. Er nimmt ihr die Zigarette ab, ohne sich ihr
zuzuwenden, raucht still. Sie glaubt, ich bin ihre Feindin, und
sie hat mich im Hochzeitssaal vor allen Leuten bloßgestellt.
Kannst du dir vorstellen, wie sehr es mich verletzt hat? Ich
wünsche ihr natürlich Glück in ihrem neuen Leben. Metin ist
eine gute Partie, jedes Mädchen in meinem Viertel hat davon
geträumt, von ihm geküßt zu werden. Ist das ein Verbrechen?
Jetzt sind diese Träume zerplatzt, er hat deine Schwester zu
seiner Frau gemacht – sie soll doch froh sein. Aber statt dessen hackt sie auf mir herum. Und sie wünscht sich von ihm

elektrische Geräte, obwohl sie doch wissen muß, daß er nicht vermögend ist, auch sein Vater nicht.

Du kennst es, auch du hast einen Eisenbahnervater, man verdient nur so viel, daß man nicht verhungert, daß die Familie nicht verhungert. Schafak Bey hat sich in Schulden gestürzt, er hat sich Geld bei uns allen ausgeliehen, um die Hochzeit auszurichten. Sei mir nicht böse, aber Halid Bey hätte gern auch etwas beisteuern können, aber er wollte nicht, er hat bestimmt seine Gründe …

Leyla und Metin haben nicht den Segen meines Vaters, sagt Djengis.

Daß es zu diesem Skandal gekommen ist, tut mir leid, sagt Billur, ich weiß nicht, was wirklich passiert ist, ich saß ja drin, deine Schwester hatte mich gerade beleidigt, und dann stößt mir diese wilde Kurdin den Brautstrauß ins Gesicht. Sie hätte es nicht tun dürfen, sagt Djengis und legt sich zur Seite, er beschaut ihre Nacktheit.

Sei mir nicht böse, aber bestimmt hat deine Schwester Halid Bey provoziert, wieso soll er sonst ihre Krone vom Kopf reißen? Man erzählt sich, daß sie ihm ins Gesicht gesagt hat, sie sei von ganzem Herzen froh, das Haus zu wechseln …

Das Haus wechseln?

Sei doch nicht so begriffsstutzig! Sie hat Metin geheiratet und ist in seine Wohnung gezogen.

Ja, natürlich, sagt er und berührt sie, sie schlägt ihm aber auf die Finger und verlangt nach der Zigarette, die er im Aschenbecher brennen läßt.

Erst einen Kuß, sagt Djengis.

Sie küßt ihn kurz und hart, und löst sich schnell von ihm, ihre großen Brüste wippen bei der Bewegung, und sie befühlt, wie immer, wenn sie sich nicht im klaren ist, ob es gutgeht, das Muttermal über ihrem Bauchnabel.

Weißt du, wieviel ein elektrischer Kompressor-Kühlschrank von Siemens kostet, fragt sie und wartet seine Antwort nicht ab, tausend Piaster!

Djengis pfeift durch die Zähne, er tut ihr den Gefallen, auf seine Verblüffung hat sie nur gewartet und lächelt endlich wieder.

Ich kenne nur Senem Hanim, die sich einen Kühlschrank leisten kann, sagt Billur, und das nur, weil meine Tante ein großes Vermögen geerbt hat … Das bleibt aber unter uns, sie gibt ja immer vor, daß sie mit dem knappen Schuldirektorengehalt ihres Mannes gerade noch bis zum Monatsende auskommt.

Ja, sagt Djengis, ich verrate es keinem.

Sie hat mir den Kühlschrank vorgeführt, der Abstellrost hat vorne Zierleisten, und der Hebelgriff mit Schloß ist ein Gedicht. Aber das Beste kommt noch … Bist du etwa eingeschlafen?

Nein, sagt Djengis, ich lausche nur mit geschlossenen Augen deiner aufregenden Stimme. Ich habe Lust auf dich …

Ein Gefrierfach, ruft Billur aus, ein Gefrierfach für Eiswürfel.

Das ist wirklich gut, sagt Djengis, jetzt werde ich dir etwas über Backöfen erzählen …

… Du bist noch wach? fragt Selda auf der Bodenmatratze neben ihr, und sie versucht, gleichmäßig zu atmen, ein und aus, und nach einer kurzen Weile dreht sich Selda um, jetzt ist Yasmin wieder ungestört, ihr Nachttraum gehört einzig und allein ihr, da ist keiner, der die Hände danach ausstreckt und ihn ihr wegnimmt: Der Gentleman hat sie an den Rand der Ohnmacht geküßt, den ersten Kuß ließ sie zu, den zweiten nahm er sich, der dritte Kuß geschah einfach, der vierte war kurz und gehaucht, beim fünften Kuß riß sie sich los … und sah ihm in die Augen. Aber in ihrem Wunschtraum kann sie den Ausdruck in seinen Augen nicht erkennen: Ist er aufgebracht, weil sie ihm den letzten Kuß nicht gewährt hat? Aber er fährt ihr mit der gespreizten Hand durch die Haare, er reißt an den Haaren, und es gefällt ihr, es gefällt ihr, daß er ihr weh tut, daß sie sich die Schmerzen vorstellen kann, und der Schmerz fährt ihr in den Körper, im Traum wie in der Wirklichkeit. Wie sehne ich mich nach dir, du mein Gebieter, wie wünsche ich mir, daß du über mich gebietest, solange und sooft ich es will. Jetzt träumt sie ein anderes Bild, er und sie, sie beide sitzen allein im Kinosaal, es ist sonst kein Mensch da, der sie störte, und auf der Leinwand nur zerfließende Farben, wie Regentropfen auf der Fensterscheibe, aubergine et noir, jaune et marron, gris, vert et rose. Rouge. Rouge ist das herrliche Zeichen, und weil sie es sich wünscht, zerläuft auf der Leinwand rouge in Schlieren. Er legt seinen Arm um sie, ein leichter Tabakgeruch weht sie an, und der Geruch von noch warmem Männerschweiß, es erregt sie, sie legt ihm den Zeigefinger auf die Lippen, bitte kein Wort, nicht ein einziges Wort, denn was wir beide fühlen, sehen wir dort: rouge. Nur rouge, sonst nichts.

Doch, du bist wach, sagt Selda und raschelt heran, ich wette, du träumst von deinem Gentleman.

Sei still, flüstert Yasmin, du weckst die anderen auf.

Leyla ist eine schöne Braut gewesen, sagt Selda leise, die Frauen im Saal haben sie beneidet.

Du solltest auch bald heiraten, sagt Yasmin, das Rot ist endgültig verblichen. Es gibt keinen Mann, der sich für mich interessiert, flüstert Selda.

Würdest du denn gerne?

Ja, aber vielleicht nicht so bald.

Du weißt nicht, was der Morgen bringt, sagt Yasmin, schon nächsten Monat könntest du verheiratet sein.

Unser Vater macht es uns nicht leicht. Metin hat sich nicht abschrecken lassen … Sie haben sich geprügelt.

Nein, sagt Yasmin, Metin hat die Ehre seiner Frau verteidigt.

Gegen den Vater?

Ja, gegen den Vater.

Du findest es richtig? fragt Selda und rutscht näher an die Schwester heran, vielleicht läßt sie es heute zu, daß sie sich an sie kuscheln darf.

Er hat nicht falsch gehandelt, sagt Yasmin, würde mir ein Mann, und sei es auch mein Vater, die Brautkrone wegschlagen und mein Mann stünde einfach nur da ... ich würde meinen Glauben an meinen Mann verlieren.

Er sieht gut aus, flüstert Selda, Yasmin dreht sich auf die andere Seite, und sie schmiegt sich an ihren Rücken, sie schließt die Augen, und nach wenigen Atemzügen ist sie eingeschlafen.

Rouge ist ein herrliches Zeichen, rouge in Schlieren, in zerlaufenden Tropfen. Der Gentleman schaut sie in ihrem Wunschtraum an, und Yasmin blickt in das leicht erhellte Gesicht von Metin, von dem sie sich lange küssen läßt ...

... Das ist meine Morgengabe an dich, meine Frau, sagt Metin und überreicht ein Schmuckkästchen in Herzform, das Holz ist mit rotem Satin überzogen, ich löse die Verschlußklammer des Herzkästchens von der Öse, der Lack auf dem Metallhaken glänzt im Licht der Kommodenlampe. Als ich den Deckel hebe, entfaltet sich die Kordel an den Seiten, im Inneren des Deckels ist ein herzförmiger Spiegel, ich blicke hinein und streiche sofort die losen Haarsträhnen hinter die Ohren.

Ich danke dir, sage ich und umarme meinen Mann, es ist der erste Tag des Kußmonats, der erste Tag meiner Ehe. Bin ich verändert? Bin ich anders? Meine Mutter, Manolya, Nermin – sie haben mich nicht wirklich vorbereitet auf die Nacht.

Ich bin eine Frau gewesen vor dieser Nacht und bin eine Frau geblieben nach dieser Nacht. Er hat mir weh getan, ich weiß, daß er mich mit seiner Lust anstecken wollte, und ich weiß, daß es nicht anders geht. Mein Mann war über mir, und im Moment, da es mich fast zerriß, bekam ich fast keine Luft, ich bat ihn, Ruhe zu geben kurz, und er rührte sich nicht, bis ich wieder freier atmen konnte. Ich bin seine Frau, ich liebe ihn. Kann er mir die Herzbeklemmung vergehen lassen, oder wird seine Liebe im Laufe der Jahreszeiten spröde werden wie trockene Maishüllblätter? Ich bin seine Frau, ich sehnte mich nach ihm, nach einem Mann, der meine Verlegenheit löste nach einem langen Kuß. Der Schöne hat am Rande meines Lebens gelauert, mein Herzschlag hat ihn dahergetrieben, und jetzt, da ich daran denke und meine Hände wie Schwalbenflügel über das Herzkästchen flattern, erkennt er meine Freude und lächelt mich an.

Es gefällt dir, sagt er, ich wußte doch, daß es dir gefällt.

Sehr schön … Ist es eine Schmuckschatulle?

Ich kenne mich in diesen Dingen nicht aus. Es ist gut für Schminke und Schmuck.

Schön, wiederhole ich.

Mein Vater, sagt Metin, er ist schon länger wach. Das Frühstück hat er sich selber gemacht, das Mittagessen wirst du ihm zubereiten.

Was ißt er denn so? frage ich.

Alles außer Kohlrabi und Okraschoten … Du solltest dich jetzt anziehen …

Er bleibt nicht zum Essen, und es steht mir nicht zu, ihn zum Bleiben zu bewegen. Schafak Bey sitzt im Wohnzimmer mit übereinandergeschlagenen Beinen auf einem alten Sessel, und als er mich vor der Schwelle stehen sieht, wünscht er mir einen segensreichen Tagesempfang.

Wie soll ich Sie anreden, verehrter Herr?

Lieber Vater ist mir recht, sagt er … ist es auch dir recht?

Ja, lieber Vater, sage ich, es wird eine ganze Weile dauern, bis ich diese Worte ohne Scheu aussprechen kann. Er hat Hackfleisch besorgt und möchte, daß ich ihm Buletten brate, keine Beilagen, nur einen Teller Buletten. Ich blicke mich in der Küche um, binde mir erst einmal den Kochschurz um, entdecke eine große Pfanne, die ich sofort auf die Herdplatte stelle. Dann nehme ich die Pfanne wieder von der Platte herunter und beuge mich neugierig über die Kochstelle: eine große und zwei kleine Steckerstiftplatten, man kann sie aus der Fassung herausnehmen. Wie macht man Buletten? Ich habe versäumt, meiner neuen Familie zu verraten, daß ich nicht kochen kann, als die jüngste und rangniedrigste Frau war es mir nicht gestattet, in der Küche zu arbeiten, die Küche war auch viel zu klein, eine vierte Frau hätte nicht hineingepaßt. Ich bohre eine Mulde in die Mitte des Hackfleischs auf dem Hackbrett, schlage vier Eier hinein, gebe eine Handvoll Salz bei und knete das Fleisch durch. Dann forme ich Bällchen und brate sie in der Pfanne, die dunkelbraunen Buletten lege ich mit dem Bratenwender in den Teller. Die unförmigen Hackfleischknollen baden in einer Pfütze Öl, also schneide ich vier Scheiben Brot zum Tunken.

Als ich mit dem Tablett das Wohnzimmer betrete, schaut mich mein Schwiegervater mit großen Augen an, wahrscheinlich hat er nicht so schnell mit dem Mittagessen gerechnet. Er spießt ein Bällchen auf, führt es in den Mund, kaut lange an dem Bissen.

Bring mir ein großes Glas Wasser, sagt er, ich kann ihn sonst nicht herunterschlucken.

Er trinkt das Glas leer und betrachtet still die aufgehäuften Buletten.

Schmeckt es Ihnen nicht, lieber Vater? frage ich.

Man gewöhnt sich an alles, sagt er, ich schmecke viel Salz und Knoster heraus, auch Eigelb. Aber Pfeffer, Petersilie und vor allem Brotweiß kann ich nicht herausschmecken.

O Gott!

Keine Sorge, ich bin nur froh, daß ich mir keinen Stiftzahn abgebrochen habe.

Was soll ich jetzt machen, rufe ich aus, mein Mann kommt bald nach Hause ... diese Buletten sind nicht mal dazu gut, Gänse zu füttern.

Ich werde dir zeigen, wie man herrliche Istanbuler Buletten brät, sagt Schafak Bey.

Während er in der Küche mit geübten Handgriffen die Arbeit macht, für die ich eigentlich zuständig bin, schelte ich mich in Gedanken eine nichtsnutzige Bauernbrut, meine erste Prüfung habe ich nicht bestanden. Der liebe Vater ist ein zu feiner Mensch, um es mir ins Gesicht zu sagen – aber er wird glauben, daß er mit mir seiner Familie eine Laus in den Pelz gesetzt hat …

Dann aber ißt der Schöne seinen Teller leer, tunkt die Brotkanten in das scharf gewürzte Öl, tupft mit der Papierserviettenspitze seine Mundwinkel und seinen dünnen Bart sauber und wartet ab, daß sein Vater mit dem Essen fertig ist. Ich merke es ihm an, er ist ungeduldig, und da auch Schafak Bey seine Unruhe spürt, schiebt er seinen Teller von sich, dankt Gott für das Bauchvoll Gaben und fragt Metin, was er denn auf dem Herzen habe.

Klauen, Borsten, Knochen, Därme, platzt es aus ihm heraus, ich habe Angst, daß ich mich am Aas vergifte. Ich reinige die Felle, ich salze die Felle in Stapeln. Die Aasseite liegt oben, ich bestreue sie mit Steinsalz, dann breite ich das nächste Fell darauf. Oder ich lege die Häute in das Walkfaß mit der Salzlake. Ich kaufe die Häute im Schlachthof, und nach der Behandlung bringe ich sie zum Rohhautlager …

Ich verstehe nicht, sage ich, wovon redest du?

Von Fellen, sagt Schafak Bey, von seinem Gelderwerb.

Ich dachte, du verkaufst Rückenkratzbürsten …

Jetzt lachen Vater und Sohn, bis ihnen die Tränen kommen, und als sich Metin wieder beruhigt, erzählt er mir, er habe damals nur einen Scherz gemacht, er habe sich in dieser fremden Wohnung einfach nicht wohl gefühlt, ich solle es ihm nachsehen, er hätte mich nicht täuschen wollen. Ich starre ihn verständnislos an, er wird wieder ernst und wendet sich seinem Vater zu.

Ich verstehe diese Viehhirten nicht, sagt er, die Haut der Tiere ist beschädigt. Gegen die Dornheckenrisse kann man nichts machen, die Tiere weiden frei herum und verletzen sich an den Stachelsträuchern der Umfriedung. Oder am Stacheldraht.

So war es immer, und so wird es weitergehen, sagt Schafak Bey nickend.

Ja, Herr Vater. Aber die Stöße mit dem Treibstachel oder der Mistforke …

Viehhirten sind Sadisten, sagt Schafak Bey, sie erziehen ihre Kinder mit den gleichen Mitteln wie ihre Tiere.

Ich habe es den Bauern schon so oft gesagt: Ihr schert die Schafe in Handarbeit, das ist kein Problem. Aber die Schnipperlinge, die sind ein Problem.

Schnipperlinge? frage ich.

Die Viehhirten schneiden und reißen in die Haut der Schafe, sagt Schafak Bey, ich glaube, sie tun es absichtlich.

Ja, Herr Vater, sagt Metin, davon bin ich überzeugt. Obwohl sie für die beschädigten Felle weniger Geld bekommen.

Sie fallen in ein brütendes Schweigen, Metin berührt gedankenverloren die Zinken seiner Gabel, und ich frage mich still, ob er deswegen bekümmert ist, weil ihm der Handel mit den Fellen toter Tiere zusetzt. In der Zeit nach unserer Verlobung hatte er bei einem seiner seltenen Besuche erzählt, daß die Felle der jungen Zickel für Handschuhleder und das Milchkalbfell für Schuhoberleder benutzt würden. Damals hatte ich nur angenommen, daß er mit seinem Allgemeinwissen prahlen wollte.

Was ist passiert? fragt Schafak Bey, es ist doch etwas passiert, oder?

Die beiden Mongolen, sagt Metin, ich habe schon seit zwei Wochen nichts von ihnen gehört. Sie wollten sich längst gemeldet haben.

Und weil er glaubt, er sei seiner Frau eine lange Erklärung schuldig, spricht der Schöne über die beiden schlitzäugigen Männer, mit denen er über einen Zwischenhändler in Kontakt gekommen sei, er habe die beiden Kerle sogar zum alten Genueserviertel geführt, sie seien zu Füßen des Galataturms gestanden, dort, wo sich die vernarbten Tagelöhner herumstrichen, in Frostnächten in Pferdedecken gehüllt, dann hätten sie auf Schemeln gesessen und heiße Mandeln gegessen und die Schalen zu Boden fallen lassen. Früher sind die irrsinnigen Absinthtrinker die Turmtreppen hochgestiegen, sagt Metin, sie stießen sich von der Brüstung der Aussichtsplattform ab, schraubten sich in die Luft und fielen vor die Füße irgendeines Gendarmen … Ich habe die Mongolen mit diesen Geschichten bei Laune gehalten, in der schwindenden Helligkeit eines kalten Tages, und sie, die vielleicht nicht zum ersten Mal, aber bestimmt erst zum zweiten Male in Istanbul waren, haben ihre komischen Ausgehröcke geschürzt und sind über die Schlammpfützen gehüpft, das sah ganz albern aus, wirklich. Dann habe ich sie zum Essen ausgeführt, der eine war so dünn, daß er kaum das Polster des Stuhls drückte, auf dem er saß. Wir haben über das Geschäft geredet, ich gebe euch die Felle, habe ich ihnen gesagt, und ihr verkauft sie, und der Dünne sagte: So machen wir es, so bringen wir die Felle an den Mann, hab' keine Sorge, dann sagte der andere: Wir kennen uns aus. Und er bestellte Dörrfleisch, er hat die Bockshornwürzpaste mit seinen Zähnen vom Fleisch geschabt und gegessen. Das muß man sich mal vorstellen. Was sollte ich machen – da waren also diese Mongolen, meine Geschäftspartner, und ich mußte sie bei Laune halten, ich habe sie den ganzen Tag herumgeführt. Sie begafften die Glühbirnenbanner zwischen den Minaretten der Moscheen, es ist Ramadan, riefen sie aus, Gott verzeih, daß wir nicht fasten können, wir sind ja Reisende und sind von Gott berechtigt, uns nicht an das Gebot zu halten, doch wenn wir wieder zurück sind, werden wir weiterfasten. Diese Mongolen waren eindeutig verrückt, aber man trifft ja auf viele Verrückte im Geschäftsleben … Sie gafften hierhin und dorthin, sie begafften die Zigeunerkinder, die auf dem Kinn Stühle balancieren, und obwohl wir im Restaurant viel gegessen hatten, haben sie alles in sich hineingeschlungen: Kümmelteigkringel, Festtagspralinen und Sahnehonighäppchen. Sie blieben an fast jedem fliegenden Händler stehen, nahmen sich immer etwas weg, und die ganze Zeit ließen sie sich freihalten. Was sollte ich machen? …

Du hättest nicht mit dem Geld um dich werfen dürfen, sagt

Schafak Bey, den die langatmige Erklärung seines Sohnes auf eine harte Geduldsprobe stellt.

Ja, Herr Vater.

Ein professioneller Händler hält sich zurück, fährt Schafak Bey fort, bei dir wußten die verdammten Mongolen sofort, woran sie sind.

Sie haben es auch mit Mitleid versucht, sagt Metin, der eine, der Dickere der beiden, hat einen Granatsplitter im Bein, noch vom Koreakrieg. Er hat sich nach so vielen Jahren entzündet. Das Geld, sagte er, würde er für die Operation ausgeben.

Diese Schweinefresser, ruft Schafak Bey wütend aus, sie haben dich betrogen!

Ja, Herr Vater, sagt Metin kleinlaut.

Mongolen sind Schweinefresser, ich traue ihnen nicht über den Weg! Du hättest mich erst um Rat fragen müssen, ich hätte dich gleich davor gewarnt. Sie haben dir das Blaue vom Himmel versprochen. Ich sage dir, die Felle siehst du nie wieder.

Das war die schlechte Nachricht, sagt Metin, jetzt kommt die gute Nachricht.

Hat man die Schweinefresser geschnappt? fragt Schafak Bey.

Nein, Herr Vater, sagt Metin, leider nicht. Aber ich habe ein Stipendium gewonnen. Eine deutsche Firma lädt mich nach Deutschland ein, ich werde dort lernen, wie man Leder färbt.

Es ist sehr still geworden am Tisch, und da mein Schwiegervater vor Zorn rot angelaufen ist, wage ich es nicht, meinem Mann Fragen zu stellen. Ich decke den Tisch ab, halte die Teller in der Küche unter den Wasserstrahl, spüle Teller und Besteck ab und stelle sie auf die Geschirrablage. In dieser Zeit höre ich sie schweigen, sie schweigen so laut, daß ich sie dabei belauschen kann.

Komm her, ruft Schafak Bey, das ist eine Familienangelegenheit, es betrifft auch dich.

Ich setze mich wieder an den Tisch, wenn diese Sache ausgesprochen ist, werde ich sie fragen, ob sie Mokka trinken möchten. Im Kaffeekochen kenne ich mich wenigstens aus.

Man stellt mir sogar ein Zimmer zur Verfügung, sagt Metin, ich muß keine Miete zahlen. Ich werde hart arbeiten, das ist so üblich in Deutschland.

Wie lange bist du weg? frage ich.

Ein Jahr, sagt Metin.

Und deine Frau?

Familie ist nicht erlaubt, sagt Metin … leider.

Du hast dich also schon entschieden, sagt Schafak Bey und schaut mich an, du wirst deine junge Frau zurücklassen. Ich weiß nicht, ob das Gott gefällt. Ich weiß nicht einmal, ob es mir gefällt.

Herr Vater, hier werde ich verhungern. Man gibt mir keine anständige Arbeit.

Deine junge Frau, wiederholt Schafak Bey, was soll sie in der Zwischenzeit machen?

Ich vertraue sie Ihrer Obhut an, sagt Metin, ein Jahr geht schnell vorbei.

Ich bin ein alter Mann, sagt Schafak Bey, ich kann auf keinen Menschen aufpassen.

Ohne Ihre Erlaubnis werde ich mich nirgendwohin bewegen, Herr Vater. Wenn es nicht geht, geht es eben nicht.

Die Enttäuschung ist aus seiner Stimme herauszuhören, er freut sich auf das Leben im fremden Land, und er freut sich, daß er herausgefordert wird. Hat er wirklich damit gerechnet, daß wir seine Freude teilen? Am ersten Tag des Kußmonats hätte er seine Frau vielleicht auch fragen können, ob es ihr recht sei. Kann ich ihn denn überhaupt aufhalten, ihn umstimmen, wenn es ihm doch nur darum geht, die Erlaubnis seines Vaters einzuholen?

Soll ich uns einen Verdauungsmokka zubereiten? frage ich, sie starren mich mit wütenden Augen an – ich bleibe sitzen.

26

Ich habe mich nicht in meinem Mann getäuscht, es braucht nur seine Zeit, daß ich ihn kennenlerne. Immer wieder sage ich mir diese Worte vor wie einen Glaubenssatz: Es wird noch die Zeit kommen, warte ruhig ab, sei die Herrin über deine schlechten Leidenschaften. Metin hat mich bei meiner Familie abgegeben. Hat ihm Schafak Bey eingeflüstert, der Sohn solle sich nach der alten Schule verhalten? Degenerierte nennen wir Kleinstädter die Istanbuler, wir kennen sie nicht wirklich und wir wünschen uns, daß es auch so bleibt. Degeneriert – so hat auch Metin mich geschimpft. Ich sei ein Mädchen, das den geringsten Anforderungen eines Mannes nicht genügte. Vielleicht schmerzt ihn meine Berührung? Die Jüngste kehrt zurück, hat Yasmin gesagt, wie sonderbar, wir haben dich doch nicht als vermißt gemeldet. Ich mußte meinen Schwestern und meiner Mutter alles, fast alles, über mein kurzes neues Leben erzählen. Über die Nächte schweige ich mich aus. Ich stehe neben meiner Mutter, sie zeigt auf die Karotten, die Weinblätter, auf Reis und Mehl, sie zeigt auf die Töpfe und Pfannen, und ich stehe Stunde über Stunde bei ihr und versuche mir abzuschauen, wie eine Hausfrau kocht, brät und sparsam spült. Das Brot in den Fliegenschrank, die Butter in den Tonkühler, und die Teigkringel unter die Abdeckglocke. Die Regeln der Vorratshaltung – ich lerne, wie man Lebensmittel vor dem Verderb schützt und daß der falsche Geiz eher die Schaben und die Fruchtfliegen und die Ameisen anlockt. Eigentlich sind sie alle froh, mich wiederzusehen, bis auf Melek Hanim, die Großtante, und natürlich den Vater. Er nennt mich eine faule Ware, die der Käufer reklamiert habe, er lacht und zeigt seine tabakzerfressenen Zähne. Ich bin nicht mehr ihm unterworfen, also habe ich ihm widersprochen: Mein Mann sucht eine ehrliche Arbeit, habe ich ihm ins Gesicht geschrien, du aber schlägst deine Zeit tot, bestimmt verkaufst du wieder Gift, von dir haben wir nur Schlechtes zu erwarten. Er hat mich daraufhin geschlagen, es blieb bei diesem einen Schlag auf den Mund, und auch wenn mir sofort das Blut das Kinn herunterlief, starrte ich ihn an. Melek Hanim ging nicht dazwischen, sie tat nur so, als habe man sich in ihrer Gegenwart gehen lassen. Der Henker wohnt immer außerhalb der Festung, sagte sie, Leyla, du mußt den Schuldigen nicht hier in diesem Haus suchen.

Djengis ist zu einem schönen Mann herangereift, die Frauen lassen ihn nicht in Ruhe. Sie halten ihn für den Doppelgänger eines amerikanischen Filmstars, sie kommen nur nicht auf den Namen. Er kämmt mit Brillantine sein schwarzgelocktes Haar nach hinten, streicht den Fingertupfer Pomade über die Augenbrauen und will von uns, seinen Schwestern, wissen, ob er wirklich eine gute Figur mache. Die Mädchen verlieben sich sehr leicht in ihn, sie möchten ihn trösten, wenn er an melancholischen Tagen seinen Kopf hängen läßt wie ein loses Vorhängeschloß in der Haspe. Senem Hanim hat den Vater auf meiner Hochzeit angesprochen: Djengis sei ein Juwel, er könne eine gute Partie machen. Sie kenne da zufällig eine wunderbar junge und wunderbar vermögende Frau, die Tochter eines Generals. Fast seien dem Vater die Augen aus dem Kopf gefallen, erzählt Yasmin, und ich muß lachen, weil ich mich an den ehemaligen Minister erinnere, der sich für seinen Neffen verwendet hatte. Als Selda sie beschreibt, reiße ich entsetzt die Augen auf.

Ihr meint doch nicht etwa Nesrin, das Mädchen mit den Schuppen?

Genau, sagt Selda, sie schüttelt ihre Haare, und die Schuppen fallen ihr auf die Schultern.

Das ist unmöglich, rufe ich aus, dieses wunderliche Mädchen an der Seite unseres Bruders. Es paßt einfach nicht!

Das Geld schüttet jeden Graben zu, sagt Yasmin, Gott hat Nesrin mit etwas begabt, das wir nicht erkennen.

Sie hat gut reden, Djengis wird sie ja ertragen müssen. Vielleicht ist Nesrin nur einfältig und läßt in ihrem Zimmer Papierflieger aufsteigen. Man erzählt sich, ein Schock oder eine große Trauer habe sie verändert, und seither starre sie manchmal Löcher in die Luft oder massiere sich die Muskelverhärtung an ihren Waden. Einmal habe sie sich sogar die Augenbrauen rasiert, die Lider umgestülpt und sei stundenlang durch die Stadt spaziert, und wenn Bekannte sie auf ihre Verirrung angesprochen haben, habe sie geantwortet: Ich möchte sehen, ohne zu blinzeln.

Sie ist ein Einzelkind, und wie alle Einzelkinder etwas kapriziös, sagt Selda, sie braucht eine starke Führung.

Jetzt redest du auch wie der Vater, sage ich.

Du bist begriffsstutzig, sagt Yasmin, es ist schon alles eingefädelt. Unser Vater hat Erkundigungen über ihre Familie eingezogen. Und tatsächlich, die Eltern sind sehr reich.

Wenn es der Mutter langweilig wird, öffnet sie das Fenster und bewirft die Armen unten mit Goldmünzen.

Woher weißt du das? frage ich.

Sie war einmal dabei, höhnt Yasmin.

Nein, sagt Selda, diese Geschichten erzählen sich die Nachbarn der Familie.

Der Vater ist am Ende, und er hat erkannt, daß er die Geduld unserer Pflegefamilie übermäßig strapaziert hat, die Großtante stellt ihn jeden Tag zur Rede, und es kommt immer öfter vor, daß sie ihn anschreit. Wenn er wollte, könnte er sofort eine Arbeit finden, doch er möchte keine Dienstanweisungen empfangen. Was liegt näher, als daß er seinen Erstgeborenen mit einem seltsamen Schwälbchen verheiratet?

Und tatsächlich statten wir der Familie des Generals wenige Tage später einen ersten Anstandsbesuch ab. Das Wohnzimmer ist mit Bodenvasen vollgestellt, aus denen weiße Lilien hervorquellen. Auf Beistelltischen stehen Porzellanfiguren, die man zu höfischen Szenen geordnet hat: Palastkonkubinen raffen ihre Krinolinenröcke oder frisieren sich vor großen Spiegeln, die Musikanten stehen etwas abseits und spielen auf Pikkoloflöten. Was für ein Zeitaufwand, denke ich, um all diese Figuren abzustauben, und genau in diesem Augenblick betritt ein Dienstmädchen das Zimmer und serviert auf einem Silbertablett den starken schwarzen Tee. Nach dem ersten Schluck stelle ich meine Tasse ab, ich hoffe, es wird mir nicht als Unhöflichkeit ausgelegt. Der Homburg auf dem Kopf des Generals ist leicht zur linken Schläfe verschoben, und als ich genau hinsehe, entdecke ich eine blasse dünne Narbe, die sich bis unterhalb des Wangenknochens schlängelt. Das linke Auge glotzt leblos heraus, ich nehme mir nach einem strengen Blick des Generals vor, nur noch in sein rechtes Auge zu sehen. Seine Frau hat uns gerade auf der großbauchigen Laute vorgespielt: das Lied von dem Tschetschenenmädchen, mit dem sich der Verliebte treffen will, die er aber vor den herumschweifenden Gendarmen warnt. Nesrin schleicht zwischen den teuren Serailmöbeln wie ein Gespenst herum. Endlich legt die Mutter die Laute zu ihren Füßen ab, und wir klatschen höflich Beifall. Der Mann meiner Mutter dankt ihr salbungsvoll für die Darbietung, sie habe seine verlöteten Ohren freigespielt, er sei wirklich gerührt. Selda und ich tauschen Blicke aus – wenn es etwas gibt, das sein Herz und seine Ohren öffnet, dann ist es der hier ausgestellte Reichtum.

Schauen Sie mal her, sagt der General, er verrückt den Tisch und schlägt den Teppich zurück, dünne Stapel gebündelter Banknoten kommen zum Vorschein, der Vater läßt bei diesem Anblick einfach seine halbvolle Teetasse fallen, das Dienstmädchen taucht aus der Tiefe des Zimmers auf, wischt stumm sauber. Das ist meine Privatbank, sagt der General, ich zahle jeden Tag bei meiner Bank ein, und ich muß nicht um einen Termin ersuchen, ich bin mein eigener Bankangestellter.

Mein Gott! flüstert der Vater und steht auf, um besser sehen zu können, das Geld unter meinen Füßen ...

Es ist aber nicht Ihr Geld, stellt der General fest, es ist mein Geld unter meinem Teppich in meinem Haus. Das Geld zähle ich mehrmals am Tage ab, die Banknoten sind von mir gekennzeichnet. Ein Dieb, der es schaffte, hier einzubrechen und mein Geld zu stehlen, käme nicht sehr weit.

Der Vater macht ein Gesicht, als habe man gerade seinen schönen Plan vereitelt, er nickt nur stumm und setzt sich hin.

Ich beglückwünsche Sie, Herr General, sagt er, darauf muß man erst einmal kommen.

Falsch, sagt der General, man muß erst einmal so viel Geld haben, daß man es auf meine Weise anlegen kann.

Ihnen entgehen die Zinsen, sagt der Vater.

Davon habe ich nie etwas gehalten, sagt der General, Hauptsache, ich kann jederzeit über mein Geld verfügen.

Ich frage mich langsam, in was wir da hineingeraten sind: Mutter, Vater, Tochter, sie alle verhalten sich alles andere als normal. Der General deckt die Geldbündel zu, rückt den Tisch an seinen ursprünglichen Platz, setzt sich neben seine Frau und trinkt seelenruhig seinen Tee. Der Vater aber ist kurz davor, zu platzen, er bedeutet Djengis mit dem Kinn, an der Konversation teilzunehmen.

Ich bin beeindruckt, sagt Djengis, meine Hochachtung. Ich halte sehr viel von Männern mit Prinzipien.

Danke, sagt der General.

Bevor Djengis fortfahren kann, stürmt Nesrin heran, sie setzt sich auf unserer Seite hin, auf der Seite der Brautwerber, und kaum hat sie auf dem seidenbezogenen Sessel Platz genommen, schüttelt sie auch schon den Kopf, und die Schuppen fallen ihr auf die Bluse. Djengis starrt sie an, als wolle er eine Schabe von seiner Hose wischen. Nesrins Nägel sind eingerissen, an ihren Wimpern kleben Schlafkrümel.

Der Mann, der mein Herz erobern möchte, muß mich entführen, sagt sie plötzlich, am besten, er bringt auch gleich zwei Freunde mit. Sie können dann die Verfolger mit gezielten Schüssen erledigen.

Die Mutter schickt sie aus dem Zimmer, wir Schwestern heften unsere Blicke auf unsere Hände, die Fußspitzen oder einen Fleck auf dem Teppich.

Das liegt nur an diesen verdammten ausländischen Liebesromanen, die sie den ganzen Tag liest, sagt der General und wendet sich seiner Frau zu, ich habe dir doch so oft befohlen, ihr diese Schundhefte aus der Hand zu reißen.

Sie hat ein reines Herz, sagt die Mutter, außerdem ist sie romantisch veranlagt. Es kann einem Mann nichts Besseres passieren, als daß er auf ein Mädchen trifft, die es versteht, in sein Herz zu schauen.

Ja, natürlich, sagt Djengis knapp.

Sie ist nicht meine leibliche Tochter, fährt sie fort, aber ich liebe sie wie mein eigenes Kind …

Meine Frau ist vor fünf Jahren gestorben, mischt sich der General ein, Tuberkulose, Krankenbett, tot. Ging schnell, mußte nicht lange leiden. Dann war ich mir aber bald sicher: Nein, ich möchte nicht alleine leben. Keder Hanim war die erste, die ich mir ansah, und was soll ich sagen, sie gefiel mir auf Anhieb. Was wollte ich da noch meine Zeit vergeuden? Sie kann auch froh sein, daß sie mich traf …

Der General ist nicht mehr zu halten, er spricht von der Zeit nach der Heirat, Keder Hanim lächelt uns die ganze Zeit an, es ist bestimmt nicht einfach, mit einem alten Tölpel auszukommen. Plötzlich stockt der General mitten in seinen Ausführungen und starrt mich an.

Wenn mich nicht alles täuscht, bist du frisch verheiratet.

Ja, mein Herr, sage ich, Sie und Ihre Familie waren auf meiner Hochzeit.

Richtig, ja, sagt er, wieso bist du dann hier? Und wo ist dein Mann?

Ich laufe sofort rot an, und es hilft nichts, ich kann kein Wort herausbringen. Yasmin springt mir zur Seite und erzählt, Metin sei im Auftrag deutscher Fabrikanten unterwegs und daher leider verhindert. Der General unterbricht sie, er habe ihn erst gestern in der Innenstadt gesehen, aus einiger Entfernung, in Begleitung einer jungen Dame, die, da könne es keinen Zweifel geben – er traue trotz seines Alters seinen Augen –, nicht das Mädchen gewesen sei, die ihm jetzt gegenübersitze. Das Lächeln aus Keder Hanims Gesicht ist schlagartig verschwunden, der Vater zieht die Luft laut durch die Zähne ein, und sogar Tolga, der sich bislang aus der Unterhaltung herausgehalten hat, reibt verlegen die Hände.

So hätte es nicht kommen dürfen, denke ich, ich bin blamiert, und wie soll ich noch dem Vater unter die Augen treten? Djengis strafft den Rücken und sagt, es sei seine Aufgabe, dem Hinweis des Generals nachzugehen, und jetzt bitte er um eine zweite Tasse Tee. Das Dienstmädchen ist sofort zur Stelle, es schenkt ihm nach, und als Djengis den scheuen Blick des Mädchens erwidert, läßt es fast die Teekanne fallen und flieht aus dem Zimmer.

Sprechen Sie es endlich aus, sagt der General, wir sind ja nicht beim Damenplausch.

Sie haben recht, sagt der Vater, ich möchte Sie wissen lassen, daß wir an Ihrer Tochter großen Gefallen gefunden haben und …

Wir? fragt Keder Hanim.

Natürlich nur mein ältester Sohn, sagt der Vater, was meinst du, Djengis?

Die Herren beschließen, und ich füge mich.

Ihr wollt meine Tochter, ihr könnt sie haben … Nesrin! Nesrin, komm sofort her! Sie muß hinter der Tür gelauert haben, denn nach dem Zuruf ihres Vaters springt sie ins Wohnzimmer, blickt hinab auf die Lilien in der hüfthohen Bodenvase.

Dieser junge Mann möchte dich zur Frau nehmen, ich gebe meinen Segen.

Ich kenne ihn gar nicht, sagt Nesrin, ich weiß nicht, ob er mir Glück bringt.

Er bringt dir Glück, beharrt der General, ich habe in seine

Seele geschaut, er ist der Mann, der deinem Glück einen großen Schubs gibt.

Wir schauen sie an, die Braut, um die wir werben, das Mädchen, das ihre Hand auflegt auf die Trichterblüten der Lilie und in diesem kleinen Palast ihren Träumen nachjagt. Wahrscheinlich wird es Djengis schwer haben, mit Nesrin auszukommen, und sie wird ihre Augen reiben, wenn man sie aus ihren Traumsälen entläßt.

Es ist beschlossen, sagt der General, er und der Vater stehen auf, heben ihre Teetassen in die Höhe und prosten einander zu.

*

Ich möchte nicht jeden Morgen die Augen öffnen und beim Anblick meiner Ehefrau erschrecken. Von ihrem reinen Herzen habe ich nichts … Doch so sehr Djengis auch jammert und hadert, er stößt bei dem Vater auf taube Ohren. Er hat sich in der Nachbarschaft umgehört und erfahren, daß Nesrin von ihrer leiblichen Mutter zwei Läden und ein halbes Dutzend Wohnungen geerbt hat. Jetzt endlich kann er hoffen, an viel Geld heranzukommen, und er setzt Djengis den ganzen Tag mit Weisheiten zu: die Schönheit verblasse sehr früh, die Weiber liebten oder haßten, da sei kein Drittes, drei Weiber und drei Gänse machten einen Jahrmarkt – Djengis solle zu dieser Stunde bloß nicht auf dumme Gedanken kommen, Nesrin sei schweigsam, wie es sich auch gehörte, und er könne ihr als ihr Mann mit der Viehrute den Weg in den Stall weisen. Er plappert offen über seine Absichten, Melek Hanim denkt nicht mehr daran, ihn zurechtzuweisen, die Großtante mustert böse ihre Tochter und schlägt manchmal vor Wut auf die Armlehnen ihres Schaukelstuhls. Hamid Bey ist auf einer langen Inspektionsreise, es gibt niemanden, der dem Vater Einhalt gebietet. Djengis fügt sich schließlich seinem Willen, auch er sehnt sich nach Wohlstand.

Das Verlobungsfest findet im Palast des Generals statt, er führt sich auf, als habe er seinen Hofstaat um sich versammelt, wenigstens steckt er nicht in seiner Uniform, er hatte es uns allen angedroht. Die Diener gehen mit Silbertabletts herum und bieten den Gästen Ananasscheiben an. Zum ersten Mal in meinem Leben probiere ich diese Frucht, sie schmeckt wie eine Mischung aus Pfirsich und Birne. Auch Selda und Yasmin machen große Augen, meine Mutter kaut stumm in einer Ecke des Saals, sie sieht in ihrem neuen Kleid sehr schön aus. Keder Hanim hat Djengis, ›meinem hübschen Schwiegersohn‹, heimlich Geld zugesteckt und ihn gebeten, die Frauen seiner Familie neu einzukleiden. Als der Vater davon erfuhr, bekam er einen Tobsuchtsanfall, denn er ist diesmal leer ausgegangen. Jetzt unterhält er sich mit den Freunden des Generals, es sind hochstehende Herren, die dem fremden Mann in ihrer Mitte unwillig lauschen. Wahrscheinlich wird er aufschneiden und ihnen Heldengeschichten erzählen, seht her, wird er sagen, ich beschreite einen Königsweg, ich habe nicht aufgegeben, künftig werde ich nur schöne Tage erleben ... Aber es kümmert mich nicht mehr, was dieser Mann im Schilde führt, er konnte meine Heirat nicht verhindern, dafür muß nun sein Erstgeborener büßen. Keder Hanim läßt ihren Gästen Kirschsirup in Kristallgläsern servieren, damit es unbemerkt bleibt, daß sie Rotwein trinkt. Sie sucht das Gespräch mit jungen Mädchen, sie bilden einen Halbkreis um die laute und lustige Dame des Hauses. Sie lacht immer wieder auf, sucht mit den Augen ihren Mann, und wenn sie sich in Sicherheit weiß, streicht sie einem Mann schnell über den Kopf oder fährt ihm durch das Haar. Alle ledigen oder verheirateten jungen Frauen haben ihre Haare zu Turmfrisuren hochgesteckt, Keder Hanim ist die einzige reife Frau, die auch dieser Mode folgt.

Wo ist dein Mann? fragt Yasmin, gerade noch habe ich ihn gesehen, dann aber ist er verschwunden.

Ich habe keine Ahnung, wo er steckt, sage ich.

Er sollte bei seiner Frau sein, sagt sie, er sollte mit seiner Frau tanzen.

Tanzen? sage ich, es tanzt doch keiner.

Dann macht ihr beide eben den Anfang. Die Mädchen trauen sich nicht.

Würdest du auch tanzen?

Nein, sagt Yasmin, das schickt sich nicht. Unser Vater würde mich an den Haaren herauszerren. Aber du bist für ihn unberührbar, dein Mann ist für dich verantwortlich.

Ich habe ihre Hinweise und Ermahnungen satt. Was ist nur zwischen ihr und dem Gentleman vorgefallen? Ihr keusches Verhältnis war vielversprechend. Eigentlich habe ich damit gerechnet, daß sie als nächste die Familie verläßt, um eine eigene Familie zu gründen.

Ich gehe ihn suchen, sage ich und lasse sie stehen, im Erdgeschoß kann ich ihn nicht finden, und so steige ich die Treppen hoch und entdecke ihn hinter einer Säule, er schaut mich finster an.

Wieso bist du von der Feier weggegangen? sage ich, und als er mich weiterhin böse mustert, füge ich hinzu, wir könnten aufbrechen, wenn ihm der Sinn nicht nach Feiern stehe.

Hauptsache, du hast deinen Spaß, sagt er.

Ja, sage ich, mein Bruder hat sich verlobt. Was ist falsch daran, daß ich mich freue?

Wer ist der Kerl, der dich angelächelt hat?

Mich hat kein Mann angelächelt, sage ich.

Doch, sagt er, ich habe es genau gesehen. Was hat er für einen Grund, dich anzustrahlen?

Ich weiß beim besten Willen nicht, wen du meinst.

Es ist hier kein großer Menschenauflauf, als daß du nicht wüßtest, wen ich meine.

Dann komm mit mir mit und zeige ihn mir … Außerdem wurden wir aufgefordert, zu tanzen.

Daraus wird nichts, sagt Metin schroff, ich mache mich doch nicht vor allen Leuten zum Idioten.

Trotz strikten Rauchverbots zündet er sich eine Zigarette an, atmet nervös den Rauch aus und zeigt mit einer vagen Geste auf die Bodenvasen, die Keder Hanim von ihren dienstbaren Geistern hochtragen ließ.

Ich habe die Vasen gezählt, sagt Metin, fast zwanzig Stück, so viele große Vasen in einem einzigen Haus … Sie scheinen vernarrt in Blumen zu sein.

Ja, sage ich, Nesrin liebt Lilien.

Ein komisches Mädchen … dein Vater hat Geschmack, was das Geld angeht.

Er sucht Streit, ich kann sagen, was ich will, mein Mann wird an mir Falsch und Fehler entdecken, er verrät mir nicht, was ihn aufwühlt, sosehr ich ihn auch bitte. Vielleicht hat er die Geschichte mit dem mich anschmachtenden Mann auch nur erfunden, ich bin mir jedenfalls keiner Schuld bewußt.

Ich habe Kopfschmerzen, sagt er.

Soll ich für dich eine Tablette besorgen?

Laß nur, sagt er, begib dich lieber nach unten, sonst denken die Leute Schlechtes über uns.

Ich will aber bei dir bleiben, sage ich und überbrücke den Abstand zwischen uns mit einem großen Schritt, dann stelle ich mich dicht vor ihn hin, sein Blick wird milder, und er läßt die brennende Zigarette einfach auf die blank gebohnerten Dielen fallen und drückt sie mit dem Absatz aus, und kaum habe ich den Kopf leicht gehoben, spüre ich seine Lippen auf meinen Lippen, und seine Zunge in meinem Mund. Er drückt mich fest an sich, er drückt auf meine Schultern, und ich schaue ihn fragend an, doch seine Augen sind geschlossen, sein Druck auf meine Schultern wird stärker – möchte er, daß ich mich vor ihm niederknie? Er soll seinen Willen haben, denke ich und lasse mich auf die Knie nieder, doch dann nestelt er an seinem Hosenschlitz, ich starre auf seine Hand, auf seine Finger, die im Schlitz verschwinden, das kann nicht sein, denke ich, das darf nicht sein, er stößt mir sein Becken ins Gesicht, und ich stoße mich von ihm ab, er will mich benutzen,

schießt es mir durch den Kopf, ich renne hastig die Treppe
hinunter, und um nicht hinzufallen, halte ich mich am Handlauf fest. Der General legt eine Vinylscheibe auf den Plat-
tenteller, und als er die Nadel in die Randrille einpassen will,
ratscht es laut auf, als zerfetze man einen schweren Stoff, der
General macht vor Schreck einen Ausweichsprung und stößt
mit Nesrin zusammen. Sie hat sich fein gemacht, ihr Gesicht
ist aber übermalt, das Wangenrouge hat sie in zwei gelboran-
gen Sonnenscheiben aufgetragen. Bei den ersten Klängen des
Schlagers der Saison wirft sie die Arme hoch und läßt ihren
Oberkörper kreisen, Djengis nimmt ihr gegenüber Stellung,
winkelt die Arme und schnippt mit den Fingern. Sofort ziehen sich die Gäste zurück und überlassen dem Paar eine enge
Tanzfläche. Es ist seltsam, wie Djengis versucht, einen modernen Tanzpartner abzugeben, ohne Nesrin zu berühren. Keder
Hanim übergibt ihr Kristallglas einem Diener und fängt auch
an, zu tanzen. Morgen werden sich bestimmt die Frauen über
sie die Mäuler zerreißen, denn es steht der Schwiegermutter
schlecht an, ihre Tochter übertrumpfen zu wollen. Doch der
General ist es zufrieden, er schaut stolz auf seine beschwipste
Frau und die übermalte Tochter, er geht sogar zu Djengis
und klopft ihm anerkennend auf die Schulter. Metin pflügt
sich durch die gaffenden Gäste und verläßt die Feier. Was soll
ich machen? Habe ich ihn darauf angesprochen, daß er sich
mit leichten Mädchen herumtreibt? Habe ich ihm vorgeworfen, daß er seine junge Ehefrau bei den Eltern wieder abgibt
und sie zum Gespött der feinen Damen im Viertel macht? Ich
habe mich heimlich mit Schafak Bey getroffen, er wollte mich
auch nur auf eine schöne Zukunft vertrösten. Was habe ich
davon, wenn ich nicht, wie es sich doch gehört, mit meinem
Mann unter einem Dach leben darf?

Hat sich Nermin vielleicht bei dir gemeldet? fragt Tolga. Er
nimmt einen Schluck aus dem Kristallglas, und als ich auch
aus seinem Glas trinken möchte, schüttelt er den Kopf – er
habe sich Rotwein einschenken lassen, Keder Hanim habe es

ihm geradezu aufgedrängt, und er könne doch nicht ihre Bitte abschlagen.

Deine kleine Freundin ist wieder in die Kleinstadt zurückgekehrt, sage ich, am besten, du vergißt sie.

Sieht man es mir an? fragt er.

Ja, sage ich, sie hat kein gutes Herz, wenn es um Liebe geht ... Sie hat sich mit dir nur die Zeit in Istanbul vertrieben.

Ich fürchte auch.

Und jetzt bist du unsterblich in sie verliebt und denkst sogar daran, ihr hinterherzureisen.

Es hätte keinen Sinn, sagt Tolga.

Du mußt nicht mich davon überzeugen, sage ich, du mußt dich vor dem Wahnsinn bewahren. Sie ist es nicht wert.

Das sagt man dann leicht dahin, wenn es viel zu spät ist.

Sie hat sich wirklich gemacht, sage ich, ich kann mir gut vorstellen, daß sie den Männern den Kopf verdreht. Du wirst nie wieder etwas von ihr hören.

Was hältst du von Djengis' offizieller Freundin? sagt er nach einem großen Schluck aus dem Glas.

Häßlich, aber sehr gutmütig, sage ich, sie wird ihn ganz sicher nicht verlassen. Bei meinem Bruder bin ich mir nicht so sicher.

Nesrin hat Djengis gesagt, er müsse nicht zu Ende studieren, sie würde einfach einen Laden verkaufen, sie hätten dann genügend Geld für ein gemeinsames Leben.

Und was hat der Vater geantwortet? sage ich.

Tolga blickt mich kurz an und lacht auf, es ist uns beiden klar, wer an den Strippen zieht.

Der Vater hat durch Djengis folgendes beschlossen: sie soll den Laden sofort verkaufen ... Unser Vater hat nämlich einen schlauen Plan.

Ach ja? sage ich, was führt er denn im Schilde?

Das darf ich dir nicht verraten, sagt Tolga, ich habe mein Wort darauf gegeben, und es muß wenigstens einen Mann in unserer Familie geben, der nicht heute schwört und morgen seinen Schwur bricht.

Was ist eigentlich mit Yasmin los? frage ich ihn leise, Tolga führt das Glas an seine Lippen und erstarrt mitten in seiner Bewegung. Nichts, stößt er zornig hervor und läßt mich stehen, ich starre ihm nach, meinem leichtgläubigen Bruder, der als jüngerer Sohn immer in Djengis' Schatten steht, sosehr er sich rasiert und den Mädchen hinterherschaut, Djengis hat ihrer aller Gunst, Djengis gilt als der wirkliche Erbe des Vaters. Nermin ist doch wirklich ein blödes Asphaltschwälbchen!

Langsam löst sich die Gesellschaft auf, der Vater überhäuft die Hausherren mit Komplimenten, in sein Gesicht ist die Raubtierfreude eingeschrieben: Der General hat ihm in einem Anfall von Barmherzigkeit einen Homburg geschenkt, der Vater schwenkt ihn beim Abschied über dem Kopf. Djengis verbeugt sich vor Nesrin, die ihre stark bepuderte Nase in einer Lilie vergräbt. Ich freue mich darauf, wenn wir endlich einmal alleine sind, sagt sie, und wir schlüpfen verlegen in unsere Mäntel, Tolga kann sich vor Lachen nicht halten und zieht den bösen Blick von Djengis auf sich. Auf dem Nachhauseweg redet der Vater vom großherzigen General, von der Schönheit, die Reichtum eben möglich mache, und fragt Djengis laut, ob er glaube, daß der Hausherr heute abend die Geldbündel unter dem Teppich fortgeschafft habe.

Ich weiß es nicht, Vater, sagt Djengis.

An seiner Stelle hätte ich es getan, sagt Tolga, man lädt manchmal den Dieb ins Haus ein …

Der Vater wischt mit der Hand über seinen Hinterkopf, Djengis steht zum Sprung bereit, falls es noch weitere Hiebe setzen sollte.

Gott gibt dem Mann immer eine Möglichkeit an die Hand, sagt der Vater, der Mann, der die Gelegenheit nicht ergreift, ist kein Mann … Ich habe unter dem Teppich nachgesehen, unter dem Teppich des Nebenzimmers, und tatsächlich, ich habe den General richtig eingeschätzt, dort hatte er heute abend das Geld deponiert …

Er holt einige Geldscheine aus der Jackentasche hervor und zeigt sie uns vor, ich schäme mich zu Tode.

27

Wir stopfen die Christenwürste nicht, aber wir verkaufen die Schweinebeutel an die Christgläubigen. Soll ich jeden Kunden, der meinen Laden betritt, nach seinem Paß und seinem Glauben fragen? Was denkst du? – Ich wäre sie alle los, es würde sich herumsprechen, und es hätte einen Boykott zur Folge. Kauft nicht bei Halid ein, denn er sortiert die Menschen wie seine Waren ins Regal! Bin ich ein solcher Mensch? Nein. Wer in mein Geschäft eintritt, ist ein freier Kunde, er kann sich aussuchen, wie und womit er seinen Bauch füllen möchte … Senem Hanim hat es aufgegeben, diesen Mann zur Umkehr zu bewegen. Sie sitzt neben ihm auf dem hochbeinigen Schemel, und da sie nicht einmal mit den Fußspitzen den Boden berühren kann, kämpft sie gegen ein panisches Gefühl an. Welcher Teufel hat sie nur geritten, daß sie hergekommen sind? Neugier, selbstverständlich, die Neugier. Was hat ihr Fulya nicht alles erzählt? Sie schwärmte von dem Exportkäse aus der Schweiz und von weiteren zweiundsiebzig Sorten Käse, von den griechischstämmigen Mädchen, den Rumis, die in graue Zofenschürzen gekleidet sind und wirklich ungewöhnlich aussehen. Sie könnte wetten, daß dieser Djengis sie ausgesucht hat – er sitzt hinter der Registrierkasse und tut so, als gehe ihn das Ganze nichts an, als laufe das Geschäft wie von selbst. Wie diese Christenwelpen ihm schmachtenden Blickes zusetzen, wie sie ihm den Wunsch von den Lippen ablesen! Und Fulya, ihre Tochter? Sie hat den Deckel eines fein etikettierten Glasbehälters aufgeschraubt, tunkt ihren Finger in den Traubensirup. Wirst du das wohl lassen, schreit Senem Hanim sie an, stell' es sofort wieder ins Regal.

Das geht jetzt nicht mehr, sagt Halid, deine Tochter hatte ihren Finger im Sirup, der Sirup ist für andere Kunden ungenießbar.

Oh … Dann muß ich es wohl kaufen.

Nein, sagt Halid, du bist eine alte Familienfreundin, und ich mache dir den Traubensirup zum Geschenk.

Senem Hanim würde am liebsten den Sirup über Halids Haupt ausgießen, so sehr widert sie dieser Kerl an. Wie selbstverständlich ist er vom respektvollen Sie auf die Anrede der Herren übergegangen. Kaum führt er seinen eigenen Laden, schon fühlt er sich berufen, Freunde und Bekannte zu degradieren. Es wird Zeit, daß sie den Bauernkrüppel in die Schranken weist.

Ich habe gehört, daß du nicht ohne Spazierstock gehen kannst, sagt sie, wenn man alt ist, tragen die Beine nicht mehr wie früher.

Das mag auf dich zutreffen, sagt Halid, ich kann dagegen gut laufen. Der Stock … er ist so etwas wie ein Kleidungsstück. Ein Herrenrequisit.

Jetzt muß sie sich auch noch von ihm belehren lassen! Woher hat er das Fremdwort aufgeschnappt? Es heißt, er habe einen Privatbenimmlehrer eingestellt, einen buckligen Armenier, der ihm abgewöhnt hat, mit dem Gabelzinken zwischen den Zähnen zu stochern. Auch der Armenier ist ein Geschöpf des Zwielichts, sie würde ihm nicht einmal den Fußboden zum Fegen überlassen.

Ein Mann im Salz-und-Pfeffer-Anzug betritt den Laden und begrüßt als allererstes den breit grinsenden Halid, Willkommen, verehrter Elias, sagt er und schnippt kurz mit den Fingern, sofort ist der Mann von drei Rumi-Mädchen umstellt, die ihn erwartungsvoll ansehen. Djengis ist aufgesprungen und steht wie ein Wachsoldat stramm neben der Kasse.

Ich hatte in der Gegend zu tun, sagt der Mann, und da er lispelt und die Endsilben leicht verschleift, hört es sich an, als meinte er es nicht ernst. Fulya betrachtet ihn mit schräg gestelltem Kopf, sie schraubt den Glasdeckel auf und zu, der Mann starrt sie an, lüpft lächelnd seinen Hut.

Junge Dame, sehr erfreut, Sie hier zu sehen, sagt er.

Danke, sagt Fulya.

Wer sind Sie? fragt Senem Hanim, der es nicht gefällt, wenn ihre Tochter von fremden Männern angesprochen wird.

Ein Herr mit ehrenvollen Absichten, schaltet sich Halid ein … Hat Ihnen das rohe Hackfleisch geschmeckt?

Ja, sagt Herr Elias, rohes Hack und rohes Ei, beides gut durchmischen, und voilà, fertig ist das Kraftfutter für alte Jungs.

Pfui, sagt Fulya.

Sie sind ein Christgläubiger? fragt Senem Hanim.

Wieso? sagt Herr Elias, wollen Sie mich bekehren?

Senem Hanim rutscht vom Foltergestühl herunter, und als sie mit beiden Beinen auf dem Boden steht, fühlt sie sich sofort besser. Vielleicht sollte sie hier und jetzt diesem Heiden Benimm beibringen, er sucht offenbar Streit.

Wollen Sie mich provozieren? sagt sie, wenn Sie das vorhaben sollten, dann sage ich Ihnen folgendes: Gott findet jede Maus in jedem Loch und führt sie zum Heil. Das sollten Sie sich merken! … Komm, Cherie, wir gehen jetzt.

Sie zuckt zusammen, als Fulya in schallendes Gelächter ausbricht, sie stapft aus dem Laden, ihre Tochter folgt ihr, nicht ohne einen letzten Blick auf den lustigen Mann zu werfen. Halid schaut den beiden Frauen hinterher und denkt darüber nach, ob er diesem Weib mit den dicken Waden eines Ringers vielleicht Ladenverbot aussprechen sollte.

Habe ich die Dame etwa unwissentlich beleidigt?

Nein, Herr Elias, sagt Halid, sie ist auf ihre alten Tage fromm geworden. Jetzt glaubt sie allen Ernstes, daß jeder Mann ihr an die Wäsche gehen will.

Sie trägt aber keine Schamhaube, stellt Elias Bey fest.

Das kommt schon noch, sagt Halid und rupft aus einem kleinen Lederbeutel einen Fingerbreit Tabak, er legt es in das

Zigarettenpapier, leckt an der gummierten Stelle, klebt sie fest und zündet die Zigarette mit seinem vergoldeten Sturmfeuerzeug an. Nach dem ersten tiefen Lungenzug spuckt er Tabakkrümel aus. Wenn ich Ihnen zusehe, wie Sie rauchen, wird mir ganz anders. Mein Arzt hat es mir strikt untersagt. Irgendwann werde ich ihn zum Teufel jagen ... So, ihr Hübschen, ihr steht herum, und ich schwätze mich fest. Dann kommt mal mit.

Die Mädchen folgen ihm ins Ladeninnere, und jetzt reden sie griechisch miteinander. Halid ist alles Ausländische suspekt, doch er läßt sie gewähren, die Juden, Armenier und die Rumis, sie gehören zu seinen besten Kunden, und wenn er ihnen verriete, was er von dem welschen Lumpenpack hält, würden sie ihn gleich bei der Polizei anschwärzen. Er mußte auch seinen Erstgeborenen zur Vernunft bringen, für seinen Geschmack ist Djengis zu politisch und zu pessimistisch geraten: was treibt er sich mit diesen jungen Kerlen herum, die von westlichen Agenten parlieren? Sind die Christenwürste im Glastresen etwa auch feindliche Spione?

Halid hat mit diesen Worten Djengis angebrüllt, als er sich zunächst weigerte, in diesem Laden für Ausländer zu arbeiten. Er schaut seinen Sohn an, so richtig wird er aus ihm nicht schlau. Das Telefon klingelt, und Djengis nimmt die Bestellung an, er schreibt alles gewissenhaft auf den Zettel, dann trägt er die Bestell-Liste im Geschäftsbuch ein – ohne die doppelte Buchführung würde er nicht über soviel Geld verfügen.

Das war Tania Hanim, sagt Djengis und nickt einem Mädchen zu, das den Bestellzettel entgegennimmt und anfängt, kleine Konservendosen in den Bastkorb zu legen, den sie unter dem Arm trägt.

Ihr Herz wird klopfen, wenn sie dir die Tür aufschließt, sagt Halid.

Vater, ich bin der Mann an der Kasse, sagt Djengis, wir dürfen die Rollen nicht vertauschen.

Red' keinen Unsinn, sagt Halid, wir spielen hier kein Theater. Sie bestellt ja deshalb bei mir, weil sie sich in dich verschossen hat, das dumme Weib.

Ich habe keine Lust darauf, sagt Djengis, sie tätschelt mich wie ein Kind … und ich muß die ganze Zeit darauf achten, daß sie … mich nicht unsittlich berührt.

Schwätz' nicht daher wie eine Jungfer. Du wirst den Warenkorb bei ihr vorbeibringen. In der Zwischenzeit übernehme ich die Kasse.

Djengis erhebt sich schwerfällig vom Stuhl, hebt die Tresenklappe und läßt sie wütend herunterkrachen. Die Aussicht, sich seiner Haut zu erwehren und von den selbstgebackenen übersüßten Teigkringeln zu kosten, macht ihm schlechte Laune. Er gesellt sich zu den Angestellten im hinteren Teil des Ladens. Als das Telefon klingelt, schreckt Halid aus seinen Gedanken auf, er ist fast versucht, ein Mädchen zum Telefon zu schicken, doch dann besinnt er sich eines Besseren – er ist der Geschäftsführer, und es ist gar nicht so schlecht, wenn er seinen Bediensteten zeigt, daß er sich nicht schämt, auch einmal die Bestellungen aufzunehmen.

Hier Export Import Europa, der Ladeninhaber am Apparat, was kann ich für Sie tun?

Ich bin's, meldet sich Melek Hanim am anderen Ende der Leitung, wie schön, daß ich dich gleich am Apparat habe.

Wie oft habe ich dir gesagt, daß du nicht hier anrufen sollst? zischt Halid in den Hörer.

Na ja, sagt Melek Hanim, Hamid ist auf Inspektionsreise, und meine Mutter auf Besuch … Du könntest also jetzt kommen. Wir hätten Zeit füreinander.

Das geht jetzt schlecht, flüstert Halid und wedelt mit der Hand die Mädchen vom Glastresen weg, ich muß an der Kasse sitzen.

Das kann doch auch Djengis tun, sagt Melek Hanim, oder … bin ich dir nicht mehr hübsch genug.

Doch, doch. Djengis muß Ware ausliefern.

Schade, sagt Melek Hanim, vielleicht das nächste Mal.

Warte, ruft Halid aus – es ärgert ihn, daß die Menschen am Telefon sich jederzeit vom Gespräch verabschieden können, es ärgert ihn, daß er sie nicht zum Bleiben zwingen kann, dazu bringen, dann zu gehen, wenn er sie entläßt.

Hast du es dir anders überlegt? Halid kann sie fast lächeln hören, das Weib triumphiert über ihn öfter, als ihm lieb sein kann.

Ich bin in einer halben Stunde da, sagt Halid und legt sofort auf. Er stellt sich vor dem Garderobenspiegel auf, mustert seinen Anzug, seinen Homburg, und zwirbelt die gewichsten Spitzen seines Oberlippenbarts. Eine kleine Abwechslung am Nachmittag, was kann es schon schaden. Er teilt seinem verdutzten Sohn mit, daß er dieses eine Mal den Kopf aus der Schlinge gezogen habe, er solle eine Rumi zu Tania Hanim schicken, mit einem Brief, in dem Djengis sich höflich entschuldigt und um eine Begegnung außerhalb der Geschäftszeiten bittet. Dann läßt Halid sich von einer Angestellten in den Mantel helfen und geht davon. Wenn ich nicht wüßte, daß er verheiratet ist, würde ich doch behaupten, daß er zum Damenbesuch eilt, sagt Herr Elias, nach einem strengen Blick von Djengis fügt er hinzu, natürlich gehen bei Ihrem verehrten Vater die Geschäfte vor.

Er schaut sich Exportdelikatessen aus Frankreich an, sagt Djengis.

Selbstverständlich, sagt Herr Elias, ich werde den Damen oben einen guten Tag wünschen.

Als er endlich im ersten Stock angekommen ist, verschnauft er auf der obersten Treppenstufe und läßt den Blick über das ausgestellte Porzellangeschirr schweifen – Tassen, Milchspender, Zuckerdosen, Teller in verschiedenen Größen, Kaffee- und Teekannen, Konfekt-, Obst- und Brotschalen. Hier hat er seine Ruhe vor den Zofen, die ihn freundlich umschwirren, solange er den Korb mit den überteuerten Lebensmitteln füllt. Selda macht Yasmin mit einem scharfen Zischlaut auf Elias Bey aufmerksam, sie versteckt das Magazin schnell unter dem Ladentisch.

Einen gesegneten Nachmittag wünsche ich den jungen Damen, ruft Elias Bey aus, was kann ich für euch tun?

Die Frauen lachen, lachen höflich hinter ihren vorgehaltenen Mündern, Elias Bey fragt sich wieder einmal, ob sie es deshalb tun, weil sie es für damenhaftes Benehmen halten oder weil sie ihre schlechten Zähne verstecken wollen. Sie heißen ihn willkommen, wie sie jeden Kunden willkommen heißen würden, und bieten ihm einen Platz an der wirklich sehr altmodischen Stehlampe an. Er tut ihnen den Gefallen, auch wenn ihm nicht schon wieder nach Sitzen zumute ist.

Ihr wißt, daß wir Christgläubigen andere Sitten haben, hebt er an, wenn ich eine wichtige Angelegenheit zur Sprache bringe, dürft ihr nicht denken, daß ich schamlos sei. Es sind die Bräuche meines Glaubens, an die ich mich halte ...

Ja, Herr Elias, sagen Selda und Yasmin wie aus einem Mund.

Bei uns nimmt es der Mann in die Hand, fährt Elias Bey fort, er muß es erst mit der Frau besprechen, bevor er Verwandte und Freunde ... mobilisiert.

Meine Antwort lautet wieder nein, sagt Yasmin, seien Sie mir nicht böse.

Ich habe es versucht, und ich werde es wieder versuchen, sagt Elias Bey und erhebt sich vom Stuhl, wenn die Damen mich bitte entschuldigen wollen ...

Sie schauen ihm hinterher, wie er Schritt für Schritt die Treppen hinuntersteigt, der hintere Schlitz seines Mantels ist an den Kanten aufgefranst – den Reichen sieht man den Reichtum manchmal nicht an, denkt Yasmin und holt das Magazin hervor.

Der Arme, sagt Selda, wie oft hat er schon um deine Hand gebeten?

Weiß nicht, vielleicht zehnmal.

Und du läßt ihn jedesmal abblitzen ...

Würdest du ihn heiraten?

Nein, sagt Selda, aber er interessiert sich auch nur für dich.

Ich an seiner Stelle hätte längst aufgegeben, sagt Yasmin, komischerweise kratzt es nicht an seinem Lack ...

Woher hast du diese Redewendung? Du hörst dich schon an wie einer dieser Kerle, die Ärger suchen.

Kann sein, sagt Yasmin, für mich ist das Thema jedenfalls abgeschlossen ... Dieser Metin ist schon seltsam, oder?

Der Sommer ist gekommen und gegangen, Metin ist gekommen und gegangen. Und Leyla wohnt immer noch bei uns.

Vielleicht hat sie sich ja etwas zuschulden kommen lassen, und er behandelt sie so, wie sie es verdient.

Du läßt auch nichts auf deinen Schwager kommen, sagt Selda schnippisch.

Er ist auch ein guter Mann, sagt Yasmin und vertieft sich in die Geschichte des englischen Königshauses, das für seine Märchenprinzen und Thronfolger bekannt ist: Sie heiraten Mädchen aus dem Volk, sie nehmen Bürgerliche zur Frau und werden glücklich.

*

Wenn bei Armeleuten der Wohlstand ausbricht, fädeln sie ihre Wunschträume auf einer Schnur auf, spannen sie wie eine Wäscheleine im Hinterhof ihres Lebens zwischen zwei Wänden und klammern ihre Lügen zur öffentlichen Ansicht an der Schnur. Es ist für alle sichtbar, daß sie träumen und dabei lügen, die Armeleute, man kann sie aber nicht schütteln, daß sie endlich aufwachen. Denn sie sind aufgewacht zum neuen Leben, die Ernte ihrer Kartoffeln lassen sie sich nicht schlechtreden. Also streife ich durch das Leben des Vaters meiner Mutter, ich sehe, wie er ein Teil des Geldes in seinen Händen weitergibt an Söhne und Töchter, an dienernde Fremde und falsche Freunde. Soll ich ihm das Spiel verderben? – Ich könnte es nicht. Was haben wir uns alle danach gesehnt! Senem Hanim, fromm, laut, dumm, wartet vergeblich darauf, daß Yasmin und Selda für wenige Gnadenpiaster häkeln, nähen, stricken, über die Jahre hinweg hat sie bestimmt zehn Mitgifttruhen gefüllt und könnte also zehn Bräute ausstatten. Yasmin und Selda halten es unter ihrer Würde, im Basar einzukaufen, sie kleiden sich jetzt in den Istanbuler Boutiquen ein. Des Vaters Lieblingswort lautet: standesgemäß. Es ist standesgemäß, einem Bettler eine Banknote in die Hand zu drücken, wenn genügend Menschen anwesend sind, die die Großtat später bezeugen können. Es ist standesgemäß, maßgefertigte Anzüge zu tragen, dem Schneider aber bei der Anprobe das Nadelkissen und die Stoffschere zu stehlen. Es ist standesgemäß, die Mahlzeiten in Restaurants einzunehmen und mit dem Hinweis auf das kiloschwere Stoppelweib am Tisch meiner Mutter den Appetit zu verderben …

Dieser Emporkömmling wirft seinen Spazierstock zwischen die Beine eines Esels, auf dem der Schrottsammler sitzt, der arme Mann stürzt schwer auf das Kopfsteinpflaster und liegt inmitten seines eingesammelten Mülls – da tritt der Vater heran und steckt ihm Geld zu, so viel Geld, daß der Mann anfängt, vor Freude zu weinen. Es ist eine Zeit der Dekadenz, der Schande. Und ich? Ich lasse es mir gefallen, was habe ich mich nach mehr als dem bißchen Zucker und Mehl gesehnt, nach mehr als dem bißchen Atem zum Leben, nach mehr als den geliehenen Kleidern von Melek Hanim. Der Wohlstand tut uns allen gut, ich habe aber ein ungutes Gefühl, und schon jetzt sehe ich die Zeichen des Niedergangs. Aber ich weiß es nicht besser. Seit der standesamtlichen Trauung von Nesrin und Djengis sind Monate verstrichen, die Braut wird ungeduldig: Sie drängt darauf, endlich den Segen des Priesters einzuholen und damit wirklich in den Stand der Ehe einzugehen. Der Vater läßt sie über Djengis auf später vertrösten, er sagt, man müsse kleine Opfer für höhere Ziele bringen. Mit Nesrins Geld hat er im besten Einkaufsviertel Istanbuls einen Laden eröffnet, er hat auch von der Staatsbank Kredit aufgenommen. Doch er will hoch hinaus – solange Nesrin im Ungewissen schwebt, kann er ihr über seinen Sohn weiteres Geld entlocken. Djengis beschenkt sie mit einem sechzehnteiligen Tafelservice, edles Manufakturporzellan mit Golddekor, oder er schenkt ihr Porzellanterrinen und Pastetendosen, Mörser mit Stößeln, mit Dipschälchen und Kabarettschalen. Was soll die Ärmste damit anfangen, in ihren Augen ist es Schrott für Reiche, also reicht sie die Porzellangeschenke weiter an ihre Mutter. Es heißt, Keder Hanim verkaufe sie unterm Wert an ihre Freundinnen, ein Verlustgeschäft, ein erbärmliches Spiel. Das Haus, das der Vater bezogen hat, gleicht einem kleinen Palast – er wolle nicht der Zwerg sein, der zum General aufschaut, sagt er, er wolle es der Großtante zeigen, denn habe sie ihn nicht all die Zeit bedrängt, endlich ein eigenes Heim zu finden? Die Miete beträgt neunhundertfünfzig Piaster im Monat. Das Geld, das er verdient, gibt er auch mit vollen Händen aus. Eine alte Truhe hat er ins Wohnzimmer gestellt, und er füllt die Schublade an der inneren Rückwand der Truhe mit Goldmünzen. So sehe seine Art der Geldbewahrung aus, ruft er aus, der General verstecke sein Vermögen unter dem Teppich, er aber investiere in die eigentliche Währung des Menschen, in Gold, und sammele die Münzen, deren Wert von Monat zu Monat steige.

Tolga hat der Wohlstand verdorben, er verkehrt in höheren Kreisen, für seine Freunde vom libertären Club hat er nur noch Verachtung übrig. Jeden zweiten Tag sitzt er an seinem Tisch in der Volksgesangshalle, direkt vor der Bühne, und betrinkt sich. Einmal hat er die Bühne zu Ehren seines heißgeliebten Schlagersängers mit Hunderten von Rosen schmücken lassen, Djengis bewarf den Sänger mit amerikanischen Dollarnoten, er warf ein Bündel in die Luft und klatschte in die Hände. Was für eine Verschwendung! Ich war dabei, ich duckte mich auf meinem Stuhl und schämte mich für meine beiden betrunkenen Brüder, die in ihrer Maßlosigkeit am Rande des Abgrunds tänzeln. Meinen Mann kümmert es wenig, daß ich ihren Launen ausgesetzt bin, weil sie mich in meiner Familie für eine Ausgestoßene halten. Ich wehre mich gegen ihre Vorwürfe, soweit es geht, doch ich kann sie nicht überzeugen, aus ihren Gesichtern spricht Hohn und Spott. Eigentlich müßte ja Metin für dich verantwortlich sein, sagt Yasmin und schenkt mir einen Gürtel, eine Haarspange, ein Paar spitze hochhackige Schuhe. Wo steckt dein Mann? fragt mich Selda und füllt meinen Teller mit Fleisch. Nur meine Mutter, eine mit der Zeit Stillgewordene, schweigt über die Schande, es ist für sie auch keine Schande, daß ihre Tochter heimgekehrt ist. Man muß die Männer machen lassen, sagt sie, sonst kostet es dich den Kopf.

Was glaubst du, wie das alles endet? frage ich sie.

Nicht gut, antwortet sie mir, wie alles, was er in die Hand nimmt, wird es ihm zwischen den Fingern zerrinnen.

Und dann?

Dann werden wir für seine Fehler büßen … Dein Mann ist anständig und bloß von deiner Liebe verwirrt.

Djengis kommt ins Zimmer, er hat sich frisch rasiert und duftet wie ein Franzose. Eine tiefe Furche durchzieht seine Stirn, er ist hagerer geworden, seine alten Hosen passen ihm nicht mehr, und er hat sie einem vorbeiziehenden Bettler geschenkt.

Man darf in früher Tagesstunde nicht in dein Gesicht schauen, Leyla, sagt er, es vermiest den ganzen Tag.

So ergeht es mir, wenn du deinen Mund aufmachst, sage ich, außer Gemeinheiten bekomme ich von dir nichts zu hören.

Ist ja gut, sagt er … dieser Sänger … er singt wie ein junger Gott.

Lästere nicht, ermahnt ihn meine Mutter, es hat sich für sie nicht viel geändert, sie geht mit dem nassen Wischtuch über die Fensterbänke, sie steckt in einem alten fadenscheinigen Kleid. Yasmin lackiert sich die Fingernägel im saisonmodischen Kirschrot, ihre Zungenspitze klebt am Mundwinkel. Nach dem abschließenden Pinselstrich spreizt sie die Finger und pustet auf die feucht glänzenden Nägel.

Der Sänger hatte nichts darunter, sagt sie.

Rede keinen Unsinn, faucht sie Djengis an.

Sie hat recht, läßt sich meine Mutter vernehmen, der Tisch, an dem wir saßen, erlaubte uns allen einen freien Blick, denn dieser ... Schlagersänger stand ja fast die ganze Zeit am Bühnenrand.

Er hat gemerkt, wie Tolga ihn angehimmelt hat, fährt Yasmin fort, aber er hatte nur Augen für dich.

Worauf wollt ihr eigentlich hinaus? fragt Tolga, er steht im Pyjama hinter Djengis und macht keine Anstalten, um den Bruder herumzugehen.

Na ja, sagt Yasmin, das ist doch offensichtlich, oder? Der Sänger trägt einen komischen kurzen Trompetenrock, er trägt weiße Stiefel, die ihm bis unterhalb der Knie reichen, und zwischen Stiefel und Rock trägt er nichts. Ist das normal?

Meine verehrte Schwester, setzt Djengis an, damals im alten Rom trug ein Mann eine gegürtete Tunika, so heißt das lange Gewand, und der Sänger ist dafür bekannt, daß er gerne in Fantasiegewänder schlüpft, um für soviel Unterhaltung wie möglich zu sorgen.

Das ist ein Transvestit, den ihr anhimmelt, sage ich, ein Mann in Frauenkleidern. Der Sänger war stark geschminkt, und er hatte keine Unterhose an, wir Frauen sind ja nicht blind.

Wie bitte? schreit Djengis, ihm fallen fast die Augen aus dem Kopf, und er dreht sich empört nach seinem kleinen Bruder um, Tolga soll ihm immer dann beistehen, wenn er nicht weiterweiß.

Ihr Frauen neidet Djengis und mir einfach die Freude, sagt Tolga, außerdem ist eine verstoßene Hausfrau wie du nicht unbedingt dazu berufen, über große Kunst zu urteilen.

Was ist nur aus dir geworden? sagt meine Mutter, du verteidigst einen Perversen und beleidigst deine eigene Schwester. Du hast dich in einen Lumpen verwandelt: Du säufst wie ein Lump, du sprichst wie ein Lump. Geh' mir aus den Augen, sofort! Wir sind alle wie versteinert, wir haben unsere Mutter noch nie so wütend erlebt, sie zerknüllt das Tuch in ihrer Faust, und als sich Tolga immer noch nicht von der Stelle rührt, wirft sie mit dem Tuch nach ihm, er duckt sich, und das nasse Tuch klatscht gegen die Wand. Meine Brüder fliehen hinaus, meine Mutter schreit ihm hinterher, sie dulde keine aufgeputzten Rüpel im Haus, sie sollten sich schämen und entschuldigen bei mir, sonst dürften sie ihr nicht unter die Augen treten. Yasmin steht auf und bringt der Mutter ein Glas Wasser zur Beruhigung, ich küsse ihre Hand und danke ihr, Selda lächelt über das ganze Gesicht.

28

Alles der Reihe nach. Was genau ist passiert?

Halid schaut dem Kommissar hart in die Augen, wenn er sich nicht beherrschen müßte, würde er ihn am Kragen packen und über seinen verdammten Bürokratentisch zerren.

Ich bin hier, um einen Diebstahl zur Anzeige zu bringen, sagt Halid, nachdem er einmal tief ein- und ausgeatmet hat, der verdammte Hurensohn …

Bleiben wir doch bei der nüchternen Benennung des Täters, ermahnt ihn der Kommissar, wir nennen ihn einfach den Dieb.

Der … Dieb ist durch das offene Badezimmerfenster eingestiegen, fährt Halid fort, und schlich ins Wohnzimmer.

Wann war das?

Gestern nacht, sagt Halid, mein Weib, dumm, wie es ist, hat sich hingelegt, und dann ist sie von einem Geräusch wach geworden. Sie sagt: Djengis, bist du es? Und der Kerl murmelt etwas dahin, das sich in ihren Ohren wie ein Ja anhört. Also schläft sie weiter.

Es war aber nicht Djengis, ihr Sohn?

Djengis ist mein Sohn, ja, sagt Halid, aber er war gestern nacht bei mir.

Ihr Haushalt besteht aus wie vielen Personen?

Mit mir sind es fünf, zwei Söhne, drei Kinder und mein Weib.

Zwei Söhne, drei Töchter und eine Ehefrau, notiert der Kommissar laut die Angaben auf das weiße Blatt Papier, das vor ihm auf dem Tisch liegt, wie ging es weiter?

Der Hund … der verdammte Dieb hat in aller Seelenruhe

die Truhe geöffnet und die Schublade mit den Goldmünzen ausgeräumt.

Wir sagen den Leuten: Bewahrt eure Wertgegenstände nicht in euren Häusern auf, denn es wird der Tag kommen, daß ihr es bereut. Aber nein, sie machen doch das, was sie wollen.

Bin ich jetzt schuld, daß man mich ausgeraubt hat? fragt Halid mit erhobener Stimme.

Hören Sie, ich nehme höchstpersönlich die Anzeige auf, sagt der Kommissar, ich hätte Sie auch an einen einfachen Beamten weiterleiten können. Werden Sie mir nicht pampig.

Auch du wirst vor mir niederknien, denkt Halid, und was werde ich dann machen? Dich mit einem Tritt in den Rinnstein befördern? Dich an den Haaren packen und dein Hurensohnbürokratengesicht in die Schlammpfütze tunken? Ich lasse mir etwas einfallen, da kannst du Gift darauf nehmen …

Verehrter Herr Kommissar, Sie wissen, wie das ist: da haben Sie Ihr ehrlich verdientes Geld in Gold angelegt, Sie haben Ihren Rücken dafür krummgeschuftet, so viele Wochen und Monate, und da kommt ein Kerl daher und nimmt es Ihnen weg, einfach so, in wenigen Minuten. Und das ist nicht alles.

Was denn, was denn? ruft der Kommissar aus, er hat noch mehr geklaut?

Ja, mein Weib hat meine teuren Hosen nach dem Bügeln über die Stuhllehne gelegt. Der Dieb hat sie alle mitgenommen. Ich bin aufgebracht!

Kann ich verstehen, sagt der Kommissar … es war also in Ihrem Haus niemand von Ihrer Familie außer Ihrer schlafenden Frau … und sie hat den Dieb für den Sohn gehalten. Das Gold ist weg, die Hosen sind weg. Schade.

Das Gesicht des Kommissars ist gesprenkelt von blattförmigen Schatten, das Licht der Herbstsonne bricht durch die Jalousienlamellen, bricht sich an der mannshohen Topfpflanze neben dem Chefsessel: hier sitzt der große Vorgesetzte, gähnt Halid an, als wolle er ihm die Schuld an seiner Langeweile geben, und danach sagt er noch einmal: schade, und schaut ihn abschätzend an. Halid hat für den Fall, daß der Kommissar wenig Begeisterung zeigt, vorgesorgt, und deshalb bittet er laut herein, der verdutzte Bürokrat will sich schon aufregen, da betreten zwei Rumi-Mädchen in Zofentracht das Zimmer, und ohne ein Wort zu verlieren, stellen sie ihre vollgepackten Bastkörbe auf den Tisch. Halid bedeutet ihnen, auf dem schnellstmöglichen Wege zum Laden zurückzukehren. Als hinter ihnen die Tür ins Schloß schnappt, steht der Kommissar auf, schlägt die Korbtücher zurück und holt die Würste und die in Tüten abgepackten Käsestücke, das Kümmel- und das Sesambrot und schließlich die Flaschen Rotwein und Anisschnaps einzeln hervor.

Ist das eine versuchte Beamtenbestechung? sagt der Kommissar nach einer Weile.

Sie sprechen das Offensichtliche aus, sagt Halid und weicht dem Blick seines Gegenübers nicht aus, wer zuerst wegschaut, ist beschämt und verliert, denkt er, nimm es an, Bürokrat, oder sperr' mich in deiner Zelle ein. Der Kommissar verzieht seinen Mund zu einem häßlichen Grinsen, und jetzt blinzeln sie beide, Halid traut sich endlich, den Hut abzunehmen und die juckende Stelle unter dem Schweißriemen an seiner Stirn zu kratzen.

Wenn du mir das Offensichtliche verschwätzt oder verklärt hättest, wärest du dran gewesen, sagt der Kommissar, wir beide wissen, daß ich deine Geschenke zu schätzen weiß.

Ja, wieso habe ich dich eigentlich noch nie in meinem Laden gesehen?

Das kann ich dir genau sagen, Freund. Wenn ich in deinem Geschäft einen Korb mit Lebensmitteln fülle, bin ich ein Viertel meines Monatslohns ärmer geworden.

Ab heute werden wir das anders machen, sagt Halid, ein voller Warenkorb in der Woche ist dir sicher.

Mein guter Mann, ruft der Kommissar aus, und nachdem er die Geschenke wieder verstaut hat, sagt er: Dieser Hurensohn, der dich bestohlen hat ... hast du einen Verdächtigen?

Ich habe viele Neider, das schon, sagt Halid, aber ich wüßte keinen, der es fertigbrächte, in mein Haus einzudringen.

Wissen viele Menschen, wo du wohnst?

Bestimmt. Ich habe Visitenkarten drucken lassen, die ich an Männer und Frauen verteile. Auf der Vorderseite steht die Adresse meines Ladens und auf der Rückseite meine private Adresse.

Halid Bey, du mußt natürlich Werbung für dich machen, das verstehe ich. Aber … es könnte jeder in dieser Stadt derjenige sein, der dich ausgeraubt hat.

Was werden wir jetzt unternehmen? sagt Halid und unterdrückt den Wunsch, sich vor den Augen des Kommissars eine Zigarette zu rollen.

Du gehst nach Hause, du machst nichts. Versteh' mich nicht falsch, Halid Bey, du hast einen Eintrag in unserem Register … überlasse die Aufklärung ausschließlich mir.

Damals hat man mich in diesen Dreck hineingezogen, sagt Halid mit leiser Stimme, ich habe nicht wirklich aufgepaßt. Doch heute, heute ist es anders.

Er steht auf und gibt dem Kommissar die Hand, was will er noch mehr Zeit in dieser Bürokratenstube verbringen, er hat diesem Gebieter über zwei Handvoll Polizisten gesagt, was zu sagen ist. Er weiß, daß dieser Kommissar seine schützende Hand über einige reich gewordene Kriminelle hält und daß es ihm nichts ausmacht, wenn sie ihm im Gegenzug blutjunge Dinger zuführen.

Das alte Weib, das sich Großtante nennen läßt, entlockt ihren Freundinnen manch ein schönes Geheimnis, und Halid hält die Verbindung zu ihr aufrecht. Bei dem Gedanken an die Tochter der alten Hexe muß er lächeln: der verschnittene Hamid weiß alles, duldet aber die verbotene Liebe in seinem Haus. Halid hat diese Geschichten von den langen Inspektionsreisen nicht so recht glauben wollen. Und so stellte er sich die folgende Frage: Was nützt es diesem Kerl, wenn seine Ehefrau mit einem anderen Mann fremdgeht? Melek ist ausgehungert, sie hat ihn gleich nach dem Einzug in das Haus mit den Augen verschlungen. Ist er unwiderstehlich? Nicht so wie diese Modeherrchen, die weibische Filmhelden zum Vorbild nehmen. Halid war nur zur Stelle, und sie mußte also nicht lange suchen und keine Lügen erfinden. Sie hält die Fassade aufrecht, vor allem das alte Weib darf es nicht erfahren. Was darf es nicht erfahren? Daß sie Ehebruch begeht? Ja. Daß ihr Mann an Frauen desinteressiert ist? Ja. Halid hat lange gebraucht und sich den Kopf zerbrochen, um auf die Wahrheit zu stoßen. Eigentlich liest man Hamids Perversion aus seinen Augen, denkt Halid, er schaut meine Söhne auf eine besondere Art und Weise an, und er errötet. Bei Gelegenheit wird er den Verschnittenen vor die Wahl stellen: Entweder stopfst du mir den Mund mit Geldscheinen, oder ich sorge dafür, daß du dir den Tod wünschst. Wieso ist ihm diese Idee eigentlich nicht früher gekommen?

Als er den Blick hebt und Metin vor sich entdeckt, stößt er einen Fluch aus. Er war derart in Gedanken versunken, daß er wie selbstverständlich seine Schritte zum Haus der Großtante gelenkt hat, und jetzt versperrt ihm dieser Jungistanbuler den Weg.

Ich muß mit dir sprechen, sagt Metin, ich weiß, du haßt mich, und ich empfinde ähnliche Gefühle für dich. Doch wir müssen sprechen.

Ich habe dafür keine Zeit, sagt Halid.

Ich bin der Mann deiner jüngsten Tochter, sagt Metin leise, du wirst mich schon allein in deinem Interesse anhören müssen. Sonst droht ein Skandal.

Was? ruft Halid erschrocken aus.

Sollen wird das hier klären oder woanders?

Hier, sagt Halid, jetzt sofort.

Diese Frau … diese Großtante, sie macht meinem Vater schöne Augen. Du mußt dafür sorgen, daß das aufhört. Es muß aufhören.

Halid traut seinen Ohren nicht. Gerade noch dachte er, der

Istanbuler würde für sein Stillschweigen über was auch immer von ihm Geld erpressen wollen.

Aber nein, der Istanbuler will nur seinen Vater vor der alten Hexe schützen, und er bittet ihn darum, ihm dabei zu helfen.

Was geht mich dein Vater an? sagt er trotzdem und stützt sich auf seinen Spazierstock.

Nichts geht er dich an, und das soll auch so bleiben. Halte ihm diese Frau nur vom Leibe.

Und was habe ich davon?

Du wirst mir einen Gefallen erwiesen haben, sagt Metin, das werde ich dir nicht vergessen. Es wird keine Liebe zwischen uns sein, aber eine halbwegs ordentliche Geschäftsbeziehung. Du bist Geschäftsmann, du weißt doch, wovon ich rede …

Vor allem bin ich ein Eisenbahner, sagt Halid, ich bin es gewesen, und da habe ich eins gelernt: Die Maschine kann bewegt werden oder nicht, mein Junge, unsere Maschine ist kaputt. Von dir nehme ich nichts an, du und ich, wir kommen nicht zusammen.

Halid würdigt den Istanbuler keines Blickes mehr, er stellt den Kragen seines Jacketts auf, schwingt vorm ersten Schritt seinen Spazierstock in die Luft und geht an jenem Haus vorbei, in dem er nach dem Rechten sehen wollte, Melek wird warten müssen, sie alle, die ihn in der Vergangenheit bedrängt und bedroht haben, werden ab sofort warten müssen, das ist sein Verständnis von einer ordentlichen Geschäftsbeziehung.

Metin setzt sich in Bewegung, sein Weg führt ihn weg vom Viertel der bürgerlichen Aufsteiger, zu denen er nicht aufschließen kann, noch nicht. Dieser lächerliche Tschetschene! Er glaubt, er habe den Grund abgesucht und das Verborgene ans Licht gehoben – er glaubt, er wisse um die schmutzigen Einzelheiten des Lebens der Menschen, die vorgeben, das, was sie tun, aus reiner Herzensgüte zu tun. Der Tschetschene aber ragt mit seinem ganzen Körper ins Freie, fast kann man seine Gedanken lesen. Metin läßt sich von einem Straßenhändler einen Becher gegorenen Hirsesaft geben, er nimmt einen großen Schluck, er verschluckt sich, weil er auflachen wollte, er freut sich über die Dummheit des Bauern im Stadtanzug.

*

Zwei Tage nach dem Einbruch ließ der Kommissar den Vater aus dem Geschäft holen und zur Parkanlage des Viertels bringen. Der Dieb hatte hier die Hosen hinterlassen, sie rochen streng nach Urin. Der Vater bekam einen Wutanfall, er schrie und drohte und ohrfeigte einen einfachen Streifenpolizisten, der es gewagt hatte, ihn zur Ordnung zu rufen. Als der Kommissar bei aller Liebe für seinen neuen Freund ihn abführen wollte, machte ihm der Vater große Versprechungen für die Zukunft: statt eines vollen Warenkorbes sollten es nunmehr drei Körbe in der Woche sein. Der Kommissar schlug in die ihm entgegengestreckte Hand ein, und Tolga mußte vom Laden ein Dutzend Weinflaschen holen gehen. Sie betranken sich im Palast des Vaters, nur Tolga blieb nüchtern, er rührt keinen Alkohol mehr an. Früher, sagt er, habe ihn der Lehrer aufgefordert, an den Ohrläppchen zu ziehen, und tatsächlich, nach einiger Zeit sei dadurch die Müdigkeit verflogen gewesen. Er müsse keinen Wein trinken, er habe es sich einfach abgewöhnt, so einfach sei es gewesen – er zieht an seinen Ohren und schaut mich an, als erwarte er ein Lob. Ich starre schweigend zurück, was sind das für Geschichten, die er mir erzählt, der Geldrausch hat sie alle sehr seltsam werden lassen. Es kümmert sie wenig, daß ich verwirrt bin, meine alte Familie habe ich verloren, eine neue Familie nicht dazugewonnen. Metin ist mir ein Rätsel – er trifft sich mit mir im Park, wir sind vor Gott und dem Recht verheiratet, aber wir treffen uns wie zwei Verliebte und Verborgene außerhalb der Häuser, draußen unter dem freien Himmel, zu dem ich nicht aufschauen möchte, ich sitze, eingelullt in den dicken Mantel meiner Schwester Yasmin, auf der Parkbank und sehe meinen Mann vor mir auf und ab gehen.

Was tust du mir an? sage ich, wenn du dich mir verweigern

wolltest, wieso hast du mich zu deiner Frau genommen? Ist das eine Scheidung auf Raten? In den Augen meiner Geschwister, in den Augen der Bekannten, in den Augen wildfremder Menschen bin ich fast so etwas wie ein gefallenes Mädchen. Ich kann ihre Gedanken lesen: Diese Leyla ist nicht gut genug gewesen, und deshalb hat Metin sie verstoßen. Sie denken, du habest deine Gründe, wieso du mich wie eine offizielle Geliebte behandelst ...

Hör auf, mir Vorwürfe zu machen, sagt er, ich habe es schwer genug.

Du sprichst nicht mit mir, du entscheidest allein, was gut ist für uns beide. Die Menschen spotten über mich.

Laß sie doch. Es kommt die Zeit, daß ich ihnen den Mund stopfen werde.

Und ich soll so lange warten, bis du glaubst, es ist soweit?

Ja, sagt er, du wirst sehen, wann es soweit ist.

Ich habe dir nichts angetan, sage ich, ich erwarte von dir nur, daß du dich wie mein Mann verhältst.

Du übertreibst, sagt er, hab' ein bißchen Geduld mit mir. Ist das zuviel verlangt?

Metin, sage ich, ich habe gewartet. Ich bin hier, um dir folgendes zu sagen: Entweder verrätst du mir, wieso du mich verschmähst, oder ...

Red' ruhig weiter. Oder was?

Oder wir lösen diese ... Scheinehe auf.

Metin erstarrt auf der Stelle, dreht sich von mir weg, als sei mein Anblick für ihn eine Zumutung. Ich sehe die geröteten Stellen an seinem Nacken, es muß ein Pfuscher gewesen sein, der ihm die Haare geschnitten hat. Der Frostwind fährt in die Mantelschöße, er hat sich einen neuen Mantel gekauft, denke ich, die Farbe Blau steht ihm wirklich gut. Er stellt sich vor mir hin, dann kniet er und hält sich an meinen Beinen fest.

Ich liebe dich wirklich, sagt er, du bist meine Frau, und ich bin dein Mann – daran wird sich auch in Zukunft nichts ändern. Ich habe in großen Schwierigkeiten gesteckt.

Du meinst diese beiden Mongolen …

Ja, sie auch, sagt er und läßt seine Hände zu meinen Hüften heraufwandern, ich bin ihnen hinterhergereist, und tatsächlich, ich habe sie ausfindig gemacht. Sie redeten sich mit einem Mißverständnis heraus, aber ich ließ nicht locker und drohte ihnen, ihren Betrug öffentlich zu machen. Also, ihnen blieb nichts anderes übrig, als mir das Geld für die Felle zu geben.

Einfach so? frage ich ungläubig.

Was würdest du an ihrer Stelle tun, fragt er zurück, die Mongolen dachten, sie kommen davon, aber ich lasse mich nicht bestehlen … ich habe sie bestohlen.

Was?

Ja. Ich bekam mein Geld und noch etwas mehr, das Schweigegeld.

Du hast sie mir damals als zwei gefährliche Banditen beschrieben, sage ich, hattest du denn keine Angst, daß sie dir etwas antun?

Es ist mir nichts passiert, sagt Metin, das siehst du doch. Jetzt habe ich Geld.

Und was willst du also tun?

Mit dem Geld?

Nein, sage ich, mit mir.

Entweder oder, sagt Metin, eine andere Wahl läßt du mir nicht.

Er steht wieder auf, mein Körper brennt an den Stellen, an denen seine Hände auflagen, und in diesem Augenblick wünsche ich mir nichts sehnlicher, als daß er sich auf die Parkbank setzt und an mich schmiegt, und daß wir beide schweigen, einfach nur schweigen und zusehen, wie der Wind in die Zypressen weht und sie sanft schüttelt.

Ich hatte einen guten Freund, setzt er an, Yanni hieß er, ein verrückter Rumi, der mit der Schleuder Tauben vom Himmel holte und sie dann briet und aufaß. Wir kamen gut miteinander aus, wirklich sehr gut – ich glaube, er war mein bester

Freund, nur ich wußte es damals nicht. Sein Vater, Alekko Bey, führte einen Laden, er war beliebt bei den Menschen im Viertel, ein Istanbuler Herr, zu dem ich aufschaute, denn er konnte einen mit ein paar Sätzen aufmuntern. Er hat mich auch später eingestellt als Bakkal-Gehilfe. Ich wußte nichts, und er brachte es mir bei. Ein stolzer Mann, ein guter Mensch …

Sprich doch weiter, fordere ich ihn auf, er hat mir etwas zu sagen, und er nimmt den Umweg über diese Geschichte, denke ich, und da er inzwischen neben mir sitzt, ist mein Wunsch halb in Erfüllung gegangen, ich bin froh, daß mein Mann bei mir ist.

Diese Geschichte mußt du aber für dich behalten. Versprichst du es?

Ich verspreche es dir, sage ich.

Dann kam der Tag, an dem eine aufgebrachte Menschenmeute durch die Straßen zog, es waren die Tage des nationalen Zorns, so jedenfalls nannten es die Nationalen, die falschen Patrioten … Sie sprachen auf die einfachen Menschen ein, und diese Menschen waren bald so erhitzt, daß sie alles glaubten, was man ihnen erzählte. Sie glaubten also, die Griechen hätten das Geburtshaus des Staatsgründers in Brand gesteckt, sein Geburtshaus in Saloniki. Das war zwar eine Lüge, aber sie brachte die Lumpen dazu, herumzuziehen und die Scheiben der Geschäfte von Armeniern und Rumis einzuschlagen. Dann gingen sie hinein und plünderten, sie schlugen auch mal zu. Es ist, Gott sei Dank, niemand ums Leben gekommen … Aber Alekko Bey war am Boden zerstört: Die Meute war auch in seinen Laden eingedrungen und hatte die Regale leergeräumt. Unter den Plünderern waren auch Menschen, die bis dahin bei ihm eingekauft und angeschrieben hatten. Verstehst du, wie ihm zumute gewesen sein muß?

Wie schrecklich! rufe ich aus und komme mir vor wie ein dummes kleines Mädchen, natürlich konnte ich nicht wissen, was der arme Rumi gefühlt hatte. Alekko Bey hat diese Stadt verlassen, nicht wahr? sage ich.

Ja, sagt Metin, er ist mit seiner Familie nach Griechenland umgesiedelt. Und natürlich mußte Yanni mit, er wollte hier bleiben, aber er konnte seinem Vater schlecht widersprechen.

Du hast einen Freund verloren, sage ich.

Und dein Vater aber einen Laden gewonnen, sagt Metin und sieht mich hart an, natürlich, er kann vielleicht nichts dafür, aber der Laden, den er führt, ist das Geschäft von Alekko Bey. Ich kann ihm keinen Vorwurf machen. Doch es paßt zu ihm.

Wie hieß der Laden damals? frage ich.

Alekkos Bakkal, sagt Metin, und heute heißt er: Export Import Europa. So ändern sich die Zeiten.

Um ihn und seinen Sohn Yanni tut es mir leid, sage ich, aber ... wieso erzählst du mir das alles?

Um dir zu sagen: Ich und dein Vater, wir werden uns nie verstehen. Ich habe ihm neulich ein Friedensangebot gemacht. Er hat mich verspottet, die Maschine kann nicht bewegt werden, hat er gesagt.

Er erzählt mir eine Geschichte über seinen besten Freund und dessen Vater, sie können meines Mitleids sicher sein – muß ich aber ein schlechtes Gewissen haben, weil mich jetzt, da ich meinen Mann um eine endgültige Entscheidung gebeten habe, die Vergangenheit dieser Stadt nicht interessiert? Der Vater ist der Vater, Metin kann aber nicht erwarten, daß ich meinen Haß offen zugebe.

Eigentlich sind du und ich eine Familie, sage ich, der Vater ist Vergangenheit.

Hier, sagt er und drückt mir Geldnoten in die Hand, das müßte fürs erste reichen.

Das ist zuviel, um Gottes willen.

Nimm das Geld ... Dein Vater, habe ich gehört, ist dieser Tage nicht sehr glücklich, oder?

Man hat ihn um seine Ersparnisse gebracht. Außerdem hat der Dieb seine Hosen gestohlen und sich auf ihnen erleichtert.

Eine schlimme Sache, sagt Metin und lächelt, das muß ihn bestimmt rasend wütend gemacht haben. Erzähl doch.

Nein, sage ich, es geht mich nichts an. Metin …

Wir holen deine Sachen ab, und dann gehen wir beide nach Hause. Ich werde draußen auf dich warten. Das Elend hat ein Ende, glaube mir.

29

Er ist böse, er ist grausam, er ist größenwahnsin-
nig. Der Vater steht kurz davor, den Verstand zu verlieren, es
kommt eine große Plage nach der kleinen, und jeder, der ihn
in seiner Verzweiflung erlebt, wünscht ihm die Erlösung, wie
auch immer sie ausfallen mag. Als er Metin draußen warten
sah, ist er hinausgelaufen und hat auf ihn eingeschrien, einen
Dieb, einen Verräter hat er ihn genannt. Er habe ihn durchschaut, Metin solle ihm sofort die Goldmünzen zurückgeben,
sonst würde er ihm die Polizei ins Haus schicken. Und wieder
einmal war es Djengis, der dazwischenging und den schäu-
menden Vater wegzerrte, mein Mann hat die ganze Zeit gelacht und gelacht, ich bat ihn, damit aufzuhören.

Die Istanbuler sind nicht so weich, wie dein Vater glaubt,
sagte er nur zwischen zwei Lachanfällen, jetzt reibt Halid Bey
sich die Augen und wundert sich. Weder wollte ich Metin befragen noch mich mit ihm streiten, ich trug schwer an den Taschen, schließlich hielt er ein Taxi an, und wir fuhren den Rest
des Heimweges schweigend im Fond, nur einmal platzte er los
und erschreckte mit seinem Kinderlachen den Taxifahrer.

Wieder daheim, sagt Schafak Bey und läßt mich erst die
Tragetaschen absetzen und mich mit großen Augen umsehen: Hier also gehöre ich hin, hier also soll ich leben und zwei
Männern dienen. So bist du zurückgekehrt, fährt er fort, und
ich will hoffen, daß du uns vermißt hast, du jedenfalls hast
uns gefehlt. Er sitzt im Schneidersitz auf dem Boden, die Zeitung liegt aufgefaltet vor ihm auf einem Kissen, die Lesebrille droht ihm von der Nasenspitze herunterzufallen. Kann ich
einen Kühlschrank haben? frage ich, vielleicht ist es dumm,

über die Schwelle zu treten und sofort einen Wunsch zu äußern. Es herrscht dann auch eine Stille, in die ich hineinrage wie ein Fremdkörper, mein Mann hält den Atem an, und da Schafak Bey beharrlich schweigt, schlüpft er aus dem Mantel und hängt ihn an der Garderobenleiste auf, sein Gesicht eine einzige verwaschene graue Farbe. Solange ich lebe, werden keine Elektroanschaffungen gemacht, sagt Schafak Bey, meine Mutter ist ohne Kühlschrank ausgekommen, es hat unser aller Glück nicht gemindert … Dein Vater lebt im Überfluß, er fährt einen amerikanischen Straßenkreuzer, er setzt sich sogar für eine Fußstrecke von fünf Minuten ins Auto, und dann fährt er im Schrittempo und bei heruntergekurbeltem Seitenfenster, ich weiß nicht einmal, ob er einen Führerschein hat.

Hat er nicht, sage ich, aber er versteht sich gut mit dem Kommissar.

Das glaube ich auch, sagt Schafak Bey, ich will dir nur eins klar machen: In der Zeit, da du nicht hier warst, haben wir unsere Wertgegenstände versetzt, es ging uns nicht besonders gut.

Jetzt sind andere Zeiten, Vater, sagt Metin, wir haben es geschafft.

Was haben wir geschafft, mein Sohn? Du hast die Mongolenbetrüger gefunden, nach langer Suche, es grenzt schon an ein Wunder. Ich habe keinen Grund, an Gottes Wundern zu zweifeln.

Ja, ein schönes Wunder, sage ich.

Du bist hier und nicht mehr dort, das will ich dir sagen. Hier triffst du nur auf bescheidene Menschen, auch wenn die Bescheidenheit uns auferlegt ist. Dort hast du vornehm gelebt. Es heißt, dein Vater habe Probleme mit der Bank.

Davon weiß ich nichts, sage ich.

Er versucht, es geheimzuhalten, sagt Metin.

Wie auch immer, sagt Schafak Bey, deine Mitgifttruhe haben wir nicht angerührt, sei ohne Sorge.

Er vertieft sich wieder in die Lektüre seiner Zeitung, ich

weiß, daß er sich über mich geärgert hat, es wird nicht einfach sein, einen aufgebrachten Schwiegervater zu beruhigen. Ich trage die Taschen in das Schlafzimmer, blicke auf die geschnitzte Rose im Truhendeckel, früher habe ich beim Anblick der Rose seltsamerweise Mut geschöpft, doch heute will der Zauber nicht wirken. Zwei Zimmer, ein Bad, eine kleine Küche – ich will lernen, genügsam zu sein, ich will lernen, keine Bedürfnisse zu haben, ich werde es meiner Mutter gleichmachen. Plötzlich fährt mir ein großer Schmerz in die Brust, es ist lächerlich, denke ich, laß es nicht zu, daß du dich vor deinem Mann und deinem Schwiegervater lächerlich machst, du bist ein Mädchen gewesen, jetzt bist du eine Frau. Ich höre die Türklingel, bestimmt ist es ein Freund der Familie, der der heimgebrachten Braut seine Glückwünsche aussprechen möchte. Metin ruft nach mir, und als ich in den Flur trete, sehe ich eine regennasse Yasmin, sie schließt die Augen, und dann bemerke ich die ersten Anzeichen einer Ohnmacht, ich lege ihren Arm um meinen Nacken, stütze ihren willenlosen Körper, sie läßt alles mit sich geschehen, Schafak Bey springt auf, seine Lesebrille rutscht ihm von der Nase, er kann sie im Fallen noch fangen. Er holt eine Wolldecke vom Schlafzimmer, schiebt das große Bodenkissen unter Yasmins Beine und bedeckt sie mit der Decke. Ich massiere ihr Gesicht mit der scharfen Lavendelessenz, sie schaut mich aus leblosen Augen an, und zwischen zwei Atemzügen sagt sie, wir sind vernichtet, Machir hat uns vernichtet, diese Höllenbrut. Dann bittet sie Schafak Bey und Metin um Entschuldigung, sie habe nicht gewußt, wo sie nach der Katastrophe hingehen solle, Machirs Räumkommando habe sie erst vom Telefonieren abgehalten und wie eine räudige Hündin davongejagt, ihr Leben sei vernichtet, was für eine Schande. Sie bekommt einen Weinkrampf, und wir warten stumm ab, daß sie sich ausweint und ihre Scham vor den ihr unvertrauten Männern überwindet, sie schneuzt sich in ihr Ziertuch, und dann fängt sie an zu erzählen.

Der Vater kam auf die Idee, Baumwolle und Mandeln nach

Amerika zu exportieren, er wollte es endlich wahr machen, ein alter Traum wird Wirklichkeit. Er hatte nicht das Geld, seine Geschäfte gehen zwar gut, aber für eine solche … Transaktion brauchte er sehr viel Geld, also hat er einen Kredit von der Bank aufgenommen. Der Bankdirektor hat ihn sogar zu diesem Geschäft ermutigt, was für ein Schakal, auf ihn komme ich später zu sprechen. Die Waren wurden im Hafen eingeschifft, und dann aber verschwanden sie spurlos. Der Vater rief seine Geschäftspartner in Amerika an, sie schworen hoch und heilig, sie hätten die Ware nicht erhalten. Wahrscheinlich war das eine Lüge, der Vater hat sich von ihren Schwüren auf Gott und den Himmel nicht beeindrucken lassen. Er war außer sich vor Wut, er hat das Telefon zertrümmert, er hat geschrien, daß man ihn zum Idioten mache. Jedenfalls konnte er den Kredit nicht mehr tilgen. Der Direktor sagte ihm ins Gesicht, er habe den Pfändungsbescheid in der Tasche, und der Laden des Vaters, den er als Sicherheit angegeben hatte, würde bald der Bank gehören. Der Vater suchte Rat bei Machir, dem Sohn seines Bruders, der kannte sich in diesen Dingen aus, denn er war Rechtsanwalt. Machir sagte nach einigem Überlegen, der Onkel müsse den Laden auf den Neffen überschreiben, er könne so lange warten, bis die Zahlung aus Amerika erfolgt sei und er den Kredit an die Bank zurückgezahlt habe, und dann werde er, Machir, den Laden auf den Onkel überschreiben. Mein Vater hat eingewilligt, denn es hörte sich sehr raffiniert an, du kennst ihn, Leyla, er läßt sich nichts von Frauen sagen, wir haben ihn gewarnt, wir haben gebettelt, aber er lachte uns nur aus. Und wie nicht anders zu erwarten, schickt Machir seine Räumschergen los, er hat nicht einmal zwei Wochen nach der Überschreibung verstreichen lassen. Das war heute. Ein großer Umzugslaster ist vor dem Geschäft vorgefahren, gleich drei Pfändungsbeamte haben mir erklärt, der Laden würde auf Anordnung des rechtmäßigen Besitzers Machir T. vollständig ausgeräumt werden. Dann rückten die Packer an, ein ganzes Dutzend Packer, und vor meinen Augen haben sie das Porzellan und die schönen Delikatessen herausgetragen. Ich war allein im Laden, ich durfte nicht einmal telefonieren …

O mein Gott, läßt sich Schafak Bey vernehmen, gerade noch haben wir von Halid Bey gesprochen … Hast du ihn benachrichtigt?

Ja, natürlich, sagt Yasmin, Djengis, Tolga, Selda, ich und mein Vater, wir sind sofort zum Laden marschiert, an der Tür war ein großes Vorhängeschloß, und durch die Scheiben konnten wir sehen, daß sie nichts zurückgelassen hatten, sogar die Regale hatten sie mitgenommen und die Glühbirnen abgeschraubt.

Ein schwerer Schlag, flüstert Metin, er ist kreidebleich geworden, eigentlich müßte er doch triumphieren, der Mann, den er haßt, ist zu Fall gebracht.

Und dann? fragt Schafak Bey was passierte dann? Oder ist das die ganze Geschichte?

Nein, Sie haben recht, das ist noch nicht die ganze Geschichte. Mein Vater hat ein paar starke Männer des Viertels zusammengerufen, und er führte sie erst zur Anwaltskanzlei und dann zum Hause Machirs, doch er hatte sich längst aus dem Staub gemacht. In dem Moment, in dem mein Vater in seiner Kanzlei saß und sich mit ihm über das Problem besprach, muß Machir klargeworden sein, daß er das Geschäft seines Lebens machen konnte. Wahrscheinlich war der Bankdirektor von Anfang an eingeweiht, sagt Schafak Bey, dein Vater hat … hatte ein florierendes Geschäft, da zeigen sich die Geier früh am Himmel.

Es ist vorbei, sagt Yasmin, das schöne Leben ist vorbei.

Ich fühle nichts, es wollen auch keine aufmunternden Worte über meine Lippen kommen. Ja, sie hat recht, sie wird jetzt, da wieder einmal ein Geschäft des Vaters geplatzt ist, sich verstecken müssen vor den Spöttern und den Freunden, die vorgeben werden, sie hätten es schon immer gewußt, ein Zuchthäusler könne kein bürgerliches Leben führen. Der Vater hat es geschafft, er hat seine Familie ruiniert, meine Mutter wird Brot in Wasser tunken müssen.

Wieso läßt du es dir gefallen? frage ich, wieso gehst du nicht weg? Wieso reißt du dich nicht los von dem Vater, der nur Unheil bringt.

Yasmin erschrickt, und sie starrt mich voller Haß an.

Nicht hier, zischt sie, nicht vor diesen Leuten.

Jetzt ist die richtige Zeit, sage ich, und diese Leute sind meine Familie. Komm zu uns. Werden wir sie zurückweisen?

Nein, sagt Schafak Bey, sie ist willkommen.

Auch mir ist sie willkommen, sagt Metin, er blickt auf die in dem Diwankissen hineingesunkene Yasmin, dann sieht er mir in die Augen, wir nehmen dich gerne auf, Schwägerin, du mußt es nur wollen.

Schämen solltest du dich, ruft Yasmin aus, du bringst mich in eine unmögliche Lage. Wie stehe ich nur da vor diesen Leuten!

Sei so gut und übertreibe nicht, sage ich, du hast ihnen freiherzig den Betrug erzählt, den Betrug an dem Vater, und jetzt genierst du dich.

Sie macht ein Gesicht wie eine Holzscheibe, dessen Lack geplatzt ist, sie steht auf, bedankt sich bei den beiden Männern für ihre Gastfreundschaft und geht weg, ohne mir ein Wiedersehen zu versprechen. Was habe ich ihr getan? Ich bot ihr eine Notunterkunft an, ich müßte mich eigentlich bei Metin und Schafak Bey entschuldigen, weil ich sie nicht erst um Erlaubnis gefragt habe. Meine Sippe besteht aus lauter Verrückten, denke ich, sie machen mir weis, daß sie nach dem Gesetz handeln, doch in Wirklichkeit leben sie nach ihren eigenen Regeln. Ich habe zwanzig Jahre meines Lebens verschlafen, das ist die Wahrheit. Ich bin nichts weiter als ein dummes sentimentales Mädchen, eine junge linkische Person, die Großtante hat recht. Ich werde die Armut nicht als mein Schicksal ansehen. Ich werde die Gesetze der Männer nicht als Gottes gesprochenes Wort begreifen. Der Mann, den ich geheiratet habe, ist arm. Seine Mutter, Friede ihrer Seele, hat ihm ein altes Haus vermacht, in das sich seine Verwandten einquartiert haben und wie selbstverständlich keine Miete zahlen, Metins Ehrgefühl hätte es ihm auch verboten, Geld von ihnen anzunehmen. Seine Ehre gehört ihm, seine Ehre bringt mir keinen Vorteil, doch er läßt sich nichts sagen. Mein Schwiegervater bezieht eine kleine Rente, doch sie reicht gerade mal für die Mahlzeiten einer Woche. Als könne Metin meine Gedanken lesen oder wolle vom Nebensächlichen auf die Hauptsache zu sprechen kommen, sagt er: Frau, wir leben in der Hölle, so geht es nicht weiter. Alles auf einmal, denke ich, kaum hat uns Yasmin die Nachricht vom Ruin der Familie hinterbracht, muß mein Mann auch schon von seinem baldigen Abschied reden.

Ich habe mich entschieden, ich nehme das Angebot an, ich fahre nach Deutschland. Du wirst sehen, es bringt Segen.

Und er erzählt von dem fremden Land, und jedesmal wenn er von Deutschland spricht, schwindet das Hungergefühl in meinem Magen.

Die Menschen dort haben nicht so dunkle Gesichter wie wir, fährt er fort, sie sind mit einem hellen Schein und einem hellen Glanz gesegnet. Sie greifen nicht gleich zum Messer, wenn ein Streit ausbricht. Sie riechen alle nach Seife. Und wenn man auf ihren Straßen geht, knirscht kein kleiner Müll unter den Schuhsohlen. Das Sandwich fällt dir aus der Hand? Du kannst es vom Boden aufheben und unbesorgt essen. Die Keime sind ausgerottet. Ein schönes Land ist das.

Du meinst, es gibt da schöne Frauen, sage ich.

Nein, nein. Wie würdest du dich fühlen, wenn du zu einem klaren Himmel aufschaust und an blitzblank gewischten Schaufenstern vorbeischlenderst? Was ist denn in diesen Schaufenstern ausgestellt? frage ich.

Alles, was das Herz einer Frau höher schlagen läßt. Alles, was eine Dame braucht, um sich wohl zu fühlen. Schuhe. Kleider. Aber wichtig sind die Regeln. Jeder hält sich an die Regeln.

Das ist der Unterschied. Die Menschen legen aber auch einen großen Wert auf Abstand. Daran muß man sich erst einmal gewöhnen.

Woher weißt du das alles, mein Sohn? Meines Wissens warst du noch nie im fremden Land.

Man hat es mir im Fremdspracheninstitut beigebracht, sagt Metin.

Die Deutschen waren doch immer auf die Reinhaltung ihrer Rasse bedacht, sagt Schafak Bey, daran soll sich jetzt etwas geändert haben?

Es ist der Krieg, sagt Metin, sie haben ja den Krieg verloren.

Und deshalb öffnen sie ihre Schranken für die Fremden?

Sie wollen sich mit der Welt jenseits ihrer Schranken bekannt machen, sagt Metin, ich beziehe mich auf das, was man mir erzählt hat ... Wichtig ist zunächst einmal, daß ich mich dort nach Möglichkeiten umsehen werde. Das Praktikum dauert ja nur ein paar Monate, doch was passiert dann? Sie schicken mich zurück in das elende Leben hier.

Du bist mit deiner Seele schon in Deutschland, sagt Schafak Bey und schlägt die Zeitung wieder auf, wir haben es nur mit deinem Körper zu tun, und er wird nachreisen.

*

Die Flammenspuren, die die Menschen auf den Straßen nun endlich sehen, sind Zeichen eines vom Himmel gefallenen bösen Geistes, eine Tonne Bosheit, die das Frostblau zerfurcht und in tausend Spottfratzen verglüht. Ein verglommenes Böses richtet einen größeren Schaden an, das ist in den Ahnenschriften zu lesen, das zerstückelte Böse hält alle Plätze besetzt: unten wie oben und an den Seiten.

Dies träume ich im ersten Bild.

Für das Ende des Streits haben sie sich die Hände noch nicht gereicht, die magere Frau und der magere Mann, sie stehen neben ihrem Haus, sie stehen und schauen auf, bis das Frostblau bleicht und die Papierlampions, aus Anlaß des Dorffestes aufgehängt, aufscheinen – dort, über ihren Köpfen.

Einen ersten Atem nach der großen Stille speit der Mann, ein Rauchwölkchen vor seinem Mund, er hustet, und das Keuchen schüttelt seinen Körper, den mageren Körper.

Ist das ein zweites Bild gewesen?

Die magere Frau bleibt zurück, und bald hat sie ihn vergessen, der Davongegangene hat sich von ihr nicht verabschiedet.

Ein Blutrost in Schleiern auf ihrem Gesicht. Wieder umhüllen sie die Farben, und gebe Gott, daß sie nicht vor der Zeit aufgibt, denn sie will es zu Ende bringen.

Ein Gerstenkorn an der Innenhaut ihres Oberlides juckt, daß sie in ihrer Not die Hände vor den Augen flattern läßt, sie kann jetzt nur noch mit dem rechten Auge richtig sehen. Einen schroff auffaltenden Steinbrocken sieht sie in der Nähe ragen, er tritt aus dem Gebirgswall heraus wie ein steiler Zahn, und da heftiger Regen niedergeht, verschwindet der Bergkessel hinter dem Regenschleier.

Sie aber reibt sich das Auge, bis er vorbeigeht, der Schmerz. Eine Wetterscheide zwischen ihr und dem Stein, einen Traum breit, sie spricht tatsächlich diese Worte aus, daß ich im Schlaf erschrecke.

Ist das ein Zeichen gewesen?

In einem anderen Bild kauert sie im Dunkeln, ich kann nicht traumerkennen, ob sie hierherfloh, ob sie sich zurückgezogen hat, um nicht dem Regen ausgesetzt zu sein.

Sie sagt: Es wird vorbeigehen. Es ist zu Ende gebracht. Es geht vorbei.

Ich sehe mich neben ihr stehen, plötzlich bin ich ihr erschienen, doch sie ist nicht erschrocken, sie hat auf keinen Geist gewartet.

Ein Muttermal wird dir auf dem Nasenflügel erblühen, sagt sie, so wie mir das Gerstenkorn erblüht ist am Lid.

Die Haut der Frauen in unserem Dorf bleibt nicht unversehrt, sage ich, und ich muß plötzlich lachen über meine Geheimnistuerei im Traum.

Wieso läßt du mich nicht allein? fragt sie, wieso gehst du nicht zu diesem Mann, zu dem Davongegangenen?

Ich kann nicht traumerkennen, ob sie mein Ebenbild ist, diese Frau, plötzlich ist es früher Morgen, Lichtfinger stechen in die Höhle der Frau, sie schützt ihr Gesicht, vielleicht möchte sie verhindern, daß ich in ihrem Gesicht bekannte Spuren entdecke.

Die nassen Strähnen auf ihrer Stirn, ich kämme sie nach hinten.

In meiner letzten Stunde bist du bei mir gewesen, sagt sie, geh' jetzt.

Ist das ein drittes Bild gewesen? ...

Die Türklingel reißt mich heraus aus den Traumbildern, ich drücke das Kissen auf mein Gesicht und zwinge mich zurückzukehren in das Dunkel der Höhle, zurück in die Puppenecke der Frau, von der ich doch weiß, daß ich sie kennen muß, sie ist mir bekannt, auch im Leben diesseits des Traums. Der Gast an der Tür besteht auf Eintritt, er klopft und hämmert, und als ich ihm nach einiger Zeit öffne, rauscht er an mir vorbei ins Wohnzimmer, geht die übrigen Zimmer ab, und als er sich davon überzeugt hat, daß es wirklich keine Menschenseele gibt, die uns lauschen könnte, stürzt sich der Gast auf mich, bald schwitze ich in seiner Umarmung. Endlich kann ich die Benommenheit abschütteln, ich rieche das Frauenparfüm an Fulya, meine schöne Freundin ist vorbeigekommen, um mit mir die vergangenen Zeiten zu besprechen.

Du Süße, sage ich, es ist zu lange her, wir sollten uns öfter sehen, und als wir uns beide aus der Umarmung lösen, wirbelt sie um ihre Achse und zeigt mir ihren neuen plissierten Rock, den sie vor einer halben Stunde vom Schneider abgeholt habe, und da eine kindliche Freude sie beseelt, wirbelt sie wieder herum und neckt mich wegen der Krankenhaussauberkeit in meinem neuen Zuhause. Ich biete ihr selbstgebackene Kekse an, nach zwei Bissen legt sie den mit Orangenschalenstücken gespickten Vanillekeks zurück auf den Teller. Und dann sagt sie plötzlich: Dein Mann ist großzügig mit den Mädchen. Du solltest besser auf ihn aufpassen.

Ist etwas Schlimmes passiert? frage ich und schäme mich im gleichen Moment über meine dumme Bemerkung.

Er ist kein häßlicher Mann, die Frauen kümmert es nicht, ob er verheiratet ist oder nicht, sagt Fulya, du bist seine Frau, es ist dein gutes Recht, daß er dich ausführt und vorzeigt.

Weißt du, was Metin macht, wenn wir alleine sind? ... Er nimmt den Kopf in beide Hände und schaut auf den Boden. Wenn ich ihn anspreche, bekomme ich keine Antwort. Für seine schlechte Laune gibt er komische Gründe an: Er habe Kopfschmerzen, sein Rücken tue ihm weh, das Wechselwetter setze ihm zu. Wenn ich zu sehr in ihn eindringe, macht er mir eine Szene und verläßt mich im Zorn.

Eigentlich sollte mich dein Privatleben nichts angehen, sagt Fulya, eigentlich sollte ich mich aus diesen Dingen heraushalten ...

Erzähl' doch bitte, sage ich, du willst ja nur mein Bestes.

Vielleicht verliebt er sich sehr leicht in Mädchen mit dickem Lidstrich, fährt Fulya nach langem Schweigen fort, vielleicht ist es eine Leidenschaft, gegen die er nicht ankämpfen kann. Metin hat die Teufelsgabe, er muß nicht übermäßige Kraft aufwenden, um zu verführen. In seiner Gegenwart brechen die Samenkapseln auf.

Rede nicht in Rätseln, sage ich verärgert.

Also gut ... Ich hatte gestern im Bahnhofsviertel etwas zu erledigen, danach machte ich mich auf den Rückweg, ich mußte mich beeilen, aber wegen der vielen Menschen, die sich dort herumtreiben, kam ich nicht so recht vom Fleck. Also nahm ich die Seitenstraßen. Da sah ich Metin mit einem Mädchen Händchen halten, ein mir bekanntes Mädchen, es sah mir aus wie die Schwägerin von Ali Bey, dem Chemiker, ein Freund meines Vaters. Dieses Mädchen und Metin gingen händchenhaltend spazieren, ich bin ihnen eine Weile gefolgt und habe natürlich darauf geachtet, daß sie mich nicht bemerkten. Das ist mir, glaube ich, auch gelungen. Er hat … das Gesicht des Mädchens geküßt.

Das Gesicht?

Es können auch die Augen oder die rechte Wange des Mädchens gewesen sein. Ich bin mir aber sicher, daß er sich auf die obere Gesichtspartie beschränkt hat.

Kein Kuß auf den Mund, flüstere ich.

Davon können wir ausgehen, ja.

Alle jungen Frauen seiner Sippe und meiner Sippe machen ihm schöne Augen, und es ist ihnen egal, ob ich dabeisitze oder nicht. Sie küssen ihn nicht auf die anständige natürliche Weise auf die Wangen. Sie küssen ihn bei der Begrüßung und beim Abschied auf den Mundwinkel, und sie pressen ihre Brüste an ihn. Sie kommen mit weiten Ausschnitten zu Besuch, sie lassen kleine Sachen absichtlich fallen, bücken sich und gewähren meinem Mann tiefe Einblicke ins Dekolleté.

Ich nicht, sagt Fulya, ich gehöre bestimmt nicht zu diesen Frauen.

Ich will ihn nicht mit anderen Frauen teilen.

Wieso solltest du? Er hat dich zur Frau genommen.

Man hält mich für eine eifersüchtige Hexe, sage ich, und weißt du wieso? Weil ich wie ein Schießhund über ihn wache … Bist du dir wirklich sicher? War es nicht doch ein Kuß auf den Mund?

Ich habe sie aus einem günstigen Winkel betrachtet: sein Kuß war echt, aber er hat mit seinen Lippen nicht die Lippen des Mädchens berührt.

Er hat mir die Treue geschworen, sage ich, die Ehe mit einem feinen Herrn aus Istanbul habe ich mir anders vorgestellt.

Willst du vielleicht wieder zurück zu deinem Vater?

Nein … Ich glaube nicht, daß Metin darauf spekuliert, mich zu verekeln, so daß mir nichts anderes übrigbleibt, als ihm den Ehering in die Hand zu drücken.

Sei standhaft! ruft Fulya aus.

Du hast gut reden, sage ich, du liebst ja nicht und wirst nicht geliebt ... Du Glückliche.

Sie schaut mich mit einem seltsam verschlossenen Gesichtsausdruck an, eine lange Weile, und als ich fast glaube, ich sollte das Schweigen brechen und mich für meine Worte entschuldigen, fängt sie plötzlich an, über ihren verrückten Sinneswandel zu sprechen, sie sei zu den Männern lange Zeit auf Abstand gegangen und habe bestimmt nicht vorgehabt, sich betören zu lassen von den Behaarten, denn die Behaarten und die Unbehaarten, die Männer und die Frauen, seien nicht füreinander bestimmt ... Sie ist ja wirklich etwas verrückt, denke ich, sie reißt sich gleich die Kleider vom Leib und wirft sie vor das Haus.

Herr Elias wohnt im Bahnhofsviertel, sagt sie, du kennst ihn auch, er ist ein guter Kunde deines Vaters, aber eigentlich besucht er das Geschäft nur, um Yasmin jedesmal einen Heiratsantrag zu machen. Sie lehnt auch immer ab.

Ja, ich habe davon gehört. Ein komischer Mann.

Ja, das stimmt. Und ich bin eine komische Frau. Also habe ich mich dafür entschieden, mich für ihn zu interessieren.

Bist du in ihn verliebt?

Nein.

Und er?

Ältere Männer sind immer in jüngere Frauen verliebt.

Habt ihr ... ein Verhältnis?

Das bleibt aber jetzt alles unter uns, sagt Fulya, versprich' mir, daß du dir eine Glatze schneiden läßt, wenn du dich verplapperst.

Du bist verrückt, sage ich lachend, und weil sie aber auf diesen Schwur besteht, gebe ich ihr mein Wort, ich werde ihr Geheimnis hüten, oder aber, im Falle meines Wortbruchs, meine langen Haare scheren.

Ich erlaube ihm manchmal einen langen Kuß, sagt sie, er überschreitet die Anstandsgrenze nicht. Natürlich würde er mich gerne in die Finger bekommen, ich sehe es in seinen Augen, aber es gelten meine Spielregeln.

Wenn das herauskommt, bringen sie dich um, rufe ich aus, deine Mutter ist alles andere als liberal.

Ja und? Ist mir egal.

Er ist christgläubig, sage ich, und er ist nicht mehr der Jüngste … Für mich ist das kein Problem.

Gib es zu, sagt sie, du findest mein Liebesverhältnis unnatürlich.

Ich habe ganz andere Sorgen, sage ich.

Fulya versucht, mich zu trösten, Metin habe zwar für mich den entschiedenen Nachteil, gut auszusehen. Aber er würde Vernunft annehmen, vielleicht sei es nicht ganz einfach, sein Leben umzustellen, das Glück werde sich wenden. Sie verabschiedet sich schnell von mir, und ich räume hinter ihr auf, die ungenießbaren Kekse werfe ich in den Mülleimer.

In dieser Nacht presse ich das Ohr auf die Brust meines schlafenden Mannes, vielleicht ist er kein Liebender und Liebesschwörer, aber er ist dicht an mir, sein ungerührtes Herz schlägt im Takt meines Herzens, ich kann es hören.

Eine Frau für tausend Nächte bin ich für ihn, vielleicht. Das Silberamulett an der dünnen Kette ist ihm, dem Schlafenden, zur Seite in die Achselhöhle gerutscht, sein Herzschlag läßt das Amulett immer wieder sachte wippen. Ich werde die Empörer niedersprechen, hat er im Streit geschrien, wer mich verleumdet, muß damit rechnen, daß ich über ihn komme. Große Worte hat mein Mann ausgesprochen im Augenblick seines Aufruhrs, und ich bereute, ihn nach anderen Frauen ausgefragt zu haben. Er war in seiner Wut derart unerbittlich, daß er zwei Schüsseln zerschmiß, ich habe mich sofort geduckt in Erwartung der auf mich prasselnden Schläge. Aber er schlug mich nicht, er hielt sich nur an seine Wut, und die Gegenstände flogen im Wohnzimmer herum. In Gegenwart von Schafak Bey hätte er sich nicht gehen lassen, mein Schwiegervater war aber außer Haus. Jetzt liegt er friedlich neben mir und schläft, er kann sich nicht dagegen wehren, daß ich seinem Herzschlag lausche, ich horche seine Brust nach Lebenszeichen ab. Werde ich es ihm morgen verraten? Mein Mann ist kein Mensch, der kleine Opfer für höhere Ziele bringt, ich weiß, daß er sich für seine Familie aufopfern würde. Seine Geschäfte enden mit einem Fiasko, er versteht sich nicht auf die schnelle Geldvermehrung. Daher rührt seine Wut, ich bin mir ziemlich sicher. Werde ich es ihm morgen verraten?

Soll ich diese Nacht den angebrochenen Traum zu Ende träumen und die Zeichen lesen? Ich schüttele ihn so lange, bis er erwacht, und als er mich aus schlafkleinen Augen ansieht, sage ich: Mein Mann, ich bin schwanger.

30

Der Metallhaken an der Tür des Aborts pendelt bei jeder Erschütterung, die Ratte faucht bei jedem Schlag, den Mehmet Effendi mit dem Besenstiel setzt: Er hält den Knüppel fest in beiden Händen, schwingt ihn über den Kopf und atmet brüllend aus, bevor das Holz auf das Fleisch trifft. Das Tier ist in seiner Todesangst entsetzlich aufgeregt, es stößt hin und her, will zum Rettungssprung ansetzen, aber da saust auch schon der Knüppel nieder und trifft es am Hinterlauf, am fetten Rücken. Das graue Fell der Ratte ist an vielen Stellen aufgeplatzt, und doch gibt sie nicht auf, sie verbeißt sich in den Besenstiel und schnappt nach der Hand des Prüglers. Mehmet Effendi hat auf diesen Augenblick gewartet, blitzschnell packt er die Ratte am Schwanz, läßt das lange Holz fallen und greift nach dem Holzscheit, den ihm Metin reicht, er muß jederzeit zuschlagen können, wenn sich die Ratte aufbäumen und ihn am Handgelenk beißen sollte. Er macht zwei Schritte zum Blechkanister und läßt das schrill fiepende Tier in das Wasser fallen, und schlägt schnell den Holzdeckel zu. Seine Frau, Yeter Hanim, beschwert den Deckel mit zwei großen Steinen, wir hören die Ratte gegen den Deckel stoßen.

Wer will schon sterben? sagt Mehmet Effendi, so wird es den ganzen Tag und die ganze Nacht weitergehen. Es braucht einen ganzen Tag, bis die elende Ratte ersäuft. Sie ist zäh, aber ich kenne mich aus. So ist es bei uns, so bringen wir die Ratten um.

Diese Tiere verkünden nur Unheil, sage ich und bereue meine Worte sofort, mein Mann und ich wohnen jetzt seit einem Monat bei Mehmet Effendi in Untermiete, das Haus ist eigentlich zu klein, um zwei Familien zu beherbergen. Aber wir sind trotzdem eingezogen, weil meinem Mann das Geld ausgeht, und ich sollte unser neues Zuhause nicht schlechtreden.

Was ist schon Unheil?! sagt Yeter Hanim, überall nisten sich diese Tiere ein, in den Vorratskammern der Reichen und den dunklen Kellern der armen Istanbuler. Diese Ratte da ist so gut wie tot.

Sie wird noch viele Stunden ums Überleben kämpfen, sagt Metin leise.

Ja, das wird sie, sagt Mehmet Effendi und prüft seine Hände nach kleinen Bißspuren, aber der Kampf ist vorbei.

Im Blechkanister poltert das Tier wie ein gefangener Dschinn, es wird einen ganzen Tag leben und dann sterben. Ratten haben keine Knochen, deshalb sterben sie auch nicht so schnell wie der Mensch, man kann ihnen nicht die Knochen brechen. Ich wende den Blick ab und schaue hoch zum Himmel, ein Feuermal rötet die Quellwolken, in Scharlachschlieren laufen sie an ihren Rändern aus, das Feuermal befleckt die Dächer mit einem unheimlichen Schein, das ist das Unheil, denke ich, hat Yeter Hanim keine Augen, um es zu sehen? Eine Ratte lockt die nächste an, und ehe man sich versieht, bewirtet man eine ganze Rattensippe. In den letzten Tagen habe ich die Zeichen entdeckt: das Fliegengitter der Brotkammer war aufgerissen und die Brotkruste abgenagt – es war ein leichtes, die Krümel wegzuwischen, aber die Angst blieb, die Angst vor dem Hunger des Ungeziefers. Metin schraubt eine Pastillendose auf, die er immer für alle Fälle bei sich hat, greift mit spitzen Fingern nach einer Nelke und steckt sie in den Mund, er kaut neuerdings Nelken für einen frischen Atem. Er bietet uns allen eine Nelke an, wir lehnen alle dankend ab. Was die Miete anbetrifft …, setzt Metin an, doch Mehmet Effendi unterbricht ihn sofort.

Was willst du? Die Ratte ist doch tot, oder nicht? Bin ich nicht auf euren Hilferuf hin runtergestiegen und habe den

Kampf aufgenommen? Hätte ich euch die Hilfe verweigert, würdest du zu Recht jetzt mit mir um Geld feilschen können. Bist du mit mir unzufrieden?

Nein, darum geht es nicht, sagt Metin.

Ein undichtes Dach, ein geplatztes Abflußrohr, ein Fenster, das nicht richtig schließt: das alles liegt im Verantwortungsbereich des Hausbesitzers. Aber eine Ratte? Ich habe dir und deiner Frau einen großen Gefallen getan.

Ich danke dir, sagt Metin.

Ich habe es getan, weil ich euch mag, sagt Mehmet Effendi, wer in mein Haus einbricht, muß eben damit rechnen, daß ihm durch meine Hand die letzte Stunde schlägt … Belassen wir es dabei.

Seine Frau nimmt ihm den Holzscheit ab, dann trocknet sie ihm mit ihrem Ziertuch die schweißnasse Stirn, wer den Tod nicht fürchtet, stirbt nicht, sagte sie seltsamerweise, vielleicht erwartet ihr Mann, daß sie ihn mit einem alten Sinnspruch in seinem festen Glauben bestärkt. Sie hat, wie fast alle verheirateten Frauen, eine dicke Schminke aufgetragen, auf ihren Jochbögen prangen rosarote Vollmonde, die Augen sind schwarz umrahmt, und ihre Lippen sehen aus wie zwei Schmetterlingsflügel. Sie hat mich kurz nach dem Einzug danach gefragt, wann ich denn geheiratet habe, über meine Antwort war sie sehr unzufrieden. Man müsse sich an die Regel halten, zwischen zwei Festen zu heiraten, die Verlobung habe vor dem Opfer- und Zuckerfest stattzufinden. Sie erzählte, wie es bei ihr gewesen sei, das Haus des Mannes habe ihr, der künftigen Braut, zwei Male Geschenke zukommen lassen. Zum Opferfest trieben die Männer aus der Sippe des Bräutigams einen zwei Jahre alten Widder zu ihrem Haus, eine Schalmei- und Paukenkapelle spielte so lange auf, bis ihr Vater die Tür aufschloß, einen geringschätzenden Blick auf den Widder warf und das Tier widerwillig annahm. Dann erlaubte der Vater ihr, die um den Hals des Widders gebundene Kordelschleife mit den Goldtalern zu lösen. Der Cousin ihres künftigen Mannes übergab ihrem Vater ein Umschlagtuch aus Satin, das laut Brauch Hauspantinen, ein Abendkleid und ein Seidenkopftuch enthielt. Ihr Vater habe sich nicht dafür bedankt, das gehöre sich nicht, denn man dürfe sich nicht unter seinem Wert verkaufen. Jeder Mann und jede Frau aus der Sippe der Braut wird vor der Hochzeit beschenkt, und wenn sich aber ein Brautvater schon früh seine Freude anmerken läßt, wird die Sippe des Mannes für die Geschenke weniger Geld ausgeben. Schade, sagte Yeter Hanim zum Schluß ihrer Belehrung, schade, daß wir uns nicht früher kennengelernt haben, ich hätte für dich viele Wohlstandstaler herausgeschlagen.

Jetzt schaut sie mich an, wahrscheinlich erwartet sie, daß ich das Anliegen meines Mannes zu meinem Anliegen mache, daß ich mich mit ihr über die Höhe der Miete streite. Aber es hätte keinen Sinn, wir würden gegen die Schläue unserer Hausherren nicht angehen können.

Wir sollten nicht länger in der Kälte herumstehen, sagt Mehmet Effendi, morgen schaue ich nach, ob die Ratte tot ist. Wenn nicht, werde ich nachhelfen. Wenn sie aber, wie ich glaube, ihren letzten Atem ausgespien hat, werde ich sie verscharren, weit weg vom Haus.

Danke, sagt Metin.

Dafür gibt es nichts zu danken. Eine Plage weniger.

Ja, sage ich und gehe vor ins Haus, Metin folgt mir, er zieht sich im Schlafzimmer um, der Rattengeruch soll sich in seinen Kleidern nicht festsetzen. Als er in Unterhemd und Unterhose steht, fällt mir auf, daß er sie linksherum angezogen hat, und die Zornesröte schießt mir ins Gesicht, ich kann mich gerade noch beherrschen, am liebsten würde ich mich sofort auf ihn stürzen.

Du bist es nicht wert, der Vater unseres ungeborenen Kindes zu sein, sage ich, du bist so kalt, daß du dich auch nicht schämst.

Metin fährt herum und starrt mich mit großen Augen an.

Wovon sprichst du, um Gottes willen?

Du vergnügst dich mit anderen Frauen, sage ich, du bist ein Ehebrecher, davon rede ich.

Langsam habe ich genug von deinen Kapricen, sagt Metin und knöpft sich das frische Hemd zu, immer mußt du mir eine Schwäche unterstellen.

Ein Mann, der fortgeht, zieht im Haus der Ehebrecherin seine Strümpfe nicht aus, herrsche ich ihn an, aber in der Eile kommt es nicht selten vor, daß er seine Unterwäsche falsch herum anzieht ...

Bei deiner Phantasie ist es kein Wunder, daß du mich schlechtmachst, sagt Metin, er steht voll angekleidet vor mir, seine Verlegenheit hindert ihn daran, an mir vorbeizurauschen, ich bin nicht der, für den du mich hältst.

Mein Mann betrügt mich, soviel weiß ich.

Einbildungen, ruft er aus, hör damit auf.

Ich bin ganz ruhig, das Blut rauscht mir in den Ohren, ich sehe seinen Mund auf- und zuklappen, doch ich verstehe die Worte nicht. Wahrscheinlich wird er sich wortkräftig gegen meinen Vorwurf verwehren, und jetzt, da ich nicht weiß, ob ich ihm in Zukunft wirklich vertrauen kann, ob es überhaupt eine Zukunft gibt, bricht der Schwall Haß aus mir heraus.

Für wen hältst du mich? schreie ich ihn an, und für wen hältst du dich? Was willst du, daß ich für dich sein soll? Du gehst hinaus, du erlebst deine Abenteuer mit den Flittchen, die sich dir zu Dutzenden anbieten. Und ich? Ich soll zu Hause warten und alles hinnehmen und die Frucht in meinem Körper wachsen lassen. Ich warne dich. Es ist mir egal, ob ich den Rest meines Lebens als Unberührbare fristen muß, weil ich meinen Mann verlassen habe ...

Du gehst nirgendwohin, schreit Metin, ich erlaube es dir nicht.

Ich brauche deine Erlaubnis nicht, sage ich, fragst du mich um Erlaubnis, wenn du dich mit den Flittchen vergnügst?

Du wirst von Angst zerfressen, sagt Metin, wenn du nicht aufpaßt, verlierst du noch den Verstand.

Sprich nicht mit mir wie mit einem kleinen Kind, schreie ich so laut wie ich kann, ich bin deine Frau, und du betrügst mich. Wenn du mich nicht wolltest, wieso hast du mich dann geheiratet? Hat dich dein Vater unter Druck gesetzt? Untersteh' dich, zischt Metin durch die Zähne, mein Vater hat in deiner schmutzigen Phantasie nichts zu suchen.

Oder war es Irfan Bey, der auf dich eingeredet hat, bis du nicht anders konntest, als dich in das Unvermeidliche zu fügen?

Du bist eine böse Person, sagt Metin, stößt mich zur Seite, schlüpft in seinen Mantel und reißt die Tür auf ... du mußt dich selber fragen, woran es liegt, daß ich ungern nach Hause komme.

Gehst du wieder zu einem Flittchen? schreie ich, ich habe deine Wäsche gewaschen, gestärkt und gebügelt. Und du läßt dich jetzt von einem Flittchen beriechen. Los beeil dich, komm nicht zu spät zu deiner Verabredung, sie hat für dich bestimmt auch einen schönen Damenduft aufgelegt ...

Die Tür fällt krachend ins Schloß, und dann ist es still im Haus. Yeter Hanim und Mehmet Effendi haben den Streit bestimmt mitbekommen, in ihren Augen bin ich zu einer herrschsüchtigen Schwangeren herabgesunken, die ihren Mann aus dem Haus treibt.

Ich halte es nicht mehr in diesen vier Wänden aus, werfe mir eine Strickpelerine über, stelle mich vor das Haus, die Ratte poltert im Blechkanister, sie gibt den Kampf nicht auf. Das Himmelsrot ist von der Schwärze der Nacht aufgesogen, bald wird man nur noch die Silhouetten fliehender oder scheuchender Männer sehen.

Das ist eine kalte Nacht!

Ich fahre herum, Yeter Hanim reicht mir einen Damenmantel, und als ich im Schreck verharre, nickt sie mir zu, ich ziehe den fußknöchellangen schiefergrauen Mantel an, lege mir die Pelerine über die Schultern, mich hüllt die Wärme ein.

Ich bin da herausgewachsen, sagt sie lächelnd, mein Mann

sagt, ich sei schlicht zu dick für den Mantel. Wie auch immer, du kannst ihn gerne haben.

Das ist ein zu wertvolles Geschenk, Yeter Hanim, ich kann es nicht annehmen.

Klar kannst du es, wir reden einfach nicht mehr darüber.

Ich danke Ihnen, verehrte Dame.

Nenn mich große Schwester, das habe ich dir schon oft genug gesagt.

Ja, sage ich, daran werde ich mich in Zukunft halten.

Wir stehen still nebeneinander, der Blechkanister ruckt unter den Schnauzenstößen der Ratte, ich stecke die Hände in die Manteltaschen.

Man sieht es dir an, sagt sie ... habt ihr das Kind beide gewollt?

Wir haben ihn uns von Gott erfleht.

Bald wird es soweit sein, sagt sie, es sei willkommen in unserer Welt.

Ja, es sei willkommen.

Du kannst mich immer um Rat fragen, in allen Angelegenheiten.

Danke.

Bedank' dich nicht zu oft, sonst denken die Leute, es sei für dich nichts Besonderes.

Ich möchte Sie jetzt schon etwas fragen ...

Na los, sagt sie und gibt mir einen Klaps auf den Arm.

Ich will nicht, daß sie stirbt, diese Ratte, sage ich, ich weiß, es ist vielleicht etwas unanständig, schließlich habe ich Sie und Ihren Mann um Hilfe gebeten. Aber ich könnte es mir nicht verzeihen.

Hast du keine Angst, daß du dich versiehst? Du hast eine Ratte gesehen, vielleicht kommt dein Kind hasenschartig zur Welt. Bei einem Jungen macht es nicht soviel aus, er kann sich die Scharte später zuwachsen lassen. Aber ein Mädchen, es wird zeit seines Lebens leiden ...

Bitte, Schwester, ich werde Ihnen ewig dankbar sein.

Die Seelen toter Ratten suchen ihre Mörder nicht heim, sagt sie und mustert mich von Kopf bis Fuß. Auch sie möchte zurückkehren ins Haus, die Kälte aussperren, die Rattenhatz vergessen, so wie man eine kleine Sünde begeht und sie aber im nächsten Moment vergißt. Dann geht sie in schnellen Schritten zum Abort, rüttelt an der Tür, um sicherzustellen, daß der intime Ort nicht von Eindringlingen verwüstet werde, sie holt mit dem Bein aus und versetzt dem Blechkanister einen Stoß, so daß er donnernd auf die Seite kippt, die Ratte, naß und zu Tode erschrocken, huscht in die Nacht. Vier Sprünge und sie ist verschwunden.

Du kannst jetzt ruhig schlafen, sagt sie, du bist keine Mörderin, aber ein barmherziger Gastgeber. Vielleicht läßt sich die Ratte morgen von dir bewirten.

Danke, meine Dame.

Schwester! Merk dir das endlich … Was deinen Mann anbetrifft, er kommt zurück, die Männer kommen immer zurück. Es ist eine Schande, daß sie ihr Glück an anderen Orten versuchen müssen. Früher oder später packt sie das Entsetzen, und sie kehren um. Lange halten sie es unangefochten nicht aus. Wenn du ihn anfechtest, wird er glauben, es sei Liebe. Laß ihm also nichts durchgehen, und er wird denken, mehr als diese deine Liebe wünsche er nicht. Und dieser Wunsch ist dir dann Befehl.

*

Ihren letzten Atem hat sie zur Mittagsstunde ausgehaucht, und jetzt liegt das, was von ihr übriggeblieben ist, ihre Hülle, ihr Körper, der seelenlose Rest, auf dem Wohnzimmertisch, in einen feinen Musselin gehüllt, das Tuch auf ihrem Gesicht zeichnet den tiefen Nasensattel nach, auf den ich zu ihren Lebzeiten immerzu starren mußte. Die Fensterläden sind aufgesperrt, der Wind bauscht die Tüllgardinen auf, der Schnee fällt in großen Flocken. Diese Nacht wird man sie im Haus aufbewahren, man hat die Hoffnung nicht verloren, daß sie aus ihrem Totenschlaf erwache, diese Nacht wird uns davon überzeugen, daß eine Wiederauferstehung ausgeschlossen ist. Ihr Blut in den Adern ist verklumpt und wird sich nicht wieder verflüssigen. Es ist schon vorgekommen, daß der Totgeglaubte im Erdloch wiedererwachte und um Hilfe schrie, doch die Erde dämpfte seine Schreie, und die Menschen, die am Rande des Friedhofs lebten und wohnten, griffen zu den Wachspfropfen, um das jenseitige Geschrei nicht hören zu müssen. Sie glaubten, die Seelen der zur Höllenewigkeit Verdammten würden umgehen. Als Kind hat man mir diese Geschichten erzählt, Geschichten von Toten, die sich plötzlich in der Nacht aufrichten, Geschichten von Lebenden, die vor Schreck tot umfallen.

Metins Großmutters ist jedoch für dieses Leben endgültig verloren, sie hat mit achtzig Jahren unsere Welt verlassen. Ein Docht in der Wachspfütze einer heruntergebrannten Kerze, denke ich, das ist ihr Rest auf dem Tisch, und daß wir die Tote bedecken, kommt von unserer Angst, diese Angst nagelt mich fest auf dem Schemel, diese Angst läßt mich die Wolldecke über den Kopf ziehen, und doch kann ich das Dunkel nicht ertragen, in dem ich mich einsperre, und ich spiele mit dem Lichtschalter, ich mache das Licht ein und aus, ein und aus. Es ist so kalt, ich werde erfrieren, aber ich kann mich nicht von meinem Platz an der Stirnseite des Zimmers lösen, ich kann mich nicht erheben, ich fiele neben dem Totentisch um, wenn ich versuchte, mich an der Toten vorbeizustehlen, würde sie vielleicht, würde sie bestimmt die Hand nach mir ausstrecken und mich festhalten wollen. Habe ich wirklich eine Garantie, daß sie nicht wieder zum Leben erwacht? Wo sind die anderen, wieso haben sie sich zurückgezogen? Es ist für dich, kleines Persönchen, eine Ehre, sagte Billur, aber komm' dir deswegen bloß nicht zu toll vor, ich sehe den verrückten Stolz in deinen Augen, eine Tote zu bewachen ist kein Kunststück. Na, dann übernimm du doch die Wache, sagte ich ihr, du willst mich doch nur einwickeln mit deinen Lügen, du hast nur Angst. Sie wollte schon zu einem Schlag ausholen, aber Schafak Bey, der heimlich ins Wohnzimmer eingetreten war, griff nach ihrer erhobenen Hand und drückte zu, daß sie vor Schmerz auf die Knie ging. Wehe dir, drohte er Billur, wehe dir, du kleines Weib, wehe dir, du Menschenkrümel. Wäre er nicht eingeschritten, hätten Billur und ich in Gegenwart der Toten gebalgt wie keifende Frauen im Heißbad, und man hätte uns beiden die große Schande zugeschrieben.

Ich kann meinen Blick nicht abwenden vom Leichnam, der Wind läßt einen losen Tuchzipfel flattern, ich schalte wieder das Licht an, stehe mit einem Ruck auf und bin in zwei Schritten am Tisch, dann schlage ich das Tuch zurück und schaue herunter auf ihr Gesicht. Wie schön bist du gewesen, meine hohe Dame, in kleinen tippelnden Schritten bist du gegangen, und nicht einen Tag, nicht einen halben Tag bist du von der Seite deines Mannes gewichen. Welch schöne Worte hast du gesprochen, zu den verdienten Menschen wie zu den Lumpen, du hast ihnen ihre Arglist, ihre Habgier, ihren von Gott nicht gesegneten Männerstolz gelten lassen, und sie waren so dumm, dich für ahnungslos zu halten. Du kanntest ihre kleinen Geheimnisse, und du hast gesagt:

Was habe ich davon, wenn ich sie bloßstelle? Diese Persönchen beißen, wenn sie sich bloßgestellt fühlen.

Hätte ich doch nur darauf bestanden, öfter in deiner Nähe zu sein, doch die Erbschleicher bildeten einen undurchdringlichen Kreis um dich. Wie schön bist du gewesen, meine hohe Dame, wie schön ist das Gesicht dieses toten Körpers, den du verlassen hast.

Als eine Träne auf ihrer blassen Stirn zerplatzt, decke ich sie wieder zu, gehe zurück und setze mich auf den Schemel. Ich hätte gleich hinausstürzen sollen, doch jetzt ist es dafür zu spät, ich kann sie in dieser ihrer letzten Nacht, da sie von Lebenden umgeben ist, nicht alleine lassen. Die Türklingel reißt mich aus dem kurzen Angstschlaf, in den ich hineingedämmert sein muß, ich erhebe mich von der Wolldecke auf dem Boden, mein vor Kälte steifer Körper will mir nicht gehorchen.

Die hohe Dame liegt auf dem Wohnzimmertisch, sie hat sich in der Zeit, da ich nicht bei mir war, nicht bewegt. Ich nehme allen Mut zusammen und laufe schreiend aus dem Zimmer, mache schreiend die Tür auf, und als Irfan Bey sich schnell an mir vorbeistiehlt, schreie ich immer noch.

Um Gottes willen, beruhige dich, was ist denn los?

Nichts, flüstere ich, ich habe nur große Angst.

Wo sind die anderen? Ist sonst niemand zu Hause?

Sie schlafen, Herr Onkel.

Und was ist mit dir?

Ich habe die ganze Nacht Totenwache gehalten, sage ich und presse mich an die Wand, er ist außer sich vor Wut und reißt die Augen auf.

Das tun sie einer schwangeren Frau an? schreit er, dein Mann, wo ist dein Mann, verdammt noch mal?

Er ist auf einer Geschäftsreise, sage ich, wir erwarten ihn heute, man hat ihn benachrichtigt.

Dieser Metin und seine Geschäftsidee, ruft er aufgebracht, wer kauft schon Leder von einem feinen Herrn aus Istanbul?

Soll ich Ihnen Tee machen? frage ich.

Nein, sagt er, ich übernehme die Totenwache, und du wirst dich sofort schlafen legen. Gibt es ein freies Bett für dich?

Machen Sie sich keine Gedanken, ich kauere mich in eine Ecke.

Irfan Bey betritt das Wohnzimmer, ich schaue ihm nach, er hat Mantel und Hut nicht abgelegt, in dem kalten Zimmer wird er sie auch brauchen. Der älteste Sohn bewacht jetzt seine tote Mutter, denke ich, wäre es da nicht besser, wenn ich mich zu ihm gesellen würde, ihm ein bißchen Trost zu spenden? Doch Irfan Bey wird wohl alleine bleiben wollen, in den wenigen Stunden, in denen er Abschied nimmt. Leise gehe ich in das Nebenzimmer, setze mich auf den Boden, lehne meinen Kopf gegen die Wand und schlafe augenblicklich ein.

Billur rüttelt mich wach, mir ist so, als hätte ich nur vier Atemzüge lang geschlafen.

Es ist elf Uhr, sagt sie, es schickt sich nicht für die Braut des Hauses, so lange zu schlafen.

Laß mich in Ruhe, sage ich.

Nein, sagt sie, das werde ich nicht tun. Du hast heute noch viel zu tun. Man bereitet sich auf die Totenwäsche vor. Ich habe das Wasser im Kessel schon heiß gekocht, und die Tote … die hohe Dame liegt schon auf dem Holzpodest im Garten. Los jetzt.

Du böse Teufelin, zische ich ihr zu, mach' du es doch!

Ich kann den Anblick von Toten nicht ertragen, sagt sie leise, du mußt es tun … bitte.

Sie drückt mir eine Schüssel in die Hand, ich stehe auf und trete auf den Flur, der Schöne ist auch eingetroffen und trägt den Kessel mit heißem Wasser, danke, sagt er, danke, daß du auf Großmutter aufgepaßt hast, das werde ich dir nie vergessen, und dann stellt er den Kessel ab, streichelt sanft meine Wange, du bist meine Frau, sagt er, und das wird auch so bleiben. Er lächelt mich an, und ich lächele zurück, Billur treibt uns zur Eile an, Metins zärtliche Geste hat sie verstimmt, und es tut mir in diesem Moment gut, sie zornig zu sehen.

Als wir in den Garten hinaustreten, schauen mich zwei Frauen aus der Nachbarschaft an.

In Gottes Namen, sagen sie wie aus einem Munde.

In Gottes Namen, antworte ich ihnen.

Irfan Bey drückt die Tote in die Seitenlage und schaut weg, ich ziehe die Gesäßbacken der hohen Dame auseinander, nehme die mir gereichten Wollestreifen entgegen, lege sie hinein, der hohen Dame darf während ihrer letzten Waschung nichts entweichen. Dann tauche ich die Schüssel in den Kessel, gieße Wasser über den Körper der hohen Dame, die beiden Frauen reiben sie mit blütenweißen Leinentüchern.

In die Hände des einen Gottes befehlen wir deine Seele, flüstern sie.

Der Herr nehme dich auf, Mutter, sagt Irfan Bey, Er nehme dich auf in Seine Schar der Gläubigen.

Es gibt keine Macht und keine Kraft außer dem einen Gott, sage ich, wir sind Ihm untertan.

Gott empfange dich, denn wir sind Seine Liebenden, sagt der Schöne.

In die Hände des einen Gottes, rufen die Frauen aus.

In die Hände des einen Gottes, stimmen wir alle ein.

Wir waschen ihren Mund aus, ihre Nase, wir lassen Wasser über ihren Kopf fließen, keine Stelle ihres Körpers darf trocken bleiben. Wir binden ihre Hände und Füße zusammen und wickeln den entseelten Körper der hohen Dame in ein drei Meter langes weißes Leichentuch ein.

Möge der eine Gott sie ins Paradies eingehen lassen, flüstern die Frauen.

Möge Er deiner Seele gnädig sein, Mutter, sagt Irfan Bey.

In Gottes Namen, sage ich.

In Seinem Namen, sagt der Schöne, und dann bricht seine Stimme, und er weint leise über dem Leichnam seiner Großmutter, die Tropfen nässen das Leichentuch, und als er es nicht mehr aushält, wendet er sich ab und kehrt zurück ins Haus.

Man hört nicht auf zu lieben, sagt eine der Frauen, nur der Tod kommt dazwischen.

Geh auch hinein, sagt Irfan Bey, steh' ihm bei … in Gottes Namen.

31

Das Schicksal ist ein großer Halunke, mehr als diese Worte hat mein Mann nicht von sich gegeben, als er aus dem Zug ausstieg, fast drei Monate ist er im anderen Land, in seinem geliebten Deutschland, gewesen, und nun bekam ich nur die Hälfte des Mannes zurück, von dem ich mich verabschiedet hatte. Er war abgemagert, er hatte Ringe unter den Augen, und seine Haare, die sich in dicken Strähnen auf der Stirn kringelten, waren ausgefallen. Ein Endzeittier hat ihn aufgefressen, dachte ich bei seinem Anblick, es hat ihn verdaut und wieder ausgespien. In Gegenwart seines Vaters traute er sich nicht, mich zu umarmen, oder wie sollte ich es verstehen, daß er auf dem Bahnsteig stand wie ein heimgekehrter Frontsoldat, er nickte mir zu wie einer Bekannten, und Schafak Bey, der ihn willkommen hieß und an seine Brust drückte, runzelte befremdet die Stirn. Sein Kind in meiner Bauchhöhle versetzt mir Fußtritte, es ist so wild, daß es in die Fötushülle beißen würde, hätte es schon Nagezähne, das Kind hat Schluckauf in meinem Bauch. Ein Kriegerkind, sagt Schafak Bey, später wird sie den Männern die Köpfe abreißen – für ihn ist es ausgemachte Sache, daß ich ein Mädchen zur Welt bringen werde, er wünscht sich nichts sehnlicher als eine Enkeltochter, der er die Kampfgriffe der Männer beibringen kann.

Der Schöne aber gab mir zwei Tage und Nächte keinen Kuß, er drehte den Kopf weg, wenn ich neben ihm auf dem Sofa Platz nahm, er wandte sich ab im Bett und gab vor, die große Müdigkeit, die in seinen Knochen stecke, ausschlafen zu wollen. Sein deutscher Firmenchef sei über seine Arbeit sehr zufrieden gewesen, erzählte er mehr zu seinem Vater als zu mir, er habe Metin angeboten, in der Firma zu bleiben, denn dann würde er ihn als Firmenvertreter nach Japan schicken. Welch ein mächtiges Versprechen – so locken sie also die kräftigen Männer, rief Schafak Bey aus, und hast du dir Bedenkzeit ausbedungen? Ich habe abgelehnt, sagte Metin leise und fuhr nach einem kurzen Blick auf mich fort: Sein Schwiegervater würde ihm doch alle Höllenhunde auf den Hals hetzen, wenn er mit Leyla im fernen Osten verschwinde, das habe bei seiner Entscheidung den Ausschlag gegeben. Ich bin enttäuscht, er redet über mich wie von einer dritten Person. Seltsame Briefe habe ich von ihm aus dem anderen Land bekommen: Die Gotteshäuser seien eher eckig gebaut als rund, die Gebetsausruftürme würden in einen von grauen Wolken verdüsterten Himmel ragen, alles habe seine Ordnung, das Leben und der Verkehr seien vorbildhaft geregelt, er könne sich wirklich nicht beschweren. Ich hatte mit persönlichen Zeilen gerechnet. Das Schicksal ist kein großer Halunke, das Schicksal ist ein Verbrechen, doch man soll nicht wider Gott Front beziehen.

Dann kam ein Brief aus Deutschland, eine fremde Briefmarke, eine fremde Handschrift, es kam mir falsch vor, ihn einfach auf den Tisch zu legen, damit der Schöne ihn später lesen konnte. Also öffnete ich ihn über dem heißen Dampf, und als ich das Papier entfaltete entdeckte ich die Schönschrift einer Frau, die Buchstaben fielen von der Geraden ab und sahen aus wie Menschen, die sich gegen einen starken Wind stemmen. Ich roch an dem Papier, doch es verströmte nicht den Duft einer hochgestellten deutschen Dame, und da mir die Worte keinen Sinn ergaben, steckte ich das Papier in den Umschlag und entschied mich dafür, den Brief nicht an meinen Mann auszuhändigen.

Jetzt sitze ich Orhan gegenüber, dem Schwager von Metins Cousin, wir haben uns an einem neutralen Ort, in einer stadtbekannten Konditorei, getroffen, und er überfliegt kurz den Brief und errötet.

Das kann ich nicht übersetzen, sagt er.

Ich dachte, du kannst dich auf deutsch flüssig unterhalten.

Daran liegt es nicht … du weißt, daß hier eine Frau an deinen Mann geschrieben hat? Daß sie, wie aus dem Brief hervorgeht, nicht unbedingt in einem geschäftlichen Verhältnis zu Metin steht?

Ich bin auf das Schlimmste gefaßt, sage ich, bitte übersetze mir den Brief.

Das Bierglas vor ihm auf dem Tisch steht in einer kleinen Pfütze aus Kondenswasser, und wie um sich Mut anzutrinken, nimmt er einen großen Schluck. Das Licht bricht sich am Glas, und für einen Moment sieht es aus, als entströme Heiligkeit aus seinem Mund und tauche sein Gesicht in das Licht der Erlösten. Doch wenn das Schicksal ein großer Halunke sein soll, ist Orhan ein kleiner Schurke, der sich nimmt, was er versetzen kann.

Also gut, hebt er an, hier steht: Mein Geliebter … ich werde nicht Wort für Wort übersetzen, das geht auch über meine Kräfte, ich gebe dir eine sinngemäße Wiedergabe.

Was steht da drin? Ich will es wissen!

Sie macht keinen Hehl aus ihrer Zuneigung zu deinem Mann, sie findet dafür eindeutige Worte …

Zuneigung?

Mehr als Zuneigung, sagt Orhan, wenn eine Frau so von mir schwärmen würde, wüßte ich, sie ist mir verfallen.

Das ist schlecht, sage ich.

Das ist schlecht für dich, sagt er, sie schreibt hier, sie könne nicht ohne ihn leben, sie müsse immerzu an ihn denken … Da ist noch etwas.

Was denn?

Willst du nichts trinken? fragt er, vielleicht gezuckertes Limonenwasser? Ich weiß natürlich nicht, ob es einer schwangeren Frau bekommt.

Orhan, sage ich, was schreibt sie noch?

Die Hochverliebte kommt ihn besuchen … wenn ich sie richtig verstehe, wird sie von heute an in knapp zwei Wochen am Istanbuler Hauptbahnhof eintreffen. Sie bittet um ihre Abholung.

Was für ein Drecksstück! rufe ich aus, sie will mir meinen Mann wegnehmen.

Bei aller Liebe, Leyla, dein Mann muß ihr Hoffnungen gemacht haben – diese Frau ist dermaßen entflammt, daß sie zu allem entschlossen ist. Metin hat sich also in Deutschland richtig umgeschaut.

Das ist nicht witzig, sage ich und schaue ihn hart an, wahrscheinlich bewunderst du ihn auch noch dafür.

Ich habe mit dieser ganzen Angelegenheit nicht das geringste zu tun, sagt Orhan, du bestrafst den Überbringer der schlechten Nachricht.

Deine Herzensgüte ehrt dich, sage ich, ich danke dir ... und noch etwas, diese Sache bleibt doch hoffentlich zwischen uns.

Was wäre gewonnen, würde ich Metins lustiges deutsches Leben ausplaudern?

Nichts, sage ich, du hättest wirklich nichts davon. Denn ich würde mich gezwungen sehen, mich über deine Liebschaften zu verbreiten. Es käme uns beiden teuer zu stehen.

Orhan schaut mich lange an und dreht mir dann voller Zorn den Rücken zu, er reagiert nicht auf meine Dankesworte und meinen Abschiedsgruß. Soll mir recht sein, denke ich, wenn man nicht aufpaßt, verbünden sich die Männer hinter dem Rücken einer Frau.

Am Abend stelle ich den Schönen zur Rede, und wie erwartet bestreitet er, im Neuland jemals auch nur die Hand einer fremden Frau berührt zu haben. Ich werfe ihm den Brief zu Füßen und sage, daß ich damit zu einem Übersetzer gegangen sei, er solle das Verhältnis zu dem Flittchen nicht mehr abstreiten. Er liest den Brief in einem Atemzug und erbleicht, seine Hände zittern jetzt, und er muß sich hinsetzen. Ich sehe es ihm an, wie es in seinem Kopf arbeitet, schließlich blickt er auf.

Es stimmt, sagt er leise.

Du bist ein Ehebrecher, sage ich, du hattest es sehr eilig, ins fremde Land zu fahren. Du hattest es sehr eilig, dort eine Nebenfrau zu finden.

Ich fühle mich deswegen sehr schäbig, sagt er.

Du hast mich geschwängert, dieses Kind ist ein Glücksfall für uns beide. Und dann aber setzt du dich ab, du rührst deine eigene Frau nicht an, ich zerbreche mir den Kopf, was ich falsch mache, ob ich schlecht rieche und dich deshalb vertreibe. Es gibt Gerüchte über dich, doch ich schenke ihnen nicht sonderlich Glauben, weil ich nicht will, daß unsere Ehe zerstört wird. Jetzt denke ich, es ist alles umsonst gewesen.

Ich liebe diese Frau nicht, sagt Metin.

Wie heißt sie?

Das tut doch nichts zur Sache …

Wie heißt sie? schreie ich ihn an.

Hedda, flüstert er, ich schwöre dir, es ist keine ernste Sache.

Was wirst du in dieser … Hedda-Angelegenheit unternehmen? Wirst du zulassen, daß sie dich besuchen kommt?

Um Gottes willen, nein, ruft er aus, hör zu, diese Akte habe ich geschlossen. Hätte ich sie dir vorgezogen, wäre ich aus Deutschland gar nicht zurückgekehrt. Ich hatte dort sehr viel Zeit, um über uns nachzudenken, und jetzt weiß ich, daß es kein Zurück gibt. Du bist meine Frau, und ich werde bald Vater …

Rede dich nicht heraus, sage ich, was wirst du also tun?

Er bleibt eine Weile still, dann steht er auf, geht ins Wohnzimmer, ich kann hören, wie er in den Schubladen sucht und kramt, wenig später steht er mir gegenüber, er hält triumphierend unsere Hochzeitsfotos hoch.

Ich werde diese Fotos in einen Briefumschlag stecken und an sie schicken. Das sollte sie zur Besinnung bringen. Und was den Tag ihrer Ankunft in Istanbul anbetrifft … ich werde an diesem Tag von morgens bis abends zu Hause bei dir bleiben, damit Klarheit zwischen uns herrscht.

Metin, sage ich, schau' mich an.

Ja, was denn?

Ab heute hast du es in der Hand, sage ich, wenn du dich noch einmal mit einer anderen Frau triffst und die Ehe brichst, bin ich weg, und das Kind nehme ich auch mit. Dann kannst du dir aus der Masse der gepflegten deutschen Damen eine Frau deines Herzens aussuchen. Haben wir uns verstanden?

Ja, sagt er mit tonloser Stimme.

Schwör' es beim Haupt deines ungeborenen Kindes!

Was soll ich schwören?

Daß du nur Augen für deine Frau hast.

Ich schwöre es beim Haupt meines ungeborenen Kindes, sagt er, ich werde keine andere Frau begehren.

Gut, sage ich, und jetzt gib mir den Brief.

Ich zerreiße ihn in kleine Schnipsel, reiße ein Zündholz an und halte die Flamme an die Schnipsel im Aschenbecher. Das vergangene Leben meines Mannes verbrennt vor meinen und seinen Augen, und er erschrickt, als ich ausspucke, denn erst jetzt stellt sich der Schock über seine Liebesverbrechen ein. Ich darf vor ihm nicht in Tränen ausbrechen, denke ich, er wird dann versuchen, mich zu umarmen und zu trösten, ich würde ihn von mir stoßen und hoffen, daß er unglücklich fällt und sich den Arm bricht. Das Neuland zieht unsere Männer an, sie verfallen schnell diesem Glücksspiel, das ihnen die großen Preise verspricht, Geld zum Leben und eine fremde Frau zum Lieben, das Neuland ist ein Paradies für leichtfertige Junggesellen und für verheiratete Männer, die sich wie Junggesellen aufführen. Ich werde es ihm nicht erlauben, wir bleiben hier.

*

Mein Kind hat sich umgedreht in mir, endlich liegt es mit dem Kopf nach unten und gibt Fußstöße, daß ich mich manchmal krümmen muß. Ich habe mich an die Anweisung des Arztes gehalten, er riet mir, mich an die Heilkünste der Ahnen zu halten. Also kaufte ich beim Markt getrocknetes Unkraut, drehte die spröden Blätter in Zigarettenpapier zu einem kleinen Kegel ein, den ich in die Zwischenzehenmulde neben dem kleinen Zeh meines rechten Fußes steckte.

Dann zündete ich die Unkrautzigarette an und ließ sie so lange brennen, bis ich es nicht mehr aushielt. Und tatsächlich, am Abend des dritten Tages drehte sich mein Kind um, ich bin fast umgekommen vor Bauchschmerzen.

Als Zeichen eines neuen Lebens, das der Schöne beginnen will, sind wir in eine Wohnung mit vier Zimmern im zweiten Stock eines leicht verfallenen Hauses eingezogen. Es gibt keinen Ofen im Wohnzimmer, nur einen Holzofen in der Küche. Sobald ich einen Krug mit frischem Wasser neben den Abtritt stelle, friert er am Boden fest. Die Kälte setzt uns allen zu, dem Schönen und mir, Schafak Bey und meiner Mutter. Ihr Mann hat sie wieder einmal davongejagt, zwei Menschen könnten nicht an einer Brotrinde nagen, sie solle sich zu ihrer Hundetochter scheren. Wir tunken Brot in Wasser, die Gläubiger treten gegen die Haustür, und wir stellen uns tot, wagen es nicht, aus dem Haus zu gehen. Schafak Bey wickelt zwei Bauchbinden um seinen Körper, um, wie er sagt, seinen Magen kleinzuschnüren. Meine schöne Mutter fastet fast den ganzen Tag, und erst am Abend gestattet sie sich einen Teller Gemüsesuppe. Goldkörnchen, es kommen bessere Tage, dein Kind ist wichtig, der Gottessegen in deinem Bauch soll sich stärken. Sagt meine Mutter. Morgens nach dem Aufstehen muß sie meinen Kopf halten, während ich Galle erbreche. Über meine plötzlichen Wutausbrüche, für die ich mich dann schäme, muß sie laut lachen. Kannst du einen Salzhügel ersteigen? fragt sie mich, so wird es in deinem Leben als Mutter sein, immer wieder wirst du den Salzhügel hochklettern und immer wieder im Salz versinken. Sie lacht und streicht mir über die heißen Wangen. Djengis, der Gehetzte, ist der Mutter gefolgt – Halid, der Große, taugt nicht mehr zum Vorbild: einem abhängigen Schnapssäufer will er keine Dienste mehr leisten. Der Schöne gewährt ihnen allen Aufnahme, und es macht für ihn keinen Unterschied, ob eine halbe oder eine ganze Sippe an unserer beider

Armut teilhat, von ihm aus könnten alle meine Geschwister in unsere Kammern zum Leben und zum Darben einziehen. Wir drängen uns im Wohnzimmer zusammen, unserer aller Körperwärme reicht gerade noch, um nicht zu erfrieren.

Das Reich ist zerfallen, die Eingeweidekultur ist eingezogen, sagt Djengis, die Drecksdemokratie begünstigt nur die Nackten, Halbverstümmelten und das Pack der niederen Arten.

Schafak Bey läßt die Zeitung sinken, räuspert sich die Kehle frei und zerrt seine beiden Bauchbinden hoch.

Du redest wie ein Deutscher aus der alten Zeit, sagt er, man hat die Deutschen zum Besseren erzogen. Auch deinen Kopf müßte man entlausen.

Vater, er hat seine Ansichten, sagt Metin, sie müssen uns ja nicht gefallen. Djengis ist mein Sohn, er ist kein Gast, auf den ich Rücksicht nehmen muß, stößt Schafak Bey hervor, in einer Familie werden die Meinungsverschiedenheiten ausgetragen. So habe ich es gelernt von meinem Vater.

Friede seiner Seele und Ehre seinem Angedenken, sagt Djengis, Herr Vater, glauben Sie nicht auch, daß wir in der falschen Zeit leben?

Nein, sagt Schafak Bey.

Wie auch immer, die Zeit ist falsch, entweder passen wir uns an, oder wir passen die Zeit unseren Vorstellungen an.

So wie ich dich kenne, neigst du eher dazu, die Zeit nach deiner Kleidergröße umzuändern.

Es geht ja nicht nur um mich, Herr Vater. Es gibt die Zeit und es gibt die Idee – auch ich unterstelle mich dem idealistischen Prinzip.

Poeten tun das auch, wirft Metin ein, sie schreiben Bücher.

Die meisten Poeten sind elende Bolschewisten, zischt Djengis, sie haben sich dem Aufklärungsfaschismus des Westens verschrieben.

Na, jetzt purzeln aber dir die Begriffe durcheinander, sagt Schafak Bey, bin ich also ein Faschist, weil ich glaube, es sei besser für die Armen, wenn sie von Pfaffen nicht verblödet werden?

Sie sind ein ehrenwerter Mann, sagt Djengis, was ich …

Ich werfe die Stricknadeln weg und fliehe ins Schlafzimmer, ich lege mich sofort auf den Rücken, atme ein und aus, ein Fleischermesser bohrt sich in meinen Unterleib, und ich spüre, wie eisige Zugluft über meinen Körper streicht.

Goldkörnchen, ist es soweit?

O Gott, rufe ich aus, es zerreißt mich.

Fließt du aus? fragt meine Mutter.

Nein … ich bin noch trocken … die Schmerzen bringen mich um!

Schafak Bey schickt Metin und Djengis zum Arzt und trägt ihnen auf, auch eine Hebamme zu benachrichtigen, wir stehen vor der Wundertat, ruft er ihnen hinterher, vermasselt es nicht. Meine Mutter hält mir die Hand, streicht mir über Kopf und Wangen, keine Angst, meine Wundervollbringende, sagt sie, es geht am Ende ganz leicht, und du wirst am Kind genesen, sei ohne Furcht, du hast dich nicht am Feuer versehen, dein Kind wird ohne Blutflecken im Gesicht zur Welt kommen. Als der Arzt eintrifft, schickt er sie als erstes aus dem Zimmer, die Hebamme hockt sich auf einen Stuhl neben dem Bett.

Ich fange jetzt mit der Untersuchung an, sagt er, nachdem er die Tür geschlossen hat, mach' dich unterhalb des Nabels frei.

Deine Augen entehren mich, rufe ich aus.

Du verhältst dich wie ein Weib aus dem Gesindehaus, sagt er, für deine Beschämung gibt es keinen Grund, Frau. Hebamme, mach' sie für die Untersuchung fertig.

Sie schlägt meinen Rock zurück und zerrt am Bund meiner Wollstrümpfe und Unterhose, ich bäume mich auf, falle aber vor Schmerzen wieder zurück ins Kissen. Sie spreizt mir gewaltsam die Beine auseinander, ich schäme mich, daß ich eine unschickliche Stellung einnehmen muß. Der Arzt geht am Fußende des Bettes auf die Knie, zieht sich dünne, fast durchsichtige Handschuhe an und geht mit dem Kopf näher an meine Schamstelle heran.

Kein Augenkontakt! zischt er, und ich wende meinen Blick von ihm ab, er klopft mir mit dem Handrücken auf die Innenseiten der Schenkel, ich spreize die Beine weiter auseinander. Die kalte Haut seiner Finger jagt mir eine Gänsehaut ein, seine Finger teilen mich unten entzwei, die Finger tasten und stochern, und ich bedecke meine geschlossenen Augen mit der Hand und schaffe mir eine doppelte Dunkelheit, in der mein Oberkörper alleine ist, unangetastet von fremden Händen.

Hast du ziehende Schmerzen? fragt er mit gedämpfter Stimme.

Es zieht alles in meinem Körper herunter, flüstere ich aus meiner Dunkelheit.

Es steht unentschieden, sagt der Arzt, eigentlich ist es soweit. Aber ich glaube, wir haben noch etwas Zeit.

Er schickt die Hebamme heraus, sie solle mit einem großen Glas Tee für ihn wiederkommen, in der Zwischenzeit mustert er mich, ich habe den Rock heruntergeschoben und wimmere leise vor mich hin.

Deine Spalte hat sich geöffnet, sagt er, das Fruchtwasser ist aber nicht abgelaufen. Wir müssen warten … Was willst du?

Ist alles in Ordnung mit ihr? fragt meine Mutter im Türrahmen.

Muß ich einem ungebildeten Weib wie dir auch noch Rechenschaft geben, ruft der Arzt aus, hast du etwa auch ein Arztdiplom?

Nein, Herr, sagt sie, ich sorge mich nur um meine Tochter.

Sorge dich eher darum, wie du mich bei Laune hältst, sagt der Arzt und lacht böse, wo bleibt mein Tee?

Geht es dir gut, mein Goldkörnchen? fragt sie.

Ja, keuche ich, es wird alles gut werden.

Es ist nicht die Zeit für Liebeserklärungen, sagt der Arzt und wedelt mit der rechten Hand, los, weg mit dir, du verkeimst hier die Luft.

Ich muß in Ohnmacht gefallen sein, als ich die Augen aufschlage, sehe ich den eingenickten Arzt auf dem Stuhl, das

Teeglas zu seinen Füßen ist umgefallen, eine Stubenfliege krabbelt in der kleinen Lache am Steinboden.

Wach' auf, schreie ich, wach' verdammt noch mal auf, es tötet mich!

Er schreckt auf und schaut mich böse an, er bemerkt meine blau angelaufenen Lippen und ruft nach meiner Mutter und meinem Mann, sie eilen ins Schlafzimmer.

Wo ist die Hebamme? fragt er.

Sie konnte nicht länger dableiben, sagt der Schöne, sie wollte es Ihnen persönlich sagen, aber sie waren eingeschlafen.

Die Mühe hat sich nicht gelohnt, sagt der Arzt, wir können keine Hausgeburt vornehmen, sie muß ins Krankenhaus.

Ich weiß nicht mehr, wie man mich in den Wagen gebracht hat, rechts und links von mir saßen Metin und Djengis im Fond, mal sank ich in Bewußtlosigkeit, mal schrie ich auf, ich wolle nicht in die Gebäranstalt, denn sie hat den Ruf, weniger ein Entbindungshaus als ein Depot für Frauenkörper zu sein.

Zwischen zwei Ohnmachtsanfällen starre ich die Krankenschwester an, sie macht sich an meiner Geldbörse zu schaffen, ich liege im Bett, und es ist, als bohrte sich das Messer in meinen Bauch und in mein Kreuz, nehme mir nichts weg, flüstere ich, stehle mir nicht das wenige, das ich habe.

Schrei nicht so, sagt sie. Jede Frau kann gebären. Du bist nichts Besonderes. Schäm' dich und halt' den Mund!

Sie schiebt die Börse in die Tasche meines Mantels, ballt die Hand zur Faust, bestimmt hat sie die Münzen an sich genommen. Ein junger Arzt kommt herein und befiehlt ihr, sich bereitzuhalten, sie ist zu vornehm, um zu drücken, sagt die Schwester böse, schauen Sie sie doch an, das Damenstückchen möchte am liebsten, daß ich ihr das Gebären abnehme.

Halt den Mund, sagt der Arzt, wir werden das Kind mit der Geburtszange herausholen … Gnädige Frau, Sie müssen jetzt pressen, als ginge es um Ihr Leben. Ihre Geburtswege sind zu eng, das kommt selten vor, Sie müssen sich aber keine Sorgen machen. Wir beide schaffen das schon zusammen.

Ich presse und drücke, und jede Preßwehe zerschneidet mich, ich will dem höflichen Arzt sagen, daß ich mich anders entschieden habe, daß ich ein anderes Mal gerne mein Kind aus meinem Bauch entlasse, aber bitte nicht jetzt, doch auch er drückt auf meinen Bauch und redet auf mich ein, ich solle nicht nachlassen, es sei bald soweit. Dann ist es plötzlich still, die Wehen schütteln mich, der Arzt ruft, man solle ihm sofort eine keimfreie Schere besorgen. Ich merke noch, wie Menschen in weißen Kitteln zusammenlaufen, schließlich verliere ich das Bewußtsein.

Der junge Arzt rüttelt mich wach und lächelt mich an.

Du hast um vier Uhr siebenundfünfzig einen Sohn geboren, kaum war dein Sohn auf der Welt, erklang der Ausruf zum Morgengebet.

Wo ist mein Baby? frage ich mit schwacher Stimme, der Arzt tritt beiseite, und ich sehe den Schönen ein weißes Bündel in dem Arm halten, sein Gesicht strahlt wie vom Mondlicht beschienen, und er bückt sich und legt mir unseren Sohn an die Seite, ich schaue mein Wunderglück an, mein Kindskleines, mein Goldlöckchen.

Es hat einen blonden Flaum auf dem Kopf, sage ich. Hübsch ist er auch noch, bemerkt die Schwester.

Sie sind eine junge Erstgebärende, sagt der höfliche Arzt, das Kind ist kerngesund, und ich kann Ihnen versprechen, daß wir Sie morgen entlassen können. Ich rechne nicht mit Komplikationen.

Ich habe aber noch schwache Wehen …

Das ist normal, sagt der Arzt, die Nachwehen verklingen in einigen Stunden. Und übrigens, herzlichen Glückwunsch.

Danke, sagt der Schöne, und ich muß unwillkürlich lächeln, der Schöne tut so, als habe er mein Wunderglück ausgetragen.

Was war vorhin los? frage ich den Arzt, habe ich es geträumt, oder standen plötzlich viele Menschen an meinem Bett?

Dein Kind ist in einer heilen Fruchtblase zur Welt gekommen, antwortet die Schwester, deshalb ist bei dir der blutige Ausfluß ausgeblieben … Na ja, wir haben die Blase zerschnitten und die Stücke untereinander aufgeteilt.

Ich will auch ein Stück, sage ich und küsse meinen Sohn auf den Kopf, er liegt still da und schläft.

Für dich ist nichts übriggeblieben, meine Liebe, sagt die Schwester, bescheide dich mit deinem Kind.

Wo ist meine Mutter?

Ich bin hier, sagt sie und erhebt sich vom Stuhl am Ende des Kreißsaals, sie tritt an das Bett heran, streichelt erst das schlafende Kind, und dann mich, meine schöne Mutter, sage ich, ich habe dir ein Enkelkind geschenkt.

Es stehe unter dem Schutz des einen Gottes, sagt sie.

Wissen es die anderen?

Djengis steht draußen, sagt Metin, wir sind in das nächste Männerlokal gegangen, und ich habe die Männer fünf Runden freigehalten …

Tolga ist auch benachrichtigt, sagt meine Mutter, Metin hat auch ein Telegramm an deinen Vater geschickt …

Er ist mir egal, sage ich, Yasmin und Selda?

Werden es heute noch wissen, daß sie Tanten geworden sind.

Es ist ein Glück für die ganze Familie, ruft Metin aus, mein Vater hat draußen auf der Straße getanzt wie ein junger Kerl.

Das Kind stehe unter dem Schutz des einen Gottes, wiederholt meine Mutter, ich wußte es: Du hast dich weder an Feuer noch an einem Krüppel versehen.

Der höfliche Arzt schaut sie schief an und schüttelt den Kopf, die Wissenschaft durchdringe eben nicht alle dunklen Winkel des Landes, sagt er, an der Universität habe man ihm neben dem Lehrstoff auch viele Märchen erzählt, die Wissenschaft in den Händen der Spezialisten könne gegen die dunklen Kräfte nicht angehen. Leise fluchend verläßt er mit der Krankenschwester den Saal.

Was hat er denn? fragt meine Mutter.

Er hat die Wissenschaft, sagt der Schöne, er beugt sich über unseren Sohn und küßt ihn auf die Stirn, das Glück zeichnet meinem Mann helle Flecken ins Gesicht.

*

Er schreit ununterbrochen, er will sich nicht in den Schlaf wiegen, in den Armen halten oder sich füttern lassen, er schreit in meinen Armen, er schreit in den Armen des Schönen, und er schreit in den Armen meiner Mutter. Er schreit so lange, bis er blau anläuft, und dann bekommt er Fieber. Der herbeigerufene Hausarzt begnügt sich mit einer oberflächlichen Untersuchung. Wenn ich euch einen Rat geben darf, dann bringt das Kind nicht ins Krankenhaus, sagt er, es wird euch unterwegs wegsterben. Sterben wird das Kind auf jeden Fall, wieso wollt ihr es quälen? Der sanfte Heimtod im Warmen ist das Beste, glaubt mir.

Metin quollen die Augen aus dem Kopf, er schubste den Todesdoktor jenseits der Hausschwelle und drohte ihm, er werde ihn aufsuchen, falls seine bösen Worte Wirkung zeigten. Ich hülle mein schreiendes Kind in eine dicke warme Decke ein, und dann setzen wir uns in einen Personentransporter und fahren zu Senem Hanim: Ihr Blick ist zwar auf Gott und die Heiligen gerichtet, doch ihr traue ich es am ehesten zu, die kranken kleinen Lebenden zu heilen. Es ist sechs Uhr morgens, sie steht im Samtmorgenmantel im Türrahmen, und da sie das schreiende Kind in meinen Armen sieht, reißt sie ihren Mantel vom Kleiderhaken und rennt in ihren Hauspantinen die Treppen herunter. Sie hat vergessen, die Kopfhaube anzulegen, sie ruft uns zwischen zwei Sprüngen zu, wir sollten ihr, verdammt und gesteinigt sei der Teufel, folgen. Sie hält ein Taxi an und sagt dem Fahrer, er müsse jetzt endlich etwas für sein Seelenheil tun, das Kind werde von Engeln umschwärmt, die ihm das Seelchen entreißen wollten, er müsse um des eigenen Seelenheils willen auf schnellstem Wege zum Staatskrankenhaus fahren. Der Mann am Steuer überfährt alle roten Ampeln, hupt sich den Weg frei, und als er endlich vor dem Eingang der Notaufnahme hält, will er kein Geld annehmen, gesegnet sei das kranke Kind, sagt er, und gelobt sei der eine Gott.

Der Stationsarzt entreißt mir mein Kind aus den Armen, und kaum hat er einen Blick auf die Windel geworfen, fängt er schon zu fluchen.

Was habt ihr mit ihm angestellt?

Nichts, sage ich, er schreit die ganze Zeit, dabei hat er weder Hunger noch Durst …

Können Analphabeten Kinder erziehen? sagt er, nein, ich glaube nicht. Frau, du hast den Mut zur Mutterschaft aufgebracht, und du denkst, es reicht schon, wenn du deine prallen Brüste dem schnappenden Kindermund hinhältst. Sorgt man so für das Glück seines Kindes?

Herr Doktor, was ist mit meinem Sohn? fragt der Schöne.

Deine Frau hat ihm einen Rumpfwickel angelegt, der bis über den Bauchnabel reicht. Der Urin hält den Bauch naß, sein Bauchnabel hat sich entzündet. Ich fürchte, die Entzündung ist bis zum Darm hineingewachsen.

O Gott, sage ich, o Gott!

Dein Kind hatte kein Fieber, also brauchte er keinen feuchten Verband. Hat man dir nicht beigebracht, wie man ein Baby wickelt?

Innen Mullwickel, außen Wollwindel, und dazwischen eine Gummieinlage, sage ich, ich sorge mich doch um mein Baby …

Der Arzt schaut mich wütend an, und ich breche in Tränen aus, die Krankenschwestern betten mein Kind in einer Schale mit einer Glashaube ein, mein Sohn liegt ganz nackt in der Kinderschale.

Hab' keine Angst, sagt der Arzt, er wird es überleben, er ist im Mutterleib gut genährt worden … Du wirst ihn uns fünf Tage überlassen.

Das kann ich doch nicht, sage ich, ich bin seine Mutter. Er liegt ganz nackt in der Schale.

Im Brutkasten, stellt der Arzt fest, dein Kind wird hier bleiben, Punkt. Du wirst dich melken, du wirst eine Nukkelflasche mit deiner Milch füllen und herbringen. Ende der Diskussion.

Sobald wir zu Hause sind, fange ich an, meine Brüste zusammenzudrücken, doch es ist wie verhext, es quillt kein Tropfen heraus, und da mein Sohn hart an mir gesogen hat, schmerzen die Warzenschrunden. Der Schöne sagt, in Deutschland gebe es für solche Fälle Warzenhütchen aus Gummi, was nützt mir das? Ich umwickele meine Brustspitzen mit nassen Toilettenpapierkringeln und presse und falle wegen der Schmerzen immer wieder in Ohnmacht.

Deine Milch ist fest geworden, ist verflockt, sagt Senem Hanim, jetzt verstopft sie die Kanäle. Die Milch stockt an der Brustwarze, also müssen wir sie erst einmal dazu bringen, nach hinten abzufließen. Wir legen dir an jeder Brust einen Schulterverband an. Wir werden es genauso machen.

Es hörte sich sehr seltsam an, aber ich gehorchte, den Rat der Alten und Weisen soll man befolgen. Metin sucht heimlich den Arzt auf und kommt mit der strengen ärztlichen Order zurück, ich solle sofort die Verbände ablegen und nur weiter melken, sonst werde der Arzt mich auch in den Brutkasten legen. Also presse ich stundenlang, bis die Milch endlich zu tröpfeln anfängt, die Warzenschrunden nässen oder bluten, es ist mir egal, ich muß die Schmerzen aushalten, mein Kind muß genesen. Jeden Tag melke ich mich, morgens mittags abends, und der Schöne bringt die Nuckelflaschen ins Krankenhaus, und am fünften Tag kann ich mein Kindskleines endlich mit nach Hause nehmen. Die Frau des Hausbesitzers fängt uns an der Wohnungstür ab.

Dein Kind ist wieder gesund, sagt sie, es schreit nicht mehr. Ja, Gott sei Dank. Sein Bauchnabel hatte sich entzündet.

Vorbei ist vorbei … Ihr müßt euch an unseren Brauch halten. Ihr brennt Kieselerde auf dem Eisenblech zu Klumpen, schichtet sie zu einem dünnen Belag in der Wiege, dann legt

ihr das nackte Kind darauf und ... steckt sein Pipifleisch in
eine Flasche.

Wofür soll das gut sein? fragt Metin mißtrauisch.

Was wollt ihr das Kind immer wieder windeln? Sein Strahl
ergießt sich in die Flasche, und ihr braucht nichts anderes
zu tun, als die Flasche abzunehmen, sie zu leeren und dem
Pipifleisch wieder aufzustülpen. Ein Sohn ist ein Segen, bei
Mädchen funktioniert das nicht. Ich habe allen meinen drei
Söhnen die Flasche aufgestülpt, und es hat ihnen nicht gescha-
det.

Sosehr wir sie auch abzuwimmeln versuchen, sie bleibt beharrlich, und schließlich lasse ich sie machen. Mit der Flasche
zwischen den Beinchen schläft mein Kind ein, die Hauswirtin
singt ihm leise ein Wiegenlied. Nach drei Stunden wacht es
auf und schreit wie am Spieß, ich schaue nach, sein kleines
Stück ist in der engen Flaschenöffnung angeschwollen. Ich
presse meinen Brüsten einige Tropfen ab, reibe sie ihm erst in
die Schläfen ein, dann auf die Stelle vor der Flaschenöffnung,
endlich kann ich die Flasche vorsichtig abziehen.

Dieses Kind ist komisch, sagt die Hauswirtin verwundert, es
hat bis jetzt immer geklappt, aber anscheinend ist dein Sohn
verwachsen und stemmt sich mit aller Macht gegen jede Heil-
kraft.

Was weißt du schon, alte Hexe? denke ich, wenn ich mein
Kind als Flegel in das Leben entlasse, wird die Schuld auf
mich, seine Mutter, zurückfallen. Ist es Heilung, wenn man
einem Säugling eine Flasche aufstülpt? Und was bin ich für
eine närrische Analphabetin, daß ich jedem Geschwätz Glauben schenke? Zwei Plastikeimer habe ich für meinen Kleinen
bereitgestellt, in das Wasser des einen Eimers tauche ich die
schmutzigen Windeln, in dem zweiten Eimer wasche ich die
vollgespienen Leibchen. Jetzt wische ich seine Augenwinkel
von innen nach außen mit einem lauwarm feuchten Watte-
bausch aus, ich habe ihn gebadet und in ein vorgewärmtes
Frottiertuch eingewickelt. Seine beiden Füßchen tauche ich

erst in eine Schüssel mit heißem Wasser und dann in eine Schüssel mit kaltem Wasser. Das Wechselfußbad ist ein gutes Einschlafmittel, hat der Arzt gesagt, und ich werde mich an seine Worte halten. Ich lege ihn zurück in die Wiege, er schaut mich mit großen Augen an, als begreife er nicht, was ihm widerfährt und wieso er leben muß als Erstgeborener von einem Mann und einer Frau, die ihm nicht viel bieten können. Ich bin keine Tochter mehr, ich bin eine Mutter. Ich muß mein Kind besser hüten, nichts von dem, was mir widerfuhr, darf ihm passieren, meinem Sohn, meinem Goldkörnchen.

32

Sie müssen bei dieser Sache nicht die Brüste entblößen, sagt er, Sie müssen nur die Beine spreizen. Wenn Sie sich noch länger zieren, kommen wir hier nicht weiter … Oder haben Sie es sich anders überlegt?

Nein, sage ich, ist recht.

Ich lege die Beine auf die erhöhten Seitenstützen, er setzt sich vor meiner entblößten Scham auf einen niedrigen Hokker, führt einen Spiegel in die Körperhöhle ein. Dann steht er auf, bindet mir ein Stück Turbantuch um Mund und Nase und besprüht es, der Nieselregen aus dem Zerstäuber legt sich auf mein ganzes Gesicht, und ich muß heftig blinzeln, weil es in meinen Augen brennt.

Halb so wild, sagt er, du wirst schon nicht erblinden. Wirkt die Betäubung?

Noch nicht, sage ich.

Wir werden trotzdem anfangen, sagt er, ich habe schließlich noch andere Frauen zu versorgen.

Er dringt in mich mit einem Stahlinstrument ein, an dessen Ende stumpfe Kanten angebracht sind, sie sehen aus wie die Rotorenblätter eines Propellers; er dreht den kalten Gegenstand in mir im Uhrzeigersinn, es fühlt sich an, als zerrte er an der Gebärmutter, ich beiße in die nasse Binde, nach einigen Drehungen läßt er endlich davon ab und zieht das Stahlrohr heraus. Zappel' nicht herum, sagt er streng, beherrsch' dich, sonst kann ich meine Arbeit nicht verrichten.

Er greift zu einem langen Messer, es weist statt einer scharfen Klinge einen Haken wie eine gekrümmte Hand auf. Er führt die Kratzkelle am langen Stiel in mich hinein und beginnt, das Fleisch von meinem Fleische auszukratzen, er stochert in einer Wunde herum.

Bitte nicht, schreie ich, ich kann nicht mehr.

Er steht auf und besprüht die Mundbinde, er pfeift vor sich hin, und als er sich wieder vor meiner Wunde hinsetzt, bringt er es sogar fertig, mit dem Fuß den Takt zu klopfen.

Wir sind noch lange nicht fertig, meine Liebe, sagt er und schabt mich mit dem Kratzlöffel aus, als ich an mir herunterschaue, sehe ich, wie er seine Zungenspitze am rechten Mundwinkel herausstreckt. Er ist meine letzte Rettung. Bevor ich hierherkam, habe ich mich auf einen Stuhl gestellt und mich an der dicken Holztür hochgezogen, ich zog beide Beine an und ließ mich dann fallen, immer wieder, bis ich zur nächsten Übung überging. Ich hing an der Tür und zappelte wie eine Besessene, ich wollte mich von dem Kind in mir freischütteln. Ich streckte mich und sprang fünfzig oder hundert Male an die Zimmerdecke, ich trug schwere Gegenstände durch die Wohnung, drückte meinen Bauch hart gegen die unverrückbare Kommode, bis die Blutungen einsetzten.

Gott, bitte nicht, schreie ich den Arzt an, es tut so furchtbar weh.

Es klopft an der Tür, Metin fragt, ob alles mit rechten Dingen zugehe, der Arzt brüllt, er solle gefälligst nicht in sein Handwerk pfuschen und draußen warten, sonst könne er für nichts garantieren. Sofort ist es still, und er kratzt und schabt, ich schreie wieder auf, so daß er aufstehen und die Mundbinde besprühen muß. Aber ich spüre das Ziehen und Zerren, es bringt mich um, er bringt mich um, der verdammte Henker mit seinem Zermalmungspropeller und seiner Kratzkelle. Nach einer Viertelstunde ist die Behandlung abgeschlossen, ich bedecke endlich meine Scham, der Arzt entläßt mich mit den Worten, er glaube nicht an eine Komplikation, aber ich solle mich vorsehen.

Zu Hause lege ich mich sofort ins Bett, ich deliriere im Fieber, und mir träumt, der Arzt habe nur einen kleinen Teil des Zwergfleisches in mir abgeführt, der Rest würde weiter in meinem Bauch zur kranken Kreatur wachsen und von innen meine Scham sprengen. Als ich die Augen öffne, sitzt die Hauswirtin auf der Bettkante.

Du gehst zu diesem Hexer im langen weißen Rock, der die Frucht deines Leibes auslaufen läßt, sagt sie, ich kenne eine viel bessere Methode. Wahrscheinlich hat er gepfuscht … Wenn du den Zeigefinger in dich hineinsteckst, wirst du mit der Fingerspitze fühlen, daß der Gebärmuttermund auch zwei Lippen hat wie dein Eingang – das sind die inneren Nasenflügel der Frau. Du mußt den Kiel einer Hühnerfeder genau in dieses kleine Loch stoßen.

Du spinnst, sage ich, laß mich in Frieden.

Diese Ärzte sind schlechte Handwerker. Zweimal habe ich abgetrieben, und zweimal habe ich das Kind austragen müssen. Deshalb habe ich drei Kinder. Hier, ich habe dir Hühnerfedern mitgebracht, die harten Spitzen habe ich eingeseift und trockengerieben. Wir machen das genauso, wie ich es dir sage. Ich bin hier, dir kann nichts passieren, du mußt nur meiner Anleitung folgen.

Ich kann nicht, sage ich.

Sie bemerkt meine Scham und dreht den Kopf zur Seite. Wie oft ich es auch mit meinem Finger versuche, ich kann die Stelle zwischen den Nasenflügeln nicht finden, ich fühle aber tatsächlich einen längeren Auswuchs.

Halt die Luft an und presse wie bei der Geburt, ermutigt sie mich, dann stülpt sich die Gebärmutter vor.

Ich drücke und presse, und schließlich findet mein Finger die Öffnung, mit der anderen Hand führe ich die Feder ein und stoße den Kiel durch die Öffnung hindurch. Der Schmerz ist unbeschreiblich, es ist, als würde mir die Bauchhaut aufreißen, ich weine drauflos, die Hauswirtin nennt mich eine zimperliche Stutenmagd. Wenn man einen anderen Menschen tötet und es geschickt anstellt, hat man keine Schmerzen, das hier ist aber etwas anderes, bei meinen Mordstößen bleibe ich nicht unversehrt, dieses halblebende halbtote Gewicht kann ich nicht von mir trennen. Ich richte mich auf, falle aber gleich hin und krümme mich am Boden.

Du hättest es verhindern müssen, als er ihn dir eingeimpft hat, sagt die Hauswirtin, stell' dich nicht so an, du wirst schon nicht sterben. Ich steche den Hoffnungskeim in mir immer ab, ich gebe doch kein Geld aus für diese weißen Hexer!

Das Fleisch ist noch am Leben, wimmere ich und beiße mir in die Hand, es wird weiterwachsen.

Du behältst die Hühnerfeder in deiner Spalte, meine Liebe, und erst wenn du anfängst zu bluten, nimmst du sie raus.

Sie wendet sich zum Gehen, doch dann hält sie inne und hilft mir beim Aufstehen, und als ich auf dem Bett ausgestreckt liege, knotet sie am Schaftende der Feder einen Bindfaden fest, sie werde, wenn es denn soweit sei, meine Naturlefzen mit Tinktur einreiben und alle Spuren der Fruchtvernichtung verwischen. Metin wartet, bis sie das Zimmer verläßt, er steht am Fußende des Bettes, sein Blick geht zwischen dem schlafenden Kind in der Wiege und meinem schmerzverkrümmten Körper hin und her.

Wie fühlst du dich? fragt er mit leiser Stimme.

Das siehst du doch! herrsche ich ihn an, du hast mir das alles eingebrockt, für dich ist es ja keine große Sache, du wäschst dich danach und hast die Sache ausgestanden. Du hast mir die Frucht eingeimpft.

Laß dir nichts von dieser Hexe einreden, flüstert er, sie haßt Männer und hetzt die Frauen gegen ihre Ehemänner auf.

Geh' weg, sage ich.

Es ist unmöglich zu schlafen, in mir ist ein Mord passiert, und Gott läßt das verstümmelte Restfleisch in meinem Unterleib wie ein großes Herz schlagen und pumpen, pumpen und schlagen. Der Bindfaden liegt zwischen meinen Beinen, ein weißer doppelter Faden, ich richte mich im Bett auf und starre ihn an, er bewegt sich im Takt des Herzschlags meiner halblebenden halbtoten Frucht, ich lasse mich zurück ins Kissen fallen, zerreiße das Laken, starr vor Angst, und dann wieder krumm vor Schmerzen. Endlich setzt die Blutung ein, und ich ziehe mit einem Ruck an dem weißen Bindfaden, das Blut tritt heraus aus meiner wunden offenen Stelle und näßt das Laken und die Matratze. Als ich aufstehe, rinnt das Blut mir an den Beinen herunter, ich stehle mich in das Nebenzimmer und stampfe mehrmals auf den Holzdielen auf – das ist das verabredete Klopfzeichen, doch die Hauswirtin hält sich nicht an ihr Versprechen. Metin ist von meinem Lärm wach geworden, er schaut an meinen Beinen herab auf den Boden, zu meinen Füßen hat sich eine kleine Blutlache gebildet.

Wo ist meine Mutter? frage ich verwirrt, sie sollte doch da sein.

Du weißt, daß ihr Mann sie zu sich gerufen hat ...

Pack' unseren Sohn warm ein, flüstere ich, ich fließe aus, ich kann das Blut nicht stillen.

Wir müssen zum Arzt, sofort, schreit er plötzlich und setzt sich in Bewegung, ich rühre mich nicht vom Fleck, starre auf die dunkelrote Pfütze, ich lasse mir von Metin in den Mantel helfen, ich steige hinten ins Taxi ein und halte mein Kindskleines in den Armen, seltsam, er schaut mich mit großen Augen an und weint und quengelt nicht, ich bedecke sein Gesicht mit Küssen, ich trockne meine Tränen auf seinem Gesicht. Das Taxi hält vor dem Kreiskrankenhaus an, ich muß die Treppen zur Notfallaufnahme im zweiten Stock steigen, ich liege fast eine ganze Stunde auf einer harten Pritsche, und dann höre ich, wie der Schöne im Flur einen Tobsuchtsanfall bekommt, er schreit einen Arzt herbei und droht, er werde seine Waffe zücken und alle Schwestern der Station niederschießen, mein Sohn in seinen Armen wacht aus seinem leichten Schlaf auf und schreit los, ihre Schreie hallen im Flur. Dann ist es plötzlich still, wenig später betritt ein Arzt das Zimmer, schlägt dem Schönen die Tür vor der Nase zu. Ich muß mich auf den Frauenstuhl setzen und spreize die Beine, ich bin es gewohnt, es macht mir nichts aus. Er wischt mir erst mit einem Mullfetzen das Blut

490

von den Schenkeln, beschaut meine Wunde, dringt mit einem Spiegel an einem Stahlrohr in mich ein und fängt an, unanständige Worte auszustoßen.

Welcher Hundesohn hat bei dir die Abtreibung vorgenommen? ruft er aus, du hast ein Loch in der Gebärmutter.

Herr, bitte, heilen Sie mich, sage ich.

Ich kann nichts für dich tun, sagt er, was für ein elender Pfuscher. Er hat dich nicht nur durchlöchert, er hat seine Arbeit auch nicht zu Ende gemacht. Das Kind lebt noch da drin …

Als ich wieder zu mir komme, steht eine Krankenschwester neben dem Bett, ich bitte sie um ein Glas Wasser, sie faßt mich am Hinterkopf und hilft mir beim Trinken.

Was ist passiert?

Der Herr Doktor hat das vollendet, was der Pfuscher angefangen hat, sagt sie, du lebst, danke Gott dafür.

Ja, sage ich, ich schaue zur Seite und entdecke den Schönen, der mein Kindskleines in den Armen wiegt, der Arzt starrt mich an.

Ich kann nichts versprechen, sagt er, ich habe mein Möglichstes getan. Es wird im günstigsten Fall ein halbes Jahr dauern, bis sich das Loch schließt.

Danke, Herr Doktor, sagt der Schöne.

Von dir nehme ich keinen Dank an, ruft der Arzt aus, glaubst du, deine Frau ist ein Kessel, und du kannst nach Herzenslust deine Schöpfkelle hineintauchen? Paß doch auf, Mann! … Was dich angeht, meine Dame, jegliche Hausarbeit ist streng untersagt – du wirst die Beine hochlegen und ruhen, dann hast du vielleicht eine Chance, heil durchzukommen.

Meine Familie ist auf mich angewiesen, sage ich, ich muß für sie kochen und arbeiten.

Hör mir gut zu, sagt der Arzt mit schriller Stimme, wenn du aus der Mitte einer Mauer einen Ziegelstein wegnimmst, passiert nichts. Du kannst sogar ein halbes Dutzend Ziegelsteine herausnehmen, und die Mauer hält stand. Doch irgendwann nimmst du den entscheidenden Ziegelstein weg, und die Mauer stürzt ein. Das ist bei dir auch passiert. Du mußt dich damit abfinden. Es wird nie wieder so sein wie früher, du hast an Gesundheit eingebüßt, du bist nur noch ein halber Mensch …

Es ist unmöglich, sich an den Ratschlag des Arztes zu halten, wie kann ich den Haushalt vernachlässigen? Sie entlassen mich, die halbe Frau, aus dem Krankenhaus, die wenigen Betten stehen den Schwerkranken zu. Einen Tag halte ich es zu Hause im Bett aus, dann stehe ich auf und diene, wenn das Blut aus mir herausschwappt und die Beine herunterläuft, mache ich mich sauber, setze mich hin und lege die Beine hoch. Manchmal reißt etwas in mir auf, ich spüre es fließen, und wenn ich mir zwischen die Beine greife, habe ich große Blutgerinnsel in der Hand, ich habe fast keine Kraft mehr und werde sehr schnell müde. Mein Unterleib ist verwüstet, ich bekomme meine Regel unregelmäßig, an das Blut bin ich gewöhnt. Alle drei Stunden muß ich meine Unterwäsche wechseln, ich rieche wirklich wie eine verwahrloste Stutenmagd, die Zäpfchen, die mir der Arzt verschrieben hat, wirken nicht. In meiner Verzweiflung befolge ich wider besseres Wissen den Ratschlag der Hauswirtin: Ich schneide eine Zwiebel in kleine Stücke, lasse sie in Olivenöl in der Pfanne schmoren, ich lege die Zwiebelstücke in ein Fetzen Turbantuch, schnüre es zu und führe den kleinen Beutel in mich ein. Dann ziehe ich zwei Unterhosen übereinander an und wickele einen langen Wollschal um meinen Bauch. Ich muß für mein Kind sorgen, ich muß meinem Mann dienen. Der Geruch meiner Wunde stößt ihn ab, der Schöne gibt sich große Mühe, es sich nicht anmerken zulassen. Wo sind sie alle nur geblieben, meine Mutter, meine Schwestern, meine verträumten Brüder?

33

Er ist also weg, stellt Nermin fest, ist es für immer?

Ich hoffe nicht, sage ich. Ich sitze ihr gegenüber, mein Kindskleines hat sich auf dem Boden aufgesetzt und dreht seine kleinen Hände und starrt wie gebannt auf seine Handinnenflächen, dann gluckst er vor Vergnügen und fängt das Spiel von vorne an. Er ist satt, er ist glücklich.

Und was hat sich nach der Heirat in deinem Leben getan? fragt sie. Nicht viel, sage ich.

Na ja, du bist auf jeden Fall wortkarger geworden. Man könnte meinen, du habest nicht das große Los gezogen.

Es liegt nicht an meinem Plan, er ist tüchtig ... ich wünschte, wir hätten etwas mehr Platz zum Leben.

Ich habe den Fehler einmal in meinem Leben begangen, sagt sie, ich werde nie wieder heiraten. Ich weiß ja, was mich erwartet.

Sei mir nicht böse, aber wieso bist du eigentlich hier?

Sie läßt sich mit ihrer Antwort Zeit, währenddessen beschaut sie sich im Handspiegel, den sie wieder in ihrer großen Handtasche verstaut. Das Leben hat sie nicht altern lassen, sie muß ein sorgenfreies Leben führen. Dein Mann hat sich in die Fremde abgesetzt, sagt sie böse lächelnd, er hat dich mit deinem Kind und seinem Vater allein gelassen. Schickt sich denn so etwas?

Er kann sich in diesem Land nicht behaupten, sage ich zornig, und weil er ein ehrbarer Mann ist und es nicht auf anderer Leute Geld abgesehen hat, sucht er ein Land auf, in dem er im Schweiße seines Angesichts arbeiten kann ...

Im Schweiße seines Angesichts? wiederholt sie und lacht hysterisch, du bleibst doch wirklich eine Bäuerin, meine Liebe. Wer beim Geldverdienen schwitzt, ist ein Niedriglöhner. Wer Köpfchen hat und seine Talente richtig einsetzt, schwitzt nicht, friert nicht, er hat einfach die richtige Temperatur.

So wie du, ja? sage ich.

Vielleicht nimmst du wirklich ein Vorbild an mir, sagt sie, früher hast du dich ja an Manolya orientiert, eine Kurdin, eine Dorfprinzessin!

Was willst du hier? sage ich, bist du hergekommen, um mich zu verlachen?

Das habe ich gar nicht nötig, sagt sie, ich will, daß du es als erste erfährst: Tolga und ich sind wieder zusammengekommen …

Du hast ihn damals verlassen, sage ich, ist das jetzt ein zweiter Anlauf?

Ich wußte, daß du dich dagegen sträuben würdest. Es ist mir egal. Er hat mich nicht in Ruhe gelassen, sooft ich ihm auch erzählt habe, daß er an dieser unmöglichen Liebe Schaden nehmen wird. Aber er ließ sich nicht umstimmen.

Wo ist er überhaupt? frage ich.

Du hast also keinen Kontakt mehr zu ihm. Ich weiß, die Ehe nimmt dich in Anspruch, da kannst du dich nicht auch noch um deine alte Familie kümmern. Wie auch immer, er bat mich, nach Istanbul zu kommen, auf die Dauer wird mir die Kleinstadt zu eng.

Ihr denkt nicht daran, zu heiraten?

Moderne Zeiten, sagt sie spöttisch, dein Bruder ist ein moderner Mann, das muß man ihm schon lassen.

Diese Frau stellt ihre Füße auf den Boden meiner Wohnung und belächelt mich, die ich in ihren Augen nichts anderes bin als eine ehemalige Schulkameradin. Ich habe den Weg der Mutterschaft gewählt, sie kann darin kein Glück entdecken, keine Freude, keine Schönheit. Mein Kind ist mein Leben. Als es seinen Kopf mit zwei Monaten nicht aufrecht halten konnte, als sein Kopf nach vorne oder zur Seite herabfiel, schlug der Schöne seinen Kopf vor Trauer immer wieder gegen die Wand, der Schöne hat sich dabei Platzwunden zugezogen. Ich liebe diesen Mann mit jeder Faser meines Herzens. Sie kann es nicht verstehen. Sie klingelt an meiner Tür, es sind Jahre vergangen, und sie tut trotzdem so, als habe sie das Recht, wie eine gute alte Bekannte hereinzutreten. Wieso habe ich ihr den Weg nicht versperrt? Wieso habe ich sie freundlich begrüßt, ihr selbstgebackene Sirupkringel und Tee angeboten?

Wenn das dein Vorstellungsgespräch war, dann betrachte ich es für abgeschlossen, sage ich.

Du willst, daß ich gehe?

Ja. Geh in Frieden und grüß' Tolga von mir. Er kann seinen Neffen besuchen kommen, wenn ihm danach ist.

Leyla, du hast deinen Humor verloren, sagt sie, ich habe ein paar Witze gemacht, und du zeigst mir die Tür.

Seitdem du hier bist, Nermin, spottest du über mich, meinen Mann, und dieses Wunderglück, mein Sohn, interessiert dich wahrscheinlich nicht im geringsten. Du kommst her, um mir mitzuteilen, wie arm mein Bruder ist, weil er auf deine Warnungen nicht hört und dich anhimmelt. Er hat sich nun einmal in dich verliebt, doch du wirfst ihm sogar das vor. Die Frage ist doch, was mit dir nicht stimmt.

Ich bin zufrieden, sagt sie, du bist es nicht.

Du täuschst dich darin. Es ist mühsam, sehr anstrengend, aber ich habe mir dieses Leben ausgesucht.

Werd' nicht gleich hysterisch, sagt sie und steht auf, sie dreht mir den Rücken zu, damit ich ihre schwarzen Strumpfhosennähte bewundern kann, übrigens, dein Bruder steht vor der Tür, er hat mich vorgeschickt, weil er sich nicht traut. Sie rauscht hinaus wie eine Schauspielerin, die ihren unangenehmen Bühnenauftritt hinter sich gebracht hat. Haben sie sich abgestimmt, haben Nermin und mein Bruder beschlossen, mich der Reihe nach zu demütigen? Als Tolga vor mir steht und über das ganze Gesicht strahlt, kann ich nicht anders, als ihn zu umarmen, das Leben schützt das Heilige und Traumhafte, schießt es mir durch den Kopf, ich halte ihn lange fest, bis es ihm peinlich wird und er sich aus der Umklammerung löst. Das wirkliche mühsame Alltagsleben dringt nicht zu ihm durch, doch er bemerkt die Zeichen und Schatten in seiner Umgebung: Er reißt meinen Sohn hoch und küßt ihn wild, es scheint dem Kleinen nichts auszumachen, im Gegenteil, er keckert wie ein Hyänenjunges, er lacht, als habe sein Onkel ihm gerade die Sonne vom Himmel geholt.

Du siehst blaß aus, sagt Tolga, dieser Halunke hier läßt dich nicht richtig schlafen.

Er ist brav, sage ich, Tolga muß über meine Worte lange lachen, er küßt den Kleinen auf beide Wangen und setzt ihn wieder auf dem Boden ab.

Sie … sagt, daß du dich nicht traust, daß du sie vorgeschickt hast.

Wirklich? Das Mädchen hat eine blühende Phantasie, das muß man ihr schon lassen. Sie hat mich von dem Frauengespräch ausgeschlossen, das sie erst mit dir führen wollte. Seltsam, daß sie nicht dageblieben ist.

Wir haben uns einander entfremdet, sage ich, Nermin hat sich sehr verändert … Ja, das stimmt, sagt Tolga, und nach einem langen Blick auf die wenigen Möbel in der Wohnung fährt er fort: Kann ich davon ausgehen, daß du zurechtkommst?

Metin schickt mir Geld aus Deutschland, Schafak Beys Rente kommt noch dazu – es reicht, um nicht zu verhungern.

Wir haben schon bessere und schlechtere Zeiten erlebt, oder?

Ich vermisse meine Mutter, sage ich, ich vermisse sie so sehr, daß es weh tut.

Deshalb bin ich hier, Leyla. Unserem Vater geht es nicht gut. Sie muß ihn pflegen, er verläßt kaum das Bett.

Ja und? sage ich, was geht mich das an?

Ich fürchte, er wird sich von seiner Krankheit nicht erholen …

Das geht mich nichts an, wiederhole ich, solange er lebte, haben wir gelitten. Wenn er stirbt, sind wir erlöst.

Harte Worte, sagt Tolga, bald schlägt ihm die letzte Stunde.

Dieses Kind ist meine Zukunft, sage ich, ich bin gestern allein spazierengegangen, und weißt du, es war schon sehr seltsam. Mein Kind war nicht in meinem Bauch und auch nicht in meinen Armen. Ich habe es nur eine halbe Stunde ausgehalten und bin nach Hause gerannt, um meinen Schwiegervater beim Hüten abzulösen. Er war verwirrt, er konnte es nicht begreifen, daß ich meinen Sohn so schnell wiedersehen wollte.

Ich verstehe, sagt Tolga.

Nein, ich glaube nicht, daß du es verstehst. Der Mann meiner Mutter gehörte nie zu meiner Familie, ich habe ihn als notwendiges Übel angesehen. Haßt du ihn nicht mehr?

Es gibt keinen Menschen auf dieser Welt, den ich mehr hasse als diesen Mann, sagt Tolga, er ist mein Erzeuger, gut. Jetzt aber naht sein Ende.

Es geht mich nichts an, sage ich zum dritten Male, ich habe andere Sorgen. Mein Mann ist im fremden Land, und ich kann nicht ausgehen, sonst setze ich meinen Ruf als ehrbare Frau aufs Spiel. Ich gelte ohne ihn als unbewacht, ich hüte das Haus, ich diene meinem Schwiegervater, ich ziehe mein Kind groß. Wie wird es weitergehen? fragt er mich.

Ich habe keine Ahnung, sage ich, ich denke nicht weiter als bis zum Ende des Tages.

Yasmin und Selda sind auch in Deutschland, sagt Tolga, sie haben sich nicht von dir verabschiedet, weil sie dir den Kummer ersparen wollten …

Was? rufe ich aus, was machen sie dort?

Sie arbeiten in einer Elektronikfabrik, sie arbeiten Akkord. Selda hat geschrieben, sie habe schon von einem deutschen Mann einen Heiratsantrag bekommen.

Und? Hat sie angenommen?

Weiß ich nicht, sagt Tolga, das wird wohl in ihrem nächsten Brief stehen.

Wie geht es Yasmin?

Du kennst doch unsere große Schwester. Sie hat die Rückseite des Briefpapiers vollgeschrieben: Es geht ihr gut, der Meister ist freundlich zu ihr und Selda. Sie wohnen übrigens in einem Wohnheim für Frauen, es geht da mit rechten Dingen zu.

Er hat sie dazu gezwungen, nicht wahr?

Ja, sagt Tolga, seitdem er krank ist und nicht mehr das machen kann, was er für Arbeit hält, müssen wir für ihn und unsere Mutter sorgen.

So ein Unglück, sage ich, ich würde dir gerne etwas mitgeben, nur …

Laß nur, sagt Tolga, also, wirst du ihn besuchen?

Nein, niemals.

Deine Entscheidung steht fest, sagt Tolga und erhebt sich, Nermin wartet draußen auf mich, ich muß gehen.

Nur noch eins, sage ich, ist Djengis noch mit Nesrin verheiratet?

Nein, sie hat sich von ihm losgesagt. Djengis hat es auf Geheiß des Vaters darauf ankommen lassen … sie ließ nicht mehr so bereitwillig das Geld fließen. Ihr Vater, der General, hat sich übrigens mit unserem Vater geprügelt, auf offener Straße.

Die Sippe verstreut sich in alle vier Winde.

Tolga schaut meinem Sohn eine Weile beim Spielen zu, dann hebt er den Blick, knöpft das Jackett zu.

Die Sippe stirbt nicht, sagt er, du hast den künftigen Sippenältesten geboren, wohin es uns auch verschlägt, wir halten zusammen.

Ich schließe die Tür hinter ihm, seine Worte hallen hohl nach: Was soll schon damit gewonnen sein, wenn die Sippe bis ans Ende der Tage besteht? Die Ehre der Männer bringt Unglück, das Geschwätz der Männer nimmt den Lebenden die Luft zum Atmen, das Brot zum Essen. Mein Sohn ist mein Sohn, und nicht der Älteste einer ehrlosen Gemeinschaft. Ich werde das Pack aussperren, so wahr mir Gott helfe. Ich vermisse meine Mutter, soll er doch sterben, der Prügler.

*

Der alte Herr stürmt mit einem eingerollten Teppich auf den Schultern in die Wohnung, der Schweiß steht ihm auf der Stirn, er befiehlt mir, sofort alle Riegel vorzuschieben und die große Sicherheitskette vorzuhängen. Er geht alle Zimmer ab, mustert die zugezogenen Vorhänge, und erst dann läßt er den Teppich auf den Boden fallen, rollt ihn aus.

Nun endlich haben wir einen Teppich, wie es sich für einen ordentlichen Haushalt gehört. Frag' nicht, woher, frag' nicht, wieviel, freu' dich einfach. Schafak Bey zieht Schuhe und Strümpfe aus, geht auf dem Bodenvlies hin und her.

Davon habe ich die ganze Zeit geträumt, sagt er, mein Traum wird jetzt wahr.

Vater, wir haben kein Geld, sage ich.

Frag' nicht, woher, frag' nicht, wieviel. Gefällt er dir etwa nicht?

Doch, der Teppich ist sehr schön.

Wir brauchen kein Gemälde an der Wand. Wir haben ein Gemälde unter unseren Füßen. Schau dir diese Rosen an – wie sie aufknospen! Und das satte Grün der Rosenstengel. Ist das nicht herrlich?

Wunderschön, sage ich, und bestimmt sehr teuer.

Hör mal jetzt gut zu. Wenn wir Besuch bekommen, müssen wir den Teppich wieder einrollen und ins Schlafzimmer bringen. Ab heute müssen wir auf der Hut sein, wenn es an der Tür klingelt. Stelle keine Möbelstücke darauf, das gibt nur häßliche Druckstellen. Ich verrate dir mein Geheimnis: Dieser Teppich ist eine Dauerleihgabe, nach einiger Zeit wird er in unseren Besitz übergehen. Der Freund, der ihn mir überlassen hat, möchte nicht auffallen. Und wir würden auch damit auffallen, deshalb erkläre ich den Teppich zu unserem Privatvergnügen. Du, das Kind und ich, wir sehen uns daran satt.

Dieser Freund von dir … hat er keine Gegenleistung verlangt?

Er hat viele Teppiche zu Hause, sagt Schafak Bey, ob ich ihm einen wegnehme … ich meine, ob er mir einen Teppich überläßt oder nicht, das ist für ihn nicht wichtig.

Ich verstehe, Herr Vater.

Kein Wort zu Metin, sagt er, du darfst es in keinem deiner Briefe erwähnen.

Ich verspreche es ihm und gehe in die Küche, um ihm seine geliebten Hackbällchen zu braten, in Gedanken formuliere ich die Sätze, die ich heute nacht für den Schönen in Deutschland aufschreiben werde: Mein Mann, es gibt keine besonderen Vorkommnisse zu berichten, alle sind wohlauf, dein Sohn betrachtet alles, was er in die Hände bekommt, still und mit großen Augen, und dann lacht er los, wie als gelte es, nur lustig zu sein, vielleicht erheitern ihn die kleinen Gegenstände, die wir Großen ihm als Spielzeug vorsetzen. Könntest du doch nur für ein Wochenende hierherreisen! Aber das geht ja schlecht, dein Meister würde deine Bitte abschlagen, du bist ein Söldnerarbeiter, der sich keine lange Mittagspause leisten darf. Yasmin und Selda haben auch den Kontrakt unterzeichnet und sind Söldnerinnen geworden in Deutschland, der Mann meiner Mutter (er ist wohl ernsthaft erkrankt) hat sie weggeschickt, und sie verdienen Geld, das sie nach Hause schicken. Die Füllung der Matratze, auf der ich schlafe, besteht aus Baumwollflocken, sie klumpen unter mir zusammen, und die Klumpen bilden Wülste, dafür entstehen an anderen Stellen Löcher und Krater. Ich bin nachts immer aufgewacht und habe die Flocken hin und her geschoben, und dann hatte ich genug davon, unser Sohn schläft ununterbrochen, und ich könnte eigentlich auch die ganze Nacht durchschlafen. Ich habe die Naht der Matratze aufgerissen, die verklumpten Flocken herausgenommen und sie gerupft, ich habe sie draußen zum Lüften ausgelegt, an jenem Tag hat es nicht geregnet, nicht gehagelt, nicht geschneit. Dann habe ich die Baumwollflocken mit der langen dünnen Teigrolle ausgeklopft und wieder in die Matratze gestopft, doch es hilft alles nichts, die mühselige Arbeit hat sich nicht gelohnt, die Baumwollflocken bilden eine dünne Lage, morgens wache ich auf und habe Schmerzen, als hätte ich Stunden über Stunden auf einer Streckbank gelegen. Gut, daß ich mich daran erinnere: Ich mische einen Teelöffel Eigelb in die Babynahrung, unser Kind hat großen Appetit, die Muttermilch allein macht ihn nicht satt. Er ist wirklich eigensinnig, ich habe ihn einmal geputzt und gebadet und auf das vorgewärmte dicke Handtuch gelegt, er schaute an sich herunter und bemerkte, vielleicht bewußt das erste Mal, seinen Mannwulst, der ihm aus seiner Mitte entsprießt, er hat sich darüber derart erschrocken, daß er weinte und vom Weinen einen Schluckauf bekam, er hatte ja auch in meinem Bauch immer wieder Schluckauf. Herr Vater mußte so sehr lachen, daß er sich das Tränenwasser trocknen mußte. So kommen die Tage, so vergehen die Tage. Mein Mann, wieso bist du nicht bei mir? Habe ich dir je verraten, daß ich anfange, dich nach einer Stunde schon zu vermissen? Dann habe ich Bilder im Kopf: Der Schöne geht jetzt diese Straße entlang, biegt in diese Gasse ab, und ich sehe dich im Geiste gehen mit dem Schritt eines Mannes, der jeden und alles umreißt, wenn sie sein Glück trüben wollen. Im Traum erscheinst du mir auch jede Nacht, du näherst dich mir von der Seite, du küßt mich auf den Hals, und dann sprichst du meinen Namen aus. Habe ich dir je verraten, daß ich willenlos werde, wenn du meinen Namen aussprichst, am besten nah an meinem Hals, dein Atemhauch an meinem Ohr? Mein Mann, es sind die Tage, daß ich Menschen vermisse, ich starre auf Luftlöcher, die sie hinterlassen haben, weil sie sich nicht mehr in meiner Umgebung aufhalten. Ich vermisse dich. Ich vermisse meine Mutter. Ich vermisse meinen ältesten Bruder. Ihr alle laßt mich im ungewissen, wie es euch geht. Hast du schon einen Brief an mich geschrieben? Hinter den Büschen regt sich die Kreatur, hat der Priester bei einem Frauengottesdienst erzählt, wir müssen aufpassen, daß wir

den Kreis nicht übertreten, wer den Kreis verläßt, geht meist
verloren. An den Rest seiner Predigt kann ich mich nicht erinnern, aber daß er uns Frauen, die wir ihn umstanden, zur Vorsicht riet, habe ich richtig gefunden. Danach aber mußte ich
immerzu daran denken, daß du und ich vielleicht im Begriff
sind, aus dem Kreis zu treten. Denn du willst uns, mich und
unseren Sohn, in das fremde Land holen, du willst die Familie
zusammenführen, und wenn es nach deinen Wünschen geht,
soll auch der Herr Vater mitkommen. Wir verlassen unseren
Grund und Boden und lassen uns auf einen langen Aufenthalt
ein, im fremden Land, dessen Gerüche und Gerüchte wir nicht
kennen. Gehen wir verloren? Ich will nicht Tausende von Ki-
lometern von meiner Mutter entfernt leben. Du bestimmst,
und ich folge, weil ich weiß, daß es für dich nichts Heilige-
res gibt als die Familie. Habe ich dir verraten, daß ich mir ein
zweites Kind wünsche? Es soll, so der eine Gott es will, ein
schönes Mädchen werden. Ich träume schon von meinem süßen Mädchen, im Traum sah ich mich als schwangere Frau, im
nächsten Bild hielt ich das gesegnete Kind in meinen Armen
und habe es geküßt, und je mehr ich mein Mädchen küßte,
desto größer wurde meine Liebe zu ihm. Erfüllst du mir diesen
Herzenswunsch? Jetzt würde ich an deinen Haaren riechen
wollen, ich stehe in der Küche und brate für den Herrn Vater
Hackbällchen, ich höre ihn im Wohnzimmer die Zeitungssei-
ten blättern, er spricht manchmal über die Politik, und dann
redet er sich in Rage. Es ist sehr kurzweilig, ihm zu lauschen,
weil er die Politiker mit lustigen Schimpfnamen belegt, ich
muß so sehr lachen, daß ich Bauchschmerzen bekomme. Gut,
daß ich mich daran erinnere: einmal sind wir alle zusammen
spazierengegangen, der Herr Vater, unser Sohn und ich, und
dann kam uns ein orthodoxer Mann entgegen; und als wir auf
gleicher Höhe waren, sagte der Herr Vater: Geh' zum Barbier
und laß dir den verlausten Knebelbart schneiden. Sie haben
sich gestritten, der Orthodoxe aß nämlich ein Limonenmuffin
und verschluckte sich fast, und dann hat er im Zorn die Krü-

mel ausgespuckt. Ihm ist bei den Worten des Herrn Vater der
Appetit vergangen. Er brüllte, er lasse sich von fremden Glau-
bensschwachen nicht beschimpfen, und der Herr Vater schrie
zurück, er solle lieber mal in den Spiegel schauen und sich die
Schweineborsten vom Gesicht rupfen. Da wäre der orthodoxe
Mann dem Herrn Vater fast an den Hals gegangen, ich habe
mich eingemischt und bat ihn um Entschuldigung. Das hat
aber dem Herrn Vater nicht gefallen, er warf mir vor, Männer
in Schutz zu nehmen, die Frauen wie Vieh behandelten. Einen
ehrlicheren Menschen als ihn habe ich nicht kennengelernt, er
denkt, was er sagt, und er sagt, was er denkt. Man muß ihn vor
sich selbst schützen. Langsam sollte ich zum Ende kommen,
sonst hält mein Mann mich für ein geschwätziges Weib, das
sich der Maßlosigkeit verschrieben hat. Doch sei ohne Sorge: Wir alle hier halten Maß, und ich traue mich schon allein deswegen nicht auf die Straße, weil ich den Anblick der
frisch verheirateten, frisch verliebten Ehepaare nicht ertrage.
Werden wir in Deutschland verliebt durch die Straßen spazierengehen? Dieses Land erscheint mir nicht im Traum, ich
weiß nicht, ob es ein gutes oder ein schlechtes Zeichen ist. Auf
jeden Fall ist es eine richtige Entscheidung, die Familie zu-
sammenzuführen. Ich will auf meine Mutter nicht verzichten.
Wann sehen wir uns wieder? Wann leben wir unsere Liebe
aus? Wann wird deine Abwesenheit unerträglich für mich?

*

Sie sieht aus wie eine deutsche Frau, so habe ich mir die feinen
deutschen Damen in der Phantasie vorgestellt, das Stewar-
dessenkostüm steht ihr wirklich sehr gut: eine dünne Seiden-
bluse, ein Minirock und Strumpfhosen, die ihre langen Beine
zur Geltung bringen. Nur ihre braunen Augen verraten sie als
Türkin, wunderschön ist sie, ich bin derart eingeschüchtert,
daß ich sie fast mit der Anrede Herrin anspreche. Ich bitte sie
hinein, sie hat lange draußen warten müssen, als die Türglok-
ke erklang, bin ich sofort aufgesprungen und habe den Teppich

eingerollt und im Schlafzimmer hinter der Tür hochkant gegen die Wand gelehnt. Sie übergibt mir die Pakete, sie enthalten Geschenke von Yasmin und Selda, erzählt sie, sie sei mit den beiden Frauen befreundet, im fremden Land rückt man zusammen, das sei normal. Sie nimmt gerne schwarzen Tee, lehnt aber süßes Gebäck ab.

Das muß bei euch in der Familie liegen, sagt sie, Yasmin backt für mich und die Arbeiterinnen im Wohnheim auch solche Plätzchen.

Sie hat mir überhaupt beigebracht, wie man Plätzchen backt.

Ihnen geht es gut. Sie arbeiten hart, aber sie halten sich tapfer. Deine Schwestern sind Realisten.

Was heißt das?

Sie haben sich von Anfang an keine Illusionen gemacht über das Leben in Deutschland, sagt sie und schlägt die Beine übereinander, die Strumpfhose knistert dabei, was für eine schöne frauliche Geste.

Mach' schon die Pakete auf. Ich bin neugierig.

Weiße Strampelhosen, weiße Hemden, weiße Lätzchen, und sogar weiße Babystrümpfe: Es ist ein Festtag, und ich kann nicht anders, als vor Freude laut aufzulachen. Ich öffne den beigelegten Briefumschlag, darin finde ich drei deutsche Geldscheine und ein Foto: Yasmin und Selda posieren vor einem Schaufenster mit Kinderwagen. Auf der Fotorückseite hat Yasmin in ihrer schwer lesbaren Schrift eine einzige Zeile aufgeschrieben: Wenn dich dein Mann nach Deutschland holt, wirst du dir auch, so der eine Gott es will, einen Kinderwagen leisten können.

Meine Schwestern bescheren mich mit ihren Geschenken, sage ich.

Das ist noch nicht alles, sagt sie und greift in ihre Handtasche, aus der sie Lippenstift und Nagellack hervorholt, im Flughafen bekommt man die Schönheitsartikel billiger, komm, ich trage dir den Nagellack auf.

Ich lege meine Hand auf ihre Hand, sie prüft meine Fingerkuppen, sie entdeckt die Risse in der Nagelhaut, meine kurzgeschnittenen Halbmondnägel.

Du mußt dir die Fingernägel zu Frauenkrallen wachsen lassen, sagt sie, und dann solltest du sie vorne oval zufeilen. Damit lenkst du die Aufmerksamkeit auf dich.

Um Gottes willen, rufe ich aus, ich will das nicht.

Du bist also ein Mauerblümchen, sagt sie.

Ich liebe meinen Mann. Ist das falsch?

Nicht unbedingt.

Was heißt das? Ja oder nein?

Ach, meine Liebe, seufzt sie, wenn du deinem Mann folgst, wirst du dich erst einmal einleben, dich umsehen. Und da wird dir auffallen, daß es zwischen zwei Extremen eine reiche Palette der Nuancen gibt ...

Ich verstehe diese exotische Frau nicht, sie weicht meiner Frage aus und vermittelt mir dabei das Gefühl, zu hart zu fragen. Kann man das überhaupt? Ein Ja oder ein Nein sind klare Antworten, und Nuancen sind farbige Schlagschatten eines Menschen, der Fragen ausweicht oder sie sogar verabscheut.

Erzähl' mir von Deutschland, bitte ich sie.

Die Mädchen arbeiten hart, sagt sie, Hauptsache, man verliert nicht die Lust, dann kann man fast alles ertragen. Und glaube mir, die deutschen Männer sorgen dafür, daß man die Lust nicht verliert.

Ich zucke zusammen und entziehe ihr meine Hand, erst die Nuancen, jetzt das unanständige Leben, sie ist wirklich eine eigenartige Stewardeß.

Mein Gott, Mädchen! Was ist denn das Leben wert, wenn man nach den Weisungen der Priester geht? In Deutschland kannst du freie Luft atmen.

Aber das ist doch verkehrt! sage ich.

Du redest daher wie eine Jungfer. Komme ich etwa nicht in die Hölle, wenn ich mich einschließen lasse? Das muß bei

euch in der Familie liegen. Yasmin und Selda sind genauso zugeknöpft wie du.

Ich bin nicht zugeknöpft. Ich liebe nur einen einzigen
Mann.

Die deutschen Männer sind galant und fröhlich, fährt sie
ungerührt fort, es macht wirklich Spaß, sich von ihnen ausführen zu lassen. Doch deine Schwestern zieren sich, sie wollen richtige Türken heiraten. Wenn ich das schon höre – ein
richtiger Mann ist nicht türkisch oder deutsch, ein richtiger
Mann ist ein Mann. Glaube mir, es wimmelt nur so von richtigen Männern in Deutschland.

Mein Mann ist auch in Deutschland, sage ich.

Ja, ja. Ich weiß. Er ist dir bestimmt treu und wird mit gesenktem Haupt durch Deutschlands Straßen gehen.

Hör auf, sage ich, ich will nicht darüber reden … Du siehst
nicht aus wie eine Frau, die ihr Glück in einem fremden Land
versuchen muß.

Du meinst, ich habe es nicht nötig? sagt sie und lächelt
dabei anzüglich, du hast recht, es ist nicht die Not, die mich
antreibt, ich bin von Natur aus sehr neugierig. Ich werde es
nicht lange in Deutschland aushalten können, es fängt schon
an, mich zu langweilen … Aber du hast bestimmt vor, dort
länger zu bleiben.

So der eine Gott es will, sage ich.

Heißt es nicht: Binde erst dein Reittier an, und vertraue
dann auf Gott?

Diese Frau bringt mich durcheinander, ich bin ihr nicht gewachsen. Ich zweifele zwar, daß sie eine Gotteslästerin ist, aber
ihre Worte beunruhigen und besänftigen mich gleichzeitig. Es
verwirrt mich, daß ich sie sympathisch finde, dabei spricht sie
wie eine freizügige Istanbulerin. Plötzlich fällt die Tür des
Schlafzimmers ins Schloß, der Teppich kracht auf den Boden,
und im nächsten Moment höre ich meinen vor Schreck aufge-
wachten Sohn schreien.

Was war das? fragt sie mich.

Ich eile zu meinem Kind, nehme es aus dem Laufstall, den Schafak Bey von einem Holzlöffelschnitzer hat anfertigen lassen, und versuche das Kind zu beruhigen. Als ich wieder zurückkehre, sehe ich sie stehend aus dem Fenster starren.

Oh, das ist aber ein süßer Junge, sagt sie, wie heißt er denn?

Er hat noch keinen Namen, sage ich.

Was soll das heißen?

Mein Mann und ich haben beschlossen, daß wir ihm erst in Deutschland einen Namen geben.

Das ist ja völlig verrückt! ruft sie aus, ihr seid wirklich verrückt. Und wie nennt ihr … den Namenlosen?

Sohn, sage ich.

Das ist nicht dein Ernst!

Doch, er ist nun einmal unser Sohn.

Aber … was ist mit den Verwandten und den fremden Menschen?

Sie nennen unser Kind auch Sohn. Er reagiert darauf.

So etwas ist mir noch nie untergekommen, sagt sie, ich meine, ihr könnt ihn doch nicht Sohn rufen, er gewöhnt sich an diesen Zuruf und glaubt, das sei sein eigentlicher Name …

Er wird sich umgewöhnen, sage ich, es wird ihm schon nicht schwerfallen.

Sie fängt an, zu lachen, sie wendet sich ab und kann sich aber nicht beruhigen, dann holt sie aus ihrer Handtasche ein blaurotes Ziertuch hervor und tupft sich den leicht zerlaufenen Lidschatten von den Augenlidern.

Mir war gar nicht nach Lachen zumute, sagt sie, vielleicht habe ich mich in dir getäuscht, vielleicht bist du raffinierter, als ich dachte. Wessen Idee war es denn wirklich, dem Kind erst einmal keinen Namen zu geben?

Ich habe es meinem Mann vorgeschlagen, sage ich, und er hat sich damit angefreundet, nicht gleich, aber im Laufe der Tage.

Ein radikaler Neubeginn. Meine Güte, nicht dumm.

Eine Strähne hat sich aus ihrer Haarkuppel gelöst, sie streicht sie hinters Ohr, beiläufig und ohne Verlegenheit, ihre Schönheit blendet die Männer und die Frauen, sie ist sich darüber bewußt und verhält sich, als stünde ihr jede Gunst zu, sie muß nichts anderes tun, als eine kurze Weile zu warten, dann wird ein reicher Mann sie zur Frau nehmen.

Ich muß jetzt gehen, sagt sie, mach dir um die Dankeschöngeschenke für deine Schwestern keine Sorgen. Im Flughafen werde ich etwas für sie finden, und ich werde sie als deine Geschenke ausgeben.

Das schickt sich nicht, sage ich.

Du wirst noch herausfinden, was sich alles schickt, sagt sie und küßt mich und meinen Sohn zum Abschied auf beide Wangen. Ich stehe am Fenster, sehe ihr nach, mein namenloser Sohn in meinen Armen.

*

Von Schafak Beys Klagerufen werde ich frühmorgens wach, ich streife mir meinen dicken Morgenmantel über und renne in den Hintergarten, und als ich die leeren aufgebrochenen Boxen sehe, stockt mir der Atem. Unsere dreißig Hühner und acht Gänse sind weg, ein geschickter Dieb hat sie in Nacht und Nebel gestohlen.

Das war ein Gänseflüsterer, sage ich, er hat durch seine bloße Anwesenheit die Hühner und Gänse beruhigt.

Ich habe nichts gemerkt, kein Gackern und kein Schnattern … das war ein ganz normaler übler Strauchdieb, er hat den richtigen Zeitpunkt abgewartet, und dann hat er sich herangeschlichen und die Gänse und Hühner einfach in den Sack gesteckt.

Meinen Sie wirklich, Herr Vater?

Ja, sagt er traurig, wenn die Tiere erst im Sack sind, geben sie im Dunkeln keinen Laut von sich. Sie sind hypnotisiert, als würden sie offenen Auges schlafen. Ein großer Verlust für uns.

Ja, Herr Vater. Wir müssen auf unsere Frühstückseier verzichten.

Ich lasse ihn alleine den Verlust betrauern, ziehe mich an und hole wenig später den Rat der Nachbarin. Auch sie hat nichts mitbekommen, sie verrät mir aber den Trick der Hühnerdiebe: Sie bestreichen eine lange Baumwollschnur mit Köderfutter und führen sie durch das Sackinnere und durch ein kleines Loch im Boden wieder heraus. Sie brechen die Stallboxen auf und locken die Hühner eins nach dem anderen in den Sack. Dieser Trick funktioniere allerdings nur bei Hühnern, die Gänse seien von Natur aus mißtrauischer, sie stellt die Vermutung an, daß die Diebe den Gänsen an Ort und Stelle den Hals umgedreht haben. Es müssen zwei Diebe gewesen sein, sagt sie, einer konzentriert sich auf die Arbeit, der andere steht Schmiere, das kennt man ja aus den Filmen. Wir sprechen ein bißchen über die Gänsegangster und ihre fiesen Methoden, doch als Schafak Bey nach mir ruft, verabschiede ich mich schnell von ihr.

Ich muß mit dir reden, Tochter, sagt er, hier in meinem Land höre ich fünfmal den Lockruf des Gebetsausrufers, ich kann jeden Tag meine Uhr danach stellen. Ich habe mich mit einem Bekannten besprochen, der viele Monate dort gelebt hat, wo jetzt mein Sohn arbeitet. Er sagte mir: Schafak Bey, dort wirst du nur die Glocken läuten hören. Wenn deine Stunde gekommen ist, ruft dich der Allmächtige zu sich. Wirst du verfügen, daß man dich in fremder Erde bestattet? Und wenn man deinen Leichnam hierher überführt, wie lange wird es dauern, bis du endlich in geweihter Erde bestattet wirst? Verstehst du mich, meine Tochter?

Der eine Gott gebe Ihnen ein langes Leben, Herr Vater, sage ich und nestele verlegen an den Knöpfen meiner dicken Strickjacke herum. Dieser Freund, auf den er sich bezieht – gibt es ihn wirklich? Oder möchte er nur nicht seinen Unwillen offen zugeben? Alle Totenacker dieser Welt sind doch Gottes Eigentum, Gott kann die Körper voneinander unterscheiden.

Es ist mir ein Greuel, in einem christlichen Friedhof begraben zu werden, sagt Schafak Bey, der Bekannte hat mir die Augen geöffnet.

Aber ... unser aller Leben, das ist nur Gottes Erzählfluß.

Ja, ich weiß, so haben wir es gelernt. Die wenige Zeit, die mir bleibt, will ich nicht im deutschen Ausland verbringen. Ich spreche nicht ihre Sprache, sie sprechen nicht meine Sprache, und auf meine alten Tage möchte ich nicht zum Taubstummen geraten.

Einen Lidschlag lang fühle ich mich versucht, ihm recht zu geben, doch ich bleibe stumm. Ist es nicht tatsächlich leichtfertig, eine neue Zeit in einer neuen Welt anbrechen zu lassen? Man wird zum Kind im Kreis der Erwachsenen.

Ihre Entscheidung steht fest?

Ich bleibe hier, sagt er.

Was wird der Schöne dazu sagen?

Wer?

Metin, mein Mann, sage ich schnell und erröte, in seinem Brief schreibt er: Was werden die Leute denken, wenn sie erfahren, daß ich meinen verwitweten Vater zurückgelassen habe? Ich bin meines Vaters einziges Kind und sein Sohn, es ist meine Pflicht, mich um ihn zu kümmern.

Wärme. Schweinefleischsalami. Seidenstrümpfe, ruft Schafak Bey plötzlich aus.

Was meinen Sie, Herr Vater?

Deutsche Wörter, sagt er, das sind die einzigen Wörter, die ich kenne. Der Luxus der Deutschen hat sich bis zu uns herumgesprochen. Ich kenne die ungefähre Bedeutung: Deutsche Wärme ist gut.

Und was heißt das? frage ich.

Das heißt soviel wie: Es wird bei uns gut geheizt, niemand muß frieren, und wer doch friert, ist selber schuld.

Soviel Bedeutung in vier Worten! sage ich.

Siehst du! Es hat mich eine ganze Woche gekostet, um herauszufinden, wieviel Sinn in einem kurzen Satz steckt. Es

scheint, als sei jedes Wort ein Laib Brot, in dem ein Goldtaler
versteckt ist …

Und er spricht laut vor sich hin, er freut sich, daß er eines
fremden Stammes Geheimnis entdeckt hat, vielleicht lenkt er
auch nur ab, um nicht mit mir über seinen Entschluß streiten zu müssen. Er kann auch in Deutschland gleichgesinnte
Männer finden, denen er beibringen kann, wie man kunstfer-
tig die Bauchbinde wickelt, ohne viel Zeit zu opfern. Mitten
in seinen Erläuterungen über die Fremdsprache, die er zu er-
lernen sich weigert, stockt er und schlüpft in seinen Mantel,
setzt den Feine-Herren-Hut auf und verabschiedet sich mit
den Worten, er werde Nachforschungen stellen. Ich bleibe
zurück mit meinem Sohn, dem ich meine Brust gebe, ich halte seine Nase beim Stillen frei, seine Augen wie zwei Kies-
splitter im Wasser. Er deutet mit einem kleinen Finger auf
eine Stelle an der Wand, eine Stelle, an der kein Bild hängt,
eine freie Stelle, die ihn in den Bann schlägt. Sprächest du
nur einen Lidschlag lang, mein Sohn, und wärest du nicht im
Schweigen versunken, das das Böse gestiftet hat, ein Schweigen, das Tage Wochen Monate währt; schwiegest du nur die
Nacht und redetest am Tage, würde ich wissen, daß dein Herz
mein Herz erreicht – ist mein Wunsch eine Sünde? Du bist so
rein wie die Milch im Glas, was läßt dich zungenstarr sein?
Ist eine Unreinheit über fünf Glieder meiner Sippe auf dich
übergegangen? Wieso sprichst du nicht? Hast du dich in dir
vergraben, ohne Hoffnung, daß es eine Zeit geben könnte, da
du wirklich deine Lippen bewegen mußt, nicht nur, um zu
saugen an meiner Brust?

Ich rede zu meinem Sohn, doch er schaut mich nur mit großen Augen an und rührt die Finger. Dann aber stürmt Schafak
Bey aufgeregt in die Wohnung, und sogar jetzt, wo ich doch
verstehen könnte, daß mein Sohn vor Schreck einen Schrei
ausstößt, einen Laut von sich gibt, bleibt er seelenruhig. Ich
habe unsere Hühner und Gänse wiedergesehen, ruft Schafak
Bey aus, ich schwöre, es waren unsere Hühner und Gänse. Die

511

Gänse haben sogar bei meinem Anblick geschnattert, weil sie mich wiedererkannt haben.

Wo sind sie? frage ich.

Im Basar. Die Hühnerdiebe bieten sie zum Verkauf an.

Dann müssen wir zur Polizei gehen, sage ich, soll ich mich fertigmachen?

Einen Moment, sagt er, setzen wir uns erst einmal hin und sprechen diese Sache durch.

Herr Vater, sage ich, ich sitze schon, und Sie können sich natürlich eine Weile ausruhen.

Nein, nein, sagt er, darum geht es mir gar nicht ... Ich hätte ja auf dem Absatz kehrtmachen und mit den Marktgendarmen zurückkommen können ...

Sie haben es unterlassen.

Ja, sagt er, ich habe mich eines Besseren besonnen. Ich konnte doch den beiden schlecht ins Gesicht sagen, daß sie uns die Hühner und Gänse geklaut haben.

Aber das haben sie doch, Herr Vater.

Es hätte diese Halunken beschämt, und wer weiß, sie wären vielleicht wieder bei uns eingebrochen und hätten sich für den Verrat gerächt.

Sie haben sich an unserem Eigentum vergangen, sage ich, Hühnerdiebe sind Gott ein Greuel.

Mag sein, sagt er, aber was will ich auf meine alten Tage zum Hühnerwirt geraten? Die Leute werden mir hinterherrufen, ich sei ein Gänsewitwer.

Herr Vater, wir hätten sie auch im Basar verkaufen können. Das Geld haben wir bitter nötig.

Vorbei ist vorbei, sagt Schafak Bey, es ist entschieden! ... Wie geht es meinem Enkel?

Er hat einen gesunden Appetit.

Schön ... Hat er ... hat er gesprochen?

Nein, sage ich, er möchte noch eine Weile Kind bleiben.

Das ist sein gutes Recht, sagt Schafak Bey, gib ihn mir mal. Er nimmt meinen Sohn, küßt ihn auf den Kopf und auf beide Augen, er läßt seine Taschenuhr hin- und herpendeln, und mein Kind greift danach und nimmt sie in den Mund. Der Herr Vater macht keine Anstalten, ihm die Uhr zu entwinden, im Gegenteil, er ist entzückt und gibt lallende Laute von sich. Ich muß lachen, und auch er kann das Lachen nicht unterdrücken, mein Sohn schaut zwischen uns hin und her, nagt an der Taschenuhr, und als sie aufklappt und er sich erschreckt, wirft er sie ungelenk weg und sagt, rot vor Zorn: Pippipups, wir erstarren auf der Stelle, mein wütender Sohn krabbelt vom Schoß von Schafak Bey herunter, grabscht nach der Uhr und wirft sie wieder weg, und sagt laut: Pippipups. Ich gehe vor ihm in die Hocke und gebe ihm einen Kuß auf die Stirn, er schiebt mich mit seiner kleinen Hand weg, schlägt auf die Uhr ein und beschimpft sie. Schafak Bey springt auf und klatscht in die Hände, ich werde jetzt losgehen und es allen Menschen erzählen, sagt er, mein Enkelkind hat heute zum ersten Mal gesprochen, und sein erstes Wort war ein Fluch, und als er hinter sich die Tür zuschlägt, höre ich ihn lachen, sein Lachen wird man im Himmel und in der Hölle hören.

34

Er liegt im Bett, sein Kopf ruht auf zwei großen Kissen, in seiner Rechten die Kummerkette, an deren Perlen er zieht, ohne hinzusehen. In seinem Gesicht spiegelt sich weder Angst noch Entsetzen, ich lese die Zeichen der Genesung vor dem Ende, oder ich bilde sie mir ein: ein Licht umspielt seinen Mund, er leckt sich gelegentlich die Lippen, und wenn es nicht anders geht, bittet er meine Mutter um ein Glas Wasser. Sie sitzt am Fußende des Bettes, die Töchter und Söhne sitzen auf schmalen Stühlen an der Längswand des Schlafzimmers. Djengis und Tolga sind im Anzug erschienen, sie sehen den Vater ernst an, als warteten sie auf eine letzte heilige Anweisung. Yasmin aber starrt auf ihre Hände im Schoß. Yasmin aber blickt nur dann auf, wenn der Luftzug die Tür in den Angeln knarren läßt. Ist sie in der Zeit, da ich sie nicht sah, noch mit ihr sprach, schöner geworden? In den alten Tagen unserer Familie brach manchmal die Schönheit ihre starre Maske, und die jungen Männer wurden fast verrückt bei ihrem Anblick. Dann schlüpfte sie in das Dienstmagdkleid und blieb zu Hause, sie war diese Blicke der Männer nicht gewohnt. Jetzt befeuchtet sie die Fingerkuppe mit Spucke und reibt den Daumennagel, es nimmt sie völlig in Anspruch, nichts und niemand scheint sie ablenken zu können. Er liegt nur da, ein kranker Vater, sein Gesicht im Licht, seine Hände im Licht. Auf dem Nachttisch seine Medikamente, in einem Teeglasuntersetzer weiße und blaßgrüne Tabletten, eine Karaffe Wasser und ein Glas, an dessen Trinkrand kleine Splitter herausgesprungen sind. An seiner Pyjamajacke fehlen alle Knöpfe, über dem Rundkragen seines Unterhemds quellen graue Brusthaare. Er hebt leicht den Kopf, schaut in die Richtung meiner Mutter, sie steht sofort auf, und bevor sie aus dem Zimmer tritt, dreht sie sich um und sagt: Komm' mit, Goldkörnchen. Ich folge ihr in die Küche, und wie so oft, wie in den alten Tagen unserer Familie, starre ich auf ihren Rücken, bis sie glaubt, sie müsse sprechen, um die Blicke abzuwenden.

Du bist also doch gekommen, sagt sie.

Hätte ich mich lange bitten lassen sollen? frage ich, und da meine Worte unheilvoll im Raum schweben, fahre ich fort: Ich bin einzig und allein wegen dir gekommen, Mutter.

Ich liege nicht siech im Bett, sagt sie.

Wie schlimm ist es?

Der Arzt war hier, sagt sie, wenn es nach ihm geht, können wir für jeden Tag dankbar sein, den er überlebt.

Es geht mit ihm zu Ende?

Glaube ja nicht, daß er uns etwas vorspielt ... Seine Füße sind schon seit zwei Tagen kalt, und er kann nachts höchstens eine Stunde schlafen.

Und du hältst Wache an seinem Bett, sage ich.

Ja, ich sitze Tag und Nacht bei meinem Mann. So gehört es sich auch.

Wie ist es dir in der letzten Zeit ergangen, Mutter?

In meinem Leben ändert sich nicht viel, sagt sie, mir geht es nicht schlecht, mir geht es nicht gut. Ich atme weiter und weiter, bis ich alles ausgehaucht habe, was in mir drin ist ...

Selda steht plötzlich in der Küche, ich weiß nicht, ob sie uns gelauscht hat. Sie bittet um ein Glas Wasser, und als meine Mutter bemerkt, es sei ihr Haus, sie müsse nicht um Erlaubnis fragen, lacht sie bitter auf, wölbt ihre Hand unter dem Wasserhahn und trinkt wie ein kleiner Vogel in kleinen Schlucken, wischt ihren Mund mit dem Handrücken ab.

Du hast deinen Lippenstift verschmiert, sage ich.

Meine Mutter öffnet eine Schublade, holt einen Klappspiegel hervor und reißt von der Rolle einen Streifen Wischpapier ab. Selda kann sich erst nicht entscheiden, dann beugt sie sich

515

vor dem Spiegel und tupft die Flecken von Kinn und Mundwinkel.

Besprecht ihr die Zeit nach ihm? fragt sie.

Nein, sage ich, noch sind wir ja vollzählig.

Hat er Schmerzen?

Er schreit im Schlaf, sagt meine Mutter, also werden es Alp-
träume sein. Tagsüber ist er stumm, meistens.

Wieso habt ihr euch zurückgezogen?

Ich habe euch alle lange nicht gesehen, sagt meine Mutter,
ich wollte dich als nächstes in die Küche rufen.

In Deutschland werde ich nicht lange bleiben, sagt Selda,
Yasmin ergeht es genauso. Wir sind nicht dafür gemacht, mit
Männern am Fließband zu arbeiten. Es geht dort drunter und
drüber. Im Wohnheim schleichen sich manche Frauen nachts
weg, die Aufseherin ist überfordert. Dort nimmt man es mit
der Ehe nicht so genau.

Die Sitten verfallen, sobald man Haus und Hof verläßt,
stellt meine Mutter fest, es ist am besten, ihr kehrt wieder
zurück.

Es war auch nicht unser Wille, von hier fortzugehen, sagt
Selda.

Wir bleiben eine Weile still, Selda dreht den Wasserhahn
auf, trinkt gierig, als habe man sie ohne Brot und Wasser ein-
gekerkert, sie beschaut sich danach im Spiegel und tupft ihren
Mund damenhaft mit dem Wischpapier trocken.

Ich bekomme Heiratsanträge von wildfremden Männern,
sagt sie, und ich habe es satt, ihnen allen einen Korb zu geben.
Es sind auch sehr ernste, sehr aufrichtige Männer darunter.
Doch ich glaube, es ist falsch, im Ausland zu heiraten. Vielleicht stimmt etwas mit mir nicht. Jedenfalls werde ich bald
wieder hier sein, und dann … wird es Zeit für mich.

Du willst heiraten, sage ich.

Ja, ich will an den richtigen Mann geraten, und ich will Kinder kriegen.

Gottes Segen, mein Kind, sagt meine Mutter.

Gottes Segen, sage ich und umarme sie fest.

Wir müssen wieder zurück, sagt sie, sonst machen wir uns verdächtig. Stehen wir sowieso nicht im Verdacht, daß es in diesem Haus nicht mit rechten Dingen zugeht? sagt meine Mutter und geht uns voraus, ihre Worte klingen in meinem Kopf nach, ich vertreibe die bösen Gedanken.

Als ich eintrete, schaut mich Djengis hart an, wahrscheinlich lastet er mir ein unziemliches Verhalten an, die Hitze im Zimmer ist unerträglich. Das Dunkel des späten Nachmittags zeichnet fahle Schatten auf unserer aller Gesichter, meine Mutter dreht die Petroleumlampe auf, sie hat sich immer noch nicht daran gewöhnt, daß man den Lichtschalter umlegen kann, um in der Tageshelle zu atmen, zu leben und zu arbeiten.

Ich kenne deine Geschichte, Frau, sagt der Vater plötzlich, und da er heftig husten muß, füllt meine Mutter das Glas mit dem Wasser aus der Karaffe, hilft ihm, sich aufzurichten und zu trinken. Er braucht eine Weile, um wieder zu Atem zu kommen, seine Brust hebt und senkt sich, sein Blick verliert sich in der kleinen Flamme der Petroleumlampe.

Damals, fährt er stockend fort, damals ... hast du mich verwundet, Frau, du hast mich für den Rest meines Lebens gezeichnet. Weiß es unserer beider Brut? Die Söhne und die Töchter haben in dem Glauben gelebt, daß wir beide ... zusammengekommen sind, weil Gott es so gefügt hat. Er hat es gefügt, das stimmt. Aber fügt er es auch, daß ein Tier von der Herde abkommt und weil es glaubt, mit einem einzigen Bocksprung den Abgrund zu überspringen, die Klippen hinunterstürzt?

Ich weiß nicht ... Damals, Frau, damals lebten meine Ahnen in Frieden in ihrem Land, im Kaukasus. Sie haben mich hier immer belacht, wie oft hat man mich als Tschetschenenfürst verspottet. Meine Ahnen waren Fürsten, und die Ahnen meiner Ahnen haben Kriege geführt. Der Krieg gegen den Russen ist bei uns große Tradition. Wie lange lebe ich schon hier, daß

517

ich mich nur vage erinnern kann? Ich habe mich von dieser Tradition lossagen müssen, es ging nicht anders. Aber in meinem Herzen wußte ich es besser.

Die Rote Armee kam wie eine Gottesplage über uns, das war nichts Neues, der Russe bekriegt uns, und wir bekriegen ihn im Gegenzug. Ein großes Gemetzel. Meine Väter haben Haus und Hof verlassen, sie sind geflohen, was hätten sie sonst tun sollen? Die einen wurden gemordet, die anderen deportiert. Einigen wenigen gelang die Flucht hierher, in dieses Land, sie flohen in den Osten des Landes. Der Russe ist mit dem Instinkt gesegnet, uns zu unterjochen, und weil wir ... uns dagegen auflehnen, morden sie uns.

Unter den Vertriebenen waren also meine Großeltern, mein Vater und ein Großteil der Sippe. Sie haben es geschafft, am Leben zu bleiben, sie sind von Gott ausgezeichnet worden. Sie kamen hierher, die Vertriebenen stießen auf die Ackerherren, und es gab bald wieder eine große Unruhe. Meine Ahnen standen auf der Seite der Mehrheit des Volkes, und sie gingen dazu über, die Widerstandsnester auszumerzen. Ist das die Wahrheit oder wieder einmal nur ein Märchen? Es ist mir zu dieser Stunde egal. Es geht nicht um Recht oder Unrecht. Es geht nicht um meine Sippe, sondern um dich, Frau. Denn du hast mich zu deinem lebenslänglichen Gefangenen gemacht. Weiß es unserer beider Brut?

Das Massaker dort in der Oststadt dauerte viele Tage. Ich habe mich keiner Partei angeschlossen, ich war kein Soldat einer bewaffneten Einheit. Trotzdem weiß ich, was passiert ist, ich weiß auch, was im Stall passiert ist, ich weiß, was man mit deinen Brüdern gemacht hat ... Man nahm sie mit, die Soldaten haben sie mitgenommen, und du hast sie nie wiedergesehen. Das Massaker dauerte viele Tage an. Verdammt will ich sein, wenn ich mich einer Einheit angeschlossen habe. Ich habe mich versteckt, ich habe mich in diesem Stall versteckt, und da sah ich alles, ich konnte mich doch nicht umdrehen und so tun, als gebe es dich nicht ... als gebe es diese Männer nicht … Im Krieg sind alle Mittel recht, diese Soldaten haben die Beute geteilt …

Hör auf, sagt meine Mutter leise.

Wartet ihr nicht darauf, daß ich für immer verstumme? sagt der Vater.

Vergangen ist vergangen, sagt meine Mutter.

Was wäre ein Schicksal wert, das dich in meinem Herzen nicht vorsieht? spricht mein Vater, dich habe ich erkannt. Dich habe ich geliebt, Frau. Du lagst unter einem Soldaten, du konntest nichts tun, weil ein zweiter Soldat die Spitze seines Bajonetts auf deine Kehle richtete … Ein dritter und ein vierter Soldat, jeder kam an die Reihe, und ich … ich habe in meinem Versteck ausgeharrt, meinen Blick aber konnte ich nicht abwenden. Fremde Männer haben sich an dir vergangen, und ich konnte nicht dazwischengehen. Sie haben dich angebrochen, sie haben dich zerfetzt, sie haben mit dir gespielt und die schöne Puppe zurückgelassen.

Djengis bedeckt sein Gesicht mit beiden Händen, und es schüttelt ihn, Tolga will ihn umarmen, doch der erstgeborene Sohn faucht ihn an. Ich starre auf meinen kranken Vater, er hat Augen nur für seine Frau.

Du warst keine Jungfrau mehr, als ich dich geheiratet habe. Ich war vernarrt in dich. Kein Mann hätte dich genommen, nicht … in dem Zustand, in dem du warst. Sie hätten dich vielleicht mit Steinen vertrieben oder mit dornigen Stengeln gepeitscht. Was nützt die Schönheit, wenn die Gedanken verschmutzt sind? Ich habe die in dir verborgene Schönheit geschaut, dort und damals … Djengis!

Ja, Vater.

Bald bin ich erlöst. Wirst du auf sie achten?

Ja, Herr Vater, sagt Djengis mit zitternder Stimme.

Komm näher, meine Frau, sagt mein Vater leise, und sie erhebt sich vom Stuhl, setzt sich auf die Bettkante, sie legt ihre Hand in die seine und ruft laut Gottes Einheit aus, auch wir sagen das Glaubensbekenntnis auf, immer und immer wieder, und dann vereist sein letzter Atem in seiner Brust. Djengis ist mit einem jähen Schritt bei ihm, er küßt seine Hand und führt sie an die Stirn, deine Seele Gott anbefohlen, sagt er, und wir Söhne und Töchter folgen seinem Beispiel, und als ich seine Hand halte und küsse und zur Stirn führe, lausche ich meinem Herzschlag, ich fühle nicht Trauer, nicht Freude, ich weiß nur, daß sich unsere Sippe zerstreuen wird. Die Seele meines toten Vaters ist fortgeweht, ein toter Körper liegt im Bett. Der Vater fand einen Schlüssel, er steckte ihn in so viele Schlösser, bis er eine Tür entdeckte, die er aufschließen konnte. So sah seine Liebe aus.

Später, in der Küche, warten wir auf den Priester und die Totenwäscher, wir trinken Schluck für Schluck Wasser, das uns daran erinnern soll, daß wir noch am Leben sind, und dann sagt Yasmin: Gesegnet sei dieser Tag, an dem der Teufel sein Hinterbein brach.

*

Djengis ist auf dem Teppich eingeschlafen, und von einem jähen Schmerz aufgewacht, ein Skorpionjunges hat ihn in die Hand gebissen, er ließ sich nicht dazu überreden, zum Arzt zu gehen, der Schmerz wird schon vergehen, sagte er, das war ein kleiner Menschenfeind, ich habe ihn zertreten. Und tatsächlich verging der Schmerz, der Skorpion war zu jung, um meinem Bruder mit bösem Gift zu schaden. Djengis und Tolga sind wenige Tage nach dem Tod des Vaters bei uns eingezogen, Schafak Bey bleibt bei seiner Entscheidung, er wird in Istanbul bleiben und wahrscheinlich die Großtante nun doch zu einer Heirat überreden können. Es ist die Zeit, daß sich viele Dinge ändern, man wechselt deshalb keine Worte miteinander. Jeder weiß um seines Nächsten Sinneswandel und Sinnestäuschung. Yasmin und Selda sind nach Deutschland zurückgeflogen, bald kehren sie heim. Der Schöne hat zwei Zugfahrkarten geschickt, für mich und meine Mutter, mein Sohn braucht keinen Fahrschein. Wir werden mit leichtem Gepäck reisen, mein Schwiegervater hat bestimmt, daß ich nichts anrühren und nichts mitnehmen dürfe, auch nicht die kostbaren Handarbeiten in der Mitgifttruhe. Er sei in einem Alter, da könne er schlecht losziehen und neue Möbel besorgen. Die Großtante weiß um meinen Schatz in der Truhe, sie wird ihn um diese Morgengabe gebeten haben. Ich bin es leid, zu betteln, ich will nur dieses elende Leben hinter mir lassen, ich will, daß mein Sohn eine andere Luft atmet. In der Nacht vor dem großen Abschied schließe ich die Augen, und als ich sie wieder öffne, ist es früher Morgen, der traumlose Schlaf hat mich erfrischt, mein Sohn hat in dieser Nacht nicht geschrien, ich werte es als gutes Zeichen. Schafak Bey, Djengis, Tolga und auch die Großtante begleiten uns zum Istanbuler Hauptbahnhof, sie sprechen mich gelegentlich an, doch ich sehe durch sie hindurch, als seien sie Gespenster. Mein bisheriges Leben steckt in zwei Koffern, denke ich, nicht viel, um vor anderen Menschen bestehen zu können. Ich öffne das Zugfenster, Djengis ergreift meine freie Hand.

Geh' dort nicht verloren, sagt er.

Ich werde auf uns alle aufpassen, sage ich, wir stehen alle unter Gottes Schutz.

Hoffentlich, sagt Tolga … Mutter, werde mir ja nicht schwach und laß dir die Haare blond färben.

Meine Mutter neben mir schilt ihn einen Narr und bittet ihre Söhne, näher an den Zug heranzutreten.

Wer weiß, wann wir uns wiedersehen, sagt sie, achtet auf eure Gesundheit, zieht euch warm an, und laßt euch nicht von den jungen Frauen mit den langen Wimpern betören.

Djengis hat sich immer daran gehalten, sagt die Großtante spöttisch, Djengis schaut sie kopfschüttelnd an.

Grüß' mir meinen Sohn, ruft Schafak Bey in dem Moment aus, in dem sich der Zug in Bewegung setzt, wir winken ihnen zu, bis der Zug aus dem Bahnhof herausfährt und sie nur noch kleine Punkte sind.

Der Reiseproviant geht uns am zweiten Tag aus, ich traue

mich nicht, die Passagiere in den anderen Abteilen um Brot und Käse zu fragen. Ich übergebe meiner Mutter das Kind und mache mich auf die Suche nach dem Schaffner. Doch ich kann ihn nicht finden, bestimmt hat er sich zu einer seiner vielen Mittagspausen zurückgezogen. Auf dem Weg zum Abteil bleibt der Zug auf der freien Strecke stehen, ich schaue hinaus und sehe nur weites verdorrtes Land. Der Schaffner tritt aus einem Abteil hinaus, er kaut noch an dem großen Bissen in seinem Mund.

Herr, ich brauche heißes Wasser für die Babynahrung, sage ich, und außerdem haben meine Mutter und ich nichts mehr zu essen.

Er hört schlagartig auf zu kauen, starrt mich nur kurz an, tritt wieder in das Abteil, in dem sein Schaffnerkollege an einem kleinen Tisch mit Brot, Käse und Oliven sitzt. Er erklärt ihm, daß ›die Dame und ihre Mutter‹ am Verhungern seien, der zweite Schaffner steht sofort auf und packt eine Papiertüte voll, die mit Hackfleisch gefüllten Auberginen und Paprikaschoten müsse ich auch unbedingt probieren. Der Heizkessel sei defekt, ich müsse wegen des heißen Wassers leider etwas warten.

Meine Mutter wartet ab, bis ich das Essen in zweieinviertel Portionen teile, sie brockt den salzigen Käse in das Brot und beißt hinein, eine Tasse Tee würde ihre Laune heben, aber wir müssen geduldig sein, wie wir immer Geduld aufbringen mußten, um einen Brocken dessen zu bekommen, das wir uns gewünscht hatten. Ich bette meinen Sohn in meine linke Achselhöhle, meine Körperwärme soll auf ihn übergehen, ich reinige sein Gesicht, traue mich aber wegen der Kälte im Abteil nicht, sein Leibchen und seine Hose zu wechseln. Plötzlich muß ich auflachen, meine Mutter schaut mich verwundert an.

Mein Gott, sind wir naiv, sage ich, wir haben unsere Festtagskleider angezogen. Ich bin beim Friseur gewesen und habe mich geschminkt. Wir haben gedacht, es gehe auf eine kurze Reise. Jetzt sehen wir aus wie zwei zerrupfte Raben.

Du wirst langsam irre, sagt meine Mutter.

Ich habe wirklich geglaubt, daß der Zug uns sehr schnell hinbringen wird, ich zeige meinen Paß vor und entsteige dem Zug mit dem Kind, so schön und so gepflegt wie beim Einstieg.

Du wußtest doch, daß wir drei Tage und drei Nächte fahren.

Ja, sage ich, ich habe gehofft, daß es schnell geht.

Wir sind da, wenn wir da sind, sagt sie und starrt aus dem Fenster.

Sie ist diesem Leben entrückt, meine Mutter, meiner schönen Mutter Seele verfängt sich in ihren Träumen, ein unheimlich feiner Schleier hat sich auf ihre Augen gelegt.

Bereust du deine Entscheidung? frage ich.

Erst habe ich mein Leben einem Mann geopfert, sagt sie, jetzt schenke ich mein Leben meinem Enkelkind.

Und die Söhne, die du zurückgelassen hast?

Ich werde sie vermissen, sagt sie, genauso, wie ich den Duft der regengetränkten Erde vermissen werde … Dafür sehe ich meine Töchter wieder.

Bist du froh, daß … du ihn losgeworden bist?

Wirst du froh sein, wenn du mich los wirst? fragt sie zurück, kümmere dich um deinen Sohn.

Ich schließe die Augen, lehne meinen Kopf gegen die harte Sitzstütze, mein Kind ist in meiner Achselhöhle eingeschlafen. Ich bin unendlich müde. Vier Lidschläge später, so scheint es mir, rüttelt mich meine Mutter wach.

Der Schaffner sagt, wir sind gleich da!

Ich richte mich mit einem Ruck auf und bin wütend auf mich, einen halben Tag habe ich verschlafen, das Kind sitzt still auf dem Schoß meiner Mutter, ich fahre mir durch die Haare, ziehe vor dem Wandspiegel die Lippen nach. Wir hängen gespannt am Zugfenster, und endlich fährt der Zug im Bahnhof der deutschen Stadt ein. Die Schienenstränge ordnen sich zu geraden Linien, auf den Bahnsteigen verharren die Menschen reglos wie Statuen.

Ist das Deutschland? frage ich mit leiser Stimme.

Meine Mutter starrt eine Weile hinaus und sagt: Deutschland ist außerhalb des Bahnhofs.

Als die Türen schließlich aufgehen, lasse ich vor Angst meiner Mutter den Vortritt, der Schaffner reicht uns die Koffer herunter, und dann stehen wir auf dem kleinen Fleck deutsches Land, die Menschen um uns herum zerren und schleppen an ihren Mitbringseln, ich erblicke die Frauen, die uns aus sicherer Entfernung mustern, sie scheinen in tiefe Gedanken versunken zu sein. Plötzlich steht der Schöne vor mir, nimmt mir das Kind ab und drückt es an seine Brust.

Endlich seid ihr da, ruft er aus, dem Herrn sei Dank.

Die Heizung war defekt, und wir sind halb erfroren, sage ich und schäme mich sofort meiner Worte, und um die Verlegenheit zu übergehen, umarme ich meinen Mann, der mich am Ohrläppchen faßt, und jetzt schäme ich mich wegen meiner Mutter, das gehört sich nicht in ihrer Gegenwart. Der Schöne küßt ihre Hand und führt sie an die Stirn.

Ich habe Hunger, mein Sohn, sagt sie.

Natürlich, ich besorge uns sofort heiße Suppe, sagt der Schöne, wir haben ja noch eine lange Zugfahrt vor uns.

Was? sage ich, ich dachte, wir sind schon angekommen.

Das seid ihr auch, aber in München. Es geht weiter nach Berlin. Das dauert zehn Stunden.

Bewegt euch nicht vom Fleck, ermahnt er uns und verschwindet in der Menschenmenge. Ich bin so unendlich müde, mein Sohn fängt an zu weinen, er ist das Geschrei nicht gewöhnt. Mir fallen die Frauen auf, die ohne männliche Begleitung in der großen Bahnhofshalle unterwegs sind, sie schreiten auf hohen Absätzen voran, als kennten sie ihr Ziel genau. Ich bewundere ihren blassen Teint, ihre zu Turmfrisuren hochgesteckten Haare, ihre Halstücher in schreiend bunten Farben. Sie gehen an den Männern achtlos vorbei, die Männer schauen ihnen nicht nach. Der Schöne kommt zurück und verteilt deutsche Kekse an uns, heiße Suppe sei ausgegangen, sagt er, und wir stärken uns mit den Butterkeksen, dafür, daß sie nicht hausgemacht sind, schmecken sie ganz gut. Ich nehme mir vor, mich in der Stadt Berlin nach einem Zuckerpastetenhaus umzusehen, vielleicht lerne ich dort deutsche Damen meines Alters kennen. Der Schöne hat mir erklärt, daß die Menschen hier ihre Festtagsglückwünsche nicht auf der Straße austauschen. Aber auch hier erkenne man am Zierat der Frau den Wohlstand ihres Mannes.

Sind wir soweit? sagt mein Mann.

Ja, sage ich und umfasse fest den Koffergriff, wir können weiterfahren.

Ich will dieses Land lieben, weil es vermißt werden will.

Ich werde den Wolf streicheln, und er wird vielleicht die Hand nicht beißen, die ihm über das Rückenfell fährt.

Ende

– Personenverzeichnis –

I. In der Kleinstadt

1. Leylas Familie
    Halid Bey, der Vater
    Emine, die Mutter
    Yasmin
    Djengis
    Selda   } die fünf Geschwister
    Tolga
    Leyla

2. Leylas Freundinnen

    Fulya, Nachbarskind, Tochter von Senem Hanim
      und Irfan Bey
    Manolya, Leylas beste Freundin, Tochter von
      Abdurrahman Bey
    Sevgi, die Irre
    Sevgi, die Normale
    Nermin   } ihre Schulfreundinnen
    Yüksel

3. Die Nachbarn
    Fatma Hanim
    Ipek Hanim, Frau von Bajram Bey, Kinobetreiberin

II. In Istanbul

Die Großtante
Melek Hanim, Tochter der Großtante, Frau von Hamid Bey
Metin, Sohn von Schafak Bey, Neffe von Irfan Bey und
Senem Hanim
Billur, Metins Cousine 2. Grades
Nesrin, Tochter vom General und von Keder Hanim

– Türkische Anredeformen –

Bey	Herr (höfliche Anrede)
Effendi	hoher Herr
Hanim	Frau, Dame (höfliche Anrede)

Feridun Zaimoglu. Liebesbrand. Roman. Gebunden

Ein schwerer Unfall, eine zufällige Begegnung, eine maßlose Sehnsucht: Auf der unermüdlichen Suche nach der unbekannten Schönen wird David geliebt und verstoßen, angegriffen und gehasst, erleuchtet und enttäuscht.

»Ein ganz ungewöhnlicher und bewegender Liebesroman...« *Ulrich Greiner, Die Zeit*

»Wessen Herz noch schlägt, der wird sich in dieses Buch verlieben.« *Alexander Cammann, taz*

www.kiwi-verlag.de